明末清初《西遊記》續書研究

張怡微 著

華東師範大學出版社
·上海·

图书在版编目（CIP）数据

明末清初《西遊記》续书研究 / 张怡微著 . — 上海：华东师范大学出版社，2020

ISBN 978-7-5675-8183-8

Ⅰ.①明… Ⅱ.①张… Ⅲ.①古典小说—小说研究—中国—明清时代 Ⅳ.① I207.419

中国版本图书馆 CIP 数据核字（2020）第 189246 号

上海文学艺术奖之青年文艺家培养计划项目资助

明末清初《西遊記》续书研究

著　者	张怡微
责任编辑	顾晓清
特约审读	谢雨婷
责任校对	周爱慧
封面设计	周伟伟

出版发行　华东师范大学出版社
社　　址　上海市中山北路 3663 号　邮编　200062
网　　址　www.ecnupress.com.cn
邮购电话　021-62869887
网　　店　http://hdsdcbs.tmall.com/

印刷者　上海华顿书刊印刷有限公司
开　本　890×1240　32 开
印　张　14.25
字　数　240 千字
版　次　2020 年 9 月第 1 版
印　次　2022 年 1 月第 2 次
书　号　ISBN 978-7-5675-8183-8
定　价　89.00 元

出版人　王　焰

（如发现本版图书有印订质量问题，请寄回本社市场部调换或电话 021-62865537 联系）

獻給我的外婆

致　謝

　　感謝我的兩位指導教授，高桂惠、許暉林教授。感謝我的口考評審康韻梅、胡衍南、劉瓊云、李志宏、徐志平教授，在兩次考試中給我意見和建議。感謝我的家人和博士班的朋友們。感謝爲我查閱海内外文獻資料提供重要幫助的祝淳翔、方曉燕、鈕君怡、姚贇妜、陳宏、朱婧、朱嘉雯等。感謝上海青年文藝家培養計劃資助這本論文出版。感謝上海華東師範大學出版社。感謝政治大學中國文學系。感謝復旦大學中文系。沒有他們的幫助，就沒有這本書。

張怡微

二零二零年九月

目　録

第一章

"西遊故事"與"續書研究"

一、再論"續書研究"的意義

（一）續書研究視域下被懸置的"底本"問題

《西遊記》是中國最受歡迎的古代白話小説之一。用流行的術語來定義，它是最早的 IP[1]（intellectual property）小説，具有被重複改寫的潛能。且和《紅樓夢》、《三國演義》、《水滸傳》等經典小説相比，《西遊記》的續衍和改編始終都能得到受衆更大的寬容度，在國内外傳播廣泛。直到如今，幾乎每一年都有《西遊記》的跨文本改編或續衍作品出現，以歷史的後見之明，不斷地傳遞給我們新的經驗、新的知識，補充到過往的研究中。

一般而言，明萬曆二十年（1592 年）刊刻的世德堂本是百回本《西遊記》的早期定本，該版本使得《西遊記》這部"世

---

1 其原意爲"知識（財産）所有權"或者"智慧（財産）所有權"。近年來在電影業指"具備知識産權的創意産品。電影的 IP 開發包括兩個層面：一方面是指利用來自別的領域的優秀原創 IP，製作出電影；另一方面是指當電影創作完成，進入市場後，其 IP 價值在其他相關領域的延伸開發。"參影侃:《好萊塢電影的 IP 開發與運營機制》，載《當代電影》2015 年第 9 期，頁 13。

代累積型"文學文本從《大唐西域記》、《大唐大慈恩寺三藏法師傳》、《大唐三藏取經詩話》等佛教文本中所記載的"玄奘取經"故事，演變爲"五聖"取經團體向西行旅的歷險。"西遊故事"歷經口傳、俗講戲曲等形式搬演，不斷豐富故事情節，增強險難佈置，並在民間廣爲流傳。在走過了漫長而複雜的流衍歷程之後，逐漸具有了文本的穩定性。進入現代技術飛速發展的時代以後，電視、電影、漫畫、遊戲等新媒介取材"西遊故事"作爲搬演底本的範例不勝枚舉，"西遊故事"日益複雜。不僅在國內，"西遊故事"在日本也有不少同人[2]改編作品（如中島敦、尾崎紅葉等），美國也曾上演根據《西遊記》改編的電影、音樂劇，形成了可觀的國際傳播效應[3]。然而，"西遊故事"每一次被改編時所依據的底本分別是哪一個，似乎很少被討論到。

在《西遊記》續書研究領域，"底本"的概念，幾乎呈現爲一種原著共識（並不一定局限於百回本《西遊記》），這是值得

2　如蔣琛嫻：《網絡同人文：古代續書之變種》，載《河南科技大學學報（社會科學版）》第34卷，2016年4期，頁77—80。"同人文是網絡文學的一種，首先在歐美、日本等地產生。讀者使用某部原創作品裡的人物、情節或背景等元素進行的二次創作，是以原著爲根本衍生出的一系列原創故事，它包括小説、詩歌、散文等文學體裁。"

3　對《西遊記》在日本的傳播研究，日本學者磯部彰的著作《〈西遊記〉受容史研究》有詳細爬梳。自江户時代《西遊記》開始在日本流傳之後，出現了日本文人模仿《西遊記》再創作的現象。參張麗、莊佳燁、孫小茗：《中島敦與〈西遊記〉》，載《文學教育》2018年第19期，頁138—139；張麗、陸娟：《〈西遊記〉對尾崎紅葉創作的影響》，載《淮海工學院學報（人文社會科學版）》2018年第2期，頁30—32。現代改編則有《桃太郎》、《孫悟空物語》、《我的孫悟空》、《七龍珠》等，參陳腴婷、張麗：《〈西遊記〉在日本動漫中的變異及其原因》，載《牡丹江大學學報》2017年第4期，頁120—104。

關注的現象。我們很難確定創作者對於"西遊故事"[4]的再創作究竟依據的是哪一個底本，它的底本是變動的、複雜的，出於不同的檢索和勘察目的，會呈現出不同的穩定性。魯迅先生以爲吳承恩的《西遊記》是有所求的，鄭振鐸先生的《西遊記的演化》就這些問題有精彩論述。沒有確鑿的"底本"，重寫、改寫、續寫卻始終可以發生。續書及改編文本所依據的"底本"難以分辨的情況，究竟是《西遊記》研究領域的獨特現象，還是明清小説續書研究的普遍問題，這是本書最初想提出的思考。

要談論"底本"，就要談到成書歷史。縱觀四百年來的《西遊記》學術史，《西遊記》原著的研究議題非常龐雜，而續書研究始終居於弱勢地位。從玄奘取經事件的英雄傳奇，到取經隊伍一路向西降妖除魔最終升天成道，龐大的"西遊故事"群具有獨特的再生及自我豐富能力，爲我們的考察提供了豐富的經驗成果。其中，《大唐三藏取經詩話》是"西遊故事"演變歷史上一個重要的里程碑。唐代玄奘西行印度求取佛法的歷史傳述，到《取經詩話》完全成爲了一個文學性的文本。甚至原來的叙事主角玄奘，在《取經詩話》中也分解了一部分角色功能給了

---

4 余國藩在《源流、版本、史詩與寓言——英譯本〈西遊記〉導論》中，已經採用"西遊故事"來泛指西遊故事群落。"在史上的玄奘和有案可稽的第一個西遊故事之間，只有零星的一些相關記載分散在前人著作之中。即使如此，亦足以顯示取經的歷程已經逐漸形成爲通俗傳統"、"……上述兩件文獻，已清楚顯示出俗衆對於西遊故事的興趣"、"在西遊故事的演化過程裡，上述兵分兩路的傳統可能都貢獻過力量"、"最先梓行且以刊本形式出現的西遊故事是戲曲"。這種表述區分了"西遊故事"、《西遊記》和其它底本，是獨立而言的故事形態，也作爲一種共識。收入於余國藩：《〈紅樓夢〉、〈西遊記〉與其他——余國藩論學文選》，北京：生活・讀書・新知三聯書店，2006年，頁240、241、244、247。

"猴行者"，旁觀"猴行者"與反對力量進行打鬥，這是"西遊故事"發展的基本脈絡。玄奘形象在宋、元、明"西遊故事群"中日益式微的趨勢，爲明清時期"西遊故事"的衍化創造了背景。"西遊故事"的文化熟知形態也是續書流行的原因。有別於"文人獨創性"白話小説的研究特徵，《西遊記》[5]文本的形成基於"世代累積型"的創作形態，以故事群落的考察方式是《西遊記》研究的一般方法。並且，在佔據主流的《西遊記》文本傳播系統之外，仍然殘存著大量遊離於世德堂本《西遊記》本事之外的"西遊故事"[6]群落，其素材來源於三教説經故事、講史故事、民間故事、戲曲劇本等。"熟知"是西遊故事群形成的原因之一，"熟知"與"累積"相輔相成，拓寬了故事的邊界。對於一般的讀者而言，釐清這些本事的脈絡沒有必要。《西遊記》雖然沒有發明新的神，卻在自然、人以及會使藝術的理解可以接觸到的物象、名色、虛擬的故事使命中塑造了實際的、普遍的生活功能，展現了大衆化的智慧和"生活力"[7]，這是普通讀者喜愛《西

---

5 《西遊記》版本問題複雜，"在元代已有相當成熟的西遊故事，故可能已有繁本《西遊記》存在"、而傳世本"根據的是什麼本子，目前尚無資料可以判定"。見鄭明娳：《論西遊記三版本間之關係》，載《中國古典小説研究專集》第6輯，頁173–234。

6 胡淳艷：《西遊記傳播研究》，北京：中國文史出版社，2013年，頁3。關於"西遊故事"流變的研究，參見鄭明娳：《西遊記探源》，臺北：里仁書局，2003年。

7 朱剛：《百回本〈西遊記〉的文本層次：故事·知識·觀念》，載《復旦學報（社會科學版）》，2017年第1期，頁106–112。朱剛認爲，《西遊記》中有大量"經過世俗社會的長期洗煉，成爲認識某類現象、對處某種問題時最佳選擇的提示。它們不是從某個特定的思想體系生發的抽象原則，而是彙集了許多具體的經驗……是大衆嚮往的'生活力'"。

遊記》的原因。作爲一部白話文學作品,《西遊記》的文學意義在此基礎上完成並確立,產生了頻繁被互文的文學效應。對於研究者而言,"西遊故事"的流衍過程十分龐雜,每一個細節的變化都可以獨立成爲一個新的研究議題,新技術又不斷挑戰意義詮釋的權力。《西遊記》正是在這樣持續被模仿、改編、評價的狀況下被"經典化"了,即《西遊記》經歷了成爲一個文學經典的必要過程,經歷了被社會不斷地接受與確認的文化熟知化(cultural familiarization)過程。[8] 這種熟知也爲後來的文本續衍提供了經驗基礎,使之成爲一種文本記憶[9],甚至是生活常識。文化熟知化,一方面有利於經典傳播,另一方面也可能爲研究本身創設新的障礙。也就是説,續書的産生得益於傳播、闡釋的需求,最後的文學成就也受限於此。

在傳統的文學研究中,考察小説定本的形成過程是常規議題。討論小説定本形成過程的目標,一般並不是爲續書研究服務,但它的結果卻會成爲續書研究的重要依憑。比定本研究更複雜的文學考證,是圍繞小説版本的文獻爬梳。《西遊記》的版本問題也不例外。古代小説研究的一般方法,是考察和研究各個百衲本的異同,既包括文字的異同,也包括情節內容的異同。

---

8 李玉平:《多元文化時代的文學經典理論》,天津:南開大學出版社,2010 年,頁 47。"只有當一位元作家的作品變成'總體文化'的一部分,被別的作品頻繁互文,成爲流行的現象和傳統的隱喻,爲普通大衆所耳熟能詳,它才可能成爲文學經典。"

9 原著成爲一種時間性的記憶進入到續書文本中,並非是《西遊記》特例,相反是"續書"的常見現象。如《紅樓夢影》中提及《紅樓夢》中的情節,多以"那(一)年"引起,多達二十餘處。參安憶涵:《論顧太清〈紅樓夢影〉的續寫策略》,載《紅樓夢學刊》2018 年第 2 期,頁 320。

再通過比對文字、内容異同的結果，揭示作家創作過程中的某些重大問題以及作品流傳過程中遭遇的某些重大問題。除了上世紀初胡適、魯迅、鄭振鐸的著名文章，1990 年代初，黃永年借點校《西遊證道書》的機會闡述《西遊記》各版本之間關係，他的文章《〈西遊記〉的成書經過和版本源流》引起極大反響 [10]，成爲後世研究的重要參考。多年以後，曹炳建總結了當下《西遊記》的版本主要有繁本、簡本、删本三大系統，並論述了世本、楊本、朱本之間的相互關係 [11]。尤其關於《西遊記》佚本的探考，曹炳建總結主要有 17 種 [12]，可見定本問題的複雜性。1963 年，澳籍華裔學者柳存仁在《新亞學報》上發表中文論文《〈四遊記〉的明刻本》，並在 1964 年於《通報》(T'oungPao)

10　"即大約在嘉靖初年出現魯府刊刻的《西遊記》，它是百回本的原本初刻。稍後又出現據魯府本重刻並加上陳元之序之的本子，其刊刻時間當在嘉靖十一年。現存四個明百回本則都源出這個陳序本。其中一枝是據陳序本重刻的，有萬曆十五年前後金陵唐氏世德堂坊刻本，有天啓、崇禎時刻的李卓吾評本。還有一枝是據陳序本又略有删節的本子，最早的一種删節本應出現在嘉靖後期，現存的在隆慶前後所刻的唐僧本和可能在萬曆三十一年刊刻的建陽書坊楊閩齋本，都據這個删節舊本又各自再有所删節。" 黃永年、黃壽成點校《西遊記：黃周星定本西遊證道書》，北京：中華書局，1993 年，頁 1–46。

11　"綜合前人的研究成果和筆者的考察，現存《西遊記》明清版本共有 14 種。其中明代 7 種，清代 7 種。" 曹炳建：《〈西遊記〉現存版本系統叙録》，載《淮海工學院學報 (社會科學版)》2010 年第 10 期，頁 16–21。

12　"1. 孫緒所見本；2. 耿定向所聞本；3. 魯府本；4. 登州府本；5. 盛于斯所讀本；6. 周邸百回刊本；8. 吴承恩稿本；9. 荊府抄本；10. 世德堂原刊本；11. 大略堂古本；12. 蔡金注本；13. 前世本；14. 詞話本；15. 道教本；16. 魯府本的删節本；17. 嘉靖十一年刊本等。這些版本，有些確實曾在歷史的某一階段流傳過，有些可能根本就不是描寫唐僧取經故事的《西遊記》，有些則是當今學者的推測。因此，對這些所謂的佚本，就需要進行一番鑑别和研究。" 曹炳建：《〈西遊記〉佚本探考》，載《明清小説研究》2011 年第 2 期，頁 114–128。

發表英文論文《〈西遊記〉的祖本》。受此影響，1964 年，英國漢學家杜德橋（Glen Dudbridge）在《新亞學報》用中文發表了論文《西遊記祖本的再商榷》，文中指出，晚明廣東編者朱鼎臣爲 1592 年最早出現的金陵世德堂本《西遊記》添上了第九回陳光蕊的故事 [13]，明代所有百回本皆不載，但"無論就結構及戲劇性來講，與整部小説風格並不諧洽。組成前十二回的各節故事中，只有此陳光蕊對整個故事情節的推展没有貢獻。此節故事自成一體，强調倫理孝道。性喜詼諧、落拓不羈的百回本西遊記作者，若寫了這節故事來寓托這麼嚴肅的主題，實在讓人難以想像。" [14] 上述兩篇論文在談到"祖本"時，使用的詞語分別是"prototype"（柳氏）與"antecedents"（杜氏），"prototype"更帶有"最初型態、模型"的含義，而"antecedents"則表示"前因、前身"。當我們想要談論續書問題時，若與討論小説版本共用"祖本"、"母本"的概念，可能會産生意義混淆的問題 [15]，因爲續書創作者並不一定會自覺找尋到小説最原始的版本再加以改

13　［英］杜德橋（Glen Dudbridge）:《西遊記祖本的再商榷》（ *The Hsi-Yu-Chi: A Study of Antecedents to the Sixteenth-Century Chinese Novel* ），載《新亞學報》第 6 卷第 2 期，1964 年，頁 497–518。

14　［英］杜德橋（Glen Dudbridge）:《百回本西遊記及其早期版本》，蘇正隆譯，收入於王秋桂編:《中國文學論著譯叢》，上册，臺北: 學生書局，1985 年，頁 374–375。

15　在本論文初稿完成過程中，曾嘗試使用"元文本"對應"續書"的關鍵詞，替代可能産生歧義的"祖本"、"母本"，但由於"元文本"的概念難以定義，所以出版時修訂爲"原著"，指代西遊故事本事群落。"底本"原爲古籍整理工作者的專用術語。原意指的是影印、校勘時，選定某個本子來影印，校勘古籍時，要選用一個本子爲主，再用種種方法對這個爲主的本子作校勘，這個本子就叫做"底本"。參黄永年:《古籍整理概論》，上海: 上海書店出版社，2001 年 1 月。

編，他們更可能依據容易找到的本子展開再創作。小説編纂者
自覺承擔著"修訂"文本的職責，亦有偶然的添加、刪改意圖，
後世學者通過文本的差異比較來推定作者，推定不同時期版本
流衍的内容及過程，推定編纂者的編纂意圖。在傳統的學術研
究領域，文本比較的目標是爲確立歷史事實、物質事實服務的。
從建構文學經典性的角度而言，確鑿的文本遞遷事實，要比意
義的詮釋、修正更爲科學、精確，更足以説服人，創造真正的
知識。因此，追究確鑿的"祖本"、"定本"十分重要，圍繞修
訂過程的其它文學意義則相對被冷落。杜德橋提到的"諧洽"，
是《西遊記》定本形成過程中與創作風格有關的問題，它有助
於推定作品作者統一與否。到了續書研究領域，"諧洽"成爲了
關鍵詞（亦有學者如俞平伯認爲續作没有諧洽可能，原因是"作
者有他底個性，續書人也有他底個性，萬萬不能融洽的"[16]）。

　　仍有學者留意到，"修訂"這一文學行爲背後的動機具有意
義。從事宋代别集的編纂及草稿、定本研究的日本學者淺見洋
二認爲，"當我們説'定本'時，本質上傾向於獨一無二的、獲
得了穩定形態的文本"[17]，"文學以及圍繞文學的各種現象（可暫
稱之爲'文學現象'）是由諸多要素構成的，研究的方向性也因
各要素所處地位之不同而存有差異……概言之，可説是從'作
品是如何産生的'這一創作論視角所進行的文學研究。在上世
紀後半期，認爲在考察文學現象的時候，應該在此基礎上顧及
'讀者'這一要素……出現了以'作品是如何被閲讀的'這一接

16　俞平伯：《紅樓夢研究》，北京：人民文學出版社，1973年，頁1–3。
17　［日］淺見洋二：《"焚棄"與"改定"——論宋代别集的編纂或定本的制定》，
　　朱剛譯，載《中國韻文學刊》，第21卷第3期，2007年9月，頁91。

受理論爲方法的文學研究動向。"[18] "作品是如何被閱讀的"這一批評視角正逐漸得到重視，是小說研究中的"讀者問題"。尤其到了續書研究領域，"讀者問題"將變得尤其重要，少量論文曾經以小說傳播的角度討論到續書，但明確以"讀者問題"作爲視閾的非常少見，《金瓶梅》的傳播研究對此有一定的貢獻[19]。本文曾試圖借用翻譯學概念"元文本"來取代版本學"祖本"概念，因爲"元文本"一詞本身包含著創作、閱讀、評論、翻譯等多維度的詮釋工作，它更接近"語言層面"的認識和交流活動[20]。可惜"元文本"一詞具有後學意涵，仍然不够準確。又嘗試以"再書寫"替代狹義的"續書"一詞，注重續衍的生產行爲和生產方法，包括續、補、改等等多元的方法，而不只是單一的策略。中國藝術研究院紅樓夢研究所的資深編審張雲曾經就《紅樓復夢》的"復"字做專門的辨析，引申這一本《紅樓夢》續作的命名有"兩層、合一、重複、再、或又、繁複、往復、恢復"[21] 等多義，這顯然不是"續"字可以涵納的，卻可以以"續書"來拓寬邊界。圍繞"續書"是怎樣發生的這一議題，"讀者問題"始終存在。淺見洋二給我們很大啓發，詩且如此，小說更不必說。所有的"續書"問題都可看作是"讀者問題"，

---

18 ［日］淺見洋二:《距離與想像——中國詩學的唐宋轉型》，上海：上海古籍出版社，2013 年，頁 2–3。

19 蔡亞平、程國賦:《明清時期讀者與〈金瓶梅〉傳播關係探析》，載《社會科學研究》2013 年第 2 期，頁 186–188。

20 向鵬、黃靜、陳鳳:《作爲元文本的翻譯》，載《東華理工大學學報（社會科學版）》第 29 卷第 4 期，2010 年 12 月，頁 353–355。

21 張雲:《從〈紅樓復夢〉之"復"看其續書理念及構思手法》，載《中國文學研究》2013 年第 1 期，頁 135。

因爲"續書"的創作者同時也是原著的閱讀者，"續書"的文學行爲較之小說"評點"更加迂迴、複雜地回應了"作品是如何被閱讀的"這一疑問。"續書"會更直接地影響到"定本"的形成，甚至改變内容的走向。小説的經典化過程中就包含有文本的變異和遷移，變異與遷移反過來有助於"定本"的確立。這是康韻梅所言"《西遊記》文學經典意義形成所經歷的本事遷移"，在故事本事已廣被傳播的基礎之上，文人再加以加工完成藝術價值和思想内容更爲精湛和深邃的文本，《三國演義》、《水滸傳》都曾經歷這個過程[22]。"續書"則回應了文學經典業已形成之後，遷移依然在發生，甚至跨文化、跨語言傳播的複雜形態。這二者之間的界限在哪裡？區別又在哪裡呢？這也是本書想要抛出的問題之一。

《西遊記》因其大量的重寫、承襲和搬演，減弱了參照文本的單一性和權威性，但它的多樣性和不穩定性，又成爲了文本重讀、文本續衍的發生基礎。續書再創作的"讀者化"特徵，有利於加劇小説本事遷移的動機。這是有別於小說評點"揭出一段精神"[23]的介入原著的方式而言的。基於目前明清小説評點研究要比明清小説續書研究深入得多，這些研究成果對於我們理解古代小説研究中的"讀者問題"具有參考和啓迪的作用。可惜"縱然'學'是明清小説評點中主體性範疇之一，但中國

---

22 康韻梅：《從文本演繹歷程論〈西遊記〉文學經典意義之形成》，收入於鄭毓瑜主編：《文學典範的建立與轉化》，臺北：學生書局，2011 年，頁 12。

23 參明代袁宏道《東西漢通俗演義序》："里中有好讀書者，緘嘿十年，忽一日拍案狂叫曰：異哉，卓吾老子吾師乎！……若無卓老揭出一段精神，則作者與讀者，千古俱成夢境。"清經綸常刊本。

小説的文學地位並没有因爲具有了'學'的成分而提高到舉足輕重的地位。"[24]續書研究是長期以來不受學界重視的領域，更不用説對小説地位的提升起到過什麽作用了。既然這樣，我們爲什麽要研究經典小説的"續書"現象呢？本書認爲，"續書"是複雜的創作活動，我們一度因刻板印象産生的輕蔑將之簡單化了。

第一個原因將圍繞"底本"問題來提出。儘管"底本"問題一直是續書研究的盲區，《西遊記》續書卻因"底本"不統一産生了評價的問題，這説明《西遊記》續書的底本可能會影響到文學價值的研判。根據本書爬梳，《續西遊記》是依據早於世德堂本的古本《西遊》而寫作的，它的"底本"現已不存。在這樣的前提之下，《續西遊記》再創作時卻遭受"諧洽"的質疑，一貫被認爲是文學價值最低的作品，這真的是合理的嗎？事實上，其他續書作品也會遇到"底本"的問題，研究者也會討論到"底本"的問題。如韓南在《〈金瓶梅〉成書及其來源的研究》就曾提到《金瓶梅》所依據的《水滸傳》版本現已失傳，《金瓶梅》中的《水滸》引文和不只一種《水滸》版本近似[25]。但是，在續書研究中，懸置"底本"的研究方法並未經歷過理論化的反思。一個最簡單的嘗試是對於"底本"的重新定義，如果説"西遊故事"日益展開了群落方式的考察，那麽"底本"的形態可能也是一個群落[26]。

24　李夢圓:《明清小説評點中"學"的範疇》，載《齊魯學刊》2017年第1期，頁128。

25　［美］韓南:《〈金瓶梅〉探源》，王秋桂等譯，收入於《韓南中國小説論集》，北京：北京大學出版社，2008年，頁225。

26　如韓南認爲《金瓶梅》可能借用的白話短篇小説至少在八種以上。韓南:《〈金瓶梅〉探源》，頁232。但韓南討論該問題的目標並不是底本問題，也没有區分參照、引用、借用等區別。

　　前文已經提到，小說"定本"的形成過程就已極爲複雜，甚至有些獨創型小說出版之後還在不斷修改增補[27]。研究者出於考據爲目的的檢索與區分，通過轉化文本與"底本"的對照可以界定不同版本出現時序的先後[28]，會發現時有不同"底本"之間抄襲的情況發生[29]。從小說演變的角度來看，《西遊記》在作爲研究的參照標準時，一直處在一個相對而言的比較系統中。這與研究小說"定本"形成過程中，我們一般不以倫理的標準來看待"抄襲"現象類似。黃霖曾用"鑲嵌"一詞涵蓋《金瓶梅詞話》成書過程中複雜的文本交織現象。雖然《金瓶梅詞話》一般被看作從《水滸傳》中潘金蓮西門慶的故事演化而來，實際上"《金虜海陵王荒淫》也是《金瓶梅》的藍本……好多地

27　如商偉提到吳敬梓在寫作《儒林外史》的過程中，嘗試了新的寫作實驗，在長達二十餘年的寫作和修改過程中，"還不時根據素材原型的發展，在小說中加以更新、補寫或改寫……值得注意的是，在某些例子中，更新和補寫的部分偶然也給人物命運帶來了出人意料的逆轉，再次顯示出小說敘述隨機調整的潛力和與時俱變的開放性。"參《〈儒林外史〉敘述形態考論》，載《文學遺產》2014年第 5 期，頁 139。

28　如胡適曾舉例自己所藏 1811 年刻本《四遊記》中《西遊記》第十八回結尾詩"道路已難行，巔崖見險峻……野豬挑擔子，水怪前頭過。多年老石猴，那裡懷嗔怒。你問那相識，他知西去路"，詩後又接"行者聞言冷笑，那禪師化作金光，徑上鳥窠而去"中禪師突如其來，認爲"此本是刪吳本的鐵證"。(《胡適文存》第四集，卷三，頁 409–410）柳存仁先生認爲"十八回這段文字實際上與《釋厄傳》卷八"三藏收伏八戒"一則字字相同。可見 1811 年這部分的文字所根據的祖本，或那祖本上面更早的祖本，是承襲《釋厄傳》文字的"。柳存仁：《論近人研究中國小說之得失》，收入於鄺健行、吳淑鈿：《香港中國古典文學研究論文選粹——小說·戲曲·散文及賦篇》，南京：江蘇古籍出版社，2002 年，頁 11–12。

29　"這書(《西遊記》傳）的抄襲《釋厄傳》是很顯然的。"柳存仁：《論近人研究中國小說之得失》，收入於鄺健行、吳淑鈿：《香港中國古典文學研究論文選粹——小說·戲曲·散文及賦篇》，頁 15。

方是抄舊有的話本，有的地方尚改頭換面，有的地方則直接把原文搬將過來……後來讀到日本川島優子的論文，從小說的結構與成書問題的角度來探討李瓶兒前後性格不一致的原因，認爲《金瓶梅詞話》與《三國演義》、《水滸傳》一樣，其成書是由幾個小故事串連而成的，所以並不太重視整個形象的一貫性、必然性……前半部的李瓶兒是根據一部小說改寫而來，後半部的李瓶兒有時根據另一部小說改寫而來……正確認識這種鑲嵌，不但對理解它的文學創造意義重大，而且對我們今天如何研究《金瓶梅詞話》也至關重要。”[30] 黃霖的觀點指出了幾個非常重要的問題：首先，續書中依據的底本可能不只一部；其次，續書的創造行爲里包含有各種型態的抄錄；再者，研究者不是不討論底本，而是基於討論的困難，應該找到更好的研究方法，這個方法既不是確定唯一的底本，也不是互文性，而是“鑲嵌”——關注文本之間編織結構的肌理，這對本書的論述有很大的啓發。雖然“鑲嵌”所涵蓋的複雜問題不是針對續書研究提出的，但這意味著我們確實需要一個新的概念，來涵蓋既有的文學工具難以精確定義的續書問題。這有助於我們面對和處理一個更困難的問題，即作爲研究者共識的“底本”是如何產生的？

如果將《西遊記》錯綜複雜的故事源流都當作“底本”，這顯然不符合《西遊記》及其續書研究的實際情況。從現有的《西遊記》跨文本研究成果來看，研究者早已開始將諸如宗教、神話等故事群落整體作爲研究對象，而非拘泥於關注單一

---

30 黃霖：《論〈金瓶梅詞話〉的“鑲嵌”》，載《文藝研究》2016 年第 4 期，頁 40。

固定的版本、刻本與“續書”的關係。研究者在此變動的本事基礎之上，通過“故事群落”的生成譜系，逐步考察“世代累積型”經典文本的流變與脈絡以及不同的民間文學生態背後的群體心理機制，成果如康韻梅所著《從文本演繹歷程論〈西遊記〉文學經典意義之形成》、趙毓龍《西遊故事跨文本研究》、高桂惠《類型錯誤／理念先行？——由明末〈西遊記〉三本續書的“神魔”談起》等。陸楊在其《中國佛教文學中祖師形象的演變——以道安、慧能和孫悟空爲中心》一文中仔細爬梳了“西遊故事”群落中的孫悟空形象與宗教團體領袖慧能之間的關係[31]，許蔚的《〈西遊記〉研究二題》、侯沖的《〈佛門請經科〉:〈西遊記〉研究的新資料》[32]聚焦“西遊故事”脈絡中佛教請經、請議文獻主題的考察，都對我們理解續書的發生具有非常大的啓示。我們於續書文本中爬梳孫悟空形象的多重“替代”（replacement），經常會探源世本《西遊記》之外的故事源流包

---

31 “就猴王而言，南宋《大唐三藏取經詩話》裏雖然加入了猴行者，卻並沒有提及這個猴行者的出身。而明代的《西遊記雜劇》和朝鮮古教科書《朴通事諺解》裏所引的元本評話西遊記，也只提到了孫悟空的出身和他的法名的來源，沒有講他尋仙訪道、學習神通的過程。這些故事只有在世德堂刊本等百回本《西遊記》、朱鼎臣編《唐三藏西遊釋厄傳》、楊致和編《唐三藏出身全傳》（即《四遊記》中《西遊記》傳）等比較定型的《西遊記》小説本子裏才出現，可以説這些情節的加入出自將《西遊記》改寫成小説定本的明代作家之手。”“小説《西遊記》的作者完全是按照《壇經》和禪宗燈錄中描寫禪宗祖師的模式來構擬悟空的求道過程，不光情節上一一對應，連文字也明顯參照了《壇經》等禪宗作品”。陸楊:《中國佛教文學中祖師形象的演變——以道安、慧能和孫悟空爲中心》，收入於《文史》，2009 年第 4 輯，頁 239、245。

32 許蔚:《〈西遊記〉研究二題》，載《華人宗教研究》6 期，2015 年 12 月，頁 87–135。侯沖:《〈佛門請經科〉:〈西遊記〉研究的新資料》，載《宗教學研究》，2013 年第 3 期，頁 104–109。

括。如果我們認同 "西遊故事" 可以作爲一個 "大語言" 而存在，似乎就也意味著 "續書研究" 同樣是這種 "群落" 研究中值得被獨立考察的對象。本書認爲，雖然續書研究始終具有研究 "底本" 不穩定、不精確的缺陷，人們卻可以在討論相關議題時將 "底本" 問題暫時懸置，這是 "續書研究" 獨特的 "語境化（contextualization）" 特點所構建的特殊方法。這種方法本身是具有本體論意味的，儘管也會出現問題。要如何協調和解決，有待於未來文學理論家的共同努力。

從宏觀上來看，《西遊記》本身具有極高的神話特徵和奇幻特質，爲後世因時制宜地搬演整體或部分 "西遊故事群" 留有了廣闊的延展空間。《西遊記》前本駁雜，内涵的母題衆多[33]，寫法上照顧細節的能力不凡，令此長篇巨製得以細分、拆解而不損其改編魅力。新時代、新技術（視覺、遊戲等）的發展，不斷地拓展著 "西遊故事群" 的表現力，令其在傳播學領域具有範本效應，《西遊記》良好的技術調節能力和商業價值，使其成爲了當代最受改編者歡迎的中國經典小説之一[34]。從明代至今，

33　如第十三回，玄奘説他發誓要 "遇塔掃塔"，第六十二回即擴展此一母題，第九十九回又重複了一遍；太上老君的金剛琢在第六回曾擊倒孫悟空，第五十二回大聖遇難，奔到腦海的就是向太上老君借玉琢除妖；大鬧天宮時李天王受制於孫悟空，五百年後他不忘記當年之恥而大罵猴頭；火焰山爲孫悟空五百年前蹬倒太上老君煉丹爐時遺留的天火所成，這一難可謂孫悟空早年親手造就；另紅孩兒、牛魔王、羅刹女、如意真仙的出場也草蛇灰線、伏脈千里。

34　郭珺謙：《品讀、視聽於氍藏：水滸故事的商品化與現代化》，臺南：國立成功大學中國文學研究所博士論文，2013 年 7 月。論文從出版、閲讀、印刷、電視講壇、傳統戲曲、當代舞臺劇、影視、動畫、版畫、連環畫、漫畫及娛樂遊戲、收藏等全面向考察 "水滸故事" 經歷 "商品化" 與 "現代化" 的檢驗。他的研究角度值得參考。從近十年來看，基於 "西遊故事" 的改編要多過 "水滸故事"。

《西遊記》的傳播伴隨著印刷出版業的發展，紙質書的出現，漫畫的流行，電視、廣播、戲劇的搬演，直至網絡時代對於文字資訊的多元化重載方式，四百年來始終不退流行、不落時代。其文本的流衍命運，並不受研究者、評點者、出版者單方面控制。"西遊故事群"以"世代累積"的方式生成，經歷時間淘洗、揚棄，成爲較爲穩定的傳播範本，被國內外許多作品頻繁互文，可謂久經考驗。而如今，這些故事核、故事群已日益演變爲新的符碼與超文字[35]，適應著新時代的文學樣態與傳播載體的變更，從而繼續傳衍。經典再創作繁榮的真正原因爲何？新時代的改編生態與明末清初、清末民初的續書繁榮又有什麼内在聯繫？除了《西遊記》以外，其他經典小說的續書現象在世變節點又有著怎樣的遞遷規律？據此，明末清初《西遊記》的續書現象，或許可以給我們一些基本的研究坐標。

（二）續書創作的動機與危機

雖然"續書研究"理論稀缺，但"續書"在中國小説歷史上很早就出現了。廣義上的小説續書出現於六朝，東晉末年或

---

35 "超文字"，源自英文 HyperText，臺灣譯爲"超文字"。源於萬尼瓦爾·布希（Vannevar Bush，1890—1974）。他在 20 世紀 30 年代即提出了一種叫做 Memex（memory extender，儲存擴充器）的設想，預言了文字的一種非線性結構，1939 年寫成文章 "As We May Think"，於 1945 年在《大西洋月刊》發表。該篇文章呼喚有在思維的人和所有的知識之間建立一種新的關係。由於條件所限，布希的思想在當時並沒有變成現實，但是他的思想在此後的 50 多年中産生了巨大影響。超文字文學的先驅是布朗大學的喬治藍多。超文字系統是一種提供了複雜格式（超文字）的解釋的軟體系統，包括文字格式，圖像，超鏈接——一種文字間的跳轉以提供某一個主題（關鍵詞）的相關内容。這種系統爲出版、更新和搜尋的工作提供了更多的便利。

劉宋初年陶潛所作的《搜神後記》是干寶《搜神記》的續作。這一時期志怪小說被一續再續的現象很多,如劉敬叔的《異苑》、謝敷的《觀世音應驗記》,小說傳播的形式是口耳相傳。宋元以來的白話小說主要是書會才人與說話藝人共同創作的結果,而早期的章回小說往往也經歷過較長時期的演變,小說史上稱爲"世代累積"[36],《西遊記》就是這種世代累積的傑作,從一個純粹的宗教故事,經集體智慧的不斷豐富、詮釋、書寫,從而衍生出了多層面的文化内涵。無論是神話意義、宗教意義、世情意義或是英雄主義、民俗鬥法,取其任一片段,都能够稍加修改,自成故事,這是"累積型"小說與小說續書在創作方法上的内在相似性。《西遊記》續書在明末清初時表現爲從"世代累積型"創作到個人化再創作的轉變,"續書"形式本身也承襲並豐富著"世代累積"的創作經驗。《西遊記》故事並不是連續的寓言,它容易拆解,容易接續,這是章回小說的範式決定的。更重要的是,《西遊記》不是史傳類的作品,反而令其變化靈活。《西遊記》本身具有極好的調節能力和經典再生潛能,這是值得關注的文學接受和文學傳播現象[37]。我們很難用單一的"神話特質"來涵蓋《西遊記》在技術時代與衆不同的可持續

---

36 劉勇強:《中國古代小說史敘論》,北京:北京大學出版社,2007年,頁269。

37 20世紀90年代後期以來,學界對於通俗小說的傳播研究成果豐碩。如陳大康《通俗小說的歷史軌跡》及其《明代小說史》,宋莉華的《明清時期的小說傳播》,李玉蓮的《中國古代白話小說戲曲傳播論》,尚學鋒、過常寶、郭英德的《中國古典文學接受史》(明清部分)等,關於《西遊記》的傳播研究則也有專著,胡淳艷:《西遊記傳播研究》,北京:中國文史出版社,2013年。胡著將《西遊記》傳播史分成了版本、批評、續書、改編、圖像、翻譯六個面向加以考察。值得注意的是,"續書"和"改編"二項是獨立的。

開採性。因爲同樣具有"神話特質"的其它古典小説文本，卻未必具有《西遊記》如此長久、多元、繁榮的續衍命運。《西遊記》續書群與其它名著續書的差異是什麼呢？《西遊記》續書的獨特之處是什麼呢？現有的研究成果給出的答案顯然是有限的。這可能與中國小説史研究的框架有關。現有的"以原著爲中心"的小説史考察方法，很容易忽視續書群落的獨立文學價值。

"以原著爲中心"的研究方法有什麼不對呢？

在一些小説續書的《序言》或《讀法》中，續作者往往會標榜續書乃"倚山立柱，縮海通河"，如清代蔡元放的《水滸後傳讀法》、訥音居士的《三續金瓶梅序》等，可能是"以原著爲中心"作法的猜測。"以原著爲中心"最主要的問題在於，這種單一的主從權力關係並不能够完全回應所有"續書"可能抛出的美學問題。如果"續書"關切的美學問題是有價值的，卻在原著中找不到什麼對應，那麼既有的研究框架就會忽略這些議題，我們更多強調的是續書的數量、續書的優劣以及續書對於原著意義的補充。這是小説史研究的一般方法，考察的盲區不只是限於"底本"。五四以前，"小説"在古代的文體、文類論述中始終處於邊緣的位置。五四之後的小説理論，受到西方文學觀念影響很深，主要由外來的叙事理論及美學觀念主導研判。研究一部中國小説，如果不是基於文獻學整理考校史料真僞、版本流衍過程，或基於史觀考察小説在政治、道德、倫理教化上的功能，那便是將小説當作風俗史料，所能得到的文學知識非常有限。由這種研究方法詮釋過的經典小説不計其數，由小説生産、消費所得到的知識也有了路徑的典範。其中細考起來，關於中國小説原創性的知識非常有限。對於上述的問題，我們嘗試提出的詮釋方法之一，便是將續書個案當作獨立的作品來加以考察，側重關切它的創作生產方式和意圖，考察續書個案獨立的美學價值，而不是考察它與原著之間一一對應的關係。

其次，許多小説研究者在反思學術史之後，關切到研究選擇的可能性。如顏崑陽在《中國古典小説名著的文化原料性》一文中，曾提出中國古典小説名著都具有"'文化原料性'的特質，故其文本沒有一種繫屬於'定身作者'或繫屬於'定式結構'的'定指主題'之意義；而始終處在多數參與者不斷進行'不定式文本再製'，從而再現其意義，並兑現其價值的生產過程中；故而沒有唯一固定的作者、沒有不可更改的'定本'、也沒有封閉不變的'意義'"[38]。建立開放式的研究方法目的不在於要推翻原著，而在於換一種方式看待原著，在小説的感覺結構和存在意義上找到"集作性隱喻系統"，而不是去原著中找到對應知識。對於續書作者及所有的改編續衍的文學行爲最有價值的考察，不在於去看它改了什麼，而在於新創作背後的標的，即他們（"續書"創作者）爲何以這樣的行爲成爲原有故事群落群體性互動行爲的共同參與份子，而不是評點、評論或者索性寫一部新的小説。"世代累積"本就是一種創作上的"開放性"特徵，"續書"也是一種"開放性"。這兩種"開放性"並不存在等級關係，它的存續並不需要依賴原著與續作的主次關係。原著和續作都可以是群體文化不斷對話和整合的結果。顏崑陽觀

38　顏崑陽:《中國古典小説名著的文化原料性、不定式文本再製與多元價值兑現》，載《東華漢學》第 19 期，2014 年 6 月，頁 281–328。關於小説定本的問題，顏崑陽也以《水滸傳》成書過程爲例，提出問題：何者爲"定本"，必然非有確切的結論不可嗎? 回應到本論文有關續書"底本"問題的疑問。

點的激進性在於，他完全否定了古代小説的"定本"考察的意義，認爲小説無所謂"原著定本"，它可以應因各種需要而"再製"，在各個階段都只存在"暫存性"產品，但始終保存著"文化原料性"，而可爲群體所"共享"。顯然，續書只是這種文化大"共享"的一種方式，還有別的"共享"方式。這樣開創性的定義也會遇到問題，比如，什麼是"原料"呢？誰來定義什麼是"原料"呢？顏崑陽反思的方法是值得關注的，他將人們共同參與的文學行爲及運用語言創造的精神文化徹底地抽象化、符號化，爲的是打破研究窠臼，令創作者地位變得平等。"續"是故事的另一種"叙述形式"，而不是原著的附庸；"續"回應的是總體文化，而不是單一的原著信息。這種思考方法對於其它小説研究有沒有幫助還有待釐清，但對續書研究應該是合理的參考。

長期以來，明清小説的續書被視爲一種廣泛的文學出版現象以體現原著的影響價值，關於它本身並未形成獨立成熟的知識體系。即使研究者很早就有意識地談論續作問題，但也只是從文學現象或文學比較的角度切入觀察，附屬於文學史、小説史研究的脈絡之下。明確爲"續書研究"重建審美方式的學者觀點，如高桂惠提出明清時期的《西遊記》續書創造了"一系列文化聯繫的狀態"，來回應這一時期的文化思潮，日益成爲前沿熱議的課題。高桂惠認爲，這一群落的小説指向一種認同，"五聖的遊歷隱含著一種特別的（儘管是魔術般的）解決辦法，它勾勒出仲介形象的多重指稱——當妖魔向傳統的意義系統發起攻擊時，小説通過省略、聚焦的轉移等過程，把自我導向一種不穩定狀態。明清文人的文化認同、政治認同、信仰認同，在秩序的'認同危機'中，産生了特別不穩定的張力。"[39] 這提醒我們，"西遊故事"續書多少都與領會"危機"感知結構有關，這也是西遊故事區別於其它文本的特徵之一。這種"危機"與"認同"的不斷懷疑聯繫在一起，通過"奇幻"的外觀、"遊戲"的筆法，使它的真正意圖得到遮蔽。

認同問題能够參與到《西遊記》續書群落研究中成爲重要的檢閲視角，與續書産生的歷史時期有關。一方面是易代世變，事實上"續書"總是伴隨著國變而繁榮，另一方面則是技術演進。二者共同推助了明末清初、清末民初續書的繁榮，也推助了"續書研究"的發展。參考班納迪克・安德森（Benedict Anderson）《想像的共同體》一書中的觀點，續書作爲一種"想像"的形式，是特殊的"讀者"（續書文本創作者）、編輯者"透過小説、報紙的共同閲讀習慣，發現有一群人與自己閲讀、經歷同樣的事件。共同的經驗、想像讓人産生'一體'抑或'共同體'的感覺。"[40] 明代圖書出版的普及，爲小説加持傳播力形成新的文化生態，納入商業考量之後的"讀者問題"則變得更爲複雜，"印刷術的發明及廣泛使用，無疑導致了中國知識分子態度的變遷"[41]。如張高評認爲，"所謂'變遷'，應是多方面的。就

---

39 高桂惠:《類型錯誤／理念先行？——由明末〈西遊記〉三本續書的"神魔"談起》，收入於蒲慕州編:《鬼魅神魔——中國通俗文化側寫》，臺北：麥田出版社，2005 年，頁 294–295。

40 ［美］本尼迪克特・安德森（Benedict Richard O'Gorman Anderson）:《想像的共同體——民族主義的起源與散佈》，吳叡人譯，上海：上海人民出版社，2005 年，頁 29–33。

41 陳寅恪:《鄧廣銘宋史職官志考證序》，收入於陳寅恪著:《金明館叢稿二編》，北京：三聯書店，2007 年，頁 31。

文學而言，閱讀心態、思維策略、創作方法、論述模式，以及語言、體製、風格，或因印刷傳媒而有所調整與改變。"[42] 黃衛總（Martin W. Huang）則提出續書最早繁榮的時期，是十七世紀中葉，中國正經歷痛苦的帝國易代。大約兩百年之後，在十九世紀二十世紀之交，最後的帝國開始崩塌，續書展開了又一次甚至更大的熱潮。續書作爲一種敘事類型，似乎又有了一種"變遷"（transitional）的內在特質："對於前作而言，續書不只是一種延續（continuation），也是一種新的離別（a new departure）[43]。這種'分水嶺'的特質，使得續書對於那些能在兩個歷史年代的縫隙間找到自己的人，以及那些對所發生的事感到懷舊的、同時又渴望知道發生了什麼、還會發生什麼的人產生吸引力。"[44]

程國斌在《明代書坊與小說研究》一書中，以"萬曆二十年《西遊記》刊刻以後，到崇禎十四年（1641 年）董說《西遊補》的刊刻"作爲時間標的，統計共有 25 部神魔小說出現於書坊（包括明末佚名《續西遊記》一百回）。他還提到了書房主參與創作（一是親自操刀編撰小說，二是組織下層文人編撰小說，三是與中上層文人合作編刊小說）的問題[45]。書坊本來是一個民間範圍內的文學場域，因爲《西遊記》、《三國演義》等小說之

42　張高評：《宋人詩集之刊行與詩分唐宋——兼論印刷傳媒對宋詩體派之推助》，載《東華漢學》第 7 期，2008 年 6 月，頁 81。

43　傅憎享曾以"親和"與"離異"描述原著與續書的關係："萬曆本向著《水滸傳》親和，崇禎本則竭力與《水滸傳》離異"。參《論〈金瓶梅〉對〈水滸傳〉的歸化與異化》，載《北方論叢》1987 年第 5 期，頁 19。

44　［美］黃衛總（Martin W. Huang），"Introduction", In Martin W. Huang ed., *Snakes' Legs: Sequels, Continuations, Rewriting, and Chinese Fiction*,（Honolulu: University of Hawaii Press, 2004），p. 5, 自譯。

45　程國斌：《明代書坊與小說研究》，北京：中華書局，2008 年，頁 253–262。

"末技"並不會出現在官方所關注文學範圍内，"以天子書庫所欲收藏的《四庫全書》之立場來看，白話的通俗小說連存目都不願列入……小說的基本性格是'博采旁蒐'……無論如何務以述'真'爲先，不失'真'，則'博采旁蒐'始有價值。而且'真'對社會人生很重要，只是小說原非'大道'，不過記載一些瑣雜之事……"[46]這種認知是元明以來學者文人所共有。小說是末技，那續書更不入流。但問題没有那麼簡單。前文已提及，明清小説的評點，是與明清小説續衍一樣，直面讀者問題，回應著"作品是如何被閲讀的"議題，且評點這一文學行爲具有先鋒性。晚明精英層的士大夫相對重視通俗小說這種民間的文學方式，毛宗崗、李卓吾、金聖歎等的努力功不可没。生於明末清初的金聖歎所批語的《水滸》，積極分析並肯定通俗小説的價值，甚至前野直彬認爲金聖歎的這種努力"可視之爲對傳統士大夫階級對小説看法的一種反動"[47]。在這樣的歷史文化背景之下，經由文人評點、刊刻介入創作或者説再創作的文學生態，其實是大衆文化對精英文化的滲透和挑戰，也是知識疆界、知識權力經由世俗化歷程的緩慢轉移。王靖宇（John C. Y. Wang）在《金聖歎的生平及其文學批評》一書中指出，"金聖歎是中國最早致力於爲歷來遭受鄙視的白話文學的重要性辯護的先驅者之一……金聖歎在中國此一最早將小説和戲劇提高到其應有地位的嘗試中所作的最有價值的貢獻，而他之所以能在中國文

---

46 ［日］前野直彬：《論明清兩種對立的小説理論——金聖嘆與紀昀》，吳璧雍譯，載《中外文學》第 14 卷第 3 期，1985 年 8 月，頁 74。

47 ［日］前野直彬：《論明清兩種對立的小説理論——金聖嘆與紀昀》，頁 73。

學批評史上留下永久的印記也在於此。"[48] 本書認爲，續書也是這
種 "反動" 意見的一部分，只是從介入原著的角度而言，小說評
點的目標是 "揭出一段精神"；續書的介入方法，是創作（補入、
續作、改寫）的複雜回應。尤其當小說的語言形成一種特殊的
"資訊"，進入到公衆傳播中，對形成 "社會的想像" 與 "想像的
社會" 均有幽微的推助之力。我們通過閱讀續書文本內外的語境
來思考文人挑選叙事方式背後的意圖，實際上要做的是發現文學
行爲背後的認同到底是什麼。至少可以最先排除的動機是，續書
寫作的目標是爲了提升文人的地位。創作續書可能有一定的商業
利益作爲補償，但與運用大衆文化來衝擊精英文化權力，幾乎没
有什麼關係。創作者爲什麼要去寫續書呢？這種自發的衝動與創
作的本質之間的連結是什麼呢？這無疑是一個好問題。

　　從小說史的觀念來看，小說既已是 "末技"，"續書" 就更
是 "末技" 的 "末技"，更容易遭致正統士大夫眼中 "猥鄙荒
誕，徒亂耳目" 的懷疑和輕蔑。就連金聖歎在肯定 "通俗文學"
價值的同時，也不認可《西遊記》的 "荒誕"。對這一問題，日
本漢學家前野直彬有過十分精闢的總結，他認爲無論是袁宏道、
李卓吾、金聖歎，還是胡應麟、謝肇淛、紀昀，這些專業讀者
並非看不到想像力與文學價值之間的關係，"有趣是一回事，但
不能覺得有趣……表示了當時讀書人的矛盾心理"[49]，且 "作品
的價值不在優秀不優秀，而是作品的形式決定了價值的基準"[50]。

48　[美]王靖宇（John C.Y.Wang）:《金聖歎的生平及其文學批評》，譚蓓芳譯，上
　　海：上海古籍出版社，頁 1、10。

49　[日]前野直彬:《論明清兩種對立的小說理論——金聖歎與紀昀》，頁 89。

50　[日]前野直彬:《論明清兩種對立的小說理論——金聖歎與紀昀》，頁 90。

這種矛盾心理與審美標準的若隱若現，與續書"經典化"的困境有著直接的映照關係。如果我們將續書問題置於明末清初的時代背景之下，就不能不將這些相關因素所起到的作用，伴隨其它社會經濟、技術、文化的綜合發展加以全面考量。即在這樣的背景之下，創作者在"有趣是一回事，但不能覺得有趣"的壓力之下，依然選擇去續作一個舊文本，需要一個更明確的理由，而不是僅僅以"取其易行"（劉廷璣語）的娛樂心態一言以蔽之。找到真正的寫作理由，可能會成爲"續書問題"自呈爲獨立知識體系的重要路徑。小說評點研究基於這一層面的考慮，可能是小說續書研究可以參考的路徑之一。

顯然，原著的意義，在讀者問題的視野之下，仍有著文學史權力的影子。小說評點距離原著更近，文學地位更高。又因爲中國古代小說理論稀缺，小說評點者的意見對於形塑古代小說理論的貢獻很大。小說評點者中也不乏潛藏有價值取向的好惡，他們一邊爲突破小說作爲"末技"的弱勢地位努力著，一邊也試圖重新制定小說的審美標準。有意思的是，西遊故事並沒有受此恩惠太多。這可能與《西遊記》非史傳書寫的特質有關。雖然"西遊故事"起源於玄奘故事，但到了世本階段，史傳的味道已經很淡了，甚至"有一個現象令人覺得十分納悶，此即小說裡的細節可以溯源至佛典者並不多"[51]。在"叙事文學發展的初期，在小說中唯一可尋的脈絡就是隨著歷史事件發展的情節。在長篇小說裡，歷史主題更是顯著"[52]，故而在重設小說標

---

51 余國藩：《源流、版本、史詩與寓言——英譯本〈西遊記〉導論》，頁 287。
52 ［匈］陳國（Csongor Barnabas）：《〈水滸傳〉與〈西遊記〉分析比較——中國古典小說的藩籬》，胡復熊譯，載《中外文學》第 11 卷第 2 期，1982 年 7 月，頁 61。

準時，即使是那時最激進的文人，依然以此爲準繩小心翼翼地
眺望小說所能實現的可能性。在明代新派文人一面讚賞著小說、
又一面躊躇該不該全面肯定其審美價值的背景之下，這種矛盾
的心理狀態伴隨著小說的蓬勃發展鑄成了晚明在中國文學史上
重要的成就之一。林崗就認爲，"明清之際的小說評點就是中國
文論史上（繼魏晉南北朝時期的詩文理論後）第二次'文學的
自覺'。"[53] 如果說評點代表了小說、傳奇發生了文人化的轉向，
評點"重新體認、探究、闡發既至廣至大又至隱至微的'文
心'"[54]，那對於"四大奇書"的續書，叛逆的意味更甚，那是對
於"文心"的重複替代與隱微解構。與小說評點進入文本的方
式相比，續書的"揭出"方式要更爲迂迴、更爲複雜。以董說
與他的《西遊補》爲例，既是前文所提及的"末技"對世道滲
透現象的集中體現，同時也是"不能覺得有趣"的意識形態所
規訓的親歷者和矛盾者所共同孕育的文化生態。在意義的反諷
或置換的背後，都與正統意識形態的理解力做著曲折的周旋。

　　如撰寫《続西遊記國字評》的日本學者曲亭馬琴——幾乎
是唯一一個肯定《續西遊記》文學價值的專業讀者——以評論
者兼寫作者的雙重身分認爲，"稗史之作，悅里巷小兒易，爲君
子掛齒難，世上批評稗史者多，思量作者苦心者寡。好壞暫且
不提，寫此百回之長物語，應羨其文華筆力。"[55]（第二十條）又

53　林崗：《明清小說評點》，北京：北京大學出版社，2012 年，頁 7。

54　林崗：《明清小說評點》，頁 9。

55　轉引自勾豔軍：《日本近世小說家曲亭馬琴的〈續西遊記〉評價》，收入於《科學
　　發展‧協同創新‧共築夢想——天津市社會科學界第十屆學術年會優秀論文集
　　（上）》，2015 年，天津：天津市社會科學界聯合會，頁 201－202。[日] 曲亭馬琴：
　　《続西遊記國字評》（電子版），早稻田大學圖書館公開古籍書 1833 年版，頁 23。

如,《後西遊記》中"缺陷大王"抓了唐僧便要他回答"有佛還是無佛"、"(佛)也不見十分慈悲"(第十四回),唐僧始終保持沉默。隱蔽於原著之後發生質疑,比以評點來質問倫理世情更爲安全,它表現爲一種文學技巧。在此背景之下深究起來,續書作品的娛樂功能性流於表面,懷疑和解構的意味取代了原初的叙事使命,得以産生新的詮釋效應。譬如,明末文人爲何總是選擇"孫悟空"作爲自身命運的投射而非"唐僧"?而對於一個術能被剝奪(《續西遊記》)、被弱化(《西遊補》)、被降格(《後西遊記》)的孫悟空形象而言,誰又成了穩定不變、頑固不化的唐僧?這都值得我們重讀續書文本,仔細思索"作者苦心"。續書作者的"苦心"可能與創作者潛在的危機意識有關。許暉林、郝稷等學者都關切到了"西遊故事"文本中的"替代"(displacement)主題[56]。這種"替代"囊括了取經隊伍、取經使命、取經人等多維度的假設。小説中原先的使命不存在了、原先的能力消失了、原本已經解決的問題被更嚴重的問題替代,這樣的時候應該怎麼辦,這往往是續書關切的問題所在。續書爲原著創建了新的危機,危機是續書在小説情節和内容上的假設,還可能帶有更深的意涵。這並非《西遊記》續書獨立的特

---

56 許暉林:《延滯與替代:論〈西遊補〉的自我顛覆叙事》,載《臺大中文學報》35 期,2011 年 12 月,頁 125—156。郝稷:《〈西遊記〉中孫悟空情慾之再審視》,研討會報告,全文未見。文章初步認爲,世德堂《西遊記》中的孫悟空並非完全無性,更非毫無情慾(此點通過文本細讀可證)。孫悟空情慾的展現在《西遊記》中經歷了一種"displacement",而且與孫悟空形象的"原型"(或可能的形象來源)具有關聯。而董説的《西遊補》甚至包括後來的《大話西遊》均在一定程度上以不同的形式呼應、强化了這一(潛在的)情慾呈現。届時可備一參。

徵，而是許多古代小說所共有。以《水滸傳》爲例，商偉指出，
"不難看到，早在《西遊補》之前，就有了《金瓶梅詞話》這樣
的章回巨製，開了小說補作的先河。它以《水滸傳》中武松復
仇的情節爲起點，但又改弦易轍，展開了一個異想天開的、另
類的虛擬敘述（'what if' narrative）：如果西門慶和潘金蓮當初
沒有死在武松的刀下，而是多活了四五年的時機，那結果會怎
樣？他們的故事又該當何論？這無異於向讀者宣布：《金瓶梅詞
話》演繹的是一個被《水滸傳》扼殺掉的故事……《詞話》通
過虛構筆法，不僅與《水滸傳》搭上了關係，而且顛倒了它與
《水滸傳》的前後因果關係，變成了後來居上，本末倒置……就
此而言，《西遊記》作爲江湖歷險敘述的變奏，與《水滸傳》殊
途同歸。"[57] 王德威也指出，"《蕩寇誌》的另一個題目《結水滸
傳》中的'結'字，既指'完成'亦指'終結'。《蕩寇誌》不
單單如人所預料的那樣，提供了一個發微摘狀、微言大義的善
本，描述著'寇焰方張'的叛逆者'既除且治'的下場，而且
還公諸海內的一段結語，結束了一個長久以來'逆天行事'、'苟
延殘喘'的話語系統……他（俞萬春）將效忠皇廷的資訊，嫁
接到一個以政治顛覆性知名的小說話語之上，也嫁接到一種
'以毒攻毒'的希望之上……《蕩寇誌》發展了一種政治危機感"
以至於"自19世紀中葉以降的小說罕有如《蕩寇誌》（1853年）
這般，能對當時的政治發生如此迅疾的影響。"續書應對危機的
方式，是對原著的對抗而非致敬，亦或續書以補缺的方式照亮

---

57 商偉：《複式小說的構成：從〈水滸傳〉到〈金瓶梅詞話〉》，載《復旦學報（社
    會科學版）》2016年第5期，頁43、45、51。

了原著及其背後的時代危機。續書是故事的延伸，原著故事的進行是爲了完成，續書則是指向未完成。續書不爲了揭開原著的一段真理，而是要與原著分道揚鑣、不共戴天，以期揭開其他的真理。

如果我們認同續書寫作是一種創作，勢必發現它的書寫方式是複雜的。一直以來，受限於傳統文學史的研究框架，我們對續書的認識過於簡單。與原創作品相比，續書受限於原著框架，可説是並不自由的寫作行爲。寫續書既不是爲了提升小説的文學地位，也不是爲了獲得創作者的社會地位，那創作者到底爲什麼還要寫呢？誠然，商業利益是一部分考量，創作作爲一項複雜勞動，創作動機的發生具有更重要的意義。尤其是在傳統文論視域之下，續書寫作的靈感未必像原創靈感那樣是"不期而至而又不辭而別的過客"[58]。前文提到，黃衛總曾提出了一個值得關注的現象，即續書的兩次商業繁榮與世變相關，這對我們反芻續書創作發生的動機提供了新的參考。這種續書獨有的出版繁榮現象，也有助於我們打破"以原著爲中心"的固定模式，重新觀察續書與外部歷史環境的共生關係。

（三）"續書" 與 "一系列文化聯繫的狀態"

定本基本形成以後，《西遊記》續書在明末清初時表現爲從"世代累積型"創作轉爲個人化創作。從前文的分析我們可以知道，長期的、集體性的"續書"形式本身也承襲並豐富著

---

58 商偉：《比較中西文論中關於創作靈感的一些認識》，載《國外文學》1982 年第 3 期，頁 36。

"世代累積"的文學經驗。宋元以來的白話小説主要是書會才人與説話藝人共同創作的結果，而早期的章回小説往往也經歷過較長時期的演變，小説史上稱爲"世代累積"[59]，《西遊記》就是這種世代累積的傑作。從一個純粹的和尚取經故事，經集體智慧的不斷豐富、詮釋、書寫，從而衍生出了多層面的文化内涵。無論是神話意義、宗教意義、世情意義或是英雄主義、民俗鬥法，取其任一片段，都能够稍加修改，自成故事。這不僅是《西遊記》在文學内部結構上的特徵，也是其在創作方法上長期、大量取用中西文學源流所成的應然結果。它容易拆解，亦容易重構，故而容易侵入，亦容易接續。它不是紀實類的作品，反而令其變化靈活。一旦發生了創作形式的變化，我們還是以考察原著的文學方法來考察續作的文學價值，是不是合理呢？這似乎是很值得重新考慮的問題。

　　一般認爲，"續書"作品看作是對原著意義的補充，即作爲一種美學上的"反饋"（feed back）[60]。文本型態的續書看似以一種與原著對話的方式來構築其叙述機制，有時這種對話是針對内容的，有時這種對話是針對形式的，有時這種對話針對著秩序，動機取決於續書作者的野心和續書讀者的理解。《西遊記》

59　劉勇强：《中國古代小説史叙論》，北京：北京大學出版社，2007 年，頁 269。

60　張高評借用"反饋"概念應用於宋人詩集與傳播的關係，轉引自馮契：《哲學大辭典·美學卷》，上海：上海辭書出版社，1991 年，頁 113–114、胡繩：《中國大百科全書·哲學》，〈反饋〉，北京：中國大百科全書出版社，1987 年，頁 196–197。"'反饋'，原指控制系統輸出資訊，作用於被控對象後，產生的結果，再輸送回來，又稱爲'回授'、'返回傳入'、'回復'。文藝美學借用控制論中因果相互作用的反饋聯繫，指稱審美對象的反應，有反作用於審美對象。"見張高評：《宋人詩集之刊行與詩分唐宋——兼論印刷傳媒對宋詩體派之推助》，頁 81。

作爲一部已經完成的作品,爲什麼需要意義的補充、情志的補憾就更需要調度讀者的想像力。這是續書研究長久以來忽略的面向,即考察續書作者到底是對於原著中的什麼東西感到不滿足。《西遊記》作爲一部帶有宗教性質的奇幻小說,以通俗的方式詮釋宗教行爲,實現了經典的通俗化,派生了大量新的創作及跨文本的藝術仿效。這些仿效具有集中性、專業性和廣泛的傳播效應。經典化的生成模式自然又會壓迫到它派生之作的文學評價,形成原著與續書的緊張關係,這種緊張關係超出了我們對文本之間"互文性"的一般認識。

上一節我們提到了高桂惠的觀點,高桂惠提出明清時期的《西遊記》的三部續書創造了"一系列文化聯繫的狀態"來回應這一時期的文化思潮,她將續書創作不僅看作是叙事文學的一種現象,也將它看作是中國文化的一種特質,而其語境的差異在晚明與晚清又有著遺民與新民的差異表述。近年來,海外學界普遍對續書研究展開了新的討論,面對優秀的續書作品,研究者重新反思起"續書"對於章回小說再造與新生的範式。高桂惠以"蹤跡"(trace)的概念重新定義續書與原著的關係,商偉則以"複式小說"的新概念重釋小說內部的雜語現象,將小說作品與其他文本之間的關係視爲其內部意義生成的重要因素。也就是說,續書與原著之間的關係被提到了更爲重要的地位,以原著爲中心的續書研究方法正逐漸被打破。這種打破的探索是困難的,因爲我們必須重新細讀文本,確立續書獨立的文學價值、思想價值,其次才能重建原著與續書的平等地位,打破等級,觀察二者甚至多者之間特殊的互動關係。這是其他的文學比較中很少遇到的倫理問題,在續書研究領域卻普遍存在。

　　主從關係的倫理問題正如前文所提到的"底本"問題一樣，是續書研究的盲點，且兩者很可能是疊加出現的。嚴敦易認爲《蕩寇誌》是依附《水滸傳》七十回本的繁本系統生存的[61]，高桂惠並不完全認同，她提出"對於《蕩寇誌》產生影響的到底是不是只有金聖歎的七十回本，就《蕩寇誌》的內容來細加分析，在思想、骨幹、切入點和情節上，對照水滸故事是否有不同的版本演變痕跡殘存，甚至大於七十回本的對話？"[62]且她的目標並不是要爲《蕩寇誌》找到一個確切的《水滸傳》"底本"，而是企圖發現更真實的文化聯繫狀態。在這種新的研究方法下，長期以來居於文學史邊緣地位的續書正逐漸以自己的方式發揮著隱奧的力量，儘管影響力有限。若從文化研究的角度觀察，"經典化"（canonization）一詞的內涵則更爲複雜，它"意謂被一個文化裡的統治階層視爲合乎正統的文學規範和作品（即包括模式和文本），其最突出的產品被社會保存下來，成爲歷史遺產的一部分……因此經典並非文本活動在任何層次上的內在特徵，也不是用來判別文學'優劣'的委婉語。某些特徵在某些時期往往享有某種地位，並不等於這些特徵的'本質'決定了它們必然享有這種地位。顯然，某些時代的文化中人可能把這類差異看作優劣之分，但歷史學家只能將之視爲一個時期的規範的證據。"[63]也就是說，從史學的視角來看，"經典化"的對立

61　嚴敦易：《水滸傳的演變》，臺北：里仁書局，1996 年 4 月，頁 255–256。

62　高桂惠：《"攘夷"還是"尊王"："皇化"文本〈蕩寇誌〉的理想秩序》，收入於《追蹤躡跡：中國小說的文化闡釋》，臺北：大安出版社，2005 年，頁 99。

63　［以］埃文・佐哈爾（Itamar Even-Zohar）：《多元系統論》，張南峰譯，載《中外文學》第 30 卷第 3 期，2001 年 8 月，頁 24。

面是"邊緣化",在這二者背後隱藏的則是一種"權力"意志的
競爭實現——即誰的經典、誰的讀法、先後高低優劣,都成爲
了超越純粹文學審美以外的評判體系。明末清初時期續書作品
的流行特徵和邊緣地位,究竟與原著的"經典化"歷程是否有
關?這是一個非常有趣的問題。在中國小說歷史上,續作的文
學成就超過原著的情況並不是沒有出現過,如齊諧的《異記》
和東陽無疑的《齊諧記》。針對這一問題,《西遊記》同樣可能
是很好的觀察範例。

　《西遊記》"續書"並沒有在當代停滯自己的流衍步伐,使
我們觀察"一系列文化聯繫的狀態"有了更爲豐富的經驗,這
種經驗有助於我們運用歷史的後見之明回溯文化符碼的互動歷
程。如中國大陸浙江人民美術出版社的連環畫《後西遊記》、湖
北美術出版社的連環畫《續西遊記》在上世紀八十年代影響了
一代《西遊記》愛好者[64]。這些連環畫截取了續書作品中的主要

64　連環畫《後西遊記》共 17 冊,1984 年由浙江人民美術出版社出版,如今此版價
　　格已被網絡翻炒至 200-300 倍。第一冊:《齊天小聖》(徐有武、徐有剛繪畫);第
　　二冊:《重赴西天》(徐有武、徐有剛繪畫);第三冊:《一戒歸正》(徐有武、徐
　　有剛繪畫);第四冊:《真假沙彌》(龐先健繪畫);第五冊:《大鬧火雲樓》(羅希
　　賢、姚人雄繪畫);第六冊:《夜鬧鬼國》(羅希賢、姚人雄繪畫);第七冊:《戰
　　文明天王》(高志嶽、韓力繪畫);第八冊:《智解美人計》(楊春瑞、于水繪畫);
　　第九冊:《智斬十妖》(蘭洋繪畫);第十冊:《巧計救太后》(侯春洋、王德亮繪
　　畫);第十一冊:《陰陽二氣山》(徐谷安、茅芙影繪畫);第十二冊:《義誅三屍
　　妖》(羅希賢、姚人雄繪畫);第十三冊:《破"不老婆婆"》(蘭洋繪畫);第十四
　　冊:《蠆腹脫險》(徐有武、徐有剛繪畫);第十五冊:《掛礙關驗誠心》(徐有武、
　　徐有剛繪畫);第十六冊:《唐僧說法》(徐谷安、周衡平繪畫);第十七冊:《得
　　解東歸》(楊介繪畫)。連環畫《續西遊記》共 10 冊,黃河清、舒少華、易至
　　群、謝智良等繪畫,1988 年由湖北美術出版社出版,如今一版一印極其稀少,
　　奇貨可居。第一冊:《護經鎮四妖》;第二冊:《三盜金箍棒》;第三冊:(轉下頁)

故事，裁剪成爲 17 本或 10 本的類型，實現載體的轉換，本身就是一種藝術之間的轉譯，傳播效果由現代出版發行量作爲統計。即使如《續西遊記》這樣並不爲普通讀者所熟知的《西遊記》續書，也以每十年三個新版的速度出版，從未停止過傳播，這是《西遊記》續書一邊並不受到學界待見，一邊又銷量良好的例子。許多中國人都對《西遊記》非常熟悉，但熟讀百回本《西遊記》的人並不多，全國專門開設公開掛牌《西遊記》研究課程的高校不超過五所，全國從事《西遊記》研究的學者也不過百人，這與讀者自以爲的"熟知"形成奇異的參照。大衆文化、多元文化反過來將理性知識的話語霸權陌生化、相對化了，這與明末清初時期大衆文化藉由小說對精英文化的滲透和挑戰形成了隔空的對話。"西遊故事"除了在續書研究領域形成了懸置底本的共識之外，在民間也被異化爲"地方知識"（local knowledge）的"他者"[65]。將《西遊記》表現爲模糊傳承的文化符號，漫畫是一種物質載體的符號，續書是一種改寫的符號，

（接上頁）《智過女子國》；第四册：《索寶通天河》；第五册：《大戰賽巫山》；第六册：《真假取經人》；第七册：《勇闖餓鬼關》；第八册：《偷越風雨林》；第九册：《受阻强葦店》；第十册：《求授驅迷法》。

65　借用美國人類學家吉爾茲 1983 年提出的"地方性知識"（local knowledge）概念。"地方性知識"是指從軸心時代開始，佔據該文明中心位置形成自足系統的、以理性爲主導的知識整體，因而作爲其原始發生基礎的、普遍的神話（此時已異化爲地方性知識的他者），也只有經此地方性知識的吸收、過濾、整合，並在其整體性框架中找到恰當的位置後，方能行使其曾經擁有的最高話語權力。［美］吉爾兹（Clifford Geertz）：《地方性知識：闡釋人類學論文集》，王海龍、張家瑄譯，北京：中央編譯出版社，2000 年 1 月。

兩者的疊加指向了文化熟知，而非原著熟知[66]。

西遊故事群由作爲普遍共識的底本生成，到定於一尊的單數、權威經典爲中心，再到如今技術時代、資本時代衆聲喧嘩的複數、多元的演變，走過的不僅是文本内容的流衍，更有權力的遴選與觀念的遞遷。從明清時期單一文本的"續補"型態延展至當代廣泛多元的"續書"，其背後的問題非常複雜，涉及到不同文化維度的符號對話，也涉及到文學文化權力的博弈。依卡林内斯庫（Matei Calinescu）之見，"改寫"（rewriting，或譯爲"重寫"）囊括了一些傳統詩學的概念和批評性的註解（critical commentary），前者指模仿（imitation、parody）、burlesque（兩者均可籠統地翻譯爲"滑稽模仿"）、置換（transposition）、拼貼（pastiche）、改編（adaptation），甚至包括翻譯（translation），後者包括對源文本的描述（description）、概要（summary）、有選擇地引用（selected quotation）[67]。如果我們將續書的創作行爲，看作是對經典文化有意識的補充，是一種次文化生態的表現，而不僅僅是對單一原著所提供的符號素材的一一對應，那麼續書研究的邊界將被進一步拓寬。

66　這並非是孤立現象，在《水滸傳》續書的傳播中，連環畫也是重要的傳播媒介。在十六部《水滸傳》續書中，陳忱的《水滸後傳》被公認爲是最好的一部，因此在《水滸傳》續書連環畫中，根據《水滸後傳》改編繪製的連環畫最多。尤其是在 20 世紀的大衆傳媒，影響廣泛。參唐海宏：《〈水滸傳〉續書連環畫輯述》，載《荆楚理工學院學報》2018 年第 5 期，頁 27–31。

67　轉引自李玉平：《多元文化時代的文學經典理論》，頁 90–91。注 2，轉引自 Matei Calinescu, "Rewriting", in Hans Bertens, Douwe Fokkema ed., *International Postmodernism*：*Theory and Pratice*, Amsterdam and Philadelphia：John Benjamins Publishing Company, 1997, p. 243。

　　最早將續書稱爲"次經典"的是美國漢學家何谷理（Robert
E.Hegel），他也是《西遊補》的研究專家。在給他的指導學生
劉曉廉（Xiao-lian Liu）關於《後西遊記》的研究專著《佛心
的〈奧德賽〉:〈後西遊記〉的諷喻》（*The Odyssey of the Buddhist
Mind*: *The Allegory of The Later Journey to the West*）所作的序文
中，何谷理以"minor classic"（小經典、次經典）的概念定義了
《後西遊記》，這來自於劉曉廉在論文中開宗明義的宣稱《後西
遊記》是"一部中國寓言小說"（a Chinese allegorical novel）[68]。
劉曉廉則進一步闡釋在《後西遊記》所指涉的"寓言小說"的
含義，指的是"用連續和系統的方式運用表達的象徵模式，在
編排良好的情節中，將抽象的概念，例如道德或宗教的觀念，
用虛構的人物和行爲呈現爲具體和可見的呈現，以便有效地向
讀者揭示他的願景和信仰。"[69]"續書"文本，以"次經典"的形
式不斷推動著"西遊故事群"的演進[70]，這種激勵效果是顯著的。
在此研究目的之下，《西遊記》及其"續書"文本是一個合適的
考察對象。而選擇"明末清初"這一特定歷史時期，是因爲《西
遊補》、《續西遊記》、《後西遊記》恰好具有代表性，每一部作

68　Robert E. Hegel, "Foreword", *The Odyssey of the Buddhist Mind*: *The Allegory of
　　The Later Journey to the West*, Lanham, Maryland: University Press of America,
　　1994, p. x.

69　劉曉廉（Xiao-lian liu）:《佛心的〈奧德賽〉:〈西遊補〉的諷喻》（*The Odyssey of
　　the Buddhist Mind*: *The Allegory of The Later Journey to the West*），拉纳姆：美洲
　　大學出版社，1994 年，頁 9，引文部分爲自譯。

70　"如果沒有'次文化'（流行文學、流行藝術、無論何種意義上的'次等文化'
　　［low culture］，等等），或者不容許'次文化'對經典化文化施加真正的壓力，
　　就不大可能有富於生命力的經典化文化。沒有强大的'次文化'的刺激，任何
　　經典化的活動都會逐漸僵化。"引注同上。

品都對原著及續書研究本身發起了獨特的提問。續書，究竟是"舊瓶新酒"還是"另闢蹊徑"，我們恐怕還要回到概念的梳理及對文本本身的細讀中加以考察。

二、基本問題的釐清

（一）從"小說研究"到"續書研究"

先釐清第一個問題：現有續書研究的框架和成果是什麼？它是否真的適用於當代視野？

一直以來，續書研究並不是一個受到關注的研究方向，它沒有固定的定義，也沒有持續不斷地生產理論知識。郭豫適曾指出，"續書自身的價值與續書研究的價值雖然有一定聯繫或關係，但二者並不是一回事。以往對續書和續書研究缺乏足夠的重視，學術史上關注這個問題並有較多評述的論者甚少……自覺地從理論上、從文學史和小說史的角度認知小說續書、小說續書研究的意義和價值，那是在上個世紀八十年代才開始的。當時發表了吳曉鈴、林辰等學者的一些單篇文章。"[71] 這篇書評也是稀少的對上世紀續書專著做出知識化點評的文章之一。它區分了續書研究的價值與續書本身的價值，其次，指出了目下稀少的續書研究理論多是以《紅樓夢》續書為研究對象得出的，因為《紅樓夢》的續書更多。但《紅樓夢》續書的研究成果是否能作為絕對的標準適用於所有小說續書，卻有待商榷。高玉

71　郭豫適：《古代小說續書研究又一新成果——評高玉海的〈明清小說續書研究〉》，載《明清小說研究》2004 年第 2 期，頁 231。

海、婁秀榮的論文《明末清初的小説續書理論》是少見的明確以"續書研究"作爲研究對象的整理,通過明末清初陳忱、清代劉廷璣和蔡元放等對小説續書的論述,找到了一些理論依據,尤其是指出陳忱在《水滸後傳序》中的經驗之談,是較早從理論上論述小説續書創作的文章。如陳忱自陳,創作續書的動機在藝術上是"機局更翻,章句不襲……借殘局而發洩作者心中之憤懣情緒……且這種牢騷,不能是個人的恩怨出處或隻身的榮辱,而是整個國家、社會的命運所激發的。"[72] 胡勝在討論到《三國演義》兩部續書時,借用無名氏的《新刻續編三國志引》也提到了"洩憤一時,取快千載"的創作動因[73]。我們可以看到,續書研究者已經觀察到了續書文體與"情緒"之間的關係,如《紅樓夢》續書作者將《紅樓夢》視爲"恨書",清代《幽夢影》將《金瓶梅》視爲"哀書",金聖嘆將《金瓶梅》視爲"憤書",《新刻續編三國演義》"以洩萬世蒼生之大憤",強烈的情緒與續書創生的感覺結構是否存在著隱微的連結,目前尚未經過廣泛論證形成穩定的知識體系。在中國的小説文化中,潛藏著複雜多元的精神傳統,如俠義、禮教,"續書"可能隸屬於"抒情"的脈絡中,且不是唯美、溫和的抒情,而是更接近於《西遊補》"情難"結構的知覺經驗,尚未得到真正的關注。

最早也是被引用最多的關於續書的評價是清初學者劉廷璣在《在園雜誌》卷三中的評論:

---

72 高玉海、婁秀榮:《明末清初的小説續書理論》,載《瀋陽師範大學學報(社會科學版)》2004 年第 1 期,頁 11–15。

73 胡勝:《同源而異質:試析〈三國演義〉的兩部續書》,載《明清小説研究》2003 年第 3 期,頁 62–73。

近來詞客稗官家，每見前人有書盛行於世，即襲其名、著為後書副之，取其易行，竟成習套。有後以續前者，有後以證前者，甚有後與前絕不相類者，亦有狗尾續貂者。"四大奇書"如《三國演義》名《三國志》，竊取陳壽史書之名。《東西晉演義》亦名《續三國志》，更有《後三國志》與前絕不相伴。如《西遊記》乃有《後西遊記》、《續西遊記》，《後西遊》雖不能媲美於前，然嬉笑怒罵皆成文章，若《續西遊》則誠狗尾矣。更有《東遊記》、《南遊記》、《北遊記》，真堪噴飯耳。如《前水滸》一書，《後水滸》則二書：一為李俊立國海島，花榮、徐寧之子共佐成業，應高宗"卻上金鼇背上行"之讖，猶不失忠君愛國之旨；一為宋江轉世楊幺、盧俊義轉世王魔，一片邪汙之談，文詞乖謬，尚狗尾之不若也。《金瓶梅》亦有續書，每回首載《太上感應篇》，道學不成道學，稗官不成稗官，且多背謬妄語，顛倒失倫，大傷風化。況有前本奇書壓卷，而妄思續之，亦不自揣之甚矣。外而《禪真逸史》一書，《禪真後史》二書：一為三教覺世，一為薛舉託生瞿家，皆大部文字，各有各趣，但終不脫稗官口吻耳。再有《前七國》、《後七國》。而傳奇各種，《西廂》有《後西廂》，《尋親》有《後尋親》，《浣紗》有《後浣紗》，《白兔》有《後白兔》，《千金》有《翻千金》，《精忠》有《翻精忠》亦（各）[名]《如是觀》，凡此不勝枚舉，姑以人所習見習聞者，筆而志之。總之，作書命意，創始者倍極精神，後此縱佳，自有崖岸。不獨不能加於其上，即求媲美並觀，亦不可得，何況續以狗尾，自出下下耶。演義，小說之別名，非出正道，自當凜遵諭旨，永行禁絶。[74]

　　劉廷璣的意見對於"續書研究"領域具有先發性和代表性。"取其易行，竟成習套"指出續書行爲的動機出於省力容易，劉廷璣對續書的文學價值評價不高。相較之下，魯迅、胡適對一些續書的文學成就表示了肯定，如魯迅曾盛讚《西遊補》[75]，而胡適則肯定了《水滸後傳》[76]。從上世紀 80 年代開始，"續書研究"的最初成果有林辰《紅樓續書之我見》（《光明日報》，1985 年 2 月 26 日）、劉興漢《試論中國小説史上的續書問題》（《東北師範大學學報（哲學社會科學版）》，1987 年 3 月，頁 76–88）、李忠昌《論中國古代小説的續衍現象及成因》（《社會科學輯刊》，1992 年 6 月（83），頁 124–133）、《續書價值新論──〈古代小説續書漫話〉補論》（《明清小説研究》，1993 年 4 月（30），頁 108–128）等。其中，林辰在《紅樓續書之我見》一文中對續書做了定義，將續書以"廣義"和"狹義"加以區別。"廣義"的定義是續書是"對前書（包括前期短帙作品及傳説）的增删、加工、改寫和補撰，從而使前書或前作得以提高、充實和完美。"狹義續書則被分類定義爲"一種類型是對前書中的有懸念的人物或情節，進行引申或演義，另一種則是對前書立意之

74　劉廷璣：《在園雜志》，張守謙點校，北京：中華書局，2005 年，頁 124–125。

75　讚其"造事遣辭，則豐贍多姿，恍惚善幻，奇突之處，實足驚人，間以俳諧，亦常俊絶，殊非同時作手所敢望也。"魯迅：《中國小説史略》，上海：上海古籍出版社，1998 年，頁 122。

76　"《後水滸》絶不是'遊戲之作'，乃是很沈痛地寄託他亡國之思、種族之感的書"、"要算是十七世紀的一部好小説。"胡適：《中國章回小説考證》，臺北：里仁書局，1982 年，頁 138、151。

反動（全部的或局部的），意不在續，而在於抒發與前書相反的
觀點。"這並不是一篇續書研究文論，而是借《紅樓夢》續書的
評議，被廣泛引用至今。1988 年，在爲瀋陽春風文藝出版社出
版的《紅樓夢續書選》撰寫"弁言"時，林辰還指出，"與其把
紅樓續書當作小説，毋寧看作《紅樓夢》的評論集。"四大名著
中，續書最多的是《紅樓夢》[77]，《紅樓夢》的續書研究也是成果
最多的。《紅樓夢》爲明清小説續書研究理論知識化提供了參考
的路徑。李忠昌歸納了續書八種接續方式，高玉海則將接續方
式分成五種形式。續書研究理論專書研究稀少，四大名著中僅
有《紅樓夢》續書有專著，以趙建忠《紅樓夢續書研究》、張雲
《誰能煉石補蒼天——清代〈紅樓夢〉續書研究》爲代表。在
海外研究方面，2004 年，黃衛總（Martin W. Huang）的《蛇足：
中國小説傳統中的續書和改編》爲續書研究論文集，書中導言
部分對"續書"做了較新的定義。美國學者對續書産生興趣就
是從白保羅（Frederick P. Brandauer）研究《西遊補》開始的，
本書將在第二、第三章作仔細整理，此處先擱置不提。魏愛
蓮（Ellen Widmer）出版了《烏托邦的邊緣——〈水滸後傳〉與
清初遺民文學》（The Margins Of Utopia: Shui-hu Hou-chuan And
The Literature Of Ming Loyalism），是較早的海外中國小説續書
個案研究專書。她將續書研究的重點與明清之際歷史語境結合
起來，認爲陳忱用續書寫作表達了難以言表的情感，意味著表

---

77 "自第一部續書《後紅樓夢》問世到清末的《新石頭記》發行，百餘年的時間
  裡，刻印出版、至今可見的長篇續書有十四種之多，其中大約有十一部，常被
  視爲研究對象。"張雲：《〈紅樓夢〉續書研究述評》，載《紅樓夢學刊》2013 年
  第 1 期，頁 168。

達遺民感傷的載體由詩轉爲了小説 [78]。1994 年，劉曉廉（Xiao-lian Liu）出版了《佛心的〈奧德賽〉:〈後西遊記〉的諷喻》（The Odyssey of the Buddhist Mind：The Allegory of The Later Journey to the West），區分了《西遊記》與《後西遊記》分屬兩個話語系統。這也代表了海外續書個案研究的特徵之一，即從"話語系統"的面向作爲考察續書研究的基點。這借鑒了詩史、詞史等文體研究與世變關係的研究，賦予朝代更迭之際的書寫類型以整體的考察 [79]，續書研究是否可以納入到遺民書寫的研究中，有待我們進一步深入探索。這也打破了"以原著爲中心"的單一路徑，對我們考察"續書"行爲重建小説文本隱喻話語的意圖和策略背後的心理機制提供了新的理論幫助。2004 年，臺灣地區學者高桂惠發表了《未盡之事：明清小説"續書"的赤子情懷》[80]，以續書創作藉由朝向"未盡之事"破口進行辯證或抒寫，續書作家們著力處理的是一種未完成的感受，這種處理的背後，藏有明清知識份子自我人格的危機，尤其是他們對危機的反應。高桂惠將續書創作心理與中國文化系統中的協調與失調、殘缺與完形開聯，拓寬了續書研究的視野。2005 年，高

78　趙紅娟、魏愛蓮:《小説·性别·歷史文化——美國漢學家魏愛蓮教授訪談録》，載《浙江大學學報（人文社會科學版）》，2018 年第 2 期，頁 195。

79　可參考葉曄:《關於明詞研究新體系之建構前提的思考》，載《文學遺産》2015年第 1 期，頁 182–190；潘静如:《清遺民話語系統與清遺民現象——以"貞元朝士"爲例》，載《文藝理論研究》2018 年第 2 期，頁 102–110；王德福:《小説文本隱喻話語的四個世界》，載《小説評論》2009 年第 2 期，頁 152–155；羅惠縉:《清末民初遺民話語系統的文化解析》，載《廣西社會科學》2007 年第 8期，頁 112–115 等。

80　高桂惠:《未盡之事：明清小説"續書"的赤子情懷》，收入於熊秉真、余安邦合編:《情欲明清——逐欲篇》，臺北：麥田出版，2004 年，頁 283–318。

桂惠出版了續書研究專論《追蹤躡跡：中國小説的文化闡釋》，2019 年增訂重版，是臺灣地區續書研究最重要的成果。

續書研究理論的另一來源是續書的序、跋研究。小説的序、跋能夠在一定程度上體現創作者的自我期許、交代續寫目的。高玉海出版有專著《古代小説序跋釋論》，是續書史料重要研究成果之一。清人的一些筆記、雜著中也零星地保留著一些珍貴的有關續書的材料。憑藉這些筆記，我們也可以看到後世文人借文學評論闡述續書文體看法的知識。如黃强曾提出了明清小説續書理論可以借鏡"八股文"的理論與實踐[81]。高玉海曾認爲明清小説續書的大量出現與戲曲"翻案"傳統是密切聯繫的[82]。可見，傳統的"續書研究"並不是一個經典、完美的體系，在近人不斷猜測和修正中，"續書"的定義正在個案研究中日益理論化和知識化。2016 年，傅承州在《關於〈西遊補〉的幾個問題》的文章裡，依然不滿"續書"這個專有名詞。他認爲，"長期以來，學術界都稱《西遊補》爲《西遊記》的續書，實際上並不準確。作者將該書命名爲《西遊補》，並在書名下方特別註明'入三調芭蕉扇後'。依作者之意，應該叫補書，不能叫續書。續書，從語義上看，它是連著原書來寫的意思。《説文解字》曰：'續，連也。'續是連接的意思，某種物品不完整，在後面再續上一部分。這種用法，在書名中非常普遍。如隋朝姚最《續畫品》，乃繼謝赫《古畫品録》而作；唐朝道宣《續高僧傳》、

---

81 黃强：《明清小説多續書原因新探》，載《明清小説研究》2007 年第 2 期，頁 5–18。

82 高玉海：《傳統戲曲"翻案"與明清小説續書》，載《浙江師範大學學報（社會科學版）》2007 年第 2 期，頁 52–58。

係繼惠皎《高僧傳》而作。他如《續通志》、《續通典》、《續文獻通考》，莫不如是。《西遊補》插在《西遊記》的中間，'三借芭蕉扇'之後，並不是接在全書末尾，稱爲續書，不倫不類，且易造成誤會。稱補書，不僅符合作者原意，也符合《西遊補》的實際情形。《說文解字》云：'補，完衣也。'本意爲修補衣服，引申爲修補破敗、殘缺的事物，如補天、補闕、補過等。書名中亦多有帶補字者。例如，《史談補》，原有楊一奇編撰《史談》五卷，陳簡增補百余條，改題《史談補》；《智囊補》，馮夢龍先編《智囊》，輯古今智慧謀略故事 900 多則，後增補 200 多則，遂更名《智囊補》；《吳興藝文補》，董斯張編輯《吳興藝文誌》，未完稿即病逝，後由友人閔元衢、韓千秋增補而成。這些書名中帶有'補'字的書籍，都是因原書有殘缺、遺漏等瑕疵，於是進行增補。《西遊補》插入《西遊記》的中間，就像在原書上打一個補丁，稱爲補書，名副其實。"[83] 商偉則認爲"《金瓶梅詞話》讀上去或許更像一部'補作'，姑且稱作'水滸補'。中國文學傳統中有'補亡'一說，如晉代束皙的《補亡詩》，補《詩經》六首'有義無辭'之缺，列於《文選》各體詩之首⋯⋯《水滸傳》寫到了西門慶和潘金蓮的豔遇故事，但剛開頭就被斬首，可謂'有義無辭'。而《詞話》敷衍其事，又豈非'補著其文'⋯⋯在傳統的評點文論中，補作和擬代有時也被賦予普遍的意義，變成了某一體裁（如樂府詩和作爲'詩餘'的曲子詞）的共性⋯⋯這一補作的衝動普遍見於傳統中國文學的各種文體

83　傅承州：《關於〈西遊補〉的幾個問題》，載《河北學刊》2016 年第 36 卷第 6 期，頁 96。

和戲曲小説評點，哪怕原作無闕，也照樣可以引出類似補作的文字。我們在評點中經常可以看到，評點者以角色扮演的遊戲方式介入小説叙述，衍生出原作中不曾出現的人物對話、場景和情節關目，或以編者的身分，建議删改原文，劃分段落，點斷詞句。從個人化的參與式閱讀進而到續補改寫，其間只有一步之遥，區别僅在於篇幅的長短而已……由此而言，爲讀者提供了另類選擇的小説補作，本身就是讀者與文本積極互動的産物，也正是讀者參與式閱讀的結果……續書通常從母本的結尾或接近結尾處接著續寫，而補作則靈活得多，可以從原作的任何一處寫起。"[84] 如果我們稱《金瓶梅詞話》是《水滸傳》續書，《金瓶梅》本身也有續書（見《續金瓶梅》、《隔簾花影》、《金屋夢》），"補"與"續"的差别可見一斑。劉廷璣在《在園雜志》卷三談及明"四大奇書"續書時，説吴承恩《西遊記》之後"更有《東遊記》、《南遊記》、《北遊記》，真堪噴飯耳"，可見《四遊記》中東、南、北遊在劉氏看來，也是廣義上的《西遊記》續書。由此可見，傳統意義上"續書"這個詞，因爲具有自身的歷史因緣，又無法兼顧創作方法的靈活性，對於當今研究存在著一定的干擾。近年來的學者對這一關鍵詞本身的不滿，和對於其所涵蓋的文學原質展開的新的探索，是十分值得關注的。

　　"一個故事用什麽樣的語言，如何被叙述出來，往往比故事本身的内容更爲重要。"[85] 如果説"續書"的詞性是名詞，那麽

84　商偉：《複式小説的構成：從〈水滸傳〉到〈金瓶梅詞話〉》，頁 41–43。
85　[美]浦安迪：《中國叙事學》，北京：北京大學出版社，1995 年，頁 102。

"續書"則偏向於動詞，更強調動機。如果我們以經典作品爲核心的脈絡來理解"續書"的語言意義，不難發現在這些虛構作品群裡，"形式"本身搭建了我們通向原著闡釋的橋樑，形式的再造令到"續書"並不單純指"re-writing"更是"new writing"。"續書"意圖，或以原著未完、或以原著缺省、或只是一種遊戲筆法，通過續補、改寫、重寫、拼貼爲方法重新照亮解釋的路徑，將讀者從原著領出又繞回，形成了複雜的敘事交流。《西遊記》的特殊性在於，它本身已經是一個完成的文本，爲什麼還需要進行續補、改寫、重寫、拼貼呢？此處"續書"中的"再"，不僅是一種廣義上意義的重複、互文，更指向一種文本生成的意圖與過程。"書寫"不僅僅表示業已物質化的文學文本、版本，更是創作本身的行爲範式。

　　從現實情況來看，"西遊故事"群是一個適切的研究對象，較之其他續書群落具有代表性。其在研究方法上，也具有啓迪作用。當下的我們仍然身處於一個大型的西遊故事"續書"現場，許多年輕人參與到了西遊故事的改編中，他們雖然不是明末清初的西遊故事改編者，但對我們重讀文本、重讀文本的續書，都具有參考價值。在本書中，我們並不會觸及到現代技術的書寫問題。在這個日新月異的書寫現場中，我們無法確定基於"西遊故事"的文本擷取行爲究竟確切屬於續、補、拼貼、仿擬的哪一個單一形式，它有時是重疊並置進行的，有時又是完全跳脱原著文學經驗的。這是明代"續書"行爲流衍至今的面貌與結果，是具有一定的歷史傳承性的。如果我們需要一個容器來展現這個持續性再創作情態的面貌，就很難用一個舊的文學概念一言以蔽之 [86]，如果我們試圖要創造一個未來的理論，那麼明末清初時的及其涵蓋之下的西遊故事續書經驗，可以作爲這項研究的開端。

（二）明末清初《西遊記》續書對"續書研究"的貢獻

明末清初的《西遊記》續書恰好對既有的續書研究理論拋出了問題，指出了籠統概括下可能出現的矛盾之處。首先是商業性的問題:《西遊補》的作者董説在空青室本《序》中説，"是書雖借徑《西遊》，實自述生平閲歷了悟之跡，不與原書同趣。何必爲悟一子之詮解。且讀書之要，知人論世而已。"[87] 董説一來剖明這部作品的寫作緣起只是"借徑"，二來也對讀此書的人表示，自己讀《西遊》出於"知人論世"的目的，讀者讀《西遊補》，應然同出於此目的。"不與原書同趣"，從續作作者的立場

---

86 如在中國大陸暢銷十六年的今何在所著《悟空傳》，最先在網絡上連載，引發閲讀熱潮，有"網絡第一書"的美譽。自出版以來，被改編成漫畫、電影、遊戲等等。它的類型也由自互聯網普及以後的"網絡文學"，到"同人文"再到自呈爲一個獨立的"IP"，它不是《西遊記》IP 的衍生産品。它自己就是一個具有無瑕疵知識産權的 IP。雖然這種現象是如何産生的，並不是我們這篇論文的討論對象，但最先以文字形式出版的《悟空傳》可以是"續書研究"的對象。但很顯然，僅僅用傳統"續書研究"的方法和工具顯然無法研究這部超文字。知網統計，自 2002 年以來，《悟空傳》的期刊論文數百篇，其中不乏數十篇碩士論文。討論面向包括了網絡文學、比較文學、傳播學、新媒體、知識産區等多學科。2020 年，國産遊戲《黑神話·悟空》演示視頻橫空出世，截至 9 月 6 日 B 站的視頻播放量超過 2650 萬，成爲 B 站播放量最高的視頻之一，被稱爲"國産之光"。

87 李前程校注:《西遊補校注》，北京: 昆侖出版社，2011 年，頁 70。李前程認爲《西遊補》作者爲董斯張。本博士論文採用趙紅娟考證成果，以作者爲董説爲準。

澄明了續作文本與原著之間的平等關係。董說的意見表明了幾個層次的内涵，首先"取其易行，竟成習套"不足以說明"續書"的産生、延續的全部意圖；其次董說續寫《西遊》，不是爲了與原書做競争，只爲知人論世。董說沒有說出來的意思是，這部作品的出版也未必是爲了商業意圖，我們從《西遊補》崇禎版的形制就可以看出。即使大部分續書都是爲了商業利益而作，《西遊補》卻不盡然是爲了商業上的"易行"和"習套"。而"自述生平閱歷了悟之跡"，就更沒有取悦他人的意圖了。從文學風格上，讀者很容易發現，《西遊記》中存在的大量詼諧幽默的語言元素，到了《西遊補》中刻意變得陰沉不明。[88]《西遊補》用典過多，制造了閱讀門檻。董說的自述對比劉廷璣的意見來看，顯然有許多無法交流之處。劉廷璣的意見具有一定的概括續書全貌的價值，對後世研究者影響很大，同時也有局限性，這是未對個案作更仔細地研判造成的。

董說無意將《西遊補》作爲暢銷書來出版，但對於這件事他有多少的控制力呢？"中國古代小說的發展深受商業化的影響，滿足讀者的品味與需求成爲許多作品的目標。續書的産生與此密切相關……僅僅滿足讀者一時的接受需要是不够的……隨著時間的推移、時代的變遷，讀者是不斷變化的，讀者的期待視野也相應地變化。"[89]這是一部分續書僅僅滿足了當時讀者的

---

88 劉雪真:《交織的文本記憶——〈西遊補〉的互文語境》，載《東海中文學報》19期，2007年7月，頁130。"進入小說情節後，《西遊補》嬉笑怒罵的場面減少，悟空也多了一些多愁善感的文人氣息。"

89 段春旭:《中國古代長篇小說續書研究》，上海：上海三聯書店，2009年，頁234。

特殊需要、卻没有滿足未來讀者的判斷而被淘汰的事實。段春旭的這番論述是基於古代長篇小説這個整體而言的，大量僅具有娛樂功能的續作已經被時代淘汰了。從方法上而言，從清初劉廷璣的評論開始到如今，我們基本都是將明清續書研究作爲一個整體來觀察、評論的，這樣的判斷基於一種大局觀。《西遊記》及其"西遊故事群"的具體情況又是如何呢？如《西遊補》的特殊性正在於，在當時它可能通過作者的刻意用典以及版本樣式限定了指定讀者的範圍，但它卻不排斥甚至没有能力排斥未來的讀者來閱讀、喜愛《西遊補》。董説對於《西遊補》有限的控制，反而使得這部作品的"文人化"色彩十分顯著。以至於目下爲《西遊補》説話的，一直以來都是以學者身份的專業讀者爲主。我們不能因爲"西遊故事"在當代具有極高的商業價值，就認爲《西遊補》是因爲商業價值而生産的。但我們也不能因爲作者本人並不希望作品以暢銷書的形式創作，就忽略作品的潛力。

其它續書作品的情形又是如何呢？我們要如何區分看待商業性與續書生産之間的關係呢？魏愛蓮曾指出，"再版"是鞏固《紅樓》風潮的重要標幟[90]，她引用了續書的商業成績，證明《紅樓夢》及其續書極其成功。《紅樓夢》本身再版無數次，而《後紅樓夢》也再版了十二次，以藝術性著稱的《紅樓夢補》再版了六次之多，這些續書作品構成了十九世紀中國出版顯著的熱

---

90 ［美］魏愛蓮（Ellen Widmer）: "Honglou meng Sequels and Their Female Readers in Nineteeth-Century China", In Martin W. Huang, ed. *Snakes' Legs: Sequels, Continuations, Rewriting, and Chinese Fiction*, Honolulu: University of Hawaii Press, 2004, p. 120。

潮，甚至成爲了出版趨勢。她就此分析進一步認爲，這與女性讀者和女性創作者的介入有關。這種獨特的角度爲"續書研究"開闢了新的視野。性別，尤其是女性成爲一種獨立的文學語言，成爲了原著接受立場的補充。而停留於紙書時代的"紅樓故事群"，長期以來幾乎統領著其它經典文本的"續書研究"，這似乎是有賴於早期赫然的商業成績。但若以"再版"或"續書"的商業成就作爲準繩，到了後世、非紙書的現代傳播時代，這種評價顯然會遇到激烈挑戰，因爲《紅樓夢》的跨文本續書作品在數量上低於西遊故事（如電視劇、電影、游戲）。續書的流行趨勢會隨著物質宰制的變化而不斷發生變化。舉《紅樓夢》的例子是爲了證明，它可能是"續書焦慮"較爲極端的狀況之一。《紅樓夢》的續書焦慮和《西遊記》的續書焦慮很可能是不同的。將所有的續書作品以同樣的方式進行考察也是不合適的。最簡單的例子，趙建忠曾考察《紅樓夢》續書的"大團圓"模式，指出這種"翻案"傾向是續書創作與國民審美心理的聯繫[91]，可這顯然不是《西遊記》續書的創作目標，因爲《西遊記》故事本來就是完整的。

　　商業意志的背後是人的意志，"人"首先是讀者。在四大名著中，《紅樓夢》似乎最容易受到詮釋困境的束縛，因爲《紅樓夢》是不全的。《紅樓夢》續書的讀者因爲過於喜愛原著，更容易陷入一種模糊的偏執。《紅樓夢》的愛好者會認爲原書沒有呈現出來的那部分情節，即使不是我以爲的這樣，也一定不是你

91　趙建忠:《紅樓夢續書的源流嬗變及其研究》，載《紅樓夢學刊》1992 年第 4 期，頁 323。

以爲的那樣。他們會不自覺地傾向於在一個並不存在的真相中尋找認同（identify）[92]。夏志清曾經指出"由於讀者一般都是同情失敗者，傳統的中國文學批評一概將黛玉、晴雯的高尚與寶釵、襲人的所謂虛僞、圓滑、精於世故作爲對照，尤其對黛玉充滿讚美和同情"，於是"除了少數有眼力的人之外，無論是傳統的評論家或是當代的評論家都將寶釵與黛玉放在一起進行不利於前者的比較"，透顯出"一種本能的對於感覺而非對於理智的偏愛"[93]，可見同情弱者的心理本能是如何將讀者帶離"理智"，而失去客觀公允。對於《紅樓夢》這部戲劇效果絕佳、藝術感染力超強、十分"真實"的作品而言，感情用事的非凡程度不言可喻。受衆對原著的理解尚且如此苛刻，對於續作的態度就可想而知了。

《西遊記》及其"續書"文本面對的是不一樣的情境。同樣以高度的商業性作爲檢視標準，一方面，對於《紅樓夢》的讀者而言，幾乎沒有一種"期待視野"能夠超越找到八十回後的原作，另一方面，《西遊記》的歷代讀者並未表現出對其衍異作品的"模糊的偏執"。"續書"與商業的分析在《西遊記》和《紅

---

92 張雲指出，一方面是要照顧複雜的讀者的複雜的期待："續紅作者，首先是《紅樓夢》的讀者、愛好者、評論者，最後才能是續寫者……想接續擁有如此複雜受衆的經典小說，有意願、會寫作，是遠遠不夠的。要接續紅樓故事，且做到接得上、展得開、收得圓，首先要顧念《紅樓夢》讀者的感受和需求，滿足不同讀者的閱讀期盼，才能使所續之書達到'快人心目'的預期效果。"一方面這種吃力不討好的努力又帶來流行風潮，《紅樓夢》的續書之多是中國文學史上獨一無二的文學現象。"參張雲：《深識紅樓虛與真——讀郭則澐〈紅樓真夢〉》，載《學術交流》2018 年第 9 期，頁 169。

93 夏志清：《中國古典小説史論》，胡益民等譯，陳正發校，南昌：江西人民出版社，2001 年，頁 279–280、299。

樓夢》之間呈現了幾乎是相反的面貌。王旭川曾總結，明末至清初期間出現的《西遊記》續作具有出版密度高（在數十年中連續有三部小説續作問世，這在小説續書史上，除了《紅樓夢》續書之外是没有的現象）、延續時間短暫（康熙中葉以後就不再有續作）[94]、特點鮮明（借小説表達哲理爲目的，在古代白話小説中以《西遊記》及續書系列最爲明顯）、叙事上的創造性（主要是《西遊補》充分展現了文人介入白話小説創作以後，利用傳統神魔小説情節上的奇與幻特點而加以創新，形成具有文人化審美趣味的叙事形式）四個特點[95]。王旭川看到《西遊補》在"奇與幻"特點上的突破，這是基於他潛意識地將所有續書作品都納入到與《西遊記》相同文類的判斷下[96]。這樣的做法是否是合適的，還有待商榷。經典作品的主題接受是一個漫長的認同

94　這一點值得商榷。如"晚清'擬舊小説'風行，這一點同樣表現在神魔小説的創作中。儘管間隔的時間越來越長，可此期作品不但没有擺脱《西遊記》、《封神演義》等早期經典的强大影響，受其影響之深比之前幾期更似有過之而無不及。有些作品挑明了以前者的續書自居，如《天女散花》第一回便開宗明義：'這部小説從唐三藏到西天佛國取經之後，發出來的一段故事'。一些作品，如陳景韓的《新西遊記》（5回）；李小白的《新西遊記》（6卷30回）；陸士諤的《也是西遊記》（2卷20回）；天悔生的《續封神傳》（4回）等，都是打著《西遊》、《封神》招牌的舊瓶新酒。"胡勝：《近代神魔小説試論》，載《明清小説研究》2001年第3期，總第61期，頁139–140。

95　王旭川：《中國小説續書研究》，上海：學林出版社，2004年，頁193。

96　這種將原著與"續書"文本歸爲同類别，或者説認爲"續作"文本一定與原著同屬一派的判斷具有代表性，僅僅是派别認定具有差異。如李志宏也認爲"自明代中葉刊和流傳以來，即以其神魔幻怪書寫的叙事特質頗受到讀者關注，影響於後繼小説家的仿擬和續作，因而蔚爲'神魔小説'流派。"（李志宏：《失去樂園之後——孫悟空終成"鬪戰勝佛"的寓言闡釋》，收於蔡忠道主編：《中國小説戲曲國際學術研討會論文集·第三屆》，臺北：里仁書局，2008年，頁240。）但本書認爲，《西遊補》的出現可能會打破這種看法。

過程，需要大量時間和大量學者的努力積澱，但王旭川至少看到了這批西遊故事續書作品在敘事藝術上的獨特性，與《西遊記》原書並不完全相同。需要指出的是，即使本書認爲《西遊補》未必與《西遊記》同屬一個流派，但《西遊補》意義的開拓卻極有可能受到學者們關於《西遊記》意義結構研究成果的影響，意義的交流與對話正是小說文本活力的源泉。而所謂的"庶民化"與"文人化"的差別，也並不爲了展示其背後商業色彩的強弱，只是閱讀對象的日益細分。通過"續書"揭示了原著中若明若暗的伏脈，並加以擷取、誇大、聚焦。通過第二章的文本分析，我們可以發現，《西遊補》不僅不是想當然隸屬"西遊故事"系統的"續書"，更可能是"僧人記夢"系統的代表作品。《西遊補》的文人性、宗教性都高於《西遊記》。打破"以原著爲中心"的續書研究方法，是續書研究在未來獲得更多認同、取得更多研究潛力的方式之一。

受制於高玉海曾提出林辰關於"廣義續書觀"、"狹義續書觀"的質疑，王旭川不贊同將"仿作"也看作小說續書（這與劉廷璣的觀點也不一樣），"因爲續書的創作目的不在於'摹'和'仿'，而是對原著的故事情節進行參與，是對原著情節或人物的補充和發展。'仿作'卻不是從原著的情節或人物出發的繼續，而是在創作技術上臨摹前書，編一個類似原著的'新小說'。"[97] 這也人爲地區隔了西遊故事續書的討論邊界。事實上，晚清出現了大量這樣的"新小說"作品。僅看"西遊故事"，有

---

97 高玉海:《明清小説續書研究》，瀋陽：中國社會科學出版社，2004 年，頁 4–5。

陳冷的《新西遊記》[98]，套用如今的影視術語，與其説它是續作，不如説是以"西遊 IP"爲基礎的"穿越小説"。另一方面，明代《西遊記》的仿作則有《東遊記》（全稱《新編掃魅敦倫東度記》，一名《續證道書東遊記》），100 回。此外，還有系列叢書"四遊記"，即吳元泰《東遊記》，56 回；余象斗《南遊記》，18 回；余象斗《北遊記》，24 回；楊志和（一作楊致和）編四十一章本《西遊記》。以高玉海的標準，這些仿作都不能納入"續書研究"範疇。在本書看來這種"續書"文本之間的互文性[99]卻依然具有討論價值，尤其是《東度記》的象徵性，恰好是前文提到的話語系統關照的另一個面向（不只是遺民語言，也可能是顏崑陽所説的"文化原料性"符碼）。如何看待仿作，涉及到我們如何看待續書在語言層面上的價值，這也是傳統續書研究常常忽略的。這種内在的隱喻關係是《西遊記》及其續書文本最爲常見的文學現象，加之宗教内在之境的演化，成爲了"西

---

98 "正穿越小説，最早可溯至清末民初，其中有兩部小説不得不提，一本爲吳研人的《新石頭記》；另一本是陳冷的《新西遊記》。"陶春軍：《〈穿越小説〉〈夢回大清〉的歷史想像和心理補償》，載《名作欣賞》2009 年第 5 期，頁 47。《新西遊記》，五回，清宣統元年（1909 年）《小説林》鉛印本，現藏上海圖書館。作者原署冷血。據研究，一説冷血即陳景韓，又名景寒，筆名冷血，松江人。曾任《小説時報》、《婦女時報》、《新新小説》主編等職。主要從事外國小説翻譯，譯有《虚無黨》等小説十餘種。一説爲《時報》記者陳冷。

99 "互文性"（intertextuality）是克里斯蒂娃（Julia Kristeva）受巴赫金（Mikhail Bakhtin, 1895—1975）觀念啓發而創造的詞彙，主要强調任何一個單獨的文本都是不自足的，其意義是在與其他文本交互參照、交互指涉的過程中産生的，因此任何文本都是一種互文，在一個文本中，不同程度地以各種能够辨認的形式存在著其他的文本，諸如先前的文本和周圍文化的文本。見［法］蒂費納·薩莫瓦約（Tiphaine Samoyault）:《互文性研究》，天津：天津人民出版社，2003 年，頁 3–11。

遊故事群"有待破譯的符碼。齊裕焜與高玉海的意見相反，認爲"此書（《東度記》）雖不是《西遊記》的續書，但從作品的別名、整體構思、藝術風格及具體表現手法看，可以説與《西遊記》續書是同類型的作品"。齊裕焜也明確指出了"在藝術表現方面，《新編掃魅敦倫東度記》與《西遊補》等續書較爲相近而且較有特色的是象徵藝術。"[100] 能通過藝術表現形式來打破"續書研究"理論框架的刻板規定，是前輩研究者的良苦用心。他們意識到了形式的互文對於"續書"而言的重要意義，這種努力顯然還沒有引起足夠的重視，也没有深挖到語言的層面加以詳談。

與近年來《西遊補》研究取得的突破相比，另兩本明末清初的《西遊記》續書研究就相對冷落很多。《後西遊記》共六卷四十回，不題作者之名，題"天花才子點評"，或謂即天花藏主人所作[101]。内容叙述花果山複生石猴，也如孫悟空一樣般獲有神通，稱名"小聖"，輔助大顛和尚（賜號半偈者），前往西天祈求真解，途中大顛和尚收豬一戒及沙彌二徒，遇諸魔，屢陷危難，終達靈山，得真解而返，今有上海古籍出版社"古本小説集成"影印本。而《續西遊記》一百回，又稱《新編續西遊記》，題記爲《新編繡像續西遊記》，現存有嘉慶十年刊金鑒堂藏本，又有同治七年漁古山房刻本，題《續西遊真詮》，作者尚無定

---

100 齊裕焜：《中國古代小説演變史》，北京：人民文學出版社，2015 年，頁 306。

101 翁小芬統計，關於《後西遊記》作者，一般有吳承恩、梅子和、天花才子與不詳四種。翁小芬：《〈西遊記〉及其三本續書研究（上）》，新北：花木蘭文化出版社，2011 年，頁 49–53。

論[102]。主要內容寫唐僧四衆取經東歸途中一段經歷。大意唐僧徒衆歷八十一難到達靈山雷音寺，佛祖如來擔心四人難以保護真經回去，詢以本何心而取真經。唐、孫、豬、沙分別答以志誠、機變、老實、恭敬四心，孫悟空還隨口答以機變心對付八十八種邪心。如來恐孫等機心生變，難保真經，派比丘僧、靈虛子兩人暗中保護。後四衆在路遭遇諸多妖魔。最終悟空等頓悟機心乃起魔之根，於是滅"機心"，篤真經，於路無阻，順利歸於大唐。今有上海古籍出版社"古本小説集成"影印本。

就《西遊記》的研究狀況而言，明末的三部主要續作中，《西遊補》的藝術成就被公認爲最高，與原著的互文也更具深意。這是基於魯迅著名判斷的深遠影響。魯迅借《西遊補》所附雜記中"《續西遊》摹擬逼真，失於拘滯，添出比丘靈虛，尤爲蛇足"表明自己的意見，實際上也框定了對三部續作的評價順序，因爲雜記中還寫到"《後西遊》瀟灑飄逸，不老婆婆一段，借外丹點化，生動異常；然小行者、小八戒未免窠臼。"[103] 到了後世，"《續西遊記》成就相對最差"[104] 的觀點不絕於耳。考證過《續西

---

102 《續西遊記》作者一說爲蘭茂，袁文典《滇南詩略》中記載。《明滇南詩略》卷一"蘭茂"，頁 1-2。今收入於《叢書集成續編》，上海：上海書店，1994 年 6 月，見其中《滇南詩略》卷 2，頁 1–2，75。但蘭茂（1397—1476），《續西遊記》應爲明末作品。另一說爲清代季跪（1623—1716），清代毛奇齡於《西河文集》卷五十八之〈季跪小品制文引〉曰："至今讀《西遊續記》……向使季跪所作……"，毛奇齡：《西河文集》（三），收於王雲五主編：《萬有文庫第二集七百種》，上海：商務印書館，1937 年 12 月，頁 646–647。認同這一主張的有孫楷第、樓含松、鐘夫、徐志平等。反對者如劉蔭柏，劉認爲毛奇齡所稱讚的《續西遊記》並不是我們今天所見的《續西遊記》，續的是元人的平話《西遊記》。劉蔭柏：《西遊記發微》，頁 230–234。

103 高玉海：《古代小説續書序跋釋論》，北京：中國社會科學出版社，2007 年，頁 113。

104 王旭川：《中國小説續書研究》，頁 206。

遊記》作者的劉蔭柏認爲它"簡單粗糙、不合時尚……情節不
生動、叙述粗糙、缺乏文采",與《西遊記》相比,"無異於'蚍
蜉'去撼參天'大樹'"[105],但另一方面,他也注意到了刨去好與
壞的價值判斷之外,《續西遊記》不若《後西遊記》更接近世本
《西遊記》的衣鉢,悟空的英雄形象也被削弱了。值得注意的是,
這三部作品中,只有《續西遊記》增添了具有叙事功能的主要
人物,從某種程度上而言,這種增添破壞了讀者的想像心理,
甚至比接受一個全新故事的陌生感更爲强烈。從寫作策略上而
言,《後西遊記》取其"小"要比《續西遊記》的"增補"更爲
討巧,李忠昌認爲"《後西遊記》於諸續書中,堪稱佼佼者,屬
'縱佳'之作。但與《西遊記》相比,則是因襲之跡多,創新之
處鮮。"[106]客觀而言,《續西遊記》"是規模最大,卻最不出名的
一種。直到近年有兩種新校點本問世,才比較容易爲一般讀者
所見"[107]。直至高桂惠的"續書研究"爲這個價值判斷的脈絡做
了比較重要的調整,她並沒有簡單以"好壞"來評價和排序這
三部續書,將批評回歸到了作品本身,而非純粹基於文學史觀
的立場建立的單一標準。所以,繼"底本"盲區、"以原著爲中
心"的研究侷限問題之後,《西遊記》續書爲續書研究又提出了
第三個問題,即"競争關係"是如何發生的?前文提及董説空
青室本《序》時曾經提到,董説寫作《西遊補》無意與原著競

105　劉蔭柏:《西遊記發微》,頁233。

106　李忠昌:《兩部〈西遊記〉比較談》,載《社會科學輯刊》,1984年第1期,頁
　　　143–144。

107　劉勇强:《奇特的精神漫遊——〈西遊記〉新説》,北京:生活·讀書·新知三
　　　聯書店,1992年,頁253。

爭。他沒有意識到的是,《西遊補》不僅與《西遊記》競爭[108],
還與《西遊記》的其他續書競爭。本書認爲,"競爭關係"的發
生不是自發的,普通讀者想當然的對續書進行"競爭關係"的
排序無可厚非,但將"競爭關係"作爲續書研究的目標是不合
適的。小說一經出版傳播,往往會產生不一樣的影響效果,如,
雖然《西遊補》進入美國漢學界的時間很早,討論很多,但在
日本,《後西遊記》很可能更受知識界的歡迎。

《後西遊記》很早就有多個譯本。如明治十五年(1882年)
有松村操譯本《通俗後西遊記》(春風居士譯編,東京書肆兔屋
誠版)。目前能找到三卷共六回,譯編本刪去了部分詩文,第
六回也沒有譯完,文末完整用中文錄入了韓愈《諫迎佛骨表》,
寫到唐憲宗勃然大怒,降旨將韓愈貶作潮州刺史,韓愈悵悵去
潮州上任,便戛然而止。卷三文末寫著"若此卷太長,以下
請參照下卷說明",並寫有"通俗後西遊記終"字樣。松村操
還曾翻譯過《金瓶梅》(《原本譯解金瓶梅》),同樣於明治十五
年(1882)出版。據張義宏記載,"1882年至1884年間,《原
本譯解金瓶梅》陸續出版了5冊,發行至第9回因譯者去世而

---

108 1955年,在寫給夏志清的信中,夏濟安批評《西遊記》的缺陷:"讀了一遍
《西遊記》,不大滿意,八十一難很多是重複的,作者的想像力還不够豐富。"
見夏志清、夏濟安:《夏志清夏濟安書信集(卷三:1955—1959)》,季進編注,
王洞主編,上海:上海人民出版社,2019年1月,頁98。夏濟安在談到《西
遊補》時指出,"董說的成就可以說是清除了中國小說裡適當地處理夢境的障
礙。中國小說裡的夢很少是奇異或者荒謬的,而且容易流於平板……可以很
公平地說:中國的小說從未如此地探討過夢的本質"。夏濟安:《西遊補:一本
探討夢境的小說》,載《幼獅月刊》1974年九月號,郭繼生譯。可見,夏濟安
對《西遊補》的肯定大於原著《西遊記》。

中途夭折"[109]。也許是因爲如此,他譯編的《後西遊記》再没有機會翻譯完。昭和二十三年(1948 年),書家尾上柴舟也有譯本《後西遊記》,序言裡説,譯本删去了"不老婆婆"這一節,因爲它"有損風教"。但這都不是《後西遊記》進入日本最早的版本,因爲在日本早稻田大學藏有天保五年(1834 年)木村通明(1787—1856)的《後西遊記國字評》手寫本,署"默老批評",可能驗證了馬興國的研究成果《〈西遊記〉在日本的流傳及影響》所指出的,即"早在日本寶歷年間,天花才子點評的《後西遊記》就已傳入日本"[110],且受到了知識界的喜愛。在這篇 9000 餘字的《後西遊記國字評》中,非常詳細地介紹了《後西遊記》四十回的内容,提煉了取真解一行人路經的妖怪和險難,並認爲後續故事緣起韓愈。韓愈與"西遊故事"的淵源頗深,主要是和《後西遊記》密切聯結。這個理解,很少被《後西遊記》研究者重視。原著經由續書,再經由翻譯抵達域外,域外編譯者根據閱讀找到了新的理解脈絡,這樣的文學傳播歷程,並不是通過文本價值的競爭來實現的,而是通過文學理解、文學交際而抵達的良性互動。

前文我們已經納入了文學文本價值重估的考量,提到了在定本經典化的事實之下,續書文本與原著、續書文本之間的平等關係是未來續書研究的目標。所謂"經典",是基於社會公認、喜愛爲基礎,又要以時間作爲檢驗的場域,急切地蓋棺論

---

109 張義宏:《日本〈金瓶梅〉譯介述評》,載《日本研究》,2012 年第 4 期,頁 117–121。

110 馬興國:《〈西遊記〉在日本的流傳及影響》,載《日本問題研究》,1988 年第 1 期,頁 55。

定往往是一種期待的焦慮，導致偏頗的後果。這可能與明清之際民間的心理需求及審美有關。薛泉在《論明清小説續書的成因》一文中認爲，"中古代文人的傳統依古意識，明清兩代的險惡環境，大團圓的民族審美心理與文化傳統，是明清小説續書得以産生的幾個不可分割的重要原因。"[111] 一直以來，學界也多認爲續作就是基於對原著情志補憾等功能性要求而生成的。這種固化的認知有時會限制作品本身的命運發展。前文曾抛出"經典化"的問題，我們會忽略原著與"續書"作品背後隱藏著的多元、多層級的控制權問題，也會忽略時代危機對文人創作動機的影響。明代以降，這種控制權表現爲作者、編纂者、當權者、讀者等多面向的調和。"續書"並非作爲一種純粹的附庸存在於經典化的原著之外，即使我們往往是站在原著的命運之上討論著整個故事群落的流衍處境，但它並不是完全作爲一種接續和補充的功能性而存在的，不然我們無法解釋爲什麼續書作品在明末湧現後，相當長一段時間就不再出現，直至清末再度發生。在這個看似有熱潮、有中斷卻不斷演進的過程中，似乎有一種穩定的力量在維持著兩者之間的調節性制衡（regulating balance），對文本産生潛在的作用，也使之發生相互界定。

有一些新的文學問題可以在《西遊記》續書研究背景下提出，什麼樣的時代能醞釀新"西遊故事"，什麼樣的時代又特別需要"西遊故事"，以至於什麼樣的時代能夠從相對不再關注"西遊故事"到重新喚起它的熱度、與新"西遊故事"的意

111　薛泉：《論明清小説續書的成因》，載《殷都學刊》，2002 年版第 4 期，頁 80–84。

義發生新的交涉。比起文本細節無窮盡的互文，時代與時代之間的互文顯然更具討論的價值。如埃文·佐哈爾（Itamar Even-Zohar）所言，"如果不容許壓力存在，我們往往會看到一個系統不是逐漸被遺棄並被另一個系統取代，就是因爲爆發革命而全面崩潰。"[112] "續書研究"與"續書"行爲一樣作爲流行性的次文化，不斷刺激著"西遊故事群"的活力，使得"西遊故事"的語言不因時代轉變而顯得枯槁乏力。

淺見洋二曾借用馬克思在《資本論》中"驚險的跳躍"[113]一詞，應用於文人們從草稿到文集定稿的過程。在這種"跳躍"的背後，隱藏著鮮爲人知的故事和大量難以明言的意圖，包括删節、增添、有意識地希望特定一部分人知情，又令另一部分人遺忘的編纂策略。而"續書"顯然是相類似的"驚險的跳躍"。這一方面，研究者們只能憑藉"同情的了解"小心翼翼地取徑。在文學研究的過程中，學者做大量的歸類比較是常見的，且很容易陷入龐雜的枝蔓中難以理出頭緒。高桂惠基於《續西遊記》關於"路與境"的討論，旨在續書作品內容、情節的研究之上，找到更爲適切的立足點，即探索寫作行爲背後的意義——《續西遊記》究竟要針對什麼來書寫，它與原著背後的意見到底是採取鞏固的態度還是背叛的目標，這種意見爲何非要採取選擇

---

112 ［以］埃文·佐哈爾（Itamar Even-Zohar）：《多元系統論》，頁 25。

113 "眾所周知，馬克思在他的《資本論》中，將產品作爲商品與貨幣進行交換的過程稱爲商品的'驚險的跳躍'。在此，筆者借用這一說法，亦將從草稿到文集定稿的過程稱爲草稿的'驚險的跳躍'。用些許誇張的說法，在這'跳躍'的背後上演著鮮爲人知的故事。"［日］淺見洋二：《"焚棄"與"改定"——論宋代別集的編纂或定本的制定》，朱剛譯，《中國韻文學刊》，第 21 卷第 3 期，2007 年 9 月，頁 81。

一個舊的叙事容器來表達自己的意見，而非另起爐竈進行創作。研究者追究的是這一訴求的發生動機，文本細讀也是爲此目標服務的。故而，續書研究的目的不是爲了將續書與原著或其他文本展開競爭，而是找尋研究續書個案獨立審美價值的前提。文學史爲文學作品定性、歸類，對於文學作品經典化起到了重要的作用，但文學史寫作的取捨與標準在有些時候會損傷作品原本的價值，這在"續書研究"領域表現得尤爲明顯。

高桂惠對《續西遊記》、《後西遊記》的重新審視爲我們就"經典轉化"問題提供新的啓發，她也是最早爲《西遊記》這兩部評價不高的續書正名的學者之一。這是目前明末清初"西遊故事續書"作品研究的轉向與趨勢。本書擬跳脱"續書研究"的既定框架，納入更多的文本與更多的視角來重新檢閱文本本身的書寫面貌，從而回溯至"續書研究"理論中可能存在的問題。這不僅是"驚險的跳躍"，更是試圖重估"驚險"，再現每一個文本所可能面對的歷史語境、社會語境、心理語境的嘗試。"續書"之"續"，則表現爲一種文學動作的重複，而不僅是文本內涵的重複；表現爲行爲程度的加深，而不是僅是原著意義的延伸；表現爲一種話語機制或語言層面的補充，而不僅僅是結構或情節的補憾。

（三）"互文性"與續書研究

前文我們已經在討論到"西遊故事"及其仿作研究時提到了"互文性"的概念，在《西遊記》研究領域，亦有使用這一概念的研究成果。本書爲什麼不使用已經存在、並被廣泛使用的"互文性"概念呢？原因主要有以下幾個方面：

第一，"互文性"雖然打破了文本之間的權力關係，將對另一個文本的吸收與改造的範圍擴大至任何文本，但"互文性"無法解釋"續書"的歷時性特徵。也就是説，"互文性"是隨時的，它可以解釋文本之間的、來自於他人的或以前的文本的吸收與改造，但它無法回應黃衛總提出的續書研究的兩個基本問題，以及續書繁榮與世變這一特定歷史時期的關係。第二，"互文性"不僅可以出現在小説續書研究中，也可以出現在所有的其他文本中，包括非小説和跨文本，"文本"一詞的概念遠遠超越我們在本書中所想討論的續書研究領域。"互文性"是所有可作爲"符號"文本的屬性，文本之間的吸收、矛盾、譏諷等運作有助於我們理解它們的意義。在此條件下，歷時文本的互文性構建是模糊的、没有具體標準的。第三，"互文性"研究在當下的文學研究中本身就存在著諸多曲解、誤讀和濫用，這不是本書關切的重點。

作爲一個從西方結構主義和後結構主義思潮中產生的文本理論概念，如今，"互文性"一詞已經被廣泛運用到中國文學、尤其是小説部分的研究中。僅以《西遊記》爲例，"互文性"相關的研究成果非常多 [114]。關於將"互文性"納入到《西遊記》成

114　楊森：《明清刊本〈西遊記〉"語圖"互文性研究》，成都：西南交通大學出版社，2019 年 3 月。楊森認爲，世德堂本許多插圖並非完全依據小説文本而創作，運用"互文性"關注文學與圖像關係的研究，將文學文本和圖像都看作符號，爬梳插圖從其他西區插圖的景物吸收、人物形象改編和場景整體複製對世德堂本《西遊記》形成的影響。竺洪波：《西方文論視閾中的〈西遊記〉成書考察》，載《文藝理論研究》2012 年第 5 期，頁 63–69；趙憲章：《超文性戲仿文體解讀》，載《湖南師範大學社會科學學報》2004 年第 3 期，頁 101–109；陳卉：《網絡時代的〈西遊記〉》，載《甘肅廣播電視大學學報》2004 年第 1 期，頁 19–22 等。

書考察的必要性，竺洪波持贊同意見，這是因爲《西遊記》的經典化機制模糊不清[115]。他借用薩莫瓦約（Tiphaine Samoyault）在《互文性研究》中的論述，認爲《西遊記》成書過程是動態的[116]，《西遊記》定本的"世代累積"方法和法國叙事學家熱奈特歸納的濃縮法（剔除和簡略）、擴充法（希律迪亞把《聖經》里僅僅幾行的故事發揮到了三十多頁）、應用法（對情節和藍本的改編）、升級法（增加人物的英雄特色）、跨越主題法（摻入非傳統的現代主題）、跨越動機法（挪用或修改以往版本中業已存在的故事起因）等"互文六法"沒有二致[117]。可是這爲《西遊記》研究提出了新的問題：第一，《西遊記》"世代累積"成書過程中的"互文六法"與《西遊記》續書寫作可能也重複用到的"互文六法"有什麼區別；第二，就竺洪波所認爲的"經典化"尚未完成的《西遊記》，爲什麼沒有納入採用相似的"互文六法"創作的續書成果加入經典"拼貼"？我們又該如何回應如商偉就《水滸傳》與《金瓶梅詞話》所提出小說"補入"結構中"複式"或"賦格"並行型態的發生？"續書"可能包含故事"重寫"所形構的"復調"意味，"世代累積"的創作型態也不是一條直線，它們之間互有交錯，具有語言符號的特徵，但要真正釐清使用"互文性"這一個概念與中國古典小說研究方法的邊界，實際上困難重重。一般來說，文學研究著力於考察定

---

115 竺洪波：《西方文論視閾中的〈西遊記〉成書考察》，頁63。

116 "重寫神話（任何一個文本）絕不是對神話故事的簡單重複；它還叙述故事自己的故事，這也是互文性的功能之一：在激活一段典故之餘，還讓故事在人類的記憶中得到延續。對故事作一些修改，這恰恰保證了神話故事得以留存和延續。"［法］蒂費納·薩莫瓦約：《互文性研究》，頁108。

117 竺洪波：《西方文論視閾中的〈西遊記〉成書考察》，頁64。

本流衍過程中的内容比較和其背後的思想内涵。不同小説定本所呈現的内容差異，通過交互見義、交錯省卻，目標是爲了形成確鑿的知識，形成小説定本的歷史。文本差異的形成的過程，無論是"世代累積"文本還是"文人獨創"作品，均不是爲了修辭而設立的目標。換句話説，不同定本之間的差異，並不是爲了使得他們的意義得到相互補充、相互映照而發生的，他們是自然而然，有時甚至是偶然、錯失導致的結果。在續書形成的過程中，不管所依據的原著底本是不是統一的，對作爲共識性的"原著"知識進行侵入性拆解、重組，這裡的創作意圖相對是明確的。"續書"不是一個性質，而是具體的策略和文學手段。

提出"互文性"的法國批評家克里斯蒂娃（Julia Kristeva）在其論文《封閉的文本》中爲"互文性"這一概念做了明確的定義。她認爲："把文本（le texte）定義爲一種重新分配了語言次序的貫穿語言之機構，它使直接提供信息的交際話語（parole communicative）或已有的現時的各種陳述語（enonce）産生關聯。因此，文本是一種生産力（productivite），這意味著：（1）文本與其所處的語言之間是破壞——建立型的再分配關係，因此，從邏輯範疇比從純粹語言手段更便於解讀文本；（2）文本意味著文本間的替換，具有互文性（intertextualite）：在一個文本的空間裡，取自其他文本的若干陳述相互交會和中和。"[118]克里斯蒂娃試圖處理的是現象文本（phenotext）和生殖文本

---

118 ［法］茱莉亞·克里斯蒂娃：《符號學：符義分析探索集》，史忠義等譯，上海：復旦大學出版社 2015 年，頁 85。

（genotext）之間交流的"零度時刻"（zero moment）[119]，主張研究對"文本"這一超語言學裝置的分解過程，分析先前的或同時的言詞如何進入到直接傳遞信息的言語的過程。"互文性"的概念基於"文本空間内的詞語"作爲文本最小單位出發的詞語，及詞語空間内部不同組合模式的形成機制而產生。在當下的文學研究領域，顯然被泛化了，僅作内容"相似"。我們經常在文學比較的時候運用"互文性"這個詞，卻往往忽略"互文性"產生的語言學背景，片面地將"互文性"理解爲文本中相互指涉、相互映射的内容和關係，產生了不少流於廣泛的置換比較。我們所目及的大部分中國古典文學討論中的"互文"研究，更接近於巴赫金的對話理論[120]，即對不同文本進行共時性、歷時性的交流對話，而非克里斯蒂娃語言學背景下的"互文"。誕生於西方世界的"互文"概念對中國文學研究的爆炸式衝擊不可小覷。如果我們借用羅蘭·巴特的文本理論，甚至會發現在他所區分的"可讀性文本"（readerly）和"可寫性文本"（writerly text）中，"續書"這一行爲更符合後者，且應驗了其"消解了各種明確的規則和模式，允許以無限多的方式表達和詮釋意義，是一種可供讀者參與重新書寫的文本……讀者參與到文學本身的'活動'和'生產'中，通過發現文本意義的新的組合方式重寫、再生產、再創造文本，使其意義和内容可以在無限的差

119　[法]蒂費納·薩莫瓦約:《互文性研究》，頁48。

120　故而《西遊補》中出現的《宋史》内容，同樣完全可以將之理解爲對話理論認爲的"不僅作品中的人物與人物對話，而且包含作者與人物，讀者與人物，作者與讀者的對話，今天的讀者與過去不同時代、民族的讀者之間，都存在著對話關係"這一範疇中。

異中被擴散。可寫性文本，這是理想的文本類型。"[121] 巴特的看法對"續書"而言也具有參考價值。以明末清初"西遊故事續書"文本的情節設定爲例，《西遊補》讓行者跳出取經人的圍繞，獨立面對天地；《後西遊記》祭出求"真解"以救世，稀釋了原著中"真經"的類似效應；《續西遊記》則以"護經"替代"取經"，令取經人喪失了武器，以肉身抵禦心魔的桎梏。我們可以看到"續書"文本中存在著對於原著使命（取經）的分解，在這種分解行爲背後又隱藏著對於原著價值與信念的失信與懷疑，小説人物之間的信任也在巧妙地降低。這使得"續書"即使運用了"互文六法"的方法，也無法進入"原著"經典化的拼貼過程，他們從意圖上難以諧洽。取經人的苦難不再是指向更高境界的成全，相反轉化爲對於"無解"、"不得不機變"等難題的沉思態度，以及"焦躁"、"疲憊"的情緒語言。這種深刻的省思與《西遊記》發想自三教精義之間的辯證十分不同，"續書"文本的這種反叛，不僅僅指向世俗社會亂象的隱喻，也在爲"西遊故事"建立新的符碼系統。"西遊故事"只是書寫者藉以調侃、諷刺、批判的外殼，無論是《續西遊記》、《後西遊記》、《西遊補》都沒有表現出對於原著意義的過度留戀，它們藉由"西遊故事"的框架提出更深層次的、尚未解決的問題，"續書"的行文中不斷暗示著堅持的希望，這種迫切的希望無一例外地指向文本内外的出離，從表現形式而言，如"反寫"或"補入"均指向告别的姿態，這與"互文性"狹義理解爲"修辭"的意圖有差别，並不一定是互相闡發、互相辨認。故而，本書認爲，

---

121 ［法］蒂費納·薩莫瓦約：《互文性研究》，頁59。

研究者更應該著眼於"續書"行爲的自覺性及其背後的意義，而不僅僅是摘出"互文性"的例證，或比較是文本演繹過程中具體的"變異"現象。簡而言之，"互文性"無法解決"續書研究"所面臨的文學問題。"互文性"的貢獻在於還原給了原著與"續書"作品平等的地位，在於照亮了文本差異和文本聯繫的機制，但它對於續書研究需要考察續書作品的獨立價值、續書作品與時代關係、續書作品生產和消費生態的核心議題作用不大。

一些研究成果仍是有價值的參考。目前可以看到的以"互文性"來研究明末清初《西遊記》續書的成果有劉雪真的論文《交織的文本記憶——〈西遊補〉的互文語境》[122]，討論《西遊補》是如何引用、改寫、扭曲、擴展或濃縮其他文本。劉雪真所關注到的幾種類型的互文，包括外文本策略性的植入、傳統意象的沿襲、傳統故事原型的仿效等，爲我們爬梳了"西遊故事"之外的文本交流。在《西遊補》中出現了幾位重要的史傳人物，如秦始皇、項羽、虞姬、秦檜和岳飛，每一位都有相應的文學文本作爲可以依據的前文本。《西遊補》第七回崇禎本回評"竟是一篇《項羽本紀》"，因文中項羽自白多取自《史記》之《項羽本紀》。《西遊補》顯然做了有意的裁剪，略去了作爲歷史英雄的慷慨悲壯，僅突出項羽對虞姬的殷勤，用以強調情之迷人。地獄審秦的部分，情節內容亦根據《宋史·秦檜傳》[123]、《宋史·岳飛傳》[124] 改編濃縮而成。除此以外，劉雪真還將

122　劉雪真:《交織的文本記憶——〈西遊補〉的互文語境》，載《東海中文學報》19 期，2007 年 7 月，頁 111–137。

123　《宋史》，臺北：鼎文書局，《列傳》卷 332，頁 13747–13765。

124　《宋史》，臺北：鼎文書局，《列傳》卷 124，頁 11375–11397。

《西遊補》第三回"問天"的情節與屈原《天問》聯繫在一起討論，且認爲《西遊補》由入夢到出夢的情節結構仿效了張漢良所分析的"楊林"故事系列的原型，大致上是講一個年輕人，對現實世界狀況有所不滿，在某個機緣下做了一場夢，在夢裡現實的缺憾得到補償，醒來後發現是一場空，因而得到人生的啓悟[125]，是很好的參考。再者，美國漢學家白保羅（Frederick P. Brandauer）在 1975 年提出，《西遊補》的敘事結構符合美國比較神話學家約瑟夫·坎貝爾（Joseph Campbell）關於"單一神話"（monomyth）的定義，即"一個英雄從一個日常生活的世界出發，進入一個超自然奇景的地區，在那裡遭遇到難以置信的勢力，但最終取得決定性的勝利。英雄從奇跡般的冒險中回來，並且授以同伴恩惠"。[126] 由此可見，廣泛的"互文性"在此會遭遇到比較的困境，它有時是原型比較，有時是相似性推斷，一不小心就落入了"任何文本都是引語的鑲嵌品構成的，任何文本都是對另一文本的吸收和改編"[127]的陷阱中，陷入龐大的文本比較泥沼中。"互文性"的本質並不是要遴選出這種文學比較的結果，它在語言學層面的革命性被淡化了，以上是續書研究需要小心處理的部分。

---

125 張漢良:《"楊林"故事系列的原型結構》，載《中外文學》第 3 卷第 11 期，1975 年 4 月，頁 166–179。

126 ［美］白保羅（Frederick P. Brandauer）: "The *Hsi-Yu Pu* as an Example of Myth-Making in Chinese Fiction"，原載於 1975 年《淡江評論》（*Tamkang Review*），此處轉引自《清華學報》13:1/2，1981 年 12 月，頁 103。

127 ［法］蒂費納·薩莫瓦約:《互文性研究》，頁 1。轉引自 Julia Kristeva, "Word, Dialogue and Novel", in *The Kristeva Reader*, Toril moied., Oxford: Blackwell Publisher Ltd., 1986, p. 36。

三、文本細讀與重建典範

（一）以"西遊故事"爲研究重心的續書研究

從國内二十世紀的明清小説"續書研究"成果來看，學人對"續書研究"的範圍、定義已做了最初的規定，基於《西遊記》"續書"文本，無論是續書群研究還是續書個案研究，無論是古代還是現代，無論是文學文本還是跨媒介文本，都有不少研究成果。以"續書研究"爲專著的，有李忠昌的《古代小説續書漫話》、高玉海的《明清小説續書研究》、《古代小説序跋釋論》，王旭川的《中國小説續書研究》（在這些研究成果上，還有段春旭的《中國古代長篇小説續書研究》），這些續書研究總體研究，都討論到了明末清初《西遊記》續書的三個文本。除此以外，《紅樓夢》續書群已有趙建忠、張雲的研究專書，臺灣地區有鄭淑梅的《後設現象：金瓶梅續書書寫研究》，《西遊記》續書在中文學界尚未有個案專著出現。與此相映照的是，續書個案的研究成果，以北美漢學爲代表，從上世紀六十年代開始，一直是以"西遊故事"爲研究重心。海外研究者以《西遊補》、《後西遊記》、《水滸後傳》爲研究對象，日本學者對譯介《續西遊記》、《後西遊記》的編譯貢獻，擴大了中國小説在海外學界的影響。其中，明末清初《西遊記》續書已有兩部個案專書在美國出版，《後西遊記》、《續西遊記》亦有美國、日本的漢學家專文評論出現。在漢學界，明末清初《西遊記》續書的影響是其他古代小説所不及的，這也爲我們重新評估《西遊記》續書作品的文學價值奠定了信心。在國內研究視域中，依附於原著而被觀看的西遊續書文本，受制於文學史研究框架、"以原著爲中心"的單一研究方法以及"續書研究"的原創理論匱乏，在其自身"經典化"的道路上面臨不少困難，未來還有待於研究者共同努力開拓。"續書研究"在近年來不斷有新的研究論文出現，這有助於推動研究者重新發現續書、了解續書，並思考結構意義、審美意義、語言層面上的"續書"創作與歷史之間的隱密關係。那麼與《金瓶梅詞話》的影響力相比，同爲"補"入原著結構的《西遊補》有沒有可能獨立於《西遊記》原著，走上自身經典化的道路呢？本書認爲目前尚未定論，但我們在國內及域外研究成果之上，對《西遊補》的文本細讀重讀，反思明末清初《西遊記》三部續書的文學價值，重建續書研究典範，或許將是一個很好的探索方式。重讀《西遊補》所運用的細讀方法，對於重新看待一直以來被文學史批評的《後西遊記》、《續西遊記》也能提供參考意見。本書選擇以《西遊補》研究作爲續書研究重建典範的嘗試，兼論《續西遊記》、《後西遊記》對於"續書研究"研究方法的啓迪，是出於以下考量：

首先，《西遊補》具有值得被獨立研究的文學價值，海內外著名學者如魯迅、夏志清、夏濟安等對《西遊補》都曾有過高度肯定，在海外學界也有諸多好評。作爲明末清初《西遊記》續書最重要的代表作，當下國內對《西遊補》的研究方法卻顯得非常傳統。除了以原著爲中心的文學比較之外，就是以作者爲中心的考證。這些研究方法都是必要的，但《西遊補》顯然有著超越這些研究框架所能框定的文學魅力。《西遊補》研究的專家趙紅娟，近年來的研究成果集中在作者考證（圍繞董説個

人與家族），及附屬於"董氏"家族研究脈絡之下的作品研究，
她的傑出貢獻是否定了傅承州、李前程的推論，確定《西遊補》
的作者是董説而不是其父董斯張。與此同時，趙紅娟將《西遊
補》研究納入了"遺民"視野進行考察，這大大拓寬了《西遊
記》的詮釋空間。以宏觀的文學史、小説史研究脈絡來看，"續
書研究"雖然非常邊緣，但"遺民"卻是近年來學界熱議的話
題。將董説及其所作《西遊補》居於傳統的"續書研究"視域
下，引入了作家個人經歷和思想背景作爲解碼路徑，有助於我
們開拓"續書研究"視野。趙紅娟通過對於董氏家族歷史的爬
梳，釐清了小説與生活、作者個體與歷史的關係。我們可以看
到，現有的續書研究中最推崇的方法，是先確定作者，再進行
圍繞作者的歷史研究，推定作品的創作意圖，這是與結構主義、
後結構主義相反的路徑，使得"西遊故事"的原著與讀《西遊
記》的人發生了具體的聯繫，賦予"續書"的作者以虛構人物
的命運作爲寄託，形塑作品意涵。2020 年，趙紅娟評註《西遊
補》於杭州浙江文藝出版社出版，這是一個值得關注的新版本，
納入了趙紅娟長期以來的研究成果。《西遊記》作爲個體記憶的
資源爲其"續書"話語需要所調度，實際上調度"續書"意圖
實現的，成爲了後人對於遺民歷史和心理的把握。我們很難確
定《西遊補》的寫作是否與明亡有關，我們也很難確定董説個
人如何看待這場世變、如何看待《西遊記》，這需要新的史料加
以佐證，但趙紅娟爲《西遊補》研究設立的範式，是值得被關
注的。這裡的問題是，將《西遊補》當作獨立的文學作品來看，
我們無法從一開始就確定《西遊補》到底應該置於哪一個話語
系統中進行考察更爲合適，是《西遊記》續書系統，還是遺民

書寫系統，還是僧人記夢系統？因爲我們無法確定作者董説的身份到底應該如何進行主次排序，他的生命特徵中，到底哪個更爲重要，是一個著名的佛教徒、一個習慣於記録夢境的人、一個作家、還是一個遺民？這是以作者爲中心的續書研究範式給我們留下的考驗。

正如上文所言，《西遊補》的象徵體系很可能是與《續西遊記》、《後西遊記》完全不同的，且與《西遊記》原著也未必相同。董説裁減了大部分"西遊故事"中令人耳熟能詳的記憶經驗。當孫行者從取經人團隊中孤立出來，像是延滯了原著時間和空間的特殊手段，使原書結構鬆動，鑲嵌了一個新的時空體系，這種"嵌套"方式是頗爲哲學化的、激進的嘗試。在《西遊補》中被孤立的孫行者成爲了原著記憶的拾荒者，召喚著新讀者的記憶。唐僧的形象也發生了很大的變化，他不再取經，甚至還結了婚，孫行者甚至有了孩子，變化的意圖可能是要"令夢境中的孫悟空不知所措"[128]。續書作者只是借用了人物，開展的卻是全新的旅程。這種對原著的"切割"是超越傳統意義上的續、補，甚至並非從屬於"西遊故事"系統的，它可能是來源於一個個體遺民關於文學、歷史及國民性焦慮的表現，也有可能它本身就是一個更靠近"僧人記夢"話語系統的"續書"，而不是"西遊故事"話語系統的衍化文本。這樣的問題，我們要如何納入到既有的"續書研究"考察中來呢？（關於這一問題，本書在第二章節會再展開論述）

關於"遺民"研究的面向，另一個有趣的關鍵詞是"情"。

128　劉雪真:《交織的文本記憶——〈西遊補〉的互文語境》，頁122。

《西遊補》與"情"字的關係密切自不必說，但其他文學經典的續書似乎也離不開"情"字，這種續書文體之間情感機制的互文非常值得關注。如書寫《紅樓真夢》的郭則澐，在病榻上堅持"續書"這樣一部被俞平伯認為"續紅的不可能"[129]的作品，原因是什麼？郭氏言："身之為患，心為之困。智深而憂集，情深而感乘。"[130]創作者知難而上，為的是"情深"，這個"情"到底是對原著的情，是對時代的情，還是對故去的一切的追憶？可能是縈繞於"續"這一書寫型態複雜的心理機制。從佛教文學的角度上來看，《西遊補》中"情夢"的構建方式，與《聊齋志異》中的"畫壁"故事亦有類似之處。它確實很像是一個佛教的夢，帶有警示的韻味。如果我們僅僅爬梳《西遊記》與之在情節、內容上的比較，很可能會忽略這一重要的文學發生機制。

其次，"西遊故事續書"文本研究的角度正在不斷豐富中，越來越展現出文化研究的意味。這表現了《西遊補》文本豐富的闡釋空間。無論是從寓言、身體、醫療、情慾、宗教，還是有待開發的語言學、感官視覺、心理學等角度，研究者都能找到新的機會重估《西遊補》的多元價值。《西遊補》所能引發的討論熱點，又會反過來影響到《西遊記》、《續西遊記》與《後西遊記》的研究，形成了良好的互動交際。明代以來，研究者對於《西遊補》文本產生興趣的時間並不長，上世紀圍繞《西

129　俞平伯：《紅樓夢研究》，頁 1-3。"凡好的文章，都有個性的流露，越是好的，所表現的個性越是活潑潑地。因為如此，所以文章本難續，好的文章更難續……故就作者論，不但反對任何人來續他的著作；即是他自己，如環境、心境改變了，也不能寫勉強寫完未了的文章。"

130　郭則澐：《紅樓真夢》自序，北京：北京大學出版社，1988 年。

遊補》作者的考證爲《西遊補》甚至“西遊故事續書”展開了
新的討論空間。除了趙紅娟提供的“遺民”角度，還有楊玉成
提供的“醫療”與“身體”視閾。我們如果認同楊玉成所言“董
説堪稱明清之際一個意義重大的病人”[131]，那麽圍繞著《西遊記》
“續書研究”的關鍵詞還出現了包括“董説”、“明清之際”、“病
體”等多個前沿的文化議題。楊玉成的説法修正了劉復過於激
烈又被廣泛引用的“（董説）這還不是發神經病嗎”[132]的武斷評
價。董説到底是不是神經病，如今的我們實在缺乏現代醫學的
證據來判定，但董説的確留下了數量龐大的、具體的病中囈語
呈現爲疾病書寫的樣態，爲我們開闢了新的研究面向。楊玉成
的推斷基於劉復“大凡幼年時極聰明而且極奇怪的人，到年紀

---

131 楊玉成：《夢囈、嘔吐與醫療——晚明董説文學與心理傳記》，收入於李豐楙、
　　廖肇亨主編：《沉淪、懺悔與救度——中國文化的懺悔書寫論集》，臺北：中研
　　院中國文哲研究所，2013 年，頁 558。

132 劉復：《西遊補作者董若雨傳》，收入於董説：《西遊補》，臺北：河洛圖書出版
　　社，1978 年，附錄頁 36。劉復對董説“神經病”的判斷並沒有病理證據，只
　　是基於他大量著書背後的行爲模式判斷。劉復認爲董説“詩文小説都很好，考
　　據書如七國考之類的也不壞”，但“儒釋合參或釋道合參的書，恐怕沒有什麼
　　價值”（頁 34），基於《非煙香法》，也説“沒有什麼大意思”（頁 42），認爲
　　“這不是發神經病嗎”，對於“梅花乳”的評價就更低了，“説得好聽些是詩人
　　化的育兒法，説的不好聽些又是大發神經病”（頁 43）。值得注意的是，這兩
　　個作爲董説是“神經病”依據的判斷，1982 年遭到了美國佛教文學研究專家、
　　學術編輯 Robert M. Somers 的批評。見 Robert M. Somers, Review, *The Journal
　　of Asian Studies*, Vol. 41, No. 3 (May, 1982), p. 573。“對董説作品的分析，有一
　　個普遍趨勢是愈發尊崇由西方知識分子搭設的理論框架，這一點甚至影響到了
　　例行傳記的撰述。作者把注了整個章節的篇幅，來回應對董説人格的指控（pp.
　　41-44），其中主要的攻擊來自現代學者劉復，他認爲，董説事實上患有神經
　　病（mentally ill），而這從可他所著的《非煙香法》一書，還有其製造‘梅花
　　乳’的行爲中可以窺知。這些指控不僅幼稚可笑，更是對中國文化（轉下頁）

大了，總不免有些神經病的色彩……若雨一生的行動，和他在文學上的表現，以及在學問上所走的路頭，都顯然是病態的"[133]的描述。這不禁令我們想到章太炎的"神經病"[134]。"神經病"這個詞誕生於十九世紀，敏感的當代學者顯然發現了這一現代醫學病症與西方現代哲學中"瘋癲"的隱喻關聯，並將之與易代、革命等議題建立起了闡釋的橋樑，也將我們之前提到的續書寫作與"情"字的關係更精確地錨定至"情緒"。董說爲《西遊補》開拓的研究視角，讓我們有機會站立於明末清初的背景之下來觀察"西遊故事續書"其它作品中存在的"情緒問題"。這種"情緒問題"的産生與什麼有關？複雜的"情緒問題"是否會若隱若現地存在於《西遊補》、《續西遊記》、《後西遊記》的險難塑造中呢？

據粗略統計，篇幅四萬多字的《西遊補》中，共出現了28處"苦"、22處"愁"、15處"悶"、12處"痛"字。而從現代人類情緒研究的角度而言，連"虛空呼喚"都是一種情緒（l'appel du vide）[135]。行者的茫然表現爲一種奇特的、帶有哲學

（接上頁）一無所知，蓋因中國的科學並不建立於現代科學的觀點。我懷疑劉復只是鸚鵡學舌地照搬了'晚明思想毁於禪宗（Chan Buddhism）'的論調，白保羅應該更爲尖刻地揚棄這些指控，沒有必要針對這些魯莽無知的觀點浪費一章節的筆墨，反而模糊了自身的見解，偏離自己的陳述。"（自譯）

133 劉復：《西遊補作者董若雨傳》，頁8。

134 劉人鵬：《章太炎的"神經病"：作爲生存位置與革命知識情感動能》，載《文化研究》16期，2013年12月，頁81–124。

135 "虛空呼喚"一如法國哲學家薩特的認知，創造出自我本能不足以信任的膽怯不安，以及對自己的情緒連同頑皮的不理性衝動都可能誘導我們深入迷途的擔心。見[英]蒂芬妮．史密斯（Tiffany Watt Smith）：《情緒之書》，林金源譯，臺北：木馬文化，2016年，頁54。

色彩的孤獨。《西遊補》第二回行者上天，"只見天門緊閉。行者叫'開門，開門！'"卻無人開門；第七回行者撞入玉門跌入無量井，對看不見的人喊"開了門等我進來吃口茶水"，那人卻道"這裡是無人世界。"第五回行者想找女媧補天，女媧不在家。第十六回中行者通篇在尋找秦始皇，但"秦始皇只是不見"。中國文化里傳統的君父與母神都拋棄了他，"原著"爲他取消了死亡，"續書"爲他取消了取經使命，被多重拋棄的小説人物孫行者被拋入到一個累贅的文體"補"中，他到底應該怎麼面對，以什麼樣的情緒面對，都是很有潛力的研究課題。以往我們很少以詞條的方式檢閲《西遊補》的"情緒"問題，一旦將之納入歷史語境中考量，我們會爲《西遊補》找到更爲廣闊的闡釋空間，這是《西遊補》的貢獻。

以上我們可以看到，《西遊補》研究由於董説個人特質的奇異，開拓了多元的闡釋空間，這也是《西遊補》獲得海内外好評的原因之一。《西遊補》除了作爲"續書"這個主體研究對象之外，還是一個有趣的歷史個案。一般我們認爲《西遊補》成書於明亡之前，而即使在明亡之後，董説也没有諸如明清之際"海内三遺民"[136]"不入城"、"不赴講會"、"不結社"[137]等標誌性抵抗行爲。趙園在《明清之際士大夫研究》中指出"不仕"包括遺、逸民，到了明清之際界定開始趨於嚴格。這個標準會產生一個盲點，即有些人在明亡之前已經無意仕進，而在清初時也

136 ［清］趙爾巽等撰:《清史稿》卷506《遺逸二·徐枋傳》，上海:上海古籍出版社，1997年，頁391–392。傳中將徐枋和沈壽民、巢鳴盛並稱爲"海内三遺民"。
137 王汛森:《清初士人的悔罪心態與消極行爲:不入城、不赴講會、不結社》，收入於《晚明清初思想十論》，頁187–248。

一直保持著遺民的身份，所以這類遺民便未必全是由時事所迫
造成[138]。但無論個體做出怎樣的選擇，情緒問題始終存在。圍繞
董說個人的性格已有非常多的研究成果，他似乎不介意被人知
道沈溺於私人化的消極、糾結與焦慮中，這反映在了《西遊補》
的書寫中。董說介入"西遊故事"的文學行爲本身與遺民問題
並沒有直接的聯繫，但圍繞"西遊故事續書"的遺民問題，卻
因董說個人的原因展示爲一種可被討論的空間，超越了既有的
"續書研究"框架。如董說的朋友黃周星，生於 1611 年，自殺
於 1680 年，"儘管此時明朝傾覆已近四十年，但他仍以自絕作
爲盡忠明朝的表示……黃有許多朋友都是著名的明代遺民，如
董說……黃有兩個朋友活動於出版界，一個是杭州商人兼出版
商汪淇，也是明代遺民。17 世紀 60 年代中葉，黃居住在汪的
書坊——還讀齋。黃與汪一起編撰各種書籍，如《西遊證道書》
（1663 年）……"[139] 學者多是從遺民互相傳遞的詩文中找尋他們
行爲模式的共性，魏愛蓮看出了黃周星與董說在文學上的互相
啓發，分析了董說的"夢"觀與黃的《天人樂》之間的關係，

---

138 趙園：《明清之際士大夫研究》，北京：北京大學出版社，2014 年，頁 261。

139 ［美］魏愛蓮：《黃周星想像的花園》，收入於陳平原等編：《晚明與晚清：歷
史傳承與文化創新》，頁 42。魏愛蓮還指出，"明遺民作家董說是黃想像世界
的靈感來源之一。董是否寫過《西遊補》還存有爭議，不管怎樣，董和黃是朋
友。二人 1670 年代的詩作證明早在那時董與黃就曾有過交往。因董居於南潯（浙
江）——黃在其晚年經常造訪這個小鎮，在此期間，兩人不必耗費太多精力就可
晤面。董的一首詩（未標注年代）的注釋記載了黃被董的《昭陽夢史》（1643
年）所吸引，這部作品篇幅不長，有些晦澀，描寫的是夢遊。董爲黃的《郁
單越頌》寫的序言中也顯示了類似的關聯，他聲稱這部作品是回應董五十年
前的少作的。我們知道，黃請董爲《將就園記》作序，董寫了一篇 （轉下頁）

同時也區分了董説智性的避世主義和黄周星的世俗宗教意識[140]，魏愛蓮並没有將“西遊故事”或續書問題與“遺民”的身份直接聯繫起來，卻點出了“夢”觀對於寫作的影響[141]。這是非常值得關注的西方視角，她認爲董説站立於“遺民”整個歷史文化生態的不遠處，“夢”是文學發生機制的一個路徑，夢的虛構與小説的虛構在某種意義上來看是相似的情志寄託。與此相比，寒爵認爲《西遊補》“激憤於異族的侵略，又慨歎於故國政治的窳敗……所謂‘鯖’‘青’‘情’，不過都是‘清’的代字”就顯得觀念先行[142]。

第三，經過辨析我們可以發現，《西遊補》創作的心理機制在一定程度上拓寬了續書創作動機心理機制的研究思路。原著本身就意味著一種秩序，或者説理想的書寫秩序，“續書”的侵入既是對於這種前理想秩序的渴望，也醞釀著秩序失落的焦慮。在“續書”文本的内部，發生著一系列的意義置換，實現了新的社會現狀作爲符號的表達。在《西遊補》中，“科舉”就是一例。“科舉”作爲知識世界與士大夫共同體的制度建構，一直以來都是明清小説中經常出現的内容，知識份子構建的共享的知識世界，是續書創作者從生活中採納吸取的重要素材，可謂比“原著”更廣義的“原著”。《西遊補》中出現了重要的“科舉”

（接上頁）賞析該園的評論，權當序文。最後，董的另一首詩（未注明年代）提及黄曾告知，他要創作一部關於北俱廬州的傳奇劇，無疑是指《人天樂》。”頁45。

140　[美]魏愛蓮：《黄周星想像的花園》，頁45–46。

141　除了寫作《西遊補》的董説，魏愛蓮指出，陳忱的《水滸後傳》（1664年）可能是黄周星想像花園的另一個源頭。魏愛蓮：《黄周星想像的花園》，頁47。

142　寒爵：《〈西遊補〉創作的時代背景》，載《國立編譯館館刊》，1:3，1972年6月，頁193–206。

場景,《紅樓夢》中直接描寫"科舉"的場景不多,但在續書中
卻成爲重要題材[143]。以《西遊補》爲例,"取經"這一對於《西
遊記》而言的重要使命,到了《西遊補》中卻被暫時擱置、延
宕了。這提示我們,對於原著而言,"補"作是爲了延遲"取經"
這一大使命的達成。新的使命則被分解爲更多碎片化的次要使
命,如尋找"驅山鐸"、尋找唐僧,甚至尋找眼前路,卻沒有一
條指向超越取經人的"自困"這一局面的出路。從文學心理學
的角度而言,董説的創作思路凝結著他對於時代的記憶方式。
"他的記憶是一種憑藉身心感受和心靈體驗並凝聚、濃縮著豐富
生動的情感、情緒的心理活動方式。這是一種較充分地體現主
體主觀能動性的'情緒記憶'。"[144] 將"那些經常影響了我的情緒
的東西"以"西遊故事"作爲容器加以表現,是董説個性化的
語言。《西遊記》的故事本事是玄奘取經的故事,世本《西遊記》
中玄奘取經爲的是唐王遊歷地府之後的宏願——超渡亡魂與普
渡衆生。李志宏曾經指出,《西遊記》的文本將宗教轉化爲叙事
的修辭[145]。《西遊補》則將這種叙事的修辭更加片面化、符碼化,
孫行者喧賓奪主成爲了唯一的主角,他無法承擔"度亡"的工
作,"西遊故事"的原有主題和叙事使命被架空,成爲更徹底的

---

143 陽達、徐彦傑:《后来官登极品簪,子孙蕃衍缨不绝——科举视野下的〈红楼
    梦〉續書探析》,載《紅樓夢學刊》2017 年第 3 期,頁 175。

144 錢谷融、魯樞元主編:《文學心理學》,臺北:新學識文教出版中心,1990 年,
    頁 107。

145 李志宏:《失去樂園之後——孫悟空終成"鬥戰勝佛"的寓言闡釋》,收入於蔡
    忠道主編:《中國小説戲曲國際學術研討會論文集·第三屆》,頁 241。"《西遊
    記》自開篇起即將寫作視角從玄奘轉向聚焦於孫悟空形象的塑造之上,取經史
    實原型故事經過置換變型(displacement)之後,在充滿諧謔意味的戲擬(parody)
    叙述行動中,已使得原有的宗教神聖意涵轉化爲一種時空背景和修辭策略。"

修辭。這種主題的修辭化也深入到了《續西遊記》和《後西遊記》的書寫策略中。取經人自顧不暇，何談輔佐唐僧"普渡眾生"的國家使命。"續書"起到的效果是幾乎印證了《西遊證道書序》中"所言者在玄奘，而意實不在玄奘；所紀者在取經，而志實不在取經：特假此以喻大道耳"[146]，好像在做什麼，其實又不在做什麼。就如《西遊補》中孫行者通篇尋找的、原著和"續書"文本均未出現過的"驅山鐸"一樣，指向歷史進程中的不存在。這充滿了象徵意味。

無論是補、續，都是一種陌生敘事空間的再造。"續書"作者藉由移植而來的小說人物展現對於陌生"路境"的驚訝與恐懼，是內涵豐富的心理投射，續書創作的心理學視角值得關注。以往我們並不重視續書成書背後的複雜心理，即使我們已經搬運了不少西方理論運用於中國小說的現代審美中，我們對於"續書"心理機制的生成依然是陌生的。"續書"另闢新的敘事空間，對虛構的小說人物而言，產生了新的心理冒險。對於空間的恐懼是一個流行的關鍵詞，"無論是海德格爾（Martin Heidegger）說的'虛無的恐懼'、'無聊'，羅蘭·巴特（Roland Barthes）的'神的無法理解性'等，畢加索的丑角常常被說成'是現代人基本情感和知性體驗的具體化，其實質就是小醜的無所歸依的存在感和憂鬱的自由'。"[147]正如保羅·利科（Paul Ricoeur）所言，"意義的變化本身就是更新，也就是說，是言語現象。這類更新常常是個人的，甚至是有意識的：與通常很少

---

146 託名元代虞集：《西遊證道書序》，收入於丁錫根編：《中國歷代小說序跋集》（下），北京：人民文學出版社，1996年，頁1352。

147 張堅：《視覺形式的生命》，頁163。

有意進行的語言變化不同的是，'語義的改變往往是創造性意圖的結果'（《法語語義學綱要》第 238 頁）。而且，新意義的出現是突然的，沒有任何中間環節……社會融合可能是緩和的，但更新本身始終是突然的"。[148] "續書"爲這種"突然"增添了緩衝的餘地，在互相交疊的詮釋現象中，"續書"無論從文本内部還是生產機制上均有複雜的意涵。我們至少可以感性地認識到一個潛在的閱讀心理，即在原著框架内的再叙事，保留了一種虛擬的"現狀"，終止進程，另一方面，提出了可能的假設。無論原著所提供的"現狀"是《西遊記》第六十一回"孫行者三調芭蕉扇"，還是第九十八回"卻説唐僧四衆，上了大路"，"續書"的作者迴避了直面書寫動蕩的世相，借殼實現自我檔案（ego-document）的變異[149] 文人選擇這種進入文本的方式，其首要的、對於文本時間的處理既是想像的開始，同時也意味著想像的折衷，將自己置身於"原著"身後，將"原著"看作是一種表達的媒介，而不是表達的本身。

（二）《西遊記》"續書研究"的方法啓迪

明末清初的《西遊記》續書文本本身具有多元化的風格特點，是我們選擇以此作爲切入點探索續書文本細讀及新的研究

---

148 ［法］保羅·利科（Paul Ricoeur）:《活的隱喻》，頁 159。

149 "十七世紀中葉，也就是從 1620 年代到 1670 年代，是中國歷史上一段極具暴力的時期。造成世代動亂的原因，包括流賊橫行、政治整肅、明清鼎革、清朝壓制，以及三藩之亂。這些動蕩的政治與軍事情勢發展，對中國文學的衝擊，顯示在每一類型的文學上。"［美］司徒琳（Lynn A.Struve）:《儒者的創傷——〈餘生錄〉的閱讀》，收入於王成勉:《氣節與變節——明末清初士人的處境與抉擇》，頁 185。

範式的主要原因。文人參與經典作品的"續書"活動、揭示文本意義，是在主動更新意義秩序、思維結構和審美方式。他們創造了新的對話方式，也令原著表現爲一種表意的媒介，借由對原著意義的不滿足，表達對其他問題的複雜意見。這是"續書研究"與心靈活動的關係，也是我們在未來考察續書問題的研究方向。

在先前的論述中，我們已經拋出了不少有意思的對話，在《西遊記》原著及其續書所共同形塑的西遊故事群落，構成"經典化"的互動。無論是與佛教文本的對話，還是與經學的對話，甚至是與抽象的集體共識和記憶的對話，包括原著與續書文本的權力關係、續書文本的生產與消費、"續書"的發生機制與廣義上"情"故事的建構之間的關係等等，這都是傳統續書研究所不太關注的面向，甚至也是古代小說研究不太關注的角度。深究起來，這背後都存在著語義學、符號學的根源，來自於克里斯蒂娃、羅蘭巴特、巴赫汀等人的視野，也來自於中國的漢字符號學與"西遊故事"群落的關係。在這兩大根源上，《西遊記》續書群具有新的研究潛力，一方面它能夠爲現有續書研究領域的盲區提供補充，另一方面，它也有助於我們更好地理解文學演變的形態，將小說史研究關照不到的文學價值，通過文字學、結構主義讀解符號的方式加以重新觀察。借用魯迅在《中國小說史略》對於《西遊補》的評價，"造事遣辭，則豐贍多姿，恍惚變幻，奇突之處，十足驚人，間以俳諧，亦常俊絕，殊非同時作手所敢望也。"[150] "造事遣辭豐贍多姿"，這是《紅樓

---

150 魯迅:《中國小說史略》，頁122。

夢》續書、《水滸傳》續書所不具備的特質。從個案來看,《西遊補》的文學成就斐然,小說對於漢字的想像力和虛構能力,對於人的生存處境的細膩刻畫、人對社會歷史處境的體驗,可說是明末文人複雜精神景觀的圖式。這種心靈圖式是怎麼呈現的呢?

本書認爲,心靈圖式主要來自於《西遊補》獨特的語義成就,爲熟悉"西遊故事"的讀者製造了陌生化的體驗,這是非常不容易的,因爲無論是研究者和普通讀者,都對"西遊故事"太熟悉了。原著的經驗觸手可及,董說運用新的言說方式,使《西遊補》調度原著的素材變成了井中撈月的幻影。《西遊補》藉由"西遊故事"的媒介,創造了新的表意手段和獨立的寓言系統,與"西遊故事"慣用的寓言之間建立起神秘的話語交流。如科舉、鑿天等文化符號,如審秦、項羽、虞美人等歷史上著名"失敗者"的歷史精神,鯖魚(情欲)精、青青世界、秦王、小月王的諧音與拆字方式這些看似毫無關聯的歷史符碼以孫行者夢中遊歷的方式被重新編碼,指向原著中缺省的"情難"。文本通過寓言建構的内部和社會歷史内部展開了語義的遊戲。

經由《西遊補》的重詮,我們可以發現另兩部明末清初《西遊記》"續書"作品在語言特質上所表現出的寓言性同樣可圈可點,雖然綜合成就遜色於《西遊補》。何谷理(Robert E.Hegel)曾高度評價過劉曉廉(Xiao-lian Liu)對《後西遊記》的寓言建構,"他發現了一個複雜的寓言意義網絡(a complex web of allegorical meanings),該寓言網絡揭示了這位未具名的小說家吸納並使用文學素材、更深入探究人性和精神解放奧秘的嚴肅性,而不是這部小説的前身《西遊記》原來就有的意義。"[151] 劉曉廉的貢獻在於，他將原著與續書的權力關係打破了，以符號功能（symbolic function）的視閾重新區分、界定西遊故事的話語系統。又以《後西遊記》爲例，在讀法上，《後西遊記國字評》認爲這段後續故事緣起"韓愈"。這個理解很少被《後西遊記》研究者重視。《後西遊記》第六回，續書作者借唐三藏之口對孫悟空説，"今日韓愈這一道佛骨表文，雖天子不聽，遭貶而去，然言言有理"。孫悟空説道，"愚僧造孽罪，於佛法無損。韓愈此表，轉是求真解之機。且慢慢尋訪，自有緣法"。作爲反佛符號的"韓愈"事實上與"西遊故事"的淵源頗深，主要就是和《後西遊記》密切聯結。《韓湘子全傳》説佛骨是韓湘子雲陽板變化的，第十八回"唐憲宗敬迎佛骨　韓退之直諫受貶"提到"原是殿前捲簾大將軍，因與雲陽子醉奪蟠桃，打碎玻璃玉盞，謫到下方投胎轉世"。第二十四回入話韻語中又出現了"不老婆婆"："茫茫苦海，虩虩風波。算將來俱是貪嗔撒網，淫毒張羅。幾能够，翻身跳出是非窩？討一個清閒自在，不老婆婆。"1993年，鄭智勇在《〈後西遊記〉與潮人》一文中，曾分析《後西遊記》是一部與潮人密切相關的作品，書中不止一次點名"大顛正是潮州人"、"韓愈被貶潮州"，"《後西遊記》中與潮州話明顯相同相近的語詞有四百多"……這爲我們深入理解明末清初《西遊記》三部續書突破原著的符號設置方式帶來了啓發。我們往深一步探索，《西遊補》寓言發生的動機，與續書行爲對原著素

---

151 Robert E. Hegel, "Foreword", *The Odyssey of the Buddhist Mind: The Allegory of The Later Journey to the West*), Lanham, Maryland: University Press of America, 1994, p. x. 引文部分自譯。

材進行符號重構的動機是否是相似的呢？續書所產生的表意系統，是否能夠導向它作爲言説而參與社會進程的嚴肅性？這可能是不久的將來，當續書的文本細讀獲得更多關注之後，續書研究修辭學面向的前進方向。這是一種新的方法，讓我們不再拘泥於原著與續作的對話，不再拘泥於文學史、文獻學、歷史學的研究方法。我們能夠更加專注地關切小説中寓言書寫的形式、動機、主題、技術、歷史符號及其背後的社會心理機制。

象征的語言在西遊續書作品中反復呈現，這不容忽視。在前文中，我們已經談到了"互文性"概念的誤用，當代研究者並不太重視"互文性"的語義學本質，卻喜歡使用這一概念。克里斯蒂娃的功績在於從認識論方面以全新的視角重新表意實踐活動。在我們看到的表面文字即現象文本的背後，有一個更加廣闊的、無始無終的意義生殖空間，意義的生產力和生產活動、成義活動就發生在這個空間裡。文本是一個多義空間，多種可能的意義交織其間[152]。從廣義上來說，寓言的意義是詞語呈現出字面意義之外的引申含義，詞語即話語。如道教對身體的"内觀"是通過寓言性的詞彙來表達的，如昆侖頂、玉京山、瑤池、青虛府、圓覺海、紫金城等；道教話語系統對於修煉的困境也設計了象徵的語彙，如消陽魔、鑠陰魔、耗氣魔（《續西遊記》）等；更有一些修辭性的象徵，如陰沉魔王、慌張魔王（《續西遊記》）。這些詞彙所指涉的實在之物子虛烏有，卻在"續書"文本中被著重塑造和利用。又如《西遊補》中的天皇獸紐

---

152 "文本理論的得與失"，參"譯者序"，［法］茱莉亞·克里斯蒂娃：《符號學：符義分析探索集》，史忠義等譯，上海：復旦大學出版社，2015年。

鏡、白玉心鏡、自疑鏡、花鏡、鳳鏡、雌雄二鏡、紫錦荷花鏡、
水鏡,這些名物到底指涉的是怎樣具體的形貌,讀者並不一定
知道,它鑲嵌於萬鏡樓台我們所熟悉的妝鏡之中,呈現出了陌
生化的效果,表徵孫行者入魔程度的遞增。《後西遊記》中的玉
火鉗、解脱大王、缺陷大王、文明大王、待度樓、自度樓等物,
《續西遊記》中的蠱妖、病魔、七情大王、六慾大王……取經
人的困局和險阻經由寓言化的語言都被物化了,甚至人(知識
分子)的處境也可以被物質化。這是西遊故事文本從狹義上表
現的作為修辭的"寓言",即取用中國文化素材中的形式、屬性
或通用特徵,通過具體的圖像和動作、擬人化的技巧來呈現其
抽象的概念和意涵,表現為一種象徵的語言。正如劉曉廉為我
們提供的啓發,很少有中文文本符合西方文學傳統模式標準的
"寓意",《西遊記》的幾部續書卻出人意料的勝任了這一中西文
學互相觀看的媒介。

象徵的語言在《後西遊記》中還體現了另一個角度上的語
言問題,體現了言語間偶然的並置(accidental juxtaposition)和
聯想的置換(metonymical transfer of associations)[153]。"解脱大王"、
"文明天王"、"陰陽"、"造化"、"玉火"、"十惡"等等抽象的名
詞都被物質化為具體的險難,五聖遺胤或遺嗣的解經之路被匡
上了具體為"前程"的隱喻,這都是《西遊記》原著以"求經"
為單一目的的西行之路所沒有關照到的面向。這種寫作策略,
與其説是一種"續",不如説是"衍",結構上是類型化的想像、

---

153 簡政珍:《隱喻與換喻——以唐詩為例》,載《中外文學》第20卷第2期,
1983年7月,頁6。

解碼和破譯。其目的是針對原著中述而不明、明而不詳的部分提出新的解碼方案，對於"實在"提出"虛無"的問題，對於"正向"提出"反向"的問題，對於"善"提出"惡"的問題。越是深入細讀，我們越能發現"續書"者對於象徵圖像的創造能力與編織能力，遠非前文所提及的"取其易行"可以判定。甚至我們可以大膽推測，"續書"者正是為了吸引已經對"西遊故事"產生固定認知的讀者來參與改造，為其糾偏、指正，使其難堪 [154]……因為比起仿擬作品的虔敬，如《西洋記》徵引魏徵斬涇河老龍、唐太宗遊地府、女兒國故事，我們很容易就能區別這種徵引式的變異與"續書"的修正之間存在很大的差別。"續書"的意圖會更為反叛。

從"經典化"的角度來看，雖然"西遊故事"的"續書"文本在數量上不是最多的，但是面向豐富，動機多元，在符號學、語言學上的價值很高。在中國小說史上續書數量最多的經典是《紅樓夢》[155]，更因歷代"紅學"研究者對《紅樓夢》投入了驚人的功夫，對作者、內容及版本方面最細微的部分加以嚴肅的討論。"好事者"高鶚、程偉元做了後四十回的改動，以全

---

154 高桂惠曾指出，"《後西遊記》似乎並不是'內化'的問題，反而比較接近譴責、黑幕小說的'揭露'美學，是對'外部'社會的關注多於'內化'的省視。"高桂惠：《Snakes' Legs: Sequels, Continuations, Rewritings, and Chinese Fiction 書評》，載《中國文哲研究集刊》第二十七期，2005 年 9 月，頁 322。

155 "對《紅樓夢》的續寫，無論是續書數量之多、持續時間之長還是影響之廣遠，都是絕無僅有的。……程高本一百二十回《紅樓夢》問世後不過數年，就有逍遙子的《後紅樓夢》付梓刊行（至遲為嘉慶元年）。之後續寫紅樓蔚成風氣……形成了〈紅樓夢〉傳播史上頗為壯觀的續紅高潮。"張雲：《誰能煉石補蒼天——清代〈紅樓夢〉續書研究》，北京：中華書局，2013 年，頁 1。

璧的形式廣爲讀者閱讀、接受，因而更大範圍地流傳[156]，《紅樓夢》續書爲當下續書理論的建設貢獻了不少經驗，然而《紅樓夢》續作動機趨於單一，續作者大多著眼於《紅樓夢》原書未完的巨大"悲劇性"加以情志補憾，更因《紅樓夢》結構不全，情節、內容線索又多，爲續作留有看似廣闊的再創作空間，事實卻不盡然。刨去大量續作引來的大量研究，以這一經典範例的"續書研究"成果卻未必都適用於《西遊記》續書現象的考察。更重要的是，《紅樓夢》的"續書"並未創造出一種新的文學語言，也沒有打造新的寓言，《紅樓夢》續書始終盤旋於普遍的時代精神的循環，其"期待視野"相對封閉保守。這也給我們啓發，是否真的存在一個能涵蓋所有續書作品的方法論？

《金瓶梅》同樣是一部頗爲成功的"續書"作品，從時空暫停的方法上而言，它與《西遊補》的動機是接近的，結構上從旁出的離別到回歸。《金瓶梅詞話》前十回就是從《水滸傳》中脫胎而出，從潘金蓮和西門慶私通的故事衍生出來的。從小說內部告別了原著的叙述經驗，也告別了原著所依憑的範式。商偉曾經指出，《金瓶梅》是"what if"小說，是一種虛擬叙述。在《金瓶梅》的世界裡，水滸人物的能力都沒有用，這種能力的懸置象徵原著的人物進入了一個與之前秩序全然相反的世界中展開新的可能——"what if"，《續西遊記》也通過取經人上繳兵器得以實現類似的處理。而從佈局與策略而言，《金瓶梅》與《西遊補》一樣以"夢"爲"補入"的叙事容器。中國古代小說，從六朝志怪起，就常常描寫夢，夢是一種前兆體驗，夢的

156　張雲：《誰能煉石補蒼天——清代〈紅樓夢〉續書研究》，頁33。

解釋權則在於夢以外的權利人：書寫者／讀者。孫述宇在談到
《金瓶梅》的佈局來歷時，提到"一場春夢"是中國文學上的
重要主題與重要佈局，夢與醒、幻與真的問題早在先秦時代就
已是莊子的大問題……《金瓶》雖説是脫胎於《水滸》，佈局卻
與《水滸》毫無關係[157]。《西遊補》的佈局同樣借用"夢"，雖然
不是"一場春夢"，而是"一場情夢"。孫行者在牡丹花下撲殺
一干春男女，從春駒野火中忽入新唐，由男女之"情"層層遞
進至家國"情"。"夢"的容器同樣也昭示著分別，再詳細、具
體的夢都具有甦醒的宿命，因爲沒有不醒的夢，所以虛構補作
的使命在展現了反叛的意圖之後，最終會指向回歸。不過，與
《金瓶梅》承襲的"黃粱夢"寓意完全不同的是，在《西遊記》
原著中出現過的"夢"大多帶有死亡之象。孫行者第一次死亡
就是因爲做夢，被小鬼勾去冥府。第十回唐王正夢出宮門之外，
步月花陰，忽然龍王變作人相，上前跪拜太宗救命，太宗夢中
許諾救龍。翌日魏徵在下棋時睡著，夢斬涇河龍王，血淋淋的
涇河龍王找唐王。他睡而又醒，只叫有鬼。第九回殷小姐的夢，
説月缺再圓，騙劉洪夢見個和尚，手執利刃，索要僧鞋，便覺
身子不快，後伏擒殺劉洪。第十三回劉伯欽老婆和老母都做了
喜夢，因唐僧念經導致劉父在陰間消業投生。第三十七回鬼王
夜謁唐三藏，唐僧夢中見門外站著一條漢子：渾身上下，水淋
淋的，眼中垂淚，口裡不住叫："師父，師父！"伏孫悟空救井
底的烏雞國國王。當然偶有例外，如太白金星托夢給車遲國僧
人等取經人救苦救難，西梁女國女王夢見金屏生彩豔、玉鏡展

---

[157] 孫述宇：《小説內外》（上），香港：牛津大學出版社，2010 年，頁 79。

光明，以爲是和三藏婚配交合之喜兆，但連這個喜兆對取經人來説，也是險難的一關。釋夢行爲是一種"文化共相"[158]，"夢"與"死亡"的關係早在《左傳》中就有來源[159]。《西遊補》之"夢"與"關隘"、"險難"同屬一脈，這可能與許蔚提及的"西遊故事"的"度亡"主題有關。早有心理學家做出解釋，夢境"代表著人類許多無法實現的寄望、夢想以及罪惡感的解脱。按照心理學家的分析，人類的'夢'並不玄妙無聊，而且具有確切的意義——人類'心理'上的複雜反映。與每個人都有切身的關係和功用。是一種潛意識活動的具現。與真實的現實世界同等重要的另一種真實——人類心理上的真實。人類經常藉著它得以放鬆焦慮、獲得撫慰，洞察甚至預示現實世界的疑難問題。"[160]《西遊補》的"情夢"與中國古代小説中的夢的類型並不相同。創造鯖魚肚之夢的險難，具有"夢癖"的董説顯然有特殊的看法。魏愛蓮就指出，董説以爲，"貧窮之人從夢中尋求對現實窮苦狀態的彌補。因爲富人除了他們不曾體驗過的貧窮和痛苦，没有什麼可以爲夢的；如果那些擁有一切的人確實夢到了這些東西，他們很快會發現夢變成了現實，他們也淪入痛苦

---

158 ［澳］安東尼・史蒂芬斯：《夢：私我的神話》，臺北：立緒出版社，2000 年，頁 15。

159 賴素玫：《論〈左傳〉中夢之解析與意義生成過程》，載《興大中文學報》第十七期，2005 年 6 月，頁 367–390。

160 李元貞：《紅樓夢裏的夢》，載《現代文學》第四十七期，1971 年 12 月，頁 192。李元貞譯柏克（Kenneth Burke）的 "Lexicon Rhetoricae" 一文部分內容，原文收於 *Critiques and Eassays in Criticism*，臺北：狀元出版社，1969 年，頁 246。

和貧窮。這也解釋了爲什麼只有窮人才有夢"[161]。而根據心理學家比昂（Wilfred Bion）的研究，"夢"表現爲一種整理機制。因爲臨床上在面對精神病人時，如果病人無法做夢，他則幾乎喪失了治療的可能，而如果他還能做夢，那麼他就可以被治療。比昂反對弗洛依德的夢的解析理論。弗洛依德認爲，夢的功能就是隱藏或展示一個隱蔽的欲望。一般而言我們也是從這個角度來理解董說記夢的事實。比昂則認爲，夢的功能是將心理的碎片綜合爲一個完整的東西[162]，這似乎可以給我們新的啓發，來幫助我們理解"西遊故事"潛在文本中所需要整理的心理投射。還有一個有趣的中西文化比較的角度從未被提及：《西遊補》中行者進入魚腹不得出，《聖經》故事中約拿也曾進入大魚肚腹經歷考驗。從目前找到的材料來看，最早意識到《西遊補》"魚腹"之難與《聖經》關係的是美國漢學家白保羅（F. P. Brandauer），但他並沒有就孫行者與約拿作原型研究的具體分析。本書在第二章節會略有展開。

晚清吳趼人形容讀者閱讀《三國演義》後的心理時説："歷史小説之最足動人者，爲《三國演義》讀至篇終，鮮有不悵然以不知晉以後事爲憾者，吾請繼《三國演義》以爲《兩晉演義》。"[163] 經金聖歎刪改過的七十回本《水滸傳》廣爲流傳後，

161　［美］魏愛蓮：《黃周星想像的花園》，頁45–46。

162　［澳］納維爾・希明頓，瓊安・希明頓（Joan & Neville Symington）：《等待思想者的思想：後現代精神分析大師比昂》，蘇曉波譯，臺北：心靈工坊，2014年，頁51。

163　［清］吳趼人：《〈兩晉演義〉序》，載《月月小説》第一卷第一期，光緒三十二年（1906年）。

也曾令讀者產生了"戛然而止，杳不知其所終"[164]的遺憾和期待。值得注意的是，金聖嘆是反對續書的。在《水滸傳序》中他說："於聖人之書而能神而明之者，吾知其而今而後，始不敢於《易》之下作《易傳》，《書》之下作《書傳》，《詩》之下作《詩傳》，《禮》之下作《禮傳》，《春秋》之下作《春秋傳》也。何也？誠愧其德之不合，而懼章句之未安，皆當大拂於聖人之心也。於諸家之書而誠能搴裳去之者，吾知其而今而後，始不肯於《莊》之後作廣《莊》，《騷》之後作續《騷》，《史》之後作後《史》，《詩》之後作擬《詩》，稗官之後作新稗官也。何也？誠恥其才之不逮，而徒唾沫之相襲，是真不免於古人之奴也。"[165] 這些評述是評論家的判斷，可我們知道，《西遊記》是完整的，它沒有什麼顯而易見的遺憾存在於原著的脈絡中，在原著讀者的心目中更沒有什麼憤懣之處。在"續書研究"視野內，《西遊記》的命運相對獨特，不能一言以蔽之，不能以一本續書的經驗涵蓋所有續書的經驗，恰恰是"文人的文化身分遊走之際，形成文化知識編碼的群聚效應，使得續書現象的文化闡釋成為一件有趣而又有意義的工作。"[166] 我們一般認為，續書是"那個時代人對《西遊記》的一種理解和解讀，是對《西遊記》文本的一種闡釋和生發……儘管這些續作的解讀、闡釋，未必完全符合原作本意，未必解得'其中味'，但是這畢竟是距作者

164 ［清］賞心居士：《後水滸敘》，收入於《征四寇傳》，轉引自高玉海：《古代小說續書序跋釋論》，頁28。

165 《水滸傳（注評本）》，金聖嘆評，上海：上海古籍出版社，2015年。

166 高桂惠：《追蹤躡跡：中國小說的文化闡釋》，臺北：大安出版社，2005年，頁16。

最近的那個時代人們的所解、所悟、所發之言，負載那個時代思想文化的深厚內涵。"[167] 時代在變化，讀者的知識和經驗也在不斷更新。以往的續書研究，學者會以 "不解其中味" 來理解 "續書" 文本與原著的意義關係，在語言和符號學的視閾下，"續書" 更體現爲一種複雜的意義力量，它可能是擷取與生發，也可能是瓦解或重複。只有通過文本細讀，我們才能論證《西遊記》的續書現象具有與其它經典不一樣的闡釋命運，基於《西遊記》在 "語言" 層面上的多元的闡釋性，也需要以懸置原著、提出新的切入角度和小説重讀的方式作爲基礎。在前人 "續書研究" 的經驗中，在新的細讀方法的檢視之下，"西遊故事續書" 的文學行爲能否具有理論化、知識化的可能？它的方法對其他經典的續書是否具有概括和普適的意義？都是留待我們思考的問題。而明末清初的《西遊記》"續書" 作品在未來有沒有經典化的可能性，這也是本書接下來需要重點考察的部分。

　　以上表明了本書研究目標、研究意義及研究難點的方方面面。下文我們將採取三個策略展開進一步論述：一、重估過去的研究視野；二、提出新的切入角度；三、小説重讀。以明末清初《西遊記》三部續書爲路徑，討論文本價值、反思既有的研究方法。在此基礎上，兼論續書研究的新可能。

167　郭明志：《論〈西遊記〉續作》，載《學習與探索》，1997 年第 2 期，總第 109 期，頁 120。

第二章
《西遊補》研究

導論　《西遊補》研究綜述

（一）海内外文獻研究述評

　　在《中國通俗小説總目提要》中，共收至清末的通俗小説一千百六十四部，其中續書達一百五十部以上，約佔總數的百分之十三[1]，未包括文言小説的續書統計，可見其數量比重。關於《西遊記》續書，一般認爲，明末清初所出現的"西遊"續書有《西遊補》（十六回）、《後西遊記》（四十回）、《續西遊記》（一百回），清末有陸士諤等的《也是西遊記》、《新西遊》、《天女散花》[2]等，被阿英在《晚清小説史》稱爲"擬舊小説"[3]，産生於流行，"大都是襲用舊的書名與人物名，而寫新的事。甚至一部舊小説，有好幾個人去'擬'。如《新西遊記》，就有陳冷血的本子（有正書局，一九〇九），静嘯齋主人的本子（小説進步社，一九〇九），煮夢的本子（改良小説社，一九〇九），吳趼

1　李忠昌:《古代小説續書漫話》瀋陽: 遼寧教育出版社, 1992 年, 頁3。

2　王旭川:《中國小説續書研究》, 頁189。

3　阿英:《晚清小説史》, 臺北: 臺灣商務印書館, 1996 年, 頁229。

人亦有《無理取鬧之西遊記》(月月小説),有一種,竟多至六
册三十回。"阿英將"静嘯齋主人的本子"納入"擬舊小説"的
範疇中考量,他還提到"此類書印行時間,以一九○九[4]爲最多。
大約也是一時風氣",並評論道,"窺其内容,實無一足觀者。"
可見阿英對這批續書的總體評價不高,他的批評對"續書理論"
的完善未有直接的貢獻,但有助於我們將明末清初和清末民國
初年兩次續書熱潮區分來看。隨著《西遊記》續書現象的廣泛
出現,有關這些作品的文學評論也陸續而生,雖不是直接的文
學理論,但探討了相關作品的創作目的、思想評價及内容結構,
高玉海有專著討論[5]。魯迅的《集外集拾遺》中《關於小説目錄兩
件》篇、孫楷第的《中國通俗小説書目》卷五《明清小説部乙》
篇以及柳存仁的《倫敦所見中國小説書目提要》中的第七篇和

4　據阿英記錄,一九○九年上下出現的續書,除了上文提及的,還有"《新石頭
　　記》就有兩種,南武野蠻的十回二册本(小説進步社,一九○九),與吴趼人的
　　八册四十回本(改良小説社,一九零八)。又有所謂《新兒女英雄》(香夢詞人,
　　小説進步社,一九○九),《新七俠五義》(冶逸,改良小説社,一九○九)。《新
　　水滸》亦有兩種,一爲西冷冬青本(中華學社,一九○九),一爲陸士諤本(改
　　良小説社,一九○九)。又有《新金瓶梅》(天繡樓傳史,新新小説社),《新鏡
　　花緣》(陳嘯廬,新世界小説社,一九零八),《新封神傳》(大陸,群學社)等。"
　　此外,1923年《遊戲世界》刊載《新西遊補》,作者陶報癖(陶佑曾)爲近代小
　　説批評家。1932年《燕大月刊》第9卷第2期,刊《續西遊補》,作者剛子。《續
　　西遊補》文末注明"剛子上月問鄭振鐸先生借了一本静嘯齋主人注《西遊補》,
　　念了三遍,不舍得奉還……"落款"剛子於燕大女生宿舍"。又根據2018年第4
　　期《隨筆》雜志朱洪濤作《斯人鄭侃嬿》一文,推測剛子爲鄭侃嬿。詳則拙作
　　《讀〈續西遊補〉雜證》。
5　高玉海:《古代小説續書序跋釋論》。關於《西遊記》續書序跋部分收入了清代
　　真復居士《續西遊記序》、明代嶷如居士《西遊補序》、清代天目山樵《西遊補
　　序》、明代静嘯齋主人《西遊補答問》、清代《讀西遊補雜記》、清代《後西遊
　　記序》。

第八篇[6]，都以目錄學方式對《西遊記》續書的相關版本、存目做過介紹。明人刊印書籍時並不重視著者署名，許多小説作者常常羞於或不屑署自己的真名，而代之以各種隱晦的別號[7]。從《西遊記》的續作文本中，我們也可以留意到這個現象。它帶給現代研究者考據的困難，也提供了懸置作者的討論語境，豐富了觀察的可能性。

與董説同時代的鈕琇《觚賸續編》[8]、黃人（清代）《小説小話》中，都存有關於《西遊補》的評論[9]。關於董説本人的研究資料，散見於清代焦循的《劇説》、《烏程縣志》人物卷和著述卷等，董説的《豐草菴詩集》《棟花磯隨筆》[10]、《補樵書》[11]等著作對後世了解其生平交遊、以及閲讀經驗有很大的幫助。除此以外，劉蔭柏統計董説的傳記資料還能散見於抱陽生《甲申朝事小記》卷一 "董公若雨始末"（北京圖書館藏清道光十年抄本）、曹溶《明人小傳》、朱彝尊《明詩綜》卷八十一、羅愫、杭世駿《烏程縣志》卷六（據清乾隆十一年刻本）、潘玉璿、汪曰楨《烏

---

6 柳存仁:《倫敦所見中國小説書目提要》，北京：書目文獻出版社，1982 年，頁 53。

7 顧克勇:《陸人龍是〈型世言〉編者而非作者考辨》，載《明清小説研究》，2003 年第 3 期，頁 146–153。

8 "余幼時曾見其《西遊補》一書，俱言孫悟空夢遊事，鑿天驅山，出入莊、老，而未來世界歷日，先晦後朔，尤奇。" 收入《古今説部叢書・第五集》上海：國學扶輪社，1915 年。《觚賸續編》，吳江鈕琇玉樵輯，卷二 "月涵"，頁六。

9 "董若雨《西遊補》一書，點纂《楞嚴》，出入《三易》，其理想如《逍遥》、《齊物》，其辭藻如《天問》、《大招》。" 黃人:《小説小話》，轉引自朱一玄:《明清小説資料選編》，濟南：齊魯書社，1990 年，頁 546。

10 見附錄抄録、校注。《棟花磯隨筆》刻本收入《豫恕堂叢書》，清・沈善登輯，計發集録。上海圖書館藏。

11 《補樵書》董説手稿本現藏於北京國家圖書館。

程縣志》卷十六"人物"、卷三十一"著述一"、焦循《劇説》
卷五、平步青《霞外攟屑》卷九"小棲霞説稗·西遊記補"、俞
樾《春在堂隨筆》卷九、孫靜庵《明遺民録》卷三十三"董説"
等書中[12]。今《明詩話全編》[13]第十册之頁10829至頁10851,摘
引《董説詩話》六十三則,劉明今編撰,其中有不少取自
《棟花磯隨筆》。董説與《西遊補》的研究在近五年來有趨熱
的跡象[14]。

經趙紅娟整理,"《西遊補》的原刊本藏於大陸,但境外亦
傳播和出版有不少刊本。據柳存仁《倫敦所見中國小説書目提
要》記載,英國博物院就藏有光緒元年(1875)仲冬上海申報
館排印本。這是《西遊補》最早的排印本,其底本爲清代空青

---

12 劉蔭柏:《西遊記發微》,頁228。與朱一玄、劉毓忱編:《〈西遊記〉資料彙編》,
　　頁409–423。

13 吳文治編:《明詩話全編》,南京:江蘇古籍出版社,1997年,第十册。

14 2010年以後,以《西遊補》作爲研究對象的碩士論文有東北師範大學的王淼
　　《論〈西遊補〉對〈西遊記〉的改造》(2010年)、陝西師範大學的雲燕《〈西
　　遊補〉研究》(2010年)、臺灣中正大學黃詒淳《〈西遊記〉的"情"論研究》
　　(2012年)。大陸期刊論文則更爲明顯,根據知網統計,2010年以後以"西遊
　　補"爲主題的論文有26篇,占1983到2009年26年間52篇(包含了"西遊記
　　續書"研究在內)期刊論文的一半比重。此外,2016年,一篇夏濟安評《西遊
　　補》的舊文《西遊補:一本探討夢境的小説》,在中國大陸出現兩個新譯本,分
　　別由研究夏志清的南京藝術學院講師張德强,與北京大學中文系博士劉麗朵翻
　　譯。這篇文章於1968年載於周策縱主編的英文論集《文林》(Wen-Lin),1974
　　年臺灣即有郭繼生的中譯本,發表於《幼獅月刊》1974年九月號。而2016年
　　第3期《廈大中文學報》頁186–197刊載了廈門大學中文系講師張治的〈清
　　代小説關於"怪誕"風格的修辭試驗〉一文,雖然這不是最早將《西遊補》與
　　"怪誕"一詞聯繫在一起考量的學者,1998年香港《人文中國學報》(第五期)
　　載有學者劉燕萍《怪誕小説——〈西遊補〉和〈斬鬼傳〉》,下文將詳細討論,
　　但值得注意的是,張治亦有研究現代文學的背景。《西遊補》受到多位現代文學
　　研究背景的年輕學者的關切,研究的新發展值得觀察。

室刻本。在臺灣，臺北世界書局、天一書局都曾影印過《西遊補》明崇禎刻本。前者刊於 1958 年，流行較廣。1963 年，臺北世界書局還出版過民國四年王文濡説庫本《西遊補》。上海文明書局曾以石印袖珍本刊行説庫本，臺灣中研院傅斯年圖書館藏有此本，臺灣新興書局曾影印之。1978 年，臺灣河洛出版社出版《西遊補》，其底本是大陸北新書局本。另外，在 1986 年出版的傅世怡的《西遊補》研究專著《西遊補初探》中亦附録有崇禎本《西遊補》原文……在香港，商務印書館於 1958 年出版了附録有劉複所撰《西遊補作者董若雨傳》、汪原放加新式標點的《西遊補》。在日本，有荒井健、太平桂一翻譯的《鏡の國の孫悟空》，日本東京平凡社2002年版"[15]。作爲中國大陸《西遊補》研究專家，趙紅娟對這一領域中文文獻的掌握全面。海外漢學的部分可以參見《〈西遊補〉的境外傳播與研究及其學術理路》一文的詳細爬梳，但文中有錯誤和遺漏。如她提到 "劉曉廉（Xiao-lian Liu）的《佛心的〈奧德賽〉:〈西遊補〉的諷喻》"（The Odyssey of the Buddhist Mind：The Allegory of The Later Journey to the West）爲劉曉廉 1992 年在美國華盛頓大學寫作的美國博士論文。根據華盛頓大學圖書館記録[16]，作爲研究對象的這本續書作者署的是假名（anonymous Chinese author），内容則 "描述了更年輕一代的取經人（younger generation of the original pilgrims）到靈山尋求真解（true teaching of the scripture）" ——這是《後西遊記》的故事内容。2002 年，第 6 期《運城高等專

15　趙紅娟:《〈西遊補〉的境外傳播與研究及其學術理路》，載《浙江外國語學院學報》2011 年 3 月第 2 期，頁 47。

16　Dissertation Abstracts International, Volume: 53-09, Section: A, p. 3203。

科學校學報》上，亦有作者署名爲劉曉廉著、咸增強翻譯的期刊文章《心路歷程：〈後西遊記〉的根本寓意》，作者的研究機構爲美國華盛頓大學研究人員，其研究内容也與本文的推論相同。趙紅娟的著作《明遺民董説研究》一書附録四第 71 則[17]劉曉廉的論文項標註爲“未見”，且註記“以上西方學界研究《西遊補》的七篇論文，筆者未見。其篇名或見於柳無忌《英文本董説評傳及〈西遊補〉》，《清華學報》第 13 卷第 1、2 期合刊，第 265-271 頁；或見於黃鳴奮《英語世界中國古典小説之傳播》，上海學林出版社 1997 年版，第 207 頁”。《清華學報》出刊於1981 年，可見是後者的誤植。雖然有這一疏失，黃氏這本著作仍是上世紀九十年代大陸學者了解海外漢學研究成果的重要路徑之一。時至如今，明末清初時期《西遊記》的三部“續書”作品作爲獨立研究對象的成果不多，中國大陸只有在圍繞著董説、或董氏家族的專題研究中包含《西遊補》的原創性討論，單篇期刊論文數量不少，權威論著仍然只有趙紅娟一部。可貴的是，趙紅娟不斷譯介相關海外漢學的研究理路供研究者參考，包括魏愛蓮、何谷理等。

在明末清初的三部《西遊記》續書中，《西遊補》的學術地位顯然要高一些，研究成果也最多。這顯然與介紹性文獻概覽的傳播影響有關，大陸改革開放約四十年以來，起步於海外漢學著作的譯介，一直是推動國内學術進展的重要方式之一。另一方面，魯迅、夏濟安、夏志清、周策縱等著名學者的評價加持，使得《西遊補》一直頗受中國學界歡迎。北美在上世紀七、

17　趙紅娟：《明遺民董説研究》，上海；上海古籍出版社，2006 年，頁 524–525。

八十年代曾湧現一批對《西遊補》的研究材料，對《西遊補》的評價都很高。夏志清、夏濟安合寫過《兩部明代小説的新透視：〈西遊記〉和〈西遊補〉》（New Perspectives on Two Ming Novels: *Hsi-Yu Chi* and *Hsi Yu Pu*），收在周策蹤編的《文林：中國人文研究》卷一（1968 年）。《文林》第二卷（1985 年）收有 Karl S. Y. Kao（高辛勇）的論文《"西遊補"與叙述理論》[18]。此外，白保羅（F. P. Brandauer）寫作了博士論文《〈西遊補〉評介》[19]（1973 年）和論文《作爲中國小説裡神話創作範例的〈西遊補〉》（The *Hsi-Yu Pu* as an Example of Myth-Making in Chinese Fiction）[20]《西遊補和它的諷刺世界》（The *Hsi-Yu Pu* and Its World as Satire）[21]，並在1978年出版了專著《董説評傳》（Tung Yüeh）。《董説評傳》由作者的博士論文改成，適逢紐約 Twayne 出版社刊行了一套中國作家傳記叢書，出版了許多傳記。白保羅參用劉復編的新式標點本，及有辛巳中秋嶷如居士序的原刊影印本。在正文開始前，有一頁董説生平簡略年表，也是參照劉復《西遊補作者董若雨傳》所成，採用了比較文學派的批評方法來分析一部 17 世紀的中國小説。白保羅所談到的三個"世

18　相關觀點可見高辛勇：《"西遊補"與叙事理論》，載《中外文學》第 12 卷第 8 期，1984 年，頁 5–22。據附註，該篇爲英文原作改短而成，原文載於《文林》卷二。Karl Kao, "A Tower of Myriad Mirrors: Theory and Practice of Narrative in His-yupu," Chinese Literature: Essays, Articles, Reviews, 5:2。

19　白保羅使用的版本是香港商務印書館於 1958 年出版的附録有劉複所撰《西遊補作者董若雨傳》、汪原放加新式標點的《西遊補》。

20　趙紅娟在《〈西遊補〉的境外傳播與研究及其學術理路》一文中詳細介紹了白保羅這篇的研究的理路。

21　Frederick P. Brandauer, The *Hsi-Yu Pu* and Its World as Satire, *Journal of the American Oriental Society*, Vol. 97, No. 3 (Jul. - Sep., 1977), pp. 305-322。

界"實際上也就是他的老師劉若愚（James J. Y. Liu）首譯《人間詞話》時所用的"境界"（World），參見 1962 年劉若愚所著《中國詩學》（The Art of Chinese Poetry），所以三個"世界"，既不是"三界"，也不是《西遊補》小說中所構建的"青青世界"、"古人世界"、"矇瞳世界"，而應當理解爲"夢境"、"諷刺"與"神話"。在這本書出版以後，美國出現了不少重要的書評，作者有美國漢學家葛浩文（Howard Goldblatt）[22]，荷蘭漢學家、哈佛大學教授伊維德（W. L. Idema）[23]，美國漢學家何谷理（Robert E. Hegel）[24]，美國漢學家、匹茲堡大學教授柯麗德（Katherine N. Carlitz）[25]，以及美國佛教文學研究專家、學術編輯 Robert M. Somers[26]，但很少有中文研究者討論到這批評價的細節。如柯麗德就對白保羅的理論使用提出了非常尖銳的批評：

白保羅對某些評論者的引用，時有賣弄學問（pedantic）、言過其實之虞，譬如有學者斷言，文本對寓意的詮釋過於單調和單一（p80），而這樣的觀點本身即是建基於對寓言狹隘和單一的定義。另外，白保羅對傳統中文叙述的觀點（p64-66），存

22　Howard Goldblatt, Review, *World Literature Today*, Vol. 53, No. 4 (Autumn, 1979), p. 743。

23　W. L. Idema, Review, *T'oung Pao,* Second Series, Vol. 66, Livr. 4/5 (1980), pp. 295-297。

24　Robert E. Hegel, Review, *Chinese Literature: Essays, Articles, Reviews* (CLEAR), Vol. 4, No. 1 (Jan., 1982), pp. 140-141。

25　Katherine N. Carlitz l, Review, *Journal of the American Oriental Society*, Vol. 102, No. 1 (Jan. - Mar., 1982), pp. 141-142。

26　Robert M. Somers, Review, *The Journal of Asian Studies*, Vol. 41, No. 3 (May, 1982), pp. 572-573。

在一種刻意爲之的連貫性（be made more coherent），超出了現有階段的知識真正涵括的範疇，比如，沒有人能夠確信，現存的中文短篇小說與宋、元、明朝代的文本中所提到的職業行會（professional guilds）之間有怎樣的關聯。僅僅將地方短篇小說的起源回溯至說書人的口耳相傳，無疑忽略了被許多現在的地方小說、甚至是早年的地方小說所仰賴的文學傳統，在第九章中，白保羅將《西遊記》視爲一種虛構的神話類型，而這是只有搞精神分析的學生才會採用的研究觀點。當然，白保羅也提出了有趣的觀察，他認爲《西遊補》可能反映了十六世紀中期瀰漫於中國文人界的那種反傳統（iconoclasm）的焦慮，其實這也不過是對榮格和弗氏無意識理論（unconscious）的拿來主義。[27]

1982 年，美國哈佛大學的李惠儀（Wai-yee Li）曾發表《怪誕的隱喻：董說的〈西遊補〉與托多洛夫的怪誕理論》[28] 一文，可能影響了後來劉燕萍、張治將西方語境下的"怪誕小說"與《西遊補》做聯結的研究理路[29]。1978 年，林順夫（Shuen-

---

27　引文部分爲自譯。Katherine N. Carlitz l, Review, *Journal of the American Oriental Society*, Vol. 102, p. 141。

28　Li, Susanna (Wai-yee Li), The Fantastic as Metaphor: Tung Yüeh's Hsi-Yu Pu and Todorov's Theory of the Fantastic, in Essays in *Commemoration of the Golden Jubilee of the Fung Ping Shan Library (1932–1982)*, ed. Chan Ping-leung et al. , pp. 248-280. Hong Kong: University of Hong Kong, Fung Ping Shan Library, 1982。

29　上世紀八十年代末中國學界還出現了一些借用西方術語、但並非嚴格按照西方理論來詮釋《西遊補》文本的現象，如陳冬季：《變形、荒誕與象徵——論"荒誕"小說〈西遊補〉的美學特徵》，載《明清小說研究》，1989 年 2 月，頁 144–155；柴葵珍：《優美的荒誕清醒的空幻——〈西遊補〉初探》，（轉下頁）

fu Lin)、舒來瑞(Larry J. Schulz)所譯英文版《西遊補》(The Tower of Myriad Mirrors: A Supplement to *Journey to the West*) 出版，舒來瑞博士也在譯本開篇做了簡介。譯本出版以後，何谷理撰寫了書評[30]，柳無忌指出了一些翻譯疏漏[31]。2005年，林順夫還發表《試論董説〈西遊補〉"情夢"的理論基礎及寓意》[32]，認爲《西遊補》的"情夢"理論可能受到《心經》和《圓覺經》的影響，爲我們思考《西遊補》到底應該隸屬於"西遊故事"的脈絡下討論還是佛教話語系統討論更爲合適提供了參考。Mark F. Andres 在《淡江評論》1989年秋季號上發表過《〈西遊補〉中禪的象徵體系：猴子之悟》(Ch'an Symbolism in *Hsi-Yu Pu*: The Enlightenment of Monkey)。1990年，白保羅在《西遊小説中的暴力與佛教理想主義》(Violence and Buddhist Idealism in the *Xiyou* Novels)[33] 一文中借《西遊記》、《西遊補》、《後西遊記》三個文本討論到"西遊故事"中的暴力問題。在他看來，無論

（接上頁）載《湖州師範學院學報》，1989年1月，頁41–44等。但《西遊補》進入學界視野更多與《斬鬼傳》、《儒林外史》一起討論的是其諷刺藝術。

30　Robert E. Hegel, Review, *Chinese Literature: Essays, Articles, Reviews* (CLEAR), Vol. 4, No. 1 (Jan., 1982), p. 140。

31　"唯以秦檜妻王氏譯成 a certain Mr. Wang 爲大誤，其餘僅爲美玉之瑕疵"，柳無忌：《英文本董説評傳及西遊補》，載《清華學報》13:1/2，1981年12月，頁270。

32　林順夫：《試論董説〈西遊補〉"情夢"的理論基礎及寓意》，收入於鐘彩鈞主編：《明清文學與思想中之情、理、欲——學術思想篇》，臺北：中研院中國文哲研究所，2009年，頁245–328。

33　[美] 白保羅(Frederick Brandauer)：《西遊小説中的暴力與佛教理想主義》(Violence and Buddhist Idealism in the Xiyou Novels)，收入於《Violence in China: Essays in Culture and Counterculture》，Edited by Kipman Jonathan N. and Harrell Stevan., University of New York Press, 1990, pp. 115-148。

是孫行者棒殺"春男女"還是唐僧成爲"殺青大將軍"上了戰場都頗具深意，而血腥處理秦檜的章節與佛教背景的小説看似並不協調。

留美學者李前程 2004 年在夏威夷大學出版社出版了《悟書:〈西遊記〉、〈西遊補〉和〈紅樓夢〉研究》(Fictions of Enlightenment: *"Journey to the West," "Tower of Myriad Mirrors,"* and "Dream of the Red Chamber")[34]。在校注《西遊補》(北京:昆侖出版社，2011)的過程中，李前程以前言的方式作了重要的研究文章，内容涵蓋了《西遊補》的作者問題(後爲趙紅娟所否定，傅承州於 2016 年再度推定《西遊補》的作者爲董斯張[35]);《西遊補》的明、清版本問題;《西遊補》的主題和藝術特徵。李前程盛讚《西遊補》"無論以明清時代的標準衡量，還是以現代的標準衡量，該書在藝術上的成就都是巨大的。"[36] 同樣是 2004 年，在黄衛總(Martin W. Huang)的《蛇足:中國小説傳統中的續書和改編》[37](Snakes' legs: Sequels, Continuations, Rewriting, and Chinese Fiction)一書中，李前程寫作了一個章節

---

34 關於這部書的專業評論有: Liangyan Ge, The Journal of Asian Studies, Vol. 64, No. 2 (May, 2005), pp. 450-451。Wilt L. Idema, T'oung Pao, Second Series, Vol. 91, Fasc. 1/3 (2005), pp. 219-223。Chi Xiao, Chinese Literature: Essays, Articles, Reviews (CLEAR), Vol. 28 (Dec., 2006), pp. 207-210。Louise Edwards, China Review International, Vol. 12, No. 1 (SPRING 2005), pp. 154-156。

35 傅承州:《關於〈西遊補〉的幾個問題》，載《河北學刊》第 36 卷第 6 期，頁 93–98。

36 李前程:《〈西遊補〉校注前言》，北京:昆侖出版社，2011 年，頁 47。

37 [美] 黄衛總(Martin W. Huang), *Snakes' Legs: Sequels, Continuations, Rewriting, and Chinese Fiction*, "Introduction", (Honolulu: University of Hawaii Press, 2004)。

《猴子形象的轉變: 西遊記續書與内部轉向》(Transformations
of Monkey: *Xiyou ji* Sequels and the Inward Turn), 這也是目前
海外 "續書研究" 最權威的著作, 其中有專節討論到《西遊補》。
李前程敏鋭地注意到《後西遊記》的第三十四回 "蝨妖" 同樣
吸入了取經人, 與《西遊補》文本之間具有一些 "神秘的雷同"
(uncanny parallels), "可能表示董説同時也對《西遊記》續書
作品做了出回應。" [38] 第一章提及了高桂惠對《西遊補》研究亦
有多篇成果發表 [39]。

　　值得注意的是, 在 1982 年, Robert M. Somers 爲白保羅所
著《董説評傳》寫過一篇書評。Robert M. Somers 開宗明義地
表示, 白保羅教授經過仔細而深思的研究揭示了董説的 "補作"
具有了獨立於受其啓發的原書的獨特品質 (qualities)。脱離原
書的《西遊補》具有獨立的價值, 它應該被視爲原作的華彩樂
章 (cadenza), 而不是派生 (derivative) 的努力 [40]。漢學家何谷
理 (Robert E. Hegel) 從插圖的角度分析《西遊補》[41], 並且指出

38　李前程:《猴子形象的轉變: 西遊記續書與内部轉向》(Transformations of
　　Monkey: Xiyou ji Sequels and the Inward Turn), 自譯, 收入於 [美] 黄衛總 (Martin
　　W. Huang), *Snakes' Legs: Sequels, Continuations, Rewriting, and Chinese Fiction*,
　　頁 65。

39　參高桂惠:《〈西遊補〉: 情欲之夢的空間與細節的意涵》, 收入於余安邦主編:
　　《情、欲與文化》, 臺北: 中研院民族所專刊, 2003 年;《類型錯誤 / 理念先
　　行? ——由明末〈西遊記〉三本續書的 "神魔" 談起》;《未盡之事: 明清小説
　　"續書" 的赤子情懷》等。

40　Robert M. Somers, *Book Reviews—China and Inner Asia*, for *Tung Yüeh*, By
　　Frederick P. Brandauer. (Boston: Twayne, 1978) , pp. 178. Selected Bibliography, *The
　　Journal of Asian Studies, Volume 41, Issue 03, May 1982*, pp. 572-573。

41　Robert E.Hegel: Robert E.Hegel: "Picturing the Monkey King: Illustrations and
　　Readings of the 1641 Novel *Xiyou bu.* " *In The Art of the Book in China.* (轉下頁)

《西遊補》最早的版本形製較大，紙張的尺寸和字的大小表明這是一個較爲昂貴的産品，這也回應了李前程的説法。謝文華同意何谷理早年認爲的"《西遊補》一書當先後歷經董斯張、董説父子手筆而成"[42]，但他尚未以明確的方式鏈接"插圖"與明代視覺語言之間的深層關係。如果就人物而論，《西遊補》中的孫行者形象達到了"西遊故事"中聚焦的頂峰——行者成爲了唯一的主角，那白保羅的相關視角則聚焦到了"萬鏡樓"這一場景設置上。周策縱、余國藩、蕭馳等學者在談論《紅樓夢》時不約而同提到了《西遊補》，其中蕭馳指出兩書可能具有相同的母題[43]，周策縱認爲《紅樓夢》可能受到《西遊補》的啓發與影

（接上頁）（London: London University School of Oriental and African Studies，2006；Percival David Foundation Colloquies 23），pp. 175-191. Translated as "Tujie Houwang: 1641 nian xiaoshuo *Xiyou bu* chatu" 圖解猴王：1641 年小説《西遊補》插圖 . *In Shiqi shiji Zhongguo xiaoshuo* 十七世紀中國小説（forthcoming）。値得注意的是，何谷理認爲董斯張和董説共同完成了《西遊補》，董説之所以完成了父親生前沒有完成的作品，是出於孝順的原因（a fitting act for a filial son）. p. 178，（作者自譯）。該論文 2016 年有一個新譯本，由北京大學傅松潔譯，題爲《畫出猴王：崇禎本〈西遊補〉插圖研究》，收入於《國際漢學研究通訊（第十二期）》，北京：北京大學出版社，2016 年，頁 139–154。

42　謝文華：《論〈西遊補〉作者及其成書》，載《成大中文學報》第二十四期，2009 年 4 月，頁 135。謝文華的創見是提出了下落不明的"夢曆"與《西遊補》的關聯性。也推論"静嘯齋主人"爲父子二人，但同時又認爲子承父號於孝於理皆有所違，這恰恰與何谷理的"孝順"説成爲映照。

43　"小説的作者静嘯齋主人董説實際上扮演了類似警幻的角色，或者警幻在《石頭記》中替代了《西遊補》的聲音。對於《石頭記》和《西遊補》這樣以佛學概念爲結構框架的作品，還應當指出這一母題可能的佛學淵源——大乘佛學許多經典討論的'順權方便'。"、"從救贖母題而言，《石頭記》的確很類似《西遊補》，二者皆是關於'（認知迷悟意義上的）情夢和最終覺醒的故事，'"蕭馳：《從互文關係論〈石頭記〉的悖論叙事主題》，載《漢學研究》第 16 卷第 2 期，1998 年 12 月，頁 356、366。

響[44]。無論是關於"夢"、關於"情"，還是關於宗教、救贖的母題，《西遊補》都能與整個中國傳統文化的感覺結構勾連、互動。較之在東方社會的命運，《西遊補》在西方世界的傳播命運較好，在一段時期內受到了不少重要漢學家的關注，西方漢學家們更敢於爲《西遊補》的經典性説話，恐怕是因爲没有中國學者固化思維的歷史包袱[45]所致。海外漢學家的努力，加之魯迅等人著名的評價，影響和規定了後世學者對於《西遊補》價值的認定。

海外文獻中，比較重要的還有 1986 年美國著名漢學家、中國古典文學翻譯家倪豪士（William H. Nienhauser Jr.）在其主編《印第安那傳統文學指南（第一卷）》（The Indiana Companion to Traditional Chinese Literature, Vol.1）[46]一書中，曾接續《西遊記》的介紹有一節專門介紹《西遊補》。該書是一部較早集結英文爲母語的中國文學學者的群體項目，由十篇介紹性論文（關於佛教文學、戲劇小説、文學批評、詩歌、大衆文化、散文、修辭學、道教文學）組成，附有幾百篇關於個體作家

44　"過去有好些人已指出《紅樓夢》受了《西廂記》、《西遊記》、《水滸傳》、《金瓶梅》等，甚至《離騷》的影響。我向來認爲它更可能受過明朝崇禎十三年（一六四〇）董説（1620—1686）作的《西遊補》的一些影響。"周策縱：《〈紅樓夢〉與〈西遊補〉》，收入於《紅樓夢案：棄園紅學論文集》，香港：中文大學出版社，2000 年，頁 117。

45　"外國學者冷眼旁觀，從不同的角度去考察或探討，常常會有新的發現；這對本國學者來説，是一種刺激，也是一種啓示，多少有助於觀念的修正和價值的重估。"梁實秋：《中國文學作品之英譯》，載《文星》，四卷五期，1959 年 9 月（民國四十八年九月），頁 7。

46　［美］倪豪士（William H. Nienhauser Jr.）主編：《印第安那傳統中國文學指南（第一卷）》（The Indiana Companion to Traditional Chinese Literature, Vol. 1），（布魯明頓：印第安納大學出版社，1986 年），頁 418–420。

和作品的條目 [47]，《西遊補》是其中之一。詞條成文時間要晚於何谷理 1967 年《當猴子遇到鯖魚——中國小説〈西遊補〉研究》（Monkey Meets Mackerel: A Study of the Chinese Novel *Hsi-Yu Pu*）的碩士論文、1968 年刊出的夏濟安所撰《兩部明代小説的新透視:〈西遊記〉和〈西遊補〉》、1978 年白保羅的博士論文《〈西遊補〉研究》（A Critical Study of the *Hsi-Yu Pu*）。1978 年《西遊補》英譯本出現，西方世界到 1985 年以後才出現一系列新的研究成果 [48]，這個詞條的出現意味著《西遊補》的文學地位在海外漢學界趨於穩定。1978 年，《西遊補》英譯本更名爲《萬鏡樓》（Tower of Myriad Mirrors）于美國出版，承接的是 1942 年阿瑟·韋利（Arthur Waley）於倫敦出版的節譯本《猴》（Monkey），故而在封底，廣告語寫著 "猴王歸來"（"MONKEY IS BACK!"）。

《印第安那傳統中國文學指南》中《西遊補》詞條的第一部分簡要介紹了董説生平，第二部分則介紹了《西遊補》的故事是如何嵌入（inserted）《西遊記》第六十一回火焰山的情節中，但在小節後半部分加諸了重要的評論，該評論認爲，《西遊補》雖然是基於《西遊記》虛擬的現實設置展開的、並遵循《西遊記》的叙事傳統，但新的文本值得注意的地方是，它包含了許

47　轉引自［美］伊維德（伊維德 Wilt L. Idema）:《關於中國文學史中物質性的思考》，丁涵譯，載《中正漢學研究》，2013 年第 1 期（總第 21 期），2013 年 6 月，頁 4，注釋 9。

48　以趙紅娟統計爲參考，有高辛勇的《董説的〈西遊補〉》，收入於周策縱編《文林: 中國人文研究》第二卷，威斯康辛大學出版社 1985 年版；安德列斯（Mark F. Andres）的《〈西遊補〉中禪的象徵體系: 猴子之悟》（Ch'an Symbolism in His-Yu Pu: The Enlightenment of Monkey），《淡江評論》1989 年秋季號。

多荒謬的情節和如夢似幻的事件，這改變了《西遊記》奇幻敘事的傳統模式。若我們仔細審視文本，雖然其中出現的事件不甚連貫，但事實上卻展示了多元的意義與複雜的結構，而這也使得該文本成爲了中國歷史上少數語言意義上的"多義小說"。在第三部分，詞條詳細介紹了《西遊補》的情節內容。第四部分則對《西遊補》以往所使用的研究理路作了總結和評價，並納入了新的研究視角供參考，如字彙遊戲與奇幻文學類型之間的關係：

　　由於本身所具備的豐富意涵，對該小說的研究與評論日趨細緻，包含對其諷刺性（satirical）、神話性（mythological）、宗教性（religious）以及心理學（psychological）等各層面的言論識見。就其蘊含的政治諷喻要素而言，我們可以從文本對科舉制度、審問秦檜、或暗示其他歷史人物的場景勾勒中一窺究竟；至於神話面向，則能在幻境中的磨難與冒險情節中得到印證，從情慾階段、經歷幻境、至最終的救贖（或啓蒙），不難發現恰與追尋神話的模式相契；與此同時，該文本也可透過精神分析的角度解讀，一系列超現實主義（surrealistic）的圖景與事件，正象徵了猴王在最初與羅刹女交手時、因焦慮而起的夢境經歷；當然，整個小說朝聖之旅的敘事框架，也包含了自我與意識的宗教主題、精神建構的幻境敘述，以及能夠體現作者哲學洞見的非二元論（nonduality）概念。

　　值得一提的是，在浩如煙海的中文小說裡，該文本罕見地、有意識地體認到了敘述（narrative）與敘述形式本身（narrative form）在反身性的創造（self-reflective act of creation）過程中潛在的語言學特質。這種反身性意識（reflexive consciousness）一方面可在文本與《西遊記》建立的互文關係（intertextual relationship）中得到印證，另一方面也可以在主叙述與其它嵌套故事的互文中看到，如項羽對其過往的豐功偉績所進行的神話式複述，或是萬鏡樓裡盲人樂師吟誦的彈詞《西遊》。對大量其它文學文類（genre）的改編（adaptation）與整合（incorporation），也顯示出文本與叙述形式的一種試驗。從語言學與語藝學層面而論，文本不僅爲符號所滲透（紅色與綠色象徵情慾的符號俯拾皆是），同時也顯現出豐富多樣的字彙遊戲（word play）與譬喻表達（figuration）。譬如，加諸秦檜的責罰情節，正是言説人物的一種文本化（literalization）；而像小月王與鯖魚精這些核心的點題人物，則源自於一種語言學的想像：如"小""月""王"三字實則來自"情"字的某些組成部分，"鯖"字音似"青"字，也是依循同樣的"同音異形異義"（homophone）的語言學邏輯。綜述之，撇開簡短扼要的特點，該小説挖掘到了叙述所具備的形式語義（formal property）特質，代表了在傳統中國文學界興起的一種前所未有的奇幻文學類型（fantastic mode）[49]。

　　詞條以不短的篇幅論述了《西遊補》在語言學上所可能展開的新理路，也是比較早就敏感地意識到這一文本在中國文學史上具有罕見語言價值的論斷之一，可惜不常被研究者所重視。同樣非常重要又爲人忽略的海外文獻還有 1997 年美國卡拉馬祖

49　［美］倪豪士（William H. Nienhauser Jr.）主編：《印第安那傳統中國文學指南（第一卷）》（*The Indiana Companion to Traditional Chinese Literature, Vol. 1*），頁 419–420。作者自譯。

學院（Kalamazoo College）的朱陳曼麗（Madeline Chu）所發表的一篇名爲《情慾之旅：〈西遊補〉中猴子的世俗經歷》（Journey into Desire: Monkey's Secular Experience in the Xiyoubu）[50] 的文章，她首次將《西遊補》與"續書研究"理論聯繫在一起進行考察，指出了十七世紀中國知識分子在面對外部複雜的政治環境時，有了轉而追尋人的内在價值的思想轉向，並認爲這正是《西遊補》産生的時代背景，應當將這種由外向内的思想轉向納入到《西遊補》的研究視角中。

文中提到一些重要的結論如下：

過往評論多聚焦於探討續書與原著的連貫性，並藉佛教思想對文本進行詮釋，然而，這些研究取徑普遍忽略兩部小説的根本性差別，未能體現出《西遊補》作爲一個獨立文本的特殊意義。筆者認爲，《西遊補》真正定位的蔽而不彰，可歸爲以下因素：其一，是續書（supplement）的傳統弱勢地位；其二，是《西遊補》與《西遊記》對現實的針砭似乎存在某種共通性；其三，則是作者董説對佛教的濃厚興趣。但究其實，學界對這三大因素的認知流於膚淺且有誤導之嫌。

從《西遊補》的名字即可知其作爲《西遊記》續書的地位，《西遊記》作爲横亘在前的鴻篇巨著，奪去了續衍作品（follow-up）的風采，儘管如此，若我們加以切近的審視，續書的存在其

50　［美］朱陳曼麗（Madeline Chu），"Journey into Desire: Monkey's Secular Experience in the *Xiyoubu*", *Journal of the American Oriental Society*, Vol. 117, No. 4 (Oct. - Dec., 1997), pp. 654-664。

實不僅是爲母本增添了額外的章節，更有其獨特價值，譬如，《西遊補》挑戰了原書早些篇章中以佛教角度對人類存在（human existence）的貶抑，更進一步地探索了人類的存有與智慧。可以發現，當《西遊補》的主角經過那些《西遊記》裡經常出現的地標，其經歷顯然與那些佛教徒的朝聖經驗有所不同。

另一個讓《西遊補》湮沒於《西遊記》光環的因素，是兩部小説被認爲似乎共用了類似的價值觀，即，對於現實世界的嚴厲批判。然而，兩者的批判所存在的根本性差異卻被忽略了：《西遊記》的基調是譏諷人類的各種慾望，縱情聲色的肉慾，追名逐利的貪慾，甚至人類的自覺意識（self-consciousness）亦然。換言之，它全盤否認了 C. T. Hsia 所稱的自我生命力（the life-force itself）。相較而言，《西遊補》的批判，主要是將人性的墮落視爲文學界文化價值的一種再現：具體言之，《西遊補》證實了儒家文化的價值，認爲其理想性解決了人類的困境，《西遊補》將矛頭轉向了對社會結構的批判，認爲結構制約甚至消解了人類真情摯感與智慧文明的發展，也抑制了人類真誠追尋良善與美好生活的機會，更止步於將人類行爲簡單視爲可以獎罰爲計的認知窠臼。

最後一個阻礙《西遊補》被認爲獨立於《西遊記》的因素，是大多評論者以佛教思想爲線索將兩部小説進行連接，並僅僅出於作者董説對佛教思想的畢生興趣，便武斷地爲《西遊補》附上佛教的詮釋。如同《西遊記》一樣，《西遊補》也是一個有著複雜背景的作者所撰述的具備複雜意涵的小説。誠然，董説（1620—1686）對哲學與心理學的涉獵影響了他的文學創作，但不可否認，佛教思想只是董説眾多興趣中激勵其寫作的要素之一，要知道董説興趣相當豐富，還包括中國文學經典、政治運動、文學史、夢境解析、天文學以及語源學等。是以，小説理當反映作者的複雜思想，而非僅僅拘泥於佛教的影響。

因此，爲了更進一步理解《西遊補》，我們必須首先擺脱對佛教意識形態的沉溺，以另一個全然不同的角度切入。就其内容而言，《西遊補》同樣也記録了一種完全不同類型的旅程。而續書與原著最不一樣的地方在於，當西遊記超然於聲光幻影的世俗世界、轉而探討内心的寂静與啓蒙，《西遊補》則更深層地進入到了充斥感官、情感、依戀與情慾的世俗世界。[51]

朱陳曼麗没有以單一價值、單一視角觀察《西遊補》文本，而是將《西遊補》和作者董説作爲一個整體來觀察明代社會變化的種種端倪。在面对腐败的政治体制和不可预知的社会秩序变化時，17世纪的知识分子著力探詢人的内在价值和歷史使命。這是頗爲複雜的精神活動，是傳統研究所認爲的續書創作的動機主要是娛樂性、遊戲性的觀點不足以囊括的。朱陳曼麗認爲，像董説这样爱好廣泛的作家，在書寫《西遊補》的過程中，用梦境来深入人的意识深处，揭示人的内心真相，其實是在找尋世界秩序和稳定的根源，而不是企圖與原著進行交流和競争。小说《西遊補》所營造的梦境模式也反映了一个精神视野开阔、情感密度较大的世界（a world of expanded mental vision and great emotional density）。2000年，德國漢學家特雷特

51　朱陳曼麗（Madeline Chu），"Journey into Desire: Monkey's Secular Experience in the *Xiyoubu*"，p. 655。引文部分爲自譯。

（Clemens Treter）發表了《作爲旅行文學的〈西遊補〉：以互文性和叙事結構爲評論》（Das XiyouBu Alas Reise In Die Literatur: Anmerkungen Zu Intertextualität Und Erzählstruktur）[52]。特雷特曾經關注中國古典小説與行旅的關係，2000 年發表論文《從蘇伊士運河到吐魯番：彭鶴齡小説（1910 年）〈三寶太監下西洋〉中的鄭和形象》（Über den Suez-Kanal nach Turfan: Zum Bild Zheng Hes in Peng Helings Roman Sanbao taijian xia Xiyang (1910)）。以行旅的視角切入《西遊補》，代表了一個新的研究角度，朱陳曼麗提到的論述中也曾簡略提及《西遊補》的行旅帶有啓蒙意義，至少在目前可見的中文材料中我們還没有看到相似的主題闡發。2000 年以後，海外《西遊補》研究已經不如中國大陸和臺灣地區那麼熱烈，以上爲目前可以看到的《西遊補》域外研究文獻整理。總而言之，在過去的一百年中，《西遊補》在海外學界頗受歡迎，關注度遠遠超過中國大陸。海外學人幾乎是在讀到《西遊補》的第一時間，就將它當作一部獨立的、優秀的中國小説看待，而不是作爲《西遊記》的附庸。這背後的原因卻很少有明確、可信的表述。黄衛總提到，上世紀七、八十年代北美中國小説研究取得了明顯的進步，且這一時期的小説研究在後來很長一段時間都難以被超越。海外學人對中國小説的興趣選擇往往與中國傳統學界不同，打撈出了一些不受重視的早期小説，如《西遊補》、《金瓶梅》、《水滸後傳》、《平妖傳》、《玉嬌李》等，其中續書佔據了不少數量。在續書作品中，海外又對《西遊

---

52 ［德］特雷特（Clemens Treter），"Das *XiyouBu* Alas Reise In Die Literatur: Anmerkungen Zu Intertextualität Und Erzählstruktur"（作爲旅行文學的《西遊補》：以互文性和叙事結構爲評論），Monumenta Serica, Vol. 48 (2000), pp. 337-357。

記》續書和《水滸傳》續書的興趣最大。這與我們先前提到的，國內的續書研究基本以《紅樓夢》經驗爲核心的現狀很不一樣。

1981 年，何谷理出版了《十七世紀中國長篇小說》（The Novel in Seventeenth Century China），該書詳細討論了金聖嘆七十一回本《水滸傳》、《西遊補》，特別強調思想史、社會史與小說發展的關係[53]。相較國內學者更關注寫作者個人受到外部世界變化的影響，海外學人對文人作者自身會面臨到的自我意識危機更爲關切。由於《西遊補》的文本特質與個人意識關係密切，這爲《西遊補》的海外傳播和解讀帶來了很好的契機。《西遊補》這部短短的、不到五萬字的中篇小說，在中國小說史上幾乎是一個異類，與我們對於中國小說傳統的審美方式、研究方法的認識不那麼諧洽。《西遊補》的心理書寫、時空佈局等具有現代審美潛質，表現出超前的美學價值。在上世紀初，魯迅、胡適雖然也提到了《西遊補》的優點，但並未有更深的闡述。一直到上世紀七十年代前後，海外對《西遊補》文學成就的高度評價越來越有影響。高辛勇（Karl Kao）認爲"此書在傳統小說中形成幾乎是絕無僅有的現象"[54]，美國漢學家 William H. Nienhauser Jr.（倪豪士）吸收了高氏從敘事理論和語言學層對《西遊補》的肯定，以詞條的形式定義《西遊補》對於整體中國虛構小說而言是一個罕見的例子（rare example of Chinese fiction），與《西遊記》並置於中國經典小說的列表中，解釋《西

53　［美］黃衛總:《明清小說研究在美國》，參《明清小說研究》1995 年第 2 期，頁 219。

54　高辛勇:《"西遊補"與叙事理論》，載《中外文學》第 12 卷第 8 期，1984 年，頁 5。

遊補》因文本具有語言多義性（truly polysemous），作者有意識地在敘事時探索潛在的語言特性，以及對敘事形式進行創造性的自我反思[55]。這些啓示可能成爲我們對傳統續書研究的範式和結論進行回顧性反思和修正。在論文的這一部分，我們將通過對於《西遊補》的文本細讀來詳細研判現有的"續書理論"是否存在著缺陷，又可能如何改善。

（二）現代視域下的《西遊補》研究

《西遊補》最早刊行於崇禎十四年（1641年），爲董説（1620—1686）年輕時所撰，題"静嘯齋主人著"。董説字若雨，號西庵，又號鷦鴣生，浙江烏程（今湖州）人，董斯張之子，爲明季諸生。幼承家學，後師事張溥、黄道周，精研五經，尤邃於《易》、方言地志、星相釋老之學。明亡，改姓名曰林蹇，皈依靈巖僧繼起，名之曰元潛，屏跡豐草庵。更名南潛，字月涵，主堯峰寶雲庵。出家凡三十餘年，足不履城市，淄素宗仰，爲禪門尊宿。著有《豐草菴詩文集》、《七國考》、《易發》、《漢饒歌發》、《棟花磯隨筆》、《南潛日記》、《西遊補》、《雜著》等[56]。

《西遊補》的情節接世本《西遊記》第六十一回《孫行者三調芭蕉扇》之後，主要内容是叙述孫悟空被鯖魚精所迷，漸入夢境，在虚幻的世界中，見到了古今之事，忽化美女，忽化閻

---

55 ［美］倪豪士（William H. Nienhauser Jr.）主編:《印第安那傳統中國文學指南（第一卷）》（*The Indiana Companion to Traditional Chinese Literature, Vol. 1*），（布魯明頓：印第安納大學出版社，1986年），頁419。引文部分爲自譯。

56 參《明詩話全編》第十册，頁10829。

王，變化莫測，最後在虛空主人的呼喚下始醒過來[57]。明代崇禎間刊本有嶷如居士序文和靜嘯齋主人的《西遊補答問》，爲研究者所熟知。在情節和内容上，《西遊補》除了孫悟空接續了《西遊記》之外，幾乎沒有原來的人物參與到"續書"的文本中。孫行者在鯖魚肚中一直心心念念找尋能爲唐僧趕走妖邪的"驅山鐸"，"驅山鐸"在秦王處。唐僧在《西遊記》中非常怕山，《西遊補》中"驅山鐸"出現在第二回（2次）、第五回、第六回、第十三回，幾乎貫穿了《西遊補》始終，但故事到結局也沒有真正出現這一名物，可見只是幻影，又可以理解爲秦王那個世界是到不了的。不到五萬字的《西遊補》中共出現了18次的"秦始皇"[58]、8次的"秦皇帝"[59]同樣只是個幻影。這個設計十分具有深意，我們後文再談。

關於《西遊補》的明清版本，最早比較詳細的記載是孫楷第的《中國通俗小説書目》：

明崇禎間刊本，半葉八行，行二十字。有圖八頁。首癸丑孟冬天目山樵序，《西遊補答問》。空青室刊大字本，半頁十行，行二十字，封面題"三一道人評閲"，"空青室藏板"，首天目山

---

[57] 參劉一明:《象言破疑·胎中面目》:"究到實處，只一虛空而已。古仙教人修道，返於父母未生身以前面目者，即返於虛空之境，而無聲無臭也。無聲無臭，即是無極。無極者，無之極，即是一無而已。"，《道書十二種》上册，卷上，頁2，總頁320。

[58] 分別於《西遊補》第二回、第五回（3次）、第六回（3次）、第七回（3次）、第十回（2次）、第十三回（6次）。崇禎本回評:"秦始皇一案，到此才是結穴。文章呼吸奇幻至此!"

[59] 第七回（5次），第九回（1次），第十二回（1次），第十三回回目（1次）。

樵序,《西遊補答問》, 末附《讀西遊補雜記》。［鄭西諦］光緒
元年申報館排印本, 首天目山樵序。北新書局排印本, 附劉半
農《董若雨傳》。水沫書店排印本。明董説撰。題 "静嘯齋主
人著"。[60]

　　經韓洪舉辨析, 崇禎間刊本《西遊補》附有明代嶷如居士
的《西遊補序》和静嘯齋主人的《西遊補答問》。嶷如居士就是
小説的作者, 與静嘯齋主人爲同一人, 即小説作者董説。黄人
則採用索隱的方法, 但未見到明刊本。明崇禎刊本並無 "天目
山樵序" 和《讀西遊補雜記》。該刊本的刊印時間爲崇禎十四
年（1641 年）, 是《西遊補》最早的版本。空青室刊本《西遊
補》同時附有 "天目山樵序" 和《讀西遊補雜記》。"天目山樵
序" 作者爲張文虎, 序文寫於咸豐三年（1853 年）, "三一道人"
乃是張文虎友人。《讀西遊補雜記》作者爲錢培名, 寫於咸豐
三、四年間。刊印時間在崇禎間刊本之後, 當是清咸豐三、四
年間[61]。李前程也曾例舉辛巳序本、空青室本、申報館本等常見
版本並做介紹, 認爲嶷如居士身分待考[62]。朱萍。胡雅君則指出,
另有兩種清代版本——宣統元年小説進步社刊《新西遊記》和
宣統元年海左書局石印本《改良新西遊記》。據兩人爬梳, 小説
進步社版本改動了書名（以應當時出版翻新小説潮流）, 將全書
分爲上下兩編, 每編單獨編目, 每編八回, 且比空青室本、申

60　孫楷第:《中國通俗小説書目》, 北京: 人民文學出版社, 1982 年, 頁 193。

61　韓洪舉:《董説〈西遊補〉的版本、序跋考辨》, 載《浙江師範大學學報（社會
　　科學版）》2014 年第 5 期, 第 39 卷（總第 194 期）, 頁 82–87。

62　李前程:《〈西遊補〉校注·前言》, 收入於《西遊補校注》, 頁 23–33。

報館本多出兩個有署名的評點者——"病禪"和"明心子"。海左書局石印本除了相同原因之下的更動書名之外，删去了作者署名，序跋、正文及評語改動頗多，内容上也有删節。後兩個版本常被誤著，這個問題《西遊補》研究領域尚未注意到[63]。

何谷理的崇禎本《西遊補》插圖研究，指出該孤本"形制較大，板框尺寸 19.5×14 釐米，紙張尺寸 26×16 釐米，無出版資訊，封面丢失了，序寫於辛巳中秋（1641 年 9 月 19 日），地點是蘇州虎丘。序言用每頁 5 行、每行 10 字的大字刻出。序言後有十六幅插圖，接著是目録。正文用每頁 8 行、每行 20 字的形制刻印。《西遊補》的插圖充滿難切的曲線、複雜的花飾和建築的細節，其中一幅還含一個正圓的邊框。人物面部表情細膩有細節。這些插圖都在小説的開頭整體出現。像多數晚明小説一樣，插圖的數目與章節的回數一致。孫悟空在六幅山水人物圖中出現（其中三幅中以化身的方式）。其他十幅插圖被認爲與文本的相關性較少"[64]。他還提到了這部中國國家圖書館所藏最早版本《西遊補》插圖所藴含的評論功能，參考了蕭麗玲文章的相關想法。"插圖"雖然也是"續書"的一種叙述策略，但《西遊補》的視覺性並不只存在於插圖的價值。

關於寫作主題，《西遊補答問》中寫：

問：《西遊》不闕，何以補也？曰：《西遊》之補，蓋在火焰

63　朱萍、胡雅君：《〈西遊補〉明清版本叙録》，載《淮海工學院學報（人文社會科學版）》，第 14 卷第 4 期，2016 年 4 月，頁 31–33。

64　［美］何谷理：《畫出猴王：崇禎本〈西遊補〉插圖研究》，傅松潔譯，頁 142–143。

芭蕉之後，洗心掃塔之先也。大聖計調芭蕉，清涼火焰，力遏
之而已矣。四萬八千年俱是情根團結。悟通大道，必先空破情
根。空破情根，必先走入情內。走入情內，見得世界情根之虛；
然後走出情外，認得道根之實。《西遊》補者，情妖也。情妖者，
鯖魚精也。

　　這表明《西遊補》主題內容的設計。險難交手的唯一對象
是孫行者，險難的內容則是"情"。入迷的孫行者在這個"補"
入的大情境中遊歷，妖邪並沒有對他做什麼具體的事，鯖魚精
既沒有要他的命，也沒有與之發生激烈衝突。孫行者在此連一
個像樣的對手也沒有找到，他被一系列"好像應該做的事""纏"
住，又陷入了"好像發生做過的事"的疑竇（如有了兒子菠蘿
蜜王，第十五回），而這恰恰就是鯖魚精的"迷惑"之計——
"纏"住大聖。這個十六回之"纏"與原著枝蔓勾連的部分在於，
在這個"嵌套"的故事以外，情妖的目的是支開孫悟空，以便
襲擊唐僧（"只爲要吃唐僧之肉"，第十六回），唐僧依然是"西
遊故事"的妖邪真正襲擊的目標。而當第十六回虛空尊者喚醒
孫悟空之後，孫悟空看到唐僧邊上多了一個小徒弟，法名悟青，
以《西遊補》的多義語境，"悟青"即"悟情"，唐僧緊接著大
喊"悟空，餓死我也！"符合《西遊記》中唐僧遇山、化齋、吟
詩（文字禪）即入心魔的險難佈置規律，即揭開了原著人物潛
意識的恐懼加以發揮，可見"續書"的作者同時也是原著的專
業讀者。作爲結構意義上的"補"作策略，前文已經提到，現
有的"續書研究"理論大部分經驗來自於《紅樓夢》續書，但
《紅樓夢》本身不全，所以《紅樓夢》續書經驗未必適用於《西

遊記》續書，它無法回答《西遊補答問》自己揭曉的問題："《西遊》不闕，何以補也？"商偉、黃衛總曾指出，從補作的形態來看，《水滸傳》續書與《西遊補》續書更相似，《水滸傳》和《金瓶梅》文本關係的研究爲《西遊記》續書研究提供了不少研究視角和經驗。"續書不只是一種延續（continuation），也是一種新的離別（a new departure）"（黃衛總語），且《金瓶梅詞話》早於《西遊補》，是對原著的"改弦易轍，展開一個異想天開的、另類的虛擬叙述（what if narrative）"（商偉語）。實際上早在 1986 年，傅憎享就《金瓶梅》與《水滸傳》的關係提出續書結構的對比研究，他認爲，"萬曆本向著《水滸傳》親和，崇禎本則竭力與《水滸傳》離異"，還提到《金瓶梅》照亮了《水滸傳》的"反常結構"[65]。對於《西遊記》而言，《西遊補》照亮了在《西遊記》中從未經歷情慾考驗的孫悟空是反常的，故而爲他補入"情難"。同時也令西遊故事改弦易轍，成爲孫行者的個人遊歷，他不再附屬於唐僧使命，正如補作不再服役於原著使命。

近年來通過文本細讀的方式，學者們對於《西遊補》的研究有了新的觀察角度，令《西遊補》的哲學價值得到了很好的闡發。臺灣地區學者傅世怡於 1981 年從董說其人、交友、身世、著作、版本等方面較早奠定研究基礎，黃詣淳的《〈西遊補〉的"情"論研究》，以碩士論文的容量關切"情"與"走入"、"走出"叙事框架的關係，構建了《西遊補》視域下的"情"論理

65　"使正在進行著的勢在必行的事中止，使書中正要結合的兩個人物西門慶與潘金蓮分手，實質上是使讀者與人物分離。"傅憎享：《論〈金瓶梅〉對〈水滸傳〉的歸化與異化》，頁 20。

念。高桂惠、許暉林以單篇論文的形式考察了《西遊補》的"空間"佈置，其中高桂惠抓住了《西遊補》的情慾空間與人的心理機制的輝映。到了楊玉成的研究中，則聚焦到董說個人生命歷史考察，注重個案的身體與醫療。許暉林更偏重於考察空間轉換與越界之間的關係。香港學者從不同角度提出了自己的見解來框定《西遊補》隸屬於"西遊故事"一脈相承的文本特質，如翁小芬選取了"寓言"（這與劉曉廉以西方文學理論中"寓言"的視閾不盡相同）、劉燕萍和張治的研究則選取了"怪誕"。大陸學者李夢圓在一篇極短的論文中觀察到了《西遊補》顏色運用中的視覺問題，趙紅娟以量化方法研究《西遊補》中顏色名色的延展，這些都是文本詮釋的新視角。對比《西遊補》研究的發展，"續書研究"理論顯得滯後，三十年來未見突破，停止於採取傳統的審美角度爲繼承與延續、創新與發展（段春旭），或從概況到特色兼顧創造性的理路（王旭川），從而研判作品的價值秩序。這意味著，個案研究的成果與當代"續書研究"理論的研究溝通並不順暢。

康德在《判斷力批判》中論及，"只有三種不同的美的藝術：語言的藝術、造型的藝術、感覺遊戲的（作爲外部感官印象的）藝術。"[66]而無論是語詞表現（如名物鋪陳）、陌生化處理還是感官面向的探索，"西遊故事續書"作品均有涉獵。《西遊補》在詞語的同音（鯖魚/情慾；殺青/殺秦）、多義（驅山鐸）、托寓（萬鏡樓、百衲衣、五色旗）方面的展現是很豐富的，圍繞

---

66 ［德］康德：《判斷力批判》，鄧曉芒譯、楊祖陶校，北京：人民出版社，2012年，頁165。

著"情"與"慾"的字面字音聯想、拆字（小月王）遊戲、重組詞（鏤青鏡、桃花鈸、玉柄斧），可見"續書"的不僅是故事，還有對於語言的創造。漢字的形體和讀音成爲了創作者"續書"時著力雕琢的對象，並賦予其敘事的可能性，這體現了一個民族的思維方式[67]。"拆字可看作是漢字的美學功能另一種表現，即人們利用形體結構所創作出的一些益智性的娛樂方式……還可作爲修辭手段來使用，也屬於這類美學功能……拆字還是一宗文學形式……用符號學的觀點説，借字是能指、是喻體，本字是所指、是本體。所以假借字呈現的是一種聲音圖像……漢字以象爲中心的隱喻功能具有三方面的特徵：理據性、意指性、轉義性。"[68]

值得注意的是，何谷理提到了這些關於"情"和"慾"命名的象徵不僅通過同音（homophones），還通過了視覺（visual）來表現[69]，如"綠／青／翠"等顏色詞本來已經象徵了作品所需要指涉的意涵，當它們再度向"綠豆粥兒"或"青苔"等物質化實體轉化時，發生的第二次通感的轉換借用的是讀者的日常經驗，而非閱讀經驗。這背後的感知機制值得研究者重視。當我們談論《西遊補》、《後西遊記》、《續西遊記》傑出的修辭成

---

67 關於漢字的辯證思維方式表現爲形體結構的"二合性"和構義的轉義性，參申小龍：《漢字形義思維説》，載《申小龍自選集》，桂林：廣西師範大學出版社，1998 年 1 月。

68 黃亞平、孟華：《漢字符號學》，上海：上海古籍出版社，2001 年，頁 244–246。

69 Robert E.Hegel: "Picturing the Monkey King: Illustrations and Readings of the 1641 Novel Xiyou bu." *In The Art of the Book in China.* (London: London University School of Oriental and African Studies, 2006；Percival David Foundation Colloques 23), p. 176。

就時，如果僅僅考慮其仿造或改造原著妖邪的設計、來源、描寫及其與原著的關係，讚賞其"嬉笑怒罵"（劉廷璣語）的幽默感，那麼鯖魚精、萬鏡樓、解脫大王、十惡大王、造化小兒等"心魔"皆佇足於"神魔小說"的理論框架之下，就會降格了"續書"文本美學意義上的獨立價值。在這些看似抽象化、戲劇化的語詞背後，指涉的語言層次、心意活動的面向是十分複雜的。王夢鷗在談論到語言的記號作用時認爲，"近代語言學暫認爲人心本如一片星雲之混沌，藉著後天習慣的聲音與它相混合凝結，乃成一個個觀念，這觀念就是內在的語言，有了這語言然後乃'可以自知'而有所自見……後來使用'內在的語言'活動爲'思考'的表述語……但是，用以表現心意的東西，改稱之爲'記號'或'符號'（Sign or Symbol），或者可避免這無所謂的歧義。因爲語言的本質，無論是聲音或圖式，實際都只是那心意的記號或符號而已。"[70] "西遊故事"作爲"四大奇書"之中完全脫離於現實作爲敘事基礎的文本，這種抽象語言的"記號作用"[71]表現得非常明顯，需要我們選擇更好的研究方法加以重新考察。20世紀，在世界範圍內，語言學是前沿學科。語言研究的方法論對中文學科許多研究方向都有新的意義。研究者"不僅把語言看成是思維的工具，而看作思維本身。語言從以前的表達方式上升爲哲學本體，語言的研究不再是語言

---

70 王夢鷗：《中國文學理論與實踐》，臺北：里仁書局，2009年，頁28–29。

71 如本論文第一章提到的《西遊補》中共5次提到"大鬧天宮"作爲一種形容詞性的語詞設置，如"登時現出大鬧天宮身子（第二回）"、"現出大鬧天宮三頭六臂法身（第十六回）"，但修辭作用之外，這其實也是一種記號作用的發揮，提醒讀者孫悟空的身份、前史或假裝與《西遊補》中項羽、秦始皇等真正的歷史人物混淆一體的前歷史。

學家的份內之事，它現在成了人文學者眼中的寵兒，尤其是哲學家構築本體論的驕子。"[72] 這是上世紀興起的新的思潮，可能在一定程度上提高了《西遊補》的文學評價。文學文本的審美研究能否都納入語言學視閾的思考，需要更多、更具體的努力。

此外，《西遊補》中出現的眾多歷史人物同樣值得關注。其中，與主角孫行者有關的就有虞美人和判官（審秦）。女性作為男性秩序的補充，是一種次級秩序的象徵，第五回孫悟空從本無性別，到變身"女性"，再到尋找中國文化中最重要的母神女媧，女媧不在家，空青室本評："大聖如何變作了丫頭？大錯特錯"，表面看似天馬行空，實則別有意味。而潛藏於虞美人、秦檜背後的項羽、岳飛，則都是歷史精神的失敗者。這些歷史上著名的"愁人"[73] 在《西遊補》設計的時空中早已是往生之人，但怕死[74] 的孫悟空卻毫不意外，孫悟空為什麼固執地相信自己能見到秦王借到驅山鐸？他去到了青青世界、古人世界、未來世界，卻到不了矇矓世界，是否意味著矇矓世界就是一個到不了的世界？見不到的秦王、找不到的去除恐懼的法器，代表著不可能完成的歷史使命和注定失敗的旅程。

儘管如此，《西遊補》行文卻無一點傳統鬼怪描寫的恐怖，只有荒謬奇異，夢話與鬼話渾然一體的呈現，增添了閱讀的趣味，是修辭的特徵。清初《讀西遊補雜記》中，寫"閻羅勘案，見功名事業忠佞賢奸之幻。幻境也，鬼趣也，故以閻羅王

72　黃亞平、孟華：《漢字符號學》，頁 25–26。

73　"愁人莫向愁人說，說與愁人轉轉愁"，《西遊補》第五回。

74　世本《西遊記》第一回，孫悟空走出花果山就是為了求長生，後來下地府勾銷了生死簿。

終之。"[75]"鬼趣"本身是幻境,是一個空間概念,而非具體某一種鬼的形塑。劉燕萍、張治將《西遊補》和《斬鬼傳》、《平鬼傳》放在一起討論,將之怪誕、諷刺的敘事特徵與不協調的文本基調指向現代意義上的否定性,很有創見但不一定準確。因爲對比"搗大鬼"、"温斯鬼"、"搶渣鬼"、"寒磣鬼"(《斬鬼傳》),"憂愁鬼"(《平鬼傳》),《西遊補》對真正的"人鬼"描述,反倒不屬於類似的語言建構方式。《斬鬼傳》、《平鬼傳》在鬼的塑造風格上,與《後西遊記》中的"文明天王"、"十惡大王"或《西遊記》中的"精細鬼"、"伶俐鬼"等更爲接近。《西遊補》中的鯖魚精是虛構的"物",但秦王、項羽、虞美人、西施、秦檜都不是虛構的小説人物,是"續書"創作者故意植入我們熟悉的文本記憶的"語言記號",它體現爲一種潛在的"文化效應",而非傳統意義上小説内部的反面力量。《後西遊記》中的"韓愈"也有類似的記號作用。《西遊補》是以新的形式創造了一個特殊的語言環境,一方面是原著與"續書"二者的映照,另一方面是小説語言内部的映照,通過語言本身的佈置,來實現小説"夢想顛倒"的企圖。前者當然容易理解,後者先試舉二例,如《西遊補》第五回,行者變作虞美人作詩:

絲絲道:"美人的詩,那個敢説他不好?只是此句帶一分和尚氣。"西施笑道:"美人原做了半月雌和尚。"(空青室本評:卻不道和尚做了半日美人。)

75　一説是錢培名(三一道人)作。附空青室本正文之後。收入於《西遊補校注》,頁 73。

又如第八回，行者到地府扮閻羅王看曆本：

> 行者翻開看看，只見打頭就是十二月，卻把正月住腳；每月中打頭就是三十日，或二十九日，又把初一做住腳，吃了一驚，道：「奇怪！未來世界中曆日都是逆的，到底想來不通。」

無論是正話反說，還是時序顛倒，再或是心理學意義上的夢境扭轉（distortion），如果我們將這種文本佈置歸結於「荒誕諷刺」的修辭意圖來解讀，顯然是不够有力的。唐僧在《西遊補》中放棄取經，轉而娶妻、升官、徹底世俗化的選擇，是對《西遊記》使命的破壞。不僅如此，行者和羅刹女有了孩子，行者卻對此毫無記憶，被動的「失貞」承擔著沉重的後果，讓孫行者深陷交織複雜的原罪意識、懺悔意識，遁入難以克服的虛無與苦悶。行者進入妖邪肚內殺妖不成，反倒令妖肚成為孕育新妖的子宮，是《西遊記》原著險難設置不及的深度。從表面上看這是《西遊補》狂歡式想像的成果，但在這種創造背後，躲藏著更大的灰心，即若行者不再是《西遊記》裡的孫悟空，他喪失了「徒弟」的社會身份，在萬鏡中都照不見自己，他還親手生產了新的妖怪。行者審視自己，像鏡子照見鏡子本身，他只得被動地目擊世間萬象、歷史殘局，無能為力。另一方面，《西遊補》令孫行者被動失貞，恐怕也與晚明風雨飄搖的士人心境有關，他不敢相信事情的發生，卻想不清楚為什麼發生。《西遊補》別出心裁地為讀者設計觀看時間、觀看死亡、觀看作為本體的「情」的場景，其企圖心不只是以純粹的語言形式勾連起"續書"與原著的溝通橋樑，運用歷史、宗教、視覺、文本經驗的交叉，反映了明末清初時期"續書"創作的某種野心。董說並不一定針對原著而作挑戰，而是巧妙運用"續書"的語言功能，調度了明代文人共同的知識經驗，投射於新的欲望中加以文學式的表達，他們的心靈活動也由此在"續書"的寫作樣態中呈現。有些意圖和策略可能是董說自創，有些則是有歷史淵源的。在下文的分析中我們也可以得知，董說通過典故、隱喻的建構，對讀者進行了挑選和區分，"續書"的意圖由此成爲了與新的讀者達成意見交換，而不是形成致敬原著的共同體。續書的語言作爲一種文學的策略，爲文人之間隱微互動的出現提供了機制。在這隱微互動的機制中，對於漢字物質性的感知和創造是非常重要的，"續書"裁減了原著的表意動機，通過對於文字的理解方向充分利用聯想，再造"西遊故事"的思維進程和價值選擇，使得每個接受"情"字符號的讀者都要重溫這個思維過程，進而重溫知識份子共享經驗的歷史進程，從而延緩了原著思維的行進速度，把人們的注意力引向能指層面。本書認爲，《西遊補》的真正價值在於，董說完成了這些創造性的任務，特別是成功建構了語言的機制。借助這一機制，將"西遊故事"重構爲審美意義上的明代心靈社會。借助這一機制，一個對像化的自我出現了，"行者"成爲了歷史語境下的獨特的"自我"，"行者"因此成爲了以董說爲代表的明代知識份子内心活動的"表意符號"。

那麼《西遊補》"續書"的語言功能是如何逐步實現的呢？本書擬從"喧賓奪主的孫悟空"展開分析。

一、人物的"續書"：以行者爲中心

（一）喧賓奪主的猴行者

前文提到，從情節上而言，《大唐三藏取經詩話》是"西遊故事"演變歷史上一個重要的里程碑。唐代玄奘西行印度求取佛法的歷史傳述，到這裡完全成爲了一個文學性的文本，甚至原初的主角玄奘，在《大唐三藏取經詩話》中也讓位給了"猴行者"，這是"西遊故事"發展的趨勢。陳引馳提到，"後者往往先知先覺，指點前世後事……許多場合，玄奘乃至成爲猴行者降伏妖魔的旁觀者"[76]，這種現象後來成爲了"西遊故事"演進的方向。此外，《取經詩話》也爲玄奘新增一項傳奇，即其人物形象的前生曾二度取經被殺，在文本中被反復書寫三次。現存《大唐三藏取經詩話》中尚無"孫悟空"之名，只叫"猴行者"，也沒有"齊天大聖"的稱號[77]。而後，從《取經詩話》中的

76　陳引馳：《文學傳統與中古道家佛教》，上海：復旦大學出版社，2015 年，頁 406。《詩話》中如"入大梵天王宮第三"中，行者告法師："我年紀小，歷過世代萬千，知得法師前兩回去西天取經，途中遇害。"且屢屢預告前程之處："我師前去地名蛇子國"、"我師前去即是獅子林"、"我師前去又是樹人國"等等。見李時人、蔡鏡浩：《大唐三藏取經詩話校注》，北京：中華書局，1997 年版，頁 10、13。

77　李天飛認爲，"鬧天宮的齊天大聖，和取經的孫行者，本來就是兩個猴。大概是在元代的時候被整合到一起去的。"據他統計，《西遊記》中前 7 回多叫"大聖"，後 93 回多叫"行者"。後 93 回裡，"悟空"只有 300 多個，且十之八九是對話裡的稱呼，而"行者"多達 4000 多個。李天飛：《孫悟空原型起源四川？或爲南猿北猴故事合體》，載《華西都市報》，2016 年 2 月 27 日，A10 版。本論文統計《西遊補》中，"悟空"出現 40 多次，"行者"則是 400 多次，（轉下頁）

主角到《西遊記》的靈魂人物，玄奘形象的地位其實是日益式
微的[78]。林庚認爲，世本《西遊記》在第七回安排了孫悟空亮相，
是爲了將孫悟空推到一個突出的位置上而成爲無可爭辯的主
角[79]。林庚也是較有意識將孫悟空形象與兒童生活史結合在一起
討論的學者，這種思考方向指向著一種告別童蒙[80]的啓迪效應。
在《西遊記》的設定中，雖然很多人物都有來歷，但只有孫悟
空才有完整的童年。孫悟空甚至取代了唐僧在《取經詩話》中
反復死亡的命運，一再叩問"死亡"、"長生不老"等複雜問題。

（接上頁）比例與《西遊記》差不多。值得注意的是，"大聖"也出現了50多
　　次，這說明了《西遊補》與世本《西遊記》前七回的淵源並非印象使然，可視
　　爲一種呼喚與強調。就如《西遊補》中反復呼喚的"美人"。

78　張靜二考證，南宋以來，劉克莊《攬鏡六言》、《釋老六言》、韓國李朝世宗在位
　　期間印行的《朴通事諺解》、元吳昌齡《唐三藏西天取經》與《二郎收豬八戒》
　　兩本雜劇，都跟悟空有關。《二郎神鎖齊天大聖》、《銷釋真空寶卷》、《八仙過
　　海》、吳元泰《東遊記》、楊志和《西遊記》、朱鼎臣《唐三藏西遊傳》、《續西遊
　　記》、《後西遊記》、董說《西遊補》以及《說唱西遊記》等，都述及孫悟空。至
　　少從南宋以來，就已經流行不輟。但真正將悟空納入取經故事的想像文學，實
　　際上只有流行於南宋的《大唐三藏取經詩話》（又名《大唐三藏法師取經記》）、
　　明初楊景賢的《西遊記》雜劇以及吳承恩的百回本《西遊記》。張靜二：《論西
　　遊故事中的悟空》，載於《中外文學》10卷11期，1982年4月，頁14–15。

79　林庚：《西遊記漫話》，北京：北京出版社，2004年，頁39。

80　張靜二將世本《西遊記》中孫悟空的範例定義爲"人格塑造小說"，以更貼近
　　中國傳統成人啓蒙儀式。在他看來，人類學上的"通過儀式"（rite de passage），
　　或稱啓蒙儀式（initiation rite），通過從身體到心靈的試煉，"旨在引導童蒙通
　　過成長的門檻，轉變其生活態度及行爲模式……告以棄絕童心、遵循成人之德
　　的話……受啓者完全棄絕了過往的閨昧無知而返回部族，成爲族中的正式成
　　員。不管是冠禮或是啓蒙儀式，其模式無非是'分離'（separation）、'轉變'
　　（transformation）與'返回'（return）這三步曲，而這三部曲又顯然含有'昨日
　　之我死，今日之我生'的意義在內。用神話批評的術語來說，這一模式表現了
　　'死亡'與'復生'的原型，而其關鍵則在於'轉變'一端。"張靜二：《論西遊
　　故事中的悟空》，載《中外文學》第10卷第11期，1982年4月，頁26–27。

《西遊記》使用"孫悟空"作爲兒童經驗的載體頗具深意，正如許多幼童都會因爲經驗的匱乏説出一些異常深刻的話來，向宇宙發問、向生死發問，而成人反而對這些事緘默不言。研究者熱愛將《西遊補》的空間設置與明代士人的"潛意識"[81]放在一起討論，實際上"潛意識"這個詞，在弗洛伊德的語境之下，也是和"童年"密切相關的。

行者心中暗想：他又不是值日功曹面貌，又不是惡曜凶星，明明是下界平人，如何卻在這裡幹這樣勾當？若是妖精變化惑人，看他身面上又無惡氣。思想起來，又不知是天生癢瘀，要人搔背呢？不知是天生多骨，請個外科先生在此刮洗哩？不知是嫌天舊了，鑿去舊天，要換新天；還是天生帷障，鑿去假天，要見真天？不知是天河壅漲，在此下瀉呢？不知是重修靈霄殿，今日是黃道吉日，在此動工哩？不知還是天喜風流，教人千雕萬刻，鑿成錦繡畫圖？不知是玉帝思凡，鑿開一條禦路，要常常下來？不知天血是紅的，是白的？不知天皮是一層的，兩層的？不知鑿開天胸，見天有心，天無心呢？不知天心是偏的，是正的呢？不知是嫩天，是老天呢？不知是雄天，是雌天呢？不知是要鑿成倒掛天山，賽過地山哩？不知是鑿開天口，吞盡閻浮世界哩？（《西遊補》第三回）

此段看似瘋言瘋語（回應劉復"這還不是發神經病嗎"）/童言童語，但"不知鑿開天胸，見天有心，天無心呢？不知天

心是偏的，是正的呢？"是十分有力的發問。在一個女媧告假、閻羅王還能往生的顛倒世界中，作者的潛意識與其說是指向瘋癲、棲棲遑遑（高桂惠語）[82]，不如說是"返回童真的渴望"（楊玉成語）[83]。《西遊補》和《西遊記》情節上的連繫並不多，但"大鬧天宮"卻多次出現，"大鬧天宮"發生於孫悟空的童年，且在"大鬧天宮"時期，孫悟空親自佈下了"火焰山"一難。清人張書紳評註此回提到："鐵扇公主是因情而動火，孫悟空是因火而求情。""大鬧天宮"是孫悟空的心魔。如今，越來越多的研究者關注到《西遊記》中孫悟空完整生命史的寓言性[84]，李志宏認爲《西遊記》"自開篇起即將寫作視角從玄奘轉向聚焦於孫悟空形象的塑造之上，取經史實故事原型經過置換變形（displacement）……從敘事焦點轉換的角度來看，《西遊記》一書之創作實則隱含著'重寫歷史'的自覺性寫作意圖……在重寫歷史的過程中，此一表達形式的轉變便可能賦予了孫悟空形

82　高桂惠：《〈西遊補〉：情欲之夢的空間與細節的意涵》，頁316。收入於余安邦主編：《情、慾與文化》，臺北：中研院民族研究所，2002年。

83　楊玉成：《夢囈、嘔吐與醫療——晚明董説文學與心理傳記》，頁577。

84　如李志宏：《失去樂園之後——孫悟空終成"鬭戰勝佛"的寓言闡釋》，頁239–290；陸楊：《中國佛教文學中祖師形象的演變——以道安、慧能和孫悟空爲中心》，頁221–247；葉俊谷：《成長的過程與存在的探討——世本〈西遊記〉前七回試析》，收入於《陳百年先生學術論文獎論文集第四期》，2003年10月，頁99–123；那宗訓：《西遊記中的孫悟空（初稿）》，載《中外文學》第10卷第11期，1982年4月，頁66–78；鄭明娳：《火焰山故事的形成》，載《中外文學》第10卷第11期，1982年4月，頁4–11；張靜二：《論西遊記中的悟空》載《中外文學》第10卷第11期，1982年4月，頁14–58。浦安迪：《西遊記、紅樓夢的寓意探討》，孫康宜譯，載《中外文學》第8卷第2期，1979年7月，頁36–62。

象塑造本身以特定的隱喻意涵。"[85] 總的來說，玄奘西天取經依然是世本《西遊記》小說的叙事之核和終極使命。所有人物的出場，不只五聖，甚至書寫斬業龍、遊地府，都是爲了引出取經這個使命、引出取經人。取經本是唐僧一個人的事業，是履職國家任務（《西遊記》第十一回，"朕賜你左僧綱，右僧綱，天下大闡都僧綱之職"，管理僧人的宗教官員），也是在履行宗教任務（普渡衆生），其他取經人只是輔佐三藏以歷劫求得救贖[86]。除唐僧以外，没有人是國家大臣或具有度亡的資質。儘管如此，世本《西遊記》中的孫悟空仍然比其他輔佐三藏的取經人獲得了更完整的書寫。隨著"西遊故事"的廣泛流傳，故事也逐漸發生變異，表現的趨勢是孫悟空在逐漸取代唐僧的地位，可稱得上是喧賓奪主[87]。

85　李志宏:《失去樂園之後——孫悟空終成"鬥戰勝佛"的寓言闡釋》，頁 241。

86　《西遊記》第四十八回唐僧說"我弟子奉旨全忠"，可知唐僧奉的是唐王的旨，取經人則領的則是如來的旨。玄奘在《西遊記》中的形象雖不如前述兩部史料中呈現的那樣偉岸，甚至有時顯得自私、懦弱、滑稽，但他到底是五聖核心。因四聖只是輔佐唐僧西行，他們自己是取不得真經的，即使他們看起來有比唐僧更大的本領。又見《西遊記》第二十二回，八戒問悟空："哥呵，既是這般容易，你把師父背著，只消點點頭，躬躬腰，跳過去罷了；何必苦苦的與這怪廝戰？"行者道："你不會駕雲？你把師父馱過去不是？"八戒道："師父的凡胎肉骨，重似泰山，我這架雲的，怎稱得起？須是你的觔斗方可。"行者道："我的觔斗，好道也是駕雲，只是去的有遠近些兒。你是馱不動，我卻如何馱得動？自古道：'遣泰山輕如芥子，攜凡夫難脫紅塵'像這澄魔毒怪，使攝法，弄風頭，卻是扯扯拉拉，就地而行，不能帶空中而去。像那樣法兒，老孫也會使會弄；還有那隱身法、縮地法，老件件皆知。但只是師父要窮歷異邦，不能够超脫苦海，所以寸步難行也。我和你只做得個擁護，保得他身在命在，替不得這些苦惱，也取不得經來；就是有能先去見了佛，那佛也不肯把經書與你我。"

87　張靜二:《論西遊故事中的悟空》，載《中外文學》第 10 卷第 11 期，1982 年 4 月，頁 15。

　　到了《西遊補》中，孫行者成爲了唯一的主角，擔負起了此番夢幻"遊歷"的全部重任。在十六回的小説中，孫行者的夢境佔了十四回。如果我們將"西遊故事"承衍當做一個整體來看，那麽行者形象所承擔的使命至重、完全取代唐僧，是到《西遊補》時期達到的。這種塑造不僅僅是"續書"致力於人物形象的演變，而是有訴諸話語建構的意圖。如果説《西遊記》中悟空與玉兔的衝突有内丹隱喻陰陽交合的暗示，那《西遊補》中孫悟空交手的則是作爲本體的"情"本身，孫悟空在"情"的内部與之纏鬥，非常抽象。與此映照，《西遊記》中的唐僧雖然也經過了世俗情慾的考驗，但對"情"本體的思考是缺失的，甚至《西遊記》中直接提到"情"字的次數都不多。這令《西遊補》中的孫行者更具有知識份子的色彩，寄託了作者更深的期望。作者希望在《西遊記》中未曾經歷"情難"的孫行者，到了《西遊補》中能够補上啓迪，獲得成長。在複雜的"情"意識問題上，作者對於唐僧不抱期望。這不是没有道理，世本《西遊記》爲唐僧設置的人格是"不管經歷過多少災難，唐僧還是渾噩懦弱，似乎從未因苦難而讓人格成長一分"[88]。唯有孫行者會因歷險、試煉而一再獲得更深的啓迪。在《西遊記》中，孫悟空是"心猿"[89]的化身。關於這個"心"到底指的是什麽，學界頗有爭議，如程毅中認爲，《西遊記》中孫悟空講解《心經》

88　［美］余國藩：《余國藩西遊記論集》，李奭學譯，臺北：聯經出版公司，1989年，頁 112–113。

89　陳洪指出，僅百回本囘目中，"心猿"出現了 17 次。並統計，在中國古代著作中，"心猿"和"心猿意馬"使用頻率最高的三本書，乃是《西遊記》與全真教教主王重陽的《王重陽集》和全真七子之首馬丹陽的《馬鈺集》。載《文學遺産》2014 年第 5 期，頁 155–157。

頭頭是道，講的是禪宗的心學，與明代的心學還有一定差距[90]；柳存仁則認爲，"心猿意馬"的用語，是宣傳道教的人把這部小說的故事情節盡量道教化的一部分表現[91]。到了《西遊補》中，"心"的象徵被"情"所替換，這淡化了道教的味道。陈洪對"心猿"一詞的考論中，有一則很有意思的材料，即玄奘也曾使用過"心猿"這個詞。他在《請入少林寺翻譯表》中講到："今願托慮禪門，澄心定水，制情猿之逸躁，摯意馬之奔馳。"陳洪認爲，"這裡的'情猿'就是'心猿'，以'情'代'心'，不過是一個避免重複的小小文字技巧。"[92]這可能揭示了一個問題，即既然《西遊補》之夢是一個情夢，爲什麼在這個情夢的容器中，孫行者會擔起做夢的主體。但我們無法確定董説是不是看過或知道這則材料。

那麼，孫行者的"情"與唐僧的"情"有什麼差別呢？

在中國文學中，"情"是個非常複雜的問題。李豐楙在《情與無情：道教出家制與謫凡叙述的情意識——兼論〈紅樓夢〉的抒情觀》一文中寫到："宗教文學所關心的一個'終極關懷'主題，就是如何去除私情而至於無情，叙述人性的歷煉正是經由捨離人間世而得道成仙。另一種謫凡悟道類型，則將叙述重點置於人間的私、情，讓主人翁經歷人世常情的恩愛折磨，其

90　程毅中：《〈心經〉與"心猿"》，載《文學遺產》2004 年第 1 期，頁 108–111。

91　柳存仁：《全真教和小説西遊記》，《和風堂文集》，上海：上海古籍出版社，1991 年，頁 1319–1392。

92　陳洪：《〈西遊記〉"心猿"考論》，載《南開學報：哲學社會科學版》2009 年第 1 期，頁 22。引文部分轉引自石峻等編：《中國佛教思想資料選編》第二卷第三冊，北京：中華書局，1983 年，頁 19。

情戀之深或磨煉之重特別異於常人。"[93] 情戀之深或磨煉之重，是
《西遊補》爲《西遊記》的孫悟空特闢的試煉之境。因爲在世本
《西遊記》中，女妖承擔了大部分欲望的想像，豬八戒則從未對
色欲有所自持，唐僧對情色回避，孫悟空無性，沙僧則過於陰
沉不明，小說對取經人與情欲的關係，描述是模糊不清的。

　　一般而言，世本《西遊記》中建構的唐僧與"情"的關係，
更類似於一種觀念先行的描述。唐僧的特點是會羞會惱，會有
對故國無限忠誠的君臣情懷，與此同時，他喜歡看好看的東西，
譬如風景、或者燈會，他也貪看美女，這與我們印象中的唐僧
形象不符，實際上他只是對男女"情慾的效應"的態度卻十分
警惕和恐懼。蔡錚雲在《情欲的吊詭與反思：表達的解構與重
建》一文中提到，"情欲的問題早已被其價值的問題所蒙蔽或取
代。因爲我們所在乎的不是情欲的本身，而是情欲的效應。"[94] 錢
新祖在《中國思想史講義》一書中也提及，"文化的優良與否，
是一種價值判斷。不是說價值判斷，有什麼不對，有什麼不好。
在人爲的世界裡（包括自然科學在內）任何東西，都涉及到價
值判斷，沒有價值判斷，就不可能有人爲的世界。也就是說，
我們的一言一行，或者是不言不行之中，隨時都選擇肯定某些
東西而同時又否定另外一些東西或事物。"[95] 唐僧的"情意識"要
比我們慣常對於出家人的認識更爲複雜。這直接表現爲他的忠

93　李豐楙：《情與無情：道教出家制與謫凡叙述的情意識——兼論〈紅樓夢〉的抒
　　情觀》，收入於《欲掩彌彰：中國歷史文化中的"私"與"情"——私情篇》，
　　臺北：中研院漢學研究中心，2001 年，頁 185。

94　蔡錚雲：《情欲的吊詭與反思：表達的解構與重建》，收入於《情、欲與文化》，
　　臺北：中研院民族研究所，2003 年，頁 67。

95　錢新祖：《中國思想史講義》，臺北：臺大出版中心，2013 年，頁 8。

君、戀家、同情與愛感慨，與此同時，他又對"元陽"懷有歇斯底里的執著。他的"守"與妖怪的"攝"形成了一種行爲的對峙。第一個要攝他元陽的就是蠍子精，唐僧説"我的真陽爲至寶"。世本《西遊記》第二十四回"萬壽莊大仙留故友　五莊觀行老竊人參"之後，吃了人參果，唐僧已是不壞身，元陽究竟爲何爲至寶，他也没有説清楚。作爲一個高僧，他理應言明情與欲、無情與無欲之間的關係，但他没有。對於女人，他一味採取回避態度。但他回避的不是情欲的本身，而是情欲的效應——元陽的喪失[96]。在中國傳統的文化思想中也早就有"聖人無情"之説，如宋代理學家程顥指出的"夫天地之常，以其心普萬物而無心；聖人之常，以其情順萬物而無情。故君子之學，莫若廓然而大公、物來而順應。"對唐僧來説，美女是粉骷髏，是阻礙他成爲聖人的妖邪。這可能是唐僧"情意識"的根本立足所在。除此以外，《西遊記》原著並未給唐僧提供更複雜的"情"指涉。

《西遊記》第九十回寫到玉兔精拋繡球選駙馬，孫悟空説了一段很奇怪的話：

> 師父説"先母也是拋打繡球，遇舊緣，成其夫婦"，似有慕古之意，老孫才引你去。

96　《西遊記》第五十四回唐僧説："但恐女主招我進去，要行夫婦之禮，我怎肯喪元陽，敗壞了佛家德行；走真精，墜落了本教人身。"第八十二回又説："我若把真陽喪了，我就身墮輪迴，打在那陰山背後，永世不得翻身！"唐僧其實並没有直接説明"元陽"與本教的關係，他甚至幾次縱容八戒對美女的癡漢行爲，所以實際上他口中説的都是情欲的效應，甚至是主觀的毒誓。

　　情緣是慕古，繡球卻是關"情"之物。世本《西遊記》中唐僧屢屢思故國，而唐僧一旦起了在家心，眼中的屍魔就"汗流粉面花含露"，蜘蛛精"一個個汗流粉膩透羅裳，興懶情疏方叫海"，是爲心生種種魔生。從醫學的角度來講，"體液"（Humors），乃構成身體基礎的血、水、脂等基本元素，其實是具有情色挑逗意味的。繡球則直接指向婚配，是一種衆目睽睽之下的承諾與信物，指向婚配的禮儀。世本《西遊記》中的妖精對唐僧不僅有情之實（攝陽）的要求，也有"情"之名（婚配）的要求，這看似是一回事，其實還是有微妙的差別。《西遊補》中孫行者所面臨的"情關"，顯然並不指向這二者中的任何一方。"情"之險，對於孫行者而言表現出一種使命的牽絆，如不得私情作祟（刑秦檜）、表現無情（第十回，"竟自走了"）不留戀。

　　《西遊補》中，行者沒有同伴、沒有真正的對手、也沒有了限制，他像獨幕劇演員一般，旁觀流變的夢境幻象，悟"空"又翻新出一個新的意涵，即踏"空"而踏不了"實"[97]的感知，這種特質其實與"情"的感覺結構相似，而不是色慾，如"情之魔人，無形無聲，不識不知"（《西遊補答問》）。唐僧在《西

---

97 《西遊補》第三回："二十年前有個遊方道士，傳下'踏空'法兒，村中男女俱會書符說咒，駕斗翔雲，因此就改金鯉村叫做踏空村，養的兒女都叫'踏空兒'，弄做無一處不踏空了。"這段話有多層含義，"踏空"法兒是道家之術，孫悟空的觔斗雲不過是踩在雲上，也就是"踏空"。"鑿天"與"踏空"是一個對照，天是一個堅固的實體，而空是虛的。"悟空"在此是務虛，但不是有意去務虛，而是不得不悟，踏不了實。另一方面，"踏空兒"有很多人，就像文中"大聖"可與之對話的毫毛行者。

遊補》中結婚了，孫悟空則只是可能有了孩子。關於這個孩子，孫悟空始終處於一種"可能有過這麼一件事"的態度中，沒有任何實體的印象指向性交或者與性有關的事件，行者幾乎喪失了身體記憶，指向一種空洞的無著（groundless）氛圍。何谷理通過插圖"花鏡"認爲虞美人（孫行者在《西遊補》中假扮）與花美麗而短暫的屬性勾連著司馬遷《史記》的情節，"再次提示孫悟空並不自知的情慾（the Monkey's unacknowledged desire）"[98]。因爲在《西遊記》中，孫悟空只是"進入"了羅刹女的"胃"討芭蕉扇，這個"進入"的效應卻指向替代了"胃"的"子宮"，使之具有性意味，換言之董說讓"進入她的胃"這件事被模糊成爲了"進入她的身體"。顯然，唐僧與孫悟空面對的"情"考驗是有差別的，《西遊補》令孫行者突破了原著設定的性邊界。原著中，妖邪"攝陽"不是爲了生殖，而是爲了長生不老的利益。唐僧有能看到女體香汗的"餓眼"[99]，這種觀看表明他不敵生理性的誘惑，始終在禁忌的邊緣搖擺。

世本《西遊記》第二十七回，描寫"屍魔"：

---

98 Robert E.Hegel: "Picturing the Monkey King: Illustrations and Readings of the 1641 Novel *Xiyou bu.*" p. 182.

99 《西遊記》第七十二回中唐僧主動要求去化齋，窗前忽見四佳人，都在那裡刺鳳描鸞做針線（伏蜘蛛精），居然"少停有半個時辰，一發靜悄悄，雞犬無聲。"古時半個時辰，也就是如今的一個小時。"又走了幾步，只見那茅屋裡面有一座木香亭子，亭子下又有三個女子在那裡踢氣球哩……三藏看得時辰久了，只得走上橋頭，應聲高叫道：'女菩薩，貧僧這裡隨緣佈施些兒齋吃。'"被俘之後，懸樑高吊。"那長老雖然苦惱，卻還留心看著那些女子。那些女子把他吊得停當，便去脫剝衣服。長老心驚，暗自忖道：'這一脫了衣服，是要打我的情了。或者夾生兒吃我的情也有哩。'"

冰肌藏玉骨，衫領露酥胸。柳眉積翠黛，杏眼閃銀星。月樣容儀俏，天然性格清。體似燕藏柳，聲如鶯囀林。半放海棠籠曉日，才開芍藥弄春晴。

借唐僧的男性視角，將化爲女體的外貌、形體都説到了，連聲音也説到了。"半放海棠"和"才開芍藥"其實都和"玉骨"、"酥胸"是一個感官接受體系。因爲對於一個穿衣服的人，根本看不到骨頭，都是靠意淫，所以這個視角很具有男性欲望，視覺引起味覺引起聽覺，外加肚子餓，自然因應入魔。孫悟空對此一類事始終毫無感知，無論是原著還是"續書"文本都是如此，他既没有意淫[100]，也没有意淫的愉悦，唯一的著墨只是借波羅密王所言：

惟家父行者曾走到家母腹中一番，便生了我。

住了半日，無限攪炒。當時家母認痛不過……

此處"走到"一詞看似突兀，實際卻與"不知不覺走入（情魔）"[101]暗合。"續書"作者通過設置"胃"與"子宫"的置換，潛在地將孫行者鑽入妖腹（"鑽入家母腹中"，《西遊補》第十五回）這一動作置換成與性有關的行爲指涉，這種性指涉甚至没有感官的快感可言。在行者身上，它表現爲一種"哭不得，笑

---

100 此處"意淫"與"情"，可參廖咸浩：《説淫：〈紅樓夢〉"悲劇"的後現代沉思》，載《中外文學》第 22 卷第 2 期，1993 年 7 月，頁 85–99。

101 《西遊補》第二回"卻説行者跳在空中，東張西望，尋個化飯去處。"崇禎本評"不知不覺走入情魔"。

不得"的情緒認同,這與虛空尊者明言"無鯖魚者"相似,鯖魚(情慾)既非無、亦非有(傅世怡語),可視爲董説對"情"字的獨特理解,也更接近哲學化的"情"的演繹。由此可見,這與《西遊記》中唐僧與情慾的對峙設計很不一樣,也昇華了情妖的能量。類似的"誤入"在《西遊補》中不斷發生,呈現出複製和繁殖的審美效果。孫行者"走入"鯖魚肚又何嘗不是"住了半日,無限攪炒"[102]?董説模仿原著中孫行者知覺模糊的越界經驗,表現了他對於"情魔"的設計,來源依然是《西遊記》原著。先前提到,在世本《西遊記》中,就連"情"字都出現得很謹慎,只在人與妖、妖與妖之間才會提及。對一部"累積型"創作的大型小説而言,這個現象值得注意,因爲對一個和尚取經的故事來説"情"似乎不可書寫,又似乎難以迴避。如果説《西遊補》意識到了這種迴避指向了"掩蓋"和"壓抑"[103],那《西遊補》的"釋放與返回"可視爲針對原著的尖鋭對話——董説看到《西遊補》中"情慾"書寫的潛在不完整,重"慾"而少見"情"本身,於是借徑"欲火"走入"情"內。《西遊記》中的"情"是通過否定來實現其意義的,卻沒有正面説明它的定義,原因可能與《西遊記》的宗教因素有關,但這種表達方式指向了語言層面。董説的"補"入讓"情"妖人格化爲"小月王",那是拆字法形成所的實體,《西遊補》第三回借鑒空兒之口説:

---

102 《西遊補》第十六回,唐僧問:"悟空,你在青青世界過了幾日,吾這裡如何只有一個時辰?"所以其實還不足半日。

103 楊玉成:《夢囈、嘔吐與醫療——晚明董説文學與心理傳記》,"掩飾一個被掩蓋的情慾故事",頁572,"十六回相對於百回原著來説只能算插曲,卻翻轉'力遏之'的壓抑,提供某種不可見的補充(西遊不關),鯖魚就像無意識的擬人化,成爲壓抑情慾的釋放與返回。"

　　誰想此地有個青青世界大王，別號"小月王"。（空青室本評：武陵山人云："小""月""王"三字，合成一"情"字。）近日接得一個和尚，卻是地府豪賓、天宮反寇、齊天大聖、水簾洞主孫悟空行者第二個師父，大唐正統皇帝敕賜百寶袈裟、五花錫杖、賜號禦弟唐僧玄奘大法師。這個法師俗姓陳，果然清清謹謹，不茹葷飲酒，不詐眼偷花，西天頗也去得。只是孫行者肆行無忌，殺人如草，西方一帶，殺做飛紅血路。（空青室本評：顧首回）百姓言之，無不切齒痛恨。今有大慈國王，苦憫眾生，竟把西天大路，鑄成通天青銅壁，盡行夾斷。又道孫行者會變長變短，通天青銅壁邊又布六萬里長一張"相思網"。（空青室本評：相思網豈止六萬里。）如今東天、西天，截然兩處，舟車水陸，無一可通。唐僧大慚。行者腳震，逃走去了。八戒是唐僧第二個徒弟，沙僧是第三個徒弟，只是一味哭了。（空青室本評：暗照離書一回。）唐僧坐下的白馬，草也不吃一口了。（空青室本評：渺茫恍惚，說來鑿鑿有據）當時唐僧忙亂場中，立出一個主意，便叫二徒弟不要慌，三徒弟不要慌，他徑鞭動白馬，奔入青青世界。（空青室本評：提出。）

　　小月王一見了他，想是前世姻緣，便像一個身子兒相好，把青青世界堅執送與那和尚；那和尚又堅執不肯受，一心要上西天。小月王貼上去，那和尚推開來。貼貼推推，過了數日，小月王無可奈何，便請國中大賢同來商議。有一大賢心生一計：只要四方搜尋鑿天之人，鑿開天時，請陳先生一躍而上，徑往玉皇殿上討了關文，直頭到西天——此大妙之事也。

　　小月王半愁半喜。當時點起人馬，遍尋鑿天之人，正撞著我一干人在空中捉雁。那些人馬簇擁而來，有一個金甲將軍，亂點亂觸道：「正是鑿天之人了，正是鑿天之人了！」一班小卒把我們圍住，個個拿來，披枷帶鎖，送上小月王。小月王大喜。（空青室本評：小月王一見鑿天人便大喜，請人參來。）叫手下人開了枷，去了鎖，登時取出花紅酒，賞了我們，強逼我們鑿天。人言道：「會家不忙，忙家不會。」我們別樣事倒做過，鑿天的斧頭卻不曾用慣。今日承小月王這等相待，只得磨快刀斧，強學鑿天。仰面多時，頸痛，踏空多時，腳酸。（空青室本評：鑿天原是勉強之事。）午時光景，我們大家用力一鑿，鑿得天縫開，那裡曉得又鑿差了。當當鑿開靈霄殿底，把一個靈霄殿光油油兒滾下來。天裡亂嚷拿偷天賊，大驚小怪，半日才定。

這段話蘊含了多層次的意味。首先行者進入「青青世界」，也就是「走入情內」。「**地府豪賓、天宮反寇、齊天大聖、水簾洞主孫悟空行者第二個師父**」一句與《西遊補》第一回中孫行者寫的《送冤文》中自己的稱號恰好發生了詞語的逆序顛倒：

維大唐正統皇帝敕踢百寶袈裟、五珠錫杖，賜號御弟唐僧玄奘大法師門下徒弟第一人，水簾洞主、齊天大聖、天宮反寇、地府豪賓（空青室本評：八字奇麗）孫悟空行者。

這展現了語言的符號功能，語序的顛倒表現為一宗有意味的形式，帶有潛在的神秘指涉，但此處更多是裝飾的意味，與倒序的日曆相似。「漢字的特點不在寫實，不在具象，而在寫意。從一開始漢字就帶有寫意性質，具有象徵意味，是一種意味深長的形式。"[104] "青青世界"是架設"萬鏡樓"萬千映照之地，諸多顛倒發生，幻影無窮，真假難辨，並且這個變異的空間隨著魔境增生而不斷複雜化。《西遊補》第一回顯出文字顛倒，行者讓師父不要進入"文字禪"，自己卻陷入文字禪中，行者讓八戒不要夢想顛倒，自己卻夢想顛倒；第五回性別顛倒，行者自言自語不曾受男女輪迴，眼前就變作虞美人經歷了男女輪迴，西施説"美人原做了半月雌和尚"，其實是和尚行者做了半日美人；第六回真假顛倒，真孫行者假扮虞美人，假虞美人卻説真行者，假虞美人殺了真虞美人，項王卻説真行者附體假美人；第七回生死顛倒，行者白日見"六賊"，閻羅王卻死去了；第八回時間顛倒，未來世界中的歷日都是逆的；第十回主客顛倒，行者變作冒名他的六耳獼猴，反主爲客；第十一回行者罵毫毛行者"略略放你走動，便去纏住情妖麼？"分明是反寫自己被情妖所纏的處境，設計細膩精巧。又崇禎本《西遊補》中有一幅插圖，畫的是一塊錦布，上有一個盤子，盤子裡有一顆明珠。小説中沒有關於"一顆明珠"的情節，但第五回曾説到綠珠樓和西晉美女綠珠。小説結尾虛空主人説偈語綠珠樓"乃是鯖魚心"。這位歷史上著名的跳樓者，名字中的"綠"字象徵"青"（"情"），回看她與孫行者化身的虞美人喝酒吟詩，可見幻夢由文字、歷史印象共同形構而成。

《西遊補》中小月王的出場也很有意思，如果我們將所有出現的"小月王"替換成"情"，會發現作者匠心：一方面是授受關係的確認（誰找上誰），另一方面擬人化的"情"居然亦有主體的情緒。

---

104 黃亞平、孟華：《漢字符號學》，上海：上海古籍出版社，2001年，頁59–60。

小月王一見了他，想是前世姻緣，便象一個身子兒相好，把青青世界堅軳送與那和尚……（"情"見唐僧）

小月王貼上去，那和尚推開來……（"情"貼唐僧）

小月王大喜，叫手下人開了枷，去了鎖，登時取出花幻酒，賞了我們；强逼我們鼇天。（"情"逼踏空兒鼇天）

（《西遊補》第三回）

前日小月王一個結義兄弟，三四十歲還不上頭，還不做親，小月王替他討一個妻子，叫做翠繩娘。（"情"的結義兄弟、"情"替唐僧討妻子）

（《西遊補》第十一回）

卻說行者在山凹邊聽得"萬鏡樓"三字，心中疑惑，暗想："萬鏡樓中是我昨日的事，他卻為何便曉得？"無明火發，怒氣重重，一心只要打殺小月王，見個明白。（行者要殺"情"）

（《西遊補》第十三回）

小月王領一支兵，紫衣為號，來助唐憎……（"情"能領兵）

（《西遊補》第十五回）

小月王半愁半喜……

小月王大喜……（《西遊補》第三回）

小月王大怒……（《西遊補》第十一回）

小月王大喜……（《西遊補》第十三回）

《西遊補》中，凡從小月王口中喊唐僧，都稱呼他"陳先生"、"陳相公"，唐僧沒有指正。唐僧只在《西遊補》第十五回當上將軍，要求稱呼他"長老大將軍"，表示與佛門稱呼脫離關係。"取經"使命到了此時已經發生了質變，在唐僧的身上，成爲了一種顧慮、心事，而非真正的踐行目標。"青青世界"中萬鏡顛倒，不免讓人懷疑，與其説是"小月王"見和尚，毋寧説是和尚見"情"；"情"貼和尚，不如説是和尚貼"情"，以此類推。此外，天即天理，此處的情理之爭初步映現。"鑿"天的動作不僅意味著天是一個實體，更意味著它有著堅固的邊緣。第五回行者"登時變作一個銅裡蛀蟲，望鏡面上爬定，著實蛀了一口，蛀穿鏡子。忽然跌在一所高臺，聽得下面有些人聲，他又不敢現出原身，仍舊一個蛀蟲，隱在綠窗花縫裡窺探。""蛀蟲"和孫悟空原來常常變作的"蟭蟟蟲"不同。"蛀蟲"之"蛀"，與"鑿空"之"鑿"都是破壞性、侵入固體的動作，這裡且還有一層意思，是比喻從内部造成損害，創傷的不可修復，就如回望歷史現場的無奈。"鑿"天不僅是偷天之"偷"的一種具體策略，更是奉命行事，奉的是"情"王（小月王）之命，行事者接到這個任務感到疲憊不堪。

《西遊補答問》中説：

> 問：天可鑿乎？曰：此作者大主意，大聖不遇鑿天人，絶不走入情魔。

"作者大主意"是什麼呢？是抓到真正的偷天賊洗去汙名（爲自己）？還是找到根本不存在的驅山鐸回到原初的使命爲唐僧驅趕妖魔（爲師父）？還是找到失蹤的女媧補上至高無上、不再無懈可擊的靈霄殿（爲衆生）？高桂惠在《〈西遊補〉：情欲之夢的空間與細節的意涵》一文中認爲，天之遺失，象徵著一

種 "救亡"，"純粹奉命行事的鑿空兒，不僅一點一點的失去了天，也沒有踩著地" [105]。正如孫行者在神秘的鯖魚腹中無著的處境一樣，他心心念念要去 "救" 的對象，與真真實實已經 "亡" 了的物象可謂不成比例，這是作者爲孫行者設置的處境，唐僧也成爲了這種處境的構建者。董說也在《西遊補》中設置了大量 "亡" 之意象，我們將在本章第二部分詳細討論。

（二）行者之困：主情與自救

何谷理認爲，《西遊補》中的孫悟空在進入鯖魚肚腹之後，經歷了替代之夢和恐懼之夢：他孤立無援，並且發現自己承擔了多樣的新角色（in a variety of unprecedented roles）[106]。《西遊補》中的孫悟空不禁指認，別人叫他誰他就變成誰，而不像《西遊記》中，他想成爲誰而變成那個人，去迷惑妖怪或神明。《西遊補》中，孫行者不僅扮演別人，還扮演曾經扮演他的人——六耳獼猴，形成多重扮演。在《西遊記》中，孫行者從沒扮演過歷史人物。《西遊補》中的孫行者以自己身體爲載體，不斷實現著真假、陰陽、主客的快速切換，在混淆他人感知的同時，也使自己始終處在一種主體不明的狀態中（不只是六耳獼猴，第十一回 "一個毫毛行者在山坡下飛趨上山，叫 '大聖，大聖！' 空青室本評：毫毛即大聖也。大聖之毫毛亦呼大聖爲大聖"）。孫行者的真假甚至需要調度文本之外的讀者來確證，當我們看到已經扮演了虞美人的行者說話時，開始知道那是假美人，行

105　高桂惠：《〈西遊補〉：情欲之夢的空間與細節的意涵》，頁313。

106　Robert E.Hegel: "Picturing the Monkey King: Illustrations and Readings of the 1641 Novel Xiyou bu." p. 176。

文中"行者"二字的出現成爲了暫時的"真"，也是唯一的"真"。這種叙事技巧在《西遊記》中也時有發生，但到了《西遊補》中，被"續書"强化了叙事功能，甚至被極度風格化了。

如《西遊補》第七回行者在古人世界化作虞美人梳妝：

只見一隻水磨長書桌上，擺一個銀漆盒兒，合著一盒月殿奇香粉。銀盒右邊排著一個碧琉璃盞兒，放一盞桃浪胭脂絮。銀盒左邊排著一個紫花盂，盂內放一根纏頭帶。又有一個細壺兒，放一壺畫眉青黛。東邊排大油梳一個，小油梳三個。西邊排著青玉油梳一套，次青玉油梳五斜，小青玉油梳五斜。西南排大九紋犀油梳四枚，小赤石梳四枚。東北方排冰玉細瓶，瓶中一罐百香蜜水，又有一隻百乳雲紋爵，爵中注著六七分潤指甲的藏漿；西北擺著方空玉印紋石盆，盆中放清水，水中放著幾片奇石子，石子上橫放一隻竹節柄小棕刷；南方擺著玄軟刷四柄，小玄軟刷十柄，人髮軟刷六柄。人髮軟刷邊又排一個水油半面梳一斜，牙方梳二斜。又有金鉗子一把，玉鑲剪刀一把，潔面刀一把，清烈薔薇露一盞，洗手菉米粉一鐘，綠玉香油一盞，都擺在一面青銅古鏡邊。行者見了鏡子，慌忙照照，看比真美人何如，只見鏡中自己形容更添顏色。

如此巨細靡遺描寫，力圖呈現場景之真，行者的"慌忙"也真。在《西遊補》中"慌"字就出現了36次，"急"字出現了32次，行者一直東奔西跑强化著"焦躁"的形象（暗合上文提及《請入少林寺翻譯表》中"制情猿之逸躁"）。行者的"喧賓奪主"，不只奪的是"西遊故事"中唐僧的主，他也奪虞美人、奪閻王、奪毫毛行者、奪六耳獼猴的身份，隔墻花彈詞裡的孫悟空在"奪"他的半生經歷。不斷的角色扮演，讓他的"偷竊"原罪[107] 若隱若現。董説不僅在綠、青、玉、翠、秦等字詞上作著意義的合併，還對鼇、偷（偷宋、偷天、偷靈霄殿、偷桃、偷酒、偷藥）、身份的替代等做著意義的歸併。在繁複的語詞轉換之間，意圖要實現的是圍繞著孫悟空和"情"的對話。

對比《續西遊記》、《後西遊記》中，孫悟空同樣擔任主角，但基本延續了《西遊記》的基礎形象，與其他取經人的分工模式也沒有大的改動，《西遊補》爲孫行者形象補充的内容是豐富的。根據李秀花的研究，續書實現了"孫悟空的形象由師心蔑古到收心、復古務實的轉變"，並且這種"復古務實"在《西遊補》中表現得比較明顯，"孫悟空一變而爲文雅忠厚之士和一副文人士大夫的模樣"。她認爲這不僅與明末清初時代思潮有關，也與那個時代的讀者和"續書"創作者對原作中孫悟空形象的新看法和新態度有關。

爲什麼在續書創作中孫悟空的"喧賓奪主"是有意義的？

誠如李志宏所言，"孫悟空形象的塑造所具有的隱喻意涵，主要落實在孫悟空因大鬧天宮被佛祖如來鎮伏於五行山下的結果之上"[108]。如果我們爲孫悟空的身世做還原，會發現"大鬧天宮"的重要意義。我們一般認爲，"大鬧天宮"象徵著孫悟空

---

107 《大唐三藏取經詩話》中"入王母池之處"一節就提到猴行者八百歲時曾偷吃王母的蟠桃。可以説，孫悟空"偷盜"行爲的源流可以上溯到晚唐五代，是比作爲續書共識的明代 1592 年世德堂本《西遊記》更古老的"原罪"設計。還可參世本《西遊記》第二十六回"孫悟空三島求方，觀世音甘泉活樹"，東方朔叫孫悟空"老賊，你來這裡怎的？"

108 李志宏:《失去樂園之後——孫悟空終成"鬥戰勝佛"的寓言闡釋》，頁 250。

未開蒙時擾亂天界秩序受罰。在一定時期內，"大鬧天宮"與孫悟空的反叛精神聯繫在一起，讀者讚美他不畏強權的勇敢精神。但仔細爬梳，孫悟空並非有意犯上，他洗劫地府水府，勾銷生死簿，作爲下界生靈已不受下界制約。他是被騙去上界的。龍王、十王兩張十分淒慘的狀子上交玉帝，玉帝一向罰則嚴苛，可惜孫悟空並未在上界犯錯，這才有了太白金星建議的"招安"策略，先讓孫悟空受天籙，再等他犯錯[109]。孫悟空真正在上界犯錯，是因爲"誑上"假傳聖旨（騙了赤腳大仙）和偷盜（仙桃、仙酒、仙丹）以及想要取代玉帝之位[110]。最終他被收伏於五行山下，是唐僧救了他，從而他爲了贖罪，輔佐唐僧走上取經之路。《西遊記》中的取經人，或多或少在天界犯過錯，如金蟬子打瞌睡、捲簾大將打翻琉璃盞、天蓬元帥調戲嫦娥，只是他們想要返回天界歸位，就要付出非常大的代價。孫悟空屢屢在《西遊補》中提到"大鬧天宮"的"往事"（尤其是在與妖怪發生戰鬥時），是因爲"'鬧天宮'寫的是'心'與外在社群關係的互動。"[111]第二回空青室本評："十六回書中，屢提'大鬧天宮'四字者，見放心無所不至也。又見情魔纏擾，雖大鬧天宮手段亦施展不得也。"到了《西遊補》中，多次出現的"大鬧天宮"演變爲一種修辭，表現爲原著記憶的調取和放大。"續書"者沒有

109　猴王道："没品想是大之極也。"衆道："不大，不大，只喚作未入流。"猴王道："怎麼叫做未入流？"衆道："未等。這樣官兒，最低最小……如稍有些尪羸，還要見責。再十分傷損，還要罰贖問罪。"（《西遊記》第四回）

110　罪名爲"欺天罔上思高位，凌聖偷丹亂大倫。惡貫滿盈今有報，不知何日得翻身。"

111　葉俊谷：《成長的過程與存在的探討——世本〈西遊記〉前七回試析》，收錄於《陳百年先生學術論文獎論文集第四期》，臺北：臺灣政治大學文學院，2003年10月，頁114。

在《西遊補》中提及的，是火焰山之火是孫行者當年大鬧天宮蹬倒太上老君煉丹爐時遺留的天火所成，這一難可謂孫悟空幼年親手造就。世本《西遊記》中曾反復通過詩文、敘事、對話等方式來介紹孫悟空的來歷，尤其是到了取經路上，每次與妖怪打鬥時自報家門，孫悟空總要從出生開始説起。"大鬧天宮"這一對他來説頗具"汙名"（stigma）[112]色彩的事件，這一"重複"在"續書"文本中同樣有所體現，甚至傳遞給了《後西遊記》中的"小"字輩。"弼馬温"的稱號則是更具體的"受損身分"，孫悟空終生惱恨這個詞。但孫悟空的"汙名"與他幼年不懈"求名"的經歷密切相關，也與他的偷竊歷史有關[113]。《西遊補》擷取並強調了這一主題。因爲"大鬧天宮"時的偷盜是真，"鑿空兒"口中他的偷盜是假。

　　側耳而聽，只聽得一個叫做太上老君對玉帝説："你不要氣，你不要急。此事決非別人幹得，斷然是孫行者弼馬温狗奴才小兒！如今遣動天兵，又恐生出事來，不若仍求佛祖，再壓他在五行山下，還要替佛祖講過，以後決不可放他出世。"

　　"我們聽得，曉得脱了罪名。想將起來，總之別人當的罪過。又到這裡，放膽而鑿。料得天裡頭也無第二個靈霄殿滾下

112　此處"汙名"借用美國社會學家歐文·戈夫曼的核心概念。在《汙名：受損身分管理劄記》中，戈夫曼將"汙名"定義個體在人際關係中具有的某種令人"丟臉"的特徵，這種特徵使其擁有者具有一種"受損身分"。［美］歐文·戈夫曼（Erving Goffman）:《汙名：受損身分管理劄記》，北京：商務印書館，2009年，頁2。

113　世本《西遊記》第二十四回，孫悟空訓斥花園土地神，"你不知老孫是蓋天下有名的賊頭……"豬八戒説他是"開鎖的積年"，東方朔則稱呼他"老賊"。

來了。只是可憐孫行者，下界西方路上又恨他，上界又怨他，佛祖處又有人送風，觀音見佛祖怪他，他決不敢睜眼。看他走到哪裡去？"

旁邊一人道："啐！孫猢猻有甚可憐？若無猢猻這狗奴才，我們爲何在這裡勞苦！"那些執斧操斤之人都嚷道："說得是，我們罵他！"只聽得空中大沸，盡叫："弼馬溫！偷酒賊！偷藥賊！偷人參果的強盜！無賴猢猻妖精！"一人一句，罵得孫行者金睛曖昧，銅骨酥麻。（《西遊補》第三回）

由"齊天"到"偷天"再到"補天"，有"偷盜"前科的孫行者的罪狀被不斷放大，最終莫名其妙承擔了中國文化中最重的神話使命。《西遊補》爲行者的這種內化的重大轉變提供了一種解釋的。董說十分敏銳地注意到了這個突破口，讓行者獨自面對這一特殊的困境——自困。《西遊補》中的孫悟空不是"喧賓奪主"，而是"正叫做自家人救自家人"（《西遊補》第十回，空青室本評："醒出宗旨"）。許多學者在提到《西遊補》的"救亡"主題時，都將之與晚明風雨飄搖的政治社會環境聯繫在一起，其實"續書"作者托寓孫行者的命運，並非呼喚士人集體要去救天，而是似乎隱晦地、繁複地提出救天要先救自己的觀念。這種潛在的救贖意味延續到了《西遊補》嵌套的文本佈置中，結合了象徵系統中火代表了慾望的共識，展現出隱晦的指涉和隱微的用心。鄭明娳在《西遊記探源》中明確指出，"就全書來看，火焰山是悟空轉變的一大關鍵，在此之前，他殘性未泯"，"火焰山的火就代表悟空的心中之火，全書把它安排在'二心'之後，意味深長，故此之後，悟空性行大爲改善，不再逞兇使惡，對他心智成長的描繪，在西遊記中最為成功。"[114]世本《西遊記》中的孫悟空，在第六十三回遇九頭蟲、第七十六回獅駝洞、第九十七回殺害寇員外的強盜時，的確都選擇了放生。但他為什麼會有這種轉變，《西遊記》卻並未詳説。可能是因為這些禍端的因果，導致此役成為孫行者性格行事轉變的契機。若參考《西遊原旨》，可以讀到"火焰山者，火性炎上，積而成山，則為無制之火，喻人所秉剛燥之火性也。"[115]從"無制"到"有制"之間，是《西遊補》試圖為我們補入的闡釋。簡而言之，創作者為我們補充了孫悟空在火焰山前後性情發生轉變的緣故。

在世本《西遊記》中，火焰山這一回還伏脈紅孩兒的三昧真火與子母河如意真仙，另牽出孫悟空童年與牛魔王結拜往事。更重要的是，從讀法上而言，道家認為"除了心性澄定靈明外，修丹最難之處即在火候的掌握……《西遊記》的火焰山一案，也可演繹此一功法次第。"[116]除此之外，另一故事源流表明，楊劇中"火焰山"一節寫有悟空調戲鐵扇公主，導致她不肯借扇，雖為《西遊記》大改，但張書紳評點本也直白調侃"叔嫂"矛盾，如"行者是因火而求情，公主卻因情而動火；行者的是一片山火，公主的卻是一塊情火；行者的是一根鐵棒，公主的是一柄蕉扇。叔叔要如意，嫂嫂亦要如意，但叔叔不肯令嫂嫂如

114　鄭明娳：《西遊記探源》（下冊），臺北：里仁書局，2003 年，頁 138–139。

115　《西遊原旨》，卷十五，第 59 回，頁 12，總頁 1685。

116　王婉甄：《〈西遊原旨〉中妖魔的內丹意涵》，載《東華漢學》第 4 期，2006 年 9 月，頁 170–171。"對此剛烈之火性，須以柔性尅之，故找鐵扇仙求扇。……巽卦一陰伏於二陽之下，以陰為主，是為公主。"詳參頁 172。

意，所以嫂嫂亦不肯使叔叔如意也。"又評："一扇既能生火，一扇又能息火，可見火之生息有無，全在嫂之掌握。火屬心，放火即放心。"[117] 指向世情，這個故事源流，結合了漢代"白猿傳"畫像中的敘事主題："猿精劫持婦女"，是爲視覺呈現中的猿猴情慾問題[118]，同樣可能與孫悟空形象的內在轉變有關，因爲到《西遊補》中，他進入鐵扇公主肚腹且有了孩子這件事，令他不僅犯了宗教禁忌，還犯了倫理禁忌。"幻夢"來自於其它文本流衍事實生發的可能性，歸因至孫悟空"心魔"不滅，修心之路未完。"情思萌動，源於羅刹女。打殺一於男女，示滅情矣，因之自怨自艾，則入情魔也。而芭蕉扇影子未散，夢中化作驅山鐸，行者爲之勞神苦尋。"（傅世怡語）[119]

本書認爲，《西遊補》通過"情難"的文化構建，讓孫悟空的形象發揮到了極致。他在承擔原著分配給他的使命之外，還承擔了當時知識份子的共同職責，這對孫悟空形象的演變有著重要的作用。因爲，對孫悟空形象的理解是與"西遊故事"的"經典化"密切相關的。人們心中所定義的"'經典'至少同時有兩個重要的含義：一個當然首先是'文本'，但它同時又是一個'閱讀'現象，是在相當長的時間裡由專業閱讀指認的，或由專業閱讀與消費閱讀共同指認和評定的文本。經典首先是

---

117 張書紳評:《西遊記》，上海：上海古籍出版社，2014 年，頁 742。

118 巫鴻:《禮儀中的美術》，北京：生活·讀書·新知三聯書店，2005 年，頁 186–204。白保羅也指出，"至晚在唐朝，對猴子的描寫就伴有色情場景。一幅敦煌壁畫中，猴子左手拿著桃子，另一手握住生殖器。"見劉達臨:《中國性史圖鑒》（p. 7）這幅圖像很明顯糅合了人類對食物和性的慾望。參傅松潔譯，《畫出猴王：崇禎本〈西遊補〉插圖研究》，頁 140。

119 傅世怡:《西遊補初探》，臺北：學生書局，1986 年，頁 126。

'閱讀率'高的文本，它是'共名'與'共鳴'的產物，既能够總結、代表或隱喻一個時代，同時又具有恒定的文學價值。除此，經典還是一種過程和秩序，很少有哪一部經典是從一開始就被視爲經典的，必是經過了較長時間的、反復的閱讀檢驗而形成的，經典是整個文學生產的一個歸宿，一個結果，它是大浪淘沙、披沙揀金的終點，是龐大的日常的文學生產和消費最終留下的痕跡，它積澱著最重要的文學經驗，所以也引導和支配著文學的有序生產。因此，經典的重要性還不僅在於它的本身，更在於它同文學的整個生產和消費、同文學知識與藝術素養等要素之間的有機聯繫。"[120] 所謂的"共名"與"共鳴"，簡而言之，譬如人們一提到"孫悟空"，就會聯想到那個勇敢、頑皮、機智的形象[121]，一方面是我們基於原著所成功形塑的記憶與

120　張清華：《經典與我們時代的文學》，載《鐘山》2000 年第 5 期，頁 203–206。

121　"共名"原爲《荀子》中的邏輯術語，指反映普遍性最高的類的概念。《荀子·正名》："物也者，大共名也。推而共之，共則有共，至於無共然後止。"在現代文學史研究中，曾被陳思和借用，作爲與個人的獨立性相對立的時代的主題。"知識分子思考問題和探索問題的材料都來自時代的主題。個人的獨立性被掩蓋在時代主題之下。我們不妨把這樣的狀態稱作'共名'，而這種狀態下的文化工作和文學創適都成了'共名'的派生"。陳思和：《共名和無名：百年中國文學發展管窺》，載《上海文學》1996 年第 10 期，頁71。孫悟空作爲"共名"的時代形象，其實也曾歷經顛覆性的發展。在中國的猿猴故事源流裡，猿猴的性欲很強，是具有好色性格的。在唐傳奇"補江總白猿傳"、南宋"陳巡檢梅嶺失妻記"等作品中都有詳細的展現。楊劇中的孫行者還保留了這種特性：他劫妻，一出現就娶了金鼎國女子；他被壓在花果山下時，淒淒慘慘，害起相思，第一個便想起老婆；唐僧被女王抱住時，他還要求代替；他甚至很關心問鐵扇公主有沒有丈夫。但到了世德堂本中，孫悟空就與"色"隔絕了。不僅與色欲隔絕，孫悟空也幾乎不食人間煙火，只吃水果等物。讀者聯想到作爲"共名"形象的孫悟空，也不會想到好色。

意見[122]得以穩定化，另一方面則是基於《西遊記》的啓發，讀者能聯想到自身經驗的轉化，此謂"共鳴"，這可能也是"續書"作品中"孫悟空"形象趨於文人化的深層原因。在分析"孫悟空"的形象時，張靜二曾經提到許多學者追究著孫悟空與吳承恩之間的關聯，我們不妨將之視爲追究孫悟空的"共名"形象與"西遊故事"書寫者[123]的關聯。張靜二認爲，作者將"滿腹的牢騷、滿腹的不平、滿腹的憂國憂民之感形諸文字，在想像裡，以唐僧映射昏君，以八戒代表奸臣，以沙僧指那些尸位素餐之輩，同時又創造了一位無欲不達、無難不尅、無辱不報的孫行者，來爲人間抱不平……'懷疑孫悟空就是作者的影子'。"[124]孫悟空在文本内部扮演"他者"（判官、虞美人、六耳獼猴），書寫孫悟空的人卻運用"西遊故事"的舞臺扮演著"孫悟空"。如果文本本身也可以是一種共名的"形象"體，《西遊補》第十二回"關雎殿唐僧墮淚　撥琵琶季女彈詞"，唐僧還俗陳相公聽盲女唱了一段《西遊談》，半部西遊於是傳入山凹邊的行者耳朵，可見"夢中有夢"指的並不只是行者做夢，而是"西遊談"嵌"西遊補"，"西遊補"嵌"西遊記"。

122　此處引歐麗娟的看法："意見"只是在"自智"的情況下"以有蔽之心"所發出的看法，實際上經不起反覆檢驗，即使獲得大多數人的支持，仍然與客觀的、普遍的"理"在層次與範疇上都完全不同。這種對於"意見"與"理"的辨析，在重視客觀理性與知識的西方文化中，早在希臘時代已提出類似的區分，也就是"意見"（doxa）與"知識"（episteme）之別。歐麗娟：《大觀紅樓・綜論卷》，臺北：臺大出版中心，2015年，頁8。

123　因爲尚不能確定《西遊記》作者就是吳承恩。

124　張靜二：《論西遊故事中的悟空》，載《中外文學》第10卷第11期，1982年4月，頁17。引文部分爲張靜二文中轉引趙聰：《中國四大小說之研究》，香港：友聯出版社，1964年，頁188–193。

"情"妖的設計在"西遊故事"群落中具有怎樣的深意呢?

(三)虛無與情難

世本《西遊記》將險難設計爲"八十一難",基本可以概括爲"過關"模式。李豐楙認爲,"阻力越強就越能彰顯其意志力,才會安排妖精、妖魔作爲把關者,觀音等仙佛既是設計者,也在背後暗中監護……這種模式既關聯博戲與儀式,就具有賭賽的性質。"[125]《西遊補》中在妖魔形塑上最大的貢獻,可能就是將作爲"把關者"的妖魔與"關"的建築統一在了一起。《西遊補》中的"情"妖並不是一個具體的妖怪,而表現爲一種處境,這是令人矚目的貢獻。楊玉成指出,"鯖魚並不是具體的妖怪,而是一個可怕的虛無空間。"[126]點出了"虛無"作爲此一難"妖邪"的實質。而這個妖邪與人的生命是有關聯的,《西遊補》中的孫行者與鯖魚同年同月同日同時出世(第十六回),暗喻情妖就是行者自身的情欲。有趣的是,孫悟空是哪年哪月哪時生的並不確切,或者說日子是有的,但他自己不知道(第十三回,"原來孫行者石匣生來,不曾曉得自家八字,唯有上宮玉笈注他生日,流傳於深山秘谷之中")。他無死期、也不知道生辰(第十三回,"行者笑道:生死甚没正經!要死便死幾年,要活便活幾年")。行者就是自己的鏡子,但在《西遊補》中他照了好幾次都照不出自己確鑿的面貌,他在魔境之外的本領到了幻境內也統統喪失。這種喪失也令行者的飄零感變得強烈,行者自從進了鯖魚

---

125 李豐楙:〈魔、精把關:〈西遊記〉的過關敘述及其諷喻〉,載《政大中文學報》第 31 期,2019 年 6 月,頁 83–84。

126 楊玉成:〈夢魘、嘔吐與醫療——晚明董説文學與心理傳記〉,頁 573。

肚之後所發生的迷失是荒謬而徹底的[127]。而作爲以跋涉與苦勞克服虛無的"孫行者"形象，自花果山妄想"長生"之後，就沒有遇到過那麼深刻的精神危機。

世本《西遊記》的開篇，躲藏著多重寓意複雜的玄機。在走上取經路之前，《西遊記》爲孫悟空所佈局的"前史"就不是平面的叙述、僅僅交代一段或凡或仙的傳奇故事。相反，在《西遊記》的既定叙事中，呈現出了一個相對立體且層級流動的世界圖式，從外在地理，到內在境域。孫悟空緣何走出花果山，又緣何遊歷四海千山爲九幽十類除名、大鬧天空後定心五指山下，有一個最根本的"源流"，即發自孫悟空在自然生命時間内對死亡的恐懼。孫悟空"第一度西遊"爲的是求"長生"，結果讓他勾銷生死簿、超升至"仙界"，這個頗具破壞力的行爲讓全體猴族的死生一併了賬，且後果不可逆。在世本《西遊記》五十七回，六耳獼猴冒充孫悟空時，孫悟空下陰司排查，幽冥界甚至無帳可查[128]，這不是隨意的設置。到了"續書"文本中，這一勾銷生死簿的行爲被反覆提及（如《後西遊記》）。《西遊補》更是爲似死非死的命運開闢了新的哲學討論視域。之前提及，《大唐三藏取經詩話》爲玄奘新增一項傳奇，即其人物形象的前生曾二度取經被殺，在文本中被反復書寫三次。但在世本《西遊記》之後，孫悟空取代了唐僧在《詩話》中反復練習死亡的經歷，體現了作爲本體的"死亡"的複雜意涵。此外，跳樓

---

127 《西遊補》第二回："自此以後，悟空用盡千般計，祇望迷人卻自迷。"

128 孫悟空要查生死簿，看"假行者"是何出身，陰君命判官查看，"那猴子一百三十條已是孫大聖幼年得道之時，大鬧陰司，消死名一筆勾之，自後來凡是猴屬，盡無名號"。（第五十八回）

者"綠珠"與"萬鏡樓"仿七寶樓臺寶器佈置的設計，也突顯了"情"與"死"的佛教訓誡意味。

世本《西遊記》中，孫悟空有過很多名字[129]，這些名字伴隨著他的成長，也象徵著他不同時期的追求。高桂惠曾在《〈西遊記〉禮物書寫探析》一文中，注意到《西遊記》中"命名"的贈與和身份取得之間的關係。在《西遊記》中，孫悟空是五聖中最先獲得賜名的人。"'命名'作爲一種'禮物'，實際上意味著一個生命個體進入人文秩序的社會框架之中……'名字'是一種禮物，卻也是證明悟空'成人'之歷程的開展，然而'名字'的獲得並不代表成人的終結，反倒是一種開始，意謂成人的苦難。"[130] 孫悟空由賜名而獲得的苦難，首當其衝就是死亡的威脅。孫悟空畏死的眼淚，傳遞了他作爲"靈根孕育"的天然悟性，引領他走出花果山無憂無慮的享樂生活，去找尋更爲超越的精神寄託。他不再是天然的石猴，以猴族的方式生活，而是開始學習知識和本領，這些知識和本領又在一定程度上形塑著他的性情。人類試圖超越死亡的想像力是極爲豐富的。如何處置死亡的議題，本來就是各個宗教門派、哲學義理之發源與深化的著力點。C.S. 路易士（Clive Staples Lewis）在《痛苦的奧秘》中認爲，"生命中的痛苦是與生俱來的，生物要生存就要承擔痛苦，它們也大都在痛苦中死亡……人能夠預見自身的痛

---

129 陳洪:《從孫悟空的名號看〈西遊記〉成書"全真化"環節》，載《中國高校社會科學》2013 年第 4 期，頁 86–94。

130 高桂惠:《〈西遊記〉禮物書寫探析》，《中國經典與文化國際學術研討會論文集·第三場》，中壢：臺灣中央大學中國文學系，2012 年 10 月 25-26 日，頁 7–8。

苦，此後，尖銳的思慮之苦便先痛苦而至了，人還能够預見自身的死亡，於是便渴望獲得永生。"[131]《西遊記》卻在很早的時候就讓孫悟空強行取消了死生的零度，也令往後的取經故事躍上了一個更深層次的能級，即人在超越死亡之後，仍然必須面對的絶對虛無及相對克服。死亡是每個人最貼己的有限性，但"不死"真的就是無憂嗎？《涅槃經》中説，"受身無間者永遠不死，壽長乃無間地獄中之大劫"，這是與中國道家追求長生不太一致的看法。到了篇幅四萬多字的《西遊補》中，共出現了 28 處"苦"、22 處"愁"、15 處"悶"、12 處"痛"字，没有事做也没有解脱之路的孫行者是非常苦悶的。緣於畏死而展開的新生命旅程因爲續書文體的介入而增加了磨難的深度，延遲了解脱的時間。

《西遊補》中，董説藉由孫行者實現的對於"虛無"的拷問就顯得更加深刻。歷代學人無論從家國創痛和歷史隱喻解讀，亦或從個體生命玄理出發，都能找到感性與理性方向上的啓迪。包括《西遊補》中通過叙事話語所呈現的情感質地，亦可從歷史的語境中找到榫眼，針砭晚明的世相蕭條與晚明士人的複雜心態。楊玉成注意到"小説逐漸浮現一個新概念：潛意識。故事發生在鯖魚腹中，魚是潛意識的象徵……潛意識呈現爲一種空間隱喻，類似夢境。鯖魚並不是具體的妖怪，而是一個可怕的虛無空間"[132]《西遊補》中的行者因入幻受限於鯖魚精布下的密閉空間中不得出入、遂迷入幻，墜入"情魔"異境不自知，他還心心念念取經使命，卻在那個特殊質地的場域内找不到任何對手、出路，

131　［英］C.S.路易士：《痛苦的奧秘》，林菡譯，上海：華東師範大學出版社，2013 年，頁 2。

132　楊玉成：《夢饜、嘔吐與醫療——晚明董説文學與心理傳記》，頁 573。

沒有人跟他說話，他只能不停撞擊天門，無果，也不曾受傷。

> 行者此時真所謂疑團未破，思議空勞。他便按落雲端，念
> 動真言，要喚本方土地問個消息。念了十遍，土地只是不來。
> 行者暗想：「平時略略念動，便抱頭鼠伏而來；今日如何這等？
> 事勢急了，且不要責他，但叫值日功曹，自然有個分曉。」行者
> 又叫功曹：「兄弟們何在？」望空叫了數百聲，絕無影響。行者
> 大怒，登時現出大鬧天宮身子，把棒晃一晃象缸口粗，又縱身
> 跳起空中，亂舞亂跳。跳了半日，也無半個神明答應。行者越
> 發惱怒，直頭奔上靈霄，要見玉帝，問他明白。卻才上天，只
> 見天門緊閉。(《西遊補》第二回)

行者到了《西遊補》的故事中無計可施，身陷絕境，痛苦
不堪。因爲他在原著中所有的術能都失靈了，他不再認路，沒
有任何人回應他的呼喚。他作爲「齊天大聖」的社交經驗也被
取消。他永遠不會死，卻沒有未來、無事可做。行者陷入了使
命的喪失與意義的焦慮中。這種開創性的構思，令研究者不免
聯繫到董說本人的極端個性。從可以找到的材料來看，董說經
歷複雜，且有諸多癖好。年輕時曾參加過復社，大約對社會國
家大事也曾有過興趣。明亡後，他經歷了政治變化，心情大概
非常苦悶，屢次改變名字，多到二十多個，甚至改性林。清朝
初年，明遺民不肯投降清者往往改姓林 [133]，甚至《西遊補》中也

133　周策縱：《〈紅樓夢〉與〈西遊補〉》，收入於《紅樓夢案——棄園紅學論文集》，
　　　香港：中文大學出版社，2000 年，頁 118。

出現了"殺青大將軍"的隱語[134]。據說，董說一生三次大規模焚書，十分喜歡做夢，而且是有意識去記錄自己做了什麼夢的人。但沒有證據證明成書於明亡之前的《西遊補》與作者經歷亡國的苦悶之間的直接關係。我們只能判斷，《西遊補》的創作者一定面臨過相應的虛無感，及對科舉制度有一些負面的看法。《西遊補》第四回中，孫行者意外進入了由寶鏡砌成的琉璃樓閣，閣樓內的每面鏡子，都印照出不同的世界，悟空挑了一面鏡子"天字第一號"看起，裡面的人正好在放榜，醜態百出。空青室本在此評："罵殺天下文士。"鏡者，佛教用來喻心，唯心所現，唯心所造，每塊都是內心景觀的寫照。

如果我們能跳出《西遊記》閱讀的習慣思維，會發現在《西遊補》中董說設計了一個事關個體"虛無"的試驗。雖然"虛無主義"是一個現代西方詞彙，放在《西遊補》成書的時代，尚且沒有"虛無主義"這個詞語，但關於"虛無"的領會卻是世界性的。羅馬尼亞思想家蕭沆（E. M. Cioran）是一個知名的失眠癥患者，長達七年的失眠令他對自我的虛構、及存在產生了深刻感悟。這種逃遁無門、恐怖而病態的不死之生，使他寫作了虛無主義論著《解體概要》。那種逃遁無門、恐怖而病態的不死之生，恰如行者在鯖魚肚中的孤絕處境。蕭沆在"一種迷障的根柢"一節中寫到虛無及其克服時曾說：

虛無這個念頭不是勤勞的人類所能有的特性：辛苦勞作

134　一些學者認爲這是他在文中諷刺滿人，因《西遊補》第十回出現了"這裡是韃子隔壁，再走走兒，便要滿身惹躁"。

的人既没有時間也没有心情去量稱自己的灰燼；他們只是屈從於命運的艱難或是無趣，只是抱著希望：一種希望是**奴隸**的美德⋯⋯只有那些愛慕虛榮、自命不凡或是賣弄花俏的人，因爲害怕白髮、皺紋、呻吟，才會用自己那腐屍的形象去填充日日的空虛。他們鍾情於自我，也對自我感到絕望；他們的思想漂浮於鏡子與墳墓之間，於是在自己的臉龐上、在危機四伏的眉眼之間，發現了那些跟宗教真理一樣的事實。一切形而上學都是源自對身體的驚惶，隨後才會變成普遍性的東西；出於輕浮而躁動不安的人，其實已經預示了那些真正痛苦的靈魂。[135]

　　哲學家從妄自尊大中陡然萌生對虛無的領會，與幼年孫悟空感受死亡的感覺結構相似。孫悟空因爲怕死而哭泣，再到走出花果山求長生不老之道，歷經大鬧天宮之後，踏上了取經之路。在取經之路上，孫悟空只在唐僧失蹤、誤會他、驅趕他時流下眼淚，除此之外，他没有體會到更深層次的苦楚了。直到《西遊補》，"續書"爲孫悟空注入新的創傷領會向度，爲孫悟空在整個西行途中不辭勞苦，以重複的苦勞克服著超越性的生存難題賦予了實踐哲學的色彩。《西遊補》爲行者開闢了一個無助、焦灼、彷徨的新的精神領域，使之不至於被苦行的"希望"奴役。從這個意義上來説，《西遊記》中的"死亡"符合中國民間的想像，不是徹底的死，也不是哲學意義上超然的"孤絶"，而是"越界"後的另一種生。人死之後，不僅能見到幽冥界的

135　[羅馬尼亞]蕭沆（E.M. Cioran）:《解體概要》，臺北：行人出版社，2008 年，頁 258。

公務人員，見到陽壽已盡的各種同時代故人，還能見到歷史上的名人，運氣好的話，甚至可以作爲某種人情交易"借屍還魂"（《西遊記》第十一回）。《西遊補》遵循了《西遊記》的地府設置，但爲死生等超越性問題開闢了一個新的"異境"，讓行者進入一個無法施力的空間。在那裡，再有能術的人都不辯真僞，無天無地的可怕昭示了心魔的險惡，將取經人置於無所適從的幽閉空間。《西遊補》給了行者一個比死亡更艱難的考驗，即《西遊補》第十回中總結："救心之心，心外心也。心外有心，正是妄心，如何救得真心？蓋行者迷惑情魔，心已妄矣。真心卻自明白，救妄心者，正是真心。"苦勞以外，孫悟空唯有通過心學之旅才是拯救個體虛無的根本要訣。對此空青室本評："心一而已，有真無妄。妄心非心，心之魔也。妄深魔深，無待外救。救真心者，即真心也。真心所救，是真非妄。若彼妄心，豈足救乎？"明白地揭示了《西遊補》在孫行者的修身路途中的二心之難及其解決之法。與此同時，"救心"議題的提出，也在一定程度上暗喻士人所能實踐的第一步，即是在自我內境中的救心。這反映了從世本《西遊記》到《西遊補》外部世界士風的變遷，從對家國證道的關懷，漸漸轉向個人化的沈思。"相信自己是孤立的，是一切的中心。以這種心態與世界打交道，就永遠無法從世界獲得滿足。客體總是讓人失望，讓我們感覺被拒絕。我們愈執著於客體，它愈會把我們丟到原來的孤立感和不安感。"[136] 在《西遊補》中，行者獨自不斷墜入深淵、穿越時空，

---

136 ［美］馬克·愛普斯坦（Mark Epstein），《佛洛德遇見佛陀：精神分析和佛教論慾望》，梁永安譯，北京：世界圖書出版公司，2016 年，頁 118。

跨越陰陽、男女等種種邊界，找尋並不存在的秦王與驅山鐸，途中恰逢歷史精神的攸關點，文本以"情"喻史，以你儂我儂的周旋或是酣暢淋漓的審判，掩飾了未曾直言卻眾所周知的歷史大滄桑。孫悟空像"歷史天使"[137]穿越古今，自然而然地從古代一直瀏覽至明亡之際的歷史殘局。無論是化身虞姬與楚霸王周旋，還是地獄審秦，都令歷代評論者在檢視《西遊補》的政治隱喻時，有了充分的發揮餘地，將當時文士的精神處境投射到孫悟空的精神世界。在看似毫無邏輯的時空穿梭背後，令評論者相信必有時代亂象賦予作者的"難言之隱"。由此"情"的範圍不斷延展，"續書"的象徵手法無一不指向世相而非世情，暗示著後世讀者"空破妻子兒女的私情之根，求得國家君父情絲綿綿的道根之實"[138]。如萬鏡樓中的科舉放榜，又如偷天賊的栽贓，如追隨不存在的驅山鐸熄滅心中真實的欲火，又如補天的女媧出門不在家，五色旗亂，都指向"亂窮返本，情極見性"（《西遊補答問》）。

不伏天、不伏地的孫行者到了無天無地的踏空魔境中，變得"又驚又駭又愁又悶"（《西遊補》第三回）。如高桂惠所言，"'心'的內涵在過去、現在、未來以及矇瞳世界裡，不斷地藉由孫行者的困境呈現其空間感與形象性，《西遊補》以斬不斷的情絲和紛紛繁繁的毫毛行者來描繪'心'的牽纏與多向度"[139]。"情"的指向是"心"，情魔的動作表現為"纏"，所以魔境表

---

137 "歷史天使"的概念借用本雅明在《歷史哲學》中的創造。

138 蘇興：《〈西遊記〉中破情根與立道根剖析》，載《北方論叢》，1998年第6期，頁50。

139 高桂惠：《〈西遊補〉：情欲之夢的空間與細節的意涵》，頁318。

現爲行者内心的力量在不斷地自毁與自救。由此看來，行文中“淒風苦雨之致”、“天下情根不外一悲字”（《西遊補問答》）就顯得合理了。由個體爲“情”所纏牽之悲一再拊心自問，成爲了行者内心生活的寫照。“情”爲孫悟空的“共名”性格增添了新的内容，發人深省。世本《西遊記》第十五回“蛇盤山諸神暗佑　鷹愁澗意馬收韁”，觀音道破孫悟空的個性是“那猴頭專倚自强，那肯稱讚别人！”悟元子《西遊原旨》評“專倚自强”是“只知有己不知有人”。

那孫行者這些個性到了無人之境的“鯖魚肚”又如何呢？

（四）“自困”的哲學語境

許暉林曾經論及，《西遊補》是一個關於“受困”的故事。受困，用最簡單的話來説，就是無法前進，也無法後退[140]。行者在妖境中的停滯狀態，暗合“補作”類型的續書在小説叙述時空中的停滯，與結構相似的《金瓶梅詞話》不同的是，《西遊補》不是爲《西遊記》補充了一段時間，而是徹底打亂了時間，讓孫行者在小説的時間和空間中徘徊、游移、進退不得。更重要的是，他誤以爲自己還在原著的叙述時空之内，延續著慣性的邏輯。這種慣性的邏輯，是被他在原著中曾經具備的經驗所誤導的。

世本《西遊記》中的孫悟空，在進入鯖魚氣囊中之前，其實不止一次被困於密閉容器之内。大鬧天宫時期，他進入太上老君的煉丹爐内七七四十九天不得出，遂煉成火眼金睛。踏上

140　許暉林：《延滯與替代：論〈西遊補〉的自我顛覆叙事》，頁131。

取經路之後，孫悟空因與觀音一同制服黑熊怪討還被竊的袈裟時得了甜頭，先後六次進出妖怪體內：第一次是與觀音合謀，孫悟空鑽進黑風怪肚子裡，使之現形（第四十八回）；三調芭蕉扇（第五十九回）時，孫悟空變作蟭蟟蟲，乘鐵扇公主喝茶之機，鑽到鐵扇公主肚子裡，用頭頂腳踢的戰術弄得妖精躺在地下求饒；孫悟空大戰黃眉妖（第六十六回）時，變作一個大西瓜，乘黃眉妖吃瓜之際鑽到妖精肚子裡，大弄手腳，用“翻跟頭，豎蜻蜓”的戰術制服妖精；七絕山孫悟空大戰紅鱗蟒（第六十七回）時，行者見蟒精張開巨口要吞八戒，迎上去鑽進肚內耍弄金箍棒；獅駝山孫悟空大戰老魔（第七十五回）時，被老魔吞下肚內，這次挖心戰術寫得最有特色，爲了制服狡猾的妖精，孫悟空臨出來時還把毫毛變爲繩子，拴在妖精的心肝上，跳在山頂上，拉著繩子，一提一放，象放風箏一樣，弄得妖精死去活來；陷空山無底洞（第八十二回）孫悟空大戰白毛耗子精時，變作紅桃兒鑽進妖精肚內，再度施展本領。《西遊記》中的孫悟空自由出入妖肚，純粹爲了降妖。《西遊補》裡行者進入鯖魚精肚，就不是行者的主觀意願，而是誤入。這可以看做《西遊補》對於原著“類型”重複的一種顛覆。宏觀來看，《西遊補》中行者入夢境的過程，也就是入魔的過程，處於無意識的狀態。心火不滅，則魔境一再增深。情欲的場域都在鯖魚肚中展演，包括了師徒、善惡、真假、富貴、功名、情愛的貪念及執著。入情容易，出情難。其象徵故事的背後，直指人的個體困境，在與“情”的交互活動中，不是人故意要與之爭上下，而是無知無覺被其吞噬，受之牽引，是爲“纏”。無論是身圍魚肚、魚腹還是氣囊，作爲場域的邊界，質地都不似兩界山界限分明。它不怎麼可靠，具有伸縮的彈性，阻絕了越界經驗的施展。正如幻影的模擬，漫漶的介質使得讀者對於孫悟空的認識在《西遊補》的塑造下一點一點趨於陌生化。值得留意的是，《西遊補》中出現了大量新舊對比，如新路／舊路，新落花／舊落花，新唐／大唐，新天／舊天，新與舊一方面是調度本來並不存在的虛擬視覺感知，另一方面，文本中有些東西就只有新而没有舊，如新天子、新居士、新恩人，不提與此對照的舊物象，更有所謂新古人，將二者融合在一起，不斷製造間離的閱讀效果，使得"新"的含義趨向於"陌生"，而非與實存的"舊"對照。這種陌生化處理，其實與孫悟空認識到自己和鯖魚同體，自己即是心魔是互文的，從不知不覺迷失自己，到不認識自己。

　　"行者困於'鯖魚'腹中的夢裡歷程是動態的、無邏輯和非理性的"[141]，這無疑為"出入"異境增添了艱巨的難度，行者無法通過理性來辨識及處理自困的深淵。且這種情節、人物設計上的非理性還交織著文本結構上的非理性，呈現出了狂歡凌亂的話語特質，帶有反諷趣味，試圖在戲言之上徹底顛覆原有的話語權力，也就是《西遊記》原來的敘事主權。董說也和行者面對同樣的問題，即在結構上如何使行者"出夢"。但仔細讀來，看似非理性的行文又有極其嚴謹的佈置，如行者不斷"跌入"新的魔境世界，而魔境的空間與空間的交界處則表現為一種綠色的邊界，在這個綠色邊界出現的人物也是相同色系。

141　朱萍:《詩意品格的個性閃現——〈西遊補〉的意蘊與風格再探》，載《淮海工學院學報（社會科學版·學術論壇）》，第 8 卷第 1 期，2010 年 1 月，頁 24。

入新唐時，城頭上飄著一面綠錦旗。

飛進玉闕，進入殿門即見綠玉殿。（第二回）

撞著青青世界城池，城門額上有碧花苔篆成自然之文。絆跌入大光明去處，是因爲撞開一塊青石皮。（第四回）

行者蛀穿鏡子，隱在綠花窗縫。（第五回）

撞入玉門，見青衣童子。（第八回）

新古人推行者入萬鏡樓，是走到一池綠水邊。（第十回）

關雎水殿，一帶綠水，四個青花繡字。（第十二回）

走到綠竹洞天，青苔遍地。（第十三回）

出魔境又遇到悟青。（第十六回）

若“玉門”及“欲門”，“青”作“情”，可見情之界域以視覺區分，“情”與“情”的交疊時有實體的邊界，時而又只是重疊渲染的環境。“情”的幽閉層層疊疊，忽爲花草景貌，忽又是人或人聲銜接。這是“續書”作者將顏色訴諸視覺、聲音訴諸聽覺的感知結構，董說爲行者佈下的“情關”是嚴格訴諸感官的精心設計。這也使得“情”的受困展現爲一種有色、有聲、又孤獨無著的核心意象。《西遊補》中出現了很多“國”、“世界”的意象，“大唐”與“新唐”，青青世界、古人世界、矇瞳世界，秦始皇的秦國、項羽的楚國、岳飛的竊宋……這些國與國的交疊也呈現爲時間、空間的迷宮，卻均以“情”勾連，循環再現，是夢的形塑，也呈現爲“困”的情狀，它指向一種不安全[142]。它

---

142 “空間就被描述爲一個迷宮，一種不安全，一種幽閉。”高桂惠：《〈西遊補〉：情欲之夢的空間與細節的意涵》，頁 330。

通過訴諸"情"的本體的寓言結構，表達的是"歷史的處境與歷史的語境融合的主觀境象"[143]。

從文本內部來看，曾有人將《西遊記》與十七世紀英國人約翰·班揚的《天路歷程》作對比，《天路歷程》中穿插了《聖經》、箴言和其他宗教材料，且同樣說的是歷險故事。《西遊補》中行者進入魚腹不得出，熟悉《聖經故事》的朋友可知，約拿也曾進入大魚肚腹，但兩者所指涉的意義卻不盡相同。從目前找到的材料來看，最早意識到"魚腹"與《聖經》關係的是白保羅。白保羅曾指出，在《西遊記》中的險難模式，一般是妖怪想要吃唐僧肉或攝取唐僧精液以求永生。但到了《西遊補》中，妖怪的戰術（strategy）是先解決（dispose of）猴子的問題，然後再襲擊唐僧[144]。白氏於一九七二年取得斯坦福大學博士學位，其論文就是《西遊補研究》（A Critical Study of the *Hsi-yu pu*），他也是最早將《西遊補》從傳統考據方法中解放出來，納入到比較文學視域的重要漢學家之一。柳無忌就認爲，"白氏的《董說評傳》一書使用的是近代西方比較文學派的批評方法，用來分析一部十七世紀的中國小說，而獲得顯著的成功。"[145]鯖魚精的戰術一方面展現了一種注意力的轉移，另一方面如白保羅所關注到的重點，即行者之夢可能是單一神話（myth）的模

143　高桂惠:《〈西遊補〉：情欲之夢的空間與細節的意涵》，頁 331。

144　白保羅（Frederick P. Brandauer）："The *Hsi-Yu Pu* as an Example of Myth-Making in Chinese Fiction"，原載於 1975 年《淡江評論》（*Tamkang Review*），此處轉引自《清華學報》13:1/2，1981 年 12 月，頁 99。

145　柳無忌:《英文本董說評傳及西遊補》，頁 270。作者注，"近代西方比較文學派"指的是 Rene Wellek and Austin Warren, *Theory of Literature* (New York, 1956)。

型[146]。夢境即魔境，這令小說(《西遊補》)從一開始敘事就跳出了雙重現實——我們（讀者）經歷的現實世界和《西遊記》所呈現的那個現實世界（out of the realm of reality as presented in the *Hsi-yu chi*）[147]——的束縛。在《作爲中國小說裡神話創作範例的〈西遊補〉》一文中，白保羅先引用《西遊補》第二回中文字：

卻說行者指望見了玉帝，討出靈文紫字之書，辨清大唐真假，反受一番大辱。只得按落雲頭，仍到大唐境界。行者道："我只是認真而去，看他如何罷了。"即時放開懷抱，走進城門。那守門的將士道："新天子之令：'凡異言異服者，挐斬'。小和尚，雖是你無家無室，也要自家保個性命兒！"

白保羅將"認真而去"譯作"go on in seriousness"，本書認爲還可商榷，此處"認真而去"恐怕是"認著真"而去，是與"假"相對的那個"真"[148]。白保羅緊接著寫道：

146　白氏指出《西遊補》的世界是一個神話，而且是一個 Joseph Campbell 所定義的單一神話（monomyth），頁 100。坎貝爾關於"單一神話"的定義是"一個英雄從一個日常生活的世界出發，進入一個超自然奇景的地區，在那裡遭遇到難以置信的勢力，但最終取得決定性的勝利：英雄從奇跡般的冒險中回來，並且授以同伴恩惠。"頁 103。白氏認爲這個定義十分符合《西遊補》孫行者的旅程。

147　白保羅（Frederick P. Brandauer）："The *Hsi-Yu Pu* as an Example of Myth-Making in Chinese Fiction"，頁 100。

148　可參《〈西遊補〉總釋》："《西遊》一書，專爲修真而作。"

因而孫行者被警告前路艱險，他越過虛實之界、進入魔境。約瑟夫·坎貝爾（Joseph Campbell）[149] 認爲，"進入魚腹"的情節擷自《聖經·約拿書》的符號，而在董説的小説裡，該符號不再是主角被鯨魚所噬（the belly of whale），孫行者乃是被吸入至鯖魚腹中（the breath of mackerel），然而，兩者皆以水中生物爲喻的相似性卻值得矚目。[150]

白保羅提醒我們，承擔著獨自克服虛無考驗的孫行者，除了要面對偷盗、心火等原罪之外，還有一個試煉視角可供觀察，即幽閉。在《聖經》舊約書卷排列中，《約拿書》是小先知書的第五卷，記載約拿違背神命、不往上帝指示的異鄉去傳道的經歷。中古世紀猶太解經家回顧以色列亡國史，透過寓意方式解讀《約拿書》，由於約拿在希伯來原文意爲"鴿子"，與《何西阿書》（何7：11，11：11）呼應，將違背上帝呼召、逃往他施的約拿，比作不順服上帝、流亡他族的以色列民族，吞吃約拿（拿1：17）的大魚是暗喻歷史上曾俘虜過以色列民族的巴比倫或亞述，約拿被吐回旱地（拿2：10）則意指以色列民族從被擄之地歸回上帝；宗教立場的解釋則傾向於以新約來詮釋舊約，由於《馬太福音》（12：40–41）中耶穌以約拿比喻自己，"約拿三日三夜在大魚肚腹中，人子也要這樣三日三夜在地裡頭"，預言自己將在墳墓三日後死裡復活，以墳墓呼應魚

---

149 此處白保羅轉引坎貝爾：《千面英雄》（*The Hero with a Thousand Faces*）關於約拿進入鯨魚腹的幽閉故事。

150 白保羅（Frederick P. Brandauer）："The *Hsi-Yu Pu* as an Example of Myth-Making in Chinese Fiction"，頁104。自譯。

腹，意喻身爲人子的耶穌也如約拿一樣在蒙召上帝時面對試煉的掙扎與順服。這一故事在這個世紀直接延伸出了一個新的疾病概念，叫做約拿情結（Jonah complex），爲著名心理學家雅布拉罕·馬斯洛在其著作《人性能達到的境界》中首度提出。馬斯洛提到，人們都擁有改善自己的衝動，一種想要激發更多自身潛能、促進自我實現、成就豐滿人性或人之富足的衝動。但究竟是什麼力量阻礙了這股衝動的激發，馬斯洛認爲，這種拒絕成長的防禦機制便是"約拿情結"[151]。

約拿本身是一個虔誠的猶太先知，並且一直渴望能夠受到神的差遣。神終於給了他一個光榮的任務，但他卻抗拒了這個任務。白保羅是唯一一個研究者，明確指出《西遊補》和聖經故事都利用了作爲幽閉空間的魚腹來完成對主人公的試煉，表明中西文化淵源中罕見的相似性。近年來亦有中國學者關注到

---

151 馬斯洛特別提到，約拿情結這一術語是與他的朋友 Frank Manuel 教授共同討論出來的名稱（Maslow, 1971, p. 35）。Maslow, A. H. (1971). *The farther reaches of human nature.* New York, NY: Viking Press. "具體來説，是對於自身不凡的畏懼（fear of one's own greatness），對自我命運的逃避（evasion of one's destiny），或者是對自身天賦的閃躲（running away from one's own best talent），正如舊約中的約拿一樣徒勞地逃避他的命運。"至於人們爲何無法面對自己最高的可能性（highest possibilities），害怕變成自己最完美的樣子，馬斯洛歸咎於以下幾方面的原因："源於對偉大人物與至善品質的矛盾心理。人們愛慕、讚賞擁有崇高品質的聖人，卻也同時因爲意識到自己的渺小而自慚形穢，這種嫉妒、焦慮、或自卑交雜的敵對情緒稱爲對抗評價（counter-valuing），透過去聖化（desacralizing）與再聖化（resacralizing）的動態心理，認爲過於神聖會有危險之虞（too sacred and therefore too dangerous），不再正視自身也可能擁有類似良善品質的潛能（Maslow, 1971, pp. 36-37）。源於對巔峰經驗（peak experience）的無法耐受，人們自認不够堅強無法承受（we are just not strong enough to endure more）大劑量的偉大與成功，如同無法承受長時間的性快感（too weak to endure hour-long sexual orgasms），因而對良善品質的（轉下頁）

"約拿情結"籠罩下的文學文本意涵[152]，認爲文本意蘊是文本在被接受時存在的那種情緒場，是一種在整體上的審美感覺，它構成一個相對完整的藝術世界。這個世界有它的基本情調和深藏的理性内涵，它是隱含與語言、意象和故事之中的言外之意。問題的關鍵，並不是比較約拿的個性與其他小説人物的個性，而在於爲約拿製造幽閉空間的文化意蘊究竟是如何産生的，相似性又是如何産生的，這與人的心靈、自我如何從社會背景中産生和發展有什麼關係，進而，能夠給我們的《西遊補》研究帶來什麼啓迪，乃至基督教與佛教對於人的理解在社會心理學領域的開拓。本書認爲，在這樣的背景之下，《西遊補》是非常好的比較文學文本。在《西遊補》中，孫行者在火焰山後進入鯖魚肚，若聯想前文中學者鄭明娳提到過的，火焰山後行者的性情轉變，"魚肚"成爲了一個試煉的密閉空間。它的幽閉性與大魚相似，卻産生了與"約拿情結"不盡相同的個體幽閉心理。

（接上頁）排斥在某種程度上是怕被撕裂的合理畏懼，擔心失去控制，遭遇瓦解，被偉大的情緒淹没（Maslow, 1971, pp. 37-38）。源自對自大的畏懼（the fear of hubris），認爲傲慢有罪（sinful pride），宣稱自己能與偉大相關會顯得太過放肆，無法掌握謙卑與自豪之間的整合，於是選擇逃避成長，怕做自己能做的事情。這種自願的自我削弱（voluntary self-crippling），僞裝的愚蠢（pseudostupidity），欺騙的謙遜（mock-humility），實則是對自以爲是（grandiosity）、驕矜（arrogance）、罪之傲慢（sinful pride）的防禦（Maslow, 1971, pp. 38-39）。源自對本質的或終極價值（intrinsic or ultimate values）的畏懼，懼怕對真理的探問和認知，因爲某些真理伴隨著一定的責任，或會引起焦慮，逃避責任和焦慮的方式就是迴避對真理的意識（Maslow, 1971, p. 39-40）。"自譯。

152 李偉華：《論"約拿情結"籠罩下的文學文本意蘊》，載《赤峰學院學報（漢文哲學社會科學版）》第 36 卷第 3 期，2015 年 3 月，頁 142；李偉華：《刍議"約拿情結"及其藝術審美價值》，載《長春教育學院學報》第 32 卷第 4 期，2016 年 4 月，頁 26–28。

這或許也是東西方對於宗教體驗的差異性感受。

《西遊補》第二回，行者發現"天"不見了，他還被誣陷爲偷天賊，令人聯想到《西遊記》第三十三回中，孫悟空戲弄伶俐蟲和精細鬼，用葫蘆"裝天"的遊戲。

> 好行者，伸下手把尾上毫毛拔了一根，撚一撚，叫"變！"即變做一個一尺七寸長的大紫金紅葫蘆，自腰裡拿將出來道："你看我的葫蘆麽？"那伶俐蟲接在手，看了道："師父，你這葫蘆長大，有樣範，好看，卻只是不中用。"行者道："怎的不中用？"那怪道："我這兩件寶貝，每一個可裝千人哩。"行者道："你這裝人的，何足稀罕？我這葫蘆，連天都裝在裡面哩！"那怪道："就可以裝天"行者道："當真的裝天。"
>
> ……
>
> 玉帝道："天怎樣裝？"哪吒道："自混沌初分，以輕清爲天，重濁爲地。天是一團清氣而扶托瑶天宮闕，以理論之，其實難裝；但只孫行者保唐僧西去取經，誠所謂泰山之福緣，海深之善慶，今日當助他成功。"玉帝道："卿有何助？"哪吒道："請降旨意，往北天門問真武借皁雕旗在南天門上一展，把那日月星辰閉了。對面不見人，捉白不見黑，哄那怪道，只說裝了天，以助行者成功。"

到了《西遊補》中，被物質化的"天"被鑿開就不是遊戲了。行者只能頂著污蔑去找女媧幫忙補天。可作爲中國文化中最重要的母神，女媧卻不見了。

行者大喜道："我家的天，被小月王差一班踏空使者碎碎鑿開，昨日反抱罪名在我身上。雖是老君可惡，玉帝不明，老孫也有一件不是，原不該五百年前做出話柄。如今且不要自去投到；聞得女媧久慣補天，我今日竟央女媧替我補好，方才哭上靈霄，洗個明白。這機會甚妙。"走近門邊細細觀看，只見兩扇黑漆門緊閉，門上貼一紙頭，寫著：

二十日到軒轅家閒話，十日乃歸。有慢尊客，先此布罪。（《西遊補》第五回）

"天"在中國傳統中，意味著許多至高無上的真理。高桂惠在《〈西遊補〉：情欲之夢的空間與細節的意涵》一文中認為，天之遺失，象徵著一種"救亡"，行者求告無門，屈辱而焦慮。《西遊記》中的"偷天換日"情節是天庭幫忙作弊戲弄小妖，透露著歡樂的氛圍。曹雪芹在《紅樓夢》中自嘲"無才可去補天"，流露出不通時務的名士之風。那《西遊補》中的"鑿空兒"、則是對於行者"齊天大聖"、"大鬧天宮"的歷史消解，充滿冤屈與掙扎之感。如果說聖經故事中的"約拿情結"源自約拿對使命的畏懼，患病之人於是選擇逃避成長，怕去做自己能做的事情，那麼《西遊補》中"鯖魚肚"對行者造成的考驗，表現為一種迷失的體認，孫行者親眼見證了中國傳統意義上"天理"的迷失，他是以怎樣的情緒面對的呢？

行者無奈，仍現原身，只得叫聲："師父，你在哪裡？怎知你徒弟遭這等苦楚！"說罷，淚如泉湧。（《西遊補》第十回）

世本《西遊記》中的唐僧愛哭，據統計貫穿始終哭了八十多次。唐僧的眼淚指向了一個問題，就是義人受苦，取經人無端遭毒害，這與孫悟空的眼淚不同。《西遊記》中孫悟空流淚一半是爲了唐僧的遇險，其中"淚如泉湧"的情節發生在世本第七十七回、八十六回[153]。到了《西遊補》中，唯一的主角孫行者面臨到更深層次的"正果之難"，且凸顯了《西遊補》的宗教意涵，令"魚腹"的設計帶有普世的宗教話語色彩。《約伯記》中有義人約伯，常常問類似的問題："我的確敬畏神，遠離惡事，可爲何仍然要遭到比惡人更慘的苦難？"這個難題幾乎是擺在所有宗教信仰與信徒信心之間的張力。取經人一路淚流成河，卻又是意志堅強、百折不撓地向著苦而去，《西遊補》中行者多次"心中焦躁"，卻不埋怨神，也爲"受苦"一詞開闢了豐富的心靈勝景。行者的使命是與唐僧捆綁一起的，這是《西遊記》原著的規定。世本《西遊記》第五十八回，唐僧要趕走孫悟空，孫悟空説："我是有處過日子的，只怕你無我去不得西天。"後惱惱悶悶，起在空中，真個是無依無倚，苦自忖量道："我還是去見我師父，還是正果……"正果在他人身上，一旦他人放棄了，留下的人只能依靠自救、救心。《西遊補》中，這個"正果"解除了。在變幻的魔境中，行者不斷尋找自己的原始使命，每一步都墜落得令人心驚。他既要守住"求放心"的原初使命，去尋找驅山鐸，還要完成新的使命，去"補天"，以及爲自己洗清

153 關於取經人的"眼淚"問題，參楊玉如：《鐵漢與柔情——孫悟空淚滴〈西遊記〉研究》，載《中國文化大學中文學報》第二十八期，2014年4月，頁159–186；劉鋒濤：《一個虔誠執著的追求者形象——孫悟空形象新説》，載《寶雞文理學院學報》，1995年第2期，頁43。

莫須有的罪名。他不回避真理，但真理卻回避他。可以説，"西遊故事"群落中，孫悟空的形象從未經歷過如此深淵般的私人險難。

他的救援經驗又如何呢？《西遊補》第十回回目就點出了行者處境，"萬鏡臺行者重歸　葛蘲宮悟空自救"，以己之"真心"救己之"妄心"。第三回作者借鑿空兒所言："只是可憐孫行者，下界西方路上又恨他，上界又怨他，佛祖處又有人送風，觀音見佛祖怪他，他決不敢暖眼，看他走到那裡去！"點出觀音的不在場，這可能也是女媧缺席的映照。世本《西遊記》中的救援基本依靠著觀音信仰，觀音在《西遊記》中出現的章回高達二十多回，取經人遇險基本也是觀音[154]出手相救，她善於變化，有"無邊法力，億萬化身"（第十七回），知道過去未來，和孫悟空關係也很好，是他在踏上取經路上之後最重要的亦師亦友。《西遊補》中僅在開篇孫行者入魔前見豬八戒説夢話時，先假扮唐僧又假扮觀音：

　　行者讀罷，早已到了牡丹樹下。只見師父垂頭而睡，沙僧、八戒枕石長眠。行者暗笑道："老和尚平日有些道氣，再不如此昏倦。今日只是我的飛星好，不該受念咒之苦。"他又摘一根草花，卷做一團，塞在豬八戒耳朵裡，口裡亂嚷道："悟能，休

---

154 《西遊原旨》，第八回，"'觀音'者，乃静觀密察之神，修行人窮理盡性至命，始終所藉，賴而須臾不可離者，直到打破虛空大休大歇之後，方可不用。蓋金丹大道，安爐立鼎，采藥入藥，文烹武煉，結胎脱胎，沐浴温養，防危慮險，藥物老嫩，火候止足，進退遲緩，吉凶悔吝，事有多端，全憑覺察以爲功，此《西遊》以觀音爲一大線索也。"可見觀音不在，覺察失能。

得夢想顛倒！"八戒在夢裡哼哼的答應道："師父，你叫悟能做什麼？"

行者曉得八戒夢裡認他做了師父，他便變做師父的聲音，叫聲："徒弟，方才觀音菩薩在此經過，叫我致意你哩。"八戒閉了眼，在草裡哼哼的亂滾道："菩薩可曾說我些什麼？"行者道："菩薩怎麼不說？菩薩方才評品了我，又評品了你們三個：先說我未能成佛，教我莫上西天；說悟空決能成佛，教他獨上西天；悟淨可做和尚，教他在西方路上乾淨寺裡修行。菩薩說罷三句，便一眼看著你道：'悟能這等好困，也上不得西天。你致意他一聲，教他去配了真真愛愛憐憐。'"八戒道："我也不要西天，也不要憐憐，只要半日黑甜甜。"說罷，又哼的一響，好似牛吼。行者見他不醒，大笑道："徒弟，我先去也！"竟往西邊化飯去了。

八戒誤認悟空為唐僧，悟空借八戒誤認的唐僧假傳觀音旨意，編出觀音指示"說悟空決能成佛，教他獨上西天"的驚人旨意，此謂顛倒之顛倒。取經人如此嗜睡，照應《西遊補》第二回"眠仙閣"中"皇帝也眠，宰相也眠"，既有諷刺現實朝廷的意味，又回應了《西遊補》屢次提及的"大鬧天宮"意象。《西遊記》第五回孫悟空同樣先假傳聖旨，騙走赤腳大仙之後，用瞌睡蟲讓天庭睡成一片，再展開偷盜。他的兩大原罪，都是在一片瞌睡的環境中完成的，是為多重意蘊的映照。

你看那夥人，手軟頭低，閉眉合眼，丟了執事，都去盹睡。大聖卻拿了些百味珍饈，佳餚異品，走入長廊裡面，就著缸，

挨著甕，放開量，痛飲一番。(《西遊記》第五回)

假扮觀音的代價就是真的觀音找不到了，真的西天也找不到了，甚至行者不經意就把"認真而去"給忘了。在鯖魚肚中，行者不斷被一些別的事牽絆注意力，在《西遊補》中遇險不去求助觀音，只在第十四回看到唐僧娶了翠繩娘時想起了觀音，但也不為了求援，沒有意識到自己入險境，居然將觀音容貌與翠繩娘相比：

> 忽見唐僧道："戲倒不要看了，請翠繩娘來。"登時有個侍兒，又擺著一把飛雲玉茶壺，一隻瀟湘圖茶盞。頃刻之間翠娘到來，果是媚絕千年，香飄十裡，一個奇美人！
>
> 行者在山凹暗想："世間說標緻，多比觀音菩薩。老孫見觀音菩薩雖不多，也有十廿次了，這等看起來，還要做他徒弟哩！且看師父見他怎麼樣。"(《西遊補》第十四回)

空青室本在此評"危哉，大聖幾又入魔"，可見真假混淆是一種危險的癥兆。前文曾提及原著中唐僧看美人，牽涉到意淫，孫悟空無性、對性事不知道，此處想到觀音卻不為了求援，不為了取經大業，而同樣指向褻瀆的意淫，是十分奇怪的筆法。然而如果連接到"心迷"的入魔效應，一切又變得合情合理。《西遊補》十五回鯖魚精變作假小和尚再次假傳觀音旨意，讓唐僧收下新徒弟"悟青"，在文本內部實現了首尾照應，也暗合鯖魚精與悟空潛意識實為一體的內涵。更直指危險的那一念來自孫悟空親自所造，"獨上西天"暗指散夥，照應《西遊補》內唐僧寫"離書"，是一種危險"心迷"。在《西遊補》中，孫行者一語成讖，獲得了"獨上西天"的孤絕處境，卻爲妄想、多心、情重所累。所以所謂入"情"的意象，是"獨上西天"之"獨"，也是掙脫後所要面對的未知的困頓。

通過文本細讀，以行者爲中心，本書考察了《西遊補》在結構、內容上的特點，以及在中西文學因緣中很少被人提及的文化結構共性。《西遊補》的敘事，通過語言文字的陌生化處理，通過寓言的建構，帶領讀者突破了傳統續書閱讀的接受思路。圍繞著"情"的本體、"情"的試煉容器、"情"的衍化形態，《西遊補》以孫行者受困，爲原著補充了通俗小說中所很少具備的複雜心理結構，這也使得這部"續書"作品具有了超前的現代意識。《西遊補》整合了中國傳統夢喻的呈現，將行者的處境建構爲取消死亡、取消使命、取消救援系統的孤絕空間內，這昇華了"西遊故事"的哲學色彩。董說"續書"西遊故事的意圖，在於他對於《西遊記》中本來沒有作更深入闡釋的"情"意象的思考，他試圖在一部被我們廣泛認知爲儒釋道三教思想合一的通俗小說作品中，補入一個遺漏的脈絡，即"情"。他看到了儒釋道對與"情"問題的警惕，意識到了討論"情"在這一語境之下討論的困境，所謂《答問》中所言"四萬八千年，俱是情根團結"，呈現了"情"之"難"。行者的"情難"，指向的最終目的是"認得道根之實"，必經的路程是"走入情內"、"走出情外"。這部對於《西遊記》的不闕之補，其實是董說透過"西遊故事"植入了超越"度亡"使命之後的、面對虛無的發問。此外，在現有的《西遊補》研究成果之上，至少還有兩個研究角度鮮少受到關注：一是玄奘《請入少林寺翻譯表》中

"制情猿之逸躁"是否與《西遊補》中行者東奔西跑的"焦躁"形象有關；二是"魚腹"作爲一項聖經故事中已有的試煉故事，是否和佛教背景的"西遊故事"有著相似的受困情境，背後的文化心理結構又是如何形成的？這都有待未來的學者進一步展開深入研究。

二、故事的變身與隱喻的建構

經過第一節的分析，我們可以發現，《西遊補》對於《西遊記》的顛覆性意義，實際上是從叙事中心的轉移（從唐僧到孫行者）來實現的。董説是虔誠的佛教徒，比起世本《西遊記》中引用過的可疑的經文，《西遊補》的"續書"改造是徹底的。主要表現爲，將"西遊故事"完全變成了一個佛教文本，而不是延續原著中儒、釋、道三家思想合一的設置。孫悟空在《西遊記》中有過很多名字，有些名字是佛教來源（如悟空、行者）、有些名字是道教來源（如"混元一氣上方太乙金仙美猴王齊天大聖"），到了《西遊補》中，孫悟空基本被完全命名爲"行者"。這是值得關注的現象，因爲"西遊故事"本來是玄奘一個人的故事，《西遊補》賦予了孫行者喧賓奪主的使命，信奉佛教的創作者選擇孫悟空而不是唐僧的形象來深化西遊故事的核心内容，本書認爲可能是因爲唐僧既定的"僧綱"身分不符合"續書"中對"科舉"的批判、對"天理"的懷疑等意圖，簡而言之，這些事無論如何都不可能是唐僧的"心魔"。孫行者的身份更爲靈活，他擅變化，又有佛教背景，博古通今，朋友也多。他比其他西遊人物更能體現顛覆性的文學效果。他反叛的地位和意義、早年因罪而遭污名的經歷，使他成爲了一個有污點的聖徒，在不同的時代、不同的文化背景中，都是可操作的形象投射對象。"情"的象徵意味，賦予了孫行者一種恥辱的形式、一種幽閉的方式，呈現了哲學化的自我流放的邊界。

"情"的形式、方式、邊界是如何通過文學的方式表達的呢？

（一）夢話與鬼話

本書在第一章論及，《西遊記》中出現過的"夢"大多帶有死亡之象[155]。這可能與《西遊記》文本潛藏有儀式結構與死亡、度亡意涵有關。"夢"與"死亡"的關係早在《左傳》中就有來源[156]，《西遊記》的文本佈置延續了這個文化指涉。余國藩在討論到中國文學中的"鬼"書寫時，總結了"以鬼勸世"、"復仇鬼"、"情鬼"，他認爲"因爲中國喪禮的'完整結構'常'跟安置死後的靈有關'，因此我們大致可以説，未盡禮之道或與禮不合，可能跟'受擾的靈'有關。如果一切合乎禮之道，也就沒有'鬼'故事……認識這一點可以幫助我們更正確地找出一

155　行者第一次死亡就是因爲做夢，被小鬼勾去冥府。第十回唐王正夢出官門之外，步月花陰。忽然龍王，變作人相，上前跪拜太宗救命，太宗夢中許諾救龍。翌日魏徵在下棋睡著，夢斬涇河龍王，血淋淋的涇河龍王找唐王。他睡而又醒，只叫有鬼。第九回殷小姐的夢，説月缺再圓。騙劉洪夢見個和尚，手執利刃，索要僧鞋，便覺身子不快。後伏擒殺劉洪。第十三回劉伯欽老婆和老母都做了喜夢。因唐僧念經導致劉父在陰間消業投生。第三十七回鬼王夜謁唐三藏，唐僧夢中見門外站著一條漢子：渾身上下，水淋淋的，眼中垂淚，口裡不住叫："師父，師父！"伏孫悟空救井底的烏雞國國王。

156　"《左傳》之夢幾乎都是關涉到國家興亡、戰事成敗、子嗣繼承、生死存亡等大事。"《西遊補》對這幾個方面也均有涉及與拆解。參賴素玫：《論〈左傳〉中夢之解析與意義生成過程》，頁369。

些基本的文化設想。"[157]《西遊補》没有《聊齋》那麼明確地借鬼作"孤憤之書"，甚至連直接呈現鬼都不願意，但董説隱晦的筆墨卻藉由靈的不安關照了行者處境的"不安全"[158]。這背後有著"禮"的失落或者説秩序的失常作爲書寫的潛在共識。楊玉成曾提及"緑竹洞天狀似冥鄉，夢境横跨仙境與鬼國（頭枕崑崙山，腳踏幽迷國）……緑竹洞天隱喻過去的幽暗記憶"[159]。選擇讓"鬼"來潛入文本本身顯然具有意圖，妖的目的是迷惑行者、吃唐僧肉，但鬼在《西遊補》中出現的目的卻十分不明，到底是爲了轉世，還是呈現沉淪，還是要在白日疆界之外不可知或不可測的層面表達些什麼，董説的文本佈置需要研究者的關切。但《西遊補》的幽暗書寫還不止如此，相較一個純粹的佛教之夢，《西遊補》的"情夢"，更接近於有意識建構的審美之夢。明崇禎十六年（1643年），他成立"夢社"，刊刻《徵夢篇》，寄發社友，只徵收夢之幽遐者，自己設定記夢的標準，這裡的"幽遐"帶有懷古意圖。

《西遊補答問》中寫：

問：古人世界，是過去之説矣；未來世界，是未來之説矣。雖然，初唐之日，又安得宋丞相秦檜之魂魄而治之？

曰：《西遊補》，情夢也……

---

157 ［美］余國藩：《"安息罷，安息罷，受擾的靈！"：中國傳統小説裏的鬼》，范國生譯，載《中外文學》第17卷第4期，1988年9月，頁26。

158 高桂惠：《〈西遊補〉：情欲之夢的空間與細節的意涵》，頁330。

159 楊玉成：《夢囈、嘔吐與醫療——晚明董説文學與心理傳記》，頁583–584。

静嘯齋主人以"情夢"二字最先回應上述魂魄之説，雲裡霧裡。但《西遊補》第一回行者因"焦躁"打殺春男女，後又"涕流眼外"，動了仁慈心，崇禎本在此處評"涕流眼外是情根"，於是行者因自怨自艾，以秀才貌寫了一段送冤文字，"致箋於無讎無怨春風裡男女之幽魂"：

嗚呼！門柳變金，庭蘭孕玉，乾坤不仁，青歲勿穀。胡爲乎三月桃花之水，環佩湘飄；九天白鶴之雲，蒼茫煙鎖？嗟！鬼邪？其送汝耶？余竊爲君恨之！

李前程在此校注"胡爲乎三月桃花之水"用典，見歐陽詢《藝文類聚》卷四："《韓詩》曰：'三月桃花水之時，鄭國之俗，三月上巳於溱、洧兩水之上執蘭，招魂續魄，拂除不祥。'"[160] 送冤文字帶哀戚鬼氣不意外，但自念了這一篇秀才文字之後，行者發現身邊同伴們都睡著了，前文已分析了這一段與《西遊記》"大鬧天宮"互文的天庭睡眠，緊接著行者的假傳聖旨與偷盜原罪。行者至此入情夢，他看到別人睡著了，其實是他自己睡著了。空青室本在此評"才説師父文字禪，自己卻走入文字禪去。"在這夢想顛倒的魔境中，其實"睡眠"也縈帶著《西遊記》與"亡"的意象。世本《西遊記》第三回，孫悟空酩酊大醉，"倚在鐵板橋邊松陰之下，霎時間睡著。四健將領衆圍護，不敢高聲。只見那美猴王睡裡見兩人拿一張批文，上有'孫悟空'三字，走近身，不容分説，套上繩，就把美猴王的魂靈兒索了去，跟跟蹌蹌，直帶到一座城邊。"死亡是孫悟空最恐懼的事、意圖打破的事，死亡也縈帶常人眼中的有情世界的種種現象，如"霸王別姬"之"情"，翠繩娘碎玉而死的"世情迷障"。

《讀〈西遊補〉雜記》中寫，"幻境也，鬼趣也。故以閻羅王終之。"悟元子《西遊原旨》第八回，提到"三藏真經，《法》一藏，談天;《論》一藏，說地;《經》一藏，度鬼"時寫"不言天地人，而言天地鬼，鬼即人也。遍塵世間，醉生夢死，入於虛假，迷失本真，雖生如死，雖人如鬼，言度鬼即度人耳"。度鬼即度人，說的是鬼與人的映照。以鬼趣造幻境不是董說獨創，《晉書》曾說"丘明首唱，叙妖夢以垂文"[161]，可見不管是什麼樣的"夢"，都成爲歷史叙述的一種方式，這是遠遠早於小說"續書"的叙述傳統。換句話說，如果"夢"書寫本身可以成爲歷史想像的填補，那"補"這個話語機制是不是依靠"續書"所達成的，就有待仔細地考量分析。而涉及到鬼神，則可能與夢兆所想要達到的預言有關。賴素玫認爲，"夢象千奇百怪、荒誕奇特，若對比於國家興亡、歷史更迭、生死壽禄等事，實屬不登大雅之堂的'小叙述'、'小歷史'。然而，它們卻被正統史書延攬、羅列在歷史中，成爲重要事件的關鍵轉折。"[162] 在此，鬼的書寫是人的書寫的次級書寫，夢的書寫是歷史書寫的次級書寫，續書則是對既成經典的次級書寫，董說的"續書"，又是借"夢"的容器對歷史中的次級英雄，甚至是失敗者，對相對於男權而言居於弱勢地位的女性進行重構書寫。

161　房玄齡等編:《晉書·藝術列傳》序，收入於《四部備要》，臺北:中華書局，1966 年，頁 761。

162　賴素玫:《論〈左傳〉中夢之解析與意義生成過程》，頁 367–389。

此處的"小叙述"形成了"次等文化"（low culture）的循環書寫機制。

《西遊補》第二回"西方路幻出新唐　綠玉殿風華天子"，説行者初入魔境，見"大唐新天子"篆字"嚇得一身冷濕"，爲辨真假，上天門不得人，被汙名偷去了靈霄殿。他變作粉蝶兒到"綠玉殿"，聽見手拿青竹帚的宮人自言自語風流天子往昔與傾國夫人、徐夫人情意綿綿的場景，隨後卻説了一段極蕭瑟的話，書中人、圖中景皆非實人實景：

"……只是我想將起來，前代做天子的也多，做風流天子的也不少。到如今，宮殿去了，美人去了，皇帝去了！不要論秦漢六朝，便是我先天子，中年好尋快活，造起珠雨樓臺。那個樓臺真造得齊齊整整，上面都是白玉板格子，四邊青瑣吊窗。北邊一個圓霜洞，望見海日出没。下面踏腳板還是金鑲紫香檀。一時翠面芙蓉，粉肌梅片，蟬衫麟帶，蜀管吳絲，見者無不目豔，聞者無不心動。昨日正宮娘娘叫我往東花園掃地。我在短牆望望，只見一座珠雨樓臺，一望荒草，再望雲煙。鴛鴦瓦三千片，如今弄成千千片，走龍梁，飛蟲棟，十字樣架起。更有一件好笑：日頭兒還有半天，井裡頭，松樹邊，更移出幾燈鬼火。仔細觀看，到底不見一個歌童，到底不見一個舞女，只有三兩隻杜鵑兒在那裡一聲高、一聲低，不絶的啼春雨。這等看將起來，天子庶人，同歸無有；皇妃村女，共化青塵！舊年正月元宵，有一個松蘿道士，他的説話倒有些悟頭。他道我風流天子喜的是畫中人，愛的是圖中景，因此進一幅畫圖，叫做《驪山圖》。天子問：'驪山在否？'道士便道：'驪山壽短，只有二千年。'天子笑道：'他有二千年也够了。'道士道：
'臣只嫌他不渾成些：土木驪山二百年，口舌驪山四百年，楮墨
驪山五百年，青史驪山九百年，零零碎碎湊成得二千年！'我這
一日當班，正正立在那道士對面，一句一句都聽得明白。歇了
一年多，前日見個有學問的宮人話起，原來《驪山圖》便是那
用驅山鐸的秦始皇帝墳墓！"話罷掃掃，掃罷話話。

　　且不說"宮殿去了，美人去了，皇帝去了"是指抽象的
不在，還是傷感的死亡。文本自己就羅列了"荒草"、"雲煙"、
"鬼火"，"天子庶人，同歸無有；皇妃村女，共化青塵"就不
僅指的是死亡，還指向生命的"無"。"鴛鴦瓦三千片，如今弄
成千千片"照應後文萬鏡樓總作頭沈敬南寫給長官王四的書
信：賊偷六十四卦宮、三百篇宮、十八章宮，百餘宮中之物紛
紛旁落。"舊年"不知是何年，但"元宵"在中國小説裡一直有
人鬼交雜的意象，如"三言"中《楊思温燕山逢故人》一篇，
從楊思温燕山看元宵在酒樓遇到嫂嫂鄭義娘，到三月份在同一
個酒樓遇到義兄韓思厚，兩人一同尋找鄭義娘，發現其實爲鬼
魂，這座酒樓名爲"秦樓"。《驪山圖》直指秦始皇墳墓，孫行
者在第十三回也遇到"故人"，這個故人是攀來的。這些都是
與"死"的聯想相關。"驪山"雖然是一個古老的神話典故，意
義極其複雜[163]，但本義並沒有死亡之象。倒是張養浩（1270—

163　"驪山"得名一説是因爲其遠望如黑色駿馬；一説是商周時期驪戎國地。驪山
　　還是傳説中女媧補天處。"驪山老母"是在中國古書中非常常見的女神仙。《漢
　　書·律曆志》載張壽王言："驪山女亦爲天子，在殷周間。"《史記·秦本紀》：
　　申侯乃言孝王曰："昔我先驪山之女，爲戎胥軒妻，生中潏，以親（轉下頁）

1329）有懷古詩《山坡羊·驪山懷古》：

> 驪山四顧，阿房一炬，當時奢侈今何處。只見草蕭疏，水
> 縈紆。至今遺恨迷煙樹，列國周齊秦漢楚。贏，都變做了土；
> 輸，都變做了土。

又《山坡羊·潼關懷古》

> 峰巒如聚，波濤如怒，山河表裡潼關路。望西都，意躊躇。
> 傷心秦漢經行處，宮闕萬間都做了土。興，百姓苦；亡，百
> 姓苦。

地理上的驪山（今西安市的東邊，阿房宮的西面）現有當初的宮殿台基殘存。西元前 206 年秦朝滅亡，項羽攻入咸陽後將阿房宮焚毀。張養浩途經驪山有所感而創作了這首小令。"草蕭疏"、"煙樹"照應"荒草"、"雲煙"，輸贏的焦土照應天子居

（接上頁）故歸周，保西垂。西垂以其故和睦。"《三寶太監西洋記通俗演義》中描述："驪山老母稱爲治世天尊，火母之師。因她生下盤古，便叫她老母，又因她居住在驪山上，故稱其爲驪山老母"。"驪山老母"還出現在秦始皇的傳說裡，驪山上住著一位驪山老母，她是秦國的宗主神，爲的是神仙都有永葆青春的神力。秦始皇在驪山上偶遇老母，見老母風華絕代，秀媚無比，竟然認錯了這位老祖母，以爲她只是一般的神女。在某種機緣下，他和神女開始有了交往。世本《西遊記》第二十三回中講述驪山老母請來觀音菩薩、文殊菩薩和普賢菩薩一起變出個莫家莊，自己變化成一個寡婦老婆婆，與三位菩薩變成的美女女兒一起試驗唐僧師徒，結果唐僧等人都遵守戒律，只誘惑了豬八戒。另外，在第七十三回中也曾在唐僧師徒遇百眼魔君所害時，出面指點孫悟空前去尋訪毗藍婆菩薩解危。

然要親自掃地（"昨日正宮娘娘叫我往東花園掃地"），更有張養浩在同調《北邙山懷古》中所寫的"便是君，也喚不應；便是臣，也喚不應"，照應"天子庶人，同歸無有"都做了"北邙山下塵"。此處"青塵"，毋寧說是"秦塵"，也是"情塵"。"鬼火"是阿房宮餘火，縈帶火焰山爲"大鬧天宮"餘火，處處互文。繁華落盡、亡國遺恨躍然紙上，更重要的是，新天子雖然爲"新"，卻已吐露出滅亡的感慨，荒誕離奇。"新天子"到底指的是誰，《西遊補》並未詳說。董説曾撰《七國考》，試圖將大量秦漢間的歷史拆解、轉化搬演至《西遊補》中，托寓歷史興亡、或暗喻權柄旁落[165]恐怕只是表面現象。《史記·項羽本紀》就記載了"新安大屠殺"，殺秦二十萬，項羽也曾掘秦始皇陵，都於《西遊補》的"潛文本"中暗藏"殺秦"意象，也照應後文唐僧當上了"殺青掛印大將軍"，因借孫悟空口説，唐僧成了秦始皇的"故人"。更重要的是，董説熟練地運用字詞間的轉喻，也不斷轉換著各種歷史攸關時刻對峙的局面，"殺青"卻被"青（青世界）"所纏，可見董説試圖納入到"情"之本體上的内容是很多的。他試圖探尋"情"的秩序，自覺地究論男女、夫妻、家族、國族，皆如鬼語欲掩還彰。值得注意的是，附錄《棟花磯隨筆》中多次出現作者閲讀《史記》筆記，如"《史記》不易讀，此中有五嶽四瀆，文章不曉血脈，遂入村夫子樣。餘十年前手評此書，較少年時批注，如出兩手"、"餘舊《史記》評本有三……"等。

　　《驪山圖》既然爲秦始皇墳墓，秦始皇已死，孫行者不知

---

165 黃芬絹：《董説西遊補新論》，臺北：臺灣師範大學國文學系在職進修碩士班碩士論文，2004 年，頁 144。

爲何又執著找他。在《西遊補》中一共出現了 18 次"秦始皇"、8 次"秦皇帝"，比例奇高，但"秦始皇"從未作爲小說人物正式出場，反而如同幽靈徘徊於文本始末，鬼氣森森。《西遊補》第五回，此時行者還在找"古人世界"中可能還活著的秦始皇：

> 行者道："既是古人世界，秦始皇也在裡頭"。（崇禎本評：只爲秦始皇弄得心猿顛倒。）
> 行者一心要尋秦始皇，便使個脫身之計。
> 走了數百萬里，秦始皇只是不見。（空青室本評：鬥入正脈。）

第六回，行者沒見到秦始皇倒見到了項羽，行者認爲項羽既然還活著，那秦始皇應該有消息。此時行者已經跨越了死生之界，不再明確辨別生死，甚至置換了二者概念。第七回，行者變身虞美人問項羽秦始皇下落，發現秦始皇與項羽不在一個世界[166]，秦始皇卻在象徵糊塗昏瞶的"矇瞳世界"[167]：

> 卻說行者一心原爲著秦始皇，忽然見項羽說這三個字……
> 行道："話他人叫做有顏話，話自己叫做無顏話。我且問你：秦始皇如今在那裡？"項羽道："咳！秦始皇亦是個男子漢；

---

[166] 司馬遷在《史記》中把項羽的傳記列爲"本紀"，與歷代中國最高統治者平級。有不少學者認爲是司馬遷怨恨晚年昏瞶的漢武帝所以故意把項羽地位提升。《西遊補》中，董說同樣也擷取項羽與虞姬的情事加以發揮，並未寫作他英勇形象，卻說他親手殺了虞姬。以及圍繞著虞姬做出誇張的"跪"、"哭"、"大驚"、"大喝"等情狀。

[167] "矇瞳"，可照應傳說項羽爲"重瞳"。

只是一件：別人是乖男子，他是個呆男子。"行者道："他倂六國，築長城，也是有智之人。"項羽道："美人，人要辨個智愚、愚智。始皇的智是個愚智。元造天尊見他矒瞳得緊，不可放在古人世界，登時派到矒瞳世界去了。"

第十回，秦王與秦檜因"秦"勾連：

秦始皇也是秦，秦檜也是秦。不是他子孫，便是他的族分。秦始皇肚裡膨脹，驅山鐸子也未必肯鬆鬆爽爽拿將出來。

《西遊補》第十三回，行者遇到一個道童給他指路，進入綠林洞，見到一個老翁，老翁説這個地方叫做"仿古晚郊圖"，空青室本在此評，"與第二回畫中人、圖中景無心暎合"。第二回中什麼畫呢？是有秦始皇墓地的《驪山圖》。行者在此卻突然與秦始皇攀親，老翁也自稱是秦始皇的"故人"，爲行者算命，説行者"要死一場才活"。孫行者本已無生死大限，卻在此笑道："生死没甚正經！要死便死幾年，要活便活幾年。"語義的確切指向不明。這一回還出現了多次"故人"，"故人"當然有"舊交老友"的意思，還有一個意思是"死去的人"，更有一層意思是"舊日情人"。王德威對於《楊思温燕山逢故人》中"故人"與"故國"的關連，以及書寫作爲招魂的方式有精彩的分析[168]。老翁可以隔日給秦王帶話，又能將秦王之事傳達給孫行者，可

168　王德威：《歷史與怪獸：歷史、暴力、敘事》，臺北：麥田出版社，2004 年，頁227–235。

謂溝通陰陽的通靈之人。

　　行者道："我有敝親秦始皇，如今搬在矇矓世界，要會他有句說話。"老翁道："你要去，便渡過去。這一帶青山多是他後門哩。"行者道："若是這等大世界，我去沒處尋他；不去了。"老翁道："我也是秦始皇的故人。"

　　行者道："我又有一個敝親叫做唐天子，要借敝親秦始皇的驅山鐸一用。"

　　老翁道："哎喲哎喲！剛剛昨日借去。"行者道："借與哪個？"老翁道："借與漢高祖了。"行者笑道："你這樣老人還學少年謊哩！漢高祖替秦始皇鐵死冤家，為何肯借與他？"老翁道："小長老，你還不知。那秦、漢當時的意氣，如今消釋了。"行者道："既是這等，但見秦始皇替我說話。再過兩日，等漢高祖用完，我來借罷。"

　　"……長老既是我敝故人秦始皇的令親，我要替小長老算算命。"（《西遊補》第十三回）

　　在話本《楊思溫燕山逢故人》[169]中，同樣有一個"行者"，思溫能通過形貌聲音辨別"東京人"，如"思溫聽其語音類東京人"，"思溫睹這婦人打扮，好似東京人"；亦有"秦樓"[170]（"正月十五日秦樓親見"），文中已做"故人"的鄭夫人道："太平之世，人鬼相分；今日之世，人鬼相雜。當時隨車，皆非人也。"

169　見馮夢龍：《喻世明言》第二十四卷。

170　《楊思溫燕山逢故人》中共出現了12次"秦樓"、9次"行者"。

人鬼雖然相雜，但他們自己人能認出自己人。《西遊補》孫行者在發生變化時，不再是如《西遊記》中一樣想變成誰就變成誰，而是被叫成誰就成爲誰。他不知道自己是誰，但那些"故人"知道他是誰，叫他美人他就成了美人。他並不知道自己已經闖入鬼蜮，他不能識別別人，別人卻能識別他。《西遊補》第四回孫行者見"萬鏡樓"，湊近照鏡，"卻無自家影子"，鏡子照不出他，他聽到有人叫他，"左顧右顧，並無一人，樓上又無鬼氣"，不知自己可能已經變做鬼魂靈，才會無法從鏡中找到真身。此時行者聽到劉伯欽喊他，"孫長老，不需驚怪，是你故人"。又出現一個"故人"：

行者慌忙長揖道："萬罪！太保恩人，你如今作何事業？爲何卻同在這裡？"（空青室本評：請問孫長老，你如今作何事業？爲何卻同在這裡？）

伯欽道："如何説個'同'字？你在別人世界，我在你的世界裡，不同不同！"

行者道："既是不同，如何相見？"伯欽道"你卻不知。小月王造成萬鏡樓臺，有一鏡子，管一世界，一草一木，一動一静。多入鏡中，隨心看去，應目而來。故此樓名叫做'三千大千世界'。"行者轉一念時，正要問他唐天子消息，辨出新唐真假，忽見黑林中走出一個老婆婆，三兩個筋斗，把劉伯欽推進，再不出來。

在世本《西遊記》第十三回中，唐三藏上路不久，二從者就被妖魔吃掉了。唐三藏雖然得太白金星救護，脱了此難，但面對毒蛇猛獸，孤身無策。正當他百般央求獵戶劉伯欽再送一程而劉伯欽推辭時，孫悟空出場了。劉伯欽雖是個凡人，卻有殺虎之能。但他的這個本領又十分有限，他拒絕繼續護送唐僧的原因是：

> 長老不知，此山喚做兩界山，東半邊屬我大唐所管，西半邊乃是韃靼的地界。那廂狼虎，不伏我降，我卻也不能過界，你自去罷。

"韃靼"這個異族意象在《西遊補》中也出現了，以氣味加以貶斥，暗示一種族群的不認同。第十回：

> 新古人道："要臊，到我這裡來；不要臊，莫到我這裡來。這裡是韃子隔壁，再走走兒，便要滿身惹臊。"

很明顯地，移植了劉伯欽"兩界山"這個形象經驗後，被黑林中的婆婆推入未知之地的劉伯欽在《西遊補》中的"兩界"帶有了穿越陰陽界限的鬼氣和越界的警示。以往關切《西遊補》中"夢"的學者很多，卻沒有人關切到《西遊補》中的"鬼"書寫。挪威人類學家弗里德里克·巴斯（Fredrik Barth）在名著《族群與邊界》一書的序言中說："族群差異並不是由於缺乏社會互動和社會接納而產生的，恰恰相反，經常正是這一封閉社會系統建立的基礎。"[171] 一方面，劉伯欽的出現暗示著兩個封閉空間的存在，另一方面，這種封閉性也與"補入"這個"續書"結構是互文的。也就是說，《西遊補》這一文本的"補入"結構暗示著"續書"作爲一個封閉的叙事系統而存在。《西遊補》的情夢充滿了中國傳統鬼故事書寫的筆法，卻又被其怪誕的外觀所遮蔽。這種遮蔽和人的慾望隱藏在身體深處也是相似的，那《西遊補》中的夢話與鬼話纏繁一起有什麼語言學的意義呢？

（二）作爲語言的"情夢"叙事

董說是一個性格極端的文人，雖然並不負盛名，卻也頗具風格。關於他的生平、癖好、交友、心理狀況，前輩學人都有仔細討論[172]。董說 21 歲寫作《西遊補》，23 歲在爲姪兒董漢策（1623—1692）所編《計然子》撰序時，他曾寫道：

> 乃自爲約曰：董生不盡補天下之亡書，憂不得死；不盡見天下之奇士，憂不得死；不盡讀天下之奇文，憂不得死。

不僅僅"夢"與"死"有聯結，"補盡亡書"也能與"死"聯結在一起，令人驚歎，又"董說不說不憂死而是說憂不得

171　［法］弗里德里克·巴斯（Fredrik Barth）：《〈族群與邊界〉序言》，高崇譯，周大鳴校，李遠龍複校，載《廣西民族大學學報（哲學社會科學版）》第 21 卷第 1 期，1999 年 1 月，頁 16。

172　可參劉復：《西遊補作者董若雨傳》；趙紅娟：《明遺民董說研究》；楊玉成：《夢囈、嘔吐與醫療——晚明董說文學與心理傳記》等。

死"[173]，可見"補"這件事對於董説而言的重要性。[174] 從文學習慣而言，董説對於字詞敏感，富有洞察及領悟力，他能將青／秦／情／偷／鑿／竊等劃歸意義同類加以展開想像的寫作方式，也使得我們不禁可以推論"亡"的複雜同類項。"亡書"原來是指"散失的書籍"，董説於《豐草菴文集》卷一曾寫《文亡論》[175]。《戰國楚竹書》收《孔子詩論》[176] 中言："詩亡（毋）離志，樂亡（毋）離情，文亡（毋）離言"，李學勤認爲意指"詩亡隱志，

173　楊玉成：《夢囈、嘔吐與醫療——晚明董説文學與心理傳記》，頁 562–563。

174　從醫療角度觀察明清世變中人，無疑是一個新穎的角度。漢學家 Andrew Schonebaum（宋安德）曾在一篇名爲《虛構的醫藥：中國小説的療效》的文章中指出，"晚明之後，小説成爲雙重形態的虛構藥劑，一方面能够治療善讀的讀者，另一方面則創造出它本身所要治療的角色，並且扮演醫學書籍的角色，提供讀者關於疾病與醫療的詳細描述。他稱這種現象爲，'小説有毒。'"這個説法很好理解，恰似《金瓶梅》中李瓶兒對西門慶所説的，"誰似冤家這般可奴之意，就是醫奴的藥一般。"你是我的"藥"，但你其實就是（轉下頁）（接上頁）我的"病"。董説與補《西遊記》的關係恐怕也是如此，而死亡看似是一個感歎的修辭，其實也指向"續書"的療癒作用。參許暉林：《"白話小説，書籍史與閲讀史：明清文學研究的新視角"研討會論文評述》，載《中國文史研究通訊》第十八卷第三期，頁 18。

175　"樂亡文亦亡矣。……是故漢時文章近古，猶有詩書之遺風。其後樂音漸失，聲教墜地。曹操平劉表得漢雅樂郎杜夔，所得於三百篇者惟《鹿鳴》、《騶虞》、《伐檀》、《文王》四篇而已。太和末，又失其三。左延年新得惟《鹿鳴》一篇，謂之東廂雅樂。至晉室而《鹿鳴》無傳矣。鄭漁仲曰：'自《鹿鳴》一篇絶，後世不復聞詩矣。'嗚呼，自《鹿鳴》一篇絶，後世不復聞文矣。豈非天哉，豈非天哉！今夫赤縣九州，操筆布辭，亦何可勝數也。其言皆綴而無章，其音皆濫而消亡。蕩蕩中原，聚聾爲狂，千秋萬歲，莫知其鄉。夫衣冠帶劍而遊乎裸國，見者則鳥奔獸逝，是何也？人莫不怪其所無。今天下無文矣，雖有霖雨崩山，亦可以破琴不鼓矣。"收入於吳文治編：《明詩話全編》第十冊，頁 10832。

176　此爲上海圖書館收藏的戰國楚竹簡《孔子詩論》中的內容。參上海：上海古籍出版社，2001 年版，第一號簡。

樂亡隱情，文亡隱意"。[177] 故而"亡"指向"隱"，是潛在的意圖，也令"情"的潛在文化結構指向"禮"。《西遊補》看似怪誕的失序，以"夢"作爲叙事容器，是真實意圖的隱藏。

"續書"力圖打通夢話與鬼話一定有其意圖，董說自稱寫《西遊補》是"實自述平生閱歷了悟之跡……且讀書之要，知人論世而已。"(《空青室本序》) 他了悟的到底是什麼？

《讀〈西遊補〉雜記》中寫：

> 問："《西遊補》，演義耳，安見其可傳者？"
> 曰："凡人著書，無非取古人以自寓，書中之事，皆作者所歷之境；書中之理，皆作者所悟之道；書中之語，皆作者欲吐之言。不可顯著而隱約出之，不可直言而曲折見之，不可入於文集而借演義以達之。蓋顯著之路，不若隱約之微妙也；直言之淺，不若曲折之深婉也；文集之簡，不若演義之詳盡也。"

"不可顯著而隱約出之，不可直言而曲折見之"令《西遊補》的隱藏文本顯露出獨特的尖銳性，也使之爲"續書"建立了新創的話語機制。岳飛、項羽、虞美人等歷史上著名的"失敗者"，成爲了行者或嚮往、或對話、或扮演成爲的人。但酣暢淋漓的審秦，卻無法阻止秦檜之流以赤心鬼附體再度託生返回人間。董說隱於"西遊故事"外殼以自寓，借夢幻的容器表述慾望的鬼蜮與無解的歷史難題，使得這種"隱藏"本身具有了黑

177　李學勤:《談〈詩論〉"詩亡隱志"章》，載《文藝研究》2002 年第 2 期，頁 31–33。

色的寓言色彩。董説不斷爲行者取消存在感，他的迷失、自困、幻覺、焦躁皆出於這種被取消感的心理危機。因爲，當孫行者在扮演判官、虞美人、六耳獼猴的時候，他隱藏了自己。然而，"隱藏是好玩的事，但没被找到則是災難。"[178]

董説有夢癖，他給自己取了不少與夢有關的號：幻影宗師、夢史、夢鄉太史、夢道人等[179]。僅《棟花磯隨筆》中記載，就有"余癸未病多奇夢，有昭陽夢史刻《豐草集》，中冬作《徵夢篇》。舊在集同志幽遐之夢，名山方外，瀑花林彩，足以滌人。凡近者至庚甲二月，吴江計甫草投餘夢牋數十葉，類唐人稗説，非余志所在，以此徵夢無成，余舊夢如石樓中七十二峰生曉寒，古隸榜真幽絶也。"[180] 又有"癸未，夢堯讓天下於許由，由受之。又夢展古畫軸，乍身入畫中行。奇夢突兀，幽忽如許。但未曾夢伯夷斷西山薇肉食耳。庚甲八月，將遊西洞庭，湖中舟未至，坐石楠堂，雨後書此語。（點校者：何必作此語）"[181] 再如，"壬辰坐静嘯後小樓書堆中，夢行寒瀑，聲動林木，旁見七尺許石，刻威絲二草隸，筆勢如奇鬼搏人。醉後展《王右軍思想帖》，作數百字記此夢。庚子立秋前三日，從補船至静嘯復展此帖，慨

---

178 ［美］馬克·愛普斯坦（Mark Epstein），《佛洛德遇見佛陀：精神分析和佛教論慾望》，頁111。

179 "癸未，余刻印章曰：'夢史'，又方印曰：'夢鄉太史'。後十五年，先師命充書狀時，假寓溪村刻'潛居漏霜'四字印，又刻'鈍榜狀元'一印，或見之而戲，舉松雪'水晶宫道人'對例，言'鈍榜狀元'整合璧'夢鄉太史'耳。今用'蕭蕭林下風珀'印，是先師示寂前手賜。而近復欲刻四字印'日月函船'，師甚思船居也。"見附錄《棟花磯隨筆》141。

180 見附錄《棟花磯隨筆》143。

181 見附錄《棟花磯隨筆》147。

然。楓巢潛。"[182] 可見董説自己有記録夢的習慣，尤其鐘情"奇夢"。許多學者對此表示好奇，並經常將董説《西遊補》之夢與西方精神分析聯繫在一起，現代醫學的新發現當然能令我們反思文學書寫者特別的書寫意圖，但卻無法還原至相同的時代給予更確鑿的説服力。換句話説，精神分析只對分析作者本人起作用，對理解文本的作用是有限的。

實際上僧人記夢並非董説發明，日本的明惠房高弁，生於承安三年（1173 年），殁於貞永元年（1232 年），是鐮倉時代初期的名僧。他從十九歲開始記録夢，一直到死亡前一年，都親筆記録《夢記》[183]。尚没有學者仔細比較董説記夢與明惠記夢，但兩者記夢的行爲模式和意圖卻具有相似性，可能來自於佛教文學系統。在河合隼雄的《高山寺的夢僧》一書中，他借用榮格提出的夢具有補償作用，細分補償（kompensatorisch）與補全（komplemetar）之别，這也暗示著"續書"的兩種類型，即"使之完整"與"補充卻不一定能使該存在變得完整"兩種類型 [184]。廖肇亨曾經從晚明叢林夢論的角度討論佛教論夢的書寫歷程，幾乎與董説同時代的滇南徹庸周理（1591—1647）寫作的《夢語摘要》是晚明叢林夢論的代表。雖然並没有證據證明二者之間的直接聯繫，但詳盡的夢書寫指向"夢是無明，無自覺作用

182　見附録《楝花磯隨筆》195。

183　［日］河合隼雄：《高山寺的夢僧：明惠法師的夢境探索之旅》，林暉鈞譯，
　　　2013 年，頁 17–20。

184　［日］河合隼雄：《高山寺的夢僧：明惠法師的夢境探索之旅》，頁 34–35。

的境界⋯⋯夢其實等於黑暗，没有光亮的無盡行旅"[185] 等基本出發點可能是好佛之士人所共有的觀念[186]。有一個例子可能可以證明這一點，《西遊補》中的核心叙事"夢想顛倒"出現在第一回：

> （行者）口裡亂嚷道："悟能，休得夢想顛倒！"
> 八戒在夢裡哼哼的答應道："師父，你叫悟能做什麼？"

而徹庸周理《夢語摘要》開宗明義説：

> 自生民以來，有人必有事，有畫必有夜，有寤必有寐，有覺必有迷。如是乃至夢想顛倒，相待而起。[187]

可見"夢想顛倒"關涉到了覺與迷、明與暗，夢即佛法的重要議題，並非董説一家之言。趙紅娟就董説《徵夢篇》《夢社約》等材料發現董説徵夢標準過高，以致這項徵集活動在他晚年時宣告破産。（《奇人奇書：董説和〈西遊補〉》）

185　廖肇亨：《僧人説夢——晚明叢林夢論試析》，收入於李豐楙、廖肇亨主編：《聖傳與詩禪——中國文學與宗教論集》，2007 年，頁 653–655。又，"從明代中葉，夢逐漸成爲當時知識圈中關注的重要課題，例如唐順之（1507—1560）、莊元臣、王廷相（1474—1544）、黃省曾等人對夢都曾提出發人深省的意見。"（頁 671）

186　另有袁中道（1570—1623）《珂雪齋紀夢》、張翰（1510—1593）《松窗夢語》、湯顯祖（1550—1617）之玉茗堂思夢、張岱（1597—1679）《陶庵夢憶》《西湖夢尋》、憨山大師（1546—1623）《夢遊集》等。轉引自徐聖心：《夢即佛法——徹庸周理〈雲山夢語摘要〉研究》，載《臺大佛學研究》第 18 期，2009 年 12 月，頁 35–37。

187　徹庸周理：《夢語摘要》，卷上，頁 273c。

又如《西遊補》崇禎本《序》中的"六夢"：

如孫行者牡丹花下撲殺一千男女，從春駒野火中忽入新唐，聽見驪山圖便想借用著驅山鐸，亦似芭蕉扇影子未散。是爲"思夢"。一墮青青世界，必至萬鏡皆迷。踏空鑿天，皆由陳玄奘做殺青大將軍一念驚悸而生。是爲"噩夢"。欲見秦始皇，瞥面撞著西楚；甫入古人鏡相尋，又是未來。勘問宋丞相秦檜一案，斧鉞精嚴，銷數百年來青史內不平怨氣。是近"正夢"。困葛儡宮，散愁峰頂，演戲、彈詞，凡所閱歷，至險至阻，所雲洪波白浪，正好著力；無處著力，是爲"懼夢"。千古情根，最難打破一"色"字。虞美人、西施、絲絲、綠珠、翠繩娘、蘋香，空閨諧謔，婉孌近人，豔語飛揚，自招本色，似與"喜夢"相鄰。到得蜜王認行者爲父，星稀月郎，大夢將殘矣；五旗色亂，便欲出魔，可是"寤夢"。約言六夢，以盡三世。

《嘉興藏》冊25頁273–275：

夢有返夢正夢、順夢逆夢、深夢淺夢、延夢促夢，借夢倚夢、傳神夢、托意夢、想夢非想夢，是自心靈明所作，非假神明主宰，非假人力安排。[188]

頁278–279：

---

188 轉引自徐聖心：《夢即佛法——徹庸周理〈雲山夢語摘要〉研究》，頁44。

問："晝中作事,有頭緒,有始終,一件了又一件,雲何夢中無根,或有頭無尾,或有中無兩邊,幽幽隱隱,不能自主者何也?"答:"晝中所作,因有身故,一切作用,總繫乎身,八識一時具足。夢中惟識神用事,識隨念頭轉,念頭起處即夢,念頭滅處則無。蓋為念頭無根緒,而夢亦無根。夢乃第六獨頭意識所起。前之五識不能致夢。"[189]

據徐聖心考證,《夢語摘要》的現存內容、結構不完整,但"《摘要》道及夢與佛法的關聯、夢作為修法、世界與夢的虛實、夢的起因等議題。綜括而言,周理的釋'夢'理論,約包括以下各主題:(一)夢的起因、(二)夢的類型、(三)夢的吉凶、(四)夢境顯示的各層次意義、(五)夢與死亡、(六)夢與無夢、(七)夢作為修行法門。"[190]我們無法判斷董說是否參考過這些內容,但如果他讀過,那根據《摘要》中"佛無夢,菩薩有夢"[191]可見在有無之間《西遊補》為行者補入的情夢之試煉,恐怕還是與修法有關。這可能才是董說"續書"行為的真正意圖。又如:

當夢者不知其夢,譬如悟人不見空。[192]

夢中昏沉擾惑不能,由人千牽萬引,紛飛莫緒,而省時似

189　轉引自徐聖心:《夢即佛法——徹庸周理〈雲山夢語摘要〉研究》,頁 45。

190　徐聖心:《夢即佛法——徹庸周理〈雲山夢語摘要〉研究》,頁 44。

191　據徐聖心注,《嘉興藏》册 25,276-11,參徐聖心:《夢即佛法——徹庸周理〈雲山夢語摘要〉研究》,頁 50。

192　徹庸禪師:《雲山夢語摘要(上)》,收入於政協大姚縣委員會編:《妙峰山志》,昆明:雲南人民出版社,2008 年,頁 116。

覺，了無根繞……[193]

　　這與《西遊補》中行者入夢的形式極爲相似，且比起弗洛伊德，"僧人説夢"的理論顯然與《西遊補》的文本佈置更有關。林順夫曾經注意到，"《西遊補》'情夢'的理論基礎，可在董説幼年就讀過的《心經》和《圓覺經》兩部大乘佛教經典，晚明名僧如紫柏及憨山對於'情'的處理之叙述，以及董説本人對於夢的探索裡找到。"[194] 但佛經話語層面的比較還需要更仔細的研究才能得出真正有效的結論。楊玉成談及，"人類關於夢的記錄與思考已有數千年歷史，晚明崇尚性靈，偏好疵癖、異端，關注夢囈、幽靈、譫語，某種程度類似浪漫主義在西方潛意識發現史的角色。當時出現夢的專著有張鳳翼《夢占類考》、陳士元《夢占逸旨》、《夢林玄解》、徹庸周理《夢語摘要》、董説《昭陽夢史》等，文學作品更是不勝枚舉。"[195] 而夏濟安在談到《西遊補》時曾經就夢的叙述指出，"董説的成就可以説是清除了中國小説裡適當地處理夢境的障礙。中國小説裡的夢很少是奇異或者荒謬的，而且容易流於平板……可以很公平地説：中國的小説從未如此地探討過夢的本質。"[196] 在本書第一章我們曾經提到心理學家比昂（Wilfred Bion）的研究，"夢"表現爲一種整

193　徹庸禪師：《雲山夢語摘要（上）》，頁116。

194　林順夫：《試論董説〈西遊補〉"情夢"的理論基礎及寓意》，頁327–328。

195　楊玉成：《夢囈、嘔吐與醫療——晚明董説文學與心理傳記》，頁558。

196　夏濟安：《西遊補：一本探討夢境的小説》，頁8。

理機制。夢的功能是將心理的碎片綜合爲一個完整的東西[197]。在
《西遊補》這一文本中，恰好是將大量的意象碎片串聯起時空的
文本試驗。作爲一個"補"入的文學結構，所有的磁碟重組並
不指向原著的完整性，而是作爲一種特殊的補充，一種新的思
考程式，可以是意象、觀念、感覺甚至情緒來構建起的夢幻之
"遊"。而在《西遊補》內部，比起討論"小月王"、"秦檜"的
具體影射，去勾連董説所處時代的朝政風雲，實際上討論"鯖
魚肚"、"靈霄殿"這些容納性環境是如何作爲抽象的語言構造
起文學空間層次的書寫機制可能更具有意義。如果童年就能讀
《圓覺經》[198]的董説讀過《夢語摘要》，那我們不妨做一個大膽的
推論，即比起"西遊故事"的話語系統，《西遊補》可能更親近
佛教文學中"僧人述夢"的宗教話語機制，有待佛教文學研究
者的新發現，而不必過度依賴西方精神分析學説分析《西遊補》
和董説其人。

（三）鏡／境互觀的處境之難

　　許多學者都注意到了《西遊補》中多次出現的"鏡"[199]意象
及其象徵，並將之與《紅樓夢》中"風月寶鑒"作比照。在宗

197　［澳］納維爾・希明頓，瓊安・希明頓（Joan & Neville Symington）:《等待思想
　　者的思想：後現代精神分析大師比昂》，蘇曉波譯，臺北：心靈工坊，2014 年，
　　頁 51。

198　"余迴思少時，亦覺得力於不曾讀《四書注》，及七歲，便讀《圓覺經》。"見附
　　錄《棟花磯隨筆》，093。"五内少澄潔，又讀《孟子》，至《離妻》便止。即先
　　讀《圓覺經》，此大幸也。"見附錄《棟花磯隨筆》，144。

199　趙紅娟:《補天石・鏡子・顏色——試論〈西遊補〉與〈紅樓夢〉的象徵意象》，
　　載《浙江學刊》，2013 年第 3 期，頁 94。趙紅娟統計"'鏡'字在不到五萬字
　　僅十六回的《西遊補》正文中共出現了 62 次，並且還有 4 個回目出現了鏡子。"

教中，鏡是很重要的比喻，因其質地的虛空特點[200]，鏡可納萬物之象。惟心所現，惟心所造，故心即鏡，然而鏡像中的人物又總是與現實世界的方向成像相反，如夢的顛倒，它是一種無意識的精神活動。《西遊補》與《西遊記》中"鏡"意象的書寫，從古代文化傳承的角度看來，最大的特點是作爲法器效能的日益喪失[201]。在世本《西遊記》第六回中，李天王高擎照妖鏡説出猴子去向，但到了第五十八回分辨真假猴王時，它卻失靈了。而在"真假"意象更多的《西遊補》中，這種失靈的不穩定情形就更多了。

如第四回中行者入萬鏡樓，見到：

天皇歐紐鏡、白玉心鏡、自疑鏡、花鏡、鳳鏡、雌雄二鏡、紫錦荷花鏡、水鏡、冰台鏡、鐵面芙蓉鏡、我鏡、人鏡、月鏡、海南鏡、漢武悲夫人鏡、青鎖鏡、静鏡、無有鏡、秦李斯銅篆

---

200 葛兆光：《中國思想史》，上海：復旦大學出版社，2001年，頁410。葛兆光總結："關於以'鏡'爲空之喻，鑒於相當多佛教經論，其中尤其是般若一系的經典，如《般若》、《智度》、《維摩詰》等，把這一譬喻的多重意義綜合，大致可以歸納出'空'的如下思路：鏡中本來無像，猶如空性；鏡中相隨緣成相，猶如有相；鏡中相是哄誑人的假相，就好像有人揀了一個鏡，看到鏡中人相，以爲鏡子的主人來了，就慌忙扔下；由於人們照鏡見相，相有好醜，所以'面净歡，不净不悦'，引起好惡和煩惱；沉湎於鏡中假相，如同陷入虛假世界，爲之發狂；其實這種幻相隨其緣滅，自然消失，鏡中並無存相，終究永恒還是本原'空'。""而以'鏡'喻'空'，則由於它容納了有關'空'的種種複雜涵義，更是被佛教中人經常使用，關於'空'的非常複雜和細微的意蘊，就在這些精緻的譬喻中層層呈現出來。"

201 劉藝：《從照妖鏡到玄理之鏡——〈西遊補〉義旨淺析》，載《新疆大學學報（哲學·人文社會科學版）》，第33卷第3期，2005年5月，頁130。文中詳述從我國遠古巫術出現，到被道教吸收、強化的鏡意象在早期古典小説中的衍變。

鏡、鸚鵡鏡、不語鏡、留容鏡、軒轅正妃鏡、一笑鏡、枕鏡、不留景鏡、飛鏡。行者道："倒好耍子！等老孫照出百千萬億模樣來！"走近前來照照，卻無自家影子。

　　一方面是作爲一種"亡"的意象，行者喪失了自己，他不斷扮演他人，卻在鏡中尋不到自家影子。另一方面，行者變作虞姬時，又照了一次鏡子，"只見鏡中自己形容更添顏色"，分明是假扮，卻有了顏色，比真更真，是爲魔境中的大迷惑。劉藝認爲，鏡子在此作爲法器功能的"失靈"，"決非偶然……問題的根源不在於鏡，而在於鏡背後那個特定時代中人們思想認識的變化，而這一切正在有意無意之間，通過鏡子顯現了出來。"[202] 當鏡子能够將假像照的比真相更真切，還有什麼比這個顛倒秩序更具有心靈的恐怖呢？

　　另一方面，鏡中有影，影卻不能反過來證明實物的存在。曾永義在論述《西遊補》結構時說："以'心猿'的墜入夢幻爲始，以'悟空'的重返本然爲結，中間則肆意鋪叙'鯖魚世界'，而以'驅山鐸'爲芭蕉扇之影[203]，以之爲梭，勾勒編織全文。"[204] 驅山鐸這個法器，雖在情節上呼應著《西遊記》中的芭蕉扇，

202　劉藝：《從照妖鏡到玄理之鏡——〈西遊補〉義旨淺析》，頁130。

203　舒來瑞（Larry J. Schulz）在與林順夫（Shuen-Fu Lin）合譯的英文版《西遊補》導言中認爲，驅山鐸的原型（prototype）是芭蕉扇。Tung Yueh："*THE TOWER OF MYRIAD MIRRORS：A Supplement to Journey to the West*", Translated from the Chinese by Shuen-fu Lin and Larry J. Schulz, Lancaster-Miller Publishers, 1978, p. 19。

204　曾永義：《董説的'鯖魚世界'——略論〈西遊補〉的結構、主題和技巧》，載《中國古代小説研究：香港論文選集》，上海：上海古籍出版社，1983年，頁235。

但本身只是一個"幻影"。從頭到底都不曾真實存在，也不是真實之物，是一個"空"相。行者相信它存在它才存在，如青青世界本身。可行者卻爲了它全力以赴、一再耽溺、沉淪，越陷越深。鯖魚／情欲魔境，其實是順著"情"，針砭相信的"執著"，是具有佛教意味的。傅世怡就以《六祖壇經・付囑品第十》"心生種種法生，心滅種種法滅"解讀佛典喻心——心外無境（法），境（法）處無。（"心，能知；境、所知；能與所爲相待空，心與境互爲緣生，故舉心言之，心攝境爲，舉境言之，境攝心也。"《西遊補初探》頁 88）

　　在《西遊補》中，另一個爲學者熱衷討論的議題即"補天"行爲的隱喻。但"天"與"鏡"相似，作爲一個傳統意象在《西遊補》中遭到了"踏空兒"的破壞。以靈霄殿爲代表的天神界讓只是擁有"踏空"之法的平民百姓就可以用鑿天斧將其鑿開，"把一個靈霄殿光油油而從天縫中滾下來"，可以說，在這裡無論是"鏡"的失靈，還是"天"權威的失效，都意味著《西遊補》有意對於"空"相的解構。高桂惠同樣留意到"純粹奉命行事的鑿空兒，不僅一點一點地失去了天，也沒有踩著地，而悟空面對正在鑿天的現行犯——那'無天無地'的鑿空兒，亦無可奈何。"[205] 在此，空的解構與行者的無能相互映照。

　　在鯖魚肚中，行者不僅僅不辨真假，心神不寧，甚至連路都不認識。在世本《西遊記》的五聖之中，其實唯有孫悟空的眼睛一直認識取經之路的，如小雷音寺一節。《西遊記》中的

205　高桂惠：《〈西遊補〉：情欲之夢的空間與細節的意涵》，頁 313。

"路境"和"異境",從某種程度上來説是重合的。高桂惠很早就注意到了西遊故事群中"這些天路、心路與世路的描繪與展演"[206]《西遊記》到了尾聲時,"小説中取經人最後的考驗之一是被要求'識路'。一路洞見不凡的悟空識者恒識,是唯一認得獨木橋象徵意義的取經人,'必須從此橋上走過,方可成佛'。"[207]可一旦墜入鯖魚肚,行者卻既不識路,也不識相。在鯖魚"異境"中使之險象環生的,並不是妖魔武藝高強,也不是妖魔妄圖傷害五聖聖體,而是行者的"境内無能"。可説是爲呂素端梳理《西遊記》中災難性空間描寫的分類[208]中,"補"上了失心[209]之險,擴大了險難範圍。

《西遊補》十六回的"青青世界",在"西遊故事"的大世界内部開創了一個看似自足的小世界。它的建構提出了一個非常複雜的問題,即作爲本體的"情"究竟是否能够自足?而這個問題的潛文本是,當我們與情相逢的時候,我們其實無所依傍,孤立無援,甚至爲"情"差遣,强逼鑿天,與"理"抗爭。心猿在"情"内與之不斷相逢,踏空時方知情根之虚,情根與

---

206 高桂惠:《〈西遊記〉續書的魔境——以〈續西遊記〉爲主的探討》,收入於李豐楙、劉苑如主編:《空間、地域與文化——中國文化空間的書寫與闡釋》,臺北:中研院中國文哲研究所,2002 年,頁 236–238。

207 劉瓊云:《聖教與戲言——論世本〈西遊記〉中意義的遊戲》,載《中國文哲研究集刊》,第 36 期,2010 年 3 月,頁 12。

208 呂素端:《〈西遊記〉之叙事空間研究》,頁 141。呂素端梳理《西遊記》中人物的歷難形式包括各種吃人之險、女色之險、地理之險、神明設驗之險、人禍之險。

209 高桂惠:《〈西遊記〉續書的魔境——以〈續西遊記〉爲主的探討》,頁 325。高桂惠比較:"相較於《西遊記》中妖魔動輒欲吃'唐僧肉'的各種動機,《西遊補》中妖魔吞食姿態,是以迷惑爲能事,其結果是'失心。'"故而有"救心"一説。

情根錯結之處也是虛。這種虛實的領會，是非常宗教性的思辨，而在個人的部分，《西遊補》所關切的又是孤零零的、迷失方向、"走錯路頭"[210] 的聖徒。

《西遊補》中出現大量關於"路"的意象。第一回唐僧問孫悟空，"悟空，西方路上，你也曾走過幾遍，還有許多路程？"可照應《西遊補》第七回的"行者聽得'矇曈世界'四字，卻又是個望空，慌忙問：'矇曈世界相去有幾里路程？'"而行者迷路、行者問路這些在《西遊記》中不可想像的事，在《西遊補》中卻被不斷縈帶。仔細看來，這些"路"也並非意義相同，雖然大部分出現的"路"都與"西天"聯結，是帶有方向性、原著使命感的指向[211]。"路"也以新舊區分[212]。有宗教意味的是《西遊補》第一回"行者道：'師父差矣！他是在家人，我是出家人；共此一條路，只要兩條心。'"有方法之意的有第四回"看了半晌，實無門路。"文本外的路是西天路，多與險難、妖精、山壑勾連，文本內的路中還有路，不僅路中有路，"情"內還會迷路。

---

210 《西遊補》中一共出現兩次"走錯路頭"，一次是入魔境前，作爲行者對唐僧的提醒，"一時錯走了路頭，不干別人的事"，另一次是十一回，行者走出蹺卦官，"萬一東走西走，走錯路頭"。

211 如《西遊補》第一回："悟空，西方路上，你也曾走過幾遍，還有許多路程？"、"西方路上有妖精"、"教他在西方路上乾淨寺裡修行"；第二回："西方路幻出新唐"、"交結西方一路妖精"；第三回："西方一帶，殺做飛紅血路"、"竟把西天大路鑄成通天青銅壁"、"下界西方路上又恨他"；第五回："把西天路上千山萬壑掃盡趕去"；第十五回"西方路上，受盡千辛萬苦"；"等師艾靜心坐一回，好走西路"。

212 如第二回"回轉舊路"；第十六回"說罷，狂風大作，把行者吹入舊時山路，忽然望見牡丹樹上日色還未動哩。"

第五回，"路程"仿佛是尋秦路或取經路，指向開始變得不明。其次"未來世界"、"曚瞳世界"作爲"世界"，也成爲了空間與空間之間的通道：

行者恐怕席上久了，有誤路程。

四個侍兒扶著行者，徑下了百尺握香台，往一條大路而走。

行者聽得"曚瞳世界"四字，卻又是個望空，慌忙問："曚瞳世界相去有幾里路程？"項羽道："還隔一個未來世界哩。"

原來魚霧村中有兩扇玉門，裡邊有條伏路，通著未來世界；未來世界中又有一條伏道通曚瞳世界。

第七回，空間與空間的邊障被物化爲一步兩步可以抵達的世俗之路（可以買）：

一步兩步的路，又都是松陰柏屋之下。

此處一大半路，再走一小半，便是未來世界。

美婦人休走，等我來剝下衣裳，留下些寶物買路！

第九回，路可以是"方面"：

諸將所向奏捷，而檜力主班師。九月，詔還諸路將軍。

階下五方五色鬼使，五路[213] 各殿判官，個個抖擻精神。

第十回更可以是"思想或行動的方向、途徑"，可以指心路：

行者便叫："新恩人，你可曉得青青世界如今打哪裡去？"

新古人道："來路即是去路。"

行者道："好油禪話兒！我來路便曉得的，只是古人世界順滾下未來世界也還容易；若是未來世界翻滾上古人世界，恰是煩難。"

可以説，董説對這些詞義的轉換、駕馭可謂煞費苦心。《西遊補》的險難結構，是一個以妖肚爲容器的異境。而從上文所論及的觀點可以推斷出，這個異境的邊界介於"夢"與"夢醒"之間，是漫漶而模糊的。但短短十六回的《西遊補》中，行者的"夢"就占了十一回，密集而纏繞，更因爲魚腹的質地，使得異境的幽暗封閉産生了諸多冷調而消極的氛圍。高

---

213 "五路"意蘊複雜。一説通"五輅"，《文選·潘嶽〈藉田賦〉》："五輅鳴鑾，九旗揚旆。"李善注："《周禮》曰：王之五路，一曰玉路，二曰金路，三曰象路，四曰革路，五曰木路。"或指古代王后所乘的五種車子，即重翟、厭翟、安車、翟車、輦車。《周禮·春官·巾車》："王后之五路，重翟，鍚面朱總；厭翟，勒面繢總；安車，雕面鷖總，皆有容蓋；翟車，貝面組總，有握；輦車，組挽，有翣羽蓋。"《舊唐書·儒學傳下·祝欽明》："《三禮義宗》明王后五輅，謂重翟、厭翟、安車、翟車、輦車也。"也可指眼、耳、鼻、舌、身五種感官，《墨子·經説下》："知而不以五路，説在久。"

桂惠指出，"它的空間應是一種抽象的'處境'而不是具象的'環境'。"[214] 甚至鯖魚肚本身就是萬鏡樓，以不斷複製、轉化、變異的"情"的本體幻影，迷惑著心猿。而真實的"情"早於行者進入青青世界時就喪失了。第十六回虛空尊者說明行者的幻象可完全歸諸於鯖魚的變化，但最後又總結說："也無鯖魚者，乃是行者情。"色與空的辯證，從開篇百家衣到尾聲五色旗混戰，也常常貫穿於《西遊補》的文學佈置中。"破情根"與"求放心"在這一向度上指涉的是同一件事："悟空"即是"悟情"。

"情之魔人，無形無聲，不識不知，或從悲慘而入，或從逸樂而入，或一念疑搖而入，或從見聞而入。"(《西遊補答問》)生活世界的失序及混亂、價值世界的顛倒不堪、精神世界的迷惘無能被統統包括在了"鯖魚"的模糊意象中。周策縱在《〈紅樓夢〉與〈西遊補〉》中稱其爲"世界上第一部意識流小説"[215]，林佩芬用以補充《西遊補》利用"意識流小説的寫作技巧，來表現一個荒誕的、破碎的、不連續的、不一致的、不相關的、變型的夢。"[216] 趙紅娟認爲《西遊補》因此而可以和世界文學接

214　高桂惠：《〈西遊記〉續書的魔境——以〈續西遊記〉爲主的探討》，頁 238。

215　關於"意識流"概念的定義，可參看 M.H. 艾布拉姆斯：《文學術語詞典》，北京：北京大學出版社，2009 年，頁 599。"意識流一詞用來特指一種敘事模式。這種模式擺脫敘事者的干預，再現人物心理活動過程的整個軌跡與持續流動。在這一流動過程中，人的感覺認知與意識的或半意識的思想、回憶、期望、感情及瑣碎的聯想融合在一起。"

216　林佩芬：《董若雨的〈西遊補〉》，載《幼獅文藝》第 45 卷，第 6 期，頁 215–219。

軌，具有現代主義色彩。但事實上，《西遊補》的精神特質還是離不開其"修心"證道的土壤，離不開需要通過超越性信仰來安頓不安的靈魂的《西遊記》主題。佛家藉"空"之徹底了悟，帶來的是從思想與行爲的改革中，催破情執中心的心態，建立正覺中心的人生，所謂"心樂清淨解脫，故名爲空"[217]。但悟到空相到底能否拯救晚明沮喪迷惘的士人走出無能界，《西遊補》似乎也沒有給出一個明確的答案。因爲"異境"一旦具象爲個體知識分子的精神處境，情欲之夢就被泛化了。董説將自己的困境投射於《西遊記》中最樂觀的孫悟空身上，令其變得那麼苦悶茫茫，無形中也加重了文本外部環境對《西遊補》的審美壓力。

　　從孫行者克服虛無之行旅上來説，《西遊補》無疑是一部重要的參考作品。也唯有在鯖魚腹中的幽閉，令行者顯示出了區別於《西遊記》中江湖味，顯得更像一個焦慮的士人，他一改《西遊記》中調侃、戲謔、沒大沒小的説話方式，在《西遊補》佈局的精神"異境"中頑强地體會、找尋創傷家國下的無助自我。許暉林總結，"《西遊補》是一個關於受困的故事。受困，最簡單的話來説，就是無法前進，也無法後退。行者受困不只是地理空間上的停滯，而更是一個在真假兩端徘徊與遊移。"[218]《西遊補》對於受困心理結構的細膩刻畫，已經遠遠超越了文本本身所傳承原著的叙事慣性，轉而延展出一片豐富的時代心靈

217　吳達芸：《天地不全——西遊記主題試探》，載《中外文學》第10卷第11期，1982年4月，頁82。

218　許暉林：《延滯與替代：論〈西遊補〉的自我顛覆叙事》，頁131–132。

風景，及晚明向佛士人的獨特感知模式。這些獨特的文本特質，都是《西遊記》原著所不具備的，既無從比較，也無法競爭。兩個文本，似乎隸屬於兩種不同的小説審美體系。《西遊補》更具有現代性。

三、可被感知的"續書"語言

對"西遊故事續書"這個問題而言，董説的貢獻首先是將孫行者作爲唯一的主體進行獨立書寫；其次就是他開創了有別於其它傳統續書書寫模式執著於情節内容、或人物命運遺憾的補償，將原著僅僅當做一種出於"熟知化"而展開的借徑。因爲在《西遊補》爲孫行者設置的情夢中，幾乎没有發生能對原著的故事具有任何情節意義的事。它最大的影響，只是令原著的叙事時間停滯了。

其次，董説對於語詞的敏感，也令他的"續書"奇幻、精緻，具有文人化甚至僧人化的思想特徵。董説想要爲孫行者補入的"情"難，交織著士人對於時局、歷史的惶恐不安，也交織著佛法中對於夢與死、夢與覺知的看法，思想層次十分複雜。雖然《西遊補》並未成爲公認的"經典"文學作品，但它已然成爲了《西遊記》續書研究的核心作品。實際上研究者對於《西遊補》不斷地深入研討，也會反過來刺激傳統"續書理論"的完善。《西遊補》的難讀與董説自己爲"想像讀者"設立的困難有關，與此同時他又在龐雜的詩文著述裏提供了大量關於他思想的線索，這是"續書"作者的内心矛盾之處[219]。董説不斷燒書又不斷寫書，但這些人格特點反映到寫作《西遊補》上反而没有特別明確的信息。我們無法直接證明作者是一個什麽樣的人對於單個文本的影響，我們只能通過文本以外作者所提供的訊息倒推"續書"的過程，所取得的資訊可能是有意義的，可能依然是碎片。

德里達將人類一切文化活動和行爲系統視爲一個"大語言"，整個文本世界是一個差異系統，每一次的閲讀都製造出一種"起源"或"在場"的幻影。幻影是移動的、不穩定的主體標記，在幻影中存有的各種"元素"之間存有差異性，因而差異性將會被推及至文本的脈絡之中，以及更大的文本集合之中。通過比較研究，我們發現"西遊叙事群"中諸多符碼的互文，基於世變、民間趣味、戲曲搬演，續作者在不斷侵入原著途中

---

219 極具個性的作者都會類似的矛盾心理，一方面希望被理解，一方面又希望被誤解。"得到了解對一個作者是真正的不幸。瓦雷里生前是這樣，死後也是這樣。他果真這麽簡單、這麽'好理解'嗎？肯定不是。可是他輕易對自己的作品作了過多説明，他暴露了自己、揭發了自己，他提供了許多線索，消除了那些對一個作家隱秘的魅力來説必不可少的誤解。本該讓人揣度他，他卻把這種工作自己攬起來；他使自我解釋的怪癖流爲缺點。注釋者的任務一定大大地減輕了；一開始就讓他們知道他的意圖和手法的要點，他使他們不愛咀嚼他的作品，較喜歡琢磨他對這些作品所作的闡釋。因此想理解他，就需要知道在涉及他的某個問題，他是否吃了幻想的虧，還是相反，吃了'過分'明察的虧，而二者都是吃了判斷脱離現實的虧。他不僅是他自己的注釋者，而且他的全部作品或多或少還是一種偽裝的自傳，一種高超的内省，他的心智的《日記》，將他的經驗，將他的不管什麽經驗提升為智力上的大事，抹殺他頭腦裡所能有的一切'閃念'，背離他的衷情。"蕭沆（Emile Michel Cioran）:《瓦萊里面對他的偶像》，陳占元譯。原作發表於 1970 年，後於 1986 年收入文論集《讚譽的習作》。載《世界文學》2003 年第 4 期。

其實也不斷做著篩選，這也是我們後人咀嚼玩味之處。

而除了前文提及的部分，董說還有一個重大的貢獻，即藉由"西遊故事"創設了一種新的感知性的寫作方式。李玉平在分析巴塞爾姆小說《白雪公主》對於元童話解構的問題時，注意到了語言文本與非語言文本（主要是視覺文本）的互文性，"譬如，作者通過排成一列的五個黑點，圖文並茂地描繪了白雪公主身上的五枚黑痣。即使是語言文本，作者也充分調動大小寫、斜體、字型、字號的變換以及版面安排等手段，凸現其視覺效果。"[220]《西遊補》中同樣具有不少類似的視覺化的文本佈置意識。

首先是從文本內部。《西遊補》開篇一入夢境，行者就見花，見到"紅"花，照應《西遊記》中火焰山設定中"紅"瓦蓋的房舍，"紅磚"砌的垣牆，"紅油"門扇，"紅漆"板楊，"一片都是紅的"，少年推著"紅車"叫賣"熱糕"。顏色成爲了行者誤入"情"魔的第一媒介。有一段是行者與唐僧討論起"紅"來。

> 行者道："師父，那牡丹這等紅哩！"長者道："不紅。"行者道："師父，想是春天曛暖，眼睛都熱壞了？這等紅牡丹，還嫌他不紅！師父不如下馬坐著，等我請大藥皇菩薩來，替你開一雙光明眼。不要帶了昏花疾病，勉強走路；一時錯走了路頭，不干別人的事！"長老道："潑猴！你自昏著，倒拖我昏花哩！"行者道："師父既不眼昏，爲何說牡丹不紅？"長老道："我未曾說牡丹不紅，只說不是牡丹紅。"行者道："師父，不是牡丹紅，想是日色照著牡丹，所以這等紅也。"長老見行者說著日色，主

220　李玉平：《多元文化時代的文學經典理論》，頁 180。

意越發遠了，便罵：“呆猴子！你自家紅了，又説牡丹，又説日色，好不牽址閒人！”行者道：“師父好笑！我的身上是一片黃花毛；我的虎皮裙又是花斑色；我這件直掇又是青不青白不白的。師父在何處見我紅來？”長老道：“我不説你身上紅，説你心上紅。”便叫：“悟空，聽我偈來！”便在馬上説偈兒道：

牡丹不紅，徒弟心紅。

牡丹花落盡，正與未開同。（《西遊補》第一回）

這不禁令人想到王陽明一段著名的話：

你未看花時，此花與汝心同歸於寂；

你來看此花時，則此花顏色一時明白起來；

便知此花不在你的心外。

與唐僧説“我不説你身上紅，説你心上紅”的意味如出一轍。但如果我們懸置理學的討論，返回文本本身，會發現一個奇怪的現象，就是《西遊補》短短的文本中出現的顏色之多是驚人的。據趙紅娟統計，《西遊補》色彩豐富，顏色字極多，“不到五萬字的小説正文中，‘青’字出現了 206 次，‘紅’字出現了 83 次，‘白’字出現 59 次，‘金’字出現 59 次，‘玄’字出現 49 次，‘紫’字出現 32 次，‘黃’字出現 32 次”[221]。這種對於色彩運用極度鋪張的寫法，調度了讀者的視覺經驗進入到故事

---

221 趙紅娟：《補天石・鏡子・顏色——試論〈西遊補〉與〈紅樓夢〉的象徵意象》，載《浙江學刊》，2013 年第 3 期，頁 96–97。

之中，模糊了文字與影像的邊界，是具有敘事功能的。這種修辭方法在《西遊記》中也有，如第九十一回元宵看燈看花，但卻並不突出。《西遊記》主要以唐僧、八戒的貪看之眼，體現"六賊"之險，對於色相的描寫也是帶有教化感和批判性的節制書寫。但《西遊補》中的行者，因爲身在險難之中，反而更爲肆意地展現夢境的迷幻。

《西遊補》第一回中還出現了百家衣：

> 我到家裡去叫娘做一件青蘋色、斷腸色、綠楊色、比翼色、晚霞色、燕青色、醬色、天玄色、桃紅色、玉色、蓮肉色、青蓮色、銀青色、魚肚白色、水墨色、石藍色、蘆花色、綠色、五色錦色、荔枝色、珊瑚色、鴨頭綠色、回文錦色、相思錦色的百家衣。（空青室本評：情天每從色界而入。色莫艷於紅，故先用紅字引起。至此光怪陸離，目迷五色。然都是空中語耳。故曰色即是空。）

實際上讀者也並不一定知道"斷腸色"、"比翼色"、"相思錦色"等色到底是什麼顏色，它卻鑲嵌其中，成爲了陌生化、間離的閱讀經驗感知。當讀者知道的顏色，和讀者不知道的顏色交織在一起時，形成閱讀的停頓，這種停頓和"補"入的結構以"續書"的話語模式侵入到原著中所造成的停頓是相似的。百家衣出現時，我們的熟知化經驗大於陌生感，但到了萬鏡樓時，則發生了微妙的變化：

> 天皇獸鈕鏡、白玉心鏡、自疑鏡、花鏡、鳳鏡、雌雄二鏡、

紫錦荷花鏡、水鏡、冰台鏡、鐵面芙蓉鏡、我鏡、人鏡、月鏡、
海南鏡、漢武悲夫人鏡、青鎖鏡、静鏡、無有鏡、秦李斯銅篆
鏡、鸚鵡鏡、不語鏡、留容鏡、軒轅正妃鏡、一笑鏡、枕鏡、
不留景鏡、飛鏡。行者道：'倒好耍子！等老孫照出百千萬億模
樣來！'走近前來照照，卻無自家影子。（《西遊補》第四回）

我們可對照《西遊記》第九十一回寫元宵燈：

觀不盡鐵鎖星橋，看不了燈花火樹。雪花燈、梅花燈，春
冰剪碎；繡屏燈、畫屏燈，五彩攢成。核桃燈、荷花燈，燈樓
高掛；青獅燈、白象燈，燈架高粱。蝦兒燈、鱉兒燈，棚前高
弄；羊兒燈、兔兒燈，簷下精神。鷹兒燈、鳳兒燈，相連相併；
虎兒燈、馬兒燈，同走同行。仙鶴燈、白鹿燈，壽星騎坐；金
魚燈、長鯨燈，李白高乘。鼇山燈，神仙聚會；走馬燈，武將
交鋒。萬千家燈火樓臺，十數裡雲煙世界。

同樣是名物陳列，但幾乎所有的燈讀者都能從記憶中找到
熟知的經驗加以想像。但對照"萬鏡樓"，"自疑鏡"、"不語鏡"、
"不留景鏡"、"飛鏡"等等是什麼隱語，很難說明也似乎不需要
說明。（傅世怡解讀"不留景鏡"有深意焉。"苟吾心如明鏡，
采者不拒，去者不留，是所謂'無所住而生其心'。"《西遊補初
探》，頁 95）《西遊補》第四回直說，"行者入新唐，第一層。入
青青世界，是第二層。入鏡是第三層。一層進一層，一層險一
層。"這個"險"是如何表達的？恐怕就是視覺化的語言本身所
造成的閱讀焦慮。這段話中的大部分鏡子讀者都沒有見過，讀

者甚至不知道是否世界上真實存在這樣東西，前文提及"行者"二字的出現暗示著"真"是作者與讀者之間建立的契約，那這份契約到了這裡又開始顯得不可靠了，此謂"險"。書寫者令讀者莫名其妙就置身於一種好像知道是什麼鏡子又好像不知道的閱讀體驗中，這其實是與行者不知不覺入魔的感覺互文的。讀者與行者一同被拋入語詞堆砌的焦慮中。這理當是"續書"作者所刻意營造的氛圍。對董說而言，顏色本身可能就是一種文化符號，它不只是在展演"情"魔的發明。

就顏色本身而言，"中國自西元前約十一世紀時的周朝開始，賦予色彩特殊的含義，把色彩分爲'正色'和'間色'兩類；其中'正色'即前述的五色，而'間'色則由不同的'正色'以不同的比例調和而成，歸屬爲次要的顏色，故又稱爲'閒色'。戰國時期《孫子兵法·勢篇》曾指出：'色不過五，五色之變，不可勝觀也'，意即色彩可千變萬化、多不勝數，但始終離不開'五色'。"[222]《西遊補》中共出現 5 次"五色"，其中一次是鑲嵌在百色衣中的"五色錦"。

又《西遊補》第八回"一人未來除六賊　半日閻羅決正邪"：

一項玄面判官，領著黑衣、黑裙、黑毛、黑骨、黑頭、黑腳——只除心兒不黑——五百名撻秦佳鬼——配了五色，按著五行，立在五方，排做五班，齊齊放在那畏志堂前。

第十回"萬鏡臺行者重歸　葛藟宮悟空自救"：

222　黃仁達編：《中國顏色》，臺北：聯經出版社，2011 年，頁 6。

階下五方五色鬼使，五路各殿判官，個個抖擻精神。

第十五回"三更月玄奘點將　五色旗大聖神搖"，五色則成爲了戰旗。崇禎本評："五旗色亂，是心猿出魔根本，乃《西遊補》一部大關目處。描寫入神，真乃化工之筆。""五色"是與"五行"、"五方"等同屬一個正統話語系統的，關涉中國文化的基礎。而有關"五色"概念的記載，最早見於《尚書·益稷》[223]中，"古人另外又根據土、木、火、水、金（五種構成宇宙萬物的基本要素）的五行法則而定東、南、西、北、中五個方位，並與顏色建立關係；又把權勢地位、哲學論理、禮儀宗教等多種觀念融入色彩中，漸漸整合出一套獨樹一格的色彩文化系統，最後成爲中華傳統文化的重要組成部分。"[224] "五色"具有本體地位，且在《西遊補》中具有重要的意義，這也就暗示了董說故意將名物的色彩置於正色與閒色之間，以期擾亂讀者的辨識，是基於傳統經驗進行了模糊化處理，不僅是"續書"在語言上的創新，也具有典範性的反叛[225]。

對於語言內部視覺潛能的開發，除了顏色之外，董說還調度了"新舊"二字的感知。值得注意的是，《西遊補》中出現了大量新舊對比。前文提及，如新路／舊路，新落花／舊落花，

---

223 "以五采彰施於五色，作服，汝明。"孫星衍疏："五色，東方謂之青，南方謂之赤，西方謂之白，北方謂之黑，天謂之玄，地謂之黃，玄出於黑，故六者有黃無玄爲五也。"五色：指青、黃、赤（紅）、白、黑五色。

224 黃仁達編：《中國顏色》，頁6。

225 視覺以外，《西遊補》第十回還出現了"這裡是靴子隔壁，再走走兒，便要滿身惹臊"，則是借用嗅覺訴諸族群認同的議題。

新唐／大唐，新天／舊天，新與舊一方面是調度本來並不存在的虛擬視覺感知，另一方面，文本中有些東西就只有新而沒有舊，如新天子、新居士、新恩人，不提與此對照的舊物象，更有所謂新古人，書寫者將新／舊二者融合在一起，用不明確的隱喻創造了一個虛擬人物，來不斷製造間離的閱讀效果，使得"新"的含義趨向於"陌生"，而非與實存的"舊"作對照，"舊"則意義趨近於"原初"，縈帶回原著。《西遊補》十分強調"新"，第二回提到"大唐皇帝是簇簇新新的天下"，第四回"或換新衣新履"，行者自稱"新來人"，第七回"他也是個天子，今日換件新甲？"可照應第九回秦檜道"犯鬼站立朝班，看見五爪絲龍袍，是我篋中舊衣服"，行者打開"原來是各殿舊案卷。"第十回出現"行者對新古人叫聲：新恩人！"，照應十五回唐僧道："六耳獼猴是悟空的仇敵，如今念新恩而忘舊怨，也是個好人。"第十二回隔牆花説"舊故事不消説，只説新的吧……《西遊談》新。"可見從舊花、舊衣、舊天，演進到舊案卷、舊價（第十一回"先還舊價"）、舊故事、舊怨、舊路。這一番對比，其實都是由第一回："忽見前面一條山路，都是些新落花、舊落花，鋪成錦地；竹枝斜處，漏出一樹牡丹。"帶入的。也就是以視覺作爲導引，以文字與視覺經驗的勾連作爲敘事的一種策略。

文字閱讀是一種受限閱讀。當讀者目及陳列的名物之時，其實是有一個閱讀順序的。這種閱讀順序受制於我們的觀看方式。我們可以同時看到多種顏色，卻無法同時看到多種顏色詞，一定有一個先後，也有一個調取經驗的時間。我們可能看到一百面鏡子以實在的方式出現在視野內，但通過文字，則反映出差異的面貌，這種面貌是一種隱喻，甚至可以是一種思潮。

西方印象派畫家去除畫中靜物的陰影，重新研究光與色彩的關係。實際上這種"一覽無遺"也突出了藝術家本人的"看"，它的組合更像是一種幻象，或者説，人們夢裡的樣子。一般而言，學人常以"晚明"的角度來檢閱這種名色背後的末世哀愁，明代對於視覺的重視反應於感官的覺知，但更有趣的是，文字將如何表現這一切。

　　李夢圓已經關注到了《西遊補》的視覺性，提出了"《西遊補》的讀者具有觀看者的身份"[226]。哲學家梅洛龐蒂通過身體現象學來讀畫，他寫道："事物根本並不'是'一個在另一個的後面。事物的混搭侵越或潛伏狀態，並未進入事物的定義範圍，只不過表現了我不可思議地與諸事物中的一個——我的身體——有聯帶性……事物彼此混搭侵越，因爲每件事物都在其他事物之外。"[227]董説以感官訴諸根本，暗合"破情根"的主旨，可以説是"續書"獨創的一個話語體系，構建了形式的意義，從字詞的編排到作爲符碼的隱喻。

　　視覺的另一個表現載體，則體現在圖像的部分，表現爲文本內部的視覺意識向視覺形式的演進（兩者也可能存在意義的

226　李夢圓：《論〈西遊補〉的視覺現代性之維》，載《理論界》2015 年第 8 期總第 504 期，頁 124–129。文中認爲"《西遊補》以視覺性分量巨重的引發觀看者即時感性體驗的語言文本顯示了對視覺現代性內質之建構的可能性契機。"李夢圓還提到了文本中所出現的"觀看"的動作，其分析理路可參王才勇關於視覺感知的論文。王才勇：《現代視覺感知及其圖式特點》，載《南京社會科學》2014 年 08 期，2014 年 10 月，頁 47–52；《視覺形式自律與視覺現代性問題》，載《求是學刊》，2014 年第 6 期，2014 年 1 月，頁 20–26。

227　[法]梅洛龐蒂（Maurice Merleau-Ponty）：《眼與心》，龔卓軍譯，臺北：典藏藝術家庭，2007 年，頁 105。

補充，如前文提到的綠珠及其與明珠有關的插畫）。前文提及何谷理從插圖的角度分析過《西遊補》[228]，這一脈絡順應著過去二十年英語漢學界在文本與觀看方面的探索。一方面，文本的意義被拓寬了，"除了文字文本（verbal text）或書寫文本（written text）之外，也可用來指視覺文本（visual text），例如繪畫、插圖、地圖等。而且文本也不一定只能是平面的，還可以是三維的。"文本與觀看的關係還延伸至"印刷文化（print culture）、出版文化（publishing culture）、書籍史（the history of book）和物質文化（material culture），以及漢學界對文人文化（literati culture）的關注。"如柯麗德通過文本與視覺的關係，關注"晚明文人生活，特別是文人身分的建構……不僅檢視了具有明顯視覺性的插圖，還觀察了書籍中文字排列、字號大小、序、跋及點評的安置等外觀特徵。"[229] 蕭麗玲還曾仔細爬梳"隱喻圖像"的創作手法，認爲這一種表達模式不僅僅是作家本位，更

228　Robert E.Hegel: "Picturing the Monkey King: Illustrations and Readings of the 1641 Novel *Xiyou bu.*" *In The Art of the Book in China.*（London: London University School of Oriental and African Studies，2006；Percival David Foundation Colloquies 23），pp. 175-191. Translated as "Tujie Houwang: 1641 nian xiaoshuo *Xiyou bu* chatu"《圖解猴王：1641 年小說〈西遊補〉插圖》. *In Shiqi shiji Zhongguo xiaoshuo* 十七世紀中國小說（forthcoming）。值得注意的是，何谷理認爲董斯張和董説共同完成了《西遊補》，董説之所以完成了父親生前没有完成的作品，是出於孝順的原因（a fitting act for a filial son）. p. 178,（作者自譯）。該論文 2016 年有一個新譯本，由北京大學傅松潔譯，題爲《畫出猴王：崇禎本〈西遊補〉插圖研究》，收入於《國際漢學研究通訊（第十二期）》，北京：北京大學出版社，2016 年，頁 139–154。

229　本段引文參郭劼:《文本與觀看：近年來英語漢學界對視覺與文本關係之研究》，載《中正大學中文學術年刊》，2009 年第二期（總第十四期），2009 年 12 月，頁 35–68。

與"編輯"意圖相關。何谷理對於《西遊補》崇禎本的物質性研究，也爲"視覺"這一議題增添了新的處理方向。明清小説的物質書寫顯照出多重的物象世界，整體而言，物質的存在透過技術本身、物質材質的文化屬性，作爲理性與感性對世界的有表意加強，物品代生產者、擁有者的特殊價值及其伴隨的社會關係能力。尤其是明代的文本，哈佛大學的李惠儀認爲，"晚明有玩物文化，文人通過玩物、體物、觀物之'自我建構'，在易代之際融入興亡之感與歷史記憶。這是世變創傷之下的文人，寄寓家居日用之物以及文物的鑒定與評賞之趣的療癒。"[230] 實際上，對物的依戀和執著，也與"世紀末情緒"相輔相成。

四、小結

在明末清初出現的"西遊故事續書"文本中，《西遊補》是極爲特殊的文本，這不僅是針對"西遊故事群落"而言，更可以納入整個明清文學小説傳統中加以評價。民國時期，魯迅、胡適等著名文學家都對《西遊補》有較高讚譽，這也影響了文學史觀視域下"續書研究"的價值評議，使得《西遊補》成爲了明末清初、清末民初兩段續書作品出現的熱潮期評價最高的作品。北美在上世紀七、八十年代也曾湧現一批對《西遊補》的研究材料，對《西遊補》的評價也很高。無論是夏志清、周策縱，還是白保羅、何谷理等均對《西遊補》文本有了深入的

---

230 李惠儀：《世變與玩物——略論清初文人的審美風尚》，載《中國文哲研究集刊》第 33 期，2008 年 9 月，頁 35–76。

闡釋，這些論點也影響到了近十年來學界對於《西遊補》的重新關注。最早將《西遊補》和"續書研究"理論聯繫在一起進行考察的海外學人是朱陳曼麗，她在 1997 年的一篇論文中指出了十七世紀中國知識分子在面對外部複雜的政治環境時，有了轉而追尋人的內在價值的思想轉向，認爲《西遊補》真正定位的蔽而不彰，可歸爲以下因素：其一，是續書（supplement）的傳統弱勢地位；其二，是《西遊補》與《西遊記》對現實的針砭似乎存在某種共通性；其三，則是作者董説對佛教的濃厚興趣。但究其實，學界對這三大因素的認知流於膚淺且有誤導之嫌。除了以上的問題之外，《西遊補》最特殊的成就是其在"語言"層面上的開創性，但尚未獲得"續書研究"領域、甚至小説研究的重視。雖然已經有不少學者提到了《西遊補》具有意識流、怪誕、奇幻等現代特點，但這並没有影響到它附庸於原著成爲"末技"中的"末技"。

通過文本細讀，本章仔細爬梳了《西遊補》在語言層面的特殊之處。首先在"西遊故事群落"中，孫悟空形象的"喧賓奪主"是在《西遊補》中達到頂峰，是人物的"續書"。《西遊補》完全以孫行者的内視角展開叙事，使得他成爲了"西遊故事"中唯一的主角。這一特點在話語層面上的意義，是人物的"置換變型"發生了，這也是《西遊補》文本的重要特點，一系列"置換"發生於原著與"續書"文本的結構、内容及"潛文本"脈絡中。明末清初以降，孫悟空形象的塑造具有隱喻意涵，《西遊補》則爲之增添了文人性。在喪失了《西遊記》的取經使命和唐僧的束縛之後，在《西遊補》中孫悟空交手的對象是作爲本體的"情"，他在"情"的内部與之纏鬥，並不知道自己已經入魔。文本中大量的置換與替代豐富了原著內涵，令行者展現出哲學意義上豐滿形象。

第二，在語言層面，《西遊補》發生了大量"同音異形異義"（homophone）的語言現象，包括拆字、同音、意義合併等等，來試圖拓展"情"所含納的邊界。被以往研究者所忽略的是《西遊補》中的"幽暗書寫"，《西遊補》通過"續書"互文了張養浩的懷古詩及馮夢龍《楊思温燕山逢故人》中的死亡及故國焚毀的意象，在看似"情夢"的深處喃喃述說著"鬼語"。另一方面，與董説同時代的滇南徹庸周理寫作的《夢語摘要》中出現了《西遊補》的核心叙事"夢想顛倒"的具體演繹，可見晚明僧人述夢的佛教語言體系對《西遊補》的影響同樣很大。當學界熱衷於不斷引入弗洛伊德的夢理論來解釋《西遊補》中出現的意象時，卻沒有對晚明佛學內部的記夢資料做更多的關注。《西遊補》不僅是"西遊故事群落"中最重要的作品之一，可能也是僧人記夢領域被忽略的重要文本，如果將之從續書研究的框架中解脱出來，置入僧人記夢文本研究，是否是一種新的研究可能。其次，《西遊補》對"隱喻"的精心佈置也是前輩學人所廣泛討論的重點。通過詞義的轉換，董説不斷複製、轉化、變異"情"的本體與幻影，背後的話語機制反映的是同時代士人的心靈景觀。這是《西遊補》對語言"續書"的巨大貢獻。

第三，是《西遊補》在感知層面的貢獻，在文本內部表現爲視覺、嗅覺、觸覺等書寫對象，文本外部則包括插圖、版本與序跋等的編纂運用。通過對於顏色、名物的大量文字試驗，董説駕馭著文字編排，不斷製造新的閲讀效果。《西遊補》以不多的文字構建了複雜的空間結構：第四回至青青世界、入萬鏡樓；第五回見古人世界，變作蛀蟲，蛀穿鏡子，見綠珠、西施、項羽；第七回經由項羽得知秦王在矇瞳世界，還隔一個未來世界；七回末行者撞入玉門，滾落至未來世界；第十回跌回青青世界。時空的虛構表現爲多維世界的感知經驗，這使得《西遊補》文本本身不僅表現爲文字的閱讀，更呈現爲一種視覺感知，也令它的讀者身具文字讀者和觀看者的雙重身分。因感知總是與意義相關的，感知也對製造隱喻系統産生了微妙的影響，或爲區隔族群、邊界做著經驗化、體驗化的細分。《西遊補》的夢幻特質是由這種文學佈置所實現的，而這恰恰是傳統"續書研究"所不太關注的面向。

總之，《西遊補》的根本價值在於語言，董説僅僅通過文字製造的顛覆、多義、替代、變型及感知效果，成爲了後人所讚譽《西遊補》種種現代審美特點的根源。這也是"西遊故事續書"的傑出成就。傳統的"續書研究"所會關切到的審美角度不足以容納《西遊補》自身的特點，這也導致了《西遊補》作爲獨立文本的"經典化"歷程的止步，與"續書"穩固而封閉的傳統弱勢地位的確立。《西遊補》的文學魅力，足以令其獨立於其他文本來討論它的文學價值。域外視野的讚譽與研究方法，也可供當今的續書研究者參考。

第三章

《續西遊記》研究

導論 《續西遊記》研究綜述

（一）海內外文獻研究述評

與《西遊補》相比，《續西遊記》實在是一部並不流行且普遍評價不高的作品。無論是傳播度、影響力，還是在學界的關注程度都不如其它兩部明末清初的"續書"作品，長久以來，《續西遊記》僅僅被視作《西遊記》的影響效應而存在。《續西遊記》雖然經常被一般小說史所提及，但在相當相當長的一段時間裡，真正看過它的人並不多。蔡鐵鷹編《西遊記資料彙編》時曾提到一些普遍的研究共識，"前人對《續西遊記》多有言及，但大多云'未見'，自鄭振鐸始，纔陸續發現一種同治漁古山房刻本。《續西遊記》敘唐僧師徒取經到靈山，返回途中又經八十一難。有研究者認爲，本書中提到的唐僧等去程八十一難，與現行的西遊記取經故事並不相同，可能另有所本。《續西遊記》問世的時間，根據前引《在園雜記》提及的情況看，當在清前期。關於作者有三種意見，一是認爲作者是清初人季跪；一是認爲明初人蘭茂；再一即是據下引《序》文，認爲與《西遊記》

作者爲同一人"[1]。在孫楷第《中國通俗小説書目》卷五"明清小説部乙""靈怪第二"中有條目"續西遊記一百回":"存。清同治戊辰漁古山房刊本。封面題'繡像批評續西遊真詮'半葉十行,行二十四字。首真復居士序。有圖。明人撰《西遊補》所附雜記云:'《續西遊》摹擬逼真,失於拘滯,添出比丘靈虛,尤爲蛇足。'"[2]關於《續西遊記》,比較重要的專門考據文章有鄭振鐸的《記一九三三年間的古籍發現》[3],他也是最早提到《續西遊記》版本的學者,及張穎、陳速的《古本〈西遊〉的一部罕見續書》[4]。

根據鄭振鐸早年提供的搜索資訊,張穎、陳速逐漸考證出《續西遊記》目前共有三部半存世,都是同治漁古山房刻本,但指出同治本《續西遊記》遠非原本(頁 783),又根據袁文典《明滇南詩略》記載認爲,"續西遊記"至少應有嘉慶本行

1 "編者按",蔡鐵鷹編:《西遊記資料彙編下冊》,北京:中華書局,2010 年,頁814。蔡鐵鷹輯錄的資料有二,一則是《明滇南詩略》卷一的"蘭茂"條,提及"惟傳其《續西遊記》、《聲律發蒙》二種……";二則是〔清〕毛奇齡《季跪小品制文引》中"季跪爲大文,久已行世,而間亦降爲小品。嘗見其座中譚義鋒芒,奇諧多變,私歎爲莊生、淳於滑稽之雄。及進而窺其所著,則一往譎麗,至今讀《西遊記續》,猶舌撟然不下也。"

2 孫楷第:《中國通俗小説書目》,北京:人民文學出版社,1982 年,頁 193。

3 "《續西遊》則極爲罕覯。我求之數年未獲。五年前,嘗在蘇州某書店亂書堆裡,檢獲一部,系嘉、道間所刊之袖珍本……歷經大亂,此書遂失去。到北平後,又遍訪諸書肆,皆不能得。終於松筠閣得之。版本亦同蘇州所得者。"鄭振鐸:《記一九三三年間的古籍發現》,收入於氏著《中國文學研究下冊》,北京:作家出版社,1957 年,頁 1373。

4 張穎、陳速:《古本〈西遊〉的一部罕見續書》,收入於《續西遊記》,瀋陽:春風文藝出版社,1986 年,頁 778–799。

世（頁 783）[5]。另根據對三種作者說法的辨析，他們認爲《續西遊記》應該有明代以前的傳本（頁 788）。他們還得出了一個比較重要的結論，"《續西遊記》可能是一部明或明以前的早期古典章回說部著作。如確認《續西遊記》寫定於明季或明季以前，意味著……《續西遊記》的許多故事內容，恰恰證明現存《續西遊記》不是今本百回《西遊記》的續書。"他們的重要依據是，《續西遊記》中反復說到了"八十一難"，說明取經人上靈山拜佛前，來路已經經歷了八十一難（頁 789），而世本中取經人遭逢的第八十一難是在回程中才發生的，除此以外，其它情節中亦有端倪。在詳細爬梳了《續西遊記》情節與現存《西遊記》古本殘篇中的差異之後，張穎、陳速得出的重要結論是："元明或元明之前，在現存片段的古本《西遊記平話》以外，必定另有一部今尚未見古本《西遊記》章回說部存在。現存之一百回本《續西遊記》，正是那部比《西遊記評話》更罕見之古本《西遊》或《西遊》前記的一種續書。"（頁 796–797）程毅中和程有慶從《永樂大典》和《朴通事諺解》所引述，推論"在《大唐三藏取經詩話》到世德堂百回本《西遊記》之間，存有多種的西遊故事古本小說……而從《永樂大典》和《朴通事諺解》所引西遊故事版本到百回本之間，必然經過多次的刪改增訂，出現不同版本。"[6]《續西遊記》無疑是明末清初三部"續書"作

5　王旭川提及"《續西遊記》一百回，又稱《新編續西遊記》，題記爲《新編繡像續西遊記》，現存有嘉慶十年刊金鑒堂藏本。"王旭川：《中國小說續書研究》，頁 189。

6　程毅中、程有慶：《〈西遊記〉版本探索》，收入於梅新林、崔小敬主編：《20 世紀〈西遊記〉研究·上卷》，2008 年，北京：文化藝術出版社，頁 176。

品中與這一時期大量被"續書"的"西遊故事"聯結較緊密的作品。

　　而在 1986 年版瀋陽春風文藝出版社排印版的《續西遊記》序言中，提到了張穎、陳速所藏的同治七年版詳情，"原書裝訂十冊，扉頁右上端署'同治戊辰鐫'，左下方署'漁古山房'，中題《繡像批評續西遊真詮》，作雙行刻，首爲《續西遊序》五頁，序署'真復居士題'。次爲'新編續西遊記目録'十一頁，書口作'續西遊記目録'。再次附圖三十九頁、七十八幅。正文書題'新編續西遊記'，書口作'續西遊記'。半頁十行，行二十四字。"

　　這篇考證長文獲得了漢學家白保羅（F. P. Brandauer）的高度關注，白保羅不僅是《西遊補》研究專家，也寫作了一篇關於《續西遊記》的重要評論《"狗尾"的意義:〈續西遊記〉的評論》[7]，詳見本論文"附録二"拙譯。針對張、陳兩人的考據內容，在第九個注釋中，白保羅提出"關於這個判斷有一些問題需要提出，張穎和陳速相信鄭振鐸的複本是同治（1862—1875）版本，但鄭振鐸自己聲稱這個版本是嘉慶道光年間的。張穎和陳速似乎沒有意識到中國有 1805 年版本的存在。這個版本由下文提到的 1986 年江蘇文藝版的校點者路工發現。看起來鄭振鐸的版本和路工發現版本是一致的，而不是現存於北京圖書館的那個版本。"此外這篇論文的重要意義是通過文本細讀，白保羅否定了《續西遊記》和《西遊記》是同一作者這一説法:"這部

7　［美］白保羅（F. P. Brandauer）: "The Significance of a Dog's Tail: Comments on the *Xu Xiyou ji*", *Journal of the American Oriental Society*, Vol. 113, No. 3 (Jul. -Sep., 1993), pp. 418-422。一下引文部分出處同。

作品的的作者和撰寫流行的吳承恩版本的作者爲同一人是不太可能的。兩部作品叙述風格的不同，使得很難將之當作嚴肅的可能性來考慮。此外，正如張穎和陳速指出的，兩部作品之間有數不清的内容不符合之處。最嚴重的問題是我將在下文中所指出的一點：續書作者直接表明了對於母本許多問題的立場的反對……這部小説中提倡的是不同於我們能在其它三部西遊小説裡找到的禪宗思想。禪宗强調的是頓悟，也没有將真經傳統當作有價值的東西。啓迪經驗在其它三部西遊小説中都是突然的，與真經只有很少的、或幾乎没有什麽關聯。在這部續書中則相反，孫悟空的教化啓迪是循序漸進，並且真經在這整個過程中具有中心地位……因此，我們在《續西遊記》中發現了作者對早前傳統顯明的反對立場。"事實上，《續西遊記》仍然有不少"禪宗"思想的印記，對於"經"的理解，也勾連著文字的辯證，是十分複雜的議題。但白保羅看到了"續書"文本與《西遊記》的巨大差異甚至是對立，判斷二者並非出自同一作者的論點是可信的。

同在 1986 年，南京江蘇文藝出版社也出版了一本《續西遊記》，由路工、田牧校點。在前言部分提及"今所見最早刊本，是清嘉慶十年金鑒堂所刻。扉頁上題'貞復居士評點'。正文前有插圖五十幅，有貞復居士序文。貞復居士是別號，不知真名。每回後有他所寫的總批。"值得注意的是，江蘇文藝版提到的是"貞"復居士，而不是"真"復，而所有"真復居士"依據的都是同治本作爲底本。除此以外，瀋陽版排印本删去了所有回評，而淮陰版[8]排印本删去了"很少的一些空洞無物的教條式玄理，目的是爲了方便閱讀"[9]，故而這是一部内容上的删節本。值得注意的是，1986年以後，《續西遊記》在中國大陸的通行本就很多了。但針對不同排字本的介紹與解釋卻很稀少。

關於1986年這兩個排印本，蘇興做了訂校工作《標點本〈續西遊記〉讀校隨記》[10]，他曾於1977年北圖柏林寺分館得目驗原鄭振鐸藏《全像續西遊記真詮》刻本，但未標明梓行時間。對照鄭振鐸藏本的複印本，蘇興指出"江蘇本比春風本訛字少，標點也精審一些，且把没回的總批'全部按原文排印'了。而春風本卻'回評盡删'。雖如此，春風本還是比較忠實於原刻的，不輕易訂改原字、詞。江蘇本則太大膽了，隨便删削，比春風本的少七、八萬字……如仔細通校，春風本整理時的可商榷之處會更多；江蘇本問題也應不少。"（頁14）並在闡述"補字"之前提及原鄭振鐸藏漁古山房刻本"漫漶特甚"（頁19）。但無論是哪種版本，都不是《續西遊記》原本。1993年，上海古籍出版社編輯出版《十大古典白話小説名著續書》叢書，《續西遊記》由"鐘夫、世平"標點，作者署名爲季跪。鐘夫在"前言"中表示，"《續西遊記》有清嘉慶十年（1805年）金鑒堂刊本和同治七年（1868年）、同治十年（1871年）的漁古山房刊

8　白保羅可能根據該版本版權頁的資訊認爲"淮陰新華印刷廠印製"代表出版社在淮陰，便在論文中以"淮陰版"與"潘陽版"區分1986年的道兩個標點版本。本論文則使用出版社名指代，以免地名發生混淆。譯文則依原樣保留。

9　路工:《〈續西遊記〉》前言，路工、田牧校點，南京：江蘇文藝出版社，1986年，頁1。

10　蘇興:《標點本〈續西遊記〉讀校隨記》，蘇鐵戈整理，載《古籍整理研究學刊》，1999年第5期，頁14–20。

本，幾種本子實際是同一副板子，只是前者牌記標作《新編綉像續西遊記》，後者標作《綉像批評續西遊記真詮》，今以日本天理大學圖書館所藏金鑒堂本加以整理。書前真復居士的序與回末評論均予保留，另有圖五十八幅則删除。原書第二十六回文字有顛倒錯亂，現已作了調整。第七十回有一處文字不能銜接，當是原書有脱。第九十八回的將近結束處，也有剜去八行的痕跡，現都以括號標明爲原缺。原書正文有些標題與目録不符，則按内容斟酌取舍，予以統一。其中第六十二回標題漏列，則依目録補出。"[11]

在作者考證方面，1984 年劉蔭柏發表《〈續西遊記〉作者推考》[12]，認爲"《續西遊記》可能是在吳承恩小説之前的作品，而它所續者乃元人之平話……爲明初人蘭茂撰，並非訛傳。"（頁101）1998 年有黃强《〈續西遊記〉的作者不是季跪》[13]，針對這一篇文章的觀點，侯美珍在論文《毛奇齡〈季跪小品制文引〉析論》中提出異議，她認爲《季跪小品制文引》中的"'西遊續記'、'續西遊'應爲同一書。"但今日尚能見到的《續西遊記》是否爲季跪所續，"文獻不足，不敢定論。其二，'小品制文'不是指《續西遊記》，也不是'一本闡述《西遊記》意蘊的八股小品文集'（黃文云）。"[14]

---

11 〔明〕季跪撰，鐘夫、世平標點《續西遊記》，上海：上海古籍出版社，1993 年，頁 4–5。

12 劉蔭柏：《〈續西遊記〉作者推考》，載《雲南社會科學》1984 年第 3 期，頁 106–107，下轉 101。

13 黃强：《〈續西遊記〉的作者不是季跪》，載《晉陽學刊》1998 年第 5 期。

14 侯美珍：《毛奇齡〈季跪小品制文引〉析論——兼談"稗官野乘，悉爲制義新編"的意涵》，載《臺大中文學報》第 21 期，2004 年 12 月，頁 192–195。

　　真正令這一部關注並不多的"續書"作品獲得一定關注，得益於 2010 年 8 月 6 日《雲南日報》刊登了一篇容津蓉作《蘭茂與最早的〈西遊記〉》[15]，文中認爲"蘭茂所續的……是對玄奘的《大唐西域記》未寫之事進行文學想像而寫成的新作"，但没有給出具體的爬梳和證明。文章透露的另一個訊息是，"2000 年，（作者）無意間得知揚州韋森先生家裡收藏有嘉慶十年（1805 年）金鑒堂刻版本《續西遊記》……借得珍貴善本，如獲至寶，疾抄 20 餘日……又細心與上海古籍出版社出版善本仔細核對，確定無一差誤……加之將刊印的《續西遊記》，謹以此紀念先賢蘭茂誕辰 613 年……"這一版本後來並未問世，2011 年，徐章彪在《也談〈續西遊記〉的作者問題》一文中提及，"容老所在的'蘭茂學園'在'重新整理出版'《續西遊記》（其實是自費找印刷廠印製，現在因爲欠費，大部分書尚被廠方扣押在廠）時已將書名改爲了《南西遊記》，並且在封面上標明作者及籍貫爲'明止庵蘭茂著古滇楊林石揚山'，出版者爲'蘭茂學苑戲學部組編'，這個不倫不類的書名讓我十分納悶：到底是南遊呢還是西遊……"[16]本書認爲此處"南遊"恐怕指的是"滇南"之"南"。但徐章彪最終的爬梳，卻指向"《續西遊記》是《西遊記》之後的作品"，從目前學界的研究共識來看同樣有待商榷。

　　因爲涉及到雲南地方文化建設，這篇副刊的非學術文章"引起了較大社會反響，省政府領導同志對此作了指示，雲南省

15　後刊發於期刊。容津蓉、紀興：《蘭茂與最早的〈西遊記〉》，載《國學》，2012 年 11 期，頁 26–27。

16　徐章彪：《也談〈續西遊記〉的作者問題》，載《邊疆文學・文藝評論》2011 年第 1 期，頁 28–30。

文聯爲此專門召開了分析聽證會。"冉隆中於 2010 年 10 月 15
日發表《關於〈續西遊記〉的幾點意見》，肯定了蘭茂的作者身
份，並且延續容津菴稱呼"蘭茂的《西遊記》"的説法，認爲
"蘭作者的東西在寫作出來後 400 年，才有人想起刻印……它的
名字很委屈地被稱作《續西遊記》"，其實很不可靠。因爲缺乏
具體的證據，並且《續西遊記》的内容分明是"東歸"，不應該
草率地認爲蘭茂先於世本《西遊記》寫了蘭茂版的《西遊記》，
僅僅因爲刊刻晚就被世人所誤會，這大概還是背後政府意志參
與了文學研究的討論的關係。李孝友在《關於〈續西遊記〉》一
文中指出了這一討論結論草率的問題，闡明"雲南最早的通志
《（正德）雲南通志》在外志卷二十一爲蘭茂立傳時，介紹了蘭
茂止庵生平的二十三種著作……没有提到《續西遊記》。乾隆年
間，師範纂輯《滇系》介紹蘭茂著述，也未有《續西遊記》。清
道光年間，阮元纂修《（道光）雲南通志·藝文志》在'滇人著
述之書'中，也没有講到著有《續西遊記》。以後周鐘岳纂修的
《（民國）新纂雲南通志》在'藝文考'中，於蘭氏著述也未見
有《續西遊記》。晉寧藏書家方樹梅編製《明清滇人著述書目》
在子部小説類……都没有蘭茂的《續西遊記》……文章談到蘭
茂《續西遊記》抄本之底本，來自揚州私人藏書嘉慶十年金鑒
堂刻本，根據瞿冕良先生編著的《中國古籍版刻辭典》没有金
鑒堂書坊……"[17]

除了昆明文學研究所所長徐章彪、雲南省文史研究館館員

---

17 李孝友：《關於〈續西遊記〉》，載《邊疆文學·文藝評論》，2010 年第 10 期，
頁 25。

李孝友之外，這一場由《雲南日報》所引發的文學討論在《邊疆文學》期刊上的"爭鳴"還有一篇文章，爲蘇國有的《蘭茂和〈續西遊記〉的關係》[18]，刊發於李孝友文章之前，長達九頁，李孝友的文章只有一頁。蘇國有從《西遊記》敷演脈絡，到雲南方言，再到蘭茂著述思想、文化傳承等方面分析並得出結論："《續西遊記》中保留的方言詞告訴我們，該書的作者，當爲明代及以後雲南昆明地區之人……從《續西遊記》的内容來看……與明初滇中名士蘭茂（1397—1470）的思想頗有相似之處……《續西遊記》應早於吴本《西遊記》。"值得注意的是，蘇國有的服務單位是"中共昆明市委辦公廳"。

因爲《邊疆文學》雜誌找尋不便，本書對這些正反方的觀點做了較爲仔細的介紹。仔細來看，2010 年這一場堪稱"意外"的文學討論，雖然包含有諸多荒誕之處，所蘊含的意味卻很深。這對《續西遊記》而言未嘗不是一件好事，圍繞"蘭茂"與《續西遊記》的作者之爭繁榮了《西遊記》"續書"的討論，這與"董説"與《西遊補》的範例完全不同。"蘭茂"與《續西遊記》的背後站立著作爲"雲南"地方的話語之爭。比起與季跪[19]的作者之爭，作爲地域空間的"雲南"方面似乎更需要確立蘭茂與《續西遊記》之間的關係，這是很罕見的。在此之前，《續西遊記》甚至極少以單篇的討論對象爲研究者所關注，對《續西遊記》的討論一般基於明清小説續書研究的視野之下，佔據極

18　蘇國有：《蘭茂和〈續西遊記〉的關係》，載《邊疆文學・文藝評論》，2010 年第 10 期，頁 16–24。

19　參黄强：《〈續西遊記〉的作者不是季跪》與侯美珍：《毛奇齡〈季跪小品制文引〉析論——兼談"稗官野乘，悉爲制義新編"的意涵》。

少的篇幅，自鄭振鐸一九三三年發現該書刻本至今八十多年來，《續西遊記》的研究並沒有什麼太大的進展。畢竟，對爲一部至今尚未有一個理想排字本的冷僻小說而言，廣泛的討論有助於釐清許多問題，就文本而言，雲南的專業研究者敢於挑戰"干預"、就事論事的態度也令人欽佩。參與這場學術討論的正反方觀點持有者是研究者與公務人員，這使得"人的意志"以一種特別的形式，干預著"續書"作品的傳播。

除此以外，中國大陸方面單獨討論《續西遊記》的文獻，依時間順序排序還有：熊發恕《〈續西遊記〉評介》[20]；馬曠源《〈西遊記〉研究兩題》[21]；王增斌《機心滅處諸魔伏自證菩提大覺林——禪學的心界神話〈續西遊記〉》[22]；王增斌、李衍明《〈續西遊記〉主題探奧》[23]；勾豔軍《日本近世小說家曲亭馬琴的〈續西遊記〉評價》，收入於《科學發展·協同創新·共築夢想——天津市社會科學界第十屆學術年會優秀論文集（上）》；2014 年內蒙古民族大學桑禹的碩士論文《〈續西遊記〉研究》等。

在"續書研究"脈絡下中討論到《續西遊記》的文獻，依

20　熊發恕：《〈續西遊記〉評介》，載《康定民族師專學報（文科版）》，1990 第 1 期，頁 48–54。

21　馬曠源：《〈西遊記〉研究兩題》，載《（滇）楚雄師專學報（社會科學版）》，1997 第 4 期，頁 53–55、轉頁 65。

22　王增斌：《機心滅處諸魔伏自證菩提大覺林——禪學的心界神話〈續西遊記〉》，載《運城高專學報（哲學社會科學版）》，第 15 卷第 3 期，1997 年 9 月，頁 24–27。

23　王增斌、李衍明：《〈續西遊記〉主題探奧》，載《山西大學學報（哲學社會科學版）》，第 24 卷第 5 期，2001 年 10 月，頁 53–56。

時間順序排序還有：陳惠琴《善取善創別開生面——〈西遊記〉續書略論》[24]；周維培《荒誕神奇的〈西遊〉續書》[25]；2004 年福建師範大學馮汝常的博士論文《中國神魔小說文體研究》；2004 年福建師範大學段春旭的博士論文《中國古代長篇小說續書研究》；2004 年上海師範大學王旭川的博士論文《中國小說續書的歷史發展》；2006 年廣州暨南大學田小兵的碩士論文《〈西遊記〉續書研究》；李秀花《孫悟空形象在明末清初續作中之演變》[26]；左芝蘭《對明末清初〈西遊記〉續書的研究》[27]；陳會明《古代小說續書研究探尋》[28]；2007 年黑龍江大學于冬的碩士論文《明末清初〈西遊記〉接受狀況探析——從〈續西遊記〉〈西遊補〉〈後西遊記〉切入》；2007 年四川大學左芝蘭的碩士論文《明末清初〈西遊記〉續書研究》；胡淳豔《心路歷程——論〈西遊記〉三部續書的傳播》[29]；石麟《〈西遊記〉及其三種續書的哲理蘊涵》[30]；李蕊芹、許勇強《接受視野下的明末清初〈西遊記〉

24　陳惠琴：《善取善創別開生面——〈西遊記〉續書略論》，載《明清小說研究》，1988 年第 3 期，頁 156–167。

25　周維培：《荒誕神奇的〈西遊〉續書》，收入於《古典小說攬勝》鄭州：中州古籍出版社，1994 年，頁 136–145。

26　李秀花：《孫悟空形象在明末清初續作中之演變》，載《明清小說研究》，2006 年第 4 期，總第 82 期，頁 174–184。

27　左芝蘭：《對明末清初〈西遊記〉續書的研究》，載《晉中學院學報》，第 24 卷第 5 期，2007 年 10 月，頁 34–47。

28　陳會明：《古代小說續書研究探尋》，載《龍岩學院學報》，第 25 卷第 5 期，2007 年 10 月，頁 49–51，轉頁 67。

29　胡淳豔：《心路歷程——論〈西遊記〉三部續書的傳播》，載《明清小說研究》，2008 年第 2 期，總第 88 期，頁 111–119。

30　石麟：《〈西遊記〉及其三種續書的哲理蘊涵》，載《內江師範學院學報》，第 25 卷第 11 期，2010 年，頁 13–20。

續書》[31]；2013 年上海師範大學趙毓龍的博士論文《西遊故事跨文本研究》；齊裕焜《〈西遊記〉的續書》[32] 等。而這些論文同樣討論到了《後西遊記》及《西遊補》的部分，羅列與此，不再贅述。

　　臺灣地區方面的文獻依時間順序排序，有：高桂惠《〈西遊記〉續書的魔境——以〈續西遊記〉爲主的探討》[33]，翁小芬《論〈續西遊記〉之寓意及其寫作藝術》[34]。在"續書研究"脈絡下中討論到《續西遊記》的文獻有：2000 年臺灣中山大學林景隆的碩士論文《西遊記續書審美叙事藝術研究》；2000 年中國文化大學張家仁的碩士論文《〈西遊記〉與三種續書之比較研究》；2000 年中國文化大學張家仁的碩士論文《〈西遊記〉與三種續書之比較研究》；2006 年淡江大學莊淑華的碩士論文《〈西遊記〉續書論——人物主題轉變與新類型之建立》；2011 年，曾永義主編、花木蘭出版社出版、翁小芬所著《〈西遊記〉及其三本續書研究（上）、（下）》；2013 年臺灣高雄師範大學林景隆的博士論文《明代四大奇書之續書文化叙事研究》；2016 年臺灣政治大學李宛芝的碩士論文《〈西遊記〉續書之經典轉化：以明末清初和清末民初爲主》。

31　李蕊芹、許勇强：《接受視野下的明末清初〈西遊記〉續書》，載《成都理工大學學報（社會科學版）》，第 19 卷第 1 期，2011 年 1 月，頁 39–43。

32　齊裕焜：《中國古代小説演變史》，頁 298–305。

33　高桂惠：《〈西遊記〉續書的魔境——以〈續西遊記〉爲主的探討》，收入於李豐楙、劉苑如主編：《空間、地域與文化——中國文化空間的書寫與闡釋》，頁 211–268。

34　翁小芬：《論〈續西遊記〉之寓意及其寫作藝術》，載《東海大學圖書館館訊》，總 143 期，2013 年 8 月，頁 33–56。

　　海外漢學的部分除了有前文提及的白保羅的評論，另有李前程爲黃衛總主編的《蛇足：中國小說傳統中的續書和改編》（Snakes' Legs: Sequels, Continuations, Rewritings, and Chinese Fiction）一書所撰寫的第二章《猴子形象的轉變：西遊記續書與內部轉向》（Transformations of Monkey: Xiyou ji Sequels and the Inward Turn）。高桂惠爲此書撰寫的書評也可一同參考 [35]。

　　總而言之，前輩學人對《續西遊記》的討論是不充分的，獨立研究《續西遊記》的論文十分罕有，而基於圍繞"蘭茂"的作者考辨衍生出來的討論視野也並不寬廣。對於明末清初的"西遊故事續書"作品而言，《續西遊記》是唯一一部對"底本"本身提出問題的作品，也挑戰了本書第一章所言及的續書研究者面對流變的底本時所持有的"研究共識"。2010 年的那場文學討論的偶然性，揭開了一種公務人員與研究者共同的"續書焦慮"，這二者之間社會權力的不對等，被遮蔽的地方利益效應也以變異的商業性影響到了"續書"文本價值的認知，這對於《續西遊記》研究史而言，具有十分重要的參考價值。一部內容爲"東歸"的小說卻被冠以《（滇）"南"西遊記》的命名歷程，恰好反映了這中間極其複雜的傳播意味。此外，海外學人白保羅、李前程和高桂惠都給我們提供了與衆不同的思考角度。文本部分我們將在下幾小節詳細分析。

35　高桂惠：《評 Snakes' Legs: Sequels, Continuations, Rewritings, and Chinese Fiction》，黃衛總主編（Martin W. Huang），載《中國文哲研究集刊》，第 27 期，2005 年 9 月，頁 317–322。

（二）偏見下的《續西遊記》出版繁榮

《續西遊記》的主要內容是寫唐僧四衆取經東歸途中一段經歷。大意是唐僧徒衆歷八十一難到達靈山雷音寺，佛祖如來擔心四人難以保護真經回去，詢以本何心而取真經。唐、孫、豬、沙分別答以志誠、機變、老實、恭敬四心，悟空還隨口答以機變心對付八十八種邪心。如來恐孫悟空機心生變，難保真經，派比丘僧、靈虛子兩人暗中保護，攜帶八十八顆菩提珠和木魚梆子，輔助取經師徒凈心驅魅，護經返程。後四衆在路遭遇諸多妖魔，最終悟空等頓悟機心乃起魔之根，於是滅機心、篤真經，於路無阻，順利歸於大唐。

前文曾提及劉廷璣在《在園雜記》中言及"如《西遊記》乃有《後西遊記》、《續西遊記》，《後西遊》雖不能媲美於前，然嬉笑怒罵皆成文章。若《續西遊》則誠狗尾矣。"[36] 到了後世，王旭川認爲"《續西遊記》成就相對最差。"[37] 考證過《續西遊記》作者的劉蔭柏認爲它"簡單粗糙、不合時尚……情結不生動、叙述粗糙、缺乏文采"，與《西遊記》相比，"無異於'蚍蜉'去撼參天'大樹'"[38] 等，這是對《續西遊記》具有代表性的評價。我們現在知道，這些評價其實各有問題。如魯迅借《西遊補》所附雜記說"《續西遊》摹擬逼真，失於拘滯，添出比丘靈虛，尤爲蛇足"，但魯迅當時並沒有看到過《續西遊記》。劉蔭柏將《續西遊記》與《西遊記》進行內容比較，卻疏忽了對於

36　劉廷璣：《在園雜志》，張守謙點校，頁124–125。
37　王旭川：《中國小説續書研究》，頁206。
38　劉蔭柏：《西遊記發微》，頁233。

《續西遊記》而言，"底本"是哪一部《西遊記》還需要嚴肅地釐清。無論是"狗尾"還是"蛇足"，《續西遊記》因爲它真的名爲"續"，而成爲了"續書研究"的典範個案，承擔著這個理論框架下的偏見。

前文還提及，程國斌在《明代書房與小說研究》一書中，以"萬曆二十年《西遊記》刊刻以後，到崇禎十四年（1641年）董説《西遊補》的刊刻"作爲時間標的，統計共有 25 部神魔小說出現於書坊（包括明末佚名《續西遊記》一百回）[39]。説明《續西遊記》的刊刻發行管道與《西遊補》有重疊。真正值得注意的是，在 1833 年（天保四年）日本近世小説家曲亭馬琴（1767—1848）撰寫了《続西遊記國字評》，是《續西遊記》重要的海外評論，目前藏於日本早稻田大學。

勾艷軍引介了這篇長文評論。曲亭馬琴"在開篇總評中，他對《續西遊記》的版本進行了描述，並指出該書作者或許就是爲之作序的'真復居士'：'是書，清人之戲墨，全部一百回，分二十冊，收於兩帙，一帙各十冊。且卷一表紙裡有'嘉慶十年新鐫，貞復居士評點'，又序落款有'真復居士'，想來上之'貞復'爲'真復'之誤，作者不詳，通過序文及每回批語可猜，或爲此真復之作'."[40]可見曲亭馬琴看到的也是"貞"復，和前文提及的嘉慶本一致，且他認爲這是寫錯了，其實未必。在内

39　程國斌：《明代書坊與小説研究》，頁 253–262。

40　轉引自勾艷軍：《日本近世小説家曲亭馬琴的〈續西遊記〉評價》，收入於《科學發展・協同創新・共築夢想——天津市社會科學界第十屆學術年會優秀論文集（上）》，2015 年，天津：天津市社會科學界聯合會，頁 201–202。［日］曲亭馬琴：《續西遊記國字評》（電子版），早稻田大學圖書館公開古籍書 1833 年版，頁 23。

容方面，在江户時代持有"勸善懲惡小説觀"（勾艷軍語）的曲亭馬琴"認爲，《續西遊記》最大的功績在於否定'機變'，否定殺生……具有警世教誡的積極意義。"（頁 202）而對於"續書"，曲亭馬琴提出了"隱微[41]論"，"前記之隱微，續記予以發揮而已，續記如同前記之注釋文。（第四條）"（頁 204）勾艷軍指出曲亭馬琴對機變的實施主體辨認不明，對淫奔情節非常排斥，是因爲將《續西遊記》定義爲"佛書"，其實並不準確。（頁 205）但重要的是，在清代以降中國文人幾乎一面倒地認爲《續西遊記》價值不高的狀況下，曲亭馬琴是唯一一位早在道光年間就對《續西遊記》持有正面評價的學者。且曲亭馬琴自己不僅是評論家，也是一位創作者，身兼多重身份。他的名作《南総裡見八犬伝》（《南總裡見八犬傳》），是日本古典文學史上最長篇的巨著，這部作品就大量借鑒模仿了中國《水滸傳》的素材。勾艷軍總結，"總體而言，曲亭馬琴對《續西遊記》表現出讚賞的批評姿態，並表達出同爲稗史小説家的苦辣共鳴，其原因正如他在文中講到的：'稗史之作，悅里巷小兒易，爲君子掛齒難，世上批評稗史者多，思量作者苦心者寡。好壞暫且不提，寫此百回之長物語，應羨其文華筆力。'（第二十條）的確，同爲地位不高且從事改寫、續寫工作的稗史小説家，曲亭馬琴對《續西遊記》的作者表現出深切的理解與共鳴。"（頁 206）這段評價不僅對《續西遊記》很重要，對作爲寫作方法、策略的"續書"研究也是極其少見的資料。從中我們不難看出，藉由對《續

41　據勾豔軍分析，"隱微"是曲亭馬琴晚年經常使用的文學批評術語，所謂隱微，"乃作者文外之深意，待百年後有知音者悟之。"頁 204。

西遊記》的閱讀，曲亭馬琴對於作爲“末技”的小説地位有清醒的認知，且認爲這種評價遮蔽了小説價值與作者的“苦心”。

　　1986 年以後，中國大陸河北人民出版社（石家莊，1989年）、河北美術出版社（武漢，1989 年）、上海古籍出版社（影印本，4 册 1788 頁，上海，1990 年）、上海古籍出版社（上海，1993 年）、嶽麓書社（長沙，1994 年）、華夏出版社（北京，1995 年）、晨光出版社（昆明，1997 年）、嶽麓書社（長沙，2003 年）、齊魯書社（濟南，2006 年）、鳳凰出版社（南京，2011 年）、中國經濟出版社（北京，2012 年）、嶽麓書社（長沙，2014 年）均出版了《續西遊記》新版，幾乎每十年都至少有兩到三個版本，至今並未中斷。而臺灣在 1995 年由臺北建宏出版社出版過《續西遊記一百回》，標註爲“季跪撰；鐘夫、世平標點”，此後就沒有《續西遊記》的通行本出版，可見兩岸《續西遊記》的可見度有差。前文還曾提及中國湖北美術出版社的連環畫《續西遊記》，曾在上世紀八十年代影響了一代《西遊記》愛好者，是爲對於“續作”的改編，也就是對於“續書”的“續書”。此爲《續西遊記》在現代出版歷史上的續衍過程。

一、“續書”之循環替代：以“真經”爲中心

　　高桂惠指出，“相較於《西遊補》對人的處境的刻畫，《續西遊記》、《後西遊記》則側重在‘經’的對待上：《續西遊記》中妖魔多欲搶奪經擔，以得其庇護。”[42] 僅在《續西遊記》一百回

42　高桂惠：《〈西遊記〉續書的魔境——以〈續西遊記〉爲主的探討》，頁 214。

回目中，就出現了 27 次"經"字，可見叙事重心的悄然挪移。而除了悄然挪移，《續西遊記》中有關"經"字的指涉也愈發明確了起來。世本《西遊記》中，在取經人取得真經之前，唐僧也念經，文本在叙述唐僧念經、完成他的宗教功課時，有時會出現"經"的功能的描述，這些功能往往是具體而分散的，如：

三藏方敲響木魚，先念了净口業的真言，又念了净身心的神咒，然後開《度亡經》一卷。誦畢，伯欽又請寫薦亡疏一道，再開念《金剛經》、《觀音經》，一一朗音高誦。誦畢，吃了午齋，又念《法華經》、《彌陀經》。各誦幾卷，又念一卷《孔雀經》……（《西遊記》第十三回）

此時唐朝法師本有根源，耳聞一遍《多心經》，即能記憶，至今傳世。此乃修真之總經，作佛之會門也。（《西遊記》第十九回）

三藏就合掌諷起齋經，八戒早已吞了一碗。（《西遊記》第二十回）

八戒聞言，又愁又笑道："師父，你説的那裡話？我只聽得佛教中有卷《楞嚴經》、《法華經》、《孔雀經》、《觀音經》、《金剛經》，不曾聽見個甚那舊話兒經啊。"行者道："兄弟，你不知道，我頂上戴的這個箍兒，是觀音菩薩賜與我師父的。師父哄我戴了，就如生根的一般，莫想拿得下來，叫做《緊箍兒咒》，又叫做《緊箍兒經》。他舊話兒經，即此是也。但若念動，我就

頭疼，故有這個法兒難我。師父你莫念，我決不負你，管情大家一齊出去。"（《西遊記》第二十五回）

"今日不幸，遇著虎狼之厄，我不是妖怪。"行者道："你既怕虎狼，怎麼不念《北斗經》？"（《西遊記》第三十三回）

三藏道："也罷，徒弟們走路辛苦，先去睡下，等我把這卷經來念一念。"行者道："師父差了，你自幼出家，做了和尚，小時的經文，那本不熟？卻又領了唐王旨意，上西天見佛，求取大乘真典。如今功未完成，佛未得見，經未曾取，你念的是那卷經兒？"三藏道："我自出長安，朝朝跋涉，日日奔波，小時的經文恐怕生了；幸今夜得閒，等我溫習溫習。"（《西遊記》第三十六回）

卻說三藏坐於寶林寺禪堂中，燈下念一會《梁皇水懺》，看一會《孔雀真經》，只坐到三更時候，卻才把經本包在囊裡，正欲起身去睡，只聽得門外撲剌剌一聲響喨，淅零零刮陣狂風。（《西遊記》第三十七回）

唐長老舉起箸來，先念一卷《啓齋經》。（《西遊記》第四十七回）

談一部《孔雀經》，句句消災障；點一架藥師燈，焰焰輝光亮。拜《水懺》，解冤愆；諷《華嚴》。除誹謗。（《西遊記》第九十六回）

三藏卻又將經包兒收在他家堂前，與他念了一卷《寶常經》。(《西遊記》第九十九回)

曹炳建仔細考證過世本《西遊記》中出現過的經目[43]。到了《續西遊記》中，"續書"文本中的"真經"、"經包"、"經卷"、"經擔"、"經櫃"指向了取經隊伍具體取回的三十五部經書，且"經"也有了自己更明確的幾大特性，即《續西遊記》第四回神王所言："經文與耙、棒並行不得。"甚至連與之同行的禪杖也使用不得(如第五十三回，"掣杖便離了經")，與板斧也不得同行(如第八十四回，"三藏説：'徒弟們！快把此斧埋入山崗土內，莫要帶他前行，這器械原與我經文不容並行的。'")。

真經的用處同樣被簡明扼要地體現爲"真經到處，消災釋

---

[43] "《西遊記》在行文中曾提到的佛教經目共18種，按首次出現爲序羅列如下：《受生度亡經》(12；第13回稱《度亡經》，第35回稱《受生經》)、《安邦天寶篆》(12回)、《勸修功卷》(12回)、《金剛經》(13回、25回)、《觀音經》(13回、25回)、《法華經》(13回、21回、25回、81回；第67回稱《法華》)、《彌陀經》(13回)、《孔雀經》(13回、25回、96回；第37回稱《孔雀真經》；第67回稱《孔雀》。當即爲《大孔雀經》)、《緊箍經》(15，第25回稱《緊箍兒經》)、《心經》(19回等。按，此經作品中多次提到，名稱各有不同)、《起齋經》(20回，第47回稱《啓齋經》)、《楞嚴經》(25回，當即爲《首楞嚴經》)、《梁皇水懺》(37；第81回稱《梁王懺》)、《華嚴》(96回，當即爲《華嚴經》)、《揭齋經》(96回)、《佛本行經》(99回)、《寶常經》(99回)、《大藏真經》(98回、100回)。《西遊記》以上18種經目，與前述經目相同或可視爲相同者有《楞嚴經》、《華嚴經》、《金剛經》、《法華經》、《寶常經》、《孔雀經》、《佛本行經》7種。另，《緊箍(兒)經》當即《緊箍咒》，明顯系小説家言；《大藏真經》當是對唐僧所取經書的總稱。故《西遊記》實際所涉及到的佛教經目共計44種。"參曹炳建：《〈西遊記〉中所見佛教經目考》，載《河南大學學報(社會科學版)》，2004年第1期，2004年7月，頁79–82。

罪，降福延生，允爲至寶"、"（蠹妖説經文）食盡了，必獲通天徹地不老長生"（第五回）。《西遊記》中也出現過"至寶"，太上老君的金丹、鈴鐺、通關文牒、錦襴袈裟、紫金鉢盂都曾被稱爲"至寶"。"至寶"還指唐僧的元陽（"我的真陽爲至寶"，《西遊記》第五十五回），妖怪吃唐僧肉是爲了長生，可見《續西遊記》中的"真經"實際上替代了世本《西遊記》中"唐僧"身上最被妖怪所覬覦的兩個元素（如第六回"西方地內，莫説善男信女敬愛真經，便是飛禽走獸也樂聽聞，山精水怪也思瞻仰"、"（蠹妖們計較道）千載奇逢，遇著經文"、"（峰五老）我們若得解悟了，可以與天齊壽"等等），真經成爲了召喚險難的緣由。這種替換爲什麼會發生，《續西遊記》也給出了解釋，第十二回赤花蛇精説，"有人説：'唐僧十世修行，吃他一塊肉，成仙了道。'那時不曾捉得他。問知他近日從靈山下來，已證了仙體，不但有百靈保護，便是捉了他，也吃不得了。只是聞得他取來的真經，大則修真了道，小則降幅消災。我等可不攝取了他的，做個至寶。"與此同時，二霤怪偷得的照妖鏡是道家法器，與這三十五卷真經也不得並行。（第六十三回，"此寶即真經，不容並立。"）

　　就世本《西遊記》而言，"求長生"是童年孫悟空和妖怪們的訴求，不是唐僧和其他取經人的訴求，也不是聖徒們踏上西行之路的訴求，但死亡從"西遊故事"形成之初就成爲了一種潛在敘事[44]，開始時是爲了凸顯玄奘取經九死一生的不易，直至

44　如《大唐三藏取經詩話》開篇就寫法師"生前兩回去取經，中途遭難，此回若去，千死萬死。"參《大唐三藏取經詩話》，臺北：世界書局，1977年，頁1–2。

三教融入文本之後，死亡作爲幽暗書寫的表現方式則更爲顯著。許蔚曾指出，"《西遊記》……無論是從天界，還是從人間來看，取經的緣起都是超度亡魂……唐僧西天取經的現實目的是超度亡者升天。"[45] 世本《西遊記》第二十九回觀音菩薩示現 "指示西方有佛有經，可度幽亡，超脱孤魂。"許蔚爬梳，這一取經 "度亡"的使命，在早期楊志和本《西遊記傳》、《大唐三藏取經詩話》、朱鼎臣本中均有相關體現，有其複雜而確鑿的早期源流。但到了《續西遊記》，這一主題被道教意味的 "長生"所替代了。經文則替代了唐僧，成爲了長生不老藥[46]的象徵。妖精靠 "吃經"、"攝取經"來達到不死的目的，這其實也是源自道教 "服食"的方法。在世本《西遊記》中孫悟空吃仙桃、金丹，取經路上吃了鎮元子的人參果都可以長生不老。而佛教講的是 "輪迴"，是肉體的消滅與 "往生"，佛教徒不追求 "不死"，因爲死後還要面對別的事，是通向極樂或是沉淪地獄。真經原要超度的正是那些在東土大唐沉淪地獄、不得解脱之人，具有救贖意味，是唐王李世民地獄之行後多得二十年陽壽、籌辦水陸大會的功果道具，但在《續西遊記》中，"真經"的佛教意涵被替代了。簡而言之，在《西遊記》中，取經人吃了人參果之後，都已經不會死了，但他們的使命是輔佐唐僧去度衆生。《續西遊記》中取經人到了西天以後，取得真經東返，孫悟空因 "多心"而没有通過佛祖的考驗，取經團隊 "度亡"的使命也尚未完成。

45　許蔚:《〈西遊記〉研究二題》，載《華人宗教研究》，頁116、117。

46　"經"的醫療功能在《續西遊記》中不止一次出現，如第二十回，唐僧給莫耐山下的聾瞽老婆子治病，"三藏道：'悟空，自你去後，我便念一卷《光明經》，那婆婆眼便説看的見；又誦了一卷《五龍經》，他便叫耳聽得説。'"

《續西遊記》真正的顛覆之處，是將佛家的"度亡"再度曲解爲道家的"長生"，這種曲解表現爲"經"的服食效應。如果說《續西遊記》中所有的妖邪都因取經人多心而起，那麼以語義的"曲解"替代"多心"，成爲"多心"的惡果，是這一百回"續書"苦口婆心重複呈現的主題。

《續西遊記》中被物質化的"真經"，還有一些特質。如經文到了比丘僧和到彼僧手中，屢次可以被菩提珠子所替換，爲的是不被妖怪偷走。經包在比丘僧和到彼僧授意下可大可小，和孫悟空的毫毛變化設計差不多。又如第四回如來對三藏所言"非人不可輕傳，善士尤當欽重"，吃不到經的妖邪或其他僧人又反復要求唐僧"開經"、"看經"、或令其"抄經"，針對的都是有形有體的經，以期改變經的保存狀態或唯一性，唐僧也因"誦經"有了"平妖"、"拔苦"的濟世功能。這令《續西遊記》中的"經"以絕對的主角面貌出現在了"續書"文本的意圖中。唐僧甚至都不再是取經的核心，他所取到經文才是這段取經路的最大主角，所有的取經人只是爲護經而行，這是其它"西遊故事續書"作品所不具備的關切。這樣做的意義是什麼呢？"經"與孫悟空的關係，是《續西遊記》改編行爲的真正價值。如果我們將之與續書研究的"底本"問題放在一起考察，會發現那一部並不明確的古本《西遊》，在如何對待"經"和對待孫悟空的問題上，提出了不同的意見。

值得注意的是，《心經》並沒有出現在《續西遊記》所呈現的取經人最終取得的經目中，這可能是因爲烏巢禪師授予唐僧之後就不再重複授予，但也可能意味著《心經》並沒有一個物質化的實體，也不應該輕傳，具有"不可交換性"[47]的時代特點。
《續西遊記》中的"心經"功能的確有被再度分化、替代的傾向。
在《大唐三藏取經詩話》引入"猴行者"形象以前，據程毅中
介紹，《大慈恩寺三藏法師傳》中，玄奘念誦《心經》就有"在
危獲濟，實所憑焉"的作用；《太平廣記卷九十二引》中，《多心
經》的作用是"山川平易、道路開闊，虎豹藏形，魔鬼潛跡"[48]。
到了世本《西遊記》，最重要的經文——《心經》也不過出現 8
次[49]，據張靜二爬梳，"《西遊記》書中共八度提到《心經》。首
度是在第十九回的結尾'浮屠山玄奘受心經'；該處正文不但明
言烏巢禪師授經的原委，還將《多心經》的經文全數錄下。禪
師於口授經文之前，曾對唐僧說：'若遇魔障之處，但念此經，

47　高桂惠：《〈西遊記〉禮物書寫探析》頁 6。
48　程毅中：《〈心經〉與"心猿"》，載《文學遺產》2004 年第 1 期，頁 108。
49　"西遊故事中，跟玄奘取經有關的史料和想像文學並非全都提及《心經》。在史
　　料方面，像道宣《唐京師大慈恩寺釋玄奘傳》、冥祥《大唐故三藏法師行狀》、
　　劉軻《大偏覺法師塔銘》、靖邁《古今譯經圖紀》、智昇《開元釋教錄》、圓照
　　《貞元新定釋教目錄》、劉昫《舊唐書》、歐陽修《於役志》、覺岸《釋氏稽古
　　略》等重要文獻裏，都對《心經》略而不提。而演述西遊故事的想像文學中，
　　像《朴通事諺解》、《銷釋真空寶卷》、《清源妙道顯聖真君二郎寶卷》等，若非
　　失諸簡略，就是只存殘篇，也不曾載及該經。楊景賢《西遊記》雜劇是西遊故
　　事傳統的重鎮，但對該經卻僅一筆帶過而已。其他像楊志和《西遊記》與朱
　　鼎臣《唐三藏西遊傳》等，既未載《心經》全文，亦未呈現該經在書中的功
　　能……真正載述《心經》與唐僧取經的，在史料方面實則僅慧立《大唐大慈恩
　　寺三藏法師傳》（以下簡稱《慈恩傳》）一書。"張靜二：《論〈心經〉與西遊故
　　事》，載《臺灣政治大學學報》第 51 期，1985 年 5 月，頁 251。但因《心經》
　　在世本《西遊記》中稱呼不一，曹炳建考證《心經》出現過 15 次。"全稱《摩
　　訶般若波羅蜜（密）多心經》者凡兩見（19、80 回）；稱《心經》者凡三見
　　（19、32、93 回）；稱《多心經》者凡八見（19、20、43、85 回）；稱《密多心
　　經》者一見（45 回）；稱《般若心經》者一見（93 回）。"參曹炳建：《〈西遊記〉
　　中所見佛教經目考》，頁 82。

自無傷害.'然而，唐僧隨即在'黃風怪阻'一難前念著《多心經》時，被虎先鋒擒走（第廿回）。其它六次，除了唐僧在"大賭輸贏"時曾'默念那密多心經'（第四十五回）、在'松林救怪'前曾'明心見性，諷念那摩訶般若波羅密多心經'（第八十回）之外，都是悟空因見師父驚惶不安而以《心經》給予啓導的。"（頁254）烏巢禪師説"若遇魔障之處，但念此經，自無傷害"，但我們知道在世本《西遊記》中，"《心經》從未發揮過此類效用"[50]。歷來，學界對於《心經》與"西遊故事"關係的研究不少，一般都是從二者蘊意中找尋宗教關聯。直至到世本《西遊記》中，《心經》的作用是被有意遮蔽的，或者説降妖除魔這一部分功能被孫悟空的出現所替代了。《心經》成爲了唐僧身上幾乎同樣不發揮實際除魔作用的袈裟、禪杖一樣抽象的法器。並不發揮實際作用，甚至使得唐僧看起來無能也在所不惜，這有其佛教文化上的淵源。

美國學者太史文（Stephen F. Teiser）在《幽靈的節日》（The Ghost Festival in Medieval China）一書中寫到："佛陀的錫杖在幫助持有者衝破阻障擊敗對手上威力非同一般……這威力使佛教高僧敢於進入他道並度脱他人……僧人的袈裟象徵著佛的權威並保證其傳承的連續性，傳給禪宗六祖的袈裟便是出名的事例。"[51] "按照佛教的看法……任何方便，包括法術，施用場合得當時都是正當的。同樣的手段，當有道者不在度脱衆生的背景下使用法術，則要遭到批評……神通的術能，是通過修行達到

50　高桂惠:《〈西遊記〉禮物書寫探析》頁3。

51　[美]太史文（Stephen F. Teiser）:《幽靈的節日——中國中世紀的信仰與生活》，侯旭東譯，杭州：浙江人民出版社，1999年，頁142–143。

的，修行者一旦獲得正果，神通自動慈悲行事……"[52] 簡而言之，唐僧歷經萬苦去西方如來處取經，並一路感化眾人，實爲最終要去普度眾生。他的能力不是通過"使用"來展現的，恰恰是要在完成正果之後，自然而然顯現的。這也是他看似無能，卻爲五聖首領的真正緣故。唐僧的"能術"得來與孫悟空正好相反，他持有的法器看似没有顯示作用也歸因於此。而《續西遊記》中孫悟空、豬八戒、沙和尚的兵器被收繳，遵循的也是這個脈絡。

《續西遊記》故事展開的契機，可能是擷取自世本《西遊記》第九十九回"欲奪所取之經"的暗示：

師徒方登岸整理，忽又一陣狂風，天色昏暗，雷煙俱作，走石飛沙。但見那：一陣風，乾坤播蕩；一聲雷，振動山川。一個烱，鑽雲飛火；一天霧，大地遮漫。風氣呼號，雷聲激烈。烱摯紅綃，霧迷星月。風鼓的塵沙撲面，雷驚的虎豹藏形，烱幌的飛禽叫噪，霧漫的樹木無蹤。那風攪得個通天河波浪翻騰，那雷振得個通天河魚龍喪膽，那烱照得個通天河徹底光明，那霧蓋得個通天河岸崖昏慘。好風！頹山烈石鬆篁倒。好雷！驚蟄傷人威勢豪。好烱！流天照野金蛇走。好霧！混混漫空蔽九霄。唬得那三藏按住了經包，沙僧壓住了經擔，八戒牽住了白馬，行者卻雙手輪起鐵棒，左右護持。原來那風、霧、雷、烱乃是些陰魔作號，欲奪所取之經，勞攘了一夜，直到天明，卻

---

52 ［美］太史文（Stephen F.Teiser）:《幽靈的節日——中國中世紀的信仰與生活》，頁 136–137。

才止息。

　　一般而言，"西遊故事"的基礎使命和故事核心就是玄奘取經，其它取經人只是輔佐唐僧西行，能力再強也"替不得這些苦惱，取不得經來"（世本《西遊記》第二十二回）。到《續西遊記》中，妖怪不再想要吃唐僧肉來長生，轉而搶奪經卷，要服食仙字，這也使得世本《西遊記》中的唐僧總是"擔驚受怕"自己會被殺害或攝陽的潛在焦慮同樣被替代了。從"西遊"到"東歸"，這段危險的旅程也逐漸演變爲對於"取得經卷"這一西行實際收穫的捍衛保護，唐僧不再愁苦自己，轉而擔心自己一路辛苦會白忙一場。如《續西遊記》第五回，唐僧對蠱妖哭訴：

　　列位善人，莫要造次扯奪。慈悲我弟子十萬餘里程途，十四多年辛苦取得來的……

　　《續西遊記》第九回：

　　三藏聽了一個"妖怪騙經"，就慌張起來道："悟空，若是妖怪來騙經，卻怎麼了？你快與八戒、沙僧趕上奪下來，莫著妖怪騙去，空向靈山一番勞苦！"

　　《續西遊記》第七十八回：

　　三藏道："徒弟呀，不是這等説。當初來時只是空身，沒有掛礙，遇了妖魔要捆、要吊、要蒸、要煮，捨了一個身子！今日取經回來，萬法傳流盡在我們身上，干係甚大。萬一有些差池，褻慢真經，豈不失了西來本義？東土永不沾恩。雖然走過許多路程，古人云：'爲山九仞功虧一簣。'以此益發要小心。"

　　"降妖除魔"這件事，從"西遊故事群落"脫胎而來，原來由"經"的效用承擔，後因"猴行者"形象的引入而分擔了這項功能，使之成爲了潛在的救贖之力，《續西遊記》中"降妖除魔"卻似乎被分解爲正當的和不當的，而用"經"是唯一正當所在。《續西遊記》提出的問題可能就如李前程所言，"《續西遊記》主張佛經（sutras）的救贖力量，但在這部續書中，除了人的自身意識，似乎沒有任何東西可以依靠，既非佛教亦非佛祖。"[53] 無論《續西遊記》"續書"時究竟依據的是哪一個底本，從收繳武器的情節來看，至少存在著"孫悟空"的能力與"經"的效力互相的替代趨勢。"孫悟空"仰賴金箍棒和機變心輔佐唐僧除妖，在《續西遊記》中作爲批判的對象而被反復書寫。

　　另一重替代發生在對於"經"的認知上。如果我們還記得世本《西遊記》中每次進入到一個新的地界，看到高山唐僧都會害怕，而每到這時，孫悟空都會出來講一段《心經》。如世本《西遊記》第四十三回：

　　老師父，你忘了"無眼耳鼻舌身意"。我等出家之人，眼不

53　李前程：《猴子形象的轉變：西遊記續書與內部轉向》（Transformations of Monkey: Xiyou ji Sequels and the Inward Turn），自譯，頁62。

視色，耳不聽聲，鼻不嗅香，舌不嘗味，身不知寒暑，意不不存妄想——如此謂之祛褪六賊。你如今爲求經，念念在意；怕妖魔，不肯捨身；要齋喫，動舌；喜香甜，觸鼻；聞聲音，驚耳；覷事物，凝眸；招來這六賊紛紛，怎生得西天見佛？

又如《西遊記》第八十五回，孫悟空對唐僧説：

佛在靈山莫遠求，靈山只在汝心頭。人人有個靈山塔，好向靈山塔下修。

這一設計本來就意味很深，因爲唐僧作爲虔誠的高僧應該要比帶罪輔佐的孫悟空更懂得《心經》的内涵，但世本《西遊記》中孫悟空對《心經》的領會顯然要高過唐僧，這種情況是如何發生的不得而知。作爲"心猿"的悟空與《心經》關係緊密，這一點夏志清、張靜二及其他前輩學者都有很精彩的論述，"《心經》對西遊故事所以重要，乃是因它深具驅魔逐鬼的功效……（唐僧）對經文惑而不解，以致磨難屢生，險阻重重"[54]，故而，如果説《西遊記》八十一難是針對唐僧"多心"而設，那麼《續西遊記》的險難則基本是針對孫悟空的。這裡同樣發生了又一重"替代"。劉瓊云曾指出，《心經》在《大唐大慈恩寺三藏法師傳》中的地位很特殊。除了前文提及過的驅邪避魔的功效之外，《詩話》中天界賜下的五千四十八卷經文"各各俱足，只無多心經本。"劉瓊云認爲"《詩話》中的《心經》特殊

54　張靜二：《論〈心經〉與西遊故事》，頁 261、262。

之處在於其'不能輕傳'。定光佛指示此經只能傳於唐皇，但無法傳度於薄福衆生。'無法'之由，是因爲經書本身特殊的形式——它不是固定於紙卷上的經文，而是活生生的現象。這裡的《心經》並不'傳'法，它'化身'爲法；翻開經卷，它向讀者展現的不是文字，而是法的威力與神效。它讓人直接'感受'，而不是'理解'佛法。它不是經卷一部，而是以經卷外形包裹的'活法'。"[55] 高桂惠則認爲，世本《西遊記》第九十八回以取經人"人事"紫金鉢盂換得"有字真經"，正映襯了《心經》具有禮物和衣鉢的雙重體質，"吊詭地折射出救贖的精神性經典——'無字真經'的不可交換性。"[56] "求取佛經"這一西遊敘事使命，也從如何艱難"求取"，轉移到了對待"經"的問題本身。《西遊記》第九十三回，唐僧説"悟空解得是無言語文字，乃是真解"，"有字真經"可用"人事"換得，"無字真經"非一般大衆所能理解，卻反而是真解，它不可交換。有趣的是，到了《續西遊記》中，它不僅可被搶奪，亦可被變通。

　　《續西遊記》將"真經"越發地物質化、實體化了（"經包"、"經擔"、"經櫃"與"假經"、"騙經"、"失經"）。妖怪想要看經、抄經、吃經字，就暗示著經文定然有字，故而"翻開經卷"成爲了妖邪的具體企圖，遭到取經人強阻與捍衛。《續西遊記》中的"經"只通過唐僧課誦而傳，"法的威力與神效"也是經由唐僧課誦而傳，唐僧課誦的是他本來就會誦的經，這是文本的吊詭之處。其他取經人的作用，則象徵著他們各自所存心的名色。

55　劉瓊云：《搬演神聖：以玄奘取經行故事爲中心》，載《戲劇研究》2009 年第 4 卷，頁 139–140。

56　高桂惠：《〈西遊記〉禮物書寫探析》頁 6。

八戒負責老實、沙僧負責恭敬、孫悟空開始負責機變，後終於放棄了，篤信真經。他們與"經"的關係走向同一，第六十九回：

> 那妖鵲們齊詫異起來，道："經在哪裡？"行者跳出櫃子，說，"我便是經。"老鵲叫："再開那經擔！"只見八戒在裡鑽出來，道："我就是經。"沙僧也一樣鑽出擔子來，說，"我就是經。"老鵲見了，向眾鵲道："是了，是了。不差，不差。和尚是經。經是和尚。"

這是符合《續西遊記》中反復強調的"正念"——"萬卷真經一字心"的，只是孫悟空因術能的取消而在能力上逐漸與豬八戒、沙和尚沒有顯明的區別了。在《大唐三藏取經詩話》中，《心經》是西行求取的佛經之一，改變了《大唐大慈恩寺三藏法師傳》中《心經》是西行之前所得之經的內容。《續西遊記》的"續書"則又將《心經》移出了所取之經的範疇。《續西遊記》對待《心經》的態度是如何呢？有趣的是，《續西遊記》只在第三十回、第三十一回、第三十二回中明確出現了《心經》，是由比丘與靈虛子變作道士所念的：

> 比丘與靈虛子知是行者來，乃變了兩個白鬚眉道者，在內開了門。行者上前施一個禮道："老師父，你敲木魚誦的甚麼經典？"老道答道："我誦的佛爺《心經》。"行者道："老師父，你在石室內，這相貌似仙家，怎麼誦我釋門經典？"（《續西遊記》第三十回）

話表三藏與沙僧守護著經文，在石室堂中與兩個老道者講論誦的經典。那老道一掌當三藏胸前打來，沙僧見了忙把手去擋抵道："師父，不好了！又錯投奔山頂上來，這老道乃是魔王也。"三藏忙推開沙僧之手道："悟淨徒弟，你不知。此時老師父教誨，指明我誦的乃《心經》也。"沙僧乃悟。（《續西遊記》第三十一回）

三藏乃合掌，把個《心經》從頭至尾朗誦一遍。只誦到"無眼耳鼻捨身意。"那六慾忽然大悟，雙膝跪在地下道："聖僧老爺，我明白這功課了。家去做本分營業吧。"七情道："聖僧，我還不明白，求再功課一遍。"三藏又把經唸起，方才說"照見五蘊皆空"，那七情也跪倒說："老爺，我也明白了，家去做個平等心腸人吧。"兩個欣欣喜喜，出門而去。此時三藏方才安心定慮道："徒弟們，我想如來寶藏，度化眾生，真實不差。只說這強人聽了，便回心轉意"。（《續西遊記》第三十二回）

三屍魔王調度"七情"、"六慾"二魔阻截真經，道士念佛經本來就已經諷刺滑稽[57]，《續西遊記》在行文中也有對靈虛子屢次變身道士的譏諷（第八十九回，"你兩個分明是比丘、優婆，卻假變全真！一個木魚錘子乃是敲梆善器，卻把他變青鋒利械！

<hr>

[57] 道士講經在《續西遊記》中並非隨意出現，第十二回："玄鶴老妖道：'我當年也曾到玉真觀，聞知玄元大仙說：真經乃佛祖見性明心、濟幽拔苦大道理。若有見聞的，須發菩提心，焚香持齋課誦。怎麼備辦酒慶賀，可不褻瀆了真經？'……玄鶴老道答：'我曾飛入靈山，也聞得釋子們說：真經本無字，了義復何文？只此一粒子，菩提發見聞。'"

你縱説我等是妖，只怕你們假變滿人，也非正道。"）唐僧並非對著自己誦經而是對著"七情"、"六慾"二魔誦《心經》，且這二魔也的確因此而退散了，更具有教化的象徵意味。不僅如此，相對於《詩話》將焦點放在《心經》"傳法"的方式上，世本《西遊記》將《心經》本身作爲了潛在的取經核心，唐僧將之當做隨身衣鉢來看待（見《西遊記》第九十三回，三藏道："《般若心經》是我隨身衣鉢"），那《續西遊記》中的《心經》又趨向於具體的護法功效了，這一點與作爲取經成果的"真經"一致。更蹊蹺的是，到了世本《西遊記》中成了《心經》專家的孫悟空在《續西遊記》中居然沒有聽出來比丘、靈虛子所誦的是《心經》，反而唐僧倒是懂得如何使《心經》驅魔。這些差異凸顯了"續書"作者的設計心思，對於我們重新理解"西遊故事"的敷演歷程也有參考價值。

可以説，《續西遊記》這番圍繞著"經"的"續書"，實現了大量的驚險的"替代"。"孫悟空"的"多心"替代了唐僧的"多心"，也就替代了引難的主體；救難這一面，靈虛子、比丘僧與"真經"替代了"孫悟空"的護法效用，但這效用的發揮取自於取經人內在的"志誠"；"真經"的"救亡"使命，被道家求長生的"服食"所替代；對於《心經》的詮釋，唐僧替代了孫悟空的敏知，課誦的平妖功能也使唐僧替代了孫悟空的保護，實現自救；《心經》的效用對象，也從唐僧變爲了妖邪。唐僧不同於世本中取經人以《心經》作爲西行之旅精神核心的詮解，轉而對孫悟空講的都是"志誠"，這裡又發生了非常重要的替代，即意念（多心）被替代爲態度（志誠心）[58]。

從"西遊故事群落"的流變脈絡來看，在引入"猴行者"形象之前，"經"的作用是很大的。康韻梅曾爬梳《大唐大慈恩寺三藏法師傳》中故事源流，認爲"極度刻畫法師西行所遇難堪的孤絕和多重的危難便形成了一種叙事的張力，即法師越處於孤絕和危難，越能彰顯出佛法的神聖和效能。沙河的歷險便在法師不斷默念觀音和《心經》下，終夢大神指引。"[59]這種救援符碼在《西遊記雜劇》中體現得最爲鮮明，一直延續到世本《西遊記》中，但《心經》或者説"經"的表現從未如《續西遊記》這般具象化、實體化、世俗化，且《續西遊記》也將觀音的救援作用移除了。作爲聖靈顯像的"經"文與可被俗人所抄謄、甚至可被妖邪覬覦服食的"經"面臨著意義的解構與降格。如果如劉瓊云所言，《西遊記》中的經文"從無字真經到有字真經的降格"[60]，那麼這番"意義的遊戲"到了《續西遊記》中，這種"降格"則被作爲"續書"的替代策略所加重了。"真經"被誇大、重複書寫的物質實體，不斷強調著歧出的意義，是十分可疑的設定。尤其經典權威的建構表現爲妖邪的覬覦、吞噬，食

---

[58] 如《續西遊記》第九回，"三藏乃説道：'説志誠，真靈應，色相皆空歸静定。一腔不失赤子心，滿胸全無虛假性。無虛假，欺僞消，渾然天理絶塵囂。當機接物皆真實，樸往醇來不詐澆。不詐澆，方寸地，不僅機謀多智慮。至誠動物若神交，夢寐羹牆如一契。如一契，説奇逢，豈知就裡盡虛空。一誠無著隨感應，萬事謀爲自遂通。'……三藏道：'悟空，你那裡知這志誠二字？幾千年也説不了，百萬里路也講不窮。你若知道，又何消我説。'"這一段幾乎是模仿世本《西遊記》中每次唐僧逢山恐懼，孫悟空講《心經》的範式。

[59] 康韻梅：《從文本演繹歷程論〈西遊記〉文學經典意義之形成》，頁18。

[60] 劉瓊云：《聖教與戲言——論世本〈西遊記〉中意義的遊戲》，頁26。

用"真經"雖然只是替代了食用"唐僧肉",但這種意義的偷換令"續書"作者對於"真經"內在意識的追索更爲深沉。取經人在《續西遊記》中總是"守著經櫃"的實體外觀,防止喪失和破壞,因爲這是艱辛西行的功果象徵,妖怪又總是企圖"盜食仙字",雙方甚至都沒有要爭奪經文"意義"的主權,也不關心"意義"的發生。道士講經頭頭是道,妖精取用佛經尚且講究一個"禮"(如《續西遊記》第十四回,赤蛇妖説"非焚香不可展開看閱,非齋戒不可造次課誦")。"續書"作者對於這種"志誠"的表面文章,諷刺之力可見一斑。

正如李前程所言,"(《續西遊記》)前往西方的第二段旅程,或可被視爲評論當時舉國向學現象的一則註腳,將國家知識生活的危機寓意化,亦即,經典、儒家思想的大量累積,以及處理如是境況之間的困境……由此看來,似乎作者不再耽溺儒家的當前狀態,反而訴諸佛教的思想……這是對於字彙與作品持懷疑態度的另一種表現,也是西遊記傳統素來強調意識(mind)邏輯下的產物。"[61]心的名色堆疊,文字禪頻現,看似沒有邊際的語詞不斷繁衍著新的妖邪,取經人皆因自己的動念而涉險,每一念卻都有一個語詞作爲對妖邪的呼喚。讀來不禁令人懷疑究竟是心生妖邪,還是命名本身對於險難的召喚。

《西遊記》中的妖邪,以動植物異化爲基礎,融合入神話演繹,與"西遊故事續書"文本試圖爲狀態、情緒、處境、歷史精神製造妖邪實體的方式很不一樣,如"莫耐山"、"迷識林"、

61　李前程:《猴子形象的轉變:西遊記續書與內部轉向》(Transformations of Monkey: Xiyou ji Sequels and the Inward Turn),自譯,頁60、62、63。

"黯黶林"、"蒸僧林"、"餓鬼林";"七情大王"、"六慾大王"、"陰沉魔王"甚至"曹操"。王增斌稱《續西遊記》爲"心界神話"[62] 是很確切的,借用李維史陀的觀點,"神話給人一種'他的確了解宇宙萬物'的幻覺",將現實中不可物化的名色賦予物質性的力量,同樣給人一種"世間的確有這樣的妖邪"[63] 的幻覺。這使得"召喚"本身帶有了語言的力量。

二、"續書"之"心的名色":命名與召喚

(一) 命名的苦難

高桂惠曾從"禮物"書寫的角度,重新詮釋世本《西遊記》中作爲賞賜的名字和真經背後負載的真正意涵,這可以給我們在這一部分的論述提供非常重要的參考。她認爲,孫悟空在《西遊記》中獲賜的"名字","並不代表成人的終結,反倒是一種開始,意謂成人的苦難。"[64] 孫悟空在世本《西遊記》中有過很多名字,他憑藉膽子大從衆猴中脫穎而出獲得了"美猴王"的名號,"孫悟空"的姓、名是他的第一位師父須菩提賜的,諢名"行者"是唐三藏給的,"齊天大聖"是獨角鬼王恭維的,頗有見地的鰳婆則稱他爲"混元一氣上方太乙金仙美猴王齊天大聖",這個很長的名字後來在取經路上被土神、山神簡稱爲"混

62　王增斌:《機心滅處諸魔伏自證菩提大覺林——禪學的心界神話〈續西遊記〉》,《運城高專學報(哲學社會科學版)》,第 15 卷第 3 期,1999 年 9 月,頁 24–27。

63　[法]克勞德・李維史陀(Claude Lévi-Strauss):《神話與意義》,楊德睿譯,臺北:麥田出版社,2001 年,頁 39。

64　高桂惠:《〈西遊記〉禮物書寫探析》,頁 8。

元上真"。名字，從命名者或賜名者的角度來看，是一個"期望函數"。《西遊補》中孫悟空更多使用"行者"，突出了佛教期許的意涵。到了《續西遊記》中，這種命名的期許由"孫悟空"轉爲了"心猿"之"心"。《續西遊記》第三回，孫行者因心存"機變心"沒有通過佛祖考驗：

> 行者聽了，急躁起來道："佛爺爺呀。我弟子千辛萬苦，隨師遠來，如何取不得？"如來道："只因你本一機變，與吾經一字也不合，怎麼取得？"行者乃向如來前抓耳撓腮，打滾撒潑道："弟子這機變心，縱不如師父的志誠，卻勝似八戒的老實。就是機變，也不過臨機應變，又不是姦心、盜心、邪心、淫心、詐心、偽心、詭心、欺心、忍心、逆心、亂心、歹心、誣心、騙心、貪心、嗔心、噁心、瞞心、昧心、誇心、逞心、凶心、暴心、偏心、疑心、奸心、險心、狠心、殺心、癡心、恨心、爭心、競心、驕心、媚心、諂心、惰心、慢心、妒心、忌心、賊心、讒心、怨心、私心、忿心、恚心、殘心、歇心。"行者一氣隨口說出許多心。如來閉目端坐，只當不聞。比丘僧到彼乃屈指說道："悟空不可多說了。你說一心，便種了一心之因。種種因生，則種種怪生。"豬八戒在傍聽得行者說了許多心，臨末一句歇心，他便說道："正是我悟空師兄，又不是狼心、虎心、狗心、牛心、蛇蠍毒蟲心。"

如來認爲，悟空"本一機變，與吾經一字也不合"，這不僅是對孫悟空取經之心及除魔勞苦的否定，也是對世本《西遊記》"求放心"宗旨的替換，"修心"、"放心"的目標在此被替換爲

"明心"、"一心"，"也就是説，《西遊記》及李評所闡揚的心，更傾向於心學，而非佛學。"[65] 在《續西遊記》中，這一傾向發生了重大的轉變。胡淳艷認爲，"在續書中，《心經》，即《定心真言》的作用大大下降……然而續書對於心的强調非但未減弱，反而大大加强"[66]。這説明《心經》失去《西遊記》中的核心地位，並非單一文本的設計，而是明末清初"西遊故事續書"共同的認知。這種轉變一定有其發生的時代背景與思潮流變作爲支撐，尤其是處於晚明的語境中，"心"站立於儒、釋、道三教的認知地位和闡釋主權。

《續西遊記》中出現了那麽多種"心"的名字，發生了大量"心"的賜名，這種賜名大部分都由《續西遊記》中多心的"孫悟空"所命名，另一部分由其它取經人及書寫者共同完成。高桂惠注意到，"《續西遊記》在寫作的策略上，是繞著一系列的名色進行，它們有'心的名色'、'魔的名色'、'境的名色'。"[67] "機變心"在此處具有了繁殖性，諸名色首先呈現於命名中，其次再走上實踐／驗證的路途。這種觀念先行的文本佈置令人思考。比丘僧静止豬八戒繼續命名"異類心"，暗示著"心"的名色還可以更多，並没有界限，這種無限是恐怖的根源。或者説，這種界限與"命名"這個動作是同一的，故而命名是一種危險的期許。没有命名，就没有"異類心"。這也應了比丘僧和靈虛子

65　胡淳艷:《心路歷程——論〈西遊記〉三部續書的傳播》，載《明清小説研究》，2008 年第 2 期，總第 88 期，頁 116。

66　胡淳艷:《心路歷程——論〈西遊記〉三部續書的傳播》，載《明清小説研究》，頁 116。

67　高桂惠:《〈西遊記〉續書的魔境——以〈續西遊記〉爲主的探討》，頁 229。

對孫悟空所言，"你說一心，便種了一心之因。種種因生，則種種怪生。"（第三回）這一說法可說是替代了原著中針對唐僧所言的"心生種種魔生，心滅種種魔滅。"劉紀蕙在《心的變異》一書中的觀點，或可以給我們提供新的認知方向。在她的"心的變異"概念中，不是從其"指向性"切入，而需要從含有"無意識衍生物"之處入手。"因爲，意識行爲與語言構築是我們研究文化現象唯一的切入點，不過，當我們觀察意識行爲，我們面對的其實卻時常是此意識行爲背後的非理性動機，或是此意識語言無法命名而且已經消音之處。要如何面對經過轉折投注而替代形成的文化行爲與文字構築，探知其中以結構的方式持續起作用的動力模式，以及其中的斷裂與矛盾……"[68]她不僅談到了意識與語言，也談到了"無法命名"。也就是說，"無意識衍生物"從精神分析的角度而言是十分重要的考察對象。在《續西遊記》中，能稱之爲"無意識衍生物"的心之名色不勝枚舉，取經人往往是由"動念"惹來妖魔。除了孫悟空在開篇命名過的"心"，還有包括"小人之心"、"狐疑心"（第九回）、"慢師心"、"妄誕心"（第十回）、"毒心"（第十七回）、"欺狡心"（第二十一回）、"競業心"（第三十回）、"好勝心"（第三十三回）、"飢餓求飽心"（第三十七回）、"嘲笑心"（第四十七回）、"偷走心"（第五十五回）、"取經方便心"（第五十七回）、"孝心"（第六十九回）、"不偏不倚、虛空無我心"（第七十回）、"喜心"（第七十五回）、"問路心"、"平等心"（第八十回）、"敵鬥心"、"報恩滅怪心"（第八十一回）、"不老實心"（第八十四回）、"慈心"

68　劉紀蕙：《心的變異》，臺北：麥田出版社，2004 年，頁12。

（第八十八回），無論這些"心"表面看起來正邪如何，除了"明心"、"一心"、"至誠心"、"恭敬心"、"老實心"的指涉，《續西遊記》中所有出現的"心"似乎都印了第四十二回中説"世間妖魔邪怪皆是以心鬥心"。這種分類原則繁瑣而模糊，譬如爲何"善心"、"慈心""孝心"會參與到"心"的爭鬥中，《續西遊記》並未給出解釋。使得作爲"無意識"的哪怕"一念"，但凡可以命名都可能惹來險難。唯一可以拿來作爲解釋的就是這些文本所不認可的動念或動心，無論是訴諸身體（如飢餓、疲累），還是訴諸情感（如喜、嗔、忿），還是訴諸動作（爭、鬥），甚至訴諸態度（嘲笑）的，都屬經義不認可的"異類心"。其中最有代表性的，就是唐僧的"詩心"。在《續西遊記》中，"詩"延續著《西遊記》原著的習慣，是不被鼓勵的行爲，帶有險難的暗示。

（二）色相與詩魔

《續西遊記》在第五回、第六回、第八回、第十五回、第四十四回、第七十二回、第八十回、第八十七回都曾提到了唐僧與吟詩。詩會牽引情（第五回，"今與他咬文嚼字，動了真情，何日到得東土繳旨？"、第四十四回，"（唐僧）吟詩散悶……靈虛子道：'誰叫他們把喜怒哀樂憂恐驚惹出來。'"）；唐僧吟詩也常與看景相關，景是色相（第七十二回，"三藏道：'山景果是秀麗可玩，只可惜不曾叫得行者同來一看。'"、第八十回，"三藏見行者寬解憂心，只得放下愁懷，對著高山流水，又動了唐人風韻。"）；吟詩誤路（第十五回，"三藏師徒歇著經擔，吟詩詠雪。師徒們説一回，詠一回。八戒道：'師父只是好吟詩，誤了路程。'")

　　唐僧未必不知道吟詩這件事可能會惹來災禍。如第五回他開始就對寇家兄弟推諉道："我出家人以念佛爲主，吟詩作賦，正是二位先生之事。"但後來還是忍不住吟詩，惹來蠹妖。第八十回八戒、沙僧探路不回，唐僧自省，猜兩人"坐看水色山光景，也學謳吟謾賦詩。"第八十七回比丘僧笑說，"唐僧情懷雖說不亂，只是出家人未免謳歌鑿怪。你道鳶飛魚躍足以怡情，我怕玩物如何保志？"可見也只是調侃，並未嚴肅攻擊。

　　學人黃培青曾對世本《西遊記》中唐僧覡詩、落於語言葛藤的議題做過精彩的分析。可見將"語言"本身納入到禪宗語境中，是一種葛藤之象。禪宗以詩歌"緣情體志、注重辭藻華美的特色而言，自然將之視爲'綺語'而爲僧人所戒，若有悖犯者，將墮魔道。"[69] 黃文援引朱學東在《晚唐五代詩僧齊己的詩學理論探微》[70] 一文中"詩魔"的定義，"詩魔係指創作過程中藝術思維的靈感狀態。喻詩興不能自製，有如入魔。指作詩的興會、感興、詩興等。它是一種澄味懷象、神與物遊、思與物遷、心與物應的心機突發。"因是"心機"，故此處照應機變也就理所應當。並且對禪修者來說，作詩是一種干擾[71]，"詩魔的確是僧

69　黃培青：《樹妖一定得死？論〈西遊記〉之"荊棘嶺悟能努力　木仙庵三藏談詩"》，載《國文學報》第三十七期，2005 年 6 月，頁 144。

70　朱學東：《晚唐五代詩僧齊己的詩學理論探微》，載《荊州師範學院學報》，2002 年第 1 期，頁 100。

71　"他（齊己）經常以'詩魔'來戲稱詩思，特別在干擾禪思。"蕭麗華：《唐代詩歌與禪學》，臺北：東大圖書股份有限公司，1997 年 9 月，頁 187。

人修爲時的一大障礙"[72]。美景是"物色"之擾，會令出家人動在家心。世本《西遊記》中的唐僧也常因留戀看景而思念故國，惹來妖邪纏身。

唐僧的這雙"貪看"之眼與"吟詠"之心，是世本《西遊記》較不突出的慾望書寫。貪看與堅守元陽並不矛盾，詩心與感慨亦是人之本性使然。情欲因之與感官的關聯，表現爲一種饑餓的情狀。"食色性也"，表現在取經路上只有八戒與唐僧會因饑餓要求停下腳步去化齋，每逢化齋又必遇到險難。行者滅六賊，六賊裡就包括"眼看喜"。《西遊記》第七十二回唐僧主動要求去化齋，窗前忽見四佳人，都在那裡刺鳳描鸞做針線（伏蜘蛛精），居然"少停有半個時辰，一發靜悄悄，雞犬無聲。"古時半個時辰，也就是如今的一個小時。"又走了幾步，只見那茅屋裡面有一座木香亭子，亭子下又有三個女子在那裡踢氣球哩。三藏看得時辰久了，只得走上橋頭，應聲高叫道：'女菩薩，貧僧這裡隨緣佈施些兒齋吃。'"被俘之後，懸樑高吊，"那長老雖然苦惱，卻還留心看著那些女子。那些女子把他吊得停當，便去脫剝衣服。長老心驚，暗自忖道：'這一脫了衣服，是要打我的情了。或者夾生兒吃我的情也有哩。'""貪看"到不要命、也忘記了化齋與取經，"貪"與感官的聯結可見一斑。《西遊記》第八十三回張書紳評："問：人如何便被妖精吃了？曰：譬如好酒的被酒吃死，貪色的被色纏死，這便是吃了。"是爲欲望的反噬。

"飢餓"同樣是《續西遊記》訴諸取經人感官的重要關鍵

---

72 黃培青：《樹妖一定得死？論〈西遊記〉之"荊棘嶺悟能努力 木仙庵三藏談詩"》，頁149。

詞[73]，"飢"、"餓"二字各出現了九十餘次，貫穿了東歸之路始終。"續書"甚至爲此設下"餓鬼林"這一空間之難，勾連佛教六道輪迴中的"餓鬼道"。"餓"是佛教中對惡人嚴苛的懲罰。

　　世本《西遊記》中對唐僧的詩心批判之力要重於《續西遊記》，荊棘嶺上的樹妖既無食三藏之意，又言談清雅，卻被無情殺滅。黃培青認爲木仙庵樹妖之死，"喻示著人們於言語文字，萬不能拘執，否則定當'死於句下'。"[74]對照《續西遊記》第四十四回狐妖見唐僧吟詩，說"這長老情思典雅，坐在此處不焦心，還吟詩散悶，由此襟懷，只恐我們以假詐他無益！"又第八十七回比丘僧只是笑其玩物喪志，可見輕重。《續西遊記》忌憚的不是僧人作詩，相較於僧人吟詠詩詞的可笑，《續西遊記》更推崇僧人課誦經文，由語言的聲音符碼產生的召喚作用，這也是值得注意的改編細節。

（三）誦／喚"經解"

　　在《續西遊記》的"續書"主題中，最大的特點之一，就是對於唐僧"課誦平妖"的著墨。第一小節我們曾提及這一行爲加之靈虛子、到彼僧的木魚梆子和菩提珠子，共同完成了這一段東歸護經之路的平妖任務。而孫悟空的"機變心"只是創造了無窮盡的妖魔，上繳金箍棒之後，他的變化之能與機變之心都是《續西遊記》主旨所要破除的東西，孫悟空甚至因此而變得一無是處。"弘揚佛法"伴隨著懺悔冤怨，成爲了歷劫意圖

73　《續西遊記》中出現"餓"字近百次。

74　黃培青：《樹妖一定得死？論〈西遊記〉之"荊棘嶺悟能努力　木仙庵三藏談詩"》，頁155。

的真正内核。這種冤怨是與我們慣常理解的西遊人物身上所背負的罪責（原在天界有超凡的身分但戴罪下界）完全不同，《續西遊記》中出現了大量的"報仇"[75]字眼。一部分是由西行時殺滅的妖精陰魂或後代或朋友所持，另一部分則是新怨，關於取經人不肯開經等緣故，特設殺戮殘忍的黯淡林、遭冤報復的淫雨林、仇殺敵對的蒸僧林等篇幅聚集不平不净之難。《西遊記雜劇》第三齣第九折中亦提到"渾世的怨、迷天的罪"，可見取經故事救贖意涵的層次，用曲亭馬琴的"隱微論"來解讀，可謂"前記之隱微，續記予以發揮"（第四條）[76]，《續西遊記》放大並注釋了"罪怨"二字的宗教意涵。李前程也注意到了這一點，他認為，"《續西遊記》裡的妖怪有些是惡魔的化身（incarnation），有些則是由《西遊記》慘遭屠戮的人物轉世而來，比如被魏徵所殺的涇河龍王、六耳獼猴。《續西遊記》的一項結構性設計，是讓這些《西遊記》人物通過轉世（reincarnate）展開復仇之旅。誠如六耳獼猴所言，這段由西向東的漫漫萬里路上充斥著孫悟空的敵人……他們四處尋仇（seek revenge everywhere）。但這些妖怪皆會逐漸改行遷善（converted），用以彰顯佛典經文（scripture）的力量。"[77]李前程注意到《續西遊記》第四十六回六耳獼猴所言："當指明孫行者。這件往因，都是他做下的冤家債主。"這些仇恨冤怨都是孫悟空造成的。而這些罪孽前怨，是需要通過東歸路途中不斷弘法消除的。消除的方式，是通過有聲

75　"仇"字在《續西遊記》中出現了 160 次左右。

76　轉引自勾豔軍：《日本近世小說家曲亭馬琴的〈續西遊記〉評價》，頁 203。

77　李前程：《猴子形象的轉變：西遊記續書與內部轉向》（Transformations of Monkey: Xiyou ji Sequels and the Inward Turn），自譯，頁 57。

的經義語言課誦，而非具體的文字。但這些"續書"都潛在建築了一個共識，就是西行之路"走了多少年，受了無限苦"(《續西遊記》第三回)，並没有完成贖罪的任務，反而增衍了新的仇恨。

通過對於"經"的聚焦，"續書"作者在此做了一個語義的變異，即將《續西遊記》中出現的經典、經文，變爲了"經懺"。"經懺"這一詞的佛道來源非常複雜，也頗具爭議，這並非本論文討論的問題。簡而言之，"佛教經典傳譯自中土以後，佛教的懺悔觀念與懺悔儀式亦在中土流傳開來，中國人的罪觀與懺悔等概念也開始吸收轉化佛教的罪業觀。佛教的'懺悔'一詞，應與梵文 ksama 與 Apatti-prati-dewana 二字翻譯有關。'懺'源於梵文 ksama，音譯爲'懺摩'或'叉磨'，本義是請他人容忍。"[78] 這個作爲基於"經"衍異出來的名色，卻因此帶有了懺悔過失的意蘊。如果説與《續西遊記》產生於差不多時代的"續書"作品《西遊補》中，董説在火焰山一回爲孫行者補入情難多多少少與這一難是由孫悟空童年親手所造有關，那《續西遊記》對於孫悟空在西行時因棒殺種下的罪因遭致的批評和懲罰就嚴厲多了。而且比較而言，《西遊補》中没有出現任何懺悔意識，《續西遊記》創造的這一特殊現象值得我們後續關注。

通過文本細讀我們可以發現，《續西遊記》中"懺"字的出現頻率很高：

懺悔前愆，消除罪孽……到彼僧答道："懺悔莫越自修，消

78　謝世維：《大梵彌羅》，臺北：臺灣商務印書館，2013 年，頁 51–52。

除當須警省。"（第一回）

早晚只是焚香，課誦經懺，與你延生獲福……道士說："僧家經文是求福將來，我道門經懺乃長生現在。"（第十四回）

道士忙說道："大王不必以威齟，小道既久在愛下，便將兩櫃經懺送到洞中；還替你課誦，傳授你口訣"。（第十四回）

全真道："有了我們經懺，便留不的他們經文。"（第十四回）

他兩個故意叫妖精備辦香燭，好課誦經懺。（第十四回）

兩櫃經懺放在洞中久等。（第十四回）

三藏答道；"二位要明白這功課，乃是我僧家修心懺悔道場，課誦經典，建立功德。"（第三十二回）

三藏見了道："悟空，原來這黯黮林是這種根因。我們出家心腸，專為超度有情。他既自知悔過，待我懺明了他吧。"（第三十五回）

"師父，真要聽信他，與他懺悔甚的。"三藏道："徒弟，我與他懺明，豈專為他。乃是：為世指明心地，為我保護真經。為道途明朗便人行，為妖魔把陰沉蕩定。"（第三十五回）

"老師父，既求取了如來真經，西還東土，課誦懺非消愆。我的冤孽，千萬求師超釋。我如今收了淫雨，複還他個三時不妄，靜聽功果。"（第四十五回）

而伴隨著"懺"也出現了大量的"愆"：

懺悔前愆，消除罪孽（第一回）

焚香謝愆（第五回）

不為作福，且還招愆（第二十一回）

想要解此愆尤魔難（第二十五回）

課誦懺非消愆（第四十五回）

往昔愆尤，全仗聖僧西還課湧真經，盡爲懺釋（第四十六回）

笑你六耳怪魔王，空作冤愆孽障……我當年縱受了他害，如今正該借經懺悔前愆……我情願悔過消愆（第四十八回）

到處或有冤愆求救，欲要超脱（第五十六回）

有此邪妄，便生出這一種愆尤（第六十回）

明早當到宅上查探是何冤愆（第六十五回）

又生了一種冤愆孽障（第六十七回）

我這利斧當初也是一個念佛的，長老與我解繩索冤愆（第八十一回）

頓忘了仇恨冤愆（第八十八回）

《續西遊記》中平難的方式有兩種，一靠念梵語，二靠唐僧課誦經文。"課誦"表現爲一種簡易的儀式。大乘經典中的懺悔觀念，可能結合了道教《太平經》之要義"悔過自責，得除罪增壽"[79]，成爲了《續西遊記》中佛道互助的救援體系，比丘靈虛子多次變爲道士，還有一次以道士的面貌念佛經。在《續西遊記》中，比丘靈虛會念梵語（第二十二回、第四十四回、第五十回、第六十三回、第八十一回），唐僧也會念梵語（第二十六回、第三十五回、第六十四回、第六十五回、第八十七

79　釋大睿：《中國佛教早期懺罪思想之形成與發展》，載《中華佛學研究》第二期，1998年，頁313–337。

回、第八十八回），行者也念梵語（第六十五回、第七十二回、
第一百回）。"梵語"作爲西行之旅得道的象徵，自呈爲特殊的
語言符碼，即使行文本身既沒有説出所提及梵語的音名、形名
甚至意指，也沒有説出取經人是如何習得這一門異域語言。它
就只是一個象徵的語言，具有具體的平妖功能，以取代棍棒殺
滅的方式。與此同時，"梵語"二字本身也是名色，象徵西域佛
門正統而來誠慤的典範。

《續西遊記》第一百回：

　　那蝠妖見了要走，被行者一手揪住，念了一聲梵語經咒，
頃刻妖精複了原形。劉員外見了孫行者形狀，乃跪倒在地道：
"真是人傳説的孫大聖不差，且問大聖從何處進我門來？怎麽口
裡念了一句何語，便把這妖魔捉倒？"行者道："我當年來，還
論神通本事，戰鬥妖魔。近日只因隨著師父，求取了真經，便
是這念的乃經咒梵語，妖魔自是現形，消滅不難。員外可惜一
籠，待我裝了他見我師父。"
　　……
　　三藏道："悟空，可喜你一向打妖殺怪，動輒使機變心腸，
如今怎會念梵語經咒，便能收服魔精也？"行者道："師父，我
徒弟也自不知，但覺一路越起機心，越逢妖怪；如今中華將近，
一則妖魔不生，一則徒弟篤信真經，改了機心，作爲平等，自
是妖魔蕩滅，也不勞心力。"

　　唐僧的課誦同樣具有收服魔精的作用，前文提及《續西遊
記》第三十二回唐僧向七情、六欲二魔課誦心經：

三藏乃合掌，把個《心經》從頭至尾朗誦一遍。只誦到"無眼耳鼻捨身意"，那六欲忽然大悟，雙膝跪在地下道："聖僧老爺，我明白這功課了。家去做本分營業吧。"七情道："聖僧，我還不明白，求再功課一遍。"三藏又把經念起，方才說"照見五蘊皆空"，那七情也跪倒說："老爺，我也明白了，家去做個平等心腸人吧。"兩個欣欣喜喜，出門而去。此時三藏方才安心定慮道："徒弟們，我想如來寶藏，度化衆生，真實不差。只說這強人聽了，便回心轉意，不復生非。"

第六十三回：

三藏忙把菩提送與老和尚，自己收了寶鏡。老和尚將菩提子接在手中，叫了幾聲"動勞"，與小沙彌駕舟去了。那兩個妖魔乃向真經頂禮，求三藏超脫，三藏憫其真意，仍復課誦真經一卷，兩妖化一道青煙而去。

妖邪強人臣服於唐僧的課誦之下，甚至跪求唐僧念真經，若不結合禪家思想，實難理解這樣的"續書"方式。《續西遊記》帶有強烈的說教風格，與禪宗修煉精義的經典特徵，恐怕也是許多人覺得他刻板教條價值不高的原因。禪宗標榜的"不立文字"、"教外別傳"、"見性見佛"等在《續西遊記》故事中都有具體的演義與延展。《續西遊記》中屢屢強調的"明心見性"，也從心性論的角度強硬地將之與"西遊故事"融合。這也使得"不盡根因"具有了語言符碼的佈置。至少顯而易見的是，

《續西遊記》是明代三部"續書"作品中最具有禪教色彩的作品，它本身就建築了自己的話語符碼系統。在降低了閱讀趣味性的同時，與當時的社會思潮結合最爲緊密。高桂惠認爲，"《續西遊記》就成書時間而言，乃明中葉正德、嘉靖走向末葉，正當知識分子對內聖之學熱切探索的歷史進程……但在面臨現實的無能爲力，想要追求又找不到出路的困惑……《續西遊記》再現的世界，提醒人們意識到：我們並沒有真正認識到真理。"[80] 在看似已經求到真理的路途上，取經人表現得疲憊不堪：第十六回靈虛子隨著三藏師徒趕路，說"若是唐僧做個體面勢頭來，他便跪接拜迎；只如今見他師徒道路辛苦，似有狼狽行色，便情意懈怠"；第八十九回，"老叟氣噓噓的，把三藏師徒上下估置了一番道：'爺爺呀，你放了手，前那唐僧們面貌形象還好看，不似如今你們黃皮寡瘦，比妖魔何異？'行者道：'老善人，你休論相貌，把我們疑作妖魔，我們萬里程造，辛苦勞碌，憔悴是本等……'"；八戒總抱怨肩酸肩疼，唐僧屢屢詢問還有多少路途。在反復強調經義重要的同時，又爲經義所累。

此外"語言"本身也可以是一種災難，這是《續西遊記》的獨創之處。除了前文提及的吟詩惹妖之外，《續西遊記》中的言語之難表現爲語詞對於妖邪的"召喚"。第四十回行者第一次要偷回金箍棒，神王對他說，"那知你偷心一舉，那妖邪就必偷，盜竊經卷"；第八回，"三藏道：'徒弟，這是明瞞暗騙了。'三藏只說了這個'騙'字兒，便生出一種騙經的妖孽"；第十一回，"八戒只說了個'作怪'，那妖精便作怪起來"；第十二回赤

炎嶺，"行人走道，不可説熱……若是説了一個熱字，便暖氣吹來，有如炎火"；第三十七回，"行者道：'呆子，都是你一路來今日也叫餓，明日也叫餓，惹出這一種餓鬼林來。'"；第三十九回狂風林，"一説狂大，這魔王越發施威，那風益發狂大"；第四十一回嘯風魔王，"聽得老漢説出'風'字，卻就把嘴一張，那喉裡呼呼狂風直噴出來"；第八十三回，"八戒道：'師兄莫要説恨字，又動了恨心'"。經由語詞召喚妖魔、向妖魔發出邀請取代了妖魔設計取經人製造爭鬥，直至取經人的東歸之路越來越像在主動招惹著妖魔，而不是妖魔阻路。尤其到了第九十四回，行者聽了"山上無妖"、"溪水無妖"後説，"老善人，我和尚不是化你的緣，乃是找尋妖魔的。"第五十七回八戒説，"我要養精力挑經擔走路，没力氣管人家閒事。那妖怪又不是搶我們的經，阻我們的路，惹他作甚？"這種無意識和半清醒的平妖情狀，也暗示著命名與召喚本身的危險。對於山水、冷熱、疲累、飢餓、疼痛等知覺產生的聯想創造了新的問題和災難，這些問題和災難本來卻並不存在，甚至可能是藉由文字本身產生的。加上高桂惠所言，作爲再無至高無上神佛出面擔任救援系統的《續西遊記》，兩名救兵"'到彼'和'靈虛'由彼岸世界走入此岸的回歸路程中，表現爲一種既參與又不必現身的姿態"，他們自己也會陷入語言危機或機變的爲難。這些藉由"續書"表現的，恐怕都是明代文人至深的精神困惑。

文字禪意最有意味的段落出現在第十三回，靈龜妖、赤蛇妖要開經卷，三藏向妖怪説："貧僧是出家人，不打誑語，這櫃擔包內，實未有曾經。"妖怪扯開封皮包裹看，卻好這一包內乃《未曾有藏經》。既應了"不打誑語"，又表達了態度。這種機

巧的調和衝突的方式，的確也是藉由文字的多義實現知見。但
《續西遊記》對這些名色不厭其煩一續書的過分拘執，恐怕也
"從一個側面描述了宗門愈顯危急的内部處境……禪師們的不得
已而爲之的緊張，各施己能卻無力回天等情境就一幕幕展現了
出來。"[81] 正統佛門語言（梵語）可以作爲救援釋厄功能的設計也
值得關注。

三、"續書"之人物的反寫：反噬悟空

李前程認爲，"續西遊記不僅是對《西遊記》通篇的批判，
對待猴王的態度更是尤爲嚴厲"，這是顯而易見的，他進而指
出，"猴王逐漸被馴服：他從一個掌有神力的超凡人物（larger-
than-life）最終泯爲衆人，但也習得了正道。猴王既是這段旅程
的靈魂，亦打開了原著的另一個世界，但若猴王不再是過往的
模樣，我們不免疑惑，究竟還留存著多少西遊記的影子：可以
説，小説偏離西遊記太遠，被稱爲反西遊記（anti-xiyouji）亦不
爲過。儘管如此，作者所提到的問題是相當重要的，尤其是小
説宣揚的平和主義（pacifism），還有對猴王嬗變（transformation）
及其狡猾頭腦的鄙夷（disdain）。"[82] 故此孫悟空成爲了"續書"
教諭的犧牲者與奉獻者。見《續西遊記》第七十八回：

81　江泓:《對"文字禪"問題的解讀與澄清》，載《臺北大學中文學報》第 12 期，
　　2012 年 9 月，頁 74。

82　李前程:《猴子形象的轉變：西遊記續書與内部轉向》（Transformations of Monkey:
　　Xiyou ji Sequels and the Inward Turn），自譯，頁 58。

行者只聽得一句"又要尋個和尚作奇餚",暗忖道:"此必是妖魔要捉我等蒸煮。我如今沒有了金箍棒,又不敢背了師父不傷生之心,只得隱忍。"

與《西遊補》中孫行者形象內部的失靈(入迷、迷路)等不同的是,《續西遊記》是從外部不斷削弱著孫悟空能術的力量,令孫悟空"只得隱忍"。與此同時,孫悟空三次重回靈山偷盜金箍棒的情節設計,其實也凸顯了"續書"作者對於"西遊故事前文本"的理解,傾向於認為在西行之路上孫悟空降妖除魔主要靠的是金箍棒。這其實並不盡然。我們知道,在《西遊記》中觀音也承擔了使大量謫降妖邪歸位天界的重要責任,觀音菩薩、彌勒菩薩、如來佛祖都曾手把手教導孫悟空在作戰時"許敗不許勝"。孫悟空的智慧聰敏、變化本領、刀槍不入、筋斗雲、千里眼順風耳、辨識力(路徑、真假)、複雜的人際關係及金箍棒共同構建了他西行時的能術體系,並非僅僅依靠金箍棒和機變心,但《續西遊記》顯然將兵器和機變的作用放大了。《續西遊記》第三回如來佛對於金箍棒就有直接的責備:"吾正為汝恃這一根金箍棍棒,褻瀆了多少聖靈,毀傷了無限精靈","金箍棒"在此成為了"殺伐"的圖騰。《續西遊記》不提"鬥戰勝佛",卻也不見了"緊箍兒咒"。在世本《西遊記》中,孫悟空受制於唐僧唸咒無法施展全部手段,而《續西遊記》中能夠制服孫悟空的不是唐僧,而是戒除機變的大量勸導。無論這些勸導是來自於神王、靈虛子、比丘僧還是其他取經人,這些旨在讓他徹底放棄"機變心"的"勸導"與緊箍兒咒的效用和施法方式無異。且"機變"還與智慧相聯繫,自從《大唐三藏取經詩話》中帶入猴行者的神異，替代了玄奘的意志力與《心經》聖靈顯靈平妖克難的作用之後，《續西遊記》的"續書"似乎爲我們提供了又一個"隱微"的注釋，即西行時唐僧的確是需要孫悟空的金箍棒保護的，但東歸時唐僧對妖邪的吸引力已被經文替代，經文並不需要金箍棒的陪伴和守護。

李前程所言的"反西遊記"不無道理，《續西遊記》其實主要反的就是孫悟空。郭明志認爲《續西遊記》的創意之一是"增添了靈虛子和比丘僧這兩個人物……每當爲難時出來降伏妖怪，化險爲夷，卻妨礙了悟空發揮作用，確實是多餘的'蛇足'。"[83] 這種意見具有代表性，被後世學人反復引用。但他雖然擷取了《讀〈西遊補〉雜記》中認爲引入靈虛子和到彼僧是蛇足的説法，他給出的理由其實並不充分確切。因爲除了保護工作之外，靈虛子和比丘僧還做一些爲取經人探路的工作，以及苦口婆心的勸導工作。與此同時，他們兩人並沒有妨礙悟空發揮作用，並不是由他們没收了孫悟空的金箍棒，他們也没有能力阻止孫悟空不動"機變心"，與孫悟空相似的是，靈虛子經常表現出慨歎和無奈，與對"不得不機變"諒解地批判。如真復居士《續西遊記序》所言，"助登彼岸"、"還返靈虛"其實才是兩個新人物真正的意涵。從前文所詳細分析的《續西遊記》"續書"策略中對於名色的拘執，就可知這兩個增添的人物名字並非作者信手拈來。他們所代表的"彼岸"、"靈虛"等都是佛界的空間指向。當這些佛界聖地、終極彼岸的名色符碼隨行取經人，其實也照

---

83 郭明志：《論〈西遊記〉續書》，收入於梅新林、崔小敬主編：《20世紀〈西遊記〉研究・上卷》，頁290。

應了真復居士所言的"即經即心，即心即佛"，照應《續西遊記》第六十九回行者、八戒、沙僧所言:"我就是經"。文本中取經人不斷問路，殊不知聖路一直尾隨著他們，只是他們的心路上仍然匍匐妖邪，世路又爲感官上的慵懶、酸疼、飢餓所牽累。

此外，李前程認爲"靈虛子是心猿（mind-monkey）的另一個名稱。"[84] 從來源上看，靈虛子這個人物的確有與孫悟空極其相似的地方，他一開始也是道門出生，喜歡變幻外術，"惹了些腥穢不潔"（《續西遊記》第一回），最後仍皈釋門，聽從佛旨做一些保護隨行的工作。《續西遊記》中，靈虛子屢次變作道人，還被妖邪説破，他對此不發一語。更確切説，靈虛子很可能是心猿道根的分身。因爲金箍棒也與太上老君冶煉有關，比丘僧又純粹佛門出身、不會變化之術，故而《續西遊記》有意分離金箍棒、靈虛子、機變心，其實就是將孫悟空隱微的道家身分徹底剝離，以應《續西遊記》中對於"净根"的嚴格要求。《續西遊記》第七十回，四大比丘詢問孫悟空東歸途中的心意如何，靈虛子爲其説話:

"我弟子一路同到彼師兄前來，唐僧志誠仍守不變，八戒老實，沙僧恭敬依舊不差；無奈途次妖魔自外來犯，孫行者不得不以機變滅之。便是我兩個時或助他們些法力，未免也入了一種機變。自知這方寸幾微，不勝機變，墮了罪業，只爲保護經文，不得耳已!"

---

84 李前程:《猴子形象的轉變：西遊記續書與内部轉向》(Transformations of Monkey: *Xiyou ji* Sequels and the Inward Turn)，自譯，頁55。

靈虛子感歎了機變的無奈之處，第二回比丘僧舉薦靈虛子正是因爲他會道法變化多般。同一回"四僧試禪心"，靈虛子還説孫悟空"他如今不比昔年了"，引得長老大驚，"孫行者自來誰不知他名叫齊天大聖，降妖滅怪保唐僧的神通廣大，怎麽如今不比當年？"靈虛子解釋道："唐僧到彼岸，寶藏已求來。無用金箍棒，空餘機變材。慈悲福地種，方便法門開。若説拿妖怪，推聾妝啞呆！"長老暗喜説："我正要今日的齊天大聖不比昔年！"第九十回，三藏、孫悟空還與靈虛子對話：

> 三藏道忙止住道："老師莫要驚動了兩位全真，雖説釋道異教，卻本來同宗。"行者在傍呵呵笑道："師父！只怕他外貌似玄，中心實釋。"只見兩個全真睜眼看著三藏，大笑道："好個至誠和尚！取得真經來也。"

唐僧"至誠"不得説假話，行者與靈虛子本爲一體，此番對話意在言外，卻掩飾了潛文本中以不斷取消孫悟空道法術能以實現所謂"至誠"的嚴酷。到了第九十二回，孫悟空戒了"拔毛機變"，徹底成爲了一個普通的僧人。

值得注意的是，漢學家白保羅（Frederick Brandauer）曾經在《西遊小説中的暴力與佛教理想主義》（Violence and Buddhist Idealism in the Xiyou Novels）[85] 一文中借《西遊記》、《西遊補》、

---

85 ［美］白保羅（Frederick Brandauer）:《西遊小説中的暴力與佛教理想主義》（Violence and Buddhist Idealism in the Xiyou Novels），收入於 *"Violence in China：Essays in Culture and Counterculture"*，Edited by Kipman Jonathan N. and Harrell Stevan.，University of New York Press, 1990.，pp. 115-148。

《後西遊記》三個文本討論到"西遊故事"中的暴力問題，他
提出了一個非常尖銳的問題，即爲什麼這三部"西遊故事"明
明是佛教背景的小說卻充滿了打鬥、血腥的暴力場面。《續西遊
記》被排除考察這一組文本之外，恐怕是因爲它是這個故事群
落中唯一真正、明確反對暴力的作品。也正因如此，它的評價
反而最低。白保羅認爲，"西遊記的讀者會發現這些作品相當引
人思考，這些作品持續地以獨特的佛教視角，展開對生命及世
界的關照，就叙述內容而言，它卻描繪了某些在中文小說傳統
中最爲暴力的行爲。誠然，中文小說素來映照現實生活的人生
百態，對暴力的相關描述理當被期待納入其間。而這些訴諸暴
力的中文小說，也正是藉其獨特的叙述風格，得以在其他偉大
的世界文學傳統中佔據一席之地，然而，由於這些作品主要由
佛教的信仰體系所支撐，對其更合理的期待或許是少一些對暴
力的著墨，挹注更多篇幅傳遞和平的訊息。"[86] 他指出，"許多《西
遊記》讀者最開始閱讀文本的時候都是孩提時，毫無疑問認爲
（暴力）首先是一種具有想象力的素材，就算不完全是，也是爲
了小說的娛樂價值。"[87] 正因如此，"西遊故事"中的暴力元素被
娛樂性置換了。但顯然，《續西遊記》渴望讀者們嚴肅地注意到
這個問題，並且嚴厲批判這種在佛教系統中混入暴力元素的小
說叙事方式。而《續西遊記》的作者採取的"續書"策略是針
對孫悟空，徹底削弱他的力量，而不是通過別的方式。在《西
遊補》中，暴力場面就不只是發生在孫悟空棒殺妖怪這一件事

86　［美］白保羅：《西遊小說中的暴力與佛教理想主義》，自譯，頁115。

87　［美］白保羅：《西遊小說中的暴力與佛教理想主義》，自譯，頁119。

情上，除了打殺春男女，還發生了血腥對待秦檜以及與波羅蜜王的戰爭場面，唐僧甚至成爲了殺青大將軍。在分析可能的原因時，照應本書討論過的罪愆議題，恐怕還是與孫悟空在《西遊記》中的殺伐有關，妖邪的幽靈如六耳獼猴，或其它早被孫悟空棒殺的妖邪的朋友們履行著復仇，體現的是佛教中因果報應的思想。故而除了戒除一切殺伐的心魔以外，《續西遊記》沒有爲小説的娛樂性留下任何延展的空間。

　　《續西遊記》對孫悟空人物形象的"反噬"付出了很大的代價，孫悟空泯然衆人使得誰都可以變成他，護經人、取經人甚至妖邪都可以變成孫悟空和其他任何取經人，這種重複取代一直延續到第一百回中蝠妖變成唐僧説，"當年妖怪怕我徒弟孫行者，如今的妖怪不怕我那徒弟孫行者。"東歸朝聖之後，《續西遊記》著墨極少，只寫取經人重歸靈山成佛，不分佛號，也無加冕儀式。可見爲取經隊伍最終的去階級化，也是《續西遊記》對孫悟空形象"續書"的目的之一。如康韻梅所言，"西行其實是一種提昇，最終是歸屬靈山，所以由平行的西行變成垂直的天界，是非常鮮明的提昇意象，而此意象使西行有了取經弘法之外的意義，即每一個成員的法性、人格的提昇，而提昇就是歸返。而這個歸返的終極就是内心，西遊的行旅便成了内化的旅行。"[88]《續西遊記》爲這一"提昇"增衍了一組冗長的降落，是爲了將取經人去差別化，也肅清了西遊人物身上模棱兩可的靈根。如曲亭馬琴所言，是一部"佛書"，也未嘗不可。只是這種由"續書"實現的狹隘，實在需要在《續西遊記》所依照的

88　康韻梅：《從文本演繹歷程論〈西遊記〉文學經典意義之形成》，頁39。

底本明確之後，才能窺見其真正的社會思想背景。

四、小結

　　作爲明末清初"西遊故事續書"作品中文學評價最低的一部作品，圍繞著《續西遊記》的研究似乎總不得要領。通過文本細讀，我們發現《續西遊記》仍不乏從未被學人所關注到的研究視域，爲我們關切"西遊故事續書"的語言問題提供有價值的資料。在既有的研究成果中，本書注意到了2010年在中國大陸十分偶然的一場文學討論，討論爭奪著《續西遊記》的作者權。持正反意見的雙方分別爲明清小説研究者與地方政府公務員，被遮蔽的則是《續西遊記》可能的作者——蘭茂及其出生地所在政府的相關利益聯想。"人的意志"在"續書"研究領域産生微妙的漣漪，這背後隱藏著西遊故事的商業利益和政治話語。

　　其次，據前輩學人的考證成果，《續西遊記》也是明末清初"西遊故事續書"三部作品中唯一挑戰到"續書研究"框架下"底本"共識的作品。張穎、陳速認爲《續西遊記》可能是一部明代或明代以前的早期古典章回説部著作。現存《續西遊記》不是今本百回《西遊記》的續書，這一觀點得到了海內外學人們的認可。"底本"問題挑戰了現存"續書研究"的缺陷，即當學者們重複比較《西遊補》、《續西遊記》、《後西遊記》三個文本的價值時反復將《續西遊記》作爲成就最差的"蛇足"代表，他們又該如何回應《續西遊記》所依據"西遊故事"與其它兩部“續書”作品依據的底本並不一致的現實。“續書研究”這種想象的“競爭關係”可能是不可靠的。如果《續西遊記》所依據的古本西遊寫作時間早於完整的世德堂本《西遊記》寫作時間，那麼就連《續西遊記》與世本《西遊記》的價值比較都可能是可疑的。而這一問題的提出，反映了長期以來續書研究的盲區，故而也是《續西遊記》的價值所在。

第三，從“續書”的策略角度而言，《續西遊記》創造了大量的“替代”與“反寫”。《續西遊記》悄然挪移敘事重心，強調對於“經”的認知與捍衛。通過對“經”的物質化、實體化，實現反復强调的“正念”主題——“萬卷真經一字心”。《續西遊記》中圍繞著“經”的“續書”，實現了大量的驚險的“替代”。“孫悟空”的“多心”替代了唐僧的“多心”，也就替代了引難的主體；救難這一面，靈虛子、比丘僧與“真經”替代了“孫悟空”的護法效用；“真經”的“救亡”使命，被道家求長生的“服食”所替代；對於《心經》的詮釋，也以唐僧的課誦替代了孫悟空的敏知；課誦的平妖功能使唐僧替代了孫悟空的保護，實現自救；“經”的效用對象，也從唐僧變爲了妖邪。唐僧不同於世本《西遊記》中取經人以《心經》作爲西行之旅精神核心的詮解，轉而對孫悟空講的都是“志誠”，即意念（多心）被替代爲態度（志誠心）。文本中發生了大量“心”的賜名，令命名本身成爲了召喚妖魔的話語方式。同樣的“召喚”還發生在唐僧對於景色的貪看而惹出的詩魔。《續西遊記》“續書”語言性還不止於此，通過對於“經”的聚焦，“續書”作者完成了大量語義的變異，將《續西遊記》中出現的經典、經文，變爲了“經懺”。《續西遊記》中平難的方式有兩種，一靠念梵語，

二靠課誦經文。"梵語"二字本身也是名色，象徵西域佛門正統
而來誠慤的典範。"課誦"表現爲一種簡易的儀式，爲眾生釋罪
除愆。此外，《續西遊記》通過讓孫悟空上繳金箍棒、戒拔毛、
滅機心的殘酷處理，使得《西遊記》中好鬥、勇敢、聰明的猴
形象泯然眾人，通過對孫悟空形象的削弱，也使得本書成爲明
末清初西遊故事續書作品中唯一真正、明確反對暴力的作品。
這也使得《續西遊記》佛教話語的特質更加刻板明顯。這回應
了海外研究者白保羅對於西遊故事的疑惑，即一部講述僧人取
經的故事，爲什麼會出現那麼多的暴力。《續西遊記》以降低娛
樂性的代價，使得續書將取經故事還原爲一個反暴力的僧人故
事。它的佛學思想遠不如《西遊補》深邃，但它亦有自己的反
抗特徵，這是值得《西遊記》續書研究者關注的。因爲暴力並
不是世本《西遊記》的遺憾，反暴力卻是《續西遊記》作者對
西遊故事本事的挑戰。"替代"、（重）"命名"、"反寫"是《續
西遊記》中最顯著的語言特質，屈居不盡合理的"續書研究"
框架之下，《續西遊記》被遮蔽了其叛逆的特性。日本作家曲亭
馬琴對於《續西遊記》的關注，是經由《續西遊記》得以重視
續書價值的重要批評者。這使得同時代海外的創作者關注到了
中國小説中一部依附於原著的"續書"價值。從創作者的角度，
曲亭馬琴的"隱微論"爲"續書研究"也提供了極有價值的理
論支持。

第四章

《後西遊記》研究

導論 《後西遊記》海內外文獻研究述評

作於清初的《後西遊記》共四十回，不題撰人。據蔡鐵鷹編輯整理，"孫楷第《中國通俗小說書目》中謂此書：'清無名氏撰，題天花才子評點。此書《在園雜誌》卷三引，則作者清初人也。'魯迅《中國小說史略》稱：'《後西遊記》六卷四十回，不題何人作。中謂花果山復生石猴，仍得神通，稱爲小聖，輔大顛和尚賜號唐半偈復往西天，虔求真解……其謂儒釋本一，亦同《西遊記》，而行文造事并遜。以吳承恩詩文之清綺推之，當非所作矣。'曾經整理過該書的于植元[1]先生則認爲，作者當爲明末清初時人。"[2] 譚正璧與魯迅想法不同，認爲《後西遊記》"毫不複蹈前書，一概爲作者創作，而且又加以説明每一妖魔成就的原因和打破的理由，此著較勝於前書。"[3]（《中國小説發達史》

---

1 于植元，校註 1982 年版《後西遊記》，沈陽：春風文藝出版社。傳撰有《論〈後西遊記〉》，未見。

2 "編者按"，蔡鐵鷹編：《西遊記資料彙編下冊》，頁 811–812。

3 譚正璧：《譚正璧學術著作集 10‧古本稀見小説匯考》，頁 281。

第六章第二節）

　　翁小芬曾在《〈西遊記〉及其三本續書研究（上）》一文中爬梳《後西遊記》作者有吳承恩、梅子和、天花才子與不詳四種可能性[4]。且翁小芬也對現存的《後西遊記》版本做了整理[5]。翁小芬尚未提及的部分，在中國大陸還出版有 1989 年北京寶文堂

4　翁小芬：《〈西遊記〉及其三本續書研究（上）》，頁 49–53。

5　翁小芬參照吳達芸《後西遊記略論》（未見）；孫楷第《中國通俗小說書目》重訂本；張穎、陳速〈後西遊記版本考述〉；大塚秀高《增補中國通俗小說書目》；柳存仁《倫敦所見中國小說書目提要》；上海古籍出版社《古本小說集成》；《西諦書目》；經莉、陳湛綺等主編《繡像珍本集》（全四十冊）；國立政治大學古典小說研究中心主編《明清善本小說叢刊初編》；張家仁《西遊記與三種續書之比較研究》等書整理分述，有“清刊本”：1）清初“本衙藏板”本《新鐫批評繡像後西遊記》2）清初木刻四卷本《新刻批評繡像後西遊記》3）乾隆四十八年癸卯年（1783 年）金閶書（世）葉堂刊本《重鐫繡像後西遊記》4）道光元年（1821 年）貫文堂重刊大字本《原板繡像後西遊記》5）上海申報館排印本《後西遊記》6）會元堂藏板刊本《繡像西遊後傳》7）光緒丁亥十三年（1887 年）善成堂板重鐫本《繡像後西遊記》8）光緒甲午二十年（1894 年）東苕書室刊石印本《後西遊記》9）光緒甲午二十年（1894 年）康花書室六卷石印本《繡圖西遊記後傳》10）大字木刻本《繡像後西遊記真詮》11）光緒三十二年（1906 年）上海章福記書局石印本《繪圖西遊記後傳》12）宣統三年（1911 年）上海石印本《後西遊記》13）務本堂藏本《後西遊記》14）本衙藏版本《後西遊記》15）大文堂藏板本《後西遊記》。“民國刊本”1）上海錦章書局石印本《後西遊記》2）民國二年（1913 年）上海江左書林書局石印本《繪圖後西遊記》3）上海進步書局石印本《繡像繪圖後西遊記》4）上海大成書局石印本《繪圖後西遊記》5）民國十八年（1929 年）上海文明書局石印本《繪圖後西遊記》6）民國六十四年（1975 年）臺灣天一出版社鉛印本《繡像後西遊記真詮》7）民國六十九年（庚申，1980 年）臺灣老古文化公司鉛印本《後西遊記》8）民國七十一年（1982 年）瀋陽春風文藝出版社鉛印本 9）民國七十四年（1985 年）臺灣天一出版社鉛印本《後西遊記》。翁小芬：《〈西遊記〉及其三本續書研究（上）》，頁 62–68。經核對第 8 則“民國七十一年（1982 年）”應該為“民國七十年（1981 年）”，據大連圖書館藏本校點排印，收入於《明末清初小說選刊》。1985 年 3 月重版時，刪去繪圖及校點後記，作為一般閱讀本出版。另排繁體字本，供學術研究使用。參“重印說明”。

書店排印本《後西遊記四十回》，固亮校點；1985年杭州浙江文
藝出版社本，徐元校點；1999年太原山西人民出版社、2000年
北京中國戲劇出版社、2000年長沙嶽麓出版社、2000年大連大
連出版社、2014年呼和浩特遠方出版社均出版過《後西遊記》；
臺灣地區則還有1995年臺北世一文化的《後西遊記》。與明末
清初其它兩部"續書"作品相比，《後西遊記》於清末民初出版
可謂繁榮，鉛字排印本多，但到了當代反而沒有《續西遊記》
的通行本多，出版頻率也不及《續西遊記》頻繁。

　　本書曾提及，孫楷第《中國通俗小説書目》對《後西遊記》
的評價是"雖不能媲美於前，然嬉笑怒罵成文章。"清時有《後
西遊記序》一篇，爲"天花才子評點本"原有，蔡鐵鷹認爲"據
《序》的行文口吻看，應是作者本人所爲，惜沒有署名。但民國
二年上海江左書林石印的《後西遊記序》，在末尾多出'宣統辛
亥孟冬下浣，天慵山人施清珮欽氏書端'字樣"[6]：

　　蓋聞天何言哉，而廣長有舌，久矣嚼破虛空；心方寸耳，
而芥子能容，悠然遍滿法界。造有造無，三藏靈文，由茲演出；
觀空觀色，百千妙義，如是得來。耳之稀有，諦聽若雷；目所
未曾，靜觀如鏡。故花吐拈香，泠泠般若之音；月呈指影，謫
謫菩提之味。悟入我聞，萬緣解脱；猛登彼岸，千佛證盟。無
如聾瞶渺茫，失之覿面；遂至癡嗔固結，誤也當身。已餓而貪
割他人，鷹虎糜我佛之軀；獲罪而幸求自免，苦難費觀音之力。
佛心清静，而莊嚴假相，倭入迷途；性體光明，而撲滅慧燈，

6　"編者按"，蔡鐵鷹編：《西遊記資料彙編下冊》，頁812。

錮居暗室。淨蓮出口，障作藤煙；亂棘叢心，詫爲花雨。施開
妄想，首禍究及慈悲；果炫誑言，下根因之墮落。諸佛菩薩喚
醒我，無過夢幻須史；鬼判閻羅嚇殺人，也只死生苦惱。豈知
去也如來，恒性顯金剛於不壞；觀之自在，靈光妙舍利於常明。
匪我招愆，深憫有生之失教；是誰作俑，追尤無始之立言。蓋
津水甚深，無濟半沉半浮之淺渡；法門至正，難供百出百入之
旁求。袖觀不忍，於焉苦瀝婆心；直口誰聽，無已戲拈公案。
曲借麻姑指爪，遍搔俗腸之痛癢；高懸秦臺業鏡，細消矮腹之
猜疑。悲世道古今，盲毒加天眼之針；憂靈光旦暮，死硬著佛
頭之糞。聚魔煉聖，筆端再水火神通；挾獸驕人，言外現去存
航筏。以敬信而益堅敬信，善緣永不入於輪迴；就沉淪而超拔
沉淪，善趣早同歸於極樂。話機觸竅，木石生情；冷妙刺心，
虛無出血。聽有聲，觀有色，雖猶然嘻笑怒罵之文章；精不思，
妙不議，實已參感應圓通之道法。大事因緣，謂不信請質靈山；
真誠造就，如涉誣願沉阿鼻。

高玉海認爲，該篇序言"以駢體形式評價《後西遊記》，雖
沒有什麼深刻的理論價值，卻也一定程度上指出了《後西遊記》
的續作原因以及隱寓的表達方式。"[7]民國八年，上海民權出版部
出版有冥飛等著的《古今小說評林》，書中評議《後西遊記》：

《西遊》借三藏取經，寫出許多胡說，《後西遊》乃捏造
出大顛求真解解真經，又寫出許多胡說，皆可以噴飯之作也。

7　高玉海：《古代小說續書序跋釋論》，頁121。

但《西遊》之文，諷刺世人處尚少，《後西遊》則處處有諷刺世人之詞句，其寫解脫大王、十惡大王、造化小兒、文明天王、不老婆婆等，無非罵世而已。於此，可見作者之一肚皮不合時宜也。[8]

這都是對《後西遊記》比較早期的記載和意見。

本書第一章在談到《東度記》時，曾引陳速的考證。1981年，張穎、陳速發表《繼往開來，寫好中國小說史——評魯迅〈中國小說史略〉》，文中有一段關於《後西遊記》的摘要，後題爲《〈後西遊記〉是一部傑出的諷刺小説》，時隔多年後，收入於 2004 年北京長征出版社出版的《中國當代經典論文》（頁 947–949）、2004 年北京作家出版社《當代作家文集》（頁 246–250）。[9] 張穎、陳速認爲，魯迅《中國小說史略》中對於《後西遊記》的評價"行文造事并遜"並不準確。《後西遊記》"著眼於封建末世一般的社會世情，從而對它進行諷刺和批判"（頁 9）是不與《西遊記》同屬一種藝術特色的。此外，兩人還通過內容介紹，提出了《後西遊記》文本"每一個大小故事，都是一篇很優美的童話故事，也是一篇很風趣的寓言文學"（頁 11），"戰文明天王、鬥造化小兒、破不老婆婆三段，寫得特別精彩"（頁 11）……"不老婆婆"一段更是"大放異彩的千古奇文"（頁 13），"有點兒愛情至上主義的味道"（頁 13）。由於

8　冥飛：《古今小説評林》，上海：民權出版部，1919 年，頁 45–46。

9　張穎、陳速：《文史哲學法政術立言集》，香港：中國國際文化出版社，2013 年 7 月，頁 9–15。引文部分見陳述文後附記，此版爲全稿重刊，修正前兩個版本個別字、句脫排。

"兒童"與"文學"之間的關係，是一個十分晚近的概念，"不老婆婆"一段確以情色見長，想象力豐富，但訴諸赤裸的性行爲描述，未必具有童話性，也未必寫的是"愛情"，相反這一段落訴諸性與情慾的部分更多，故而陳速的判斷可能有些許偏差。但這篇文章的確是當代比較早介入《後西遊記》文本細讀研究的成果之一。版本問題上，兩人亦有重要貢獻，指出"《後西遊記》寫了《續西遊記》亦寫過的三尸魔王等妖魔，《女仙外史》、《鋒劍春秋》提及或寫到它的不老婆婆一段及造化小兒另幫西方朔破森羅陣故事，它的成書當後於《續西遊記》而前於《女仙外史》和《鋒劍春秋》，大致在明朝末年。"（頁 13–14）

《後西遊記》成書時間的問題，另可以參考 2011 年劉洪強《〈後西遊記〉作者及成書年代考》[10] 一文。劉洪強補充了一份作者材料，清代丁柔克（1840—?）《柳弧》卷四談到《後西遊記》作者爲清代尤侗。據宋平生介紹，"《柳弧》是一部清人筆記稿本，今存六卷……内容很雜，凡風土人情、奇聞軼事、官場百態、醫卜星相、狐仙鬼怪無所不有……丁柔克讀過不少小說……"[11]《柳弧》第 397 則"四大奇書"：

> ……《西遊記》，本邱長春作，問係乃修道之書。如齊天大聖、心也。八戒，脾也。其嬰兒、姹女、黃婆，皆絕有道理。《後西遊》則尤西堂筆墨，立意罵人。如文明大王、不老婆婆、

---

10 劉洪強：《〈後西遊記〉作者及成書年代考》，載《濰坊學院學報》第 11 卷第 3 期，2011 年 6 月，頁 26–28。

11 宋平生：《〈柳弧〉前言》，收入於［清］丁柔克：《柳弧》，北京：中華書局，2004 年，頁 1–9。

造化小兒之類。筆歌墨舞，才人吐屬……俗云："看了《三國志》，低頭即是計；看了《西遊記》，到老不成器。"又曰："《三國演義》，奸也;《水滸》，盜也;《西遊》，邪也;《金瓶梅》，淫也。"謂之四大奇書。[12]

　　這則材料正如劉洪强所言極少被引用。劉洪强在論文中還提及一段《韓湘子列傳》第24回出現過的"不老婆婆"，將之與《後西遊記》中的"不老婆婆"放在一起對比，認爲《韓湘子列傳》中的這個人物形象可能來自於《後西遊記》，並據此認爲《後西遊記》成書於明代的可能性更大（頁28）。《韓湘子列傳》與"西遊故事"的關係不止如此，鄭明娳指出，"《韓湘子全傳》中提到捲簾大將下世投胎爲韓愈。不過後二者可能是受西遊故事影響而撰寫成的。"[13]兩位學者都拘執於各自的議題，没有展開分析"韓愈"在"西遊故事"中重要的符碼意義，下文還將繼續分析。

　　1981年，蘇興《試論〈後西遊記〉》[14]一文對《後西遊記》的作者、版本問題做了推證。蘇興認爲《後西遊記》作者是吳語區人，且《後西遊記》産生在明末的可能性大（頁120）。他高度肯定了《後西遊記》"刺儒以刺世"的主題，稱之"開《儒

12　［清］丁柔克:《柳弧》，頁237。

13　鄭明娳:《西遊記探源》（上），頁235。見《韓湘子列傳》説佛骨是韓湘子云陽板變化的。第十八回:"原是殿前捲簾大將軍，因與云陽子醉奪蟠桃，打碎玻璃玉盞，謫到下方投胎轉世"。

14　蘇興:《試論〈後西遊記〉》，收入於《明清小説論叢（第一輯）》，沈陽:春風文藝出版社，1984年，頁117–139。

林外史》之先河"（頁 132）[15]。在將《後西遊記》與明末清初其它兩部"續書"作品做價值比較時，蘇興認爲，"《後西遊記》誠然不如《西遊記》，但它比《續西遊記》顯然高一截。（頁 132）"，且説"《後西遊記》對儒者的諷刺不能與《儒林外史》相比，或許與《西遊補》差可比肩。（頁 135）"

1982 年，張南泉在《〈後西遊記〉的思想與藝術》[16]一文中以"續書研究"的視角對比了《後西遊記》與《西遊記》内容，對《後西遊記》的"揭露、嘲謔和批判"鋒芒（頁 142）表示肯定。《後西遊記》的入世特質及"揭露"意識，與晚清時期"西遊故事續書"作品的脈絡可能更有關聯。張南泉也認爲"《後西遊記》在明清小説史上應該佔有它的一席地位，它是明清之際説部續書神話小説僅見優勝的一部"，是中國大陸在上世紀八十年代這一組關於"西遊故事續書"熱潮中很高的評價。蘇興和張南泉的文章收入於 1984 年瀋陽春風文藝出版社出版的《明清小説叢刊第一輯》中，該叢刊集中收入有三篇討論《後西遊記》的文章，還有一篇是王民求的《〈後西遊記〉的社會意義》[17]，文中尖鋭指出"《後西遊記》是對唐僧取經而興佛教的一種否

15　值得注意的是，周維培認爲"《西遊補》開了《儒林外史》先河"（頁 140）；又"（續西遊記）在創作主題上是對吳承恩《西遊記》的反動"（頁 137），對照下文引林辰認爲"《後西遊記》則應視爲《西遊記》之反動"。周維培應當參考了蘇興、林辰的早期意見，卻對三部文本進行了置換，不知何故。周維培：《荒誕神奇的〈西遊〉續書》。

16　張南泉：《〈後西遊記〉的思想與藝術》，收入於《明清小説論叢（第一輯）》，頁 140–150。

17　王民求：《〈後西遊記〉的社會意義》，收入於《明清小説論叢（第一輯）》，頁 151–158。

定……並没有起到濟世救民的作用"（頁 152）而《後西遊記》
"揭開了佛教所用以掩飾虛僞的'莊嚴假象'的面紗……諷佛刺
儒，而且更重在剖世求解，哲理邃深"（頁 154–156）故而，王
民求認爲《後西遊記》是一部哲理小說。

1983 年，林辰在 9 月 20 日《光明日報》第三版發表文章
《關於〈後西遊記〉》，此文從"續書研究"的角度討論《後西遊
記》的性質，認爲《後西遊記》是一部"神話怪異小說"或者
叫做"神魔靈怪小說"，内容上應視爲"《西遊記》之反動……
刻意嘲弄佛法善門。"而所謂《後西遊記》的儒釋合一，指的是
"儒家有識之士韓愈和佛門正派高僧大顛，共同反對裝僧侫佛。"
雖然有"精彩的藝術筆觸"、"深刻的社會意義"，但作者"既看
不到這是非顛倒的社會存在的原因是什麽，也找不到改變這不
合理社會的道路，只能在'悲世道'、'憂靈根'的激憤中，幻
想出一個'無榮無辱、無是無非、思衣得衣、思食得食'的人
間樂園蓮花村"。

1984 年，瀋陽春風文藝出版社出版《明清小說論叢》第四
輯，收入有張穎、陳速《〈後西遊記〉版本考述》[18]、鐘嬰《談
〈西遊記〉與〈後西遊記〉中的牛魔王家族》[19]，這是林辰所編
《明清小說論叢》繼第一輯後第二次集中討論《後西遊記》。張
穎、陳速是當代中文世界最早對《後西遊記》版本、作者進行
考據的研究者，後來吳達芸、翁小芬的整理恐怕都繞不開張穎、

---

18 張穎、陳速：《〈後西遊記〉版本考述》，收入於《明清小說論叢（第四輯）》，瀋
陽：春風文藝出版社，1986 年，頁 235–242。

19 鐘嬰：《談〈西遊記〉與〈後西遊記〉中的牛魔王家族》，收入於《明清小說論
叢（第四輯）》，頁 122–137。

陳速的研究成果。張穎、陳速對當時所見《後西遊記》刻本做
了詳細整理，認爲"僅就現存清初四卷本以來諸本而言，自清
初訖民國，《後西遊記》說部就有二十種左右木刻、石印、鉛印
等各式本子傳世，可謂數百年來，從未間斷。進而析之，如把
《後西遊記》清初四卷本暫斷爲康熙五十四年劉廷璣所見本的
話，那末，從 1715 年康熙本風行到 1931 年廣益書局本再版的
二百十六年中竟連續刊布有二十種不同版本的盛況，更雄辯地
說明平均每隔十年即有一種《後西遊記》新版本行世的確鑿事
實……反映了廣大讀者喜愛《後西遊記》。"（頁 241–242）

　　鐘嬰的文章則從世本《西遊記》中最富世情韻味的"牛魔
王家族"橋段切入，討論《後西遊記》中"牛魔王家族"命運
的延續。實際上他注意到了《後西遊記》在結構上重複世本《西
遊記》的設計的同時，又在文本內部爲原著中已經家破人亡的
"牛魔王家族"做了一個"續寫"，但這種"續寫"依然是爲兩
個文本的教化功能所服務的。

　　1985 年，陳美林發表《〈後西遊記〉的思想、藝術及其他》，
認爲儘管《後西遊記》旨在重走西行路求取"真解"，但小說試
圖告訴讀者的是"無論真經還是真解均無補於世道人心，也未
能振興釋教本身。作品中出現的一些釋門弟子，他們的所作所
爲也暴露了佛教的某些丑惡，頗具批判意義……這種以佛規佛、
以魔伏魔、以假佛弄假佛的思想……具有很大的暴露意義和認
識價值。"[20]且陳美林提醒讀者注意，清初曾一再禁絕私刻"瑣語

20　陳美林:《〈後西遊記〉的思想、藝術及其他》，載《文學評論》1985 年第 5 期，
　　頁 128–134。

淫詞"[21],《後西遊記》既是僧道背景，又有諸如"不老婆婆"等顯而易見的"淫詞"，卻經幾次審查均未遭到查禁，且一再翻刻行世，的確是有趣的事。

同年，臺灣地區林保淳於《中外文學》第四十卷第五期發表《後西遊記略論》。他指出，雖然結構和人物設計上《後西遊記》與《西遊記》相仿佛，但在災厄書寫上"無甚相似，反而精彩迭見，自成一格"[22]，"在諸多磨難中，主要是人、地妖、自我考驗所構成的……沒有一處是自天而降的災難"[23]。《後西遊記》添出的"封經"一事，"意味著刊落語言文字，而刊落語言文字正是真解，故封經、求解，其實是同一件事。"[24] 在"闢斥俗說"之外，林保淳認爲《後西遊記》第三十九回提到的"經是從無造有，解是掃有還無"指向禪宗修行之法"不立文字"、"以心傳心"[25]，在調和儒佛方面，《後西遊記》的意見是"儒自歸儒，

21　陳美林指出，"如順治九年（1645）、康熙二年（1663）均有論旨，特別注意的是康熙二十六年（1687）二月上論：'淫詞小説，人所樂觀，實能敗壞風俗，蠱惑人心。朕見樂觀小説者，多不成材，是不惟無益而且有害。至於僧道邪教，素悖禮法，其惑世誣民尤甚。愚人遇方術之士，問其虛誕之言，輒以爲有道，敬之如神，殊堪嗤笑。俱宜嚴行禁止。'（王氏《東華錄》）康熙五十三年（1714）更雷厲風行地將'一應小説淫詞''嚴查禁絶，將板與書，一併盡行銷毀'（王氏《東華錄》）。……乾隆三年（1738）禁告'明知故縱者，照禁止邪教不能察緝例，降二級調用'（《學政全書》卷七'書坊禁例'）；嘉慶十八年（1813），更允準御史蔡炯請禁民間結會拜會，及坊肆售賣小説等書，並查核僧道一折（《仁宗實錄》卷二七六），也是將'小説'與'僧道'二者同時提出。"陳美林：《〈後西遊記〉的思想、藝術及其他》，頁134。

22　林保淳：《後西遊記略論》，載《中外文學》第40卷第5期，頁51。

23　林保淳：《後西遊記略論》，頁53。

24　林保淳：《後西遊記略論》，頁52。

25　林保淳：《後西遊記略論》，頁57–61。

釋還從釋"（第二十三回）。同時他也指出了"不老婆婆"一段傑出的象徵手法與明確的情色指向，一方面承襲了"明末色情小說描寫床第之事"的流行筆法，另一方面"在中國古典小說中，大概只有魏子安的《花月痕》第四十八回'桃葉渡蕭三娘排陣'，是'衣缽'正傳的了"[26]。

1993 年，鄭智勇《〈後西遊記〉與潮人》分析《後西遊記》是一部與潮人密切相關的作品，書中不止一次點名"大顛正是潮州人"、"韓愈被貶潮州"，"《後西遊記》中與潮州話明顯相同相近的語詞有四百多"[27]，這對未來釐清"天花才子"身份會有一些啓發。且韓愈《與孟尚書書》中的確有結好"大顛"的描述："潮州時，有一老僧號大顛，頗聰明，識道理，遠地無可與語者，故自山召至州郭，留十數日。實能外形骸，以理自勝，不爲事物侵亂。與之語，雖不盡解，要自胸中無滯礙，以爲難得，因與來往。及祭神至海上，遂造其廬。及來袁州，留衣服爲別。乃人之情，非崇信其法，求福田利益也。"（《全唐文》卷五百五十三）但這與早年蘇興認爲"《後西遊記》作者是吳語區人"[28] 結論相左，但方言問題十分複雜，反而作爲儒士符碼進入文本內的韓愈形象與"西遊故事續書"的三教差異佈置非常值得思考。

2005 年，高桂惠《解碼遊戲：〈後西遊記〉的裝僧與扮儒》

---

26 林保淳：《後西遊記略論》，頁 64。

27 鄭智勇：《〈後西遊記〉與潮人》，載《韓山師專學報》第 1 期，1993 年 3 月，頁 31–33。

28 "由《後西遊記》所用一些通俗詞語考察，可以認爲作者是吳語區人。"蘇興：《試論〈後西遊記〉》，頁 119。

指出《後西遊記》對《西遊記》的明顯改動一是師徒之間的個性衝突少了，二是所有妖魔不再以吃唐僧肉爲目的。"《後西遊記》反而像是唐僧一行人去'參與'了妖魔……'魔'不只是個人式的'心魔'，更是集體式的。若我們仍將之視爲一種修煉，倒像是一種對'佛／反佛'思想之間的交互辯詰之路。"[29] 高師敏銳地發現了《後西遊記》潛文本中"似乎有一種對於'分道揚鑣'是否反是正途的思考"[30] 及"唐僧對妖魔'反僧'的提問沉默以對"[31] 的標誌性態度，這使得《後西遊記》中"詰問"與"沉默"、"真解"與"無解"的對峙分外鮮明。在漫畫化的"狀丑摹俗"背後，熟練運用語言現象，是"續書"作者對原著的消費與消解，"象徵"手法在修辭層面上的闡釋，與符號系統之間的語言問題值得我們對《後西遊記》"續書"的機鋒發起更深刻的反思。

此外，宋珂君《〈後西遊記〉的文化批判性研究》[32] 注意到了《後西遊記》中的金錢問題；劉麗華則注意到了《後西遊記》中的妖邪大部分都是以"聖人"、"尊者"的面貌出現，"妖邪身上多了份虛僞，這虛僞不是源於自然，而是來自人間，來自晚明社會……把僞道德歸入妖邪一類，説明晚明文人已經對僞道德失去崇拜，取而代之的是對利用道德成全一己之私的憤慨。"另一方面，"《後西遊記》不僅消解了取經之功，也消解了

29　高桂惠：《解碼遊戲：〈後西遊記〉的裝僧與扮儒》，收入於《追蹤躡跡：中國小説的文化闡釋》，頁 142。

30　高桂惠：《解碼遊戲：〈後西遊記〉的裝僧與扮儒》，頁 143。

31　高桂惠：《解碼遊戲：〈後西遊記〉的裝僧與扮儒》，頁 144。

32　宋珂君：《〈後西遊記〉的文化批判性研究》，載《北京科技大學學報（社會科學版）》第 25 卷第 2 期，2009 年 6 月，頁 66–69。

求解之功⋯⋯不斷地否定著救世的可能性"[33]；同樣是討論價值問題，林海曦則納入了邏輯視角來考察《後西遊記》中的"勸誡"[34]。可惜的是，他們都没有將明代社會中的商業問題納入到文本內外的世俗化轉向上討論，無論是《後西遊記》對於金錢的關注、對於寺院經濟的諷刺，還是文本外出版行業的興隆生意對於"讀者群"的作用，均是《後西遊記》在傳播上獨具特點的風貌。

《後西遊記》的單篇研究論文還有 2013 年翁小芬的《〈後西遊記〉之寓意及其寫作藝術論析》[35]，從"寓言"的切入分析《後西遊記》的藝術特點，後在其博士論文《〈西遊記〉及其三本續書研究（上）、（下）》中，也討論到了《後西遊記》的寫作藝術等情況。2020 年，劉夢瑩《〈後西遊記〉社會稱謂語之文化透視》一文關注到《後西遊記》中的社會稱謂語。2018 年，重慶師範大學黎文華發表碩士論文《後西遊記研究》，曲阜師範大學徐霄涵發表碩士論文《〈後西遊記〉被動句式研究》。研究《後西遊記》的專著還有 1991 年 7 月臺北華正書局出版的吳達芸的升等論文《後西遊記研究》，可惜未見。其餘的評論，則十分分散地出現於明代"四大奇書"續書研究或《西遊記》續書研究成果的部分章節中。具體可參見本論文在《西遊補》與《續西遊記》的研究中，所討論到的"續書研究"框架下的"西遊故事續書"文獻綜述。

33　劉麗華：《〈後西遊記〉與晚明文人價值觀的變化趨勢》，載《絲綢之路》2009年第 18 期，總第 163 期，頁 56–59。

34　林海曦：《從邏輯視角探析〈後西遊記〉價值缺陷》，載《長春教育學院學報》2010 年 8 月，第 26 卷第 4 期，頁 25–26，轉 52。

35　翁小芬：《〈後西遊記〉之寓意及其寫作藝術論析》，載《修平人文社會學報》第19 期，2012 年 9 月，頁 39–69。

《後西遊記》的海外研究，仍然是中文學界常常忽略的部分。比較重要的有前文提及的劉曉廉（Xiao-lian liu）《佛心的〈奧德賽〉:〈西遊補〉的諷喻》（The Odyssey of the Buddhist Mind: The Allegory of The Later Journey to the West），爲劉曉廉 1992 年在美國華盛頓大學寫作的美國博士論文。前文提及趙紅娟認爲這本論文是寫《西遊補》的，這個說法後來也被廣泛引用，應予以糾正。該論文於 1994 年在美洲大學出版社（UPA）出版。2002 年，《運城高等專科學校學報》第 20 卷第 6 期刊登了署名爲劉曉廉的論文《心路歷程:〈後西遊記〉的根本寓意》一文，由咸增强翻譯，註記爲《運城學院學報》主編李安綱供稿，但没有提供相關段落節選自哪一部分章節，或新發表於什麽刊物。該篇引介的文章雖然對我們了解《後西遊記》文本内容具有一定的參考意義，但節選段落並非劉曉廉關於《後西遊記》的博士論文最重要、最核心的觀點。

劉曉廉的博論《佛心的〈奧德賽〉:〈西遊補〉的諷喻》，借用芝加哥大學 Michael J. Murrin 教授對於兩種類型的寓言（連續性的和非連續性的）的定義，區分了《西遊記》與《後西遊記》的文本性質，實際上也就明確區分了原著與"續書"分屬兩個話語系統，是從語言層面而言十分重要的觀點，有別於其他學者僅將《後西遊記》中的"象徵"現象作爲修辭層面的考察:

寓言常常爲教化目的（didactic purposes）而使用，而且寓言也被看作是最極端、最有代表性的教化叙事形式之一。但不是所有教化作品都以寓言的形式展現，教化只是寓言叙事的一種特徵。其次，更重要的是，區分寓言和其它形式的叙事的標準，這個標準在我們的案例中，從《西遊記》中脫胎的《後西遊記》，取決於象徵模式利用的方式和程度。Michael J. Murrin 在他關於寓言性史詩（allegorical epic）的討論中區分了這兩種寓言形式：連續性的（continuous）和非連續性的（discontinuous）。非連續性的寓言範例包括了《荷馬史詩》、維吉爾的《埃涅阿斯紀》，文中特定的人物和行動被看作是象徵性的，其它的則不是。舉例而言，《埃涅阿斯紀》中的神被當作象徵人物，埃涅阿斯則不是;《荷馬史詩》中奧林匹斯山上眾神的非凡面貌是寓言的，即一個象徵（symbolized）與濃縮（condensed）復合（complex）及看不見的過程。另一種形式則是連續性的或持續性的（continued）寓言，使得全部情節是寓言性的，或對讀者提出在所有方面象徵性的闡釋的要求，如但丁的《神曲》與斯賓塞的《仙后》……因此，在一個非連續性的寓言中，寓言特質與象徵性的人物變成孤立而斷斷續續的現象，而在連續性的寓言中則有一個連續性和持續性的過程。事實上，一部文學作品，即使展示了寓言性技巧不連續性的使用，嚴格來說，也不是敘事意義上的寓言性。因為象徵性的元素並非是意圖去不停地、顯著地形成任一人物或事件的意義。所以，寓言，舉例而言寓言性的敘事，是一種文學佈置，在此之中，作者連續地、有條不紊地使用表達的象徵模式，展示了構建完好（well-constructed）的情節、虛構的人物和行動，作為抽象概念諸如道德、宗教理念等的具體化、可見化，以至於有效地向讀者傳遞作者的想象（vision）和信念（beliefs）。

《西遊記》及其續書研究的問題之一就是研究者忽略了區分兩種類型的寓言。正如古典史詩《荷馬史詩》和《埃涅阿斯紀》,《西遊記》是一個非連續性的寓言,在此之中,它不展示完整的寓言性的情節,而是伴隨奇幻的戰爭、冒險橋段,表現了間隔性的象徵圖景。作者也賜予小說人物象徵性的意義,或者運用它們把抽象概念(abstractions)人格化(personify)。諸如孫悟空作為心猿,六賊(第十四章)和七個蜘蛛精(第72-73章)代表了六慾(six desires)和七情(seven passions)。但是小說中人物和事件的寓言性元素,遠非試圖去完整和連續地形成一個全面的結構,從中有條不紊地導出象徵性的意義。舉例而言,作者可能以一個代表某概念或抽象性質的人物開始,但在創造過程中,通過圖像、行為及對整部小說的情節設置、人物刻畫毫無貢獻的寓言化表達方式,發展了人物形象。事實上,許多《西遊記》中的人物和橋段,是以一段時期流行的奇幻旅程故事為基礎,並不意圖從讀者中引發寓言化的闡釋。《西遊記》最明顯和突出的特質,就是對五行運用的寓言化闡釋及以內丹修煉術語(alchemical terms)認同西行之旅的取經成員……有時候一個人物的特徵和行為,並不充分適合他的名字或他象徵性的名字所指向的清楚意涵……一些學者指出了《西遊記》中某些人物和行為的寓言性特質,但沒有意識到西行之旅應當被看做非連續性的寓言,而不是連續性的寓言。他們嘗試給小說每一部分都強加以寓言化的閱讀,使之適合一種理解性的、連續性的象徵意義,這只會激起持另一個相反極端立場的人的批評和嘲諷,斷然否定作者一方任何寓言性的意圖。真相可能介於兩者之間:小說包含有象徵性的元素,包羅了象徵性的人物和事件,但作者無意在連續一致、象徵性意義的敘事中編排他的人物和事件。另一方面,《後西遊記》是與原著不同的續書。

不同之處就在於《後西遊記》基本上是一個連續性的寓言，邀請讀者對整個故事運用象徵性的闡釋，而不是就單個人物或孤立的情節。儘管，小說中並非每一個細節都允許寓言性的閱讀，但小說展現了作者對於發明一種完整而連續的寓言性情節的敘事形式的控制力，作者權衡之下的努力（deliberate effort），使用一種象徵性的模式、通過一系列相關情節和溝通配合的人物（interacting characters）發展，來實現文學上及寓言層面上的多重（multiple）意義。[36]

事實上，將非物質性的事物（如七情六慾、文明、十惡、造化）通過語言表達爲可理解、可視覺、可物質化的形象，無疑是《後西遊記》最大的優點。劉曉廉站立於中世紀的立場對這兩種語言與思維的建築方式做比較文學的思考是十分難得而有意義的成果，惜未被全面引介，獲得中文研究領域的重視。劉曉廉將《後西遊記》看做中國寓言敘事文學的"傑作"（masterpiece），已經是學界對《後西遊記》少見的讚譽，他還認爲《後西遊記》的作者"作爲中國早期小說家中將寓言變成全景式的、複雜的敘事方式，他對中國小說與寓言傳統做出了重要的貢獻……應感謝他們對人類心志（mind）和想象力的表達的創造性貢獻"（頁257），其實是注意到了象徵語言的發生機制。

而前文提及的白保羅（Frederick Brandauer）的文章《西遊

36　劉曉廉（Xiao-lian liu）：《佛心的〈奧德賽〉：〈西遊補〉的諷喻》（*The Odyssey of the Buddhist Mind*：*The Allegory of The Later Journey to the West*），頁8–11，引文部分爲自譯。

小説中的暴力與佛教理想主義》（Violence and Buddhist Idealism in the Xiyou Novels）[37] 同樣討論到了《後西遊記》中顯而易見的暴力問題。在白保羅看來，《後西遊記》延續了《西遊記》中"暴力"處理的敘事功能，即"是由暴力和威脅引入了新的篇章，也是二者成爲了暴力處境的解決辦法，終結一個章節"；"在《後西遊記》的旅程中，31 個章節中叙述了 20 個事件，其中 13 個事件包含了暴力……頻繁的暴力或它的威脅推動了故事的發生。"[38] 暴力一方面推助"西遊故事"的發展，在結構上發揮叙事功能，也在宗教層面上應驗著物質世界的虛幻本質。《西遊記》中由神明指派的承擔險難任務的妖魔，還具有教化功能，但《後西遊記》、《西遊補》中的暴力，顯然都是内化的、取經人與内心的搏鬥。

　　2004 年，李前程《猴子形象的轉變：西遊記續書與内部轉向》（Transformations of Monkey: Xiyou ji Sequels and the Inward Turn）同樣有專門一小節討論到《後西遊記》，他認爲"第二次西行之旅被看做是對國家知識分子生活危機的諷喻、學習的評論。太多的儒學或其它學問的經典典籍的累積，及消化處理這些經典的困難。中心議題是闡釋"（頁 60），而"《後西遊記》的特色之一……這段旅程產生於佛教徒誤入歧途（gone

37　［美］白保羅（Frederick Brandauer）:《西遊小説中的暴力與佛教理想主義》（Violence and Buddhist Idealism in the Xiyou Novels），收入於 "*Violence in China: Essays in Culture and Counterculture*", Edited by Kipman Jonathan N. and Harrell Stevan., University of New York Press, 1990, pp. 115-148。

38　［美］白保羅:《西遊小説中的暴力與佛教理想主義》，頁 128，引文部分爲自譯。

astray）" [39] （頁 61）。

此外，在日本早稻田大學藏有天保五年（1834）木村通明（1787—1856）的《後西遊記國字評》手寫本，署"默老批評"，目前暫無相關研究資料引介。這篇 9000 餘字的《後西遊記國字評》非常詳細地介紹了《後西遊記》四十回的内容，提煉了取真解一行人路經的妖怪和險難，並同樣認爲後續故事緣起於韓愈。2018 年，趙興勤《關於〈後西遊記〉研究的幾點思考》一文就《後西遊記》成書刊印過程再度做了推理爬梳，在他看來，"劉廷璣接觸《後西遊記》，當在康熙中葉前後。儘管現存的《後西遊記》最早刊本似是乾隆四十八年（1783）金閶書業堂《新刻批評繡像後西遊記》本，該小説的成書不會早于康熙初年"。現藏于日本早稻田大學圖書館的務本堂刻《繡像西遊後傳》，右上角注"聖歎評點"字樣，無論是否託名，都對趙興勤的結論給出了參考，因爲金聖歎殁于順治十八年，如趙興勤的推斷是對的，金聖歎不可能在康熙初年之後完成這部小説的評點，評點者當另有其人。在日本，明治十五年（1882）還有松村操譯本《通俗後西遊記》（春風居士譯編，東京書肆兔屋誠版），目前能找到三卷共六回，譯編本删去了部分詩文，其實第六回也没有譯完，文末完整用中文録入了韓愈《諫迎佛骨表》，寫到唐憲宗勃然大怒，降旨將韓愈貶作潮州刺史，韓愈悵悵去潮州上任，便戛然而止。卷三文末寫著"若此卷太長，以下請參照下卷説明"，並寫有"通俗後西遊記終"字樣。松村操還

39　李前程：《猴子形象的轉變：西遊記續書與内部轉向》（Transformations of Monkey: Xiyou ji Sequels and the Inward Turn），自譯，頁 60–61。

曾翻譯過《金瓶梅》(《原本譯解金瓶梅》)，同樣於明治十五年
（1882）出版。據張義宏記載，"1882 年至 1884 年間，《原本譯
解金瓶梅》陸續出版了 5 冊，發行至第 9 回，因譯者去世而中
途夭折"（《日本金瓶梅譯介述評》）。也許是因爲如此，他譯編
的《後西遊記》再沒有機會翻譯完。昭和二十三年（1948），書
家尾上柴舟也有譯本《後西遊記》，序言裡説，譯本刪去了"不
老婆婆"這一節，因爲它"有損風教"。與《西遊補》在美國傳
播的影響類似，日本知識界很喜歡《後西遊記》。他們的翻譯不
一定完整，且帶有改編性質，早稻田的多個譯本藏本還有待日
後研究者關注。

一、世俗化的西遊故事

（一）被西遊故事"演義"的歷史故事

在明初《西遊記》定本中的故事，大概可以分成三個部分：
（一）唐太宗入冥，（二）玄奘取經，（三）以孫悟空爲主的磨難
搏鬥。《後西遊記》是明末清初三部續書作品中，唯一一部對原
著三部分内容都做出回應的"續書"作品。

值得注意的是，明末清初的"西遊故事續書"文本中出
現了大量的歷史符號的展演。見前文爬梳，如《西遊補》中出
現過秦始皇、項羽、秦檜、岳飛、虞美人、西施等；《續西遊
記》中則出現過曹操（第三十六回，"話表這餓鬼林是何妖精作
怪？乃是三國時魏王曹操。"）、勾踐（第六回，"（老蛙精）游到
越國，遇著越王勾踐……越王勾踐不敢惹他，反替他唱了一個

喏。"）、張騫（第六十二回，"老黿道：'他有一鏡名喚照妖，乃是張騫乘槎誤入鬥牛宮得來月鏡。'"）。如果説，《西遊補》中的"審秦"審判的還是真實的歷史人物身上真實的歷史罪愆，《續西遊記》中的歷史人物則都表現爲與"妖"有關，無論是"妖"本身，出現在"妖"的見聞中，還是"妖"的法器。這是《後西遊記》爲佛門記惡的一種書寫策略，"歷史"符碼總與"惡"相聯結。我們似乎可以理解爲一種向讀者借調常識經驗的意圖，當"權奸"曹操死後入佛家"餓鬼道"，又一靈遁逃落爲"餓鬼林"，實際上是一種藉由"續書"實現的歷史審判，只是與《西遊補》相比，帶有更明顯的"演義"的特徵。（曹操不止一次出現在《西遊記》續書中，"剛子"所作《續西遊補》中也有對曹操的演義化改編）

關於"演義"這個詞的定義，李志宏在《"演義"——明代四大奇書叙事研究》一書中有十分詳細的整理，本書在此不再贅述，簡而言之，"'演義'作爲動賓詞組，在此指涉的是一種言語行爲或言説方式。所謂'演義'，指的是敷演文字以闡釋義理的意思。"[40] 本來，"西遊故事"敷演至世本階段，"史傳"的味道已經很淡了，也正因如此，前文所提及毛宗崗《讀三國志法》中"讀三國勝讀西遊記，西遊捏造妖魔之事，誕而不經，不若三國實叙帝王之事，真而可考也"的價值判斷才得以成立。因爲從文人旨趣而言，"捏造"是不若"真而可考"有文學性的。故而，本著《史記》爲基礎的《西遊補》的"續書"中，讓孫

40　李志宏：《"演義"——明代四大奇書叙事研究》，臺北：大安出版社，2011年，頁53。

行者假扮閻王審判竊國者一段，基本忠實於文人對於經典文本的記憶，也使《西遊補》獲得了"西遊故事續書"文本最高的評價。然而，《西遊補》的受衆極其有限，董説借它闡釋士人處境的意味，要多過向大衆闡釋義理的企圖，此處《西遊補》的演義特徵並不具有"續書"功能上的代表性。在明代，"演義"這個詞本身也經歷著自身的沿革。誠如李志宏指出的，"'通俗'被視爲演義之作的主要美學屬性，其創作認知和目的自然有別於以文言書寫的稗官野史和筆記小説。"但"明代中葉以來，諸多文人的小説觀念已在寬泛理解的認知中，進入了一個新的轉變和融合的階段。"[41] 經過"續書"加工的"歷史意識"，不斷以通俗文學的"續書"方式進入到神魔、奇幻性質的文本中，讓歷史人物與虛構人物發生故事，或將歷史人物當做"前史"的符碼，或爲之補充人世情態，這種真實與虛擬交錯的寫作風格恐怕是明末清初"續書"文類特徵的一種轉向。而《三國志通俗演義》的流行，對於其侵入其它經典文本的"續書"作品中，也可視爲同時代通俗文學交互影響的叙事交流。落實到"西遊故事續書"文本中，《續西遊記》與《後西遊記》均借調了"演義"的話語表現手法，讓印象化、效果化的歷史符碼進入到虛構文本中。《西遊補》則另闢蹊徑，嵌套自身的"西遊"前史，更爲特殊。

《西遊補》的作者董説爲虔誠的佛教徒，但《西遊補》的文本特質卻並無強烈的教化意味，相反他的僧人記夢書寫方式是潛在而隱晦的，更趨向審美的表現。《續西遊記》作爲一部

---

41 李志宏：《"演義"——明代四大奇書叙事研究》，頁 70–71。

佛書（曲亭馬琴語）意味極其濃厚的作品，特闢章節出面臧否
曹操形象令人稱奇，展現出了世俗化傾向，可能是爲了吸引讀
者。且比起《西遊補》中秦檜被痛批、反復血腥殺戮的情狀[42]描
寫不同，《續西遊記》中的曹操以"餓鬼"面貌出現覓食，還說
出"我生前做了惡業，如今只得隨緣"（第三十六回）的佛教教
化語言來，足見文本的勸懲意味。事實上這裡的"餓鬼"具體
是曹操、或是秦檜、甚至反佛的韓愈，對"續書"而言並不十
分重要，這些歷史符碼是可替換的，並非不可替代，只爲了實
現"教化"作用，這一點與《西遊補》的筆法完全不同。《後西
遊記》中的曹操，攜兩個細腰寵姬委身爲"獨角魔王"之臣子，
餓鬼打不動"純陽氣壯的孫行者"、"妖魔隊裡，曹操領著許多
細腰婦女，也上前助威"（第三十七回），通俗性和娛樂性指向
很明確，歷史意志反而流於表面，是爲"演義"之"演義"。而
作爲一種創作策略，《後西遊記》訴諸"歷史"的談笑感或巷語
感是十分強烈的，這也與明代佛教的世俗化不無關聯。如前文
所述，"續書"的繁榮依附於世變（如明末清初、清末民初）而
存在，晚明以自身宏偉的悲劇命運籠罩在朝代交替間或明或暗

42　見董説：《西遊補》第九回："叫鐵面鬼用通身荊棘刑。一百五十名鐵面鬼即時應
　　聲，取出六百萬枝繡花針，把秦檜遍身刺到"；"行者叫：'白面鬼，把秦檜碓成
　　細粉，變成百萬螞蟻，以報那日廷臣之恨！'白面精靈鬼一百名得令，頃刻排
　　上五丈長一百丈闊一張碓子，把秦檜碓成桃花紅粉水；水流地上，便成螞蟻微
　　蟲，東竄西走"；"叫五千名銅骨鬼使，抬出一座鐵泰山壓在秦檜背上"；"立時把
　　秦檜變作一匹花蛟馬。數百惡鬼，騎的騎，打的打"；"登時著一百名蓬頭鬼扛
　　出火灶，鑄起十二面金牌。簾外擂鼓一通，趲出無數青面獠牙鬼，擁住秦檜，
　　先剮一個'魚鱗樣'，一片一片剮來，一齊投入火灶。魚鱗剮畢，行者便叫正簿
　　判官銷第一張金牌。"

的文字記載之上，過往的歷史像河流一樣承載著書寫與"續書"
所傳遞的個人訊息，民間對於歷史知覺的情感投射於通俗文本
的敷演，助長了"續書"文本的歷史特徵。"續書"作者們使用
什麼樣的素材進入"續書"的視野可能具有深意。

正如韓愈及其《諫迎佛骨表》與《後西遊記》的關係一樣，
在一部續作文本中納入真實的歷史人物，而使小說具有可信度、
可讀性的功能性作用自不必說，在此，韓愈、曹操、項羽、秦
檜等均被"西遊故事"民間化、通俗化了。在《後西遊記》中，
韓愈的命運還不算太差，即使《後西遊記》本身已經具有十分
明顯的佛教故事特質，但對儒生、佛門記惡書寫的諷刺筆法顯
然更爲用力。可到了後世，"韓愈墮餓鬼道"[43]卻成爲了佛教故事
中講述"因果"的典型範例。《後西遊記》中出現的歷史符號的
表現方式與《續西遊記》也並不完全相同。以韓愈爲例，《後西
遊記》對他的反佛行爲保持了寬容，對開儒教的功臣、伏羲時
負河圖的龍馬逃於禪的行爲也給予了明確贊同，這可能與入清
以後的"逃禪之風"有關[44]。第一回說"南瞻部洲雖然是儒祖孔
聖人君臣禮樂治教的地方"，可見《後西遊記》推崇真儒真僧，

---

43 主要出自净空法師："諸位曉得唐宋八大家的韓愈，何人不佩服？韓愈現在在哪
   裡？在餓鬼道。我們如何知道他在餓鬼道？章太炎先生在餓鬼道跟他見過面，
   跟他在一起談過。我們要問，韓愈幾時能離開餓鬼道？韓愈年輕的時候毀謗佛
   法，寫了不少文字，現在古文裡還有《諫迎佛骨表》，只要那一篇文章還在世
   間，他就離不了鬼身。爲什麼？還有影響力。還好他晚年懺悔，所以沒有墮地
   獄，而是墮在餓鬼道，因此，寫文字豈能不謹慎！"節錄自《華嚴經》12-17-
   0028 故事說法之善惡第二十五條。

44 可參廖肇亨：《明末清初遺民逃禪之風研究》，臺灣大學中國文學研究所碩士論
   文，1993 年。

反對的是"裝僧扮儒"（高桂惠語）。而與加入歷史"人物"以增添小說閱讀趣味和可信度相輔相成的，是《後西遊記》中還出現了大量看似具體的時間，如：

《後西遊記》第三回："數千年前的那個雷公嘴、火眼金睛的惡神道又打來了。"

《後西遊記》第三回："今幸尚是唐家天下。"

《後西遊記》第五回："唐三藏大驚道：'自我佛慈悲造了大乘妙法真經，命我歷歷萬水千山求取到中國，宣揚善果，以正空門。經今已是二百餘年……'"

《後西遊記》第五回："金頂大仙接住道：'聞得旃檀尊者奉旨上長安尋求求解之人，倘尋著須叫他快些來，不要又似尊者前番叫我守候十餘年。'"

《後西遊記》第七回："只就本朝太宗皇帝到今二百餘年……"

《後西遊記》第七回："憲宗笑道：'野僧一味胡說，朕聞得賜御弟及求經乃陳玄奘法師之事，到今二百餘年……'"

《後西遊記》第九回："敖欽道：'不消自家子孫去變，何不降伏羲時負河圖出水的那匹龍馬送了他吧。'老龍王聽了歡喜道：'我倒忘了。這匹馬只因有功聖門，不忍騎坐，白白養了這幾千年……'"

《後西遊記》第三十回："造化小兒道：'我在周文王列國時曾撞見孔夫子，與他論日遠近，被我三言兩語難倒了，到如今也有二三千年……'"

　　這些時間無疑具有模糊的文化符碼的指涉，仔細看來是十分不精確的。《後西遊記》第四回出現的"董雙成娘子"、"許飛瓊娘子"，第三十三回出現的"織女的機絲"、"潘郎的鬢絲"與"這幾千年"、"兩三千年"又反復提及的"二百餘年"一起規定著"續書"想要傳遞給讀者的可能的經驗時間，而這種"缺乏精準刻度的方式來交代事情的進展或停留、延遲，使事件處於時間感與非時間感的荒唐的交互作用中……名之爲'歷史'的事件被'去歷史化'，名之爲'神話'的故事被'去神話化'……"[45]《後西遊記》通過時間的置換構建出了一個可能的后胤、後嗣、徒孫世界，以"小"字輩（孫小聖、小行者、小鬥戰勝佛、小净壇使者）的次級名色構建次級文化，"續書"實現了主動降格、並自覺銜接著經典的"西遊故事"，也以"小"的歷史時間不斷地邀請"元"歷史時間的參與，導致真實的歷史時間混同原著的小說時間共同構建了"續書"文本的"前置"時間，也構建了"西遊故事"時間的新歷史。原著虛擬的時空佈置，令真實的歷史判斷與知覺爲"世俗化"的"續書"策略所拆解、重組，實現各自的教化意圖。

　　如果讀者都認同"續書"不失爲一種文本遊戲，也足以辨識"續書"文本中的真與幻，那麼"續書"本身即將經由這種歷史事實與原著事實的交叉混淆，實現新的話語創造。"神話生成之際，並無遊戲和嚴肅之分。只是當神話變成神話作品，即變成文學、變成由當時多少超出原始人想象的文化所產生的口頭傳説式文學，只有到那時，遊戲和嚴肅之分才適用於神話，

45　高桂惠：《追蹤躡跡：中國小說的文化闡釋》，頁240–241。

也才會有損於神話。"[46] 當"西遊故事"混同"西遊故事"以外的歷史人物，如韓愈、曹操、張騫（《後西遊記》第三十八回："腎水枯載不得張騫之棹，肺氣弱禦不得列子之車"；"只怕是腎水枯，泛不得張騫之棹。"）；神話人物如"董雙成娘子"、"許飛瓊娘子"、"潘郎"、"織女"；真實地名如"潮州"、"長安"，混同原著中的地名如"南贍部洲"；具體路程（《後西遊記》第十三回，"若以一日百里算來，也只消三四個年頭便走到了"）對比《西遊記》神聖之路十萬八千里之遙，小説依然是小説，小説的遊戲特徵變得更凸出。續書創作者的想像次序似乎是選擇已有的、讀者熟悉的人物爲先，而不是另起爐灶，創作新的人物。

（二）"韓愈"與"西遊故事"

漢學家 Andrew Schonebaum（宋安德）曾在一篇名爲《虛構的醫藥：中國小説的療效》的文章中指出，"晚明之後，小説成爲雙重形態的虛構藥劑，一方面能够治療善讀的讀者，另一方面則創造出它本身所要治療的角色，並且扮演醫學書籍的角色，提供讀者關於疾病與醫療的詳細描述。"他稱這種現象爲，"小説有毒"。[47] 小説的療癒功能在"西遊故事續書"文本中有强烈的表現，甚至遠遠勝過其它經典小説續書的"情志補憾"功能。這可能是因爲"西遊故事"本身完備，"續書"作者唯有創造新的"疾病"，才能發生新的"療癒"。這是"西遊故事"區

46　［荷］約翰・赫伊津哈（Johan Huizinga）:《遊戲的人——文化的遊戲要素研究》，傅存良譯，北京大學出版社，2014 年，頁 129。

47　參許暉林:《"白話小説，書籍史與閲讀史：明清文學研究的新視角"研討會論文評述》，載《中國文史研究通訊》第 18 卷第 3 期，頁 18。

別於其它奇書故事群落最顯著的特點：藉由小說中的歷史人物，緩解對於現實危機辯證的思慮。

在明末清初這三部"西遊故事續書"作品中，雖然都出現了歷史符碼的書寫策略，但只有《後西遊記》中完整植入了韓愈的《諫迎佛骨表》。雖然這三部文本中都出現了大量有關世情、人心、三教中異化而成的妖邪現象，"人心不淨、自然生魔"也是這三部作品都訴諸描繪的主題，但只有《後西遊記》中出現了明確的"佛妖"[48]，及"佛原不自佛，魔豈爲他魔"（第十回）的觀念，瓦解了原著中佛門的絕對神聖性和不可違抗性：

> 小行者道："只要陛下說個影響。若是鬼妖去問閻王拿，若是仙妖去問老君拿，若是佛妖去問如來拿，若是上界星妖、神妖去問玉帝拿。"（《後西遊記》，第二十八回）

"好佛之誤"與"真解之識"作爲絕對的對立面，也昭示了《後西遊記》中的戲劇矛盾完全展現於佛教内部，所有的妖邪既非來自於外部世界、也非真正産生於内心世界，而是産生於佛門之内的惡形惡狀、佛家的惡僧惡念，故而"野狐禪"/"野狐纏"/"野狐精"被《後西遊記》當做正道的反面來明確書寫，幾乎貫穿文本始末：

《後西遊記》第五回：

---

48 《後西遊記》第十回："唐半偈大怒道：'我佛三藏真經乃靈文至寶，何妖僧幻術之敢擅封？指佛爲妖，真佛門之妖也！'點石聽見說他是妖，不覺滿臉通紅，也發怒道：'我若爲妖，天下無不妖之佛矣。'"

（如來道）"……但有木棒一條，遇著邪魔野狐，只消一喝便不敢現形。"因命阿儺、伽葉取出來，付與唐三藏。

《後西遊記》第七回：

唐三藏因大喝一聲道："妖妄野狐！還不下來？"將手一舉，那條木棒雖未離手，早不知不覺照生有劈頭一下，打得生有魂膽俱無，忙滾身下壇，拜伏於地，連稱："不敢，不敢！"

《後西遊記》第十回回目即爲"心明清淨法　棒喝野狐禪"：

白晝野狐燈日盛，不知何處可無爲？

唐半偈看見，豁然大悟。因接在手，指著點石與衆僧大喝一聲道："衆野狐休得無禮！將謂我佛法不靈乎？"唐半偈這一喝，聲氣也不甚高，不知怎麼，就象雷鳴一般，直若驚天動地。

《後西遊記》第十一回：

話說唐半偈與小行者，棒喝了野狐禪，一路清清淨淨望西而行。

《後西遊記》第十六回：

唐半偈道："休得野狐禪！各奔前程去吧。"

《後西遊記》第十八回：

唐半偈道："他們爲佛除妖，不放下正是放下；大王以妖滅佛，即便放下還恐未曾放下。安可一例同觀。"老怪連連搖頭道："胡說，胡說！這些套子話野狐禪，誰信你！"

第二十七回回目即爲"唐長老真屈真消　野狐精假遭假騙"：

（如來道）"……故今世罰你變做女身，仍以佛法目迷，應該墮入他野狐之纏，自當歡喜領受。"原來佛妖正是一個九尾狐狸，因修煉多年，巧能變化，故變做佛容來哄騙太后，就是設此佛像皆是借假修真。不期泥佛忽然說起話來，嚇得心驚肉戰，只道果是活佛臨壇，又聽見說出"野狐"二字，道著自家心病，不覺心膽俱碎，身子立不住，便撲通的跪倒了。

（唐長老道）"佛即是心，心即是佛，要待誰度？一待度，先失本來，而野狐竄入矣！這待度樓貧僧與你改做自度樓，便立地成佛矣！"

早知心是佛，哪有野狐纏。

《後西遊記》第三十七回：

幾年造化，任你胡行邪魔伎倆；今朝晦氣，被我看破野狐
行蹤。

《後西遊記》第三十九回：

世尊道："真經暫封，原因失解；真解既至，則真經豈可仍
封？即著汝將封皮揭去，敷宣妙義。倘有野狐須加棒喝，木棒
聽汝擇人傳付，以代傳燈，不必回繳。我觀唐運將微，你去吧，
莫誤善因。"

《後西遊記》第四十回：

唐半偈尋了數日不見，就將如來賜的木棒交付與懶雲，叫
他留鎮在半偈庵中，倘宗教盛行，流入野狐，可將此木棒鎮之。
又聞得韓昌黎已升了侍郎，因王庭湊圍了深州，奉旨解圍，已
不在京了。

《後西遊記》以引入"韓愈"開始，又以提及"韓愈"終結，
是值得關注的。"野狐禪"是盛唐時期禪宗公案，"諫迎佛骨"
同樣也是闢佛公案，二者合一，使得新五聖重走西行路便成了
修行參禪的過程。唐半偈一路"棒喝"，用的是禪宗之家的頓悟
之法，而世本《西遊記》中的唐僧從來沒有使用過"棒喝"。唐

半偈在《後西遊記》中屢屢爆出髒話罵豬一戒"野畜生"[49]，且不論這一反《西遊記》中唐僧的性格及其與八戒關係良好的設定，"棒喝"過於頻繁的使用，也令禪宗之法淪爲荒誕暴力的象徵。"大顛"這個形象同樣有其歷史原型，但據蘇興爬梳內容[50]來看，並未見這些粗話來源的根據。另一方面，"野狐禪"這個詞在小

---

[49] 如《後西遊記》第十九回："唐長老聽了，大罵道：'饞嘴畜生！多感這女老菩薩，煮這樣好粥齋僧，已是莫大功德，你怎敢争長競短！'"；第二十回："喝一聲：'没規矩的野畜生！'"；第三十八回："唐半偈聽了便大罵道：'好畜生怎捉弄我？我方才不要上船，你又再三攛掇我上船，及上了船怎又叫我上岸？'罵得豬一戒不敢開口。"；"唐半偈喘定了，方恨恨的指著豬一戒大罵道：'你這畜生怎這等大膽捉弄我？豈不聞一日爲師，終身爲父。我與你有何仇？捉弄我跌得這等狼狽！'豬一戒道：'我也不是有心捉弄師父，只因要趕路，輕輕的打了這忘八一下，不想這忘八禁不起，便奔命的亂跑，帶累師父著驚。如今師父下來了，等我再打他兩下，出出師父的氣。'唐半偈喝一聲道：'不知事的野畜生！你驚了馬跌我，怎不自家認罪，反要打馬？打傷了馬，前去還有許多程途，卻叫他怎生走？論起理來，該痛打你這畜生幾下才是。'"；"唐半偈無奈，只得聽沙彌牽走。又走了半晌，只不見到，腰眼裡閃閃的一發痛起來難熬，忍不住又恨恨的罵道：'都是這夯畜生害我！'"

[50] "韓集載有《與大顛師書》三通（《外集》卷三），宋以來歐陽修、蘇軾有辨，或認爲是真有，或認爲是假託。乾隆《潮州府志》卷三十載大顛傳略云：'寶通，號大顛，俗姓陳，或曰楊姓。大歷中遊南嶽，參石頭，大悟宗旨，得曹溪之緒。於潮州西幽嶺下創建禪院，名曰靈山。元和十四年，韓愈貶潮州，遠地無可與語，聞大顛名，召至州郭，留十日。謂其能外形骸，以理自勝，爲難得，因與往來。及祭海神至潮陽，遂造其廬。未幾，移袁州，復留衣爲別。其見賞如此。長慶四年，一日，告辭大衆而逝，年九十三。所著有《般若波羅蜜多心經》及《金剛經》釋義（引者按：蓋《心經釋義》、《金剛經釋義》也）'宋初周敦頤《題大顛堂壁》詩：'退之自謂如夫子，原道深排佛老非。不識大顛何似者，數書珍重更留衣。'"（乾隆《潮州府志》卷四十二）末句即概括韓愈給大顛三封信及移袁州留衣爲別二事。南宋劉克莊《後村大全集》卷四十三《釋老》六言十首的第四首云："一筆受楞嚴義，三書贈大顛衣，取經煩猴行者，吟詩輸鶴阿師。"其"三書贈大顛衣"句與周敦頤詩句相同，也是概括韓愈致書與贈衣二事。錢鐘書說劉後村"取經煩猴行者"句是《西遊記》事見南宋人詩中，當自後村始"（《小說識小》）。不意就在後村詩的第二句卻是《西遊記》（轉下頁）

説中出現，也帶有民間文化特徵。楊琳指出，"流行的觀點認爲
'野狐禪'之語源於唐代禪僧百丈懷海開導野狐之談話，這種看
法没有事實依據，所有提到野狐公案的禪宗典籍都没有'野狐
禪'之説。'野狐禪'是宋代文人對並未真正悟得禪機而妄解禪
意這種學禪現象的貶稱，它是世俗創造的詞，而不是來自禪林
的稱謂……無論是'野狐禪'還是'野狐涎'，都是中國傳統文
化的'野狐意象'的基礎上創造出來的詞語，跟佛教没有直接
關係，它們的出身是'俗源'而非'佛源'。"[51]《後西遊記》的化
用，就是這種"流行的觀點"、"俗源"的意象構建起來的。

《後西遊記》中"韓愈"形象的設計又有何深意呢？

紀曉嵐就曾對韓愈的"闢佛"不以爲意，他雖然指出了佛
教徒怕韓愈，但認爲韓愈的觀點卻遠不如宋代文人深刻，這也
可能是"韓愈"形象適合被小説文本世俗化的基礎。另一方面，
大木康指出，"中國明末的佛教界達到了極其活潑的時代……
晚明同時又出現了大量暴露、批評或揶揄僧侶惡行的'惡僧小
説'。"[52]大木康指出了兩種惡僧書寫，"第一是如殺人、强姦、拐
帶等明確的犯罪；第二是違反僧侶世界内的法律行爲，也就是
所謂的破戒"（頁 183）。《後西遊記》顯然爲此佛門内部的記惡
書寫補充了新的類型。第十回出現的"點石大法師"、第十二回
霸佔九齒耙假耕佛田的"自利和尚"、第十五到十六回要吃唐半

（接上頁）續書之一《後西遊記》故事的由頭。但《後西遊記》反而没有寫貽
　　書贈衣，卻編造了大顛去長安以至求解與韓愈有關。參蘇興：《試論〈後西遊
　　記〉》，頁 136。

51　楊琳：《"野狐禪"非佛源考》，載《文學與文化》，2015 年第 1 期，頁 90–96。

52　［日］大木康：《明末"惡僧小説"初探》，載《中正漢學研究》2012 年第 2 期，
　　總第 20 期。2012 年 12 月，頁 183–212。

偈純陽之血和生肉的"媚陰和尚"、第二十七回假變佛形的妖狐、第三十五回的大辨才菩薩、第三十六到三十七回的冥報和尚，可見《後西遊記》除了大木康提及的兩種記惡，還有與金錢有關的多處惡僧形象的設計。這毋寧在《後西遊記》中實現了從韓愈闢佛到韓愈反對作惡僧人以污染佛門、迷惑世人的轉向。突出韓愈與大顛同爲潮州人且惺惺相惜，讓曹操入"餓鬼道"，而讓韓愈像仙人一般消失於"續書"文末的江湖，令這一問題變得更加曖昧起來。正如赫伊津哈所言，"離我們的時代越近，就越難客觀評估我們文化動力的價值。我們所從事的消遣是遊戲爲之還是認真爲之，也越發難以確定——而隨著不確定性的增多，還會產生不舒服的虛僞感……但嚴肅和假裝之間不穩定的平衡，是文化自身確鑿無誤、必不可少的組成部分。"[53] 如今的我們已經無從判斷"續書"文本到底如何看待韓愈闢佛公案，爲什麼要擷取這一些材料而非那一些材料糅合韓愈與大顛和尚的淵源，但《後西遊記》顯然在做某些重要的調和。這種調和是感知性的、印象化的，具有語言特質的。即使面臨通俗化的"威脅"，它依然表現爲對於讀者閱讀經驗的邀請。

日本譯者很早就關注到了《後西遊記》中的韓愈，松村操的《後西遊記》譯本就翻譯到韓愈被貶爲止，《後西遊記國字評》中也點出了后續故事緣起韓愈。《後西遊記》第六回借唐三藏之口對孫悟空說，"今日韓愈這一道佛骨表文，雖天子不聽，遭貶而去，然言言有理。"孫悟空說道，"愚僧造孽罪，於佛法無損。

53　［荷］約翰・赫伊津哈（Johan Huizinga）:《遊戲的人——文化的遊戲要素研究》，頁 274。

韓愈此表，轉是求真解之機。且慢慢尋訪，自有緣法。"韓愈與
"西遊故事"的淵源頗深，主要是和《後西遊記》密切聯結。《韓
湘子全傳》説佛骨是韓湘子雲陽板變化的，第十八回"唐憲宗
敬迎佛骨　韓退之直諫受貶"提到"原是殿前捲簾大將軍，因
與雲陽子醉奪蟠桃，打碎玻璃玉盞，謫到下方投胎轉世"。第
二十四回入話韻語中又出現了"不老婆婆"："茫茫苦海，虢虢風
波。算將來俱是貪嗔撒網，淫毒張羅。幾能够，翻身跳出是非
窩？討一個清閒自在，不老婆婆。"1993 年，鄭智勇在《〈後西
遊記〉與潮人》一文中，還曾分析《後西遊記》是一部與潮人
密切相關的作品，書中不止一次點明"大顛正是潮州人"、"韓
愈被貶潮州"，"《後西遊記》中與潮州話明顯相同相近的語詞有
四百多"。截至目前，暫時沒有更完整的論文來考證韓愈與"西
遊故事群落"的歷史關係。

　　"正如加達默對藝術經驗的本體論解釋中所證明的：'人們
在藝術作品中實際經驗到的、實際指向的，是作品真實性如何，
即人們在何種程度上了解或認識事物與自身。'這種藝術概念
對於人文主義時期的藝術是有效的，但與其前的中世紀毫無關
係，對其後的我們的現代更無關係。藝術作品也可以調節與柏
拉圖的圖式不符的知識，它開闢了未來的經驗，想象了仍未檢
驗的感知與行爲模式，或包含著對新提出的問題的回答。"[54] "未
來的經驗"，"想象了仍未檢驗的感知與行爲模式"，實際上也
是《西遊記》"續書"文本的珍貴價值之一。伽達默爾另外一

54　［德］姚斯（Hans Robert Jauss)：《接受美學與接受理論》，瀋陽：遼寧人民出版
　　社，1987 年，頁 39–42。

個十分重要的觀點可以供我們參考，即"理解從來不是一種達到某個所給定'對象'的主體行爲，而是一種達到效果歷史（Wirkungsgeschichte）的主體行爲，換句話說，理解屬於被理解物的存在（Sein）。"[55]"效果歷史"是伽達默爾解釋學的核心概念。一般而言，他認爲真正的歷史事件根本就不是事件，而是自己與他者的統一體，或一種關係，在這種關係中同時存在著歷史的實在以及歷史理解的實在。一種名副其實的解釋學表現在理解本身中顯示歷史的實在性。落實到我們的文本中，也就是說，無論是"曹操"還是"韓愈"，都是作爲讀者進入到《後西遊記》文本之前的"效果歷史"，作爲一種普遍的理解生成的常識而存在，"續書"只是調度了這種常識並使之固化，重新演繹它們，並將之與原著的共識聯結在一起。無論是正傳還是諧語，當它們傳遞到了大衆心中成爲某種可被理解的實在，這種虛擬關係就成爲了讀者銜接原著虛擬的歷史與"續書"未來的經驗之間的可能。讀者的理解、甚至是偏見本身成爲了橋樑。

《後西遊記》中的"韓愈"，與其說是佛教徒恐懼的"毒"，不如說是佛教徒嚮往的"藥"。這個形象在《後西遊記》中具有極其複雜的文學療愈作用。經過材料的爬梳，我們會發現韓愈形象的强化可能是"續書"作者獨創的，我們暫時沒有找到特別深刻的歷史依據和史觀企圖。"韓愈"的符號功能，或者正如宋安德所言具有雙重性，因應了明代小説的通俗性特質。

55　伽達默爾（Hans-Georg Gadamer）:《真理與方法》，王才勇譯，瀋陽：遼寧人民出版社，1987年，頁39。

二、“暴力”問題的文化繽衍

在前文提及佛門“記惡”書寫的部分，金錢問題的凸顯顯然與明代商業發展及寺院經濟的變化有很大關係，“續書”文本尖銳地切入了這一議題。以反映世相的方式，表現了作者對於某些佛教寺院和佛教活動的反感。而且從《後西遊記》的受歡迎程度而言（陳速語），這種反感獲得了讀者的共鳴。金錢與性暴力，是《後西遊記》險難設置的主要來源。

世本《西遊記》中對金錢的著墨不多，但涉及與金錢相關的交換行爲卻很多。如《西遊記》第十一回寫陰間判官受魏徵請托，索取了一些錢鈔，放唐太宗還陽，李評本評點“雖冥王禮敬，崔判謫忠，若無魏徵一紙之書，相良一庫之金銀，亦難得脫然無累，所謂三分人情，七分錢鈔者，非也。”唐王在陰間打的欠條，陽世裡去還，如此通融的好事，也難怪評點者慨歎“窮人陽間尚無借處，況陰司乎？”同一回目寫“太宗又再拜啓謝：‘朕回陽世，無物可酬謝，惟答瓜果而已。’十王喜曰：‘我處頗有冬瓜、西瓜，只少南瓜。’太宗道：‘朕回去即送來，即送來。’”張書紳批，“兩個南瓜換二十年陽壽，陰騭延年增百福。一對南瓜，十位閻君。不知是公用，還是私用。”第五十三回，唐僧懷胎，聚仙庵護住落胎泉水的妖道不肯善賜與人，“但欲求水者，須要花紅表禮，羊酒果盤，志誠奉獻，只拜求得他一碗兒水哩。”第六十回玉面狐狸有百萬家私，招贅牛魔王，苦了原配鐵扇公主獨守空閨。孫悟空爲芭蕉扇假面去請牛魔王回家，玉面狐狸氣憤不已説，"這賤婢，著實無知！牛王自到我家，未及二載，也不知送了他多少珠翠金銀，綾羅緞匹，年供柴，月供米，自自在在受用，還不識羞，又來請他怎的！"妻妾之間的金錢糾紛，小妾以爲出點錢就能留住人，孫悟空誤入世情泥沼。但鐘嬰指出，世本《西遊記》中孫悟空與牛魔王早在花果山時期就結義，但到了孫悟空取經時期，"牛魔王已'五百年前又大不相同'……作者不吝筆墨，詳寫這位絕非美男子的衣著，主要是給人一個印象：牛魔王'闊了'……他如今家大業大，建了三份傢私。"[56]

《西遊記》中的金錢及其等價之物之間的交換關係非常有趣。如觀音蔑稱錢爲"村鈔"（第十二回），五千兩的袈裟、二千兩的錫杖是賣給愚僧的價格，給三藏則不要錢。唐王在地府走到枉死城，崔判官讓他給孤寒餓鬼散錢，問開封人相良借了一庫金銀。相良是個窮人，但常買金銀紙錠焚燒，所以在地府攢了十三庫金銀。他化緣的金銀是冥幣，尉遲公去還唐王借的那一庫倒是真錢。相良不敢收，不僅不敢收，"魂飛魄散"説"小的若受了這些金銀就死得快了"，心正卻畏死，寧願在人間過窮日子，不願提前去冥府享富貴。再説那一對南瓜，得換二十年陽壽，孫悟空若知道這秘笈，恐回花果山種滿南瓜，也不必西行苦勞。阿儺、迦葉二尊者向三藏索取"人事"，三藏沒有，故而只得無字真經，只能再度前往換經。最後唐僧以紫金鉢盂作爲"人事"，換得了適用於中土之人的有字真經。這一處"人事"的橋段爲歷代評論者所嗤笑，更是被"西遊故事續書"反復提

56　鐘嬰：《談〈西遊記〉與〈後西遊記〉中的牛魔王家族》，頁123–124。

及，借用發揮。

在這種交換行爲中，"價值"的觀念在發揮著作用。天界、人間、地府三界的溝通通過作爲財富記號的各種"貨幣"展開。因其宗教背景或民俗文化背景，呈現其獨特的交換法則。"貨幣"同樣具有著巫術力量，可以穿越陰陽，也可以賄賂神祇。而關於"無備人事"，第九十二回孫大聖曾有主張，就教"四位星官，將此四隻犀角，拿上界去，進貢玉帝，回繳聖旨"，把自己帶來的二隻"留一隻在府堂鎮庫，以作向後免征燈油之證；我們帶一隻去，獻靈山佛祖"，這不知是不是一種"人事"？最後也沒有提及。孫行者曾用毫毛變過幾次錢，這個錢是可以使用的，不像屍魔變的食物會現出原形。如第四十八回末，"二老又再三央求，行者用指尖兒撚了一小塊，約有四五錢重，遞與唐僧道'師父，也只當寫襯錢，莫教空付二老之意。'"第五十九回，"只見門外一個少年男子，推一輛紅車兒，住在門旁，叫聲'賣糕！'大聖拔根毫毛，變個銅錢，問那人買糕。"第七十六回，行者發現了豬八戒藏私房錢，行者變作五閻王派來的小鬼，要找豬八戒索命。沒有軋平的帳還有第八十九回，行者取了小妖拿去買釘耙會豬羊的二十兩銀子，又讓沙僧扮演賣豬羊的販子，自己變作小妖陪著沙僧入洞去跟妖王拿欠的五兩銀子，二十五兩銀子的去處最後也沒有交代。不過，孫悟空不是貪財之人，他和三藏一樣幾乎不收饋贈的財物，許多獲得來的錢財後來都散去了。第九十七回，師徒被當做強盜關入打牢，想要賄賂禁子又沒錢通融，孫悟空還勸三藏拿出了袈裟。至於他爲什麼不變出錢來，以及八戒的私房錢和那二十五真銀子去了哪兒，文本也沒有再提到了。

"爲什麼要索取人事？"這也成爲了《西遊記》原著讀者百思不得其解的問題。《後西遊記》第三十九回爲我們提供了一種解釋：

> 阿儺道："不是違拗佛祖，白手傳經世尊原不歡喜，怎好輕易與他。"伽葉道："昔年唐玄奘雖説不沾不染，還有一個紫金缽盂，藏在身邊，苦苦不捨。我恐他貪嗔不斷，故逼了他的出來，你看這個窮和尚，清清净净，一絲也不掛，就勒逼他也無用，轉顯得我佛門貪財。"

由此可見，《西遊記》中阿儺、伽葉的職能相當於保管員。要人事，是爲了逼唐僧"一絲不掛"。續書作者也是原著讀者，他的理解未必準確，"人事"和有價的袈裟、禪杖一樣，是一種可被闡釋象徵。

《西遊記》中金錢多以抽象的象徵存在，如官職，孫悟空的弼馬温之職是沒有薪水的。第六回觀音團結衆仙去見玉帝，玉帝詳説孫悟空來歷，其中有一句解釋蟠桃盛會爲什麼沒有請孫悟空，玉帝説，"及至設會，他乃無禄人員，不曾請他。"李評本在此處評："原不該有許多名色分别，還是玉皇不是。"能不能參加宴會，看上去只是一場玩樂，但那是有禄人員的内部宴會。孫悟空因"無禄"而沒有拿到"我群"的入場資格。美國社會學家、結構功能主義代表人物塔爾克特·帕森斯（Talcott Parsons）將錢當做社會往來之中一項普通性、象徵性的媒介，與政治權力、影響、價值約束並駕齊驅。"錢"在帕森斯理論裡是一種象徵性的語言，缺乏使用價值，並非一種商品[57]。"社會生活的金錢化"散播著一種秩序、一致性、精確與算計，更是一種官場語言，有其漫長的源流和文化。這是世本《西遊記》的金錢觀。

但到了《後西遊記》中，本應作爲客觀性質而存在的"金錢"卻成了"惡"行的象徵。"點石"大法師指向語義上可供聯想的"成金"，表現爲所居廟宇富麗堂皇，第十回：

> 定睛一看，果然好一座齊整寺宇。但見：
>
> 層層殿宇，一望去金碧輝煌，分不出誰樓誰閣；疊疊階墀，細看來精光璀璨，又何知爲玉爲珠。鐘鼓相應，聞不了仙梵經聲；土木雕鏤，瞻不盡莊容佛相。僧房曲折，何止千間，真是大叢林；初地周遭，足圍數裡，可稱小佛國。
>
> 唐半偈看見十分富麗，便不欲進去。

自利和尚"只認做送布施的"，假種佛田，"不過借佛田名色騙人布施而已"，唐半偈定義了"惡僧"："我佛慈悲，被這些惡僧敗壞，竟弄成一個坑人的法門了"。但自利和尚只是自利，荒廢福田，並未做其它駭人違法事體，反倒是孫小聖和豬一戒變化騙了他問豬八戒借來的九齒耙。可見所謂"惡僧"主要指的是自利和尚打著佛門旗號騙錢。

第二十三回出現的"文明大王"，雄踞玉架山，大興文明之

---

57 ［美］維維安娜·澤利澤（Viviana A. Zelizer）:《金錢的社會意義》，臺北：正中書局，2004 年，頁 12。

教，雖然是佛門對頭，但同樣很有錢：

原來文明大王本出身中國，生得方面大耳，甚有福相。當頭長一個金錠，渾身上下佈滿金錢。所到之處，時和年豐；所居之地，民安國泰。只因國中遭了劫運，不該太平。這文明天王出非其時，故橫死於樵夫之手。他一靈不散，又託生到西土來。也生得方面大耳，當頭金錠，滿身金錢，宛然如舊，只手中多了一管文筆，故生下來就能識字能文。又喜得這枝筆是個文武器，要長就似一桿槍，他又生得有些膂力，使開這桿槍真有萬夫不當之勇。又能將身上的金錢取下來，作金刨打人。

文明天王使得作爲金錢化身的"金"幻化爲不同性質的法器，不僅可以當做貨幣，還能當做武器打人（第二十三回，"遂將渾身的金錢刨雨點一般打來"）。這也是《後西遊記》的常見筆法，許多研究者鐘愛的"不老婆婆"一段，無論是關注到"西遊故事"中暴力元素的白保羅，還是其他《後西遊記》的研究者，均從情慾問題來考量這一部分的設計，而事實上，性器（玉火鉗、情絲、金箍棒）與此處的"金器"一樣，是金暴力（金錢刨）／性暴力／文暴力（第二十三回，"幾個字兒壓得你萬事也不得翻身"）的象徵。這才是《後西遊記》的華彩之處。

《後西遊記》將"金"字從金屬性質、顏色性質、五行性質中剝離，實現了詞義的延展，與此同時，也令"文明大王"的寶物"金錢刨"幾乎完全脫離了明清小說中寶物崇拜的窠臼。據劉衛英《明清小說寶物崇拜研究》一書中介紹，明清小說中出現過"金"字的寶物如《西遊記》中的"金箍棒"、"金剛啄"、

"金鈸"、"黃金鈴";《封神演義》中李靖的"金塔"、雷陣子的"金棍"、聞太師的"金鞭"、魔禮青的"金剛鐲"、蕭升的"落寶金錢"、趙公明的"金蛟剪"、殷洪的"金霞冠"、李靖的"黃金寶塔"、孔宣的"金鞭"、火靈聖母的"金霞冠"、馬遂的"金箍";《三寶太監西洋記通俗演義》中金碧峰的"金翅吠琉璃"、金毛道長的"金印"等等[58]，均是作為打鬥、收服、吸入等功能物品存在，沒有一個寶器名色中的"金"字指向"金錢"。法器喜歡用"金"，可能是因為古代能夠使用到的金屬中"金"比較重，故而適合做兵器。《後西遊記》變異了"金"字的內涵，並將之訴諸暴力，是對"金錢"物質化"續書"的創造。而這種變異在《後西遊記》中常常發生，"金箍棒"在"西遊故事"中以"碗口粗細"顯示粗重，也被《後西遊記》中借意表現為"不老婆婆"對孫悟空的"陽具"崇拜與孫悟空對其加諸的性暴力（第三十二回，"超度他一棒"）。

　　而所謂求取真解的使命，也源自東土大唐盛行的講經，大法師諱"無中"，道號"生有"，名色表意"無中生有"，卻如第五回所言："每每登壇說法，說得天花亂墜，地湧金蓮，五侯盡皆下拜，天子連連點頭。"這"無中生有"看似宗教信仰，背後則有極高的經濟利益支撐，"故錢財山積，米谷川來，金玉異寶，視如糞土，綾羅錦繡，只作尋常"，聽講的人無一不讚歎，但關鍵是"都留銀錢、寫緣簿，歡歡喜喜而去"。這才是令《後西遊記》作者深感困惑、想要揭露並求解的世相。文本中傳遞著類

58　劉衛英:《明清小說寶物崇拜研究》，北京：中國社會科學出版社，2008 年，頁29–38。

似的詰問，如第十回：

慧音道："這個唐半偈，爲人一味清淨冷落，全不像個和尚。雖於佛法有功，卻於大衆無益，若使他苦修得志，我佛門弟子都要餓死矣！老師祖還要與子孫做主。"

慧音對於窮和尚已經不像和尚的描述，一方面表現西域傳來的佛經已經失去了絕對的神格，趨近於日常實用化，點石法師是西域人，卻追求"極樂爲教"，放棄"苦修爲宗"，是《後西遊記》文本批判的"惡僧"，但另一方面，這種佛教世俗化狀況是如何產生的，的確也引人思考。更深一層理解，《後西遊記》向"求心見性"提出"安身立命"的問題，是被其行文間誇張的金錢世界的構築所遮蔽的在世生計問題的省思，這不僅針對佛教，也針對儒教，是十分深刻的，畢竟宗教並不能真正離俗世而存在。卜正民援引 1732 年《完縣志》中的記載，認爲編纂者"很沮喪地逐一例舉了寺院在該縣極爲繁盛的種種跡象。他抱怨說，佛教寺廟無處不在，數不勝數，佛教塑像的'金碧輝煌'讓旁觀者目眩；負責募捐的僧人能募集到的用以供養寺院的金錢令人震撼。最讓他恐懼的是，佛教寺院中有著不可遏止的、生機勃勃的人類活動。"[59] 這些書寫我們在《後西遊記》中都能看到端倪，這一方面證明了佛教並未衰敗，只是變質了，這種變質無可挽救；另一方面，"續書"作者假託"西遊故事"

---

59 ［加］卜正民（Timothy James Brook）：《明代的社會與國家》，陳時龍譯，北京：
　　商務印書館，2014 年，頁 266–267。

的唐代背景書寫明末佛門世相，其實也藉機在《後西遊記》第三十九回假佛祖之口説出"我觀唐運將微"，呼應文本内屢屢出現的"各奔前程"的末世話語。《後西遊記》寄語並撫慰現世讀者們所親歷的世變。"各奔前程"一詞可以作爲"儒自歸儒，釋還從釋"（第二十三回）來解讀，亦可作爲讓出世的出世，入世的入世來關照，《後西遊記》最終回：

> 唐半偈只叫得一聲："萬歲，臣僧去也！真經真解，萬惟珍重。"一霎時彩雲如綺，六聖俱投西去了。
>
> 穆宗與衆文武臣宰，親眼看見佛法如此靈驗，俱各盡心敬信。天子又降旨，另造樓供貯真解，又選天下有道高僧精心講解，不許墮入邪魔，一時佛法清净至於不可思議。不期穆宗晏駕，敬宗即位，不知留心内典，就有不肖僧人附和著烏漆禪師高揚宗教，敗壞言詮，雖間有智慧高僧講明性命，卻又隱遁深山，不關世俗，所以漸流漸遠，漸失其真。這是後話不題。

《後西遊記》雖然堅決反對"佛骨"、"佛牙"作爲善事朝聖，也試圖通過重走西行路於"在世"尋求"真解"，但事實上"真解没甚繁文，多不過一卷兩卷，少只好片言半語，攏總收來僅有兩小包袱。"（三十九回）到底有没有"真解"，《後西遊記》採取了一種並不深究的態度，它只是提出在世對於"西行取經"價值的懷疑，並對此表達祝福，"真經真解，萬惟珍重"。另一方面，對於"金錢"的態度，《後西遊記》也採取了一種介於警惕、恐懼之間的觀看之姿。文本似乎嘲諷文明大王的文暴力，但只是描述他很有錢；它認爲僧人以信仰欺騙信衆的錢是"惡"

的，但也沒有展現出對于唐半偈的好感與求"真解"行爲的感激。

余英時指出："明清商人的成功對於士大夫是一種極大的誘惑……商人階層所嗜好的民間文學愈來愈發達，也愈受士人的重視。馮夢龍、凌濛初所編的'三言'、'二拍'往往取材於當時的商人生活。"[60] 我們雖然不能説"西遊故事續書"與這種商業文化對儒士、僧侶生活有什麼具體的關係，但是人口的增長、經濟的發展及出版文化的興盛的確對於明末清初"西遊故事續書"文本中的《後西遊記》產生了顯而易見的影響。另一方面，從洪武皇帝打壓佛教，到明末對佛教的"漠不關心"[61]，卜正民也認爲，明清之際"佛教的重要性在於，它揭示了明代國家所能容忍的社會／國家關係的變化範圍。國家的保護、打壓、容忍，都會影響到佛教的社會地位和寺院經濟能力。但是，寺院的命運，最終取決於它在自身所處社會網絡中的地位。"[62] 如果我們換一個角度思考問題，會發現《後西遊記》第二十二回中弦歌村對於化齋僧人的漠然其實也可以理解爲明末清初人對於寺院人士自食其力的冷觀，那不見得真的指向反佛。《後西遊記》的通俗性給予我們更爲寬容的評價體系來觀看這種期望互不侵犯的儒佛處境，弦歌村人的確癡愚教條，但反對僧人"盜食"與反對僧人化緣並不能一概而論。"不耕而食是賊民，不織而衣是盜人"也並非要排佛滅佛，而寺院以講經爲生產方式反而獲得了《後西遊記》中出現的俗衆的認同。本書認爲，在續書的書寫策

60　余英時：《中國近世宗教倫理與商人精神》，臺北：聯經出版公司，2001年，頁117、124。

61　［加］卜正民（Timothy James Brook）：《明代的社會與國家》，頁218。

62　［加］卜正民（Timothy James Brook）：《明代的社會與國家》，頁235。

略上,《後西遊記》少見地將語言、金錢、性與暴力直接聯繫在一起,不僅拓寬了"金"作爲明清寶物的文化內涵,也深化了西遊故事將性暴力物質化的修辭手法,使之成爲了"惡"行的象徵,這可能與明代商業發展及寺院經濟的變化有很大關係。《後西遊記》也以反映世相的方式,表現了作者對於佛教及寺院活動的反思。

三、"重複":從結構到寓意

從表面上來看,《後西遊記》是最容易被"續書研究"方式質疑其仿效原著結構、人物設計,無甚新意的"西遊故事續書"作品,若不是在妖邪設計的方面極爲出彩,《後西遊記》很可能就淪爲"蛇足"而爲研究者所忽略。但通過文本細讀,我們或許可以發現真實並非如此。即使只有短短四十回、不到二十四萬字的篇幅,從文本結構,到內容寓意,《後西遊記》仍然傳遞給我們非常豐富的語言訊息。

首先它是明末清初"西遊故事續書"三部作品中早期版本最多的作品,即使它未必符合當代讀者的心意,卻一定符合清初、民初讀者的口味,另一方面,它也符合官方意志的期望。其次,《後西遊記》在"寓言"議題上超越了修辭層面的創新,有了語言層面的突破,在上世紀90年代就獲得了海外學界的重視,將之納入到比較文學的視域中思考其發生機制。從《舊約》中的"約拿魚腹",到《西遊補》的"鯖魚肚",再到《後西遊記》的"蜃妖",海洋生物作爲試煉容器存在於具有宗教性的文學文本中有不少的例子，而"西遊故事"顯然爲其提供了非常豐富的素材。在這一點上，無論是白保羅還是李前程，具有西方比較文學視域的海外學人都敏鋭地發現了容易被中文學界所忽視的研究面向。這種文化源起的釐清工作非常複雜，屬於跨學科、跨文化的領域，雖不是本書討論的重點，但至少在"西遊故事"文本内部，發生了趨同的思維結構產生的"續書"寓言。在《後西遊記》中誕生於孽海的"屭妖"，又與《西遊補》中的"鯖魚肚"設置相反："鯖魚肚"吞噬孫行者，行者誤入迷境而不自知，"屭妖"則是取經人進入妖的肚腹而妖不知道（《後西遊記》第三十四回）。同樣發生"誤吞"行爲的還有《續西遊記》第三十三回的"陰沉魔王"。可見感知層面的"幽閉"，成爲了一種可供"續書"反復使用的險難環境。雖没有直接的證據證明這些文本發生了互相觀看、互相影響，但作爲寫作策略的"重複"定有其發生的緣故。

另一方面，"嗅覺"的使用在"西遊故事續書"作品中也愈發頻繁起來。《西遊補》第十回出現了"這裡是鞋子隔壁，再走走兒，便要滿身惹臊"。《續西遊記》中則開始出現各種"異香"、"焚香"、"香風"等"香"的名色，如《續西遊記》第八回：

> 三藏便問："老客，百十擔何物？"客人道："是些香料藥材。"三藏道："藥材乃醫家所用，倒是香料我們僧人用的著。"客人道："香料既是師父們用的著，我袖中帶了幾宗樣子，與買香的看。"乃向袖中取出幾包，三藏著了，卻認得是沈檀、速降、芸麝、片腦等香。

刻意佈置"唐僧識香"爲後文"八戒藏香"埋下伏筆。而有"香"就有"臭",《續西遊記》第三十三回:

> 卻不防妖魔見小妖久不回報,親自走出洞來。他見了行者高喉大嗓,借的行者聲氣一吸,把個行者吸在魔王肚裡。行者被他吸入肚裡,黑洞洞的那臭氣難聞。自己知是妖魔吸入肚裡,笑道;"這妖魔也不訪訪,孫外公是積年要妖精吞了在肚裡,踢飛腳,豎蜻蜓,打個三進三出的。"他用力把手腳左支右吾,開五路,闖四平,那裡動得妖魔分毫。

《續西遊記》第四十八回有"臭穢林",《後西遊記》第二十六回,"十惡大王"在"惡山"播揚惡臭,"初起在山外雖聞惡臭之氣,卻還是一陣陣,及走入山中,便如入鮑魚之肆,竟連身體都熏臭了"。其實是爲了傳達爲惡"遺臭萬年"的意圖,而"蜃妖"腹中毒氣同樣"腥臭難聞"。通過感官來區分妖邪、及善惡等價值,似乎成爲了"續書"的又一特徵。這可能與"晚明文人間相當流行的對於香的品賞"[63]有關。許暉林指出,"明末清初文人消閒活動的玩物、賞物活動,得以轉變爲文人面對與調適世變創傷的文化資源……香與字畫金石類的歷史文物不同的是,它並非透過人的視覺與觸覺感官,而是透過嗅覺感

---

63 許暉林:《物、感官與故國:論明遺民董說〈非煙香法〉》,發表於 2015 年 12 月 10 日中研院明清研究國際學術研討會"文學藝術"場次,即將收入於鄭文惠主編:《身體、國體、文體》,(臺灣政治大學人文中心學術專書與香港教育學院共同合作出版,即將出版),頁 1。

官被品賞。"[64] 而極致的"香氣"同樣指向一種非常態，可能與入魔或迷惑有關。巧合的是，"西遊故事續書"中對於"嗅覺"的著墨較之原著要鮮明得多。而《西遊補》的視覺性同樣可圈可點，本書在前部分已做詳細分析，此處不再贅述。那麼，"西遊故事續書"納入感官敘事的意義是什麼呢？

榮格在談到"輪迴心理學"時曾經提到，"所有這些最初都是心理的，而且看不見。只要它是'純粹的'心理，它就不會為感官所經驗，但依舊毋庸置疑地真實。"[65] 也就是說，"為感官所經驗"這件事，與心理層面的思辨是存在矛盾的，即使心理層面的思辨並不一定不真實。"西遊故事"的主旨由《西遊記》的"求放心"到《西遊補》的"真心救妄心"，再到《續西遊記》的"滅機心明心見性"，直至《後西遊記》"即心即佛"，"心"的根本指向都是玄妙、內省、知識分子式的，可以說，從絕對的心理層面的歷劫釋厄到可被感知的人物、惡魔之間，"續書"的象徵模式承擔了降格的任務。這無疑使得"續書"更具有明末清初士人的生活特徵，也降低了"西遊故事"的魔幻性，或者說"續書"更重視新設計的險難與說妖邪能夠被讀者所感知，代價則是宗教化的神秘體驗的消失。而為了補償這一損失，"續書"總是會選擇了一些標誌性的"事件"加以重複，最典型的例子就是唐僧形象的自我犧牲。

《後西遊記》第十五回，媚陰和尚覬覦唐僧純陽之血：

64　許暉林：《物、感官與故國：論明遺民董說〈非煙香法〉》，頁 1。

65　卡爾·古斯塔夫·榮格（Carl Gustav Jung）：《原型與集體無意識》，徐德林譯，北京：國際文化出版公司，2011 年，頁 93。

他就假冒沙彌哄騙唐半偈禦風行水，複弄手段將唐半偈直攝入宛穸庵中放下，將一條白骨架成個杌子，請唐半偈坐下，又取出一把風快的尖刀放在面前，說道：“唐老師，不是弟子得罪，因弟子原系枯骨修行，不得聖僧純陽之血，萬劫也不能生肉，遍處訪求，並無一個聖僧。惟老師稟真元之氣，導純陽之血，敢求效我佛割肉之慈悲，以活殘軀，故萬不得已相求。今既到此，伏望慨然。”

而唐半偈在第十六回雖未“割肉”，但也放血救他：

唐半偈因說道：“今日渡此流沙，雖感沙羅漢佛恩遣沙彌護持之力，卻也虧媚陰現身作筏渡載眾人，其功實也不小。且你既造罪招愆，要我熱血生陽、生血。我雖不能殺身爲你，卻也辜負你來意不得。”媚陰和尚忙跪在膝前說道：“罪人該死！已蒙老師父慈悲不究，保全枯骨，已出萬幸，怎敢複生他想？”唐半偈道：“妄想固自招愆，真修從來不昧。我如今不究你的妄想，但念你的真修。”因用左手撫摸他的光頂，卻將右手無名指一口咬破，瀝出幾點血來，灑在他頂門中間。祝頌道：

莖草能成體，蓮花善結胎。
願將一滴血，充滿百肢骸。

唐半偈祝罷，媚陰和尚只覺頂門中一道熱氣，直貫至丹田。一霎時，散入四肢百骸，忽然滿面陽和，通身血色。喜得他手舞足蹈，只是磕頭道：“多感聖師骨肉洪恩，真萬劫不能補報。”

唐半偈也自歡喜道:"成身易,修心難,不可再甘墮落。去吧!"媚陰和尚領命,再三拜謝,又拜謝了小行者三人,然後一陣風飛入河中去了。

《續西遊記》中出現了三處"割肉"的意象,第四十八回:

> 比丘僧笑道:"此即捨身喂虎,割肉喂鷹之義。妖魔與孫行者有一棒之仇,異世不忘,費了無限心腸,蒸害了許多冤枉。如今遇著唐僧對頭,又被我們多方保護,此願未遂,必定此冤未解。我如今假變個孫行者,與他上蒸籠蒸了受用。他心既遂,他仇便消。"

> 比丘僧道:"我說捨身割肉,正是出家人本意。只要遂了妖魔報仇之願,那惜舍生之嫌。"

《續西遊記》第六十七回:

> 三藏道:"徒弟,你那裡知割肉喂鷹,捨身喂虎,有此慈悲功行,方成佛道。"

有關"割肉"與"西遊故事",最著名的"續書"則發生在胡適身上。因不滿世本《西遊記》第八十一難(第九十九回)的設置,認為其"寒傖",胡適親自改寫,且將第九十九回的回目名改為"觀音點簿添一難,唐僧割肉度群魔",拿掉了取經人重返通天河落水一節,重新設計讓取經人回程中途落在《大唐

西域記》中記載的"婆羅涅斯國"。國中有古跡"三獸窣堵波"，
為如來修行時燒身供養天帝釋之地。在此，唐僧見到取經路上
被打殺共五萬九千零四十九名妖精成為哀號的鬼魂，慈悲不忍，
唐僧決定舍一己肉身，超度這些亡魂。他以戒刀割肉，一片一
片分食於眾亡魂，內心卻平靜快活。最後聽得半空中傳來一聲
"善哉！是真菩薩行"，方才如大夢初醒。要唐僧效佛割肉並非
胡適發明，諷刺的是，《續西遊記》中出現的"割肉"，一邊代
表著佛門慈悲，一邊又在第五十八回加入了道姑"女古怪"要
"割肉做香囊"的情節，再度以道謔佛。《後西遊記》中的唐半
偈也並非隨意割肉噴血，而是具有一種佛門儀式之感。可見續
作心理之同源。[66] 既然並非是新的創造，且書於明末清初"續書"
文本之後，胡適又為何執意改寫這一段故事呢？以往我們研究
續作者問題，常以其身兼讀者和作者的雙重身分加以討論。
但胡適作為《西遊記》的權威研究者之一，身兼了讀者、研究
者、創作者三重身分。他的閱讀為他的研究拓寬了視野，他的
研究又為他的"重寫"行為添加了敘事學面向上的施為性質。
他在民國二十三年（1934）七月一日，介紹了他改寫這一回的
因緣來由：

　　十年前，我曾對魯迅說起過《西遊記》的第八十一難
（九十九回）未免太寒傖了，應該大大的改作，才襯得住一部
大書。我雖有此心，終無此閒暇，所以十年過去了，這件改作

66　屍毗王"割肉餵鷹"的故事見於很多原始佛教經典。《金剛經贊》有"割肉濟鷹
　　飢"的故事。《大莊嚴論經》卷十二、《眾經撰雜譬喻》卷上、《六度集經》卷
　　一、《大智度論》卷四、《菩薩本生鬘論》卷一等，均有詳細的描述。

《西遊記》的事情終未實現。前幾天，偶然高興，寫了這一篇。自第九十九回"菩薩將難簿目過了一遍"起，到第一百回"卻說八大金剛使第二陣香風，把他四衆，不一日送回東土"爲止，中間足足改換了六千多字。因爲《學文月刊》的朋友們要稿子，就請他們把這篇"僞書"發表了。[67]

　　"曾對魯迅説起過"，基本框定了其"改寫行爲"施爲對象的範圍，也就是意向讀者群（intended readership）。雖起意"偶然高興"，方法上"取其易行"，卻選擇以這樣的方式寫作，也並非面向普羅大衆的文學行爲，胡適的意圖是"襯得住一部大書"。何爲"大書"？胡適認爲，"這部書的結構，在中國舊小説之中，要算最精密的了"[68]、"《西遊記》所以能成世界的一部絶大神話小説⋯⋯"[69]，實際上指的是一部佛學大書。胡適的改寫，爲唐僧補入了慈悲而悲劇性的"割肉"度惡鬼的行爲彰顯佛性，以此爲"襯大書"的主要情節，這是基於胡適本人對於佛教的理解。胡適所設計的"三獸窣堵波"和白兔捨身的故事，就是得益於作者對佛教典籍《大唐西域記》以及《雜寶藏經》、《經律異相》的了解[70]。胡適顯然認爲，到了"續書"再加入"割肉"情節是遺憾的，理應侵入原著中添上這一橋段方能顯出《西遊記》的莊嚴。在"續書"文本中，其它"重複"之處不勝枚舉，

67　胡適：《胡適全集》第四卷，合肥：安徽教育出版社，2003 年，頁 443。
68　胡適：《中國章回小説考證》，頁 309。
69　胡適：《中國章回小説考證》，頁 316。
70　羅譔：《論胡適的〈西遊記〉的第八十一難（九十九回）》，載《南京師範大學文學院學報》2013 年第 1 期，頁 21。

如《後西遊記》中孫小聖、豬一戒騙得自利和尚的九齒耙，就說"空裡得來，巧中取去"（第十二回），而這句話多次出現在孫悟空因上繳金箍棒而三次返回天庭的《續西遊記》情節中。

美國著名解構主義文學批評家希利斯·米勒曾提出一個問題："一部小說的闡釋，在一定程度上要通過注意諸如此類重複出現的現象來完成……任何一部小說都是重複現象的複合組織，都是重複中的重複，或者是與其他重複形成鏈形聯繫的重複的複合組織。在各種情形下，都有這樣一些重複，它們組成了作品的內在解構，同時這些重複還決定了作品與外部因素多樣化的關係，這些因素包括，作者的精神和他的生活，同一作者的其他作品、心理，社會或歷史的真實情形，其他作家的其他作品，取自神話或傳說中的過去的種種主題，作品中人物或他們祖先意味深長的往事，全書開場前的種種事件。面對所有這些重複現象，疑問接踵而至：是什麼支配著這些重複創造的意義？對一個批評家來說，當他面對一部特定的小說時，他需要具備什麼樣的方法論上的前提才能支配這些重複現象，有效地闡釋作品？" [71]

在"續書"的討論中，"重複"問題是極其複雜的。因爲廣義而言，所有的"續書"都指向對於原著的"重複"，無論是改寫、續補還是仿擬。《後西遊記》更是身兼這些特質的重合部分，無法將之一一割裂來看。我們很容易能得出結論，即到了清刻《後西遊記》階段，"續書"文本之間開始發生交流關

---

71 ［美］J. 希利斯·米勒（J. Hillis Miller）:《小說與重複》，王宏圖譯，天津：天津人民出版社，2007年，頁1、3。

係。如果我們僅僅以修辭角度來討論"續書"文本的價值，顯然是不够。劉曉廉指出"《後西遊記》是中國最早最完整的寓言小説之一……《後西遊記》的寫作成就不僅僅局限於藝術的結構和表現，而且更重要的是，它是唯一的一部具有象征模式的寓言小説。[72]"而李前程同樣關切"續書"作品"象徵"背後發生機制的重要意義："《西遊記》事實上從來没有一套始終如一的寓言系統（allegorical grid），有部分原因誠如劉曉廉所提，續書是一種連續性的寓言（continuous allegories），所有情節皆爲諷喻與相應的詮釋，相較而言，小説本身是一部非連續性的寓言（discontinuous allegory），唯有部分文本遵循一套符號模式。在續書中，寓言體系（allegorical schemes）多與意識表現（manifestation of mind）有關，並且貫徹始終。然而，續書中還存在另一種所謂嚴肅性的表達（manifestation of the seriousness），時而被文人用以闡釋《西遊記》，彰顯其哲學論述。這些作者毫不猶疑地擷取某些篇章或細節並説明其深刻寓意，即便他們偶爾可能言過其實。白保羅將《後西遊記》與《西遊補》描述爲一種説教（didactic），與鮮少説教的原著相比，這些續書作者'展現出一種嚴肅的誨人不倦'。[73]

---

72 劉曉廉：《心路歷程：〈後西遊記〉的根本寓意》，咸增强譯，載《運城高等專科學校學報》第 20 卷第 6 期，2002 年 12 月，頁 21。

73 李前程：《猴子形象的轉變：西遊記續書與内部轉向》（Transformations of Monkey: Xiyou ji Sequels and the Inward Turn），自譯，頁 49。

四、小結

出自明末無名氏之手的《後西遊記》，以最接近"仿擬"的模式爲"續書研究"所關注。從表面上看，"續書"文本中的結構、人物、主題均取自《西遊記》，取經人後胤以主動降格的姿態重走西行之路，只是將"求真經"的使命替換成"求真解"，途中歷劫釋厄，並無新意。然而通過文本細讀我們發現，事實並非如此。《後西遊記》是明末清初"西遊故事續書"三個文本中最具入世傾向的作品，它的世俗化背靠著明代商業發展及出版發展共同作用，在文本內部展現出了豐富的話語聲部。

《後西遊記》的"世俗化"通過三個方面來展現。其一，是降格的"歷史意識"的加入，以西遊故事爲框架，實現演義的意圖。除了從世本《西遊記》中移植過來整個取經隊伍及取經人個性設置，《後西遊記》還完整植入了"韓愈"、"大顛"、"曹操"及《諫迎佛骨表》，通過"演義"的方式與"西遊故事"相融合。如果説《西遊補》中引入審判秦檜等橋段是如《續〈西遊補〉雜記》中所言"無非取古人以自寓"，那《後西遊記》則毫無"自寓"的色彩，純粹借調讀者其他的文學經驗描摹世相。無論是佛門記惡，還是刺儒以刺世（蘇興語），《後西遊記》並無明顯的反佛或反儒傾向，只是對裝僧與扮儒（高桂惠語）進行無情的揭露，同時對西天取經能否救世產生懷疑。惡僧與惡儒之"惡"又都與金錢或暴力有關。第二，《後西遊記》中的"暴力元素"爲"西遊故事""世俗化"增添了又一語言層面的書寫空間。豬一戒在《後西遊記》中的殺戮行爲非常突出，唐半偈的語言暴力也令他看起來失去了名僧應該有的莊嚴，"棒喝"雖然脫胎於禪宗修法，在唐半偈這裡卻不失爲一種武力。更重要的是，雖然"七情六慾"或者説"情慾"問題是"西遊故事續書"反復拘執的議題，但只有《後西遊記》爲情慾或者説爲"性"增添了暴力的方向。此外，"金錢"在《後西遊記》被異化爲一種施暴的法器。這種極具現代象徵意味的文本佈置，與明代商業及文化的發展密切相關，也脫離了"西遊故事"原本妖邪設計的窠臼。《後西遊記》也是明末清初"西遊故事續書"文本中唯一具有商業語言的文本，"世俗化"的意味也是三個"續書"文本中最濃重的。第三，廣義而言"續書"本身就是一種對原著的"重複"行爲，而在"重複"的外觀之下，還隱藏著種種潛文本的變異。一方面，《後西遊記》展現了明末清初"西遊故事續書"文本之間已經開始產生交互的叙事交流，幾個文本中"重複"使用的素材理應深究其發生機制，窺探"續書"在語言層面上的本質。另一方面，海外比較文學的視野能够給我們非常大的啓迪，使我們能衝破傳統"續書研究"框架的範例，以"單個"文本寓言的生成機制討論續書的符號模式。《後西遊記》"入世"本身就是"續書"的寓言。由最高層級的"解經"降格爲"字面"意義初級的克難，是"西遊故事續書"在明末清初遭遇的重大的困惑。《後西遊記》幾乎鮮少觸及到"本體"問題的討論，但這並不意味著它就是一個毫無精神内涵的"蛇足"文本。它在文本中提出的所有問題都指向"無解"，指向"各奔前程"，其反復書寫的宗教符號，似乎指向了這種神聖經驗瓦解後的心理補償。而"韓愈"形象的療癒功能也指向了這種小説本身形塑的末世時代病兆。

第五章

結　論

　　佛斯特認爲"人們喜愛讀小說的原因，因爲我們需要一種較不接近美學而較接近心理學的答案，因爲人類的交往……看起來總似附著一抹鬼影。我們不能互相了解，最多只能作粗淺或泛泛之交；即使我們願意，也無法對別人推心置腹；我們所謂的親密關係也不過是過眼雲煙；完全的相互了解只是幻想。但是，我們可以完全地了解小說人物。除了閱讀的一般樂趣外，我們在小說裡也爲人生中相互了解的曖昧不明找到了補償。"[1]事實上，也只有返回文本本身，我們才能够重新體會到這種心理學意義的"補償"，及獲取真實的、未經知識化的閱讀樂趣。但顯然，受制於當下"續書研究"的框架，討論單個文本的"續作"總是會面臨種種問題。

　　難點在於，"續書研究"一直是站立於文學史觀之下的研究視域，它尚沒有完成自身獨立的知識建構，而是依附於中國文學史、中國小説史，作爲文學現象而存在。由於續書形成及發

1　［英］佛斯特（Edward Morgan Forster）：《小説面面觀》，李文彬譯，臺北：志文出版社，2002 年版，頁 85–86。

展的複雜性和現代傳播的廣泛性，前人的研究大多都基於文學
比較的方法，側重原著與續作的有機統一，視野是相對有限的。
幾個可供思索的問題，如續書文本與原著文本之間的競爭關係、
同一原著文本的續作之間的競爭關係，是否真實存在，又如何
自證，既然無法自證，又爲何自覺參與了文學史觀之下的價值
比較，都令人感到十分困惑。

誠如高桂惠所指出的，"中國小説的續衍，作爲一種'大語
言'、'大文本'的集體現象，相對意義上指出：一個文本具有
多大的力量和價值，要看它在多大程度上可以消解包裹在自己
身上的意識形態之期待。當後人爲一個作家貼上'高峰／先鋒'
的經典標籤時，我們也可能恰恰忽略和輕慢了這位作家的初衷，
從而只在乎'我們'期待，甚至我們完成的也可能是對這位作
家的誤讀。"[2]在續書研究領域，"誤讀"是極其常見的。而"續
書"本身所創造的新的語言現象與語言問題，鮮少被作爲獨立
的議題加以討論和釐清。直至 2004 年，黃衛總及其《蛇足：中
國小説傳統中的續書和改編》的出現，才喚起中文學界對於"續
書"研究的重視。

本書産生於對於既有"續書研究"框架的懷疑，試圖通過
文本細讀，提出既有"續書研究"視域所不及的文本價值。"續
書"不僅僅包含了對於原著改造、延伸，如其成熟的表現形式：
續書、補入、改寫，也包含了文體的選擇[3]。"續書"作爲一種個
體自發的文學行爲，建立了評論、闡釋、破壞、替代等多種可

2　高桂惠：《追蹤躡跡：中國小説的文化闡釋》，頁 6。

3　"敍事學有關'故事'和'話語'的區分是對故事內容和表達故事的內容之方式
的區分。文體學家一般也將小説分爲'內容'與'文體'這兩個層次。（轉下頁）

能性的敘事模式，尤其是對於理論家而言，選擇以怎樣的方式侵入原著，本身就蘊含著"話語"的取捨。其次，"續書"所涵蓋的範圍比現有"續書研究"規定的範圍更爲廣泛，它更側重於文學策略與語言層面的考察。

本來，無論是續作、補作還是重寫作品在中國文學史上都是十分常見的文學策略和類型，從魏晉南北朝小説續書出現至清末，綿延有一千六百餘年。同樣的故事核被反復提取整體或碎片加以摹寫，實出於"小説"作爲一種"末技"在文人"雅道"中積極創造的"民間"語境的努力，續書則是"末技"之"末技"。依附於"四大奇書"與《紅樓夢》"經典化"之後的龐大的續書文本，顯然不可能每一個都具有討論價值，但這一群體的登場實際上爲白話小説的"民間性"及其所衍生的民間效應開闢了廣泛討論的向度。一方面，"明代中葉以後，中國小説創作進入了一個新的階段。從此開始，白話小説真正佔據了小説創作的主流，從某種意義上也可以説佔據了整個文學創作的主流……文言小説在唐代已走向成熟，通俗小説則在宋元蓬勃發展。到明代，隨著《三國演義》、《水滸傳》的出現，章回小説成型，中國古代小説的各種體裁均已完備，也就是説，小説的繁榮在小説内部已具有充足的條件"[4]。續書作品創作方式也展現了複雜性、多元性的特色。另一方面，"民間"實際上還表現爲歷代文人在仕途之路以外書寫繁榮及其背後價值取

（接上頁）文體學界對文體有多種定義，但可概括爲文體是'表達方式'或'對不同表達方式'的選擇。"見申丹：《敘事、文體與潛文本——重讀英美經典短篇小説》，北京：北京大學出版社，2009年，頁19。

4　劉勇强：《中國古代小説史叙論》，頁253。

向。"續書"作品不僅僅從結構、内容、視角上成爲原著的補充，在原著之外同樣關切、爬梳著被"廟堂"文化所遮蔽的文人思潮。我們可以注意到，小説續書發展的繁榮期在明末清初、清末民初兩個歷史世變之時，續書介於兩個朝代遞遷的夾縫中的生存形態，使我們難以忽略象徵背後的意義指涉。

　　白話小説地位不高，結合小説評點的讀者意志，續書作者既是讀者也是創作者，這一雙重身份、寫作意圖和行爲模式值得我們重點關注。文言與白話兩大系統的小説形態正在發生文學史話語權力的交替，在明代這個重要的過渡時期，兩種文體互相影響交融，甚至逐漸形成了一種獨特的"淺近文言"，成爲新的叙事語言。如《三國演義》使用的語言，就具有"文不甚深，言不甚俗"的語感。劉勇强認爲，這"表明小説家們已開始意識到語言在小説文體中的意義，並做了積極的嘗試。"[5]但另一方面，在文體外部，"文化背景的變遷可能對文學形式的轉變起作用，這是人所共知的'真理'。到底是哪些文化要素在什麼時候對哪些文學形式的哪些要素起作用，卻並非一目了然或有通例可循。"[6]當我們控制變量於續書作品的範圍中，實際上也是試圖更穩健地站立於"民間"視角遥望風雨飄搖的"廟堂"，站立於文學形式的轉變遥望文化背景的變遷與歷史動向。如若打破文學比較的框架，進入到更深層次的"互文性"研究，對文學現象背後的心理機制及集體意識做探討，或能使"續書"的叙事研究成爲一種穩定的話語。作爲文學策略的"續書"也不

5　劉勇强：《中國古代小説史叙論》，頁33。
6　陳平原：《中國小説叙事模式的轉變》，北京：北京大學出版社，2010年，頁3。

僅僅以娛樂功能而被文學史所認知，它可能還意味著特定時期一個群體以一種不易察覺卻不斷進行著的精神活動，形塑著世變時期士人、僧侶、庶民階級文學化、審美化的人生要義。

從龐大的續書群落中，選擇明末清初的時間，及"西遊故事"的三個文本作爲考察對象，一方面是因爲"西遊故事"的生命力，歷經時間考驗經久不衰，《西遊記》本身的"經典化"歷程也可以給本書提供相當多的參考意見。其次是因爲《西遊補》、《續西遊記》、《後西遊記》三個獨立文本都以各自的方式挑戰了"續書研究"的研究範圍。這是十分值得關切的現象。再者，有趣的是，對"西遊故事"的受衆而言，仿佛只要是五聖的形象，只要還是背負著取經的使命，"接續的故事"（ensuing narratives）就可以被接受，這一直是《西遊記》及其續作得以從容發展的堅實基礎。其接受程度有良好的商業成績作爲精確的統計。由於"西遊故事"本身的"遊戲性"[7]，弱化了其它經典

---

7 關於《西遊記》主旨乃遊戲之說源於清焦循。焦循云：《茶餘客話》云："舊志稱：'吳射陽性敏多慧，爲詩文，下筆立成，復善諧謔。所著雜記幾種，名震一時。'今不知雜記爲何名，惟《淮賢文目》載先生撰《西遊通俗演義》。是書明季始大行里巷，細人皆樂道之，而前此亦未之有聞。世稱爲'證道書'，有合金丹大旨。"按："射陽去修志時不遠，未必以世俗通行之小說移易姓氏，其說當有所據。觀其中方言、俚語，皆淮之鄉音街談，巷弄市井童孺所習聞，而他方有不盡然者，其出淮人之手尤無疑。然此特射陽遊戲之筆，聊資村翁童子之笑謔；必求得修煉秘訣，亦鑿矣。"見焦著：《焦循論曲三種》，揚州：廣陵書社，2008年，頁184。1923年胡適的《〈西遊記〉考證》直承其說，"《西遊記》至多不過是一部很有趣味的滑稽小說、神話小說；他並沒有什麼微妙的意思，他至多不過有一點愛罵人的玩世主義"。見胡著：《中國章回小說考證》，臺北：里仁書局，1982年，頁319。魯迅在《中國小說史略》中也說，"然作者雖儒生，此書則實出於遊戲。"見魯迅：《中國小說史略疏識》，上海：復旦大學出版社，頁178。

文本所普遍面臨的"續書焦慮"（xushu anxiety）[8]。這是其它經典
文本所不具備的文本特質，"西遊故事"對於"續書研究"的挑
戰更爲尖銳，因爲，"西遊故事"的"續書焦慮"可能恰恰來自
於它的專業讀者，即學者、鑒賞者、文學史研究者及意識形態
的當權者，他們尚未從"續書"這一文學行爲中找到自我脈絡
化的可能，並刻板地規定著閱讀範式。明代中葉以後，文學觀
念受到商業影響，也發生了一些變化。除了承擔教化功能之外，
文學的藝術性、情趣性也逐漸獲得重視。商業活動及文學活動
的背後，則還有更爲複雜的士商階層、廟宇經濟等複雜的社會
問題，這些都成爲了潛文本，最終進入到了"西遊故事續書"
的文本中。

　　經過文本細讀，本書對《西遊補》、《續西遊記》、《後西遊
記》分別進行了獨立的考察研究。雖然《續西遊記》、《後西遊
記》的作者未明，但在考證版本和作者的過程中，已然發生了
之於既有"續書研究"的挑戰之舉。簡而言之，《西遊補》完
全以孫行者的内視角展開敘事，使得他成爲了"西遊故事"中
唯一的主角，置換了漫長的"西遊故事"敷衍旅程中，唐玄
奘作爲取經主角的史傳特徵。且通過大量的"同音異形異義"
（homophone），《西遊補》爲孫行者補入的"情難"不僅具有文
人化的對"情"本體的思索，更有語義層面的大量遊戲。進入
"鯖魚肚腹"的險難結構不僅可以勾連《舊約》中"約拿"進入
"大魚魚腹"展開試煉考驗的文化共相，更與《續西遊記》、《後

8　"續書焦慮"（xushu anxiety）引自［美］黃衛總（Martin W. Huang），*Snakes' Legs: Sequels, Continuations, Rewriting, and Chinese Fiction*，"Introduction"，p. 5.

西遊記》中的"陰沉魔王"、"蜃妖"展開"幽閉"、"幽暗書寫"等層面的叙事交流。董説曾在給姪兒董漢策編《計然子》撰序中寫"不盡補天下之亡書，憂不得死"[9]，在這篇充滿抑鬱氛圍的文章中可以看出，作爲"補"的文學行爲與其説是爲了結構上的充盈，不如説是一種作者心理機制的修復。楊玉成明確地指出了"補"作爲填補心理危機的"破洞的修復"（reparation）[10]意義[11]。更重要的是，在"西遊故事"話語體系之外，《西遊補》還具有晚明僧人記夢的佛教語言書寫的大量特徵，一直爲研究者所忽略。《西遊補》在感知層面的貢獻同樣功不可没，視覺、嗅覺等感知模式的佈置，令文本展現出現代心理學層面的特質。而這一方面不僅《西遊記》中幾乎不存在價值比較的對象，《續西遊記》、《後西遊記》中同樣没有雷同的語言模式參照標準。

　　《續西遊記》雖然一直是明末清初這三部"西遊故事續書"作品中評價最低的文本，但它卻通過 2010 年一場偶然的文學討論事件，展現了"人的意志"之於"續書研究"的施爲之力。其次在文本内部而言，《續西遊記》也是三部作品中唯一挑戰到"續書研究"框架下"底本"共識的作品。如果"續書"所依據

9　明·董漢策：《計然子·計然子序》，《四庫全書存目叢書》，臺南：莊嚴文化，1995 年影印北京圖書館藏明崇禎信甫刻本，子部，第 94 册，卷首，頁 521。

10　楊玉成借用拉普朗虚（Jean Laplanche）、彭大歷斯（Jean-Bertard Pontalis）解釋説："梅蘭尼·克萊茵（Melanie Klein）所描述的機制，主題藉此試圖修復其破壞幻想對其愛戀對象所造成的效應。此機制與焦慮及抑鬱性罪惡感有關：對内、外在母性對象之幻想性修復，因確保自我對有益對象的穩固認同，使得抑鬱型位態得以被克服。"尚·拉普朗虚、尚·柏騰·彭大歷斯著，沈志中、王文基譯：《精神分析辭匯》，臺北：行人出版社，2000 年，頁 439，"修復"條。

11　楊玉成：《夢囈、嘔吐與醫療——晚明董説文學與心理傳記》，頁 563。

的底本都不相同，那這三部作品的價值比較該如何客觀地呈現？它與《西遊記》的競爭關係又如何發生？也是《續西遊記》向"續書研究"的反詰。再者，《續西遊記》中出現了大量的"替代"、（重）"命名"與反寫，實現了"語義"的廣泛"變異"。其對於"反暴力"主題的過分拘執，徹底削弱孫悟空形象，使之泯然于衆人的策略，在强化佛教文本的教化功能的同時，反而凸顯了其它"西遊故事"中的暴力主題。

《後西遊記》則以文本外觀的"世俗化"特質，自覺降格爲"小"字輩的仿寫方式，潛在地向原著發起意義的質疑。且這種質疑並非針對"西遊故事"，而是針對文本外部的世相人情。通過降格的"歷史意識"的植入、商業暴力對於儒家佛家重大衝擊的揭露及作爲"寓言"的"重複"書寫，《後西遊記》文本中提出的所有問題都指向"無解"。《後西遊記》的"入世"特質本身就是"續書"的寓言，指向小說創造出的疾病及療癒，也指向商業時代神聖性的徹底瓦解。此外，"重複"本身也令"西遊故事續書"文本之間產生了響應與交流，它們產生了大量集體共用型素材，也產生了差異的碰撞。這些碰撞令既有"續書研究"基於"字面意義"上作爲修辭"寓言"審美，延展至了符號模式的發生機制。

"續書"研究的邊界及其複雜，許多研究面向都可以不充分地考察其特質并展現其風貌。如"讀者問題"、"重寫問題"、"接受美學"……而它更是文學現象學可供檢閱的範例。圍繞著"西遊故事"的核心或枝蔓進行意義的補充，無論是採取續、補或改，其實都是基於或大或小的故事核的修正行爲。祝宇紅早就認識到這一改寫行爲的作者群體是可以作爲特定時期的象徵加以知識化的研究。她認爲，"從主觀動機上看，有學術背景的作家更容易被'重寫'、'重新解釋'的寫作方式所吸引。"[12]

同樣熱愛給文學經典寫續書的吳趼人曾說：

> 大凡一個人，無論創事業，撰文章，那出色當行的，必能獨樹一幟……小說一端，亦是如此。不信，但看一部《西廂》，到了《驚夢》爲止，後人續了四齣，便被金聖歎罵了個不亦樂乎。有了一部《水滸傳》，後來那些《續水滸》、《蕩寇誌》，便落了後人批評。有了一部《西遊記》，後來那一部《後西遊》，差不多竟沒有人知道。如此看來，何苦狗尾續貂，貽人笑話呢？[13]

吳趼人深知續書的處境，但"明知如此，卻偏偏要做"，這就有了《新石頭記》四十回。

又如民國時期"剛子"所作《續西遊補》（《燕京月刊》1932 年第 9 卷第 2 期），共四回，幾乎沒有研究歷史。小說末尾寫了一段話：

> 剛子上月問鄭振鐸先生借了一本靜嘯齋主人著的《西遊補》，念了三遍，尚不捨得奉還，它是一本寓意很深的諷刺小說，不像《續西遊記》和《後西遊記》專模仿《西遊記》，它是以新奇想象和清雅文字來表現作者高尚的情緒和深刻的悲哀的。有至情至性的人，不可不讀。

12　祝宇紅：《"故"事如何"新"編——論中國現代"重寫型"小說》，北京：北京大學出版社，2010 年，頁 277。

13　［清］吳趼人：《新石頭記》第一回。

剛子續《西遊補》，僅表示與作者同情，非敢"狗尾續貂"，順及。

剛子於燕大女生宿舍

二一，一一，三〇。

　　這是一位女作者，且讀過明末清初其他兩本《西遊記》續書，她的寫作意圖不是"狗尾續貂"，"僅表示與作者同情"，所同之情，是"有至情至性的人"。經過粗略的查閱，同時期署名爲"剛子"的報刊信息很少。僅於 1937 年 3 月 25 號《申報》"第五張"，"通俗講座"第五十三期，寫過一篇《淳于緹縈：一個身在重男輕女的社會舍身救父的女兒》。上海《申報》副刊的定期專欄"通俗講座"是 1936 年定期發刊的欄目，帶有濃重的學院性格。內容包括論文、傳記、書評和通信等。主編掛名爲顧頡剛，實際負責人是燕京大學國學研究所畢業、時任北平研究員史學研究所的編輯的吳世昌，以及當時在燕大、輔仁國學研究所、經濟系和英文系就讀的學生鄭侃嬿、連士升等（《顧頡剛年譜》）。《燕大月刊》曾於第八卷改名爲《燕京月刊》，這篇故事是個白話小說，改寫歷史典故，通過對話等現代小說的方式表現了連連得女的父親的失望，和後來態度的轉變，寫得非常生動，和《續西遊補》文風也很諧恰，作者還是一位性別觀念先鋒，可見到了民國時期，《西遊補》憑借自己的文學魅力吸引到了當時思想最先進的學生繼續創作。《續西遊補》基本仿擬《西遊補》的險難設置，妖怪不是一個具體的對象，而是一個新的空間，這個新世界帶有西方神學色彩，可能與作者在燕京大學求學的經歷有關。和《西遊補》一樣，孫悟空也遇到了一些歷史人物，甚至小說人物，他還能想起《西遊補》中自己經歷過的幻夢世界，原著《西遊記》的痕跡早已縮減爲取經框架和大鬧天宮的記憶而已。"西遊故事"元素曾出現在晚清天主教漢文護教文獻中，晚清以降，基督教和佛教的相遇是中西方文化交流的史實。如 19 世紀末，李提摩太英譯的《出使天國：一部偉大的中國史詩和寓言》（A Mission To Heaven: A Great Chinese Epic and Allegory）是第一本較爲系統的《西遊記》英譯本。但是，由一個中國女學生改寫《西遊記》續書《西遊補》過程中，納入到了文化交流、歷史對話、現代法律、甚至前沿的性別議題、對婚姻的看法等問題，是非常值得關注的事情。"剛子"才華橫溢，文筆也很清新，對歷史、宗教、時世都有創造性的看法，她的作品是《西遊記》續書研究長期忽略的史料。2018 年第 4 期《隨筆》雜誌有一篇文章《斯人鄭侃嬞》（朱洪濤文）。文中提及 1930 年代顧頡剛以燕京大學爲基礎辦刊物從事抗日活動的一些信息，其中提到了顧頡剛非常欣賞的鄭侃嬞。"顧見其在《燕大月刊》（當月刊物更名爲《燕京月刊》）所作《西遊記補》（應爲《續西遊補》），賞識她'文筆極清利，且有民衆氣而無學生氣，最適合民衆教育'"。我查閱了《顧頡剛日記》多卷，1932 年，他看了《啼笑因緣》、《雪鴻淚史》、《平山冷燕》等通俗故事，但沒有提到《西遊補》。不過，筆名爲"剛子"的學生最可能的推測就是鄭侃嬞。可惜，1938 年鄭侃嬞病逝於香港，時年 32 歲。

黃衛總曾提出過續書研究兩大基本問題，"Terry Castle 說，續書總是令人失望的，續書自己的命運就是一個悲劇，它不能真正地重建自己原初的魅力。儘管作爲文學類型而言'續書'的名聲並不好，是什麼鼓勵寫作者去寫作續書？以及知道和原書比較而言續書不免令人失望已經是一個普遍的猜測，又是什麽促使讀者還去閱讀續書？"[14]

透過明末清初"西遊故事續書"三部作品，我們或許可以得出初步結論：首先"續書"作品值得被獨立考察；第二，"叙事研究"的桎梏在於它的史觀特質；第三，"續書"本身就是一種循環的"寓言"符碼，"續書"作者充當原著的解碼者，而"續書"的讀者又充當原著與"續書"差異話語系統的解碼者。這中間没有任何競争關係與替代關係，呈現爲一種廣泛的叙事交流；第四，"續書"作爲"末技"之"末技"，作爲"次文化"對於主流文化的補充，呈現爲一種"幽暗叙事"的方式。在"西遊故事"的遮蔽之下，《西遊補》（僧人記夢）、《續西遊記》（反暴佛書）、《後西遊記》（演義的變體／惡僧小説）均有複雜的叙事聲部。"續書"通過不斷重複、再造、拼貼著原著被逐步解構之後的意義碎片，揭露了更爲尖鋭的問題，原著不僅不參與價值比較，甚至僅僅作爲潛在的參照系統（Internal reference frame）而存在，"續書"創作者借調"西遊故事"的經驗認知，無論是處理個人的危機還是時代的危機均是"隱微"而現的。這種"隱微"性質與世變時期士人極爲複雜的心理因素交纏。

"一種風格就是一種發展，是各種形式的組合，這些形式相互適合從而統一了起來。"[15]續書既是一種文學形式，也是一種文學意圖的生成。從二十世紀的明清小説"續書研究"成果來看，

14　[美]黄衛總（Martin W. Huang），*Snakes' Legs: Sequels, Continuations, Rewriting, and Chinese Fiction*，"*Introduction*"，頁 1、3，自譯。

15　[法]福西永（Henri Focillon）：《形式的生命》，陳平譯，北京：北京大學出版社，2011 年，頁 19、52。

基於"續書"本身的文獻已有較全面的整理和探討，學人對"續書研究"的範圍、定義已做了基本的規定，基於《西遊記》"續書"文本也有多角度的研究，尤其是結合四大奇書、《紅樓夢》的續作文本進行比較研究的成果都較爲豐富，但仍然存在一些問題尚未解決，這或許是學科語言的界限本身所造成的屏障。更重要的是，在研究視域中依附於原著而生的"續書"文本，實際上受制於"續書研究"的框架，在其自身"經典化"的道路上面臨著躑躅的命運。如能打破以原著爲中心、以文學史框架爲標準的研究方式，續書獨立的文學價值一定能得以更好地展示中國文學的魅力。

最後，本書以《讀〈西遊補〉雜記》作結，以期在未來，續書研究能去除偏見、獲得更多的關注。

書中之事，皆作者所歷之境；書中之理，皆作者所悟之道；書中之悟，皆作者欲吐之言：不可顯著而隱約出之，不可直言而曲折見之，不可入於文集而借演義以達之。(《西遊補》卷首)

附錄一
楝花磯隨筆校注

此鎬樣譚仲修校，有兩節誤連爲一處，必須改正。餘可斟酌去取。

楝花磯隨筆上下兩卷

楝花磯隨筆卷上

明【點校者謂：宜別徐元歎已記此卷當成於國初，不羨徑剗去明字，何也？】董説撰　烏程計發集録

001

語言文字須一分山一分水，山分多不如水分多。新霽東石澗響石觀瀑，以此語同行。

002

林屋洞，洞口了不奇。不驟奇其外，所以藏其大奇。

003

《石林詩話》説黃魯直詩"山圍燕坐圖畫出，水作夜窗風雨來"之句，實勝其平日最矜"人得交遊是風月，天開圖畫即江山"。此等眼目，尚有典型。

004

櫻桃葉放時，病客與俗客俱斷屏古鐘鼎文字。或聯，或絕，或煩，或簡，乃皆各行其字脈。所謂字脈者，亦如太史公史論，每於紀傳中，文各有脈。此意非世上文人所能見。

005

苕溪臧晉叔增補宣和牌色，其首二葉無點，謂之太素。有短幺、短六而素其半者。余言：此草書法也。得其說者，可以語書畫之起伏，可以言文章之明暗。

006

《克符道者偈》："儂家住處豈堪偎，炭裏藏身幾萬回。不觸波瀾招慶月，動人雲雨鼓山雷。"甘露滅謂洞山頌兼中到之所自出也。【此處點校人謂："甘露"下語不可解】

007

樂天詩云："江洲去日聽箏夜，白髮新生豈願聞。如今格是頭成雪，彈到天明亦任君。""格是"猶言"已是"。

008

林逋有《宿洞霄宫》詩："大滌山相向，華陽路暗通。風霜唐碣朽，草木晉祠空。劍石苔花碧，丹池水氣紅。幽人天柱側，茅屋灑松風。"又："秋山不可畫，秋思亦無垠。碧澗留紅葉，青林點白雲。涼天一鳥下，落日亂蟬分。此夜芭蕉雨，何人枕上聞。"二詩，集中不收，必和靖自決擇無誤。而慎氏《遊名山記》謂得真跡于先生七世孫可山林君淇處，知詩從古難【點校者謂：疑有脱字】，如逼詩品，遇五百歲後杜撰論詩之人收其自棄之作，可歎也。慎惟喜切題方體，可憎一種。

009

荆公《題飛來峰》【按：當作《登飛來峰》】云："飛來山上千尋塔，聞説雞鳴見日昇，不畏（浮）雲遮望眼，自緣身在最高層。"

010

《容齋隨筆》云："海一而已，地之勢西北高而東南下，所謂東、北、南三海，其實一也。北至於青、滄，則云北海，南至於交、廣，則云南海，東漸吳、越，則云東海，無緣有所謂西海者。《詩》、《書》、《禮》經所載，蓋引類而言之。《漢（書）西域傳》所云蒲昌海，疑亦停居一澤耳。班超遣甘英往條支，臨大海，蓋即南海之西云。"余按：震旦在天竺之東，天竺爲天中四洲。水所自出，故震旦無西海，西海即震旦水源也。推之知，俱盧無大南海，弗於逮【按：俱盧、弗於逮是地名】無大西海，而天竺已北諸國亦無南海；已西無東海。以語目不見佛經者，定五色無主。

011

丙午隨先師湘行。初至武昌，補山堂居士來相見。方坐定，遇一浮名士，就補山抗論今昔，因極稱譽補山少年時行卷文字。

補山時局促，客語不可止。世間無分別至於此，可歎。

012

光武遣馮異征赤眉，敕之曰："征伐非必略地屠城，要在平定安集之耳。諸將非不健鬪，然好虜掠。卿本能禦吏士，念自修敕，無爲郡縣所苦。"此等文字，三代以下稀有。

013

學韻語將李、杜、元、白四家合讀，究觀其用心，則入路自正。

014

司馬溫公作相日，親書牓【缺。點校人題：當是"子"字。按：應作稿】揭於客位，曰："訪及諸君，若覩朝廷闕遺，庶民疾苦，欲進忠言者，請於奏牘聞於朝廷，光得以同僚商議，擇可行者呈之，取旨行之。若但以私書寵諭，終無所益。若光身有過失，欲賜規正，即以通封書筒分付吏人，令傳入，光得内自省訟，佩服改行。至於整會官職差遣、理雪刑名，凡於身計，並請一面進狀，光得與朝省衆官公議施行。若在私第垂訪，不請語及。某再拜諮白。"

015

宋吳僧惟茂住天臺，作絕句云："四面峰巒翠入雲，一溪流水漱山根。老僧只恐山移去，日落先教掩寺門。"

016

　　先師嘗言，天童老和尚昔在嘉興舟中，對士大夫談及古今語言文字，因正色云："儞輩世間秀才家文章往往虛布，我宗門下文句只是實。"此虛實兩字，非惟方内外權衡，信千古文章關鍵。然不悟天童意旨者，錯會不少耳。

017

　　樂部中有促拍催酒，謂之《三臺》。云蔡邕自持書禦史累遷尚書，不數日間，遍歷三臺。樂工以邕洞曉音律，故製曲以悦之。

018

　　枚乘作《七發》，創意造詞，而踵之者如傳毅《七激》、張衡《七辨》、崔駰《七依》、馬融《七廣》、曹植《七啓》、王粲《七釋》、張協《七命》之類。屋上架屋，可憎。近代酬應法亦無以異。

019

　　物忌太盛，萬事無不爾。如世以正五、九月爲忌月。此火三合也，六氣每行一而火分君相獨二，故忌其盛。《晉書·禮志》：穆帝納后，欲用九月，九月是忌月。《齊書》：高洋謀篡魏，其臣宋景業言："宜以仲夏受禪。"或曰："五月不可入官，犯之終於其位。"景業曰："王爲天子，豈得不終於其位乎？"

020

蔡【點校者注：是"李"字之誤，蔡邕時豈有如許寺觀邪？】
邕尤長於碑頌，中朝衣冠及天下寺觀，多齎持金帛，往求其文。
前後所製，月數百首。受納餽遺，亦至巨萬。時議以爲自古鬻
文獲財，未有如邕者。余謂：士大夫有志著作，先斷酬應之文；
有志復古，先廢交遊尺牘；而方外有志弘道，亦先弗取人間浮
譽之碑版。

021

吳門詞人不復說著徐元歎苕溪【點校者注：似元歎身後
語】，便無道範東生風味者。咄咄怪事！此正如吳中古董家只品
價宣鑪、成窯茶杯，反謂三代彝鼎不適用，不復曉前人博古本
旨。司馬相公不善作書而收墨，嘗言：欲我子孫思吾，須此物。
何用耳？然亦須好子孫，不爾者，磨此松煤，略堪寫子母錢簿。
【點校者注：此是兩則，誤聯爲一。按：點校者說得是。"司馬
相公不善作書"之後，當爲另一則】

022

陸象山說《箕範》【按：即箕子《洪範》】謂："實論五福，
但當論人一心，此心若正，無不是福；此心若邪，無不是禍。
身或不壽，此心實壽。家或不富，此心實富。縱有患難，心實
康甯。殺身成仁，亦爲考終命。"此等言句，非近代儒書所恒見。

023

唐人題山寺亦難得好詩。綦毋潛《題鶴林寺》起四句："道

門隱形勝，向背臨層霄。松覆山殿冷，花藏溪路遥。"有生色，而結云："願謝攜手客，茲山禪誦饒。"便又車馬塵。詩甯拙無俗。

024

狀物如陳後山《詠蠅虎》"匿形注目搖兩股"七字，畫筆不及，所謂如在目前矣。

025

杜牧《題宣州開元寺》："南朝謝脁【點校者注："朓"】城，東吳最深處。亡國去如鴻，遺寺藏煙塢【點校者注："陽"】。樓飛九十尺，廊環四百柱。高高下下中，風繞松桂樹。青苔照朱閣，白鳥兩相語。溪聲入僧夢，月色輝粉堵。閱景無旦夕，憑欄有今古。留我一樽酒，前山看春雨。"此詩風興，無一點初唐砌壁惡習，可拈作詩式，使後學不入邪路。

026

"終【按："終"當作"經"】年不到龍門寺，今夜何人知我情？還向暢師房裡宿，新秋月色舊灘聲。"何嘗不率，自清味可讀。詩不患其率，祇患於麟派耳。少年人案頭有唐詩選本，便不煩問其雅俗。

027

朱仲晦《夢山中故人》"故人只在千巖裏，桂樹無端一夜秋"自好語，而吾以爲非風雅之鵠。曉此旨，便悟朱氏刪古詩《小序》之誤也。此學詩大關目，亦學六經大關目。

028

范石湖"蕭索輪囷憐燭燼，飛揚跋扈厭蚊聲"自佳，若"但得暑光如寇退，不辭老景似潮來"語，乃露色相。此理昔惟落木主人能解。

029

"籠月秦淮無舊曲，馳煙鐘阜有新詩"亦石湖善著色語。色要自淡中得，此雲間太史說畫法也。

030

《聖學宗傳》收《楊氏易傳・艮卦》一段說："艮其背有悟門，不是世上邨夫子"，語艮卦卦辭與同人卦辭同一格。悟乾元者自知其奧。今人用官樣字面，粉飾周、孔說話，直面上拖十重鐵甲耳。

031

石經洞，隋大業間，法師靜琬募刻《石版經》一大藏，唐貞觀初，始成《大涅槃》一部，而法師卒後，子孫相繼，歷遼、金，始完。貯於洞者七穴者二，洞以石門閉之，穴以浮屠鎮之。洪武中，命僧道衍【按：俗名姚廣孝】觀留，詩有"竺墳五千卷，望定（缺）【按：當補"華言百"三字】師譯。琬公懼變滅，鐵筆寫蒼石。片片青瑤光，字字太古色"之句。

032

都玄敬《遊首陽山記》云：山下謁二賢祠，門外有古柏二，其一大二十圍，高二丈許，形狀殊怪；其次圍殺三之一。二根相距數尺，而榦上若兄弟之相倚者。

033

某山某水古名好，歷宋歷元千窨塵。思量山水定無過，吹得塵高是世人。

034

哺飢阪，在絳州北六里，即昔趙盾哺桑間餓夫處。阪名質而異。

035

絳州治《碧落碑》，唐孝子李譔書。李陽冰見之，歎其高古。

036

疑山在潞州屯留縣西南，後魏孝文帝幸潞，見此山有伏龍，疑而不進，其後唐玄宗自潞出。然山不幸而冒疑名，開元、天寶間不爲青山洗辱，何也？

037

龍門山有唐郭元振劍石。

038

廉州分茅嶺，在欽州西南三百六十里。漢馬融征交阯，立銅柱其下與分界。山頂產茅草，頭南北異向。

039

魚爺井，在瓊州文昌縣，泉與海通，中有大魚，頭白，人呼之即出。此亦異名。

040

羅浮有孤青峰，此峰名雋妙，詩文須有此氣象。

041

《輿地紀勝》云：分宜鐘山曾有漁人釣得一金鎖，長數百尺，又得一鐘，如鐸狀，舉之，聲如霹靂，山川震動，漁者亦沈於水。或曰：此驅山鐸也。

042

東林遠法師像側有辟蛇童子侍立。傳云：東林故多蛇，此童子盡投蘄州。

043

杜牧之詩，總韻絕獨。《贈漁父》詩吾不貴，蓋用故事便減價。又，"獨醒"事在《漁父》上，太貼切了。作詩要悟此旨。

044

文殊謂張遇明："汝無禪定，不可學佛。賜汝長松，可作俗僊。"

045

"誤點成駁牛，妙技有餘賞。作意畫蛇足，至今猶撫掌。"程俱詩好言語也。

046

御園柑子，唐朝充貢。玄宗幸蜀，德宗幸梁，皆不實。僖宗幸蜀，花落樹枯。《羅浮指掌圖》記此，樂府佳題也。

047

羅浮有黃野人菴。野人，葛仙之門人也。菴有啞虎守之。

048

黃佐《南海圖經》："海一而已，自青齊北至滄州，則爲北海，亦曰瀛海。其別至於極北，爲瀚海。合自碣石，通朝鮮諸國，直抵扶桑。一望汪洋溟溓，三神山在焉。其西海則通西域樓蘭姑師邑，有城郭，臨鹽澤，至條支，則臨大海。"

049

太白山下有達摩洞，其石破之有松柏形色，俗傳初祖傳神光法處。太白山巔高寒，不生草木，上有鐵鑄山神牌三，曰大阿福、二阿福、三阿福，神名俚而異。

050

延安府南四十裡有牡丹山，又曰花原頭。樵者以牡丹爲薪。有人作詩云：「一株豪屋人爭賞，甯似延安花滿山。」此可換明珠彈雀事。

051

《三秦記》曰：「長安正南，秦嶺根水北流爲秦川，一名樊川。」漢高祖至櫟陽，以將軍樊噲灌廢邱，功賜食邑於此。故曰：樊川好山水，乃以粗漢得名。恐亦山水一段缺陷耳。

052

韋曲，在樊川，唐韋安石之別業。林泉花竹，號爲勝境。韋莊詩：「滿耳鶯聲滿眼花，布衣藜杖是生涯。時人若要知名姓，韋曲西頭第一家。」

053

杜子美詩：「韋曲花無賴，家家惱殺人。綠尊須【按：原作「雛」】盡日，白髮好禁春。石角鉤衣破，藤枝刺眼新。何時占叢竹，頭戴小烏巾。」此等語句楊誠齋所自出，然須知其所以異，故氣味二字最微。

054

「襄陽太守沈碑意，身後身前幾年事。漢江千古未爲陵，水底魚龍應識字。」唐鮑溶詩，亦感慨深。

055

漢陽九真山，昔有九仙女煉藥。唐鹹通間，改名潛山。

056

夷陵有三遊洞，唐白居易與弟行簡及元積遊此，作《三遊洞記》刻石壁上。宋蘇軾與弟轍及黃庭堅三人繼其遊跡，坡書："凍雨霏霏半成雪，遊人屐冷蒼苔滑。不辭攜被巖底眠，洞口雲深夜無月。"

057

太浮山，在澧州，穀中有石室，户牖自然虛明。

058

"我來萬里駕長風，絕壑層雲許盪胸。濁酒三杯豪氣發，朗吟飛下祝融峰。"朱文公《上祝融峰》詩。余■【游】於浮湘，丁未正月，侍先師登峰俯視，雲成樓觀，大奇。

059

澹山巖，在永州，舊經云："有周正實者，秦時人，遁世於此。"黃涪翁詩："澹山澹姓人安在？徵君避秦亦不歸。石門竹徑幾時有，翠臺瓊室至今疑。"黃詩又出山名因澹姓人也。

060

甯遠縣紫虛洞，古木蒼煙，石田棋布。唐薛伯高名曰"斜巖”，宋郡守張觀改名“紫虛”。天下許多好山水，遭當時名宦題壞。

061

七泉，在道州，東郭唐元結《銘序》有：“泉七穴，命其五曰漗、涍、浡、汸、滀，欲飲者有感發。一曰漫泉，自旌漫郎。一出山東，命曰東泉，垂流特異。”結詩：“問吾嘗讌息，水土何處好？獨有漗泉亭，令人可終老。”

062

南嶽退道坡，坡一百二十一級。後人諱其名，作“進道坡”。

063

大雅堂，在眉州，宋丹稜楊素建。黄庭堅謫戎州，嘗曰：“安得奇士盡刻杜甫兩川詩。”作堂翼之，因名堂曰“大雅”，爲之記。

064

已過中秋無永晝，更教小雨暗溪堂。

065

結鬚嶺，在鉛山三清山，晉李尚書與葛洪修煉時，尚書結鬚度此嶺也。

066

鐵十字，在吉安府城南柵門外，岸上有鐵鑄一十字，題云：
"保大二年五月日置，重一千三百斤。"下有潭水，或時清淺，
世傳南唐造戰艦於此繫纜。

067

上高縣有無根石，乃蒙山洞石，立巖間，上下無所附也。

068

山水亭臺佳名未易得，然往往出傖父手，故應爾。張佳胤
【按：即"胤"字缺筆】《遊安甯安【按："安"字誤，當作"温"】
泉記》：東岸一帶，巖石硈【點校者注："硈"】矸，鐫"曹溪夜
月"四字，稍下，紅石削起，鐫"赤壁天成"，皆楊太史慎題也。
乃有此惡石名，自咄咄怪事。

069

嵩山中巖有仙貓洞。世傳燕真人丹成，雞犬俱昇仙，貓獨
不去。元好問詩："因何仙家舐丹鼎，不隨雞犬上青天。"

070

河南閿鄉縣西南，有阿對井。阿對乃漢楊震家僮，嘗引泉
灌蔬，因名。唐吳融詩："六載抽毫侍禁闈，可堪衰病決然歸。
五陵年少如相問，阿對泉頭一布衣。"

071

　　韋齋詩：“欲寄道人簷下宿，此身都未似雲閒。”然世間禪林，正少“閒”之一字耳。宗風秋晚，車轍馬跡，多於鳥語松風。爲之三歎。

072

　　“自樂平生道，煙蘆石洞間。野情多放曠，長伴白雲間【點校者：“閒”】。有路【點校者注：疑是“廬”。按，非也】不通世，無門聊可攀。石牀孤夜坐，圓月上寒山。”此寒山詩。“有路不通世”五字，真受用也，真證悟也，真説無上法也。

073

　　建昌有壽樟。邑人李左司公懋仕於朝。高樟公安否。奏以枝葉婆娑，四時常青。
【此條點校者言：有誤。按：似當作：建昌有壽樟，枝葉婆娑，四時常青。邑人李左司公懋仕於朝，奏以：“高樟公安否？”】

074

　　古人書法文章，無不以緩妙能達其情。讀陶詩千遍，自見其旨。杜甫《次靈岸》詩曰：“幸有舟楫遲，得盡所歷妙。”

075

　　眉公作《玄宰先生六十壽序》：“公有三無：筆下無疑，眼中無翳，胸中無一點殺機。”

076

　　“大抵江陵之局，一變而爲名法家。故救世者，莫名以寬和。近年之局，變而爲縱横家。故玩世者，莫若以談笑。夫以談笑爲玩世，如大人長者而當嬰兒，則與之爲嬰兒而已。若此者，豈特可至長生？雖謂公得道可也。”此眉老《壽申文定序》中語。

077

　　少時書堂中，聞學究人説前輩有一年不作文者，無一日不看書者，謂是舉業正修行路。此正是夢話耳。讀書要領，不是日日長進。底禪古人已道破。即如《中庸》一書，若不悟“未發”，便是民極，便是現成前一切物執入心腑中，饒你無一日不攢眉對書本，保《論語》開卷第一字便解不得也。

078

　　古辣泉，在横州，《桂海虞衡志》：“古辣乃賓、横間墟名，以墟中泉釀酒，即熟不煮，但埋之土中，日足取出，色淺紅味甘，而致遠。雖行暴日中，不哑壞，南州珍之。”徐安國有“古辣觴客醉”之句。

079

　　李建勳《道林寺詩》：“不教幽寺妨閒地，別著高牕向遠山。”盧綸《同錢郎中晚春過慈恩寺》：“不見僧中舊，仍逢雨後春。惜花兼【按：原作“將”】愛寺，俱是白頭人。”惜花、愛寺雙提，故是文人習氣耶。

080

《淮南·精神訓》："肺主目，腎主鼻，膽主口，肝主耳"，又別一配合，豈漢方士異傳乎？

081

《新唐書》謂杜甫詩"殘膏賸馥沾漑後人多矣。"人亦何至爲殘膏賸馥所沾？學者可以自省。

082

杜牧自謂其詩"蹙金結繡而無痕跡"。

083

東坡《上圓邱【點校者注：圜丘】合祭六議劄子》云："秦燔詩書，經籍散亡，學者各以意推類而已。王、鄭、賈、服之流，未必皆得其真。"讀書至竟，須大靈根人物。

084

雲間太史爲書家說三昧，有"自起、自倒、自收、自束"八字，殆聖矣，書家好觀閣帖正是病。

085

雲間評宋朝法書，以米在蘇上，余則重蘇不重米。米非不自運，然炫露，非晉宋風流。子瞻書有遠淡之味，若雲間不重趙松雪書，此是定評。

086

《孟子》："誦其詩，讀其書，不知其人可乎？"此數語千古讀書秘【點校者注：祕】密訣也。

087

陶歊菴《遊雁宕路程》一段云："予遊五洩，上響鐵嶺，嶺窮忽爲平野，溪流峰峙，聚落雞犬略如下方。十里，始下山，意殊異之。及登慧野，其上平衍，略如五洩、紫閬。"余觀山水情變，其高平濃淡之際，亦大受商略也。惟高危宵外，忽開坦素，如漁客捨棹入桃花源，轉曠轉奇，此又文心三昧也。

書子深卷子四條。

088

舊年浪跡蘇臺下，同門雲菴兄馳尺素問所棲，答之云："方外人竟平生一篇小傳，中間事蹟，無論衹結尾，須得四字爲大愉快，曰：'不知所終'。"

089

中峰卓錫處，皆以幻住名之。道行既高，四衆皈向。凡建所謂幻住菴者，有數十處。今在吳中者，正居吾家雁蕩村之西無二里許也。殘碑墮草莽中，惟店堂三間，基址去地殆五尺餘，雲禪師之所築也。故老相傳，建此菴時，馮海粟煉泥，趙子昂搬運，中峰自以塗壁，即此草堂是也。此楊君謙蘇談中語，想見昔賢風裁。

090

韋蘇州《將往滁城戀新竹簡崔都水示端【點校者注：“示端”或是其名】》：“停車欲去繞叢竹，偏愛新筍十數竿。莫遣兒童觸瓊粉，留待幽人廻日看。”余寓水堂西偏，有叢竹，黯無色不足戀，亦遊事中省一段事也。

091

無錫王達著《景仰撮書》，名未古雅，而尊披裘公諸没興人，亦可謂無穢志矣。只韋齋一條要過譽朱學，遂言：“世之人，立於初年者有矣，至於晚年，不流於釋老，則滯於流連光景而已。豈有如韋齋玩心於義理者哉？渠不知將何者爲義理，眼目如此便立言，可哂。”以今日觀之，當時朱韋齋政欠留心佛法，使有子如晦翁【點校者謂：明季獨狂之習末流竟至於此】，不能以直指爲庭訓。後來傳註馳驟已見，往往有未測古人之用心，實少缺一段釋老蒙養，長不得讀大慧語錄，而不能卒業之故也。只此一誤，遺累後之學者，遂認佛法爲六經之敵，因作十重步障何待達，更拖第十一重。此種人物真所謂可憐憫者，且有二：一憫王達才可著書，而不學正法，妄蹈之見；一憫《撮書》中諸高行人，而濫合於如此惡論斷之内也。

書繭紙四條。

092

余三十年前病，汗出透衣不已，而心搖搖。藥師多補心，治不效。後遇一時望者，謂不用十全大補湯，決死。投一劑而

氣欲斷，幸急解疎散，得蘇。又歷一秋，葉盡脱時，遇閔持訥
曰：“誤矣，此當用越鞠丸，料應手而愈。”十五年前在研山天
山閣，熱疾，心愿落不甯，不食已幾十日。沈朗仲來，視之曰：
“此胃病也。”常服藥中只加一味石斛，遂起。又十年前患鼻塞，
欲嚏不可出。時在苕溪，歷月至木瀆，尋趙封初，語以病。封
初曰：“待思之。”明日來，轉急。封初曰：“必再隔一日定案。”
再隔一日得藥：生地、白茯苓、麥冬，平常數味耳。日未中飲
煎，未時初即嚏。此三病三醫皆奇也。明眼人一切明言亦如此。
今世輕談《靈素》，用格套方藥殺人者，政如讀書人不學佛，而
妄談心性，將五帝三王相傳命脈斷盡，可不畏哉？

093

今世入學堂門，例破口讀朱子《大學》，本此非學之正也，
必改而讀註疏。《大學》正本爲當發蒙，端本者之所當知，既免
補傳一段葛藤，又不遭私意分換之謬。讀書第一步不可不慎。
又，自童稚決應聞見佛法，使眼目早開，展後來看册子上語言，
或能略辨黑白。余迴思少時，亦覺得力於不曾讀《四書注》，及
七歲，便讀《圓覺經》。不然，又恐受章句之禍不淺也。

094

禾中李九嶷先生書、畫品與文名竝高。六研齋諸小品，文
字有意外味，其得力亦在參禪。見三峰老和尚，大有以此事爲
入千門萬户之一事，至百年内理學書正氣不損，略可作末學之
砥柱者。只《聖學宗傳》一書，亦爲海門翁參過，湛老人非世
上茫茫著書者也。

095

往歲在堯峰，夜聽雲泉，斜月出山角，松影作瘐蛟舞，與同志語及苕溪山水，遠想慨然。《水聲編》中，有《憶玲瓏山》詩。已亥，鸕鶿溪口打蒲鞋，歷歷百日有奇，竟不能一問郭西舊遊。掛帆東去，舟中偶續得《寶雲》詩，亦一段山水中離合緣也。

無端語四則，已亥九月二十日書

096

天衣禪師云：「雁過長空，影沈寒水。雁無遺蹤之意，水無留影之心。」秋寓報國水堂，夜拈此語問人，間有答者，余皆笑而不言。故有《溪堂夜話》述偈云：「雁過長空碧影高，天衣鳥陣秘龍韜。錢唐八月銀濤壯，幾箇秋風慣弄潮。」

097

九月望，晨起，鏡中初見白髭，戚然有歲暮風霜之感。憶少年咿唔書堂時，私竊計較人生百年，得三十年讀書，三十年遊覽，差不至短氣。此等語每流布人間，而余茫然老矣。

098

《史記》不易讀，此中有五嶽四瀆，文章不曉血脈，遂入村夫子樣。余十年前手評此書，較少年時批註，如出兩手。會病未竟，水堂夜展宋元已來諸錄，大抵「血脈」兩字罕遇知音。因歎世間語句同條共貫如此。

099

庚戌，住梁溪寶安寺時，先師在且喜閣。一日，隨先師至高彙斾書齋，彙齋【點校者圈出此字，改：斾】出黃石老畫卷同看，有人見司馬溫公山水小幅，行筆細潤絕異，而石老畫筆亦前未聞。但石老作老藤昏崖，模糊遣墨耳。

100

黃山蘗菴兄昔同在研山日，自敘崇禎朝廷杖時事。實平時持觀音名及咒，力杖一下即氣絕，後都從冥漠中過。畢杖，經時而復蘇，所以得不死也。又自指生而膚如凝酪不受觸，言吾柔膚不能抵粗勞，而大杖生存，真不自意耳。又記蘗菴兄相進發同出坡，曰：“吾等柴在肩頭，政如新科第人插花馬上。”猶想見其語氣踴躍。

101

鄭桐菴壬子有詩寄我，托情曠異，于禪林衰颯時有大助發語。惜槀不可搜，不知其家集中尚可寫否？桐菴每相見，言不煩而情深，逝後五年矣。舊年寓紫石灣，一至其墓下，夕陽灑淚，爲倚樹更時。

102

王雙白於僧帳會下時，作詩感慨，自指其頂曰：吾僧廬許年歲，佛菩薩恩也。又吾弟子旨勝在硯山腳，適雙翁帶酒色至，忽長揖靈嵓主山神祝曰：“神其更容我方外否？”旨勝曰：“某見雙翁，此時真所謂旁【旁】若無人清脫。"學書貴此二字。

103

謂初學灑掃應對，何急於點畫？非也。須知灑掃應對，正是書法，即如西窗下茶㦬、竹根、爐排，當清楚便是字體。晉宋間人畫品好，祇是一靜，後人不及古，惟躁耳。所以宋四家蘇、蔡、黃、米而後，忌從米家問津。

104

"明日看雲還杖藜"，杜甫詩也。往見菰蘆中筆賈，名其筆曰"看雲藜"，或疑少切穎事。余言：此客大會心書訣者。夫學書要道，莫善於看雲，莫不善於摹古。其于古，莫得于晉宋人物，莫失于學唐，唐尤莫失於學顏真卿，自從古篆籀、八分入，而世人摘拾其膚，無不濁俗，可畏哉。一俗便不可藥也。

105

張司空謂："王朗學華歆，皆是形骸之外，去之所以更遠。"即此一段語，可得讀《世說新語》之法。昔人論《世說新語》文字學《檀弓》，妙在章法，不專在字句，然字句亦未易放過。大都唐已前文字，不似後人草草也。

106

今堪與家論龍脈形勢，其義透入文字，一縱一橫，山行水止。明者悟之，得文章之宗旨。示樵。

107

前人論："詩要句中有眼。"又言："作詩篇中要有句，句中要有字。"司空表聖言："詩取味外味"，此數語可深思也。示末。

108

此艷題也，詩貴雅。此濃題也，詩貴淡。此實題也，詩貴虛。此凡題也，詩貴高古。能悟此數語否？

109

詩忌辭鋒太露。徐惟和烱《宮詞》云："宮中無後望車塵，已分阿房老此身。縱使君王得相見，又應不愛白頭人。"又，"深宮長日閉蒼苔，恩寵於今念已灰。莫忘他生更相見，君王行滿不輪迴。"此二詩皆少風味。若此體遂行，風雅那復可問？

棟花磯隨筆卷下

明董說撰寫　烏程計發集録

已未，風雪中將行，偶寫潯上舊事數則，贈紀餘素爲別。

110

余四世祖時習齋先生，三字爲字亦特異，性簡淡，蔬水浩然，與古人相酬接，裡中學者叩其廬，必曰："謁時習齋先生。"問字，乃啓扉瀹茗。

111

趙長文先生言：朱文肅罷相，舟至吳門，長翁以故人往迓。纔相見，揖文肅首至地，笑而躍曰："吾幸已歸來此。"時閹禍方赫然耳。

112

耆舊言，先伯父伯念先生建言歸裡，一日，家集水竹閒，先宗伯謂伯父："汝從都門來，自有一時名賢送行文字。"因出呈屠赤水文軸，先宗伯閱之，蹙眉曰："文那無結聚？"伯父退，語人曰："此別一種論文眼。"

113

李九我館余家時，或傳其朔日必對策。又得朱提【按：即銀子】，遇雨霽，必出曬庭中。此近傅【點校者改：傳】致措大風致，語未全耳。而沈襄菴沈醉讀《宋史》，登假山頂大罵秦會之【按：秦檜，字會之】，忽促織躍出，捕得之曰："捕得老檜也。"又史鶴老坐讀書，解糉，舍蔗霜而蘸墨，頃之，會食於堂，駭其黑齒，各大笑。此二老為借菴先生師友書齋中實事，不同九我曬銀。

114

雲棲和尚曾寓南潯豆腐橋，不知尚有遺事可尋否？

115

長文先生家務前門，通水步翼，臨流小房。嘉靖年，水房有孤客，病垂死，夜自起汲飲，遇羽人步東匄【角】來，澹月分形，高冠雲衣，隨童雙髻。羽人震怒，誰何病？客自叙。童子云："師父救伊命。"羽人倒壺得丸藥一，曰："即合水嚥之。嚥之，神明洞開，可不死。"因就問，稽首曰："若某得再生，何處訪謝？"羽人笑語："定要謝吾，吾在洞庭山王太史家中堂。"後來此病客如言訪之，則見掛洞賓像，飄飄如與藥人。

116

報國寺久廢，僧南林斷一臂，誓還舊觀。先借菴先生爲作緣起，後鬱成樓閣。南林者，寺古名，其爲字所以誓也。余六七歲時，每新春及重九，借菴先生必命遍禮佛溪上諸院。至報國，則南公出，具茗果，其當年斷手則臘而櫝藏。與余坐少頃，語修復寺殿，出手臘，亦笑亦泣，其語態至今可畫。送余出寺門，余苦卻之。後回，余詣寺及門，南公輒指謂人曰："此郎最畏人門送。"余薙染後尚健，理院事沒數年耳。

117

分水龍王、墩龍王及儀衛像，嘉靖朝名手塑，如唐人畫。後來修飾爲俗工，浪益丹青，遂不復見昔人意度。可惜。

118

寄示靈玨

往在蘋州，過溪村，一禪扉幽曠，漁樵隔水，板橋、蓼影蕭然。周遭修竹，遇竹生孫，如簪立，如龍矯，見無不嗟羨者。余獨以爲有大虞，或問所以，則告之曰："此將有孩赤疾走板橋而跌，跌乃危絕。"逾月，此禪居果以鄰兒來摘筍，喧逐兒驚，渡橋而跌，幾溺死。異哉！

119

隨先師浮湘時，歸程以不及上匡廬，舟中鬱鬱病。一日，同隨侍江陰支石，晚立江沙面。兩人同見波上一老馬疾馳而渡，相去二三裡爾。支石有詩紀其事。

120

十年前，余在湖口村居，香穀來省，遇雨數日，因縱言義文卦畫，香穀大快，得未曾有衲子中第一能發明吾易學者！此子而惜乎其逝也。此時，香穀力稱天眉詩句有奇想，後一年始見天眉于雙林。詩轉缺。今雲舟已長逝，天眉又不能作山水浪跡人，苦守舊井，可歎。

121

楚中吳既閑昨又寄簡，速余爲江楚之遊，亦佳緣也。吾若便就此約，亦可得五七年重看湘雲。若結得先師花琉璃塪【塔】於南嶽頂，了此生一大願也。

122

今年寂寞孤苦，然草得《先師行錄》，便是小年譜，已謀梓，而春末復作先借菴先生小傳，文極不塵俗，又同言行略瘦。居士自傳刻布，不虛此歲月矣。

辛酉六月十七日，獨坐堯峰寶雲井畔，作此紙，寄門人董靈玨，可共靈壁玉蘭樹下讀之。

123

開元石佛載在典册，吾少往瞻對，神儀使人穆然遠想。乃近聞爲人塗金，可嗟恨削圓方竹杖何足道。若有好事人物，不惜數十金費，募人一解其膏布，脱其金裹，古佛面目重開，亦一奇也。

124

古書不可輕較妄改。近有訂《華嚴》訛字者，謂"旃檀"，旃不當從方，決從木，香乃木也。此言無稽，蓋"旃檀"梵語，不缺【讀】《翻譯名義集》而妄論至此。故識字一難事。

125

非字亦難識。蓋非、飛同一字。非是排翻之象，飛乃側羽勢，何曾別？而古六書有非鳥之非，又有非列之非，下非音排。如所謂緋衣，小兒語皆排音，非飛也，今都一例讀之。

126

吳中有一前輩，見山中大林木，必長揖曰："我敬其耆年。"此有深長意。【點校者題：續世説新語】

127

南中人戒飽食，故宋人送南遷詩文都反此意。近酷熱，熱死田閒四五輩，聞過半以飽飲水立死。蓋傷暑以通氣爲第一義，南中慮中瘴毒，即此意。又可通驗近日庸醫妄用人參之誤。

六月廿一日坐堯峰古柏下，熱甚，作此紙，寄靈玨來讀之。

128

寄紀素餘【按：當作“紀餘素”】

蘇州李灌溪侍禦余往與同侍先師大鑒堂中。灌溪之弟子往居官，親證得，因指其心云：“此中感應奇速。”

129

故人朱彥兼貧而自信，每厨煙不續，而夫婦相對營棋譜。卷石支門，竟日或來研山頂，領先師新語後，輒行殿西伣【角】。聞師僧吟誦發願文，必點首流涕，衣盡濕，至性如此。

130

郭些菴初來武昌見先師，及門先撞著寶雲，便慟哭。至見先師，伏地哭不起。蓋些菴先皈依我原兄和尚，此時先師爲哭德山浮湘，故些菴一痛心過去，一久離先師，而情不自禁也。

131

金孝章辛亥來研山晤余，涵【涵】空閣住四五日，語聯綿。孝章老後日抄異書，見相知必問：“有何可抄書？”作杜甫乞新絲態，真奇骨也。夜來夢孝章立松下，故作《松釪詩》，未足一句便醒。【善登案：“釪”字原本漫漶，校者定爲“釪”字，曲園

先生謂"釓"字不可解，恐實足［是］"針"字】

132

先師言，崇川張無妄先生，三十年冰心鐵骨人物，苦不肯隨人粥飯而飲酒，見人便痛哭無語，與語亦不甚答。

住船堯峰步曉申紙於寶雲井畔，作無阡陌語數條，便寄潯溪紀餘素，度一擊竹根如意也。石湖泛宅南潛。

133

辛酉冬寄示靈玨

楚中吳既閑品學高特，而發言舉止世以爲癡。前度寄書寶雲，都問北宋人文集。昨復從苕中收得江船上尺素，謂寶雲必無妄語，要我必一到竟陵，踐匡廬，舊日詩語皆累重，迴翔而不可已，把讀慨然耳。【"詩"字疑"約"字。】

134

天池久廢，此日有可復之機，而苦於禪林力之不逮。昨見吳門周子佩作一疏，述忠介先生臨難前感慨天池之語，及文湛持相國護法殷重之意。吳中古今有人物非他可竝。

135

記得壬午落葉時，與苕中同社遇徐昭法子勿齋先生舟中。此時，昭法黃色而贏立，後十餘年，見於先師坐中，顏色非古昨【點校者：二字亦移。按："古"可換成"如"字】。昭法喪耦後，身親井臼，見其憔悴不自持，而喜有佳兒相依，如好門人。

136

吾初至西山，默祝山靈，言我若終與此山有緣，幸迸出清泉惠我。二三日後，便親自撥出一泉，吾便作此詩記此事。後回記看也，此一段亦清雅可傳。【"記"字疑"寄"字之誤。】

137

書《滄溟詩集》卷首二則

辛卯二月病肺，夜不能寐，坐評於麟詩，篇篇穢惡，忽嘔痰數合，覺快甚。因念醫書治痰用瓜蒂散探吐，殊不若《滄溟集》也。不審岐黃家謂何如？

138

喜怒哀思皆良藥也。《素問》闡明此義，懸示後人，人用之良驗。評於麟惡詩，可以嘔痰。此理真實不虛。然驟語人多不悟，謂鄙人戲謔。昔友人有躁疾，余告之曰："君熟讀嵇叔夜《絕交書》，可以愈躁。"彼言："將杜門絕客，以承君誨。"

余曰："何窺不佞之淺也，豈欲若《絕交書》如嵇耶？叔夜此文音緩惰，脾家上藥。躁，腎病也，助脾之緩，潛抑腎經之躁耳。"【點校者：僕認此老未解談絕交者】

139

此余未脫白癸未歲所評也。余舊《史記》評本有三。一丙子■【點校者：當是年歲字。按：當作本】，最初讀《史記》，昧不知利害，妄評論。是冬，手録先宗伯先生評本，丙子本出家之前已焚矣。一癸未本，癸未自春至八月大病，病中評《左傳》，評《史記》，自謂較丙本有進。今覆視，真塗汙古人耳。一丙甲本，名《史記脈》，史記微妙在水脈，至此始決此論。論未竟而乞戒靈山，逐棄筆硯緣。故《史記脈》至戊午方閑料及，而至庚甲入月始竟也。庚歲春，離補船村雁影堂，時門人江屏、董靈珏不能忘余舊評，必乞癸未本子。余苦告以當時眼目，不足存，慮誤後賢，不若同丙本焚滅，而靈珏必欲一見。方有西洞庭遊，約燒燈暑夜，細抹定舊本，留寄靈珏寓目而即棄之，待他日看我《史記脈》定本也。八月十一日，漏霜潛病僧書此語于紫石蓑衣蓋。書《史記》卷首。

140

余癸酉補弟子員。明年春，掃墓光福，在丙舍，日斜，余欲往玄墓山。抵山近暮，欲留，而同行儒冠者必欲出山，遂不及一見先師翁三峰和尚也。師嘗笑語余：“你若甲戌春到玄墓方丈來，吾此時方作客司。你若有靈氣，未必不垂髫而聞道。”惜矣！又十年癸未冬，治伯母喪，展《指月録》，迷悶唐光陰于文史，何其不自愛也。癸酉後三十年癸卯，余首衆靈巖，掛搭天山閣。一日，在三峰老和尚銅像前，向侍者舉舊事，慨歎。

141

癸未，余刻印章曰：“夢史”，又方印曰：“夢鄉太史”。後十五年，先師命充書狀時，假寓溪村刻“潛居漏霜”四字印，又刻“鈍樗狀元”一印，或見之而戲，舉松雪“水晶宮道人”

對例，言"鈍榻狀元"整合壁"夢鄉太史"耳。今用"蕭蕭林下風珀"印，是先師示寂前手賜。而近復欲刻四字印"日月函船"，師甚思船居也。

142

辛巳年冬，烏程秋浦吳候謬以文字下交，而俗眼爲之轉。至癸未歲，偶吳候有所繩繩者，富客有戴星叩余門，語繹繹不可了，似欲余爲關説，解之而百金爲壽者。余時面發赤，罵絶之曰："去！吾學道未暇也。"此客出門，徧告市人曰："高暉生直是退財白虎。"後來人都以此見謔。明年，客前叩門作市道語者，秋遇桎梏，而復語人曰："白虎語有時可取。"

143

余癸未病多奇夢，有昭陽夢史刻《豐草集》，中冬作《徵夢篇》。舊在集同志幽遐之夢，名山方外，瀑花林彩，足以滌人。凡近者至庚甲二月，吳江計甫草投余夢牋數十葉，類唐人稗説，非余志所在，以此徵夢無成。余舊夢如石樓中七十二峰生曉寒，古隸榻真幽絶也。

144

生來讀書遇阨，椎髻入學堂，幸借菴先生正法眼，僅讀三日《大學》，而盡削註不讀。五内少澄潔，又讀《孟子》，至《離婁》便止，即先讀《圓覺經》，此大幸也。而余九歲，借菴先生捐館舍，從此書堂中如盲無杖，此小時厄也。後來，競浮聲文字場，錯卻無限好時日，不曾切實讀書學道，此癸未巳前厄也。癸未，因大病得閉戶經歲，數月評古書，差樂，惜正眼未開，只是村見識。若非三十年後轉身，大負卻借菴先生《圓覺》格外之訓矣。

145

　　雲間太史嘗言米南宮，雲以勢爲主。吾病其欠淡，淡乃天骨帶來，非學可及。内典所謂無師智，畫家謂之氣韻也。漏霜憶從童蒙至癸未，每自病其拙於書道，癸秋評史後，方有臨池意思。此時便悟草法，從在鐘鼎古文。然一落紙墨，便覺筋骨露，味短。或見之，以爲似米則大恥。平生不喜米書也，但終不解其手墨不合所見之故。又數年，稍知淡字，乃歎世出世間學問，無不成於淡者。

146

　　《素問》五運六氣法專責幹。癸歲多旱，余癸酉十四歲記亦無霖雨，更夏秋。癸未旱，紙龍蟠於市，市人戴雷神面具以爲祝也。癸巳，余初芒鞋參先師於硯山，夏亦少雨。癸卯夏，先師在金粟，余往侍丈室中，焦熱，思雨不得。癸醜，在梅谿石屏山，山田寶澗，落如玉液也。

147

　　癸未，夢堯讓天下於許由，由受之。又夢展古畫軸，乍身入畫中行。奇夢突兀，幽忽如許。但未曾夢伯夷斷西山薇肉食耳。庚甲八月，將遊西洞庭，湖中舟未至，坐石楠堂，雨後書此語。【點校者：何必作此語】

148

　　癸未，每喜看陳白沙語。白沙學近邵堯夫，有自得然，所
以去聖有間。此中深隱非久，在吾宗門不能分別也。往戊寅，
見社中張考夫批點《王龍溪語録》，遇稍直快，便與一大抹。旁
注云："禪讀書能自守，人僻守所見如此，可悲也。"余出家後，
與考夫及屠闇伯相遇于禾中楞嚴寺西偏，夜中細語世出世間同
異，而考夫終未釋然。然記壬午前，闇伯論一友人《魯論》題
義，云："如此作文，恐壞了心術。"蓋題是"視其所以"三句，
文用鈎深，近鬼穀家一種語耳。闇伯書卷中人比之天球河圖，
考夫信高特獨行，而惜乎讀書之淺得也。闇伯論文一段話可，
則考夫農書鵝鴨，皆部署有野味。

149

　　書齋寫聯帖，極要知語病。丁醜戊寅間，有苕上知交贈聯
在靜嘯齋，云："振衣千仞岡，濯足萬里流。"潯中陳茂老見之，
言此未到君語，須異時。此固陳翁未肯以塵外相期，然自作雲
霄之語，亦一俗。及癸未，偶得宋人一聯："出人意表發高論，
入我眼中惟好詩。"色紙隸之東西柱，此近矜炫無味，大爲語病。
後十年癸巳，寫雍陶語爲後樓下小軒柱聯："閉門客到常疑病，
滿院花開不似貧"。語雖風致，然亦自表，終語病也。

150

　　其字，本古文箕字。後用其作助辭，乃加竹而別爲箕也。
其有簸揚義，以簸得出義，以出得彼義，故其者，外而非内，

物而非我。余每言南宋儒林苦章句遺經，而《大學》無所不用其極，句中其字恐不曾識得著也。癸未，余讀書尚矜奇，是年亦擬作《洪範說》，幸已焚棄。當時知見可笑處，只是識不得其字爾。士大夫只要看得《洪範》清透，便不至墮在功名。自了中世間有三自了當除：其一功名自了，謂但自立功立名，而不從天下萬世起見；其一富貴自了，此鄙不足論；其一得道自了，得道自了者，吾法中二乘人也。佛菩薩、大聖賢乃識其字底人。

151

記得癸未上元前，一夕已昏黑，許孟宏過訪。丙申，芒鞋重上硯山相見水軒，孟宏容憔悴，孝酌亦在。孟宏逝已積年，昨登古堯峰，見孝酌書跡，僧言孝酌今年去矣。吳越間四十年前，同社無不凋落。舊秋沈介軒至雁影堂，稽首慶相見，亦笑亦泣。坐定言兩年前，撞著陳玉仍，已是雪白鬍子。今聞已化爲異物。庚甲二三月，有人從越中來，傳巢端明亦逝。余深痛此信。然余在楚湘，聞端明亡而哭之，丁未歸吳，而端明簡至矣。賴有此例耳。

152

《七國考》畢于辛巳冬。壬午風霜中，會葬婁東西銘先生，途中同嚴卜何、陳玉仍相期爲六經開山創作經學文字。卜何叫奇絶，將以此合七八同志樹立文體於江南也。余前作《文體策》一篇，亦展此旨。故至癸未，意思都在，開創又都在。實學而黜虛構，此亦進一步，但於學道眼未開，日對《易本義》，尚未能舉其謬，又尚喜漢人僞作緯候奇語，而於坡翁文字神通遊戲，尚河漢其言。癸未春首,創作夏殷文獻未成,又病中看宋元人詩,有味也,然了不曾作韻語。

153

　　紙墨陳言不足用。余癸未春,病心痛如怔忡,溪上一醫投丹砂數劑轉甚,後汗如漿至霑袑。歷二三月,忽遇一瘍醫,自矜能起諸贏疾,且言君不早投大補劑,必不救。因與參著諸疾藥,入口便煩壅,更夕氣欲絕。亟解以青皮枳殼之類得舒,而神損矣。往遇疾,必閔持訥藥之。而是春,持訥遠行,故再三誤。及秋,持訥來,診則歎曰:「果治者誤也。君病肝鬱,而心怦怦且自汗,彼乃以爲贏。」遂投越鞠丸,料五日而寢食如故。事皆如此,無正悟而妄執書本者,皆自誤誤人者也。

154

　　癸未大病時,勉加餐者言:「當造五香醬佐食。」余告云:「吾素結思五香,異於君指。吾生而手不曾著運算元,則手香。吾腳不喜踏自己一寸田園,則腳香。吾眼不願對製科文字,則眼香。耳不習市道交語,則耳香。舌不涉三家村學堂說話講求,則舌香。」明年甲申,棄諸生業,眼香增盛。而三十後方能出家,圓此香案,可不勉哉?

　　《棟花磯隨筆》原本終於此條。

附雜著

　　明董説撰　　　　　烏程計發集錄

155

跋韋蘇州集舊本

孫武小試勒兵，出宮人百八十，分爲二隊，以王之寵姬二人，各爲隊長，皆令持戟，令之曰：“汝知而心與左右手背乎？”婦人曰：“知之。”孫子曰：“前則視心，左視左手，右視右手，後即視背。”此孫子所示以所易知也。心與左右手背，雖婦人不學，習而知，此一知爲陣圖變化之總持。今棄知而言法，冠履倒易，論詩亦爾。蘇州少侍衛天寶朝，晚讀書學道，詩心空澹。試將孫武法參同，便得其用處。嘉、隆間一種風雅外道，樹盛唐之幟號一世，而詩風尚大傷。經高賢蕩滌，而餘毒尚染人。此不曉“知”之一字爲詩宗也。詩何曾宜濃宜淡，宜奇宜正？己未長至前一日，將離水村，潘喜曾前以韋蘇州乞論定。草鞋蹳跳，姑爲較量刻本同異，返之南潛記。

156

此佳本韋詩。世間有三異事：一唐朝移換次第，《史記》本昇老子傳，抑伯夷者是也。一張子韶惡親戚刪刻《橫浦集》，疑近佛法正見語，便遭削除。此人定前刦與周、孔深讐，不獨是子韶魔孽。一即近代謬刻《韋江州集》，令人絕倒。又跋。

157

答門人問詩帖

《剡溪野語》記司馬溫公嘗云：“登山有道，徐行則不困，措足於實地則不危。”余以爲此詩訣也。詩得安而後妙，未有不措實地而詩安妙者也。唐人去此七八百年，而續其言鮮采不退者，實也。範文正問琴理於崔遵度，崔曰："清麗而婉，和潤而遠，琴書是也。"余亦以爲此詩理也。今之爲體貌詩者，只有二欠，欠婉、遠耳。俗體爲不婉不遠之言，附名於風雅者，此冒狄家銅面具而自稱樞密使也已。且學詩大要必究禪宗，欲學詩而不究心禪宗，譬如夏禹治水而不本諸《洪範》，恐無水路。

158

華藏三十景題辭

名山水必有志。余絶喜看志，乃亦絶不喜看志。絶喜看志者，或搜岩壑之奇，或徵見聞之實，必志也。其絶不喜看志者，山水之結必不襲，襲則不名，名山水不襲而表襮。名山水之言都襲，故不喜與晨夕也。匡廬之勝在天下，而匡廬典籍蕪積而不可讀。惟得古遠公諸老一言二言，則無不清絶可讀者不襲也。元《茅山志》最高特，則張伯雨手眼超而筆墨淡也。夫勝情孤往，寓目閑托，孤則靈氣不根，閑則衆山自響，竹窗花開，無公三十景，殆如扶煙霏而上馳也。

159

評喜曾韻語

十年前同衲子行江山冷曠中，語及文字緣，吾主一"閑"字。或問文字所以能閑，吾復拈一"出"字。夫昌黎、東野之詩于唐人紗於出，而不知其紗於閑也。司馬遷叙述紗於閑而不知其紗於出也。喜曾懷抱出而能閑，其作韻語，歷歷落落，無一毫塵轍，吾不測其所詣。

160

又

語言文字之妙，要吐露得盡，其進一步，又要吐露不盡。拓其詩思，要兼攬竝收，不存界限，其進一步，存心洗削。喜曾善其機，何必前有古人也。

161

書卷尾

八月得雨後書《研北雜志》數條。憶辛丑初，領古堯封院首，秋遇大雨，草樹盡靡，余易草履，隨數衲子撥寶雲泉側石道，登妙高峰，放眼雲濤。歸丈室，作行隸一段，自喜筆墨有雨色。後爲人書扇頭，每作此體，謂之“快雨格”。相望十七年矣。深村孤影，筆墨枯槁，快雨事同展，情非昨。

162

評喜曾詩

庚戌冬霜晴，浮艇西洞庭山腳，峰峰翠點，出没寒濤中，驚喜都忘愁困。今日赤日炙人，見此數首忽掇出，當時寒翠參差，甚奇。坡公謂少遊不可使閒，遂兼百技矣。若爾，喜曾亦那閒得？

163

評子深詩

微雨止還作，江屏來，袖中悉索聲，問之，子深詩槀子也。余手而未讀，輒言：“子深應細看梅聖俞詩。”坐良久讀竟，更語江屏："子深應細看梅聖俞詩。"往住梁溪寶安，一日有衲子問話室中，余曰："何不讓山僧一答你話？"衲子愕然，久之復理前問，余置之。子深靜中試看是何道理？眼光透此關者，吟事細不足道。

164

又

元人傳：客有身至清閟閣者，見倪迂方俯小池，注目青藻中，舉頭見客，客就問畫訣，迂曰："僕于水角涼雲影有箇入處。"子深歲寒過水堂，拈此爲贈，以當詩評。

165

評子深文

敘述文字其大用在轉，節節轉則節節變化不滯，惟轉則能閑。古今文強弱在此一字。凡世間出世間語言文句，有內外二轉法門。得其從外轉一門，則空靈舒卷矣。

166

跋趙松雪書《秋興賦》

世率言詩法唐、書法晉，比於川之必流，嶽之必峙。然詩之法唐，爲其近於風也；書之法晉，爲其足於韻也。今以浮聲排比，無唐以後字面謂之唐詩，而囊盛王著《樂毅論》等贋帖，名之曰晉，不知晉唐之人何辜也！松雪詩分不及書分，書分不及畫分。詩爲唐使，而書不失韻。宋、元人唯雲林子詩、書、畫三事竝超。詩度意於字句之表，書無巧僞心，其畫品爲逸品。

司馬遷爲西漢文人第一者，逸也。戊午六月連日毒熱，乍得風，大韶喜，曾過水堂，大韶出所藏《秋興賦》覆閱。初見之四年前矣，余坐久，歎其用墨蓋古品，畫者或有筆而無墨，或有墨而無筆，書道亦然。然用墨亦難矣。往十年前，丙午隨退翁先師湘浮也，秋暑離德，山暮江淡，綠盤坐帆，竿底商略湘煙。先師曰：「汝試拈一字爲煙髓。」因進曰「涼」，先師曰：「此亦煙之質也。」又拈一字曰「素」，先師曰：「此煙之色也。」最後一字曰「矯」，先師曰：「此煙之神矣。」不矯不超，不超不貴，可移以言墨法。

167

跋華氏刻韋江州本

幼時讀書喜馳，驟見《文苑英華》舊刻，每夾注云「集本作某字」或云「某本作某字」，增損異同具在，苦其煩，視如砂礫。晚乃伏古人慎重之意。蓋古書刻新，舊本有倒一字而雅俗天壤、有失一點畫而古意蕩滅者，校書不可輕改。如此讀末後，光風霽月。一跋所言，今刻再參諸本，就其長者從之。又曰：不容不以意裁之，皆近代刻書之陋習，蔽人聞見之俗學也。須善本對校，夾注乃有功蘇州詩。戊午芒種日，從大韶借此本，後二日，大雨中記。

又曾見前輩言，某部書是坊刻，不當收。收書必舊本，此至言也。南潯又記。

168

與大韶

山僧嘗謂，蒙卦義最與宗師機用合。其初筮，告而不許，再三即用。蒙而不用，明之旨也。若能簡《燈元參同契》貫通其義，不妨千門萬戶，畫地成圖。先引其端，俟相見，傾盡讀書。每患不能深，疑藉觸眼不放過，自然雲廓天布，不作宋元已後騎牆傍戶之見。嗣輔之說，清微可繹也。昨浪老人一冊尚未是其極，則浪老人小本著述甚多，有極可助用心者，大抵此種關格，亦貴出格，有警拔而忌太畢，緣枝葉太繁，亦引人膠滯。漫及之，桐菴易亦集古耳。並來書八種，暫留三，兩日後完架上也。花藥分拈，謝不盡。

169

堂名貴淡古而有遠旨，若典核而近迂板，華采而近雕刻，皆不取也。

170

易學至今日，如不吹之灰，而高明沈入如許，幸甚相見。後兩日，作鬲間滯昏昏睡耳。卦律圖若附爻象在書下，方灼見，如左右銅虎符，覺漢唐已來雕刻，傳會真如捕空捉影一快事。從復姤起，此自主卦之本數耳，寫律圖還從《周易‧序》，卦始於乾坤，以《周易‧序》，卦爲經，而有各易圖爲緯，八面爲首，自如來主體中作惡，似有暑氣。前分我庭中藿香二根，苦藁盡得，便中再分一窠，或摘數十瓣葉，來醒我病思。並及，看卦律外，更細看用九，所以通變化，《周易》之大綱也。又，前人都未措意。

171

評大韶詩

乍開看，語大韶云："詩欲鮮，鮮從新來，新從實來，此都出自然，則靠實矣。"又云："實要在神樓變幻。"

172

此一種氣味，乃南朝人著述筆意，最是詩品之幽貴。昨見庭中風霜中寒條晴翠，得七字云："十月藤芽放小紅。"言生意發揮不盡也。移評此數詩有合處。董思老云："書家以險絶爲工。"余以爲，書以淡絶爲主，詩法亦然。吾昨贈大韶別字，餘素齋得此意，作詩轉淡、轉天成、轉逸、轉風采，乃到故人地也。

173

題船子圖

石湖泛宅者，寶雲自名其舟也。辛酉夏五，泛宅之始，朔後十日，漁路微雨，寶雲生有舟居之癖，則聽雨也。聽雨奈何？聽非舟居，凡近舟聽雨，古聽非舟居，猶動也。舟聽雨，靜聽非舟居雨色，俗舟聽雨綠，綠則涼，涼則遠，惟涼與綠通視於聽，其微乎。泛宅之始，得雨而未快，其後雨連日，聽乃大快。六月住船，堯峰得苕上紀子餘素，馳寄《舟居聽雨圖》，而寫石湖之雨甚悉也。計圖之成，則在泛宅之前五閲月矣。吾聞得法妙於象外者，機握其前定。圖中人能聽未來之雨乎？抑圖之者能見未來之聽乎？必有辨析之者。

174

跋陽明先生書跡

往十四年前，與補山堂些菴司馬別於黃鶴樓之下，補山書惠崇《煙雨蘆雁》四句一幅。斜日坐船窗中，自言舊時遺墨苦煩熱，從吾一隙窺學道阡陌，而書法覺勝，舉墨點乃涼，夫以涼言墨妙，此漏霜積年意中語也，而忽然被郭家頭陀道破。後二年己酉，在堯峰湘雲館先師退翁和尚命余行隸題名畫額，先師熟視而笑，因曰："汝以《雪竇明覺語錄》比後來《楚石琦〔語〕錄》何如？"對曰："二者高下了了，豈得相提論耶？"先師曰："此兩家高下安在？"曰："明覺凝，而楚石走也。"先師曰："然書法故不可以走也。"庚申二月，在鸕鶿溪艇子上，見陽明先生書跡，念先師所評一"凝"字，及補山堂一"涼"字，皆書苑未發之秘。而陽明此帖具有之。舊吳釋南潛題。

175

簡喜曾

若以空天下之眼目，讀破震旦國裏難讀之書，而忽於意想不及處，拈得出西土聖人印子，將六經諸子百家印住印破，惟我欲爲，此漏霜病僧所望于喜曾者也。昨得韻語本子，轉見高懷曠然，筆底浩挾江河之氣，開風雅之面，非喜曾所應駐，而亦不能不爲喜曾喜。漫點還喜曾，喜曾勿怪其恣。

176

評喜曾詩

若使性情外有文章，則心外有法也。作野外語，得此意佳；

作惻愴語，亦得此意乃佳。吾己未、庚申兩年都寄身山水深處，遇人巧境界，便令人意塞；遇天成境界，便神開，乃洞然從上文字之關鍵也。辛酉正月尾嘉禾道中，展喜曾此卷，附寫舊懷一段。

177

相人家子弟有法：一曰愛佳山水，二曰嗜古書畫跡，三曰不取世間榮祿，四曰不妄發論，五曰與漁樵伍不愧。此謂五福，反之者不祥。

178

溪堂蕉影中，客有持坡仙草書《醉翁亭記》卷子來，點畫沈拔，時作涪翁意度，殊不類平日。又枝指生《雜書》一卷，贋本也。

179

凡看書畫，毋先持真贋，在視其意趣所在。曾遇宋人贋涪翁書，亦富有思致。

180

丁酉寒食後五日，賈人持唐六如《臨閻立本學士圖》，神采煥然，末有技【按：枝】指生題語，出言殊有根本，但筆力小懦，未是祝家得意書耳。

181

《偃曝談餘》云："李伯時未識山谷，畫王右丞像，正與山谷同，但多髯耳。秦少遊藏一右丞像，亦甚類之。晏公一日見韓愈畫像，語坐客曰：'此貌大類歐陽修。'夫永叔爲退之後身，魯直爲摩詰後身，二公根器清，故出世皆自不俗。"此眉道人語也。余往年客靈巖，遇一廬山講師，歸而得《石雨和尚語錄》，卷首有道影，則宛然廬山講師也。又少時，見鬻書人絕似學士像中許敬宗，人亦未可以幻影上定高下身。

182

跋四言律冊子

往作《漢鐃歌發》，痛古音之墜地，每掩卷泣數行下。曉寒樓雁聲中，與靈壁論《易》，至《震圖》律序，自秦已下絕見聞，輒相向慟哭。非古之傷心人，不解此中腸斷處。往年風雪中，同彥兼坐飲光樓，余縱論樂府源委，手疏王子喬諸曲，彥兼苦嗜我語，至忘寢食。今彥兼長往矣，讀四言律諸名作，思彥兼，心如割。已亥臘月望後二日楓巢書。

183

七月大雨後書示村

讀書貴自己有悅樂處，有獨斷處。初入手，未必悅樂之得，當獨斷之無譌，要引得非同飛揚氣。槩於墳曲中有不能自已之意，則後來積數月漸深漸老，若一味泛浪，體統那得膠漆入也？

184

學第一在篤信，則不畏非笑。世人往往負才氣不能就古矩者，祇是經不得俗眼一笑，若件件向時人問可宜，亦決非讀書種子矣。

185

《中庸》素位素字，定不是唐宋儒林窺測得。昨大雨中，與裘夏語及真學，九天之雲下垂，四海之水皆立也。

186

《張子房傳》作三段讀。博浪沙是一段，看如許人應讀何等書作，何等鍛煉。他佐高祖定天下是一段，看是意氣，是學問，是在事內，是在事外。從赤松子遊是一段，看是避禍，是中心所安。古今功名人決應如此了手否，若板執範蠡、張良爲末著，則周召是不知止人。此等宜深思之也。

187

讀書自受用，三昧在一"緩"字。寫字一筆不澹便俗，作文一筆不拔便穢，只是不肯求俗人贊歎耳。天下事未有俗人贊歎而能千古者也。

188

崇禎戊寅，弔吳門徐氏，遇若木先生。白鬚紅頰，自是鶴背人。是日至長倩范先生書堂，先生方書板作"漏月"二字，甚自矜，坐中論文，誇《左傳》之有神，雜以綺語，終不作老翁態。前輩風流漸遠，一點墨豈易見者？丙辰之秋，寓水村，靈珏持此冊來，南潛記。

189

　　先借菴先生每品題翰墨，提著"新安大賈"四字，作書苑儈父目；而評人詩卷，或云"百穀體"，或批"兩字頭"，皆指惡詩。潯上王生者，業醫，從先人問草隸法，教且看八分古帖。月餘，王生作八分體一紙呈先人，先人笑曰："吾不教汝寫八分字。"後王生小得草隸路頭，有舊存《餘清齋帖》在珏書籠中，七日持至補船，中元前三日，珏復寄此冊，感遺訓之未忘，傷古學之欲墜。南潛謹記。

190

　　與珏行者

　　世界浩浩，無一事可憑得，只有三寶是的的可倚之一座須彌山。佛菩薩慈憫眾生一願，是可號呼望救之一條路。佛祖所垂之言句，是決定不賺人之一種上妙良藥。捨此無可經營，捨此無可冀望。大雄羸疾，其生來清順，自然得漸平安。病中可令專心念觀世音菩薩，須注想菩薩慈悲，心想念之不已，不自知其病之去體也。此決定神效之方，切行切行。大雄病好後，決當飯依之寶。在家修行，作出世風氣，此可以養壽命，此可以永家學，此可以發揮自己長處，此可以立身天壤，不虛度一生也。至望至望。

191

跋震川集

《震川先生集》己未冬十一月八日論竟。震旦國山川三大幹龍，北龍從幽冀之背，行注鴨緑江入海。中條河流南潯、長江，各以其方方【點校者：有誤】入海。漢武帝朝，齊人延年上書言：“河出崑崙，經中國，注渤海，是其地勢西北高而東南下也。可案圖書，觀地形，令水工準高下，開大河上領，出之漠中，東注之海。如此，關東長無水災。”帝壯之，報曰：“延年計義甚深，然河迺大禹之所道也，聖人作事爲萬世功，通於神明，恐難改更。”余觀延年所持説，將透穿中幹龍入北幹龍矣。而武帝報辭秉大禹度，正言煌煌。余曾考定《洛書》從五至九，從一之四至宮數，而信錫禹《洪範》九疇非文字緣飾語。一是北幹龍出處，六七八是中條黄河行度，二三四是江行首尾。九一之貫，脈理淵妙。一八之比，水土相宜【按：似作“宜”】。衝激排盪，顯剖伏聯，非古神聖洛義不傳。惜無震川眼目，不復可澄此理耳。震川水利書是本領文字，馬政是其隨流得妙。偶念世界中憂患無窮，人生汩汩生死，其强健走地上者，又更以水旱諸災惕蹙眉。何已？時也。以先生最留意河渠，故附此段語於卷尾雲。南潛記。

192

跋歸震川先生未刻稿

丙辰初夏，鴻侍從吳門返東石澗，得崑山新刻《歸先生集》脱稿一卷，新刻以詩字異同，大負議於一時。金孝老爲調衆口，乃得刻竟刻【按：刻字冗】。余尚未獲全本也。秋至水村，靈玨來侍，偶及書船中新得《震川遺稿》，即索看。有一二篇已見新刻，卷中有一二小記，文甚奇，罵得王元美耳。九月廿五日病中，日影在殘書面，漏霜南潛書示靈玨。

193

跋未刻稿書齋銘

山谷作書，與屠牛之機相直，古今人不大相遠。觀震川先生文格深靜，類見道者。三百年來，詩之蘇門，文之震川，以神韻勝，非高才浩學之所得與也。題此時九月病中，補船之聲挾風雨。

194

八月大盡，觀金粟回嘉禾石佛路上，撞棲巢底漁父曰：端明氏三十年來舊遊也。西風白日，執手長歎，結矮屋楓樹底，夾路雜花，花磊落幽詭不盡，名麂眼籬，九疊。籬盡得石廊，廊盡得樓，容膝書軸雜陳。香鑪、鏡盦、徑寸小合、大盤盂，皆刻匏也，巢父自手製。語古今事略，語文史，諦視都無矜奇。語匏合，輒自喜。明日別去，贈匏種子四，裹香櫞八，珊瑚蕉二，眼中少見如許人。有二子，長亦生戊寅，淵厚有古骨，能讀古吏【點校者：史】，有千百世想，不惟長謝風塵，都不知人間語。白兆歸收齋米，寫寄此段，可兄弟長想見茲人。九月八日，堯峰細雨中，手字示靈璧樵。

195

壬辰，坐靜嘯後小樓書堆中，夢行寒瀑，聲動林木，芴見七尺許石，刻威絲二草隸，筆勢如奇鬼搏人。醉後展《王右軍思想帖》，作數百字記此夢。庚子立秋前三日，從補船至靜嘯復展此帖，慨然。楓巢潛。

195

與江屏

四月望前，寥寥隔水，同意況靜中要把先輩道學書作晤對，則氣味自然不流俗，所以昔人以少年看《世説新語》，便謂非讀書正格。蓋世間出世間，日夕用心，畢竟要在自己本分中踏箇實，方如水有源，木有本，一切獵華釣艷，俱是後來流弊。有志于學古，有志於振起家聲，決定從經史正學問上留心，處處須與性情關切，方能始終本末，全副確當，不負男兒讀書一番也。我舊冬大病中作一剳，頗露此旨，而語意尊題太過，見汝回字尚少，曠然於我言，故此番又自下注腳也。只如作古今文字，其機軸亦同，其本領亦同。第一要在做人上論得切實，則出言自百發百中，古大作家如韓，如歐，亦多如此説，非我創論也。又學問之正路決，定要在經史上著力，如農夫之力田，非此便非正路，不可不思，不可錯走路，此教後學第一訣也。

196

讀書敦行是在世上過日最要講求底事，不可隨俗人言語，只鹿鹿過了，後來懊悔無及。一切便於目前者，決定於身心性命無一切當處。靜夜思之，靜夜思之！我除了六年，五十年讀書，而今在靜冷中，方有真正讀書眼目。古人道讀書之味，此一"味"字極妙，當細細體貼。我若不將身心費在十餘年舉業之書，後來成就豈止如此？汝不可不爲前車之戒，自家克己，並以教子孫萬萬不可習舉子業【點校者評：亦似我見】，以枉喪光陰也，墮其家聲也，凋其前慧也。不可不警，不可不勉。《大慧語錄》該細看，閑時看得兩段，於身心有脫然處，便是進步。世上事再無了日，家裏語再無清日。學道看透生死要緊也，洞山初見，雲門放三頓棒，一段因緣好人路在。《指月錄》可翻書看，看透了到西山來，舉目天風海濤，豈不快哉？【點校者評：野】

197

　　讀書自立，政在艱困時節，古人都如此。爲人必看古人作樣子，莫凡近，一凡近，莫苦不過耳。凡有疾病，不可令庸醫喫補藥。要事有病不可解者，只一心念觀世音第一好，遇有意思人物，只先令他看古尊宿，好開示言句，不得先將俗學問塞得滿肚無用。

198

　　寄語珏居士：汝既篤心欲書，八分帖送與作小隸，非金石古文，入門便歧路，此從上堂奧也。夜有新秋意，漸可親燈火，我忽忽思遠行。

附錄二
文獻翻譯

"狗尾"（A DOG'S TAIL）的意義：《續西遊記》的評論

白保羅

華盛頓大學

　　《續西遊記》（《西遊記》續書）是與七世紀玄奘與他的徒弟去印度的傳奇旅行相關的四大傳統中國白話小說之一。《續西遊記》在中國或其他地方鮮爲人知，直到 1986 年有兩個排印版本出版。正如它的書名所表示的，這是一本《西遊記》的續書，雖然它究竟依據的是哪個版本的母本作爲底本仍然存有疑問。《續西遊記》有一百回，説的是玄奘和他的徒弟們從西方極樂世界返回中國的歸程。

　　儘管《續西遊記》高度仿效母本，細讀文本能夠看到作者即使在狹窄的續書範式限制之下，仍有意味深長的獨創性。在西遊故事傳統中，這是唯一一部諷刺對西方讀者來説最熟悉的人物"孫悟空"的作品。孫悟空因爲沒有遵循作者認爲正確的基本佛法而被奚落。這部作品助長了一種中國傳統文化中獨特的理性的消極。與此相關的還有對寬恕的突出，這也是文學傳統中少見的對於主導互惠理念的強調。

《續西遊記》（《西遊記》續書）是與七世紀玄時奘與他的徒弟去印度的傳奇旅行相關的四大傳統中國白話小說之一[1]。這四部作品分別是：《西遊記》，通常認爲是 16 世紀時吳承恩所作；《西遊補》，爲董說寫於十七世紀早期；《後西遊記》，可能是十七世紀晚期的一名匿名作者所作；以及《續西遊記》。

這四部作品中最不知名的就是《續西遊記》。在許多中國小說和中國文學的正史中，《續西遊記》會被提及，但是很少在現代被看到。舉個例子，魯迅在他的《中國小説史略》中提到它，但補充説他沒有見過這本書[2]；劉大杰在他的《中國文學發展史》提到除了《西遊記》之外，明代還有一部續書叫做《續西遊記》。但他同樣緊接著補充他沒有見過這部作品[3]。根據這兩位大陸學者的研究，《續西遊記》從未在中國或西方的圖書館中被找到[4]。一些對傳統中國小說有興趣的學者花了很多年嘗試找到這部小說。1928 年，鄭振鐸在蘇州找到一部複本，1933 年他在北京再次見到了這部作品。在幾年後的一篇文章裡他寫道：

1　這是一個粗修的論文版本，1990 年 10 月 27 日發表於西雅圖美國東方學會西部分會的一場會議上。向爲我提出改進建議的人們表示感謝。

2　《中國小説史略》（1923，香港：新藝出版社，1967），頁 175。

3　《中國文學發達史》（臺北：中華書局，1962），2:287。

4　張穎、陳速，《古本西遊的一部罕見續書》，《續西遊記》，（瀋陽：春風文藝出版社，1986），頁 778。據我所知，這是《續西遊記》在中國境外第一次出現的正式研究成果。

《續西遊》則極爲罕睹。我求之數年未獲。五年前，嘗在蘇州某書店亂書堆裡，檢獲一部，系嘉、道間所刊之袖珍本。……歷經大亂，此書遂失去。到北平後，又遍訪諸書肆，皆不能得。終於松筠閣得之。版本亦同蘇州所得者。[5]

據説這是二十世紀真正見過這部作品的學者的首次記述。

《續西遊記》鮮少獲得關注，學者提到它時，評論也都通常是負面的。我舉兩個例子。1715 年，劉廷璣曾在他的《在園雜誌》中評論《續西遊記》。在討論了對著名的長篇小説寫作續書的作法後，劉廷璣對這些作品做了評價，他寫道：

如《西遊記》乃有《後西遊記》、《續西遊記》，《後西遊》雖不能媲美於前，然嬉笑怒罵皆成文章。若《續西遊》則誠狗尾矣。[6]

劉廷璣不是唯一一個對《續西遊記》持有低評價的人。附在清朝初期《説庫》版中的《續西遊補雜記》的作者，對《續西遊記》也有相似的評價：

《續西遊》摹擬逼真，失於拘滯，添出比丘靈虛，尤爲

5　鄭振鐸，《記一九三三年間的古籍發現》，載《中國文學研究》，第三卷。（北京：作家出版社，1957），2:1373。轉引自張穎、陳速。

6　《在園雜記》，引自《遼海叢書》，收入於《近代中國史料叢刊》。（臺北：文海出版社，1966），3:20。

蛇足。[7]

在此我想表明的是，這部小說雖然被輕蔑地比作狗尾、蛇足，但仍然在兩方面很有意義：首先，《續西遊記》就西遊傳統的歷史提出了有趣的問題；其二，在對待猴子這個人物特點的方式上顯示了它的内容是獨特的。

目前有兩個現代排印版本的《續西遊記》存世，有 1986 年遼寧瀋陽的春風文藝出版社版與 1986 年江蘇淮陰（譯者案：南京）的江蘇文藝出版社版。這些版本的校點整理者提供了增補的材料，可以幫助我們理解這部作品的歷史價值。除去《續西遊記》文學價值的問題，這部作品特有的存在價值對整個西遊傳統提出了重要的問題。

瀋陽版本由張穎、陳速整理，在附加在重版作品中的一篇很長的文章裡，提到他們多年到處尋找這部小說[8]。1980 年，他們在上海私人藏書的罕見集錄中找到了一個複本。1983 年，他們在天津圖書館找到了另一個複本。根據他們提供的資訊，鄭振鐸 1933 年找到的複本現在藏於北京圖書館[9]，另有一個不完整的版本現在藏於首都圖書館。這樣張穎和陳速所見有三個半版本。他們相信所有這些版本是在同一家印刷機構出版，即漁古

7　《續西遊補雜記》，收入於董說：《西遊補》。（香港：商務印書館，1958）。頁 9。

8　這則以及以下相關資訊見張穎、陳速《古本西遊的一部罕見續書》，頁 778–799。

9　關於這個判斷有一些問題需要提出，張穎和陳速相信鄭振鐸的複本是同治（1862—1875）版本，但鄭振鐸自己聲稱這個版本是嘉慶道光年間的。張穎和陳速似乎沒有意識到中國有 1805 年版本的存在。這個版本由下文提到的 1986 年淮陰版的校點者路工發現。看起來鄭振鐸的版本和路工發現版本是一致的，而不是現存於北京圖書館的那個版本。

山房，問世於同治年間。一個版本始於 1868 年，另一個則是 1871 年。顯而易見的是，張穎和陳速盡可能地嘗試忠實於 1868 年的底本再版[10]。

南京的排印版本由路工、田牧校點整理，在前言裡，路工告訴我們他見過的最早版本是 1805 年的，他再改版的是根據這個刻本。對我們而言不幸的是，這個重印本是一個將原作嚴重刪節的版本。路工聲稱他和田牧刪去了"很少的一些空洞無物的教條式玄理"，他們認爲這些內容很難理解，刪節以使他們的版本更加具有"可讀性"。路工同時表明，他和田牧認爲小說弘揚佛法的努力是錯誤的[11]。因爲無法看到這四個文本中的任何一個，不全的現存清代文本也沒有見到，我將使用瀋陽版作爲以下討論的文本依據。

儘管在十九世紀，最早的現存版本都已經出版，但很顯然這部小說或者說至少有同名的作品在更早的時間就已經存在。袁文典在他的《明滇南史略》中參考了《續西遊記》[12] 提供的信息。因爲袁文典的這部作品寫於 1799 年，説明《續西遊記》一定在當時就已經流通。更早的説法則是見於劉廷璣的之前提及到的引用。劉廷璣生於 1653 年，在 1715 年寫作《在園雜記》。通過他的評論我們可以確定《續西遊記》在十八世紀早期就已經流通於世。

關於《續西遊記》的作者身份問題，張穎和陳速給了三種

10　舉例而言，他們反覆指出文本錯誤以及空白處添加的部分字跡難辨。

11　路工："前言"，《續西遊記》（淮陰：江蘇文藝出版社，1986），頁 1-4（分開的頁碼）。

12　《明滇南史略》，卷 1（五華書院刻本，1900）。引張穎和陳速，頁 783。譯者校，擬爲"明滇南詩略"，雲南：五華書院，清光緒二十六年（1900 年）。

可能性。首先，這部小說可能是季跪在 1642 到 1716 年的某段時間寫成的。季跪是毛奇齡（1623—1716）的朋友。在他的《季跪小品制文引》中，毛誇獎了他，特別提到了季跪的《西遊續記》。張穎和陳速引證了這個説法，隨後提出問題：這裡的《西遊續記》和《續西遊記》是同一本書嗎[13]？如果是這樣的話，《續西遊記》成書要至少提前到明代或清初時期。

我已經指出了袁文典曾提及《續西遊記》。在這個來源裡，袁文典認爲蘭茂是這部小說的作者[14]。蘭茂的生卒年是 1397—1476 年。如果袁的資訊是可靠的，那麼《續西遊記》在明代早期已經完成。

第三種可能性是《續西遊記》和《西遊記》的作者是同一個人。《續西遊記》由某位"真復居士"作了序言。在文章中，除了別的以外，真復居士誇讚了母本的作者，認爲在描述世界的荒誕性上很有技法。真復居士隨後加了一句"繼撰是編，一歸產削"[15]，令張穎和陳速認爲這是可能的依據證明《續西遊記》和《西遊記》的作者是同一個人，他們似乎是認爲這句話的意思是，"他隨後繼續寫了這本書，以至於一旦回歸（到佛教），所有的東西都消除了"。[16]這裡的困難是，在中文裡"撰"（寫）的意思是模稜兩可的，以及這個句子也可以簡易地理解爲"其他人隨後繼續撰寫這本書，以至於一旦回歸所有東西都消除了"。

13　張穎、陳速，頁 783-784。

14　見前註 12。

15　真復居士，"續西遊記序"，《續西遊記》，2（分開的頁碼）。

16　張穎、陳速，頁 788。

通過對《續西遊記》的文本細讀，我個人認爲這部作品的的作者和撰寫流行的吳承恩版本的作者爲同一人是不太可能的。兩部作品叙述風格的不同，使得很難將之當作嚴肅的可能性來考慮。此外，正如張穎和陳速指出的，兩部作品之間有數不清的内容不吻合之處。最嚴重的問題是我將在下文中所指出的一點：續書作者直接表明了對於母本許多問題的立場的反對。

哪怕同一個人寫了母本和續書，一個重要的問題仍然存在：究竟哪一個文本是底本？《西遊記》的文本歷史非常複雜。十六世紀末至少有三個流通的版本：一部爲吳承恩所作，兩個較短的版本分別爲朱鼎臣和楊志和所作。

《續西遊記》這部小説早期明代版本的存在可能性導致了一個有趣的問題的産生：是不是有可能《續西遊記》是西遊傳統中一個早期版本的續書，而這個版本今天已經不存在了？張穎和陳速提出，《續西遊記》可能增補的是假定的、常討論的小説古本，學者們相信，這部書的殘本在十五世紀的《永樂大典》和十五世紀韓國的讀本中可以找到[17]。如果《續西遊記》是一部明代早期的作品，它的存在正好可以對早期的西遊傳統提出一個重要的問題。

我們轉向《續西遊記》的内容。這是一部一百回的長篇小説，説了玄奘和他的徒弟們從西方聖地回到中國的返程之旅。熟悉吳承恩版本的讀者可以想起取經人很輕鬆就回到了長安，因爲他們飛回了全部的路程。整個回程之旅寫在書中第 99 回，

17　舉例而言，參見杜德橋《西遊記：十六世紀中國小説祖本的研究》，劍橋：劍橋大學出版社，1970，頁 52-74。

他們唯一遇到的困難是被通天河的大白賴頭黿丟到了水裡。這次水難作爲取經人最後必要的一難而存在，以使註定的八十一難得以完整。在《續西遊記》中，西行之旅上已經遭遇八十一難被反覆提及 [18]。此外，雖然在續作中提到了穿越通天河，但沒有提到被老黿丟入水中的情節 [19]。

續作開始於玄奘和他的徒弟們在歷經漫長艱苦的旅程後計畫抵達的佛家西天。如來佛認爲當取經人帶著珍貴的經文回到中國時，他們需要一些特殊的幫助。所以一位叫做靈虛子的非佛門弟子和一位叫到彼的和尚被選擇當作保護者、副手和監護人。

在小說的第 3 回到第 99 回之間，小說通過三十三個事件的內容描述東回長安的旅程。這段取經之路重複回到了他們西行時經過的地方，他們也常常遇到之前遇到過的人和妖怪。接著與母本相似的章回形式，不同的是經文此刻佔據了敘述的中心位置。有別於要吃掉或色誘三藏，妖怪現在想要將經文佔爲己有。徒弟們的角色因此從保護玄奘向保護經文的任務轉移。在第 100 回，取經人順利完成朝聖之旅，向太宗皇帝呈交經文時，接續著我們熟悉的母本的故事，他們被帶回靈山，在那裡被晉升加冕。

我們還可關切在這部作品中對待孫悟空的方式。取經人一見菩薩，這部小說的主題就彰明了。三藏和他的徒弟們被分別提問，以檢驗他們是否適合託付珍貴的經文。四人中只有孫悟空沒有通過菩薩的考驗。三藏展示了自己神聖、志誠、純潔的心靈。豬八戒和沙和尚的回答也令菩薩滿意。然而，在回答菩薩的問題"你爲什麼求取真經？本何心而取？"時，孫悟空回答：

18　參見，舉例，《續西遊記》，頁 264、644。

19　《續西遊記》，61-63 回。

　　弟子想當年生自花果山一塊石，乃天真地秀，日精月華感動所出，今日取經蓋爲報答這蓋載照臨之恩。若説本心，弟子一路來隨著師父，降了無數妖魔，滅了許多精怪，皆虧了弟子這心中機變，便是機變心來取。[20]

　　菩薩對他聽到的回答非常驚訝。想要報恩的心願可以接受，但是孫悟空關於機變心的話很危險，因爲這包含了欺騙。孫悟空因此被認爲不能勝任護送經文的任務。

　　因此從小説的一開始，孫悟空看起來正需要被教化。整部小説甚至可能被當作孫悟空如何漸漸改變成作者心中一個好佛教徒該有的樣子的記錄來閱讀。作爲第一步對孫悟空的改造，三位徒弟被要求上繳他們的武器，換作普通的禪杖隨身。從此以後，孫悟空、豬八戒、沙僧必須在沒有他們著名的武器的幫助下應對各種各樣的妖怪，因爲武器被看作與純凈、神聖及非凡的真經不相容。

　　小説嚴厲批評了孫悟空，孫悟空也確實常常成爲諷刺的對象。孫悟空因爲他總是理解錯或沒有遵循正確的佛門戒律而顯得可笑。這一點很重要，在這裡我們看到了——在整個西遊傳統中首次——持續地直接諷刺孫悟空。儘管在其它三部西遊小説中孫悟空的形象也一直被看作需要教化，但他從未被諷刺。然而在我們的小説裡，他總是被嚴厲地嘲諷。當然，被嘲諷的是孫悟空在母本中過於完美的形象。他能力無窮，聰明，有洞察力，也充滿野心。顯而易見的是，這種英雄形象是續書作者

20　《續西遊記》，頁 19。

所要攻擊的。孫悟空因爲不能完全依靠經文的效力以及他愛好暴力的破壞性行爲而受到譴責。

對孫悟空的嘲諷使得其它三部西行之旅的小説襯托了《續西遊記》。儘管全部四本小説目的都是爲了反對具有佛教理想主義特徵的現實世界，但只有《續西遊記》指出所有形式的暴力都令人反感[21]。在這裡孫悟空因爲沒有了他著名的武器金箍棒而極度洩氣。他三次重回靈山企圖重新獲得它[22]，每一次他都嘗試失敗。第一次，佛祖阻止了他得到金箍棒；第二次，金箍棒不聽他的指揮；第三次，他被告知金箍棒已經恢復了原來的本性，已經不靈了。行者被三藏、靈虛子、到彼僧及衆神佛反覆勸説要依靠真經：真經可以救衆生，反之棍棒殺生。

因此，《續西遊記》提倡一種根本的消極，這在中國文學傳統中很獨特。在其它的西遊小説中，理想主義的假定引向一種接受，關於暴力的部分則還沒有完全被確認。如果妖怪是虛幻的，那爲什麼不殺了他們？但在這部續書中，所有的暴力和殺戮都是被拒絕的。妖怪不應該被傷害而是應該引導懺悔並向佛的理念，伴隨著頻繁受虐的立場而出現。爲了達到這個目標，妖怪的錯誤需要被原諒[23]。

對孫悟空的直接諷刺與他被教化的過程緊密相關。在小説最初，孫悟空因受限使用"機變心"，他的失敗被重複奚落。

---

21 關於《西遊記》、《西遊補》和《後西遊記》中的暴力與佛教理想主義的研究，見我的文章，《西遊小説中的暴力和佛教理想主義》，收入於《中國的暴力衝突：文化和反傳統文化的論文》，Jonathan N. Lipman 與 Steavan Harrell 合編（奧爾巴尼：紐約州立大學出版社，1990），頁 115–148。

22 《續西遊記》第七回，頁 24、38。

23 爲了説明這個立場，見《續西遊記》，第 38 回，42 回，43 回，48 回及 82 回。

幾乎在小説前一半的每個章節，都要提到孫悟空需要"正念"（right thoughts），而不是需要武器，或孫悟空動機心導致的問題，或孫悟空的機敏與足智多謀啓動的妖魔。逐漸的，孫悟空改變了，小説對孫悟空的態度同時也轉變了。在第 84 回，孫悟空用假斧頭換真斧頭，在三藏的堅持下埋葬了板斧。三藏的話很重要："這器械原與我經文不容併行的……悟空，你豈不聞'我自有慧劍滅那妖魔'？"[24] 這一事件看起來是記録孫悟空的轉折點：他現在放棄了使用武器的念頭。到了第 92 回，他很清晰地變得更加有見識，他決定放棄使用機變心。在第 99 回靈虛子説到了這種轉變，早前沒有金箍棒時孫悟空依賴機變心，但是現在"機變也將次不使"[25]。在最後一回，孫悟空的教化完成了，他最終通過背誦梵語經咒戰勝了妖怪，而不是使用武力或機變。

　　非常重要的一點是，這部小説中提倡的是不同於我們能在其它三部西遊小説裡找到的禪宗思想。禪宗強調的是頓悟，也沒有將真經傳統當作有價值的東西。啓迪經驗在其它三部西遊小説中都是突然的，與真經只有很少的或幾乎沒有什麼關聯。在這部續書中則相反，孫悟空的教化啓迪是循序漸進，並且真經在這整個過程中具有中心地位。

　　因此，我們在《續西遊記》中發現了作者對早前傳統顯明的反對立場。儘管在續書形式的限制之下，他創造了可觀的、原創的作品，證實了一個強大的、非暴力的、受虐式的佛家立場，與在中國傳統思想中居於支配地位的互惠原則形成了尖銳的對照。

---

24 《續西遊記》，頁 651。

25 《續西遊記》，頁 762。

參考書目

一、古籍

《宋史》，臺北：鼎文書局，《列傳》卷 124，頁 11375–11397。

《宋史》，臺北：鼎文書局，《列傳》卷 332，頁 13747–13765。

《叢書集成續編》，上海：上海書店，1994 年。

〔日〕曲亭馬琴：《續西遊記國字評》（電子版），早稻田大學圖書館公開古籍書 1833 年版。

〔日〕木村通明：《後西遊記國字評》（電子版），早稻田大學圖書館公開古籍書 1834 年版。

〔日〕松村操譯、春風居士譯編：《通俗後西遊記》，東京：東京書肆兔屋誠版，明治十五年。

〔日〕尾上柴舟譯：《後西遊記》，大阪：堀書店，昭和二十三年六月。日本國立國會圖書館電子版。

〔明〕不題撰人著，《古本小說集成》編委會編：《後西遊記》，上海：上海古籍出版社，1990 年。

〔明〕吳承恩著，徐少知校，周中明、朱彤注：《西遊記校注》，臺北：里仁書局，1996 年。

〔明〕季跪撰，鍾夫、世平標點：《續西遊記》，新北：建宏出版社，1995 年。

〔明〕董説著：《西遊補》，臺北：河洛圖書出版社，1978 年。

〔明〕董説著：《西遊補》，收於浙江古籍出版社編：《明清神話小説選》，浙江：新華書店，1988 年。

〔明〕董説著：《棟花磯隨筆》，收於《豫恕堂叢書》，清‧沈善登輯，計發集録。上海圖書館藏。

〔明〕董説著：《補樵書》，現藏於北京國家圖書館。

〔明〕董漢策：《計然子‧計然子序》，《四庫全書存目叢書》，臺南：莊嚴文化，1995 年影印北京圖書館藏明崇禎陸信甫刻本，子部，第 94 册。

〔清〕吳趼人著：《〈兩晉演義〉序》，載《月月小説》第一卷第一期，光緒三十二年。

〔清〕趙爾巽等撰：《清史稿》卷 506〈遺逸二‧徐枋傳〉，上海：上海古籍出版社，1997 年。

〔清〕丁柔克：《柳弧》，北京：中華書局，2004 年。

〔清〕紀曉嵐：《閱微草堂筆記》，臺北：大中國圖書公司，1984 年。

〔清〕天花才子評點：《重鐫繡像後西遊記》，金閶書業堂，卷 1、5、6、7、24、25、26、37、38。

〔清〕《繪圖後西遊記》，光緒己未上海書局石印本，少十三回。

〔民〕剛子：《續西遊補》，《燕大月刊》1932 年第 9 卷第 2 期，頁 82–99。

二、專書

〔日〕河合隼雄：《高山寺的夢僧：明惠法師的夢境探索之旅》，林暉鈞譯，2013 年。

〔日〕淺見洋二：《距離與想像——中國詩學的唐宋轉型》，上海：上海古籍出版社，2013 年。

〔加〕卜正民（Timothy James Brook）：《明代的社會與國家》，陳時龍譯，北京：商務印書館，2014 年。

〔法〕克勞德・李維史陀（Claude Lévi-Strauss）：《神話與意義》，楊德睿譯，臺北：麥田出版社，2001 年。

〔法〕侯瑞．夏提葉（Roger Chartier）：《書籍的秩序：歐洲的讀者、作者與圖書館（14—18 世紀）》，謝柏暉譯，臺北：聯經出版公司，2012 年。

〔法〕保羅・利科（Paul Ricoeur）：《活的隱喻》，上海：上海譯文出版社，2004 年。

〔法〕梅洛龐蒂（Maurice Merleau-Ponty）：《眼與心》，龔卓軍譯，臺北：典藏藝術家庭，2007 年。

〔法〕傅柯：《外邊思維》，洪維信譯，臺北：行人出版社，2003 年。

〔法〕蒂費納・薩莫瓦約（Tiphaine Samoyault）：《互文性研究》，天津：天津人民出版社，2003 年。

〔法〕福西永（Henri Focillon）：《形式的生命》，陳平譯，北京：北京大學出版社，2011 年。

〔美〕林順夫（shuen-Fu Lin）、舒來瑞（Larry Schulz）譯《萬鏡

樓》（Tower of Myriad Mirrors），加利福尼亞：Lancaster Miller，1978 年。

〔美〕J. 希利斯·米勒（J. Hillis Miller）:《小說與重複》，王宏圖譯，天津：天津人民出版社，2007 年。

〔美〕太史文（Stephen F. Teiser）:《幽靈的節日——中國中世紀的信仰與生活》，侯旭東譯，杭州：浙江人民出版社，1999 年。

〔美〕王靖宇（John C. Y. Wang）:《金聖歎的生平及其文學批評》，譚蓓芳譯，上海：上海古籍出版社，2004 年。

〔美〕本尼迪克特·安德森（Benedict Richard O'Gorman Anderson）:《想像的共同體——民族主義的起源與散佈》，吳叡人譯，上海：上海人民出版社，2005 年。

〔美〕白保羅（Frederick Brandauer）:《暴力在中國：文化與反文化論文集》，紐約：紐約大學出版社，1990 年。

〔美〕白保羅:《董說評傳》，紐約：特韋思出版社，1978 年。

〔美〕何谷理（Robert E. Hegel）:《中國書籍藝術》，倫敦：倫敦大學亞非學院，2006 年。

〔美〕余國藩:《余國藩西遊記論集》，李奭學譯，臺北：聯經出版公司，1989 年。

〔美〕倪豪士（William H. Nienhauser Jr.）主編:《印第安那傳統中國文學指南（第一卷）》布魯明頓：印第安納大學出版社，1986 年。

〔美〕浦安迪:《中國敘事學》，北京：北京大學出版社，1995 年。

〔美〕馬克·愛普斯坦（Mark Epstein），《佛洛德遇見佛陀：精神分析和佛教論慾望》，梁永安譯，北京：世界圖書出版公司，2016 年。

〔美〕凱薩琳・奧蘭絲汀（Catherine Orenstein）:《百變小紅帽——一則童話三百年的演變》，北京：生活・讀書・新知三聯書店，2006 年。

〔美〕黃衛總（Martin W. Huang）:《蛇足：中國小説傳統中的續書和改編》，檀香山：夏威夷大學，2004 年。

〔美〕維維安娜・澤利澤（Viviana A. Zelizer）:《金錢的社會意義》，臺北：正中書局，2004 年。

〔美〕劉曉廉（Xiao-lian liu）:《佛心的〈奧德賽〉:〈後西遊記〉的諷喻》，拉纳姆：美洲大學出版社，1994 年。

〔美〕歐文・戈夫曼（Erving Goffman）:《汙名：受損身份管理劄記》，北京：商務印書館，2009 年。

〔英〕C.S. 路易士:《痛苦的奧秘》，林菡譯，上海：華東師範大學出版社，2013 年。

〔英〕佛斯特（Edward Morgan Forster）:《小説面面觀》，李文彬譯，臺北：志文出版社，2002 年。

〔英〕蒂芬妮・史密斯（Tiffany Watt Smith）:《情緒之書》，林金源譯，2016 年。

〔荷〕約翰・赫伊津哈（Johan Huizinga）:《遊戲的人——文化的遊戲要素研究》，北京：北京大學出版社，2014 年。

〔意〕埃科（Umberto Eco）:《一個青年小説家的自白：艾可的寫作講堂》，顏慧儀譯，臺北：商周文化公司，2014 年。

〔意〕埃科（Umberto Eco）:《埃科談文學》，翁德明譯，上海：上海譯文出版社，2014 年。

〔瑞士〕卡爾・古斯塔夫・荣格（Carl Gustav Jung）:《原型與集體無意識》，徐德林譯，北京：國際文化出版公司，2011 年。

〔德〕伽達默爾（Hans-Georg Gadamer）:《真理與方法》，王才勇譯，瀋陽：遼寧人民出版社，1987 年。

〔德〕姚斯、霍拉勃:《接受美學與接受理論》，周寧等譯，瀋陽：遼寧人民出版社，1987 年。

〔德〕姚斯:《接受理論》，張廷琛編，成都：四川文藝出版社，1989 年。

〔德〕康德:《判斷力批判》，鄧曉芒譯、楊祖陶校，北京：人民出版社，2012 年。

〔澳〕安東尼・史蒂芬斯:《夢：私我的神話》，臺北：立緒出版社，2000 年。

〔澳〕納維爾・希明頓、瓊安・希明頓（Joan & Neville Symington）:《等待思想者的思想：後現代精神分析大師比昂》，蘇曉波譯，臺北：心靈工坊，2014 年。

〔澳〕納維爾・希明頓、瓊安・希明頓（Joan & Neville Symington）:《等待思想者的思想：後現代精神分析大師比昂》，蘇曉波譯，臺北：心靈工坊，2014 年。

〔羅馬尼亞〕蕭沆（E. M. Cioran）:《解體概要》，臺北：行人出版社，2008 年。

丁錫根編:《中國歷代小說序跋集》（下），北京：人民文學出版社，1996 年。

王成勉:《氣節與變節——明末清初士人的處境與抉擇》，臺北：黎明文化，2012 年。

王旭川:《中國小說續書研究》，上海：學林出版社，2004 年。

王汎森:《晚明清初思想十論》，上海：復旦大學出版社，2004 年。

王秋桂編《中國文學論著譯叢》，上冊，臺北：學生書局，1985 年。

王雲五主編:《萬有文庫第二集七百種》,上海:商務印書館,1937年。

王夢鷗:《中國文學理論與實踐》,臺北:里仁書局,2009年。

王德威:《歷史與怪獸:歷史、暴力、敘事》,臺北:麥田出版社,2004年。

申丹:《敘事、文體與潛文本——重讀英美經典短篇小說》,北京:北京大學出版社,2009年。

朱一玄、劉毓忱編:《〈西遊記〉資料彙編》,天津:南開大學出版社,2012年。

朱一玄:《明清小說資料選編》,濟南:齊魯書社,1990年。

余安邦主編:《情、欲與文化》,臺北:中研院民族研究所,2003年。

余英時:《中國近世宗教倫理與商人精神》,臺北:聯經出版公司,2001年。

余國藩:《〈紅樓夢〉、〈西遊記〉與其他——余國藩論學文選》,北京:生活‧讀書‧新知三聯書店,2006年。

吳文治編:《明詩話全編》,南京:江蘇古籍出版社,1997年,第十冊。

巫鴻:《禮儀中的美術》,北京:生活‧讀書‧新知三聯書店,2005年。

李玉平:《多元文化時代的文學經典理論》,天津:南開大學出版社,2010年。

李忠昌:《古代小說續書漫話》瀋陽:遼寧教育出版社,1992年。

李前程校注:《西遊補校注》,北京:崑崙出版社,2011年。

李時人、蔡鏡浩:《大唐三藏取經詩話校注》,北京:中華書局,

1997 年版。

李豐楙、廖肇亨主編:《沉淪、懺悔與救度——中國文化的懺悔書寫論集》,臺北:中研院中國文哲研究所,2013 年。

李豐楙、劉苑如主編:《空間、地域與文化——中國文化空間的書寫與闡釋》,臺北:中研院中國文哲研究所,2002 年。

李豐楙編:《欲掩彌彰:中國歷史文化中的"私"與"情"——私情篇》,臺北:中研院漢學研究中心,2001 年。

周策縱:《紅樓夢案——棄園紅學論文集》,香港:中文大學出版社,2000 年。

周策縱:《紅樓夢案——棄園紅學論文集》,香港:中文大學出版社,2000 年。

林辰:《明末清初小説述録》,瀋陽:春風文藝出版社,1988 年。

林庚:《西遊記漫話》,北京:北京出版社,2004 年。

林崗:《明清小説評點》,北京:北京大學出版社,2012 年。

阿英:《晚清小説史》,臺北:臺灣商務印書館,1996 年。

柳存仁:《倫敦所見中國小説書目提要》,北京:書目文獻出版社,1982 年。

段春旭:《中國古代長篇小説續書研究》,上海:上海三聯書店,2009 年。

胡適:《中國章回小説考證》,臺北:里仁書局,1982 年。

胡適:《胡適全集》第四卷,合肥:安徽教育出版社,2003 年。

冥飛:《古今小説評林》,上海:民權出版部,1919 年。

夏志清:《中國古典小説史論》,胡益民等譯,陳正發校,南昌:江西人民出版社,2001 年。

夏志清、夏濟安:《夏志清夏濟安書信集（卷三：1955—1959）》,

季進編注，王洞主編，上海：上海人民出版社，2019 年。

孫述宇：《小說內外》，香港：牛津大學出版社，2010 年。

孫楷第：《中國通俗小說書目》，北京：人民文學出版社，1982年。

祝宇紅：《"故"事如何"新"編——論中國現代"重寫型"小說》，北京：北京大學出版社，2010 年。

翁小芬：《〈西遊記〉及其三本續書研究（上）》，新北：花木蘭文化出版社，2011 年。

高玉海：《古代小說續書序跋釋論》，北京：中國社會科學出版社，2007 年。

高玉海：《明清小說續書研究》，瀋陽：中國社會科學出版社，2004 年。

高桂惠：《追蹤躡跡：中國小說的文化闡釋》，臺北：大安出版社，2005 年。

傅世怡：《西遊補初探》，臺北：學生書局，1986 年。

張書紳評：《西遊記》，上海：上海古籍出版社，2014 年。

張堅：《視覺形式的生命》，杭州：中國美術學院出版社，2004 年。

張雲：《誰能煉石補蒼天——清代《紅樓夢》續書研究》，北京：中華書局，2013 年。

張穎、陳速：《文史哲學法政術立言集》，香港：中國國際文化出版社，2013 年。

梅新林、崔小敬主編：《20 世紀〈西遊記〉研究·上卷》，北京：文化藝術出版社，2008 年。

凌建候：《巴赫金哲學思想與文本分析法》，北京：北京大學出版社，2007 年。

陳引馳:《文學傳統與中古道家佛教》,上海:復旦大學出版社,2015 年。

陳平原主編:《晚明與晚清:歷史傳承與文化創新》,武漢:湖北教育出版社,2002 年。

陳寅恪:《鄧廣銘宋史職官志考證序》,收入於《金明館叢稿二編》,北京:三聯書店,2007 年。

程國斌:《明代書坊與小說研究》,北京:中華書局,2008 年。

童慶炳、陶東風主編:《文學經典的建構、解構和重構》,北京:北京大學出版社,2007 年。

馮文樓:《四大奇書的文本文化學闡釋》,北京:中國社會科學出版社,2004 年。

馮契:《哲學大辭典・美學卷》,上海:上海辭書出版社,1991 年。

黃仁達編:《中國顏色》,臺北:聯經出版社,2011 年。

黃亞平、孟華:《漢字符號學》,上海:上海古籍出版社,2001 年,頁 244–246。

楊潔:《楊潔自述——我的九九八十一難》,北京:人民大學出版社,2014 年。

葛兆光:《中國思想史》,上海:復旦大學出版社,2001 年。

蒲慕州編:《鬼魅神魔——中國通俗文化側寫》,臺北:麥田出版社,2005 年。

趙紅娟:《明遺民董說研究》,上海;上海古籍出版社,2006 年。

趙紅娟:《西遊補》,杭州:浙江文藝出版社,2020 年。

趙園:《明清之際士大夫研究》,北京:北京大學出版社,2014 年。

趙憲章主編:《漢語文體與文化認同研究》,北京:中華書局,2008 年。

趙聰：《中國四大小説之研究》，香港：友聯出版社，1964 年。

齊裕焜：《中國古代小説演變史》，北京：人民文學出版社，2015 年。

劉廷璣：《在園雜志》，張守謙點校，北京：中華書局，2005 年。

劉勇強：《中國古代小説史叙論》，北京：北京大學出版社，2007 年。

劉勇強：《奇特的精神漫遊——《西遊記》新説》，北京：生活·讀書·新知三聯書店，1992 年。

劉蔭柏：《西遊記發微》，臺北：文津出版社，1995 年。

劉蔭柏：《西遊記發微》，臺北：文津出版社，1995 年。

劉衛英：《明清小説寶物崇拜研究》，北京：中國社會科學出版社，2008 年。

歐麗娟：《大觀紅樓·綜論卷》，臺北：臺大出版中心，2015 年。

蔡忠道主編：《中國小説戲曲國際學術研討會論文集·第三屆》，臺北：里仁書局，2008 年。

蔡鐵鷹編：《西遊記資料彙編下冊》，北京：中華書局，2010 年。

鄭明娳：《西遊記探源》（下冊），臺北：里仁書局，2003 年。

鄭明娳：《西遊記探源》，臺北：里仁書局，2003 年。

鄭振鐸：《中國文學研究下冊》，北京：作家出版社，1957 年。

鄭毓瑜主編：《文學典範的建立與轉化》，臺北：學生書局，2011 年。

魯迅：《中國小説史略》，上海：上海古籍出版社，1998 年。

錢谷融、魯樞元主編：《文學心理學》，臺北：新學識文教出版中心，1990 年。

錢新祖：《中國思想史講義》，臺北：臺大出版中心，2013 年。

錢鐘書：《史記會註考證》，《管錐編》第一冊，北京：中華書局，1979 年。

鄺健行、吳淑鈿：《香港中國古典文學研究論文選粹——小説・戲曲・散文及賦篇》，南京：江蘇古籍出版社，2002 年。

譚正璧：《譚正璧學術著作集 10・古本稀見小説匯考》，上海：上海古籍出版社，2012 年。

鐘彩鈞主編：《明清文學與思想中之情、理、欲——學術思想篇》，臺北：中研院中國文哲研究所，2009 年。

嚴敦易：《水滸傳的演變》，臺北：里仁書局，1996 年。

三、學位論文

云燕：《〈西遊補〉研究》，陝西師範大學碩士論文，2010 年。

田小兵：《〈西遊記〉續書研究》，暨南大學碩士論文，2006 年。

呂素端：《〈西遊記〉敘事研究》，臺灣大學中國文學研究所博士論文，2001 年。

林景隆：《西遊記續書審美敘事藝術研究》，臺灣中山大學中國語文學系研究所碩士論文，1999 年。

郭璡謙：《品讀、視聽於翫藏：水滸故事的商品化與現代化》，臺南成功大學中國文學研究所博士論文，2013 年。

張家仁：《〈西遊記〉與三種續書之比較研究》，中國文化大學中國文學研究所碩士論文，2000 年。

莊淑華：《〈西遊記〉續書論——人物主題轉變與新類型之建立》，淡江大學中國文學系碩士論文，2005 年。

陳宥任：《西遊記敘事的“遊觀”探究——以〈大唐三藏取經詩話〉、〈西遊記雜劇〉、〈西遊記〉爲主》，臺灣政治大學國文教學在職專班碩士論文，2013 年。

黃詣淳：《〈西遊補〉的"情"論研究》，臺灣中正大學碩士論文，2012 年。

劉麗華：《從〈西遊記〉和其續書看晚明文人價值觀變化》，陝西師範大學碩士論文，2002 年。

黎文華：《後西遊記研究》，重慶師範大學碩士論文，2018 年。

徐霄涵：《〈後西遊記〉被動句式研究》，曲阜師範大學碩士論文，2018 年。

王美惠：《〈西遊補〉"夢境"之研究》，天津師範大學碩士論文，2017 年。

徐銀萍：《〈西遊補〉的敘事研究》，重慶師範大學碩士論文，2017 年。

邱芳芳：《禪宗影響下的〈西遊補〉》研究，東南大學碩士論文，2019 年。

四、單篇論文

王平子：《西遊補雜話》，《國藝》1941 年第 3 卷第 3 期，頁 67–68。

王拓：《對西遊補的新評價》，《現代學苑》第 8 卷第 9 期，1971 年 9 月，頁 13–22。

王厚懷：《〈西遊補〉情事的戲擬和俗人的還原》，《咸寧學院學報》2010 年 302 期，頁 32–34。

王增斌、李衍明：《〈續西遊記〉主題探奧》，《山西大學學報（哲學社會科學版）》2001 年 5 期，頁 53–56。

王增斌：《機心滅處諸魔伏自證菩提大覺林——禪學的心界神話

〈續西遊記〉》,《運城學院學報》1997 年 3 期，頁 24–27。

石麟:《〈西遊記〉及其三種續書的哲理蘊涵》,《內江師範學院學報》第 25 卷第 11 期，2010 年，頁 13–20。

石麟:《略論〈西遊記〉續書三種——〈續西遊記〉〈西遊補〉〈後西遊記〉考略》,《明清小說研究》1990 年第 2 期，頁 150–158。

安憶涵:《論顧太清〈紅樓夢影〉的續寫策略》,《紅樓夢學刊》2018 年第 2 期，頁 320。

何良昊:《〈西遊補〉的背景鋪墊》,《西南師範大學學報（人文社會科學版）》2003 年第 6 期，頁 153–157。

何良昊:《〈西遊補〉的謙與傲》,《武漢大學學報（人文科學版）》2001 年第 3 期，頁 345–354。

宋珂君:《〈後西遊記〉的文化批判性研究》,《北京科技大學學報（社會科學版）》2009 年 2 期，頁 66–69。

李豐楙:《魔、精把關:〈西遊記〉的過關敘述及其諷喻》,《政大中文學報》第 31 期，2019 年 6 月，頁 83–84。

李夢園:《明清小說評點中"學"的範疇》,《齊魯學刊》2017 年第 1 期，頁 128。

李秀花:《孫悟空形象在明末清初續作中之演變》,《明清小說》2006 年第 4 期。

李蕊芹、許勇強:《接受視野下的明末清初〈西遊記〉續書》,《成都理工大學學報（社會科學版）》2011 年 1 期，頁 39–43。

林佩芬:《董若雨的〈西遊補〉》,《幼獅文藝》，1977 年 6 月，頁 215–219。

林保淳:《後西遊記略論》,《中外文學》第 14 卷第 5 期，1985 年 10 月，頁 49–67。

胡淳艷:《心路歷程——論〈西遊記〉》,《明清小説研究》2008年第2期,頁111–119。

浦安迪(Andrew H. Plaks):《打一用物:中國古典小説中物體形象的象徵與非象徵作用》,《中正大學中文學術年刊》第17期,2011年6月,頁257–266。

唐海宏:《〈水滸傳〉續書連環畫輯述》,《荊楚理工學院學報》2018年第5期,頁27–31。

郭豫適:《古代小説續書研究又一新成果——評高玉海的〈明清小説續書研究〉》,《明清小説研究》2004年第2期,頁231。

翁小芬:《〈後西遊記〉之寓意及其寫作藝術論析》,《修平人文社會學報》19期,2012年9月,頁39–69。

翁小芬:《論〈西遊補〉之寓意及其寫作藝術》,《修平人文社會學報》20期,2013年3月,頁47–81。

高辛勇:《"西遊補"與叙述理論》,《中外文學》第12卷第8期,1984年1月,頁5–23。

高桂惠:《〈西遊記〉續書的魔境——以〈續西遊記〉爲主的探討》,收於李豐楙、劉苑如主編:《空間、地域與文化——中國文化空間的書寫與闡釋》(臺北:中研院中國文哲研究所,2002年),頁211–268。

高桂惠:《〈西遊補〉:情欲之夢的空間與細節的意涵》,收於余安邦主編:《情、欲與文化》(臺北:中研院民族學研究所,2003年),頁309–339。

高桂惠:《〈西遊補〉文化形態的考察》,收於中國古典文學研究會主編:《古典文學第十五集》(臺北:學生書局,2000年),頁359–385。

高桂惠:《類型錯誤/理念先行?由明末〈西遊記〉三本續書的"神魔"談起》,收於蒲慕州編:《鬼魅神魔:中國通俗文化側寫》(臺北:麥田,2005年),頁279–300。

孫遜:《西遊補寓義初探》,《阜陽師範學院學報(社科版)》1986年第3期,頁21。

柴葵珍:《優美的荒誕清醒的空幻——〈西遊補〉初探》,《湖州師範學院學報》,1989年1月,頁41–44。

馬興國:《〈西遊記〉在日本的流傳及影響》,《日本問題研究》,1988年第1期,頁55。

康韻梅:《從文本演繹歷程論〈西遊記〉文學經典意義之形成》,收於鄭毓瑜主編:《文學典範的建立與轉化》(臺北:學生書局,2011年),頁1–45。

張義宏:《日本〈金瓶梅〉譯介述評》,《日本研究》,2012年第4期,頁117–121。

張錦池:《宗教光環下的塵俗治平求索——論世本〈西遊記〉的文化特徵》,《文學評論》1996年第6期,頁132–141。

張麗、莊佳燁、孫小茗:《中島敦與〈西遊記〉》,《文學教育》2018年第19期,頁138–139。

張麗、陸娟:《〈西遊記〉對尾崎紅葉創作的影響》,《淮海工學院學報:人文社會科學版》2018年第2期,頁30–32。

張麗、陳腴婷:《〈西遊記〉在日本動漫中的變異及其原因》,《牡丹江大學學報》2017年第4期,頁104–120。

張雲:《深識紅樓虛與真——讀郭則澐〈紅樓真夢〉》,載《學術交流》2018年第9期,頁169。

商偉:《〈儒林外史〉敘述形態考論》,《文學遺產》2014年第5

期，頁 139。

商偉：《比較中西文論中關於創作靈感的一些認識》，《國外文學》1982 年第 3 期，頁 36。

商偉：《複式小説的構成：從〈水滸傳〉到〈金瓶梅詞話〉》，《復旦學報：社會科學版》2016 年第 5 期，頁 43、45、51。

許暉林：《延滯與替代：論〈西遊補〉的自我顛覆敘事》，《臺大中文學報》35 期，2011 年 12 月，頁 125–156。

郭明志：《論〈西遊記〉續書》，《學習與探索》1997 年第 2 期，頁 120–125。

陳宏：《〈西遊記〉的傳播與經典化的形成》，《文學與文化》2010 年第 3 期，頁 60–69。

陳惠琴：《善取善創別開生面——〈西遊記〉續書略論》，《明清小説研究》1988 年第 3 期，頁 156–167。

陳寶良：《明代儒佛道的合流及其世俗化》，《浙江學刊》2002 年第 2 期，頁 153–159。

陳冬季：《變形、荒誕與象徵——論"荒誕"小説〈西遊補〉的美學特徵》，《明清小説研究》1989 年 2 月，頁 144–155。

彭侃：《好萊塢電影的 IP 開發與運營機制》，《當代電影》2015 年第 9 期，頁 13。

曾永義：《董説的"鯖魚世界"——略論西遊補的結構、主題和技巧》，《中外文學》，1979 年 9 月，頁 18–30。

楊玉如：《鐵漢與柔情——孫悟空涙滴〈西遊記〉研究》，《中國文化大學中文學報》第二十八期，2014 年 4 月，頁 159–186。

蔣琛嫻：《網路同人文：古代續書之變種》，《河南科技大學學報（社會科學版）》第 34 卷，2016 年 4 期，頁 77–80。

童瓊:《從"真假猴王"到"鯖魚世界"——〈西遊補〉寓意淺論》,《中國文學研究》2001 年第 1 期,頁 51–55+71。

熊發恕:《〈續西遊記〉評介》,《康定民族師範高等專科學校學報》1990 年第 1 期,頁 48–54+61。

趙紅娟:《〈西遊補〉作者爲董説應是定論——〈西遊補〉作者之爭的檢視、評析與結論》,《中國文哲研究通訊》233 期,2013 年 9 月,頁 183–203。

趙紅娟:《〈西遊補〉與〈西遊記〉關係新探》,《浙江學刊》2006 年 4 期,頁 96–100。

趙紅娟:《一部可以和世界文學接軌的古典小説——〈西遊補〉新論》,《明清小説研究》2006 年第 3 期,頁 184–196。

趙紅娟:《董説〈棟花磯隨筆〉的發現及其價值》,《文學遺産》2004 年第 5 期,頁 130–133。

趙紅娟、魏愛蓮:《小説・性別・歷史文化——美國漢學家魏愛蓮教授訪談録》,《浙江大學學報(人文社會科學版)》,2018 年第 2 期,頁 195。

趙強、王確:《"物"的崛起:晚明社會的生活轉型》,《史林》2013 年第 5 期,頁 68–77。

趙建忠:《紅樓夢續書的源流嬗變及其研究》,《紅樓夢學刊》1992 年第 4 期,頁 323。

趙景深:《西遊補疑明亡後作》,《旋風》1939 年第 1 卷第 1 期,頁 51、53。

傅承州:《關於〈西遊補〉的幾個問題》,《河北學刊》2016 年第 36 卷第 6 期,頁 96。

劉雪真:《交織的文本記憶——〈西遊補〉的互文語境》,《東海中文學報》19 期，2007 年 7 月，頁 111–137。

劉麗華：《〈後西遊記〉與晚明文人價值觀的變化趨勢》，《絲綢之路》2009 年 18 期，頁 56–59。

劉燕萍：《怪誕小說——〈西遊補〉和〈斬鬼傳〉》，《人文中國學報》第 5 期，1998 年，頁 127–149。

〔美〕劉曉廉著，咸增强譯：《心路歷程：〈後西遊記〉的根本寓意》，《運城學院學報》2002 年 6 期，頁 21–26。